RHYS FORD

LE INDAGINI DI COLE MCGINNIS

RHYS FORD

LE INDAGINI DI
COLE MCGINNIS

REAMSPINNER
PRESS

Publié par
DREAMSPINNER PRESS

5032 Capital Circle SW, Suite 2, PMB# 279, Tallahassee, FL 32305-7886 USA
www.dreamspinnerpress.com

Le indagini di Cole McGinnis: Cofanetto 1 Libri 1-3
Copyright dell'edizione italiana © 2021 Dreamspinner Press.
Cole McGinnis Series
© 2021 Rhys Ford.
Traduzione di Cornelia Grey, Sara Benatti.

Illustrazione di copertina di
© 2022 Reece Notley
reece@vitaenoir.com
Le immagini di copertina sono usate a soli scopi illustrativi e i soggetti ritratti in esse sono modelli.

Edizione italiano: 978-1-64405-991-3
Edizione eBook italiano: 978-1-64405-990-6
Prima edizione italiana: agosto 2021
v 1.0

Édité aux États-Unis d'Amérique.

INDICE

Baci sporchi – Dirty Kiss

Ai Cinque, Ree, e Ren.
Haato e Love.

Ringraziamenti

Devo un'infinita gratitudine alle seguenti persone: mia madre, senza la quale sarei ancora solo delle cellule senza forma; i Cinque, Jenn, Tamm, Penn, e Lea, che mi hanno accompagnato in questa avventura da scrittrice per molto, molto tempo (non fate i conti, vi farà solo venire mal di testa); Ren, Ree, e ai tanti amici del Livejournal, che mi hanno incoraggiato e spronato mentre cercavo di dare un senso alle immagini che avevo in testa.

Devo ringraziare le seguenti persone che mi hanno dato conforto, angoscia e lunghe notti insonni: Ilona Andrews, Lynn Flewelling e Josh Lanyon. Grazie per le storie e per tutti i biscotti immaginari.

Molte grazie e complimenti a Elizabeth, che ha i miei stessi gusti in fatto di bei ragazzi coreani; Lynn, che mi ha fatto da guida nella mischia; Ginnifer per tutta la sua pazienza quando mi agitavo, e tutti gli altri alla Dreamspinner che mi hanno aiutato ad arrivare fino a qui. E, ovviamente, Anne Cain, che è assolutamente fantastica.

Infine, voglio ringraziare Harrison Ford. Perché posso. E, diciamocelo, ha influenzato il mio mondo e la mia immaginazione quanto chiunque altro mi venga in mente. Gli devo davvero molto.

CAPITOLO 1

MENTRE CRESCEVO, credevo innocentemente che le nonne fossero per lo più allegre signore dal viso tondeggiante, che rifornivano i nipoti di biscotti e soldini quando i genitori erano distratti. Purtroppo, pur avendo raggiunto l'età adulta con la maggior parte delle mie illusioni distrutte dalla realtà, sembrava che fossi rimasto aggrappato a quell'ingenuo mito di nonne e biscotti.

Il che probabilmente spiegava perché stavo correndo lungo un giardino fin troppo curato sul retro di una casa, con colpi di fucile che risuonavano alle mie spalle.

Avrebbe dovuto essere un lavoro facile. Quando il signor Brinkerhoff, un anziano dall'aspetto gradevole, era entrato nel mio ufficio per propormi un caso, avevo accettato, pensando che sarebbe stato un gioco da ragazzi. Diavolo, gli avevo anche fatto lo sconto perché credevo che sarebbe stata un incarico semplice: seguire per una sera sua moglie, una nonnina casa e chiesa, mentre gironzolava per la città. Lui sospettava che lo stesse tradendo ma, in fondo al cuore, non ci credeva. Non la sua Adele.

L'amore spinge gli uomini a fare cose stupide. Io questo non lo stavo certo facendo per amore. E non mi aveva dato abbastanza soldi perché rischiassi la vita. Io e il signor Brinkerhoff avremmo fatto un bel discorsetto quando fossi tornato all'ufficio. Sempre che, ovviamente, riuscissi a tornarci vivo.

Dei rami mi strapparono la manica mentre sfrecciavo oltre una siepe ornamentale. Un elefante verde foglia era proteso verso le stelle con la sua elegante proboscide. O almeno, lo era prima che uno sparo gli strappasse la testa. Detriti volarono ovunque, e il profumo dei sempreverdi mi sopraffece quando la resina dell'albero mi si appiccicò alla faccia. Mi pungeva la guancia, dov'ero stato colpito dai resti del cespuglio, e quasi scivolai prima di arrivare alla relativa sicurezza fornita da un ampio vaso in stile greco. L'erba era bagnata di pioggia, un acquazzone passeggero aveva lasciato il terreno troppo cedevole per la corsa, perciò avevo fatto meno strada di quanto volessi.

Contrariamente a ciò che si dice, piove eccome nella California meridionale, di solito quando sto cercando di fuggire da qualcuno che mi spara addosso.

Iniziai a sentire un dolore al petto, più per le fitte di panico che per la fatica. Sfruttando la poca copertura fornita dal labirinto di sempreverdi, pianificai il mio percorso fra sentierini di mattoni che sembravano disposti a caso, sperando di ritrovare dove avevo parcheggiato la Range Rover. Mentre ispezionavo i dintorni, il panorama si fece familiare. Un'ipomea violacea troppo cresciuta aveva quasi coperto il bordo di una fontana. L'avevo notata subito, appena avevo superato il cancello sul retro per spiare i piaceri notturni della signora Brinkerhoff. Il cancello doveva essere vicino e, al contrario di quando ero arrivato, non avrei dovuto scassinare la serratura per entrare.

L'alta staccionata di legno mi separava dalla mia auto. Alta quasi due metri e mezzo, era una necessità residenziale per celare le piscine ai branchi vaganti di bambini accaldati che cercavano una pozza d'acqua in cui giocare d'estate. Avevo parcheggiato in uno dei tanti vicoli che intersecavano le strade di Los Angeles. Qui, nei quartieri più lussuosi, servivano a nascondere dalla strada le auto del personale di servizio e dei giardinieri. Il posto perfetto dove parcheggiare la mia vecchia Rover.

Le luci iniziavano ad accendersi nelle enormi case dei vicini. Se non mi fossi dato una mossa, entro pochi minuti mi sarei trovato in compagnia della polizia di L.A. Sentire il chiaro scatto di un fucile che veniva ricaricato mi diede l'incentivo giusto per scalare la staccionata. Al diavolo il cancello, dovevo uscire da lì il prima possibile, prima che i poliziotti si radunassero intorno al mio freddo cadavere facendo battute scurrili sui miei gusti sessuali.

Schegge di legno mi si conficcarono nelle mani mentre afferravo la cima della staccionata. Le mie scarpe da ginnastica fecero presa sulla superficie ruvida e mi tirai su, scavalcando la cima con un piede. Il bordo della staccionata mi sfregò contro l'interno della coscia, e sentii uno shock quando i miei testicoli incontrarono le impietose assi di legno. Avrei voluto prendere un momento per respirare e riacquistare un minimo di controllo, ma la signora Brinkerhoff aveva altri progetti.

Dalla mia posizione di vantaggio, in alto sulla staccionata, era facile vedere il suo elmetto di permanente bianca, come un copricapo innevato abilmente acconciato attorno alle sue guance rosee e alla sua boccuccia a cuore. Doveva essere stata carina da giovane. Il tipo di ragazza con cui agli uomini capitava di flirtare, sognando di portarla a casa da mamma. Il suo corpo era tondeggiante, in una forma gradevole e abbracciabile, che i bambini avrebbero trovato comoda per sedersi in braccio. Non era però un corpo fatto per il completo reggiseno e mutandine di pelle, scintillante di brillantini, che la donna indossava mentre mi dava la caccia nel giardino sul retro della villa.

Avrei dovuto rovesciarmi un secchio di candeggina negli occhi per liberarmi dell'immagine della signora Brinkerhoff e la sua amante avvinghiate su un letto con le tende di velluto rosso. Non trovavo le donne attraenti sessualmente, quindi, al contrario della maggior parte degli uomini, quando due donne facevano sesso c'era il doppio di roba che non m'interessava, ma c'era proprio qualcosa di sbagliato nel vedere cumuli di carne molliccia e cedevole che ondulava su lenzuola cremisi, o nell'immagine della bocca della signora Brinkerhoff sulle parti intime di un'altra donna. L'intimo di pelle era un extra e, dopo aver fotografato ciò che stava succedendo su quel letto, non sarei certo passato alle donne tanto presto.

Si muoveva con cautela intorno al cadavere della siepe, silenziosa e a piedi nudi. Se non fossi stato io quello cui dava la caccia, avrei fatto i complimenti all'anziana signora. Non era davvero una con cui scherzare. Teneva la canna del fucile puntata verso il basso, le sue mani stringevano con fare esperto il calcio, pronta a sollevarlo non appena mi avesse visto. In qualsiasi altra occasione, avrei apprezzato la sua abilità nella caccia, ma in quel momento volevo solo andarmene da lì prima che mi bucherellasse tutto.

"Grandioso," borbottai, guardando la testa della signora Brinkerhoff aggirarsi fra gli alberi scolpiti. "Sta facendo un cavolo di safari, e io sono una maledetta antilope."

Il terreno sembrava molto più lontano dall'altro lato, che dava su un leggero pendio per incanalare la pioggia in eccesso verso delle grate al centro della stradina. Calcolando l'altezza, mi domandai se mi sarei rotto una gamba lasciandomi cadere sul cemento sottostante, viscido di muschio.

La testa della signora Brinkerhoff scattò verso l'alto quando scivolai per trovare un'angolazione migliore da cui lasciarmi cadere, e non potei trattenere un gemito a denti stretti quando la staccionata mi premette più a fondo in mezzo alle cosce. I capelli della signora luccicavano, un batuffolo bianco di cotone argenteo che mi fece correre un brivido lungo la schiena.

Nella luce fioca dei lampioni lungo il lato della casa, la vidi stringere gli occhi, dove passò uno scintillio omicida quando mi vide a cavalcioni della staccionata. Le ombre si dispersero quando puntò la canna del fucile verso di me, l'arancione acquoso dei lampioni riflesso sulla sua superficie di metallo.

Feci ciò che qualunque uomo sano di mente avrebbe fatto con una nonnina dal viso da folletto che lo teneva sotto tiro: saltai.

Atterrare sul cemento non fa mai piacere, specialmente non dopo una caduta di due metri e mezzo. La cima della staccionata esplose, facendo la fine della testa dell'elefante. Del legno mi piovve sulla testa e, da lontano, oltre l'eco del colpo di fucile che mi rimbombava nelle orecchie, sentii delle sirene avvicinarsi. Era decisamente il momento di entrare in macchina e filarmela.

Tastandomi il torace, feci un sospiro di sollievo. La sottile macchina fotografica era ancora nel mio taschino, con le prove dell'indiscrezione della signora Brinkerhoff, che sarebbero state probabilmente la causa di conti salati dal mio psicoterapeuta per anni a venire. Non aveva senso farmi quasi sparare in testa se non mi facevo almeno pagare. Avevo anche le mie chiavi, per fortuna, visto che scassinare la mia stessa macchina non era certo sulla mia lista delle cose da fare, stanotte.

La Rover si avviò con un ruggito, simile al latrato dell'arma della signora Brinkerhoff. Diedi gas e sfrecciai lungo il vicolo appena in tempo per vedere la sua sagoma pallida e tondeggiante spuntare da un cancello in fondo alla staccionata. Sollevò il fucile, poggiando la canna contro una morbida spalla, e prese la mira. La scorsi nello specchietto retrovisore, praticamente nuda nel freddo vento che soffiava nel vicolo.

Se avessi tolto il bikini di pelle e il fucile, sostituendoli con una vestaglia a fiori e delle presine, avrei visto quella dolce, affettuosa nonna che mi ero immaginato. O almeno, questo era ciò che pensavo quando il fucile sparò nuovamente, frantumando il parabrezza posteriore della Rover. Frammenti di vetro volarono in avanti, colpendomi le spalle e la nuca.

"Merda." Lo scoppio mi assordò, lasciandomi con un mal di testa pulsante e uno scampanio nelle orecchie che mi ricordava la mia vecchia scuola cattolica. La Rover si avventò sulla strada a tutta velocità e la ruota posteriore sobbalzò sul marciapiede. Sbandando con uno stridio sul lato destro della strada, premetti l'acceleratore a tavoletta e mi dileguai, lasciando la signora Brinkerhoff e la sua altrettanto carnosa amante alle mie spalle.

PARCHEGGIAI LA Rover vicino al vecchio edificio che avevo comprato quando avevo deciso di diventare un investigatore privato. Era in una zona di Los Angeles che un tempo era stata malmessa, uno di quei quartieri fatti apposta per la gente che cercava un posto economico e alla moda dove vivere. Adesso c'erano almeno cinque caffè nei paraggi di casa mia, e più sushi bar di quanti potessi contare. Se mi fosse piaciuto il sushi, sarebbe stato fantastico. Mi consolava la presenza di un pub irlandese un isolato più in là. Il semi-ghetto si era trasformato in una comunità fiorente mentre io mi ammazzavo di lavoro per restaurare un edificio che la maggior parte della gente pensava fosse una causa persa. Era un bel posto dove vivere, e ancora di più dove lavorare.

Quando mi avvicinavo in macchina, mi dava ancora un senso d'orgoglio vedere quell'edificio, con il suo esterno di mattoni dorati segnati dalle intemperie, illuminato da fuori con dei faretti nascosti fra i cespugli. Ci avevo messo due anni a restaurarlo, ogni giorno accompagnato da imprecazioni, sudore e più di qualche goccia del mio sangue. L'edificio non aveva voluto semplificarmi la vita, e mi ero sudato ogni maledetto centimetro della sua resurrezione.

Da nuovo, era stato un ufficio legale o un posto in cui pannelli di rovere e alte finestre ad arco erano una necessità per il business. Avevo dato un'occhiata al posto, valutando quanto ci avrei impiegato a rimuovere la pittura dal legno e riparare i danni ai muri interni, e me n'ero innamorato. Avevo visto il potenziale dietro quello squallore abbandonato, e di sicuro avevo tempo e soldi a disposizione per trasformare quelle stanze in un posto dove potevo vivere e lavorare.

E poi, il duro lavoro di sverniciare e carteggiare metri e metri di legno mi aveva distratto dal pensare a Rick. A quell'epoca, era ciò di cui avevo davvero bisogno. Non sono sicuro di non averne più bisogno, ora, ma ho esaurito il legno da carteggiare.

Avevo diviso l'edificio in due spazi. La parte davanti del piano terra era diventata l'ufficio per il mio lavoro da investigatore. All'ingresso separato sulla veranda principale scintillava una placca di bronzo che annunciava ai clienti che avevano trovato Cole McGinnis, Investigatore Privato. Una veranda coperta laterale riparava l'ingresso di casa mia, che era costituita da un soggiorno e una cucina nel piano terra e un paio di stanze di sopra. Avevo buttato giù dei muri per creare un'ampia stanza da letto lontano dalla strada, lasciando la stanza stretta e lunga sul davanti come una specie di biblioteca. Era uno spazio grande abbastanza per una famiglia, se l'avessi avuta, ma non ce l'avevo. Mi echeggiava intorno. Vivere lì mi si addiceva. Infatti, mi sentivo vuoto proprio come la casa.

Feci retromarcia con la Rover fin sotto alla tettoia. Non c'era niente da rubare nell'auto, ma data la mancanza del parabrezza posteriore, non volevo correre rischi. C'era una luce accesa sul retro del piano terra. L'ultima cosa che volevo al momento era compagnia, ma non avrei potuto evitarlo. Avevo visto la macchina di mio fratello mentre arrivavo, e non potevo evitare Mike a lungo, specialmente quando mi tendeva un agguato nel mio stesso soggiorno.

Stravaccato su uno dei divani rossi, Mike non sembrava pericoloso. Ma io sapevo la verità. Ero cresciuto con lui. La gobba che avevo sul naso era la prova di quanto fossero duri i suoi pugni. Mi ero salvato solo perché lui aveva smesso di crescere a uno e ottanta mentre io avevo continuato per qualche altro centimetro. Non mi rendeva più intimidatorio. L'altezza extra significava solo che avevo gambe più lunghe con cui scappare.

Mike aveva preso dalla nostra madre giapponese. Aveva il viso largo e i suoi folti capelli neri, che Mike strofinava con la mano quando rifletteva su qualcosa, erano tagliati in stile istrice arrabbiato. Io avevo preso più dal nostro padre irlandese, colorito e stazza, occhi e capelli marrone chiaro, ma tutti e due avevamo il viso di nostra madre. Per me, lei esisteva solo in piatti rettangoli di carta, fotografie fatte da quando mio padre l'aveva conosciuta a Tokyo fino a quando era morta. Avevo una foto in cui teneva in braccio un neonato, sorridendo con gli occhi semichiusi. Il neonato era Mike. Non era vissuta abbastanza da prendere in braccio me.

"Hai fatto molto tardi, fratellino," disse Mike, sollevando lo sguardo da una pila di fogli. Anche quando mi tendeva un agguato, era sempre concentrato sul suo servizio di sicurezza. C'era una bottiglia di birra mezza vuota sul tavolino e un sottobicchiere di una marca di tequila che non avevo mai comprato assorbiva la condensa. "E hai dei rami fra i capelli. Un altro caso di marito geloso?"

Per tutta risposta gli passai la fotocamera, dicendogli di guardare le foto mentre andavo a prendermi una birra. Sentii i suoi grugniti dalla cucina e, quando tornai in salotto, la sua faccia era diventata rosso pomodoro. Non ero sicuro se stesse proprio ridacchiando, ma quasi si strozzò per non ridere mentre guardava le immagini.

9

"È disgustoso," disse, agitando la fotocamera. "Qualcuno ti ha pagato per farle?"

"Suo marito," replicai, sporgendomi oltre le spalle di mio fratello e picchiettando un primo piano del viso angelico della signora Brinkerhoff. "A quanto pare, sospettava che lei lo stesse tradendo. Avrebbe potuto dirmi che è capace di staccare le palle a una mosca a fucilate. La sua ragazza mi ha visto dalla finestra e ha urlato. Mi sono ritrovato con un fucile puntato in faccia e pezzi di elefante vegetale nei capelli."

"Dovresti venire a lavorare per me. Nessuno ci spara e, di sicuro, non devi affrontare questo tipo di trauma emotivo." Mike si sporse in avanti, togliendomi un'ultima foglia dai capelli. Mi tirò le lunghe ciocche vicino al mento e scosse la testa. "Dovrai prima tagliarti i capelli. Nessuno vuole una guardia del corpo che sembra spuntata dalla copertina di un romanzo rosa."

"Simpatico," dissi, dandogli un colpetto col piede nudo. "E grazie, ma no. Ho sofferto abbastanza crescendo con te. Non lavorerò mai e poi mai per te."

"Sei solo geloso perché gli insegnanti sapevano che non eri brillante come me." Mike mi rivolse un sorrisetto scaltro, riaprendo quella vecchia ferita. Più vecchio di tre anni, aveva passato le superiori a essere il McGinnis dotato e intelligente. Per me era stato un inferno arrivare dopo ed essere sempre messo a confronto con quel che aveva fatto lui. E dover affrontare il fatto che ero gay non mi aveva certo aiutato.

"Sei qui per un motivo preciso?" La birra era fredda, piacevole per la mia gola. "È tardi e non penso che la Furia ti abbia mandato qui con gli avanzi della casseruola da appioppare al tuo fratellino."

"Non chiamarla così. Si chiama Madeline."

"L'hai sposata tu. Dovrebbe essere internata solo per quello," replicai, stringendomi nelle spalle.

"Vedrai quando ti trovi un uomo nuovo," minacciò lui. "La pagherai cara allora."

"Non contarci troppo. Hai visto com'è andata a finire la mia ultima relazione."

Rick rimase sospeso fra noi, un sacrificio crocifisso alle mie scelte di vita. Mike abbassò lo sguardo e il suo ampio sorriso svanì mentre eravamo travolti dai ricordi di ciò che era successo. Non volevo ripensare a quegli eventi. E certamente non volevo rivivere quella notte, ma tornava sempre quando dormivo, alle volte perfino durante il giorno quando meno me l'aspettavo. Sapevo che Mike aveva sulle spalle il suo senso di colpa. Non volevamo certo sviscerare quella notte e spargerne le budella davanti a noi per leggervi il futuro. Parlarne non portava mai a niente di buono, e non avremmo certo iniziato ora.

"E ti sbagli." Mike spezzò il silenzio. "Ho portato della carne in casseruola. E anche del tamale. Non mangi come si deve, Cole. Quante volte a settimana puoi mangiare bistecche?"

"Sette," risposi con un sorriso tremante. "A volte esco e me la faccio cucinare da qualcuno. Ma grazie per il cibo. Prometto che lo mangerò."

"Sono venuto perché ho un lavoro per te."

"Se prevede fare foto a lesbiche settuagenarie, sarò costretto a rifiutare."

"Che bravo, fratellino, hai usato un parolone. Se fosse così, non te lo direi, solo per vedere la tua faccia." Mike sbuffò. "Il figlio di un mio cliente si è suicidato. Giurano che non avrebbe mai fatto una cosa simile alla famiglia e vogliono che qualcuno investighi su cos'è successo."

"La gente fa cose simili alle proprie famiglie tutto il tempo." Facendo spallucce, bevvi un altro sorso di birra, appoggiandomi al morbido divano. "È così che funzionano i suicidi."

"Il padre insiste che suo figlio non l'avrebbe mai fatto." Scrollando la testa, mio fratello sospirò. "Guarda, io penso si sia ucciso, ma il padre è un cliente importante. Usano il nostro personale di sicurezza tutto il tempo, e non posso dirgli che è un idiota perché non vuole credere che suo figlio l'abbia fatto."

"Allora cosa vuoi che faccia?"

"Dacci un'occhiata." Mike tirò fuori una spessa cartellina dalla sua pila di fogli e me la passò. Aprendola, vidi subito la fila di zeri sull'assegno in cima a un rapporto tenuto insieme da graffette. "Prenditi un po' di tempo, magari un paio di settimane, e guarda un po' in cosa era immischiato. Probabilmente non c'è niente da trovare, ma voglio che la famiglia senta che qualcuno ci ha dato una seconda occhiata."

"Ma lui si è suicidato di sicuro?" La cartellina conteneva foto di un giovane coreano sorridente, da solo in alcune, mentre altre lo mostravano con gruppi di persone o con una donna caucasica dal viso sottile. "Questa è la sua ragazza?"

"Moglie." Mike rovistò fra le foto e ne estrasse una del giovane con un bambino piccolo dalle gambe storte in braccio. "Non era proprio un ragazzino. Quasi trent'anni, sposato, già con un figlio. Un bravo ragazzo coreano secondo tutti quanti. L'orgoglio della sua famiglia eccetera."

11

"Kim Hyun-Shik? Lo sto pronunciando giusto? Kim è il cognome, no?" Quelle sillabe erano difficili per la mia lingua. Studiai il suo volto. Era attraente, con una bocca graziosa nel viso forte. I capelli neri erano tagliati a spazzola, simile a quello di mio fratello, e i suoi occhi erano scuri e scintillanti. Erano colmi d'amore per il bambino che sorreggeva davanti alla macchina fotografica, e il suo viso brillava d'orgoglio.

Ero geloso di quell'orgoglio e quell'amore. Era passato molto tempo da quando avevo visto quello sguardo negli occhi di mio padre.

"Quando è morto?" C'erano rapporti nella busta: un referto d'autopsia e liste di posti che Hyun-Shik frequentava. Riconobbi qualche ristorante, quindi notai un nome familiare. "Conosco questo posto, Dirty Kiss. È... un locale per soli soci."

"Solo un paio di settimane fa. E locale per soci un cazzo. È un bordello gay," interruppe Mike. "Chiamalo per quello che è, Cole."

"Bordello sembra un po' eccessivo." Rovistai fra i rapporti, cercando la causa del decesso. "La maggior parte dei clienti non arriva nemmeno alle stanze per il sesso. Degli uomini in abiti femminili fanno spettacoli al piano principale. Devi essere un membro per salire di sopra."

"Sì, beh, il nostro amico è salito di sopra." Mike stava tormentando con le dita l'etichetta della birra, facendone il bordo a striscioline. Stava cercando di sembrare indifferente, girando intorno a una domanda che voleva fare ma che non poteva. "Tu ci vai? Per avere compagnia, intendo? Non che sia un male. Devi combinare qualcosa anche tu, ogni tanto."

"Mike, era uno dei posti che sono finito a investigare quand'ero nella polizia." Il pensiero di pagare qualcuno perché ballasse nudo davanti a me sarebbe sembrato invitante qualche anno fa. I tempi erano proprio cambiati. "Lavoravo alla Buoncostume, ricordi? Ci mandano spesso in posti così. La famiglia sa che era un membro?"

"Non lo so. È stato trovato lì, con un'overdose di pasticche. Non hanno trovato molto quando gli hanno fatto la lavanda gastrica." Scolò il resto della sua birra, facendo una smorfia perché era calda. "Suo padre insiste che Hyun-Shik non si sarebbe mai ucciso, ma rifiuta di parlare della possibilità che fosse gay."

"Tantissimi padri rifiutano di credere di avere figli gay. Guarda il nostro." Mike si mosse, a disagio, e il suo viso assunse una familiare espressione combattuta.

"Sì, a proposito di papà," disse, strofinandosi la nuca. "Lui e mamma verranno in visita fra un paio di settimane. Maddy vuole sapere se vorresti venire a cena. Magari portare un ospite."

"Andiamo, Mike, non rifilarmi certe cazzate." La birra non aveva sapore nella mia bocca, ma la bevvi comunque. Qualsiasi cosa per lavare via la segatura che mi intasava la gola. "Il vecchio non vuole vedermi."

"Sono passati, quanti… dodici anni, Cole?" I suoi occhi erano scuri, quasi umidi alla luce della lampada. "Quando la smetterete di essere testardi e vi verrete almeno un po' incontro?"

Mike odiava lo scisma nella nostra famiglia, odiava essere il ponte che collegava me e mio padre. La nostra educazione cattolica irlandese contribuiva a nutrire il senso di colpa che ci affliggeva entrambi. Mike si biasimava per non esserci stato la notte in cui avevo confessato a mio padre che amavo gli uomini, e io mi biasimavo perché non ero ciò che la mia famiglia avrebbe voluto. Io avevo superato il mio senso di colpa, ma Mike stava ancora lavorando al suo.

"Venirci incontro per cosa?"

Potevo ancora sentire la porta che mi sbatteva alle spalle. L'ultimo viso che avevo visto prima che si chiudesse era stato quello di Barbara, la seconda moglie di mio padre, la donna che avevo chiamato mamma per tutta la vita. Aveva ancora l'espressione orripilata di quando avevo rivelato loro il mio più grande segreto, sperando che nonostante tutto mi amassero abbastanza da continuare a chiamarmi figlio. Mi ero sbagliato. "Vuoi che nasconda chi sono perché per papà è un problema?"

"Non si tratta di papà. Si tratta di te," disse piano Mike. "Tasha viene con loro. È al secondo anno, ormai. Vuole vederti."

La nostra sorella più giovane aveva tre anni quando avevo lasciato la famiglia. Oltre che in foto, non avevo visto né lei né le nostre altre due sorelle per anni. Mike sapeva manipolarmi come un maestro. Nessun altro, a parte lui, riusciva a convincermi a fare cose che non volevo fare.

"Ci penserò." Occhieggiai mio fratello, in cerca di segni di trionfo sul suo volto. "Se sorridi ti do un pugno."

"Non sto sorridendo," protestò, lottando per trattenere un sorrisetto insolente. "La porterei qui se a papà andasse bene. Vieni solo per cena e sii educato. Maddy era seria riguardo al portare un ospite. Pensa che sia ora che tu inizi a frequentare qualcuno."

"Di' a Furia McGinnis che sto bene da single." La moglie di Mike aveva buone intenzioni, ma era stata solo ai margini della mia picchiata verso il basso. Mike ne sapeva di più. Non avrebbe cercato di spingermi verso niente, a parte qualche insinuazione non troppo velata che avrei dovuto scopare di più. "E poi, pensi che vorrei infliggere papà a qualcuno a cui sono interessato? Guarda quante ne ha fatte passare a Maddy, e tu sei il figlio preferito."

"Devo andare." Diede un'occhiata all'orologio e fece una smorfia. Era tardi. "Per il tuo bene, fatti una doccia prima di andare a letto. Hai l'odore di uno di quei deodoranti al pino che appendi in macchina."

"Sì, va bene." Improvvisamente mi ritrovai esausto, con troppi fantasmi e relazioni che mi fluttuavano in testa. "Chiudo la porta a chiave quando esci."

"Accetterai l'incarico?" Mike radunò tutte le sue scartoffie, riordinando le pagine. "Mi piace questo tizio, Cole. Non si aspetta che tu scopra niente, a dire il vero, ma deve fare qualcosa. Quello era il suo unico figlio."

"Sì, darò un'occhiata in giro. Diciamo che conosco una delle artiste che lavorano al club. Potrebbe sapermi dire qualcosa." Raccolsi le bottiglie e mi alzai, stiracchiandomi finché non sentii scrocchiare la schiena. Sentii un pulsare lungo la gabbia toracica, che si allargava in un lento cerchio insensibile. Lasciai cadere il vetro nel bidone per il riciclaggio e mi appoggiai allo stipite, sfregando quel punto.

"Ti fa male?" Mike notò che mi massaggiavo con la punta delle dita e aggrottò le sopracciglia, preoccupato. "Quand'è stata l'ultima volta che hai visto un dottore?"

"È solo la cicatrice." Il tessuto cheloide rilassò la presa sui miei nervi aggrovigliati e i muscoli intorno alla vecchia ferita iniziarono lentamente a rilassarsi. "Non ci si può fare niente. Devo sopportare e basta."

Non sembrava convinto. Mike si preoccupava sempre. Mi aveva praticamente fatto da madre per anni. Non prevedevo che sarebbe cambiato tanto presto. Era peggiorato dopo che papà mi aveva voltato le spalle. Se mi fosse successo qualcos'altro, ero sicuro che mi avrebbe fatto trasferire nella stanza degli ospiti a casa sua per tenermi d'occhio meglio.

"Va' a casa da tua moglie, Mike," dissi, spingendolo verso la porta. Sarà anche stato più robusto di me, ma io avevo braccia più lunghe, e il suo pugno poco convinto mi sfiorò appena la spalla.

"Fa' un salto dalla famiglia Kim prima di andare a quel club." Si fermò sulla soglia, tenendo aperta la grata di sicurezza. "Il padre vive a San Francisco, ma sua madre è qui con il resto della famiglia. Il signor Kim ha

14

detto che sua moglie se la sta passando male da quando i poliziotti hanno chiamato per dire loro di Hyun-Shik."

"Sa che qualcuno sta investigando la morte di suo figlio?" L'ultima cosa che volevo era piombare in casa di una madre in lutto facendo domande a cui non era pronta a rispondere.

"Sì, ho la sensazione che il signor Kim lo stia facendo per lei. Non l'ha detto, ma è l'impressione che ho avuto quando gli ho parlato." Mike era quasi in fondo ai gradini quando gli dissi di fermarsi. La luce del portico creava giochi di ombre sul suo volto, facendo risaltare i suoi zigomi prominenti.

"E se scopro qualcosa?" chiesi. "Che si fa allora?"

"Allora, fratellino," fece un sorriso, tornando a essere il fratello maggiore che avevo conosciuto e amato tutta la vita, "mi aspetto che tu vada a fondo e scopra la verità. Usa quella tua testa dura per un buon fine. Non mi aspetto niente di meno da te."

L'ACQUA ERA piacevole sul mio corpo. Ancora più piacevole fu lavarmi via il resto della corteccia dai capelli. Mi appoggiai alle piastrelle, sorreggendomi con una mano mentre guardavo l'acqua sporca scivolare nello scarico. Lo spruzzo della doccia mi picchiettava sul collo e mi passai le dita della mano libera fra i capelli, assicurandomi che non ci fossero residui delle attività notturne. Una fogliolina, appena nata e verde chiaro, cadde e galleggiò nella corrente. La spinsi nello scarico con un piede. Il colore mi ricordava troppo gli occhi di Rick. Non erano mai stati così verdi, ma spesso portava lenti a contatto per renderli più intensi. Gli piaceva il contrasto che facevano con la sua pelle abbronzata.

Le indossava anche quella notte. I verdi brillanti sembravano ridere di me, a volte. Quella foglia non faceva eccezione.

Chiudendo l'acqua, afferrai un asciugamano e mi asciugai le gambe. Un livido si stava formando lungo la coscia, una lunga linea viola lasciata dallo spesso bordo della staccionata. Il segno terminava vicino alla cicatrice dello sparo sulla gamba, la più piccola delle mie ferite. Il proiettile aveva lacerato il muscolo, passandolo da parte a parte e andando a conficcarsi nel muro di mattoni alle nostre spalle.

Era stato l'ultimo colpo sparato, e non ricordavo di essere stato colpito lì.

Mi passai l'asciugamano sul torace e giù per lo stomaco. Se mi fossi svegliato abbastanza presto, avrei potuto fare un salto in palestra e fare un po' d'esercizio prima di iniziare a lavorare. L'attività fisica aiutava a mantenere flessibile il tessuto cicatriziale sulle costole, o almeno era ciò che continuavo a ripetermi. Perlomeno mi aiutava a restare in forma e a sfuggire ad anziane rabbiose armate di fucile.

Il nodulo di tessuto sulle costole era ancora colorito, più scuro di quello che avevo sul torace, e sporgente. Sfregando l'unguento riduttore sulle cicatrici rotonde, lasciai vagare la mente, pensando al giovane uomo e al suo suicidio.

C'era un qualche bigliettino fra i fogli, la copia di un pezzo di carta scarabocchiato in coreano. La grafia era forte e mascolina, le lettere erano vergate con sicurezza sulla pagina. Se Hyun-Shik dubitava di sé, certamente non si notava dalla sua grafia.

Distinguevo i caratteri, con i circoli e le sbarrette, più perché li avevo visti sulle insegne dei ristoranti che per un'effettiva conoscenza. Parlavo inglese e uno spagnolo passabile, ma il coreano era ben al di là della mia portata. Potevo anche avere una madre giapponese ma, a parte sapere la differenza fra il riso e gli spaghettini, ero asiatico quanto una ciotola di fiocchi d'avena.

"Avrò bisogno che qualcuno lo traduca," borbottai rivolto alla mia stanza da letto vuota, mentre cercavo un paio di boxer. Nei miei cassetti c'era, purtroppo, carenza di vestiti puliti. Aggiunsi la lavatrice alla lista delle cose da fare il mattino dopo. C'era qualcosa che non andava in quel bigliettino. Continuai a rimuginarci mentre spegnevo la luce e mi sdraiavo sul letto. "Cosa li ha spinti a pensare che sia stato un suicidio? E perché uno dovrebbe scrivere il suo biglietto d'addio su un pezzo di carta strappata?" Ma d'altronde, non aveva molto senso nemmeno ingoiare una manciata di pillole a un karaoke club a luci rosse a Garden Grove.

Sospirando, chiusi gli occhi, lasciandomi finalmente sopraffare dalla stanchezza. L'ultima immagine che mi attraversò la mente mentre mi addormentavo fu il volto di Hyun-Shik che stringeva suo figlio. Quella felicità non si addiceva a un uomo disperato spinto al suicidio. Ma dopotutto, mi dissi, tutti hanno demoni che tengono nascosti. È quando quei demoni riescono a liberarsi che scopriamo come stanno davvero le cose.

CAPITOLO 2

NON POTEVO disperdere le nuvole che avevo negli occhi. Non importava quanto ci provassi, quelle non si dissipavano. Cercai di voltare la testa, ma ero troppo stanco. Le lenzuola erano ruvide sotto la mia guancia, inamidate e tirate sul materasso. La stanza era indistinta, ma sapevo dove mi trovavo. L'odore di disinfettante e candeggina mi soffocava. Nonostante la puzza aspra, sentivo ancora il tanfo di vomito e urina.

C'era anche un altro odore, amaro e metallico. Conoscevo anche quello. Era sangue. E ce n'era un sacco.

Le macchine facevano bip intorno a me, un rigurgitare costante di rumori e gorgoglii, che segnalavano ogni respiro e ogni battito del cuore. Aveva un certo ritmo, la mia vita scandita con ogni secondo che passava. C'erano sagome intorno a me, macchie chiare e scure che si fecero più solide quando sbattei le palpebre.

Respirare faceva male. Qualcosa si era inceppato nei miei polmoni e avevo un cilindro duro in gola. Quasi risi all'ironia: finalmente ero in grado di ingoiare qualcosa così a fondo. Avevo un riflesso faringeo che non riuscivo a fermare quando scattava. Entrò in azione in quel momento e mi sentii strozzare dal tubo che teneva i miei polmoni liberi da fluidi. Il mio corpo lottò contro quell'intrusione, ma non aveva speranze. Ero paralizzato, intrappolato nel bozzolo del mio corpo immobile.

La stanza divenne più chiara, facendosi lentamente più solida intorno a me. I muri erano dipinti di celeste e vedevo luci intermittenti riflesse nel cromo del letto d'ospedale vicino al mio. Il debole, costante suono che sentivo sotto i bip si fece più forte, e guardai con orrore mentre le lenzuola sull'altro letto si tingevano di cremisi, e il sangue in eccesso gocciolava, chiazzando il pavimento. Qualcosa giaceva su quel letto, qualcosa di familiare, e io cercai di parlare, ma non riuscivo a pronunciare nessuna parola intorno alla plastica bianca che avevo in gola.

Conoscevo quegli occhi, perché il loro luccicare mi perseguitava. Inerme e immobile, guardai Rick che si protendeva verso di me, la sua mano contorta e tremante che cercava di colmare la distanza fra noi.

Un'esplosione echeggiante distrusse il volto di Rick, lasciando solo uno di quegli occhi verde foglia che mi fissava. Il suo corpo sussultò, cercando di accettare la propria morte, e io gridai in silenzio mentre il suo cervello mi schizzava in bocca e sulla faccia. Del sangue mi spruzzò addosso: sapeva della vita di Rick che defluiva dal suo corpo. Poi fui investito dal dolore, e tutto si fece nero.

La parte cosciente della mia mente, la parte che sapeva che stavo sognando, mi gridava di andarmene. Sapeva che Rick non era mai arrivato all'ospedale. Non l'avevo mai visto su un letto o attaccato a dei monitor. Nessuna di quelle cose era mai accaduta, ma al mio subconscio non importava.

Il cinguettare delle macchine continuò, freddo e insensibile, mentre Rick moriva ancora e ancora nei miei incubi. Di nuovo. Muore sempre, e io non posso mai fare niente per impedirlo.

LO SQUILLARE del telefono di casa mi svegliò, un incessante suono che mi rimbombava nelle orecchie. Puzzavo di sudore e, per un momento, il nauseante, stucchevole odore di sangue mi riempì il naso, ma si dissipò mentre cercavo di togliermi il sogno dalla testa.

Allungandomi verso la cornetta, rivolsi uno sguardo annebbiato alla sveglia, domandandomi che fine avesse fatto la notte. Sembrava fossero passati pochi secondi da quando mi ero sdraiato, ma eccole lì, le nove del mattino, e probabilmente Claudia mi stava chiamando dal piano di sotto.

"Pronto?" Sapevo di avere una brutta voce. Mi bruciava la gola, come se il tubo fosse stato reale. Memorie fantasma, residuo dei giorni successivi a quando mi avevano staccato dalle macchine, all'ospedale. La cicatrice sulle costole mi faceva male, torcendomi i nervi, scagliando piccole fitte nella pancia. Come se non fosse abbastanza, dovevo davvero fare pipì.

"Tesoro, vieni a lavorare oggi?" L'accento di Claudia era come una densa melassa al mio orecchio. Giurava di non aver mai vissuto fuori dalla California, ma c'era ben più di una traccia di Sud nella sua voce. "Altrimenti ti spacco la testa perché mi hai fatto venire in ufficio."

Ah, sì, cara, dolce Claudia, che avrebbe potuto sollevarmi di peso con una mano dietro la schiena. L'avevo assunta perché era amichevole e non avrebbe spaventato i clienti titubanti che fossero entrati dalla porta. Aveva cresciuto otto figli nei bassifondi di Long Beach e li aveva mandati tutti all'università. C'era acciaio sotto quella maschera delicata. Non avevo alcun dubbio che mi avrebbe potuto spaccare la testa con uno schiocco delle dita.

"Devo solo alzarmi. Penso di non aver sentito la sveglia," borbottai come scusa alla mia unica impiegata. "Scendo fra un attimo."

Non ero un idiota. Claudia mi faceva rigare dritto. Finalmente aveva smesso di cercare di farmi uscire con suo figlio Marcus, probabilmente perché aveva deciso che non ero abbastanza per lui, ma mi trattava ancora come se fossi uno dei suoi ragazzi. Avevo cercato di farmi crescere i baffi, una volta, ed erano durati ben mezz'ora. Era entrata, mi aveva dato un'occhiata, e aveva annunciato che sembravo un sacco dell'immondizia. Ero andato di sopra e li avevo tagliati senza nemmeno protestare. Avrei maledetto mio padre, che andasse all'inferno, fino al mio ultimo respiro, ma sarei morto prima di deludere Claudia.

"Prenditi tutto il tempo che vuoi. Ho del caffè e della torta di mele, quaggiù," mi informò. "Sono qui a guardare un programma. C'è un cane ballerino, adesso. Dimmi, a chi diavolo serve un cane ballerino? Vuoi farmi una bella impressione? Insegna a quello stupido coso a lavare i piatti."

Riattaccai dopo aver borbottato un saluto. È meglio interrompere Claudia prima che inizi a dare ordini, specialmente quando ci sono caffè e torta che mi aspettano. Sapeva essere prepotente, ma teneva in ordine i miei registri ed era affidabile come il sole. Il mattino in cui era entrata nel mio ufficio per rispondere all'annuncio che avevo messo sul giornale era stato il giorno più bello della mia vita.

Avevo avuto qualche dubbio quando una donna robusta, con indosso gli abiti buoni della domenica, si era presentata alla mia porta. Non ero riuscito a indovinare la sua età, ma aveva un'aria di solida saggezza, ed era innegabile che fosse una forza della natura. Il nostro colloquio era stato rapido e facile: le avevo detto che ero gay e avevo qualche problema, lei mi aveva detto che era nera e soffriva di pressione alta.

All'epoca, non sapeva quasi niente di computer, e io lasciavo che passasse la giornata a lavorare a maglia o a guardare le telenovele sulla televisione che le avevo comprato, ma teneva la mia agenda in ordine, pagava i miei conti e, se avevo bisogno di mangiare, si occupava anche di quello. Claudia lavorava perché non voleva farsi arrugginire il cervello dopo essere andata in pensione dalla scuola locale. Io lavoravo perché non volevo trasformarmi in un lumacone da divano, a prescindere da quanti soldi avevo ricevuto dal dipartimento. Era uno scenario vincente sotto tutti i punti di vista.

Eccetto per il fatto che lei e Mike spesso cospiravano alle mie spalle. Che Dio mi aiutasse se mai avessero deciso allo stesso tempo che dovevo uscire con qualcuno. Niente mi avrebbe salvato.

Feci una doccia veloce per liberarmi del sudore della notte. Considerai se vestirmi con più attenzione di quanta ne prestassi normalmente. Una visita a casa dei Kim probabilmente avrebbe richiesto più professionalità di quella che dimostravo di solito. La maggior parte dei miei clienti era più interessata a vedere cosa stavano facendo i rispettivi coniugi o a scoprire gli scheletri nell'armadio di impiegati che sostenevano di avere lesioni debilitanti. Un paio di jeans non sarebbe bastato stavolta.

Alla fine scelsi dei pantaloni cachi scuri La scelta nel mio armadio era un po' limitata. Erano i pantaloni cachi o i jeans scuri. Dovevo aver saltato il buongusto per la moda mentre ero in coda per i miei geni gay, perché Mike era del parere che non sapessi vestirmi. Una polo color crema era il massimo rischio che ero disposto a correre con quei pantaloni.

E a quanto pareva avevo sbagliato, mi resi conto quando scesi al piano di sotto in ufficio e salutai Claudia con un allegro ciao.

Lei mi diede un'occhiata e sollevò il dito indice, lo girò in aria e indicò verso l'alto, dicendomi silenziosamente di tornare di sopra e ritentare. Aveva le sopracciglia aggrottate e una smorfia in viso che poteva essere di dolore o di scontento.

"Cosa? Si abbinano!" Fissai i pantaloni e la maglia. Erano entrambi una specie di marroncino.

"Non mi meraviglia che tu non riesca ad avere un appuntamento." Tornò a dedicarsi alle parole crociate, bevendo un sorso dalla sua tazza. "Hai i pantaloni verdi e la maglia del colore del mio caffè. Vai a cambiare uno dei due prima di accecare qualcuno."

Tornai dopo aver indossato i jeans neri, la mia unica altra opzione per la giornata. La manager del mio ufficio mi rivolse un grugnito di semi-approvazione. Afferrai un piatto di plastica con una fetta di torta di mele e le diedi un gran morso, assaggiando un paradiso di cannella e frutta. Mentre masticavo, Claudia si alzò, si avvicinò alla macchinetta del caffè e riempì la sua tazza da viaggio, passandomela mentre tornava alla scrivania.

"Silenzio, ti ho portato il caffè solo perché mi fai pena. Non credere che succederà tanto spesso," mi zittì prima che potessi protestare. "Ha chiamato tuo fratello. Ha detto che ha parlato con una tizia di nome Kim e che puoi passare da lei in qualsiasi momento oggi. Ecco l'indirizzo. È un caso? Devo aprire un nuovo fascicolo?"

"Sì, è un nuovo caso," dissi, passandole l'assegno e il resto del contenuto della busta. Fotocopiai il biglietto d'addio usando la piccola stampante multiuso che avevo preso in un negozio di forniture per ufficio, soddisfatto della buona risoluzione anche se si trattava della copia di una copia, e passai anche quella a Claudia. Lei arricciò le labbra quando vide l'importo dell'assegno, sollevando le sopracciglia per la sorpresa.

"E Kim è il cognome della famiglia. Non è una ragazza."

"Che razza di cognome è?" Una cartellina emerse dalle cavernose profondità della sua ampia scrivania, e Claudia incollò un'etichetta bianca sul lembo di chiusura, quindi scrisse attentamente una fila di numeri sotto il cognome della famiglia. Il suo tono non era critico, solo curioso.

"È coreano." Sapevo di non dover dire altro in merito. Adoravo Claudia, ma talvolta aveva le sue opinioni riguardo a qualcosa, e questo era uno di quei casi.

"Mi piace quella roba calda coi cavoli che fanno. È buona." Annuì con enfasi. "Marcel ha una ragazza asiatica. Non puoi presentarti alla loro porta senza portare qualcosa. È maleducazione. Mi raccomando, fermati al negozio e compra qualcosa."

"Qualcosa di che genere?"

"Di solito biscotti," disse lei, toccandosi l'angolo della bocca con la punta di un dito per togliere un puntino di rossetto rosso acceso. "Insomma, qualcosa di carino. Magari dei fiori?"

"Vedrò cosa trovo per strada. Se potessi depositare quello, sarebbe grandioso." A parte Marcus, non riuscivo a tenere a mente tutti i dettagli riguardo all'enorme famiglia di Claudia, quindi non avrei fatto commenti sulla ragazza di Marcel o la sua etnia. "È uno dei lavori di Mike, quindi almeno sappiamo che la paga è buona."

"Tu stai bene?" Aveva un'espressione da mamma chioccia in viso, era determinata ad avere informazioni.

"Sì, tutto a posto. È stata solo una nottata dura," la rassicurai. Chinandomi per baciarla sulla guancia, non potei schivare la pacca pungente che mi diede sul sedere quando mi tirai indietro. "Se vuoi andare a casa presto, fai pure. Non ha senso tenere l'ufficio aperto dopo l'una."

"Chiamerò Martin e gli dirò di passare per quell'ora." Lei annuì. La sua espressione sospettosa non era svanita, quindi sorrisi per placare le sue preoccupazioni. "Mangia qualcosa, Cole. E ho visto il tuo parabrezza posteriore quando sono arrivata stamattina. Tu e io dovremo fare un discorsetto su ciò che combini di notte."

"Sì, grazie per avermelo ricordato. Devo darti la fotocamera per farti scaricare delle foto. La moglie del signor Brinkerhoff stava facendo le porcherie con un'amica. Più tardi dovrò telefonargli e dargli la brutta notizia." Ci pensai per un momento, quindi mi strinsi nelle spalle. "O la bella notizia, a seconda di come vorrà prenderla."

"Vedi di tenerti quella roba per te." Agitandomi contro una penna, Claudia fece un verso di disapprovazione. "E ho fatto venire qualcuno a sistemare quel parabrezza, visto che hai dormito fino a tardi. Ho preso i soldi dalla cassa per pagarlo. Ha anche aspirato i vetri rotti. Gli ho dato una buona mancia, visto che probabilmente dovrà tornare."

LA ROVER e io non eravamo granché con la tecnologia, quindi usai il mio fidato atlante stradale per localizzare la residenza dei Kim. Avrei potuto cercare la mappa sul computer prima di uscire, ma avrebbe significato subire ancora i maltrattamenti di Claudia, ed ero troppo esausto per via dell'incubo. Sorridere e fingere poteva funzionare solo per un po'. Alla fine, cedevo e mostravo cosa provavo veramente. Claudia mi sarebbe stata addosso in un attimo, aggrappandosi a ogni briciola di emozione che fosse riuscita a spremere.

Il traffico di Los Angeles era come minimo problematico e poteva diventare un caos totale. L'unico modo per evitare il peggio era prendere la 405 e seguire la costa. Su una mappa sembrava di girare in tondo, ma in realtà era l'unico modo di arrivare da A fino a B in meno di cinque ore.

Mi diressi a sud dopo essermi fermato da un fioraio e aver scelto un'orchidea in boccio dalla vetrina. Dopo aver ficcato la ricevuta in una busta di plastica che Claudia mi aveva dato per tenere in ordine le mie spese, manovrai la Rover nel flusso del traffico di mezzogiorno.

La casa dei Kim era annidata nella fessura di un canyon, circondata da un perimetro di fiori e alti muri di pietra. Parcheggiai la Rover dietro a una malconcia Explorer bianca. Entrambi i veicoli risaltavano fra le basse macchine sportive e le costose auto d'importazione che ingombravano i vialetti del quartiere. Non volevo nemmeno immaginare quali macchine fossero considerate abbastanza pregiate da stare in garage.

Il tragitto fino alla porta d'ingresso fu lungo. Quando posai i piedi sul marciapiede dell'ingresso, mi resi conto che non avevo idea di cosa dire a una donna che aveva perso il figlio per un suicidio. Quando ero un poliziotto, non mi occupavo mai di informare le famiglie dell'omicidio di

22

una persona cara e, dopo essere diventato detective, avevo lavorato alla Buoncostume, quindi ogni morte in cui incappavo veniva assegnata a quelli della Omicidi.

Richiamai alla mente alcune delle solite parole d'empatia che avevo imparato e bussai alla porta, sperando che si trattasse di entrare, fare qualche domanda e uscire.

Sfortunatamente per me, appena la porta si aprì, persi ogni controllo sul mio cervello.

Non mi erano mai piaciuti gli uomini asiatici, forse perché mi ricordavano Mike, ma il ragazzo che mi aprì la porta era da mozzare il fiato.

Se c'era una prova dell'esistenza di Dio, era in piedi dritta davanti a me, ne ero certo. I suoi grandi occhi a mandorla erano fulvi, un marrone dorato bronzeo, incorniciati da lunghe ciglia nere. I capelli neri risaltavano sulla sua pelle chiara e gli spiovevano sottili su viso e sul collo. Gli zigomi alti erano leggermente arrossati per il calore. Ma fu la sua bocca ad attirarmi, piena e rosata, il labbro inferiore infossato da una leggera impronta di denti.

Mi ci volle un momento per accorgermi che mi stava fissando quasi direttamente negli occhi; era solo di qualche centimetro più basso del mio metro e novanta. Arrischiai un'occhiata al suo snello corpo sodo, assaporando la vista delle lunghe gambe nei jeans consunti e della vecchia maglietta che gli stringeva il torso. Deglutendo, cercai di pensare a qualcosa di intelligente da dire, ma parlò prima lui.

"Posso aiutarla?" La sua parlata era fluida, con un leggero accento orientale.

"Uh, sì." Tenendo in equilibrio l'orchidea, tirai fuori un biglietto da visita dalla cartella di pelle che portavo con me ai colloqui e che conteneva il blocco per prendere appunti. "Sono Cole McGinnis. Mio fratello Mike ha detto che ha telefonato per avvisare del mio arrivo. Si tratta di Kim Hyun-Shik. Lei è un parente?"

"Sono... suo cugino." Chiaramente, era incerto su cosa dire. La morte era troppo recente per relegare Hyun-Shik nel passato. "Prego. Entri. Grace ha parlato stamattina con il signor McGinnis. Non so se abbia detto alla zia che sarebbe venuto."

"Questa è per la famiglia. Le mie più sentite condoglianze." Non sapendo cosa fare della pianta, risolsi il problema passandola al cugino di Hyun. Aprii la cartella, iniziando a schizzare l'albero genealogico. Almeno, mi avrebbe aiutato a inquadrare con chi avrei parlato. "Grace è...?"

"La sorella maggiore di Henry." Posò lo stelo ondeggiante, dai boccioli viola, su un'ornata credenza di legno nell'ingresso, facendomi cenno di entrare. "Scusi, Hyun-Shik è il nome coreano di Henry. Usava Henry per la scuola e il lavoro."

Entrai in casa e lo sfiorai, oltrepassandolo. Diavolo, aveva anche un buon odore, un odore mascolino, agrumato, con note di tè. "Anche Grace ha un nome coreano?"

"L'abbiamo tutti." Il suo sorriso era rigido, tinto di amarezza o tristezza, ma non riuscivo a capire quale emozione fosse. "Grace non lo usa. Lei è solo Grace Kim."

La casa era silenziosa, il silenzio solenne di una casa in lutto per una persona amata. Seguii il ragazzo lungo il corridoio fino a un soggiorno elegante, cercando di tenere gli occhi più in alto del suo fondoschiena. Tenere lo sguardo fisso in mezzo alla sua schiena non serviva a molto, ma era meglio che lasciare la mia mente libera di vagare.

Nella sala c'erano quattro donne coreane ben vestite; una sedeva su un divano, mentre una donna più giovane le dava pacche gentili sulla coscia, mormorando qualcosa che non capivo. La donna al centro della loro attenzione alzò lo sguardo sul ragazzo che mi accompagnava: il suo viso passò dalla tristezza alla rabbia. Spalancò gli occhi gonfi e iniziò a urlare.

Io non parlavo coreano, ma quello che disse fece cambiare espressione al ragazzo, la cui espressione si indurì; storse la bocca mentre si sforzava di non rispondere al vetriolo che gli veniva scagliato contro. C'era cattiveria in quelle parole, e la donna le usava come coltelli, affondandogliele più e più volte nel cuore per vederlo morire dissanguato davanti a sé.

La donna più giovane si alzò e fece per afferrare il cugino di Hyun-Shik, ma lui la scansò, si voltò e uscì dalla stanza. La donna si girò verso di me, rivolgendo uno sguardo alla donna più anziana, ora silenziosa, e alle altre che la stavano calmando. "Mi dispiace, ma questo è un brutto momento per mia madre. Non le ho detto che sarebbe venuto. Speravo di avere più tempo, ma poi è arrivato Jae-Min e ho dovuto occuparmi anche di quello."

"Lui è Jae-Min? Suo cugino? Quello che mi ha aperto la porta?"

"*Cugino* alla lontana. I nostri nonni erano primi cugini," precisò. Aveva il viso un po' gonfio per la stanchezza, ma le sue fattezze erano delicate come porcellana e notai la somiglianza con il ragazzo che mi aveva fatto entrare. "È difficile per Umma accettare che Henry non ci sia più. Vedere qui Jae-Min anziché mio fratello la fa arrabbiare. Mi dispiace che

24

lei sia venuto qui per niente, ma non penso che mia madre possa parlarle in questo momento."

"Nessun problema." C'era qualcosa che non mi stava dicendo, e io lo volevo scoprire. Non aveva senso che la signora Kim fosse arrabbiata con il cugino di Hyun-Shik, d'altronde non capivo molto di cultura coreana. "Magari potrei parlare solo a suo cugino. Conosceva bene Henry? Potrebbe avere qualcosa da aggiungere."

"Parli finché vuole con Jae. Probabilmente è in cucina." C'era un accenno di malignità nel suo sorriso, celato dietro la sua gentilezza. Adesso ero certo che ci fosse dell'altro. "È in fondo al corridoio a destra. Gli dica che arriverò fra poco per dell'altro tè, se potesse prepararlo."

Fu facile trovare la cucina. Era più grande del mio ufficio, con metri scintillanti di acciaio inossidabile e granito. E non trovai traccia di Jae-Min finché non lo notai in piedi fuori dalle porte a vetri, a fumare una kretek sulla veranda. Mi dava la schiena: le sue scapole risaltavano sotto la maglietta mentre lui stava appoggiato alla ringhiera, a soffiare spirali di fumo grigio-blu che gli circondavano la testa. Sembrava una posizione familiare, per lui, come se fosse stato lì molte altre volte.

Trovai una teiera cromata sui fornelli e la riempii d'acqua dal dispenser di acqua filtrata che c'era sul lavandino. Avrei lasciato la scelta del tè a Grace quando fosse tornata, ma accesi il fornello a gas e le luminose fiamme blu lambirono il fondo della teiera. Il ragazzo si era guardato alle spalle quando aveva sentito l'acqua scorrere e mi aveva trovato a fissargli le spalle. Il suo viso era rigido, le sue emozioni sigillate dietro una graziosa maschera.

Per quando finì la sigaretta ai chiodi di garofano, la teiera aveva iniziato a borbottare sul fornello. Lo guardai spegnere il mozzicone in un vaso di sabbia e gettarlo in un bidone dell'immondizia. La porta cigolò quando Jae-Min la aprì per entrare in cucina. Si mosse per la stanza con familiarità, tirando fuori un servizio da tè ornamentale da una credenza. Un pacchetto di tè in foglie emerse da un altro armadietto, e lui misurò una porzione in un colino, sistemandola nel vassoio d'argento.

"Le serviva altro?" La sua voce era gentile, tinta di un dolore tremante.

"Volevo solo farle un paio di domande su Hyun-Shik," risposi, appoggiandomi al bancone, dove lui stava sistemando delle zollette di zucchero nella ciotola del servizio. "Eravate molto vicini?"

Lui mi fissò, soppesandomi con una lunga occhiata. Un'acuta intelligenza brillava nei suoi occhi marrone dorato, ma vi era anche qualcosa di più selvaggio. Mi resi conto di cosa mi ricordasse quello sguardo.

Ero figlio di un Marine, quindi ci eravamo spostati di continuo finché mio padre non era andato in pensione, quando avevo tredici anni. Uno dei posti in cui avevamo vissuto era una cittadina nelle Hawaii, dove una colonia di gatti randagi viveva vicino alla base. I gatti e le persone sembravano avere una specie di accordo: i gatti tenevano a bada la popolazione di ratti e ogni tanto la gente acchiappava un gattino particolarmente carino dai branchi vaganti che si sparpagliavano appena un umano si avvicinava. Avevo passato mesi a cercare di attirare un giovane micio, sperando che, se l'avessi addomesticato, avrei potuto convincere i miei genitori a farmelo tenere. Il gatto veniva abbastanza vicino per farsi grattare le orecchie e prendere il cibo che gli offrivo, ma qualsiasi movimento per prenderlo dietro le spalle lo faceva correre a rifugiarsi di nuovo fra l'erba alta.

Jae-Min mi ricordava quel gatto.

Aveva qualcosa di selvatico. Qualcuno l'aveva attirato nella casa e gli aveva dato da mangiare, ma probabilmente sarebbe fuggito, o avrebbe graffiato, se qualcuno l'avesse stretto troppo forte. Sembrava fuori posto nella rigida perfezione della casa in cui ci trovavamo, ma era chiaro che sapesse dove si trovava ogni cosa, ed era anche disposto a preparare il tè per una donna che sembrava odiarlo.

La vita mi riservava ogni genere di sorprese. C'era qualcosa, qui, che volevo capire.

Sembrava aver deciso che andava bene parlarmi, perché mi rivolse un cenno d'assenso. Le zollette di zucchero dovevano essere estremamente interessanti, perché Jae-Min si prese tutto il tempo per impilarle dopo aver spento il fornello, lasciando quietare l'acqua bollente.

"Mio zio, il padre di Hyun-Shik, ha fatto in modo che potessi frequentare qui le superiori." Rimasi in silenzio, aspettando che aggiungere qualcosa. "La mia famiglia vive a Sacramento. Mia madre pensava che sarebbe stato meglio se fossi venuto qui. Hyun-Shik ha… aveva quattro anni più di me."

"Quindi, era come un fratello per lei?"

La sua espressione mutò appena, ma la maschera s'incrinò, lasciando trapelare un briciolo d'ironia. "No, non ho mai pensato a hyung come a un fratello."

26

Quanti soprannomi aveva, questo tizio? Stavo cercando di aggiornare i miei appunti quando Grace si precipitò nella cucina e quasi scivolò con i piedi nudi sul lucido pavimento di legno. Merda. Abbassando lo sguardo, trasalii, rendendo mi conto che avevo ancora le scarpe ben allacciate ai piedi.

"Bene." La donna afferrò la ciotola dello zucchero, posandola sul vassoio. "Ci sono delle fettine di limone in frigo. Jae, prendimene un paio e mettile su quel piattino. Stanno per arrivare altri ospiti di Umma. Tu resti?"

"Se ne hai bisogno," replicò lui. La freddezza era tornata, placida come un ghiacciaio che si muoveva in acque calme.

"Sì." Grace smise di sistemare le graziose tazze da tè sul vassoio e gli prese dalle mani il piatto di limoni. "Però non farti vedere. Verrò io quando ho bisogno di qualcosa. Puoi guardare se abbiamo qualcosa da servire agli ospiti? Saranno nove, o giù di lì?"

"Darò un'occhiata." Jae-Min si alzò mentre lei gli passava rapidamente accanto e usciva dalla cucina in un vorticare di gonne e chiacchiere, seguita dalla scia fragrante del tè. Il ragazzo scorse l'espressione sul mio viso e la sua bocca s'incurvò. "Che c'è?"

"Immagino che ciò che le ha detto la signora Kim non fosse molto carino, ma si sta offrendo comunque di preparare tè e stuzzichini per lei e i suoi amici. Perché?"

"È parte della sua indagine sulla morte di Hyun-Shik?"

"Mi aiuterà a farmi un'idea di come funziona questa famiglia. Diciamo solo che qualcosa non mi quadra. Mi pagano un sacco di soldi per ficcanasare in giro, quindi ho intenzione di ficcanasare."

"La mia famiglia deve molto alla famiglia dello zio. Sono qui perché..." Si morse il labbro inferiore coi denti. Era chiaramente un'abitudine che aveva quando pensava. Come abitudine era meglio di quella di mio fratello, che si passava la mano tra i capelli fino a farli diventare irti con un istrice. "È un dovere. Sarebbe... sbagliato andarmene quando la famiglia dello zio ha bisogno d'aiuto."

"Una cosa di famiglia," dissi, facendomi avanti per togliergli delle verdure dalle mani mentre lui svuotava il frigorifero.

"Sì, una cosa di famiglia. Una cosa coreana." Arrischiò un altro sguardo verso di me, assomigliando sempre di più al gatto selvatico che avevo cercato di portare a casa con me. "Non c'è bisogno che aiuti. Posso farlo io."

"Al massimo posso aiutare facendo a fettine le cose e mettendo l'acqua a bollire. Dopodiché, sono affari suoi. E probabilmente posso aprire una o due lattine. Mi darà qualcosa da fare mentre parliamo."

"Non c'è molto di cui parlare. Hyun-ah viveva con sua moglie. Io non lo vedevo, a meno che non fosse per una vacanza o un funerale."

"Sua moglie, Victoria." Dovetti controllare i miei fogli per trovare il nome. "Va d'accordo con la famiglia?"

"È la moglie di hyung." Lo disse come se quelle parole spiegassero tutto. Quando si voltò, si strinse leggermente nelle spalle ma, a parte quello, non aggiunse altro.

"Lei lo sosteneva? Aveva problemi con lei?" Cercando un'altra prospettiva, scavai un po' più a fondo. "Era infelice riguardo al suo matrimonio o la stava tradendo con qualcun altro?"

"Hyun-ah non frequentava nessun altro."

"Lo dice come se lo sapesse, ma ha detto che voi due non vi frequentavate."

"Ogni tanto parlavamo." Era una leggera apertura, bastava appena per cercare di arrivare a qualcos'altro. Jae mise un'ampia pentola nel lavandino, riempiendola a metà prima di posarla sui fornelli. Vi accese il gas sotto, quindi iniziò a fare a pezzetti lunghe verdure verdi che non avrei mai e poi mai saputo identificare. "Per lui c'erano solo Victoria e loro figlio, Will."

"Will?" Sembrava stonare con il resto delle tradizioni di famiglia, nonostante il rifiuto da parte di Grace di usare il suo nome di battesimo. "Strana scelta."

"Ha il secondo nome coreano. Chang-shik." Mi sfiorò per arrivare a un armadietto, e il mio corpo parve cantare a quel tiepido contatto casuale. Se fossi rimasto ancora a lungo intorno a Jae-Min, avrei dovuto farmi una doccia fredda molto lunga una volta arrivato a casa. O pregare di essere colpito da una tempesta una volta uscito. I miei appunti erano ben in vista e lui si fermò, guardando le mie scritte in stampatello. Prendendomi la penna dalla mano, cancellò qualcosa che avevo scritto e lo corresse più sotto. "È Jae-Min Kim, o anche solo Jae. Con una E. Non una Y."

"Giuro che avrei chiesto lo spelling giusto prima di scrivere il mio rapporto."

"Sta scrivendo un rapporto?" Si accigliò, tornando a mordicchiarsi il labbro. "Per chi? Vicki?"

"No, signor Kim. Tecnicamente lavoro per mio fratello Mike, ma su richiesta di suo zio. Compilo un rapporto per ogni caso. Ogni tanto anche due o tre, dipende da quanto è estesa l'indagine."

"Dunque questa dovrebbe essere corta, giusto?" Jae-Min mise da parte le verdure mentre aggiungeva delle scagliette marroni all'acqua e un aroma di pesce riempiva la cucina. Non era sgradevole, un sentore di mare e carne intorno ai fornelli. "Quanto altro c'è da scoprire?"

"Non lo so." Appoggiando i gomiti al bancone, osservai il suo viso, domandandomi perché i suoi occhi fossero spenti e opachi mentre mescolava il brodo. "Cosa le ha detto la signora Kim?" Era audace chiederlo, e lo sapevo. "Cosa le ha detto che l'ha ferita?"

"Ha detto che sarei dovuto morire io in quel posto. Che almeno Hyun-Shik sarebbe qui al posto mio." La sua voce piatta non tremò mai. Era come se stesse parlando di qualcosa di vagamente spiacevole, come di qualcuno che attraversava la strada col semaforo rosso o che aveva trovato uno scarafaggio morto sul parabrezza. "La zia pensa che avrei meritato io quel tipo di morte, non suo figlio."

"Perché mai dovrebbe dire una cosa del genere?" Volevo sporgermi e toccare le sue spalle rigide, ma ero già stato graffiato da cose più selvatiche di un giovane coreano dal bel faccino. "Sì, Hyun-Shik ha fatto una scelta, anche se è stata una cazzata, ma lei non c'entra. O sì?"

"No." I suoi capelli neri scintillavano sotto le luci tenui della cucina. Si voltò a prendere manciate delle verdure sminuzzate, aggiungendole lentamente al liquido bollente. "Non ho avuto niente a che fare con la morte di Hyun-Shik."

"E allora perché dire qualcosa di così odioso? O è anche quella una cosa coreana?"

"No, si scuserà oppure faremo finta che non abbia detto niente. È così che affrontiamo le questioni scomode." Tirò fuori altre verdure da dei sacchetti di carta; prese una cipolla, che avrebbe presto giustiziato sotto il suo affilato coltello. "L'ha detto perché Hyun-Shik non sarebbe dovuto morire in un locale gay. Un conto è suicidarsi, ma arrecare vergogna a tutta la famiglia in quel modo è troppo."

"E pensa che invece andrebbe bene se fosse morto lei lì?" La mia opinione della signora Kim stava sprofondando sempre più mentre Jae sminuzzava uno spicchio d'aglio sul tagliere.

"Sì, perché, nella sua testa, la mia famiglia ha poco da perdere." I pezzetti d'aglio finirono in pentola con le verdure. "È una dei pochi membri della famiglia che sanno che mi piacciono gli uomini. Se qualcuno della famiglia doveva morire là, sarebbe stato meglio che fosse successo a me invece di Hyun-Shik."

CAPITOLO 3

NON ERO mai stato disinvolto con gli uomini. Quel caso non faceva eccezione. Considerai varie possibilità su cosa dire. Alla fine, il mio cervello sfornò qualcosa di brillante.

"Wow. Ehm, okay." Non era la cosa migliore, ma dopo l'atmosfera silenziosa della casa, ero senza parole.

"Lo metterai nel tuo rapporto?" Jae smise di trafficare con la zuppa e si voltò a guardarmi. Non c'era solo sospetto sul suo volto. Con il mento sollevato, aveva decisamente un'aria di sfida. Anche se io pesavo venti chili più di lui, non si sarebbe arreso senza lottare.

Non mi restava che chiedermi: contro chi stava lottando?

"No," risposi. "Da quanto lo sa, tua zia?"

I suoi occhi sembravano nuovamente tirati. Il vapore saliva dalla pentola di zuppa, una leggera nebbia fragrante che mi fece brontolare lo stomaco. Era passato parecchio da quando avevo mangiato quel pezzo della torta di Claudia e il mio corpo me lo stava rammentando. Anche se la zuppa aveva un buon profumo, non ero sicuro di voler mangiare qualcosa in quella casa. I Kim sembravano il genere di famiglia i cui membri si avvelenavano abitualmente a vicenda tanto per fare.

"Non saprei," disse Jae, accigliandosi leggermente. "Mi biasima per ciò che è successo a Hyun-Shik."

"Perché?" Rubai un pezzetto di verdura e stavo per mettermelo in bocca quando le lunghe dita di Jae si chiusero sul mio polso. "Cosa? Non si può mangiare crudo?"

"È melone amaro. Non ti piacerà." Aprì il frigo e tirò fuori qualcosa che sembrava vagamente familiare. "Ecco, un bao avanzato. Dentro c'è del char siu."

"Quella cosa rossa di maiale? Sì, mi piace. Pensavo fosse cinese."

"Lo è. Mangiamo anche hamburger e spaghetti."

"Carino. Stavo scherzando." Sorrisi e addentai il freddo fagottino di pane bianco. Io e il cibo freddo avevamo sempre avuto rapporti amorevoli. "Allora, prima che mi distraessi col cibo… perché tua zia ti biasima per la morte di Hyun-Shik?"

"Pensa che io abbia avuto una cattiva influenza su di lui." Dell'altro senso di colpa venne in superficie mentre si sforzava di parlare al passato. "Hyun-Shik decideva da solo cosa voleva o non voleva fare. Non aveva bisogno che io lo influenzassi."

Considerai la cosa. L'idea che mi ero fatto di Hyun-Shik non era chiara, tutt'altro. Da una parte, aveva preso una manciata di pasticche ed era morto in un locale per escort gay, il che non dimostrava certo molta autostima. Jae-Min lo vedeva in un modo diverso, che non quadrava con la personalità che mi ero immaginato. Certo, spesso le persone non mostravano chi erano veramente a chi avevano intorno, ma i Kim erano un caos insondabile. Non sapevo quale Hyun-Shik fosse quello vero.

Ma sapevo cosa potevo chiedere a Jae per facilitarmi il lavoro. Avrei però dovuto sperare che mi dicesse la verità anche su quello. Era difficile capire cosa pensava, a parte qualche lampo di rabbia sotto quella superficie calma. Tirai fuori il biglietto d'addio e lo misi sul bancone perché Jae gli desse un'occhiata.

"L'hai già visto?" Volevo vedere la reazione istintiva di Jae al biglietto di suo cugino. La sorpresa di solito è l'arma vincente di un investigatore, quando vuole fare domande. "Puoi dirmi che c'è scritto?"

Le sue dita tremavano quando toccò il pezzo di carta. La sua bocca si ammorbidì, portandomi alla mente pensieri sconci di cui non avevo certo bisogno al momento. "No, non l'avevo visto. È…?"

Jae lasciò la domanda in sospeso. Un altro segreto aleggiava intorno a noi. Adesso ero certo che i due fossero ben più che semplici conoscenti. Jae era turbato, ferito dal vedere la grafia di suo cugino su quella fotocopia.

"Puoi dirmi cosa c'è scritto?" chiesi nuovamente, sperando di distoglierlo dal suo disagio. "Ho una traduzione nel fascicolo, ma non parlo coreano e volevo sentire l'opinione di qualcuno che conosceva Hyun-Shik."

"L'ho immaginato. Che tu non parlassi coreano." Passando le dita sulle lettere, Jae strinse le labbra, mentre il suo volto assumeva un'aria confusa. "Non ha alcun senso."

"Il suicidio raramente ha senso." L'avevo sentito dire in passato. Un paio di anni prima, avevo scoperto quanto fosse vero. "Credimi; lascia sempre più domande che risposte."

Kim Jae-Min era più perspicace di quanto avessi creduto. Mi scrutò con i suoi occhi fulvi colmi di domande silenziose, ma lasciò correre e sollevò il pezzo di carta, stringendolo fra le mani. "Intendo dire il biglietto. Non ha senso."

"Il rapporto dice che la traduzione è che gli dispiaceva di averlo fatto... di essersi suicidato." Mi avvicinai, guardando da sopra la sua spalla. Non era una scusa per spingermi contro di lui. A dire il vero, non ero nemmeno sicuro del perché mi fossi avvicinato, visto che non avrei saputo leggere ciò che mi indicava. Mi sarebbe sembrato maleducato tirarmi indietro bruscamente e il suo profumo mi inondò, quell'odore pungente e mascolino che alleviava il peso di quella conversazione.

"Hyun-Shik ha scritto: *Mian, naneun igorseul haeya haeyo.*" Jae alzò lo sguardo dal biglietto. Io mi voltai, dandogli un po' di spazio. La sua spalla mi sfiorò il braccio e lui la lasciò lì, mantenendo quel tocco impercettibile fra noi. Si muoveva con involontaria sensualità. Oppure aveva fatto così tanta pratica che ormai lo faceva senza pensarci. "Avrebbe più senso se ci fosse scritto *Irokke hal su pakke obsor yukamida.*"

"E che differenza c'è?" Avrei dovuto imparare il coreano prima della fine di quel caso. Le sottigliezze della cultura e del linguaggio mi avrebbero ucciso.

"Più o meno significa la stessa cosa, ma ciò che ha scritto si riferisce a un obbligo. Non al fatto che gli dispiaceva causare dolore ad altri." Jae faticava a trovare le parole giuste per esprimere il concetto. "L'altra versione è più vicina a 'Mi dispiace doverlo fare'. Hyung ha scritto 'Mi dispiace, sono obbligato a farlo'."

"Forse stava pensando all'onore della famiglia?" Scartai quell'idea appena lo dissi ad alta voce, e non solo perché Jae-Min alzò gli occhi al cielo.

"Siamo coreani. Ci limitiamo a evitare di fare cose imbarazzanti. Non ci facciamo a fette come un pesce sbudellato perché abbiamo disonorato la famiglia."

"Ehi, stavo solo pensando ad alta voce," protestai. Lo sguardo di rimprovero di Jae era bruciante quasi quanto quello di Claudia. "E ci ho ripensato. Non si sarebbe suicidato in un... ehm."

"Puoi dire sex club." Jae tornò a rimestare la zuppa, controllando la consistenza delle verdure e portando con sé il suo calore. "So cos'è il Dorthi Ki Seu."

"Okay," replicai. "Quindi, cosa è stato obbligato a fare? E perché si è suicidato nel locale?"

"Non è per quello che ti paga lo zio? Per scoprire quelle cose?" Dei suoni provenivano dal soggiorno, un chiacchiericcio di voci femminili, e

Jae guardò la porta come se si aspettasse che Grace tornasse di corsa in cucina.

"In verità, sono pagato per curiosare un po' in giro e poi andarmene." La diplomazia non era mai stata il mio forte. Ero più il tipo che prendeva a mazzate in testa la gente per ottenere informazioni e, a quanto pareva, scappava da anziane lesbiche armate di fucile, ma quello non l'avrei detto a Jae-Min. La nostra relazione non era arrivata al punto in cui l'umiliazione veniva sbandierata insieme con una tazza di tè e un sorriso. "Ma non mi è mai piaciuto seguire gli ordini."

"Qualcuno ti ha ordinato di abbandonare il caso della morte di hyung?" Le sue mani si fermarono, reggendo una manciata di funghi sopra il brodo.

"No, non di abbandonarlo. Solo che tutti credono che Hyun-Shik si sia suicidato, e che non ci sia molto su cui investigare." I funghi finirono nella zuppa, le loro forme assomigliavano a orecchie che galleggiavano nel liquido caldo.

"È questo che pensi tu? Che Hyun-Shik si sia suicidato?" Jae tornò a mordicchiarsi il labbro, lasciandovi il segno dei denti. Se avesse continuato, presto si sarebbe fatto uscire il sangue. "Sembra che l'abbia fatto, ma io lo conoscevo. Non così. Non avrebbe fatto questo alla sua famiglia."

"La gente continua a ripeterlo. Compreso tuo zio." Poggiando un gomito sul bancone, raccolsi uno dei funghi che aveva lasciato sul tagliere, annusando la sua polpa aromatica. "Direi che la vera domanda è: come vi sentirete se scoprirò che si è suicidato? Che farete allora?"

Il mio telefono squillò prima che lui potesse rispondermi, e considerai se lasciar correre, ma Jae-Min tornò alla sua zuppa, mostrandomi la schiena. Imprecai sottovoce, controllai il numero, poi imprecai di nuovo, più forte e con più convinzione. Jae mi rivolse un briciolo di attenzione, quindi tornò a ignorarmi quando risposi.

"Sì, Claudia?" Diedi un'occhiata all'orologio a muro, accigliandomi per l'ora. "Cosa ci fai ancora lì? Pensavo che saresti andata a casa."

"Avevo intenzione di farlo, ma quelle persone che ti hanno assunto sono qui. Sai, l'uomo con sua moglie." Claudia era brava a tenere i segreti, quindi immaginai che ci fosse qualcuno in ufficio con lei. "Vorrebbero parlarti."

"Vorrebbero?"

"Sì, tutti e due. Il marito e la moglie." Fece una pausa e sentii un mormorio al di fuori della mia portata, poi la sentii rivolgersi a qualcun altro. "Vai in fondo alla strada e prendimi qualcosa di fresco da bere. Ecco, prenditi qualcosa."

"Che diavolo succede?" Ci fu silenzio, quindi trasalii. "Scusa. Sono entrambi lì?"

"È tutto a posto. Capisco che probabilmente è stata una lunga giornata per te, sai, svegliarti così tardi e andare in macchina fino a Orange County." Il suo tono era leggero, ma quello zucchero era impregnato di sarcasmo. "E sì, tutti e due. Sono fuori a prendere un po' d'aria. Non ero sicura se sentirmi insultata o essere solo grata che non abbiano deciso di stare in ufficio."

Disse la donna che pagavo per guardare la televisione quasi tutto il giorno. Visto che non ero stupido, tenni la bocca chiusa finché non mi passò la voglia di pronunciare quelle parole stupide. Quando il mio cervello recuperò un po' di buonsenso, e potei fare affidamento sulla mia lingua, parlai: "Sono a circa quarantacinque minuti di macchina, se gli dei del traffico mi aiutano. Sono disposti ad aspettare?"

"Penso di sì," replicò lei tranquillamente, come se mi avesse già perdonato tutto. "Sono arrivati qui dolci come il miele, chiedendo di vederti. E lei non è certo il tipo di donna che ci si aspetta faccia quelle cose. Beh, magari farle sì, ma non con quella roba addosso."

Trattenni la risata che mi stringeva il torace. "Hai guardato?"

"Certo che ho guardato!" sbuffò Claudia. "Sono umana. Mi incuriosisco anch'io. C'è qualcosa di malato in quel matrimonio."

"Potrei farti quel discorsetto 'ognuno ama in modo diverso' che mi hai fatto tu," le rammentai.

"Sì, lo so," disse. "Allora torni, oppure devo mandarli via?"

"No, arrivo fra poco. Dammi solo un po' di tempo. Chiedi loro di aspettare. Grazie, Claudia." Riattaccai e mi appoggiai il telefono alla fronte. La mia vita diventava ogni giorno più strana, ben più strana di quanto si potesse immaginare. Avrei dovuto vedermela con i Brinkerhoff, e non sapevo nemmeno da dove cominciare.

"Claudia è la tua ragazza?" Jae spense il fornello e coprì la pentola con un coperchio di vetro, che si appannò quasi immediatamente.

"No, è la manager del mio ufficio." Sorrisi al pensiero di uscire con Claudia. A parte che era una donna, ma era un'organizzatrice inflessibile, e immaginavo che la mia vita sarebbe stata gestita in modo ancora più rigido di quanto lei facesse ora. "Tiene la mia vita in ordine."

"Quindi è tua moglie." Fece un sorrisetto. Il suo sorriso consumò ogni traccia di tristezza ancora sul suo volto. Passandosi una folta ciocca di capelli dietro l'orecchio, rise quando io feci una smorfia.

"Non una moglie, ma mi comanda come se lo fosse." Avrei dovuto dirgli che ero gay. Aprirmi un po' avrebbe aiutato a cementare il cameratismo di cui avrei probabilmente avuto bisogno se volevo sapere di più sulla morte di Hyun-Shik. La mia gola si serrò intorno a quelle parole. Era come trovarmi di nuovo davanti a mio padre, con l'intenzione di non rivelarmi e rendermi vulnerabile. Non avevo niente da perdere, eccetto forse il lavoro. All'improvviso, non ero molto sicuro che i Kim avrebbero apprezzato che un uomo gay stesse investigando la morte del loro figlio. "Hai il mio biglietto da visita, vero?"

"Sì." Si diede una pacca sulla tasca, il suo sorriso un po' più spento.

"Chiamami, per favore," lo pregai piano. Il bordo del biglietto gli spuntava dalla tasca, e lui aveva il pollice premuto sullo spigolo. "Se hai qualcosa da aggiungere o se vuoi parlare di tuo cugino."

"Certo." Ci irrigidimmo istintivamente quando il ticchettio nel corridoio ci avvertì dell'avvicinarsi di Grace. "Farai meglio ad andare prima che la Strega dell'Ovest ti trovi qui."

Solo quando mi trovai a metà strada verso il mio ufficio, mi resi conto che avevo riso più nel breve tempo passato in quella cucina che negli ultimi due anni. Mi facevano un po' male le costole e mi sfregai la cicatrice sull'addome. Faceva male, come anche quella sulla gamba, ma quella me l'ero fatta scappando dalla signora Brinkerhoff. Il dolore mi colpì allo stomaco. Un crampo traditore mi echeggiò nel petto quando pensai a Rick per un fuggevole istante. Con un po' di fortuna, non avrei mai più avuto notizie da Jae-Min Kim, e sarebbe stato meglio per lui.

C'ERA UNA sezione di sequoia sulla veranda davanti al mio ufficio. Non era un vero albero, solo un esemplare della numerosa prole di Claudia. Conoscevo lei e la sua tribù da tanto: non avevo mai sentito menzionare un signor Claudia e non avevo mai avuto il fegato di chiedere. Per quanto ne sapevo, era vivo e vegeto, incatenato da qualche parte della sua casa con una lista infinita di faccende domestiche da sbrigare: per me era un fato peggiore della morte.

Mentre salivo gli scalini, notai che l'uomo sulla veranda era al massimo un teenager e, se possibile, più grosso di quanto la mia mente

36

potesse concepire. Io ero alto, ma lui era quasi trenta centimetri più alto di me e almeno quindici centimetri più ampio di spalle. Vide che lo guardavo e raddrizzò la schiena, finendo per allontanare ancora di più la testa dalla mia.

"Salve, signor McGinnis." Cercai di non trasalire, ma mi sentii invecchiato di circa vent'anni.

"Ehi." Gli rivolsi un cenno col mento. Magari non mi avrebbe fatto sembrare più *cool*, ma forse potevo riguadagnare una decade della mia giovinezza. "Tu chi sei?"

"Mo. Martin è mio padre." Mi rivolse un sorrisetto, facendo dondolare un mazzo di chiavi dalle dita. "Ha detto che se passavo a prendere la nonna oggi pomeriggio, mi avrebbe lasciato la macchina per uscire stasera."

"Ottimo affare." Vidi un movimento nell'ufficio, ombre che si spostavano dietro la zanzariera nera della porta. "Farò meglio a entrare prima che venga lei fuori a prendermi."

"Sì, meglio evitare," disse con voce profonda. "La nonna mi ha detto di aspettare qui fuori perché dovevate parlare di affari. Va bene?"

"Sì, fai pure." Annuendo di nuovo, mi preparai ad affrontare i Brinkerhoff. "La mando fuori io. Mi spiace per l'attesa."

"Nessun problema." Il suo sorriso era ampio e spaccava quasi a metà il suo volto forte. "Mi sono risparmiato di tosare il prato. L'ha dovuto fare mia sorella, invece."

Nel Clan di Claudia, le incombenze non erano divise per sesso e anche se loro non erano abbastanza imponenti da formare una diga che avrebbe fermato uno tsunami, le ragazze della famiglia dovevano sbrigare le stesse faccende dei maschi, e viceversa. L'autosufficienza era un requisito essenziale in quell'albero genealogico. Mi domandavo cosa facessero a quelli che non riuscivano a soddisfare le aspettative della loro matriarca.

Vestita, la signora Brinkerhoff assomigliava molto di più alla nonna tradizionale che mi ero immaginato quando avevo iniziato a seguirla la notte precedente. Non c'era uno straccio di cuoio borchiato in vista, il suo florido corpo era coperto da un vestito stampato a fiori. Era seduta composta su una delle comode poltrone che avevo rivestito di finto scamosciato rosso, le gambe snelle incrociate alle caviglie e i piedini chiusi in un paio di confortevoli scarpette nere. Se non fosse stato per l'occhiataccia tagliente che mi rivolse appena oltrepassai la soglia, mi sarei aspettato che si bagnasse il dito indice colla sua saliva di nonna e mi ripulisse una macchia dal viso.

Non avevo intenzione di arrivare a meno di due metri da lei.

Andò tutto liscio. Suo marito parlò per quasi tutto il tempo mentre Claudia stava in piedi dietro di me, dandomi almeno l'apparenza di avere dei rinforzi. Ne ero abbastanza grato. Avevo già scoperto di non essere invulnerabile alle pallottole e la borsetta della signora Brinkerhoff era abbastanza capiente da contenere un fucile a canne mozze. Se le cose fossero andate storte, il mio piano era di afferrare il signor Brinkerhoff e usarlo come scudo mentre Claudia se la filava dalla porta principale.

Appena la porta si chiuse alle loro spalle, Claudia trasse un sospiro di sollievo, facendosi vento con una manciata di fogli. La sagoma di suo nipote creava un'ombra lunga sulla zanzariera e lei gli fece un cenno di saluto, dicendogli di andare a mettere in moto e che l'avrebbe raggiunto fra un momento.

"Grazie, tesoro." Le diedi un bacio sulla guancia, tirandomi indietro prima che mi desse un altro schiaffo. "Sei stata gentilissima a restare, anche se sono sicuro che avrei potuto affrontarli."

"Volevo solo vedere se avrebbero fatto casino per la fattura." Afferrò la borsetta e rovistò nei suoi meandri fino a recuperare un paio di grossi occhiali da sole. Li indossò, si sistemò i capelli e si diresse alla porta. "Ho messo in conto la riparazione del tuo finestrino e un piccolo extra per compensare i vestiti che hai strappato su quella staccionata."

"Non ho strappato…" Mi fermai. Conoscevo bene le tecniche creative di fatturazione di Claudia. "Capito. Buonanotte."

"Anche a te." Uscì sulla veranda, fermandosi a rivolgermi un'ultima occhiata critica. "Passa un buon fine settimana. E vedi di mangiare un po'."

"Guardami. Ti sembra che stia morendo di fame?" Mi diedi una pacca sullo stomaco, che aveva un po' di pancetta. "Prometto che mangerò."

Lasciando che la porta le sbattesse alle spalle, Claudia mi lanciò un'ultima frecciata. "E qualcosa che non sia carne rossa. Sul serio, Cole, un giorno arriverò e ti troverò trasformato in una mucca."

AVEVO IN programma di rilassarmi in casa fino a sera, poi sarei andato al club dove era morto Hyun-Shik. Invece squillò il telefono e fui convinto a bere una birretta veloce con un ex poliziotto con cui avevo lavorato. Ero riuscito a evitare di farmi pestare quel mattino, quindi potevo dedicare a Bobby almeno un po' della mia attenzione, dato che non mi avevano spaccato la testa. Diavolo, non sapevo nemmeno da dove iniziare a elencare i debiti che avevo con lui. Fermarmi a passare un po' di tempo con Bobby sembrava un prezzo molto basso da pagare.

Robert Dawson era un robusto veterano, con venticinque anni di servizio nel Dipartimento di Polizia di Los Angeles. La sua carriera stava declinando mentre la mia spiccava il volo. Avevamo lavorato insieme a qualche caso e poi, dopo che mi avevano sparato, era venuto ogni tanto a vedere come stavo. Fra noi c'era una solida amicizia, per la quale ero stato molto grato mentre lottavo contro il dolore. Bobby era stato lì, con pessime battute e hamburger clandestini. Dopo due settimane di brodo e gelatine, avevo deciso che un vero amico valeva tanto cibo unto al sangue quanto pesava.

C'erano sempre voci che giravano nei dipartimenti, frammenti di pettegolezzi a cui nessuno prestava davvero attenzione. Io avevo i miei problemi di cui occuparmi. Non avevo mai nascosto la mia sessualità. Se qualcuno chiedeva se avevo una ragazza, rispondevo di no, perché il mio ragazzo si sarebbe incazzato. Alla fine, la gente aveva capito che non stavo scherzando.

Bobby aveva scelto una strada diversa. Aveva volato basso, tenendo nascoste le sue relazioni anche agli amici più intimi. Quando mi avevano sparato, l'incidente lo aveva colpito probabilmente quanto aveva colpito me, e aveva deciso di cambiare vita. Aveva chiesto di andare in pensione e aveva smesso di nascondersi come aveva fatto per decenni. Non si era più guardato indietro. Aveva perso molti amici per quello e, ancora oggi, diceva di non avere rimpianti se non che avrebbe dovuto farlo prima.

Un pomeriggio, seduto vicino al mio letto d'ospedale, quell'uomo più vecchio, brizzolato e muscoloso, con il viso segnato per le risate e per aver passato il tempo a stringere gli occhi quando guardava il sole, mi aveva chiesto se lo perdonavo per non essersi aperto prima.

Gli avevo detto che non c'era niente da perdonare. Sapevamo entrambi che non c'era molto spazio per l'arcobaleno sotto la divisa blu. Aveva fatto quel che sentiva di dover fare, e io avevo fatto le mie scelte. In quel momento, non mi sentivo molto sicuro di aver preso la decisione giusta. Bobby aveva detto che, dopo tutto quel che era successo, pensava lo stesso riguardo a se stesso.

"Sei un bel vedere per i miei occhi stanchi, ragazzo." Bobby stiracchiò le braccia sopra la testa, poggiando gli stivali sul bordo del tavolino basso fra le nostre sedie. "Era ora che decidessi di passare un po' di tempo a rilassarti."

"Mi hai visto un paio di giorni fa. Merda, non siamo mica sposati."
Annusai la birra analcolica che mi aveva portato il cameriere. Non sarebbe
stata la mia prima scelta, ma volevo essere lucido per quando fossi andato
al Dorthi Ki Seu. "Che succede?"

Avevamo sviluppato una sorta di routine: alcuni giorni facevamo
pugilato, altri bevevamo un giro di birre a un bar vicino a casa mia. Alle
volte si univano a noi altri amici comuni, ma quel giorno c'eravamo solo io
e Bobby a occupare uno dei tavoli d'angolo.

"Mi aspettavo almeno di vederti stamattina sul ring," disse Bobby,
guardando un uomo molto più giovane chiedere al barman di riempirgli di
nuovo il bicchiere. "Poi ti ho visto zoppicare e ho pensato che magari avevi
rimorchiato ieri sera e ci avevi dato troppo dentro."

"Oh, ho rimorchiato. Solo che ho dovuto riportarlo indietro,"
scherzai. Passai qualche minuto a raccontare a Bobby la storia della signora
Brinkerhoff e del suo fucile, senza tralasciare i dettagli imbarazzanti di
come ero scappato nel prato con la coda fra le gambe.

La sua risata tonante echeggiò nella stanza e mi fece sorridere. Sul
lavoro, era sempre stato così serio che spesso mi domandavo se avesse un
cuore. Rompere anni di silenzio aveva fatto bene a Bobby, e mi faceva
piacere stargli intorno e vederlo ridere così di gusto. Era come se stesse
recuperando il tempo perduto.

"Dio, non dire altro, ragazzo." Si sfregò il viso con un tovagliolo,
pulendosi bocca e baffi. "Mi farai pisciare addosso."

"È quel che succede quando s'invecchia," osservai con aria saggia.
"Presto dovremo metterti un pannolone e nutrirti a omogeneizzati."

"Continua così e farò in modo che non ti restino abbastanza denti in
bocca, così ci sarà una fila chilometrica di ragazzi pronti a uscire con te."
Mi ero meritato il pugno sul braccio ed ero sicuro che mi avrebbe lasciato
un bel livido il mattino seguente. Sollevando il boccale vuoto per mostrarlo
al cameriere, Bobby si ordinò un'altra birra. "Allora, a cosa stai lavorando
adesso?"

"Un caso di suicidio," dissi, mettendo giù la bottiglia e seguendo lo
sguardo di Bobby. Il giovane si voltò, incrociando i suoi occhi, e sorrise.
"Non hai abbastanza numeri di telefono, ormai?"

"Non ho mai abbastanza numeri di telefono," replicò Bobby, poi
tornò a concentrarsi sul lavoro, il viso solenne. "Parlami del caso."

"Un giovane coreano si è suicidato in un sex club, il Dorthi Ki Seu.
Mike mi ha chiesto di investigare, per la sua famiglia." Era bello poter

parlare dei Kim e di ciò che era successo. Mi mancava avere un partner con cui scambiare idee, e Bobby era la cosa più vicina a un partner che avessi, di questi tempi. Si chinò in avanti, ascoltando attentamente e lasciandomi blaterare finché non arrivai a Jae-Min.

"Dovresti vederlo, davvero bello. Non femminile, solo... non so, sexy. Ha qualcosa di particolare. È come se fosse un po' selvatico." Sospirando, passai le dita lungo il bordo della bottiglia, ascoltando la melodia della pelle bagnata sul vetro. "E giuro su Dio, potevo sentirlo fare le fusa mentre parlava. Aveva anche un buon profumo. Sai come sono, con i ragazzi e il loro profumo."

"Sì, lo so." Bobby sembrava sconcertato. Inarcai un sopracciglio.

"Cosa?"

"È bello sentirti parlare di un ragazzo. Vedere che ti rimetti in gioco."

"No... no." Se avessi scosso la testa più forte, mi sarebbe caduta. "Non sono interessato. Diavolo, non ho neanche in programma di rivederlo per il resto della mia vita.

"Cole, è bello e ti ha fatto ridere. Che vuoi di più? Non devi mica sposarlo. Portalo a mangiare un hamburger o roba del genere e vedi che succede." Il rumore nel bar calò improvvisamente e Bobby si sporse in avanti, tenendo la voce bassa. "Ormai sono passati un paio d'anni. Quasi tre, no? Non è ora che cominci almeno a guardare altri uomini?"

"Li guardo tutto il tempo." Protestare non mi aiutò. Lui tornò ad appoggiarsi allo schienale e annuì come se fossi un bambino smarrito che doveva salvare. "Diamine, non ho appena occhieggiato quel tizio al bancone?"

"L'hai guardato come se stessi cercando di capire se voleva prendere in ostaggio i clienti." Un sorso di birra gli lasciò della schiuma sui baffi e Bobby la leccò via. "Cole, non ti sei mai vergognato di chi eri e poi, dopo quella storia di Rick, ti sei chiuso a riccio."

"Non sono pronto. È troppo presto." Era tutto ciò che potevo dirgli. Non era molto, a dire il vero, ma non avevo altro. Jae-Min era bello da guardare, e pericoloso, perché mi aveva fatto volere qualcosa. Aveva riacceso in me una sete che pensavo fosse morta insieme al mio amante e non ero sicuro di essere pronto a riavere quel tipo di desiderio nella mia vita. "Bobby, era bello ed esotico, ma è tutto lì. Qualcosa da condividere con un amico bevendo una birra. Solo una storia da raccontare."

"Sto solo dicendo che dovresti iniziare a fare qualcosa per te stesso oltre a scavare nei problemi degli altri." Si scolò quanto restava della birra, posando il boccale con più forza di quanto fosse necessario. "O presto ti rimarranno solo storie da raccontare e una casa vuota. Non fare gli stessi errori che ho fatto io. Vivi un po', ragazzo, prima che non ti resti più vita dentro."

Capitolo 4

Il Dorthi Ki Seu non assomigliava a nessun altro gay bar che conoscevo. La prima volta che c'ero stato, ero stato sorpreso da quanto tutto fosse pulito e, come dire, civile. All'epoca ero membro di una squadra, un membro junior, ma a quanto pareva comunque abbastanza in alto lungo la catena alimentare per meritarmi un lavoro sul campo. Era stata una bella esperienza, in più di un senso.

Entrare era facile. Non si pagava l'ingresso, anche se ero stato squadrato dalla testa ai piedi dal ragazzo sulla porta. All'interno, avevo capito perché mi aveva esaminato così attentamente. Se i miei capelli castano chiaro e la mia altezza non mi avessero fatto spiccare, mi avrebbe tradito la mancanza di un completo. Vestirsi casual al Dorthi Ki Seu significava togliersi la giacca del completo e appenderla allo schienale della sedia.

L'arredamento dell'interno tendeva pesantemente verso ciò che pensavo dovesse sembrare un club vittoriano per gentiluomini, con costosi pannelli di legno sui muri e gruppetti di poltrone di pelle. Il mobilio era chiaramente in stile asiatico, discreto e di buon gusto, molto diverso dai club gay che avevo frequentato. Potevo a malapena sentire il mormorio delle conversazioni intorno a me, e le luci erano abbassate per creare un'atmosfera quasi intima.

I camerieri seguivano gruppi singoli, a volte un uomo solo, ad altri tavoli una coppia. La folla, esclusivamente maschile, mi ignorò, con un'educazione che immaginavo fosse più culturale che per mancanza di interesse. Ero fortunato ad aver trovato un tavolo, anche se era fra i più lontani dal palco. Il club era strapieno e la folla non dava segno di sfoltirsi.

Fui rapidamente soppesato dal cameriere in camicia bianca che era venuto a vedere cosa volevo bere. Era giovane, dal viso pulito, e attraente quanto bastava da farsi guardare due volte. Dopo averlo fissato per un momento, mi resi conto che lo stavo paragonando a un altro coreano che avevo appena incontrato.

Picchiettando la matita sul suo blocco per le ordinazioni, inclinò la testa per guardarmi. "Qualcosa da bere, hyung?"

43

La parola *hyung* mi confondeva. Alle mie orecchie, non abituate alla lingua, sembrava la stessa parola che Jae-Min aveva usato per Hyun-Shik.

"Vorrei tanto un whisky." Il whisky non solo suonava bene, ma stavo sbavando per certe bottiglie che avevo visto dietro al bancone, e la regola che avevo stabilito qualche ora prima – niente alcol – mi impediva di assaggiarle. "Ma solo una Coca Light, per favore."

"Va bene una Pepsi Light?" Il suo sorriso era caldo e la sua voce era velata da una promessa di sesso. "Posso aggiungere del lime se vuole."

"Grazie." Guardai il suo culo muoversi mentre si allontanava. Chiunque si occupasse delle assunzioni sapeva il fatto suo.

La stanza odorava di sigarette e alcolici costosi. Sapevo che c'erano stanze private per il karaoke vicino a quella principale, di solito affittate da coreani ubriachi e di mezz'età per farci Dio solo sapeva cosa, tra cui anche cantare, a quanto pareva. C'erano stanze ancora più private al piano di sopra e, per quello che sapevo, erano per i membri esclusivi del club: solo degli angolini dove potevano rilassarsi, o almeno così ci avevano detto.

Era solo per cortesia che quelle stanze avevano letti o cumuli di cuscini.

Quando ero un detective novellino, il Dorthi Ki Seu era stato la scena di una retata dei dipartimenti della Buoncostume di più città. C'erano altri locali più lucrativi, ma il Dorthi Ki Seu era il Santo Graal per uno dei poliziotti più anziani con cui lavoravo. Era così che avevo incontrato Scarlet.

Il detective alla fine aveva arrestato lei e alcuni degli intrattenitori del piano principale, uomini gay travestiti che si esibivano sul palco del club, cantando o ballando. Lei era attraente all'epoca, e non pensavo fosse cambiata. Quando le avevo messo le manette, mi ero scusato per averle stretto troppo un polso. Avevo allentato la stretta e le avevo chiesto se preferiva che mi rivolgessi a lei come uomo o donna. Aveva un sorriso luminoso, che rendeva il suo già stupendo viso filippino bello da spezzare il cuore.

Scarlet aveva passato meno di un'ora nella cella di custodia dopo la sua telefonata. Non avevo mai saputo chi avesse chiamato ma, entro ventiquattr'ore dal suo arresto, erano cadute tutte le accuse contro lo staff del Dorthi Ki Seu e il detective a capo della squadra era stato trasferito. L'ultima notizia che avevo di lui era che gestiva una stazione secondaria di informazioni sul molo.

Era palese che Scarlet avesse amici molto potenti, amici che per lei avrebbero mosso mari e monti. O, perlomeno, avrebbero fatto sparire i suoi problemi. Ma lei mi piaceva. Era dolce e divertente, e aveva un gran senso dell'umorismo. E ammiravo quanto fosse a suo agio con se stessa. La invidiavo. Io ancora non ci ero arrivato.

Quando era stata rilasciata, le avevo dato il mio biglietto da visita, dicendole di chiamarmi se avesse avuto bisogno di qualcosa. Ogni tanto mi telefonava, più che altro per tenersi in contatto e magari per spremermi un po' di informazioni su cosa stava succedendo nel mondo dei poliziotti della Buoncostume. Scarlet mi faceva sempre ridere. Non mi ero sentito tanto in vena di farlo, negli ultimi tempi.

La bassa musica che proveniva dagli altoparlanti del club s'interruppe e le luci sul palco si accesero. Erano quasi le dieci, ora del primo spettacolo di Scarlet. Il mio cuore si fermò per un secondo quando una melodia fumosa si diffuse dal pianoforte sul palco e lei emerse dalle quinte.

Era stupenda e seducente, proprio come la ricordavo.

Avevo lavorato alla Buoncostume quanto bastava per riconoscere un ladyboy, ma Scarlet era a tutto un altro livello. Un faretto seguì il suo corpo snello mentre si avvicinava al microfono squadrato in un angolo del palco, e lei sorrise alla folla. Anche sapendo quanti anni aveva, Scarlet era perfetta: metteva in mostra chilometri di pelle color caffellatte e i suoi luminosi occhi neri erano sapientemente contornati di kajal scuro per accentuare la loro forma a mandorla.

Lustrini rossi scintillavano sotto le luci e l'aderente abito rosso era aperto oltre la mezza coscia e fino all'ombelico. I lucenti capelli neri erano raccolti, in stile Audrey Hepburn, e tempestati di grossi diamanti vicino all'orecchio destro. Aveva l'aria costosa, quel tipo di donna che nessuno di noi avrebbe potuto permettersi. Io sicuramente non potevo, anche se mi sarebbe piaciuto.

"You look at me and smile." Puro sesso sgorgava dalla gola di Scarlet.

Non c'era altro modo per descriverla. Poteva anche essere un uomo sotto il vestito, ma sapeva come creare un incantesimo da donna. Giocando con la canzone di Etta James, prese possesso del palco, chinandosi a cantare verso un branco di uomini in completo vicino alle luci. Loro ne furono entusiasti e le sorrisero come ragazzini che avevano ricevuto una stellina d'oro dall'insegnante.

"Miss Scarlet ha avuto il suo messaggio. Ha detto di raggiungerla sul retro quando avrà finito." Un'ampia mano mi strinse la spalla e mi ritrovai a guardare una versione coreana di uno degli imponenti figli di Claudia. Se mai avessi rivolto di nuovo la parola a mio padre, gli avrei fatto un discorsetto sulla mancanza del gigantismo nel nostro codice genetico.

Cercando di evitare di sorprenderlo e farlo imbizzarrire, replicai: "Grazie."

Ci furono diverse altre canzoni, che ascoltai distrattamente, più interessato a osservare in segreto gli uomini che si avvicinavano a un'ampia porta, bloccata da una spessa corda di velluto e protetta dai colleghi ben più grossi dell'uomo che mi aveva portato il messaggio di Scarlet.

Un coreano più anziano, vestito in modo classico e perfettamente pettinato, si accostò all'uomo vicino alla corda. Lo lasciarono entrare con un cenno rispettoso del capo, e lui oltrepassò la porta e salì le scale. Fu seguito da un altro dopo pochi minuti, quindi da una coppia di uomini, che parlavano fra loro come se stessero andando a cena.

Un applauso mi distrasse, riportando la mia attenzione al palco, e battei con forza le mani. Scarlet s'inchinò, due volte, allargando il braccio per condividere la gloria con il pianista. L'uomo montagna era nei paraggi e mi guardò mentre mi alzavo e finivo la bibita.

"Passo da quella porta?" Feci tintinnare il ghiaccio nel mio bicchiere e lasciai cinque dollari sul tavolo per il cameriere.

"La accompagno io." Non mi prese per il gomito, ma la sua grossa zampa mi sfiorò il braccio come se fosse abituato a guidare la gente.

Lasciai l'atmosfera tranquilla del club mentre una troupe di ballerini saliva sul palco, uomini snelli con abiti dai colori vivaci che assomigliavano a dei kimono. Uno mi sorrise, chinando leggermente la testa per non far spostare l'elaborata parrucca che indossava.

Come nella maggior parte dei club con intrattenitori, il backstage era un caos. Vestiti e luci ingombravano lo spazio insieme a un mare di uomini più o meno svestiti. Diversi erano seduti davanti a lunghi specchi, cercando di truccarsi, mentre altri sgomitavano per infilarsi i costumi. Un corridoio proseguiva oltre la sala principale, e mi appiattii contro il muro quando un uomo più anziano, con indosso un abito aderente con frange nere, emerse da uno dei camerini. Chiacchiere invidiose lo seguirono mentre usciva per lo spettacolo.

La montagna di muscoli mi accompagnò fino a una stanza in fondo al corridoio. C'era una luccicante stella dorata sulla porta, con una vivace scritta in coreano dipinta sotto. Non potevo leggerla, ma immaginai che fosse il nome di Scarlet. Bussai e girai la maniglia quando mi diede il permesso.

Il suo camerino era un'oasi di stoffe e colori. Sopraffatto dall'eccesso di paillettes, piume e fronzoli, quasi non vidi Scarlet, intenta a togliersi lo spesso trucco dal volto; le brillanti luci dello specchio facevano sembrare la sua pelle bianco dorato.

"Ciao, Scarlet." Anche da vicino, era perfetta. Conoscevo molte donne che avrebbero voluto essere belle come lei. Purtroppo per loro, non ci andavano nemmeno vicino. "Vedo che sei sempre stupenda."

"Tesoro, sei davvero dolce. È un po' che non ti vedo." Si alzò, annodandosi intorno alla vita sottile la cintura di una vestaglia di raso arancione. Chinandosi, mi baciò sulla guancia, dandomi una pacca sul petto mentre tornava a sedersi. La seducente cantante, perlopiù, era sparita. L'unica traccia che ne restava erano i capelli neri tempestati di diamanti, acconciati sul capo. "Come ti vanno le cose?"

"Niente che valga la pena raccontare." Mi accomodai su una sedia, osservando Scarlet che si sistemava il viso, applicando un fondotinta più tenue con un gesto delle dita delicate.

"Sei venuto per qualcosa, no?" I suoi occhi scuri incrociarono i miei nello specchio. "Ho visto il biglietto da visita che hai dato al buttafuori. Ora sei un investigatore privato, giusto? Ti sei stancato di fare il poliziotto?"

"I poliziotti si sono stancati che facessi il poliziotto," precisai. Era l'unica cosa che avrei ammesso del mio passato. Dovevo occuparmi di altro. "Sono qui per il suicidio di Hyun-Shik Kim. Ho pensato che magari avresti potuto parlarmi un po' di lui."

"Hyun-Shik?" Le sue dita si fermarono e il suo pomo d'Adamo fece su e giù. "Oh, credimi, non vuoi curiosare intorno ai Kim. Hanno un avvocato feroce."

"Mi ha assunto Kim senior. Mio fratello Mike ogni tanto lavora per lui."

"Mikio McGinnis è tuo fratello? Ah, avrei dovuto capirlo." Si voltò, con gli occhi spalancati per la sorpresa. "Sei più carino di lui. Deve essere geloso."

"Conosci mio fratello?"

"Ogni tanto lavora per il mio amante. Brav'uomo. L'ho incontrato qualche volta. Hyung assume i suoi uomini perché mi accompagnino in giro se non trova altri." Spinse indietro lo sgabello imbottito e andò dietro a un paravento. La vestaglia volò oltre il bordo, una chiazza di arancione sul legno scuro. "Hai anche tu un nome giapponese? O solo Mikio?"

"È Kenjiro, ma non lo uso mai," le dissi, da oltre il paravento. "Il nome di battesimo di Mike è Colin. Lo odia."

"Colin è un bel nome." Scarlet riemerse, indossando un paio di pantaloni capri neri e una camicia bianca da uomo. Lasciò i lembi fuori e la arruffò sulla schiena, soddisfatta del modo in cui la stoffa cadeva sul suo sedere snello, quindi tornò a sedersi al tavolino da toeletta per sciogliersi i capelli.

"Lo chiamavo sempre Colleen." Quel ricordo era bello. Niente faceva infuriare mio fratello come minimizzare la sua virilità. "Probabilmente è per questo che lo odia."

"Ma sei qui per Hyun-Shik, non per chiacchierare, sì?" Scarlet si sfilò gli spilloni diamantati dai capelli, posandoli in una custodia di velluto. "Non so molto di cosa succede di sopra, tesoro. Non proprio."

"Scarlet, so come funzionano questi posti. Sono sicuro che tu sappia qualcosa, forse?" Mi rivolse un'occhiata nello specchio, incrociando brevemente i miei occhi prima di togliersi le forcine dall'acconciatura. Mi feci più vicino, sporgendomi fin quasi a toccarla. "Sto solo cercando qualche informazione. Qualcosa riguardo alla morte di Hyun-Shik non mi suona bene, e voglio scoprire perché."

"I ragazzi come te causano guai, dongsaeng," disse lei. "Stuzzichi cose che dovresti lasciar stare. Cosa succede quando ti si ritorce contro?"

"C'è qualcosa di cui dovrei preoccuparmi?" Mi sforzai di sorridere in modo rassicurante, ma non ero sicuro di esserci riuscito. "Hyun-Shik si è suicidato, o qualcuno l'ha aiutato a farlo. A ogni modo, mi hanno assunto per vedere cosa riuscivo a scoprire. Cosa puoi dirmi? Qualsiasi cosa."

Scarlet si sciolse i capelli, lasciando che le ricadessero sulla schiena come un'onda nera. Passandosi le dita sulle tempie, sfilò gli ultimi legacci e prese una spazzola, dividendo i capelli in ciocche per finire di sciogliere i nodi. Per un momento, pensai che non mi avrebbe detto niente. Poi, con un sospiro, cominciò a parlare.

"Hyun-Shik ha iniziato a venire qui quando era al college. Suo padre gli ha pagato l'iscrizione," disse, agitando la spazzola verso il mio riflesso, intimandomi di tacere.

"Kim ha pagato l'iscrizione a suo figlio? Lo stesso uomo che insiste che suo figlio non era gay?"

48

"Quello che ti dico adesso non deve uscire da questa stanza, okay? Rimane fra noi. Mi piaci, tesoro, ma non voglio creare guai per la famiglia Kim. Hyung dipende da suo padre, conclude affari per lui." Agitandomi il dito sotto il naso, quasi mi colpì con la spazzola.

"Non dirò una parola a nessuno," replicai, passandomi la punta del dito sulla bocca, segnalando il mio silenzio.

"Il signor Kim sapeva che suo figlio era *iban*. Non è stata una sorpresa per lui. Forse la madre non lo sapeva, ma il padre sì." Delle emozioni guizzarono nei suoi occhi scuri e umidi. Qualsiasi cosa Scarlet stesse pensando, non si trattava solo di Hyun-Shik. "Un sacco di padri cerca di aiutare i loro figli in qualche modo. Il signor Kim probabilmente ha pensato che sarebbe stata una buona idea iscrivere suo figlio."

"Ed essere iscritto cosa ti fa ottenere al piano di sopra?"

"L'iscrizione al Dorthi Ki Seu ti permette solo di salire di sopra. Devi pagare tutto il resto." Continuò a concentrarsi sui capelli, districando i nodi. "Puoi avere un sacco di cose lassù: alcol, droghe e ragazzi. La maggior parte degli uomini ci va per i ragazzi, ma fanno anche altre cose."

"Al padre di Hyun-Shik andava bene che spendesse soldi per quello?"

"Forse pensava che se Hyun-Shik avesse avuto un posto per… dilettarsi…" Fece una pausa, pensando a come dire qualcosa. "Dilettarsi è un termine appropriato. Se si dilettava di sopra, non sarebbe uscito a cercare compagnia come altri della sua età. Nessuno vede cosa succede di sopra. Nessuno commenta. La reputazione di tutti è al sicuro, e tutti sono contenti."

"Hyun-Shik non doveva essere troppo felice," commentai. "Si è suicidato lassù."

"Tanti uomini vengono qui perché sono tristi dentro e, per un po', possono fingere che amare altri uomini sia normale. Qui dentro è normale." La spazzola si fermò, impigliata nei suoi capelli lunghi. "Sono così fortunata, tesoro. Ho un uomo che mi ama, ma non può amarmi alla luce del sole. Non se c'è qualcun altro intorno. La maggior parte degli uomini non ha questa libertà. Non possono nemmeno amare nell'oscurità. Hyun-Shik era uno di quegli uomini."

"Ma qui dentro era normale," mormorai. Quei muri custodivano troppi segreti, cose nascoste che mi sfrigolavano sulla pelle. Per me era semplice. Ero chi dovevo essere per sopravvivere. Non essere gay non era un'opzione. Non era facile, ma era meglio che vivere una menzogna.

"Perché sposarti se sei…" Fui interrotto dalla risata squillante di Scarlet.

"Ah, è facile per te, tesoro. Tutto è o bianco o nero." Si pettinò i capelli lungo il collo. "Gli uomini asiatici devono sposarsi. È quello che fanno. Nasci, vai a scuola, poi ti sposi. Poi hai dei figli, poi ti occupi dei genitori mentre fai il bullo coi tuoi figli per farli andare a scuola. Quando hai finito, è ora che si occupino loro di te. È un ciclo."

"Quindi si è sposato e ha continuato a venire per sfogarsi? Magari solo quanto bastava per scaricare l'energia?"

"Succede spesso. Di solito dopo il primo figlio, magari il secondo. Dipende dall'uomo." Si strinse nelle spalle con un gesto studiato ed elegante. "Alcuni uomini non tornano più. Il senso del dovere verso la famiglia viene al primo posto per la maggior parte degli asiatici, e la vergogna può spingerli ad andare contro ciò che vogliono davvero."

"Aveva un partner fisso? Qualcuno che Hyun-Shik vedeva sempre?"

"Veniva a vedere Jin-Sang Yi." Mi fece lo spelling quando tirai fuori il blocco per appunti. "Dopo sposato, Hyun-Shik non si faceva vedere spesso, ma quando lo faceva, di solito si faceva mandare Jin-Sang."

"Qualcuno degli altri era geloso?"

"No, di sopra sono molto… pragmatici." Scarlet passò a un'altra ciocca di capelli. "Beh, alle volte. Penso che Jin-Sang se la sarebbe presa se Hyun-Shik non l'avesse mandato a chiamare, ma probabilmente per via dei soldi. Non saprei dire se fosse per amore. I ragazzi di sopra fanno un sacco di soldi, tesoro."

"Quanto sarebbe, un sacco di soldi?"

"Quelli popolari possono fare circa cinquemila a notte, dipende per che cosa vengono pagati."

"Cinquemila?" Avevo scelto la professione sbagliata. Intravidi il mio volto nello specchio: non pensavo che avrei potuto guadagnare cifre simili. "Jin-Sang è uno popolare?"

"Popolare quanto basta, penso." Si strinse nelle spalle. "Ogni tanto arriva un ragazzo nuovo, e uno dei favoriti se ne va. È così che funzionano queste cose. Come ho detto, dongsaeng, non presto molta attenzione a cosa succede lassù. Sono un'intrattenitrice. Quelle cose non le faccio."

"Si è ucciso prima o dopo aver visto Jin-Sang? Lo sai?"

"Dev'essere successo dopo. Penso che il manager di sopra abbia rifiutato il pagamento per rispetto verso il signor Kim," mormorò Scarlet. "Sarebbe stato scortese accettare denaro per l'intrattenimento di Hyun-Shik."

"Quindi Hyun-Shik è andato di sopra, si è divertito un po', poi si è suicidato?" Mi appoggiai allo schienale della sedia. Succedevano cose

50

anche più strane. Alcuni si suicidavano dopo un buon pasto, mentre altri erano troppo distrutti per pensare ad altro che a farla finita. La gente poteva essere matta, ma pagare per del sesso e poi prendere una manciata di pasticche sembrava strano. "Hai parlato di droghe al piano di sopra. È lì che Hyun-Shik ha preso le pastiglie?"

"Oh, no, tesoro." Scrollò i capelli, posando la spazzola. "Di sopra non ci sono pasticche. Per lo più canapa, a volte *nga nga*. Le pasticche ci mettono troppo, e non vanno bene con il whisky. Creerebbero troppi problemi."

"Allora deve averle portate con sé." Le cose si facevano complicate. "La domanda più importante a cui non riesco a dare una risposta è, perché? E perché qui?"

"Quello non lo so, tesoro," disse Scarlet, facendo spallucce. "Cosa diceva il suo biglietto? Che si vergognava? Di amare gli uomini? Allora perché uccidersi qui? Mah, le tue domande peggiorano le cose."

"È per questo che le faccio." Le squillò il telefono, un brano di una canzone che non riconobbi, e il piccolo cellulare argentato vibrò sul tavolo da toeletta. "Vuoi un po' di privacy?"

"No, resta qui," ordinò lei, piantandomi nel torace un'unghia affilata. Rispose e sospirò sentendo una voce all'altro capo. "Hyung! Sì, ho finito. Solo uno spettacolo stasera."

Il resto fu in coreano, un flusso traboccante di parole che non avevo bisogno di capire per sapere cosa stava dicendo. Il linguaggio del flirt era universale e la risata civettuola di Scarlet mi fece sorridere. Era passato tanto da quando mi ero seduto ad attaccare bottone con qualcuno al telefono, da quando io e Rick avevamo iniziato a uscire insieme.

Mi alzai, sgranchendomi le gambe. Guidare su e giù lungo la costa era un inferno per la mia pancia, perché il tessuto cicatriziale mi annodava i nervi degli addominali. Stavo iniziando ad avere i crampi, e cercai di attenuarli con un massaggio. Mentre mi voltavo, qualcosa attirò la mia attenzione, un viso familiare che mi sorrideva da una cornice d'argento.

Sbirciai Scarlet, assicurandomi che fosse ancora assorbita dalla conversazione prima di avvicinarmi all'alto comò nell'angolo della stanza. Molte delle foto erano di Scarlet, alcune di vacanze con un uomo coreano più anziano, dal viso solenne, e altre con ragazzi che erano chiaramente degli intrattenitori. Quella che aveva attirato il mio sguardo era più grande delle altre, messa da un lato con le foto più piccole intorno.

51

Conoscevo gli occhi marrone mielato che mi fissavano, e vedere il suo volto mi colpì allo stomaco. Jae-Min era più giovane nella foto, qualche anno al massimo. I capelli più lunghi, scalati intorno al viso, rendevano le sue fattezze quasi femminili, ma il broncio sensuale della bocca era lo stesso, un accenno di sorriso che gli creava delle fossette sulle guance.

Rompere il retro della cornice per vedere se ci fosse una data dietro la foto probabilmente non sarebbe stata una buona idea. Sembrava che Scarlet stesse per chiudere la telefonata, un ultimo tubare nella cornetta seguito da un sospiro profondo, di gola. In quella piccola espressione di passione, sentii l'uomo che Scarlet nascondeva dentro, così orgoglioso dell'amore che condivideva con un altro uomo.

Scarlet mi si avvicinò, posando il mento sul mio bicipite per vedere cosa stessi guardando. Inclinai la cornice perché vedesse la foto che avevo in mano. Ci fu un altro mormorio sospirato, più lieve e dolce, stavolta.

"Ah, il mio musang." Toccò il viso di Jae-Min con la punta delle dita. "È il cugino di Hyun-Shik. È sul tuo elenco di persone con cui parlare?"

"Abbiamo già parlato." Misi giù la foto. Era difficile. Per qualche ragione, lasciar andare quel frammento di tempo mi fece tremare. "L'ho visto stamattina a casa dei Kim."

"Aish! Difficile credere che fosse lì. Quella donna lo tratta così male." Il suo disgusto era palpabile, quasi appiccicoso per il ribrezzo. "Io non ci sarei tornata."

"Sembra che tu conosca bene Jae-Min."

"Ah, il nostro Jae." Scarlet sorrise, togliendomi di mano la cornice per rimetterla sul comò. "È una delle mie persone preferite. Hai visto le sue foto? A casa ne ho alcune che mi ha scattato. Dovresti vederle. Sono bellissime, ma così crude. È davvero bravo."

"Come l'hai conosciuto? Hyun-Shik l'ha portato qui per una sera?" La gelosia mi solleticava il petto. In qualche modo, il pensiero di Jae-Min che veniva al Dorthi Ki Seu per una serata di sesso e giochi mentre suo cugino stava a guardare mi disturbava, e non riuscivo a capire perché.

"Per una sera?" Scarlet si allontanò, chinandosi a prendere un paio di scarpe rosso acceso da sotto la sedia dove mi ero seduto. "Hyun-Shik non ha portato Jae-Min qui come ospite. L'ha portato qui a lavorare."

"Cosa? Jae-Min faceva il cameriere qui? Non me l'ha detto. Da quanto?"

"Un cameriere?" Lei era una linea elegante, così aggraziata mentre faceva scivolare un piede nella scarpa. "Oh, no, tesoro. Jae-Min non era un cameriere."

Mi si strinse il petto, e il mio mento si intorpidì. Non volevo ascoltare quel che stava dicendo. Il rombo del sangue nelle orecchie era come un'onda di marea che mi bloccava i sensi. Volevo chiedere a Scarlet di spiegarsi, ma sapevo che non mi sarebbe piaciuta la sua risposta. "Allora cosa faceva?"

"Jae era troppo carino per fare il cameriere. No, tesoro, Hyun-Shik lo portava a lavorare nelle stanze. È così che ho incontrato il mio musang," replicò lei, controllandosi ancora una volta nello specchio e picchiettandosi l'angolo della bocca seducente. "Il nostro Jae-Min era diventato uno dei nostri ragazzi del piano di sopra."

CAPITOLO 5

"QUEL FIGLIO di puttana mi ha preso in giro! Lavorava là, e non mi ha detto un cazzo."

Il mio soggiorno era ampio e occupava quasi metà dell'edificio, ma era comunque troppo piccolo per sfogare una sana incazzatura. Continuavo a urtare uno dei divani e sbattere la gamba contro il tavolino da caffè. A mezzanotte passata, era troppo tardi per iniziare a spostare mobili per far posto alle mie gambe lunghe. Cosa più importante, spingere il divano contro il muro avrebbe distrutto il trespolo occupato da mio fratello, con i suoi occhi annebbiati.

"Cole, è stata una lunga giornata, la mia bottiglia di birra è mezza vuota e non ho idea di cosa diavolo stai parlando." Mike sbadigliò, più che altro per far scena. Di solito andava a letto alle due del mattino, quindi presentarsi a casa mia per parlare del caso Kim rientrava ampiamente nella sua giornata di lavoro tipica. Ringhiai e lui rispose con uno sbuffo di derisione, quindi piluccò gli avanzi del suo burrito alla carne asada, infilzando pezzi di carne con la forchetta. "Il signor Kim ti ha giocato?"

"No." Ero disgustato, intento a cercare di dipanare la mia confusione. Una cosa mi era chiara: Jae era il fulcro della mia rabbia. "Non il signor Kim. Parlo di suo nipote, Jae-Min."

"È il tizio che è stato con loro per un anno, giusto? Il cugino di secondo o terzo grado." Mike si pulì i denti con il dente della forchetta di plastica. "Cosa c'entra con Henry?"

"Henry, eh? Io continuo con Hyun-Shik. Tu chiamalo pure Henry." Mi fermai di fronte a mio fratello. "Sì, lasciati dire un paio di cose riguardo al ragazzino del signor Kim."

Passai qualche minuto a illustrare i collegamenti del defunto con il club dov'era morto, compreso il fatto che faceva da pappone al suo giovane cugino con i manager. Mike assimilò le informazioni senza commentare, lasciandomi parlare fino alla fine.

"Quindi, sei incazzato perché il figlio del signor Kim è gay?" chiese infine. "O perché ha spinto suo cugino a fare la puttana?"

54

"No," risposi, lasciandomi cadere sul divano vicino a mio fratello, spingendogli la gamba con il piede nudo. "Okay, forse un po'. Perché i Kim non ti hanno detto subito qualcosa a riguardo? Probabilmente non sapevano di Jae-Min, ma il resto? Suo padre sapeva qualcosa."

"Perché per una famiglia tradizionale coreana essere gay è una vergogna," replicò lui. "Sii discreto e basta."

"E a chi dovrei dirlo?" sbuffai, lasciandomi sopraffare dall'irritazione. "Cazzo, la vedova. Devo parlarle. Lei lo sa?"

"Probabilmente prima non lo sapeva, ma considerando dove l'hanno trovato, adesso penso di sì."

Sfilai un'altra copia del biglietto di addio del suicida dalla pila di documenti sul caso, fissando la scritta come se potessi in qualche modo intuire ciò che stava pensando Hyun-Shik quando si era ucciso. "Scarlet ha detto che lì non distribuiscono pasticche. Cosa diceva il rapporto dell'autopsia? Il referto tossicologico è arrivato?"

"Ancora niente." Mike si strinse nelle spalle, allontanando il piatto di plastica con la sua cena. "Hanno prelevato un po' di sangue e tessuti e il corpo è stato cremato subito dopo."

"Se tu gestissi un bordello, non terresti d'occhio tutte le stanze?" Inclinai la testa verso mio fratello. "Voglio dire, è così che fai i soldi. Quanto c'è voluto prima che qualcuno si accorgesse che non usciva più dalla stanza? E chi c'era con lui? Quel tizio, Jin-Sang, o qualcun altro? Ne sai niente?"

"No, non ne abbiamo parlato. Non ho strappato molto a suo padre, ma a essere sincero non ci ho provato più di tanto. Suo figlio è appena morto." Alzò di nuovo le spalle, più preoccupato. Mike odiava i misteri, mentre io adoravo scavare fino a scoprire le risposte. Per mio fratello, la vita perfetta non prevedeva sorprese. "L'unica cosa che posso fare è chiedere a suo padre, ma non posso garantire di tornare con delle risposte per te. Tendono a tenere la bocca chiusa sulle questioni personali."

"E allora perché Jae-Min mi ha detto che era gay?" Afferrai un cuscino e me lo misi dietro la testa, appoggiandomi al bracciolo del divano. "È una bugia che sta dicendo perché la gente pensi che Hyun-Shik era lì a causa sua? O forse per giustificare cosa ci faceva in quel club?"

Mike mi rivolse un sorrisetto. "Forse gli piaci e voleva un appuntamento."

"Adesso ti picchio fino a farti piangere," ringhiai sottovoce. "È con lui che sono incazzato. Era lì davanti a me e non mi ha detto una parola su

Hyun-Shik. Ha detto che sapeva del club, ma non mi ha detto che aveva lavorato lì."

"Cole, se tu fossi stato una puttana, diresti a un investigatore a quale angolo della strada lavoravi? Non sapeva che tu conoscessi Scarlet, quindi probabilmente ha pensato che avresti avuto qualche risposta stringata dai manager del club e sarebbe finita lì." Mike sollevò la testa, guardandomi negli occhi. "Perché insisti tanto? C'è davvero qualcosa da scoprire o sei solo arrabbiato perché questo ragazzo non sopportava di tenere segreto il suo orientamento e si è ucciso?"

Aprii la bocca per rispondere, quindi mi fermai. Perché ero incazzato? La morte di Hyun-Shik era stata stupida, ma ancor più stupida era la rete di bugie che circondava il suo suicidio. Se Scarlet mi stava dicendo la verità, c'erano molte persone che avrebbero potuto volere Hyun-Shik morto, forse anche suo cugino Jae-Min, quindi quella stupida morte stava iniziando a sembrarmi un omicidio.

"Dammi corda un attimo, Mike." Presi fiato, riordinando le idee. "Hyun-Shik era un uomo gay che lo teneva nascosto. Sposa una donna e ha un figlio. Secondo la logica della sua famiglia, ha fatto il suo dovere, no? Quindi torna alle sue vecchie abitudini, oppure la sua morte al Dorthi Ki Seu nasconde dell'altro?"

"Okay, supponiamo che qualcuno l'abbia ucciso," disse Mike. "Chi l'ha ucciso? E come?"

"Diverse persone." Guardai gli avanzi della cena di Mike, selezionando i pezzi di carne più grossi e infilandomene un paio in bocca. Masticando, rifiutai il tovagliolo che mi porse con un cenno della testa. "Questo Jin-Sang potrebbe averlo trovato con qualcun altro."

"Quindi ha dato qualcosa a Hyun-Shik nel suo drink?" Mike strinse le labbra, riflettendo. "Forse non intendeva ucciderlo. Solo dargli qualcosa per spaventarlo o farlo stare male?"

"Avrebbe dovuto comunque pianificare la cosa." Ci pensai su. "A meno che Jin-Sang non si facesse regolarmente e tenesse le pasticche al club."

"Gelosia? Non voleva dividere il suo amante con nessuno?" buttò lì Mike. "Ma stai dando per scontato che fra Jin-Sang e Hyun-Shik ci fosse qualcosa che andava oltre il denaro."

"E torniamo ancora una volta a ciò che ha detto Scarlet: c'era un accordo fra il giocattolino sessuale a pagamento e Hyun-Shik Kim."

"Quanto è credibile Scarlet?"

"Credibile abbastanza da essere l'unica persona in questo casino della cui parola mi posso fidare, oltre a te." Tornai ai resti del burrito, spilluzzicandolo. "Non è una stronzata? L'unica verità su cui posso fare affidamento viene da un uomo che vive mentendo riguardo al suo aspetto."

"E invece il cugino? Hai detto che Hyun-Shik l'ha portato a lavorare là?" Mike si spinse via dalla gamba il mio piede. "Forse finalmente ha accusato il colpo e ha deciso di vendicarsi."

"Forse," replicai. "Ma non mi suona bene."

"No, perché avrebbe aspettato così tanto? A meno che Jae-Min non fosse costretto a fare qualcosa." Dall'alto, le luci creavano ombre leggere sul volto di mio fratello, i suoi lucidi capelli neri luccicavano. "Un uomo può arrivare solo fino a un certo punto per fare soldi."

"Aspetta, hai detto che Jae-Min è stato con loro solo per poco tempo." Ripensai a ciò che mi aveva detto nella cucina dei Kim. "È venuto per il liceo. Quanti anni aveva quando ha iniziato a lavorare al Dorthi Ki Seu?"

"Non so. Ho appena scoperto che era una puttana." Mike si scolò il resto della birra.

"Non chiamarlo così." Fui sorpreso dalla veemenza nella mia voce. "Non farlo e basta."

"Se devi innamorarti di qualcuno dopo Rick, non innamorarti di un gigolò coreano, Cole." Il tono di mio fratello era piatto, quasi piatto quanto sarebbe stato il suo naso una volta che avessi finito con lui.

"Non cominciare, Mike. Né riguardo a Rick, né riguardo a questo," lo avvertii. "Jae-Min…"

"Sei tu che hai tirato in ballo la prostituzione," mi rinfacciò. "O gli stai dando addosso, o lo stai difendendo. Allora?"

"Non lo so, Mike." Finii la birra e radunai tutti gli avanzi della nostra cena. Dopo aver buttato i piatti di plastica nell'immondizia in cucina, tornai in soggiorno. Mio fratello mi guardò con attenzione quando rientrai, aveva un'espressione indecifrabile. Non ero mai stato bravo a leggere Mike, e tornai a sprofondare nei cuscini morbidi del divano, irritato perché non riuscivo a capire cosa gli passasse per la testa. "Cosa vuoi da me, eh?"

"Io penso che questo Jae-Min ti stia annebbiando il cervello." Mike mi diede una ditata allo stomaco, lasciandovi un livido che probabilmente avrei avuto ancora il mattino seguente.

"E allora? Pensi che dovrei scoparmelo e togliermelo dalla testa?"

"È già un male che fai sesso con degli uomini. Non voglio saperne niente. Non voglio immaginarti mentre lo fai." Mike fece una smorfia. "E proprio non voglio dettagli."

Faceva male. Sentire Mike dire quelle cose mi faceva male. C'era un limite al sostegno che potevo ricevere da mio fratello su come vivevo la mia vita. Anche se non avevo in programma di buttarmi a letto con Jae-Min, o con chiunque altro, se era per quello, mi mancava poter parlare di tutto con mio fratello. Ma d'altronde, pensavo, non avevo mai avuto quel livello di fiducia con la mia famiglia. Se lo avessi avuto, non ci avrei messo così tanto ad accettare chi ero o cosa volevo.

Feci quello che facevo sempre: lo ignorai.

"Guarda, devo andare a casa. Maddy probabilmente spera che torni lo stesso giorno che sono uscito." Si alzò, raddrizzandosi le gambe dei pantaloni. Fece un futile tentativo di lisciare le grinze della camicia, si infilò la cravatta nel taschino e prese le chiavi dal tavolo.

"È già tardi per quello." Lo accompagnai alla porta, aprendola per farlo uscire.

Mike si fermò, voltato in modo che potessi vedere solo il suo profilo nel buio. "Cole..."

"Va tutto bene, Mike." L'ultima cosa che volevo era sentire mio fratello che parlava come mio padre. Avevo troppo bisogno di lui nella mia vita. Era un legame che non volevo recidere per orgoglio.

"No, non va bene." Non avevamo mai parlato di relazioni. Entrambi eravamo cresciuti troppo cattolici, o forse troppo irlandesi, per farlo. Io avevo vagato un po', cercando qualcosa a cui appartenere. Mike non aveva mai avuto quel problema e per lui le stranezze del fratellino ogni tanto erano troppo. "Continuo a dirti di tornare a metterti in gioco, ma poi ti zittisco quando inizi a parlarne. Mi dispiace di non poterti essere vicino in questo, Cole."

Lo fissai, domandandomi dove stesse andando a parare con quella conversazione.

"Sei mio fratello e ti voglio bene," disse piano. "Ma c'è una piccola parte di me che odia ciò che sei. Non posso superarlo, ma ti voglio bene lo stesso. Tanto."

Volevo dirgli che gli volevo bene, ma le parole mi restarono incastrate nella trachea, soffocanti, fino a farmi dolere il petto. La sua sagoma si fece indistinta quando scese dalla veranda, avanzando nell'oscurità fino a riapparire nella pozza di luce di un lampione. Mi rivolse un cenno di saluto prima di salire in macchina, come se quel gesto avesse potuto sistemare le cose fra noi.

"Ti voglio bene anch'io, Mike," sussurrai, troppo tardi perché sentisse. Aiutò comunque a lavar via un po' di dolore. Mi chiusi la porta alle spalle, girando la chiave.

NEL TARDO pomeriggio, avevo ormai fatto tanta ricerca su Jin-Sang Yi che mi faceva male la testa. Claudia si era fermata per un'ora o giù di lì, sostenendo di essere annoiata, ma sapevo che era stata vinta dalla curiosità, e mi aveva ascoltato parlare di ciò che avevo scoperto. Mi aveva distratto un po' dalla ricerca, mollandomi un panino a lievitazione naturale farcito di manzo affumicato sulla scrivania, con un'occhiataccia minacciosa. Volevo protestare perché c'era anche della lattuga, ma lei inarcò un sopracciglio; ci ripensai e mi chiusi la bocca dando un morso al panino.

"Andrai a incontrarlo?" Digitando lentamente sulla tastiera, si sporse in avanti a fissare lo schermo. "Cosa dirai una volta là?"

"Beh, probabilmente non chiederò se ha ucciso il suo ex amante," replicai. "Ma ora come ora ho due opzioni: parlare a Yi o alla moglie di Hyun-Shik."

"Ne hai una terza." Claudia premette 'stampa' e girò la sedia, aspettando che il foglio uscisse. "Puoi tornare indietro e parlare a quel ragazzo con cui hai parlato ieri."

"Scarlet? Penso di averle dato abbastanza fastidio per un mese almeno."

"No, non quello." Alzando gli occhi al cielo, raccolse il rapporto. "L'altro ragazzo Kim. Quello della cucina."

Avevo solo menzionato Jae-Min brevemente, quindi stavo iniziando a dubitare della mia faccia di bronzo. Cercando di fare l'indifferente, chiesi: "Perché dovrei parlare con lui?"

"Perché sembra l'unico che sa qualcosa." Per essere una dilettante, Claudia era molto brava a individuare le bugie. Probabilmente perché aveva cresciuto otto figli. "Sono la prima a non voler ficcare il naso negli affari degli altri ma, se fosse uno dei miei figli, starei bussando a ogni porta per avere delle risposte."

Claudia se ne andò qualche minuto prima che io fossi pronto, convincendo con allegra prepotenza il figlio minore a fermarsi al supermercato prima di tornare a casa. Lui mi fece un cenno di saluto dalla porta aperta quindi la seguì per le scale, acconsentendo a qualsiasi cosa sua madre stesse dicendo mentre si dirigevano verso l'auto.

Le superstrade di Los Angeles mi intralciarono fino alla costa, piene di ingorghi inopportuni. Il sole giocò a nascondino con me per tutta la strada, sbirciando tra i palazzi per farmi bruciare gli occhi. Abbassai il finestrino e lasciai che la brezza della superstrada mi soffiasse addosso, con il suo profumo unico di gomma e cemento stracotto. I cartelloni pubblicitari mi tennero compagnia finché non svoltai verso la costa, imboccando la rampa d'uscita a una velocità rispettabile e bruciando un semaforo. Il motore della Rover singhiozzò appena quando accelerai oltre la linea bianca dello stop; la luce gialla passò al rosso proprio mentre svoltavo.

Jin-Sang Yi viveva in uno dei molti complessi residenziali simili a scatole di cartone che erano spuntati ovunque nella California meridionale negli anni Novanta. Dovetti girare intorno al palazzo per trovare un parcheggio che non desse sulla strada; l'unico posto per non residenti era occupato dal furgone di un giardiniere. Passai davanti a una fila di fuoco di soffiatori per foglie e quasi andai a finire nei bassi e spogli cespugli che facevano da ornamento. Considerando quanto Jin-Sang avrebbe dovuto guadagnare a settimana, di certo non lo stava spendendo per il suo alloggio. I muri di mattoni finti erano dipinti di un marrone escremento, un tentativo maldestro di dare una specie di stile californiano ai bassi condomini.

Dei bambini si stavano urlando parolacce mentre giocavano intorno alla piscina del complesso. Alcune donne sedevano nei paraggi, all'ombra di un albero cresciuto troppo. Nessuno mi rivolse una seconda occhiata, come infatti mi aspettavo. Vivere praticamente l'uno in braccio all'altro aiutava a ignorare la gente anche quando stava passando nel tuo giardino.

Da qualche parte dentro un appartamento, un cagnolino continuava ad abbaiare, e quel suono rimbalzava nel labirinto di palazzi. Nei paraggi, una voce urlò in spagnolo a qualcuno di chiudere il becco. Non ero sicuro se stesse parlando al cane o a qualcun altro che non riuscivo a scorgere.

Jin-Sang viveva in un appartamento ai piani alti, il più lontano possibile dalla piscina e dal parcheggio, ma pur sempre nello stesso complesso residenziale. Il sudore mi faceva aderire la maglietta alla schiena e, anche se la notte era ormai vicina, il calore opprimente del giorno rifiutava di allentare la presa sulla città. Il lamento di un condizionatore echeggiava dall'appartamento sotto quello di Jin-Sang, sferragliando rumorosamente nella sua lotta contro il sole pomeridiano.

Un'auto parcheggiata nel posto riservato per l'appartamento di Jin-Sang mi fece fermare di colpo. Era una vecchia Explorer bianca, la stessa che avevo visto ferma davanti alla casa dei Kim. L'interno del fuoristrada era quasi immacolato: c'era solo qualche pezzo di carta sul sedile anteriore, niente che mi desse indicazioni sul proprietario.

Avevo comunque un'idea abbastanza precisa su chi possedesse l'Explorer.

Cercai di essere il più silenzioso possibile, mentre salivo i gradini di cemento fino all'appartamento. Con un po' di fortuna, sarei riuscito a sentirli attraverso la porta. Posti come questo non avevano porte pesanti, insonorizzate. Di solito, gli affittuari erano fortunati se avevano uno spioncino in cui guardare.

C'era un'ombra sottile lungo la porta. Era appena socchiusa, quanto bastava a infilarvi qualche dito. Non c'era abbastanza spazio perché circolasse aria nell'appartamento e sentivo il condizionatore a muro cercare rumorosamente di raffreddare l'ampio spazio. Raggiunsi il pianerottolo fra i due appartamenti dell'ultimo piano e guardai giù per le scale per vedere se qualcuno mi stesse osservando prima di aprire lentamente la porta.

Sentii l'odore del sangue prima ancora di vedere qualcosa. Niente ha l'odore del sangue umano bollente in un pomeriggio assolato. Trassi un profondo respiro ed entrai cautamente nell'appartamento. Il mio stomaco si contrasse in un nodo.

Degli schizzi coprivano il muro vicino alla porta d'ingresso, imbrattando di rosso il bianco sporco. Un paio di fori di proiettile nell'intonaco esponevano la struttura di legno sottostante. Riconsiderai la mia opinione sulla costruzione dell'appartamento. Qualunque cosa l'assassino avesse usato per uccidere aveva lasciato un gran casino, ma il danno non aveva raggiunto l'altro lato del muro, o l'avrei visto salendo le scale.

Nella mia mente, il muro divenne di mattoni, sbiadito da anni di sole. In un attimo fu notte, una piacevole serata in cui avevo la pancia piena e pregustavo il sapore della bocca di Rick sulla mia. In un istante avevo perso tutto, mi era stato strappato in uno schizzo di sangue e frammenti d'osso.

Sbarrare i pensieri contro quel ricordo non aiutò. Servì soltanto a rammentarmi di altre cose, come il sapore del cervello di Rick sulla lingua e sulle labbra, quindi il dolore improvviso che mi aveva attraversato mentre altri spari mi assordavano. Ero caduto, stringendolo, gridando il suo nome. Poi il mondo mi si era richiuso addosso.

Quella notte echeggiò intorno a me, nascosta nel sangue e nella luce del pomeriggio.

Due corpi giacevano sul pavimento del soggiorno, caduti là dov'erano stati colpiti. Non riconobbi quello sdraiato sulla schiena, i resti del suo viso distrutti da un colpo di pistola. Qualsiasi cosa l'avesse colpito gli aveva strappato quasi tutto il lato destro del cranio, e un lembo di pelle con quello che sembrava un orecchio giaceva sul tappeto vicino al corpo. Lo aggirai con attenzione. Frammenti d'osso erano sparsi sulle piastrelle dell'ingresso, pezzi di cervello erano sotto la porta e si erano spalmati quando l'avevo aperta per entrare.

Controllai il corpo più vicino alla porta. Sotto di lui, il tappeto era imbrattato di sangue. Qualunque cosa fosse successa, non era passato molto tempo. I fluidi corporei erano ancora liquidi e la puzza rivelatrice del corpo che si liberava delle feci aveva appena iniziato a riempire la stanza. Deglutii la bile che sentivo in gola e mi voltai verso l'altro.

Fui strozzato dalla paura quando guardai l'uomo steso a faccia in giù sul tappeto. Era più vicino alla cucina, quasi nascosto dietro un tavolo dalle spesse gambe. Non vedevo le sue fattezze, ma una pozza di sangue era colata da una ferita che non riuscivo a scorgere, allargandosi sullo sporco tappeto beige. Non volevo toccare il corpo, ma il mio cervello stava urlando. Dovevo sapere se si trattava di Jae-Min, immobile e morto.

I capelli neri, fra cui solo il giorno prima avevo desiderato passare le mani, gli si erano appiccicati al collo, impregnati di sangue. Era caduto come una bambola rotta, le gambe piegate come se fosse stato sul punto di voltarsi quando un qualche dio aveva deciso che era stanco della sua marionetta e ne aveva tagliato le corde. Mi accucciai, costringendo il cuore a continuare a battere mentre mi allungavo per scostare i capelli che gli erano finiti sul volto.

E dovetti impedirmi di singhiozzare come una ragazzina quando vidi la bellezza di Jae-Min sotto il velo nero che avevo sollevato.

Le mie mani erano appiccicose, le linee sui palmi imbrattate del sangue mezzo asciutto di Jae. Ce n'era così tanto, e colava da una ferita che non riuscivo a vedere. Avevo paura di girarlo, paura di toccarlo, temevo che si sgretolasse fra le mie braccia. Non l'avrei lasciato morire al freddo e senza il conforto di un essere umano.

Era caldo al tocco, sembrava quasi troppo caldo, anche tenendo conto del calore soffocante dell'appartamento. La sua pelle pallida era arrossata, un colore rosato sugli zigomi alti. Quando la sua bocca si mosse, trasalii.

Jae-Min gemette piano e il suo respiro mi danzò sulle dita. Il mio cuore iniziò a battere di nuovo mentre il sangue tornava a scorrermi nelle vene.

"Non muoverti," dissi, prendendo il cellulare. "Resta dove sei, Jae. Devo chiamare l'ambulanza."

O non poteva sentirmi, o era troppo testardo per dar retta al buonsenso, perché la prima cosa che fece fu cercare di alzarsi. Gli occhi di Jae erano sfocati mentre si sollevava sulle mani; batté le palpebre, senza vedere me o l'ambiente circostante. Con un suono strozzato, quasi soffocò per il filo di vomito che gli colava dalla bocca e fu scosso da violenti conati.

"Cole?" Era troppo, essere esaltato perché sapeva chi ero, ma ero facile da accontentare. Il mio nome fu seguito da qualcosa in coreano che non capii, ma non m'importava. Era una cosa irrazionale. L'avevo appena conosciuto ma sentirlo gracchiare il mio nome, e magari pure imprecarmi contro, fu un sollievo.

"Cosa non hai capito di 'non muoverti'?" Spostai il braccio sotto di lui e lo tenni stretto quando si sporse di nuovo verso di me. Poggiò la testa sui miei jeans e rimase fermo abbastanza perché potessi controllare dove era stato colpito.

Il sangue essiccato gli aveva chiuso la lacerazione sul cuoio capelluto, dove una pallottola gli aveva sfiorato la testa. Sulla tempia, nascosto sotto i capelli, si era formato un grosso bernoccolo, probabilmente perché aveva sbattuto la testa sul pesante tavolo di legno vicino al quale l'avevo trovato oppure sul mobile della cucina. A ogni modo, immaginavo che avesse perso i sensi e che ora avesse un trauma cranico.

Qualcuno rispose al telefono e io parlai in automatico, riversando informazioni. Jae rabbrividì: stava andando sotto shock. Avrei dovuto trovare qualcosa in cui avvolgerlo se l'ambulanza ci avesse messo troppo. Non volevo rischiare che perdesse conoscenza mentre aspettavamo.

"Tesoro, stai fermo." Restai paralizzato, sentendo uscirmi dalla bocca quelle parole. Qualunque cosa si stesse inventando il mio cervello, doveva smetterla. Jae-Min Kim era l'ultima persona con cui avrei voluto finire coinvolto. "Ho bisogno che tu stia fermo finché qualcuno non viene a darti un'occhiata."

Rimasi determinato finché le sue ciglia non fremettero e i suoi occhi color miele scuro non si fissarono sul mio volto. Non sorrise, non proprio, ma un accenno di qualcosa fece tendere gli angoli delle sue labbra piene, e Jae si rilassò contro di me, lasciando che lo sorreggessi.

"Cole, Jin-Sang... sta bene?" Jae-Min si mosse, cercando di voltarsi. Stava dando la schiena al cadavere di Jin-Sang, e volevo che continuasse così. Sarei dovuto uscire dall'appartamento appena l'avevo visto lì a terra, ma non l'avevo fatto. L'avrei pagata cara, ma ero pronto ad accettarlo. Il calore sulla mia gamba bastava a farmi sentire ottimista riguardo a quella decisione.

"Non guardare, Jae. Non c'è bisogno che guardi." Se volevo che mi dicesse qualcosa, dovevo tenerlo concentrato su ciò che era successo finché era ancora fresco nella sua memoria. "Hai visto chi è stato?"

"Qualcuno è uscito dalla stanza da letto. Non sapevo che fossero lì." Trasalì e mi strinse le cosce con le mani. Il dolore gli fece tremare la bocca, rivelando un'altra sfaccettatura delle sue emozioni attentamente controllate. Aveva paura, e soffriva, così si mordeva le labbra per non gridare. Era il viso di un uomo che non aveva nessuno intorno a consolarlo, abituato a combattere ogni traccia di vulnerabilità. Conoscevo quell'espressione. L'avevo indossata io stesso più volte di quante potessi contare.

"Va tutto bene, piccolo." Le sue scapole mi premettero sul braccio quando lo strinsi. "Cerca di stare sveglio."

"Jin-Sang è morto, non è così?"

"Non pensarci adesso, Jae," dissi. Qualcosa mi colpì, dritto in mezzo agli occhi. Abbassando lo sguardo su di lui, scrutai attentamente le sue fattezze in cerca di una reazione e chiesi: "Lo ami?"

Se avesse risposto di sì, mi avrebbe annientato. Il suo possibile amante era spiaccicato sui muri e il pavimento dell'appartamento, e io sapevo cosa si provava. La sua vita sarebbe stata piena di senso di colpa, di rimpianti. Non veniva mai niente di buono dai rimpianti.

E se avesse risposto di no, allora non ero sicuro di cos'avrei fatto, ma avevo la sensazione che avrebbe sciolto il nodo amaro che mi stringeva il petto.

"No." La sua voce era bassa e roca. "Non Jin-Sang. Lui mai. Sono venuto qui per convincerlo a parlare con te."

"Parlare con me?" Era più scioccante dell'aver trovato Jin-Sang morto.

"Volevo che ti parlasse di Hyun-Shik." Il suono delle sirene ululava all'esterno, insinuandosi dalla porta aperta. "Avevo bisogno di parlarti di nuovo."

"Sì?" Sembrava poco rispettoso provare questo senso di esaltazione per ciò che Jae aveva detto, specialmente visto che eravamo seduti in un lago di sangue vicino al corpo di Jin-Sang. Delle voci echeggiarono per le scale, e io chiamai a gran voce i paramedici che stavano salendo verso l'appartamento.

"Sì." Jae-Min mi toccò, passandomi le dita lungo l'interno della coscia. Un medico andò dritto verso Jae, e io mi feci da parte, aiutandolo a scivolare sull'asse spinale che avevano portato. Lui mi strinse la mano, aggrappandosi forte alle mie dita. "Non andare via, Cole."

"Non c'è problema," dissi. Non sarei andato da nessuna parte, nonostante il medico mi guardasse con aria di disapprovazione. "Non ti lascio andare. Promesso."

"Cole?"

"Sì?"

"Non mi dispiace se mi chiami piccolo. È bello." Trasalì con un gemito quando il medico gli fece un'iniezione. Affondò le dita nel mio avambraccio, e una fitta di dolore mi attraversò il polso. "Ma non chiamarmi tesoro. È il nome del cane di mia madre."

CAPITOLO 6

"Sì, può farmi lo spelling per favore?"

Il detective mi aveva già chiesto il nome tre volte. Non ero sicuro se fosse particolarmente stupido o se mi stesse solo complicando la vita. Feci nuovamente lo spelling, pronunciando bene ogni lettera, finché non fui certo che l'avesse scritto giusto. Il sole era calato, ma i lampioni facevano abbastanza luce da far luccicare la fronte sudata del tizio.

Il corpo di Jin-Sang era ancora di sopra, mentre la gente si aggirava per il suo appartamento, interrogandosi sul suo stile di vita. Le nostre mani e i nostri vestiti erano stati analizzati in cerca di tracce di polvere da sparo prima che Jae fosse caricato in un'ambulanza in attesa. A giudicare dai mormorii concitati che provenivano dai paramedici che se ne stavano occupando, le cose non andavano bene. Avrei voluto lamentarmi. Sembrava che le cose non andassero mai troppo bene quando si trattava di Jae-Min Kim.

"McGinnis, Cole." Il tizio smise di scrivere e mi fissò, mentre se ne rendeva conto. "Sei quello a cui hanno sparato. Lavoravi alla centrale un palazzo più in là, no?"

"Sto lavorando anche qui," replicai. La mia attenzione si spostò a dove i medici si stavano occupando di Jae. Ci avevano fatto scendere di sotto e avevano sigillato l'appartamento in attesa della scientifica e di chiunque altro volesse vagabondare intorno al cadavere freddo di Jin-Sang. "Sono un investigatore privato."

"La città non ti ha dato abbastanza soldi da permetterti di stare col culo parcheggiato in poltrona?" Il suo partner, Branson, ci raggiunse. Lo avevo conosciuto sul lavoro. Ci eravamo incrociati un paio di volte, e non era mai andata bene. Era uno di quei bambocci tutto muscoli che se la tiravano negli spogliatoi, con la pelle d'ebano oliata per enfatizzare ogni rigonfiamento di braccia e cosce.

"Forse il culo gli faceva troppo male per parcheggiarlo da qualche parte." Ora che quell'energumeno del suo partner era arrivato, il detective si fece spuntare una spina dorsale e ridacchiò, sbuffando oltre i baffi e su per il naso.

"Grandioso. È bello vedere che la polizia dà ancora lezioni in finezza."
Ero stanco di rispondere alle domande e non volevo fare giochetti. Jae-Min era troppo lontano perché potessi sentirlo chiaramente ma, a giudicare dall'aria scontenta del medico, Jae gli stava rompendo il cazzo su qualcosa. "Abbiamo finito?"

"Il tuo fidanzato può aspettare ancora un po', McGinnis." Il detective Branson si accorse della mia distrazione. La sua espressione si inacidì e gli si formarono delle rughe sulla sua testa rasata. "Anch'io ho qualche domanda per te."

Era passato qualche anno dall'ultima volta che avevo visto Branson, ma non era cambiato molto. Forse aveva un po' più pancia, e quel ciuffetto di capelli che curava tanto era arretrato abbastanza da lasciare una linea scura sul cuoio capelluto. In passato era sempre stato brusco con me, le sue parole sempre velate di odio ribollente. Branson non doveva più badare a ciò che diceva.

"Mai sentito la parola ascoltare? Sto parlando con te, McGinnis." Riportai bruscamente lo sguardo su di lui, distogliendolo da ciò che stava succedendo intorno all'ambulanza.

"Sicuro, perché no?" Avevo già ripetuto tutto un paio di volte a Thurman, ma sapevo come funzionava. "Spara."

"È quel che hai fatto tu?"

Oh, astuto. Non mi sarei lasciato impressionare dalla sua arguzia. Avrebbe dovuto faticare per ottenere qualcosa da me. Non avevo visto altro eccetto Jae sul pavimento. "Quello che ho fatto, cosa?"

"Sparare alla vittima. Allora, cos'è successo veramente, frocio?" Se Branson si fosse incazzato ancora un po', avrebbe finito col somigliare a uno Shar-Pei. "Sei entrato, li hai trovati che scopavano e hai sparato a entrambi? Magari ti sei sentito in colpa, così tu e il tuo amante l'avete fatta sembrare una violazione di domicilio?"

"Una violazione di domicilio da dentro la camera da letto al secondo piano?" chiesi, sarcastico. Come Branson, non ci guadagnavo niente a fare il bravo. Avevo sopportato abbastanza merda del genere quando ero in polizia. "O pensi che mi abbiano lasciato entrare a usare il bagno, tanto per essere bello fresco prima di ucciderli? Te l'ho già detto. Non avevo mai incontrato Yi Jin-Sang. Ero lì per fargli qualche domanda riguardo a un'indagine per cui sono stato assunto."

"Signor McGinnis, stiamo solo cercando di fare chiarezza," disse Thurman, passando al tono conciliatorio che usava Bobby quando voleva scucire delle informazioni da qualcuno. Chiunque dovesse pungolare un sospettato la usava, oppure usava la voce rude e severa tipo 'non me ne frega un cazzo di te'. "Di solito chi chiama per denunciare una cosa come l'omicidio di Yi è collegato alla scena. Dobbiamo fare domande per accertarci che lei non abbia niente a che vedere con il delitto."

"Cosa volevi chiedergli?" lo interruppe Branson. "A Yi. Di cosa eri andato a parlargli?"

"Sto investigando su un suicidio," dissi. "Yi era amico del defunto."

"Amico nel senso del suo ragazzo o era solo qualcuno che se lo scopava?" Il robusto poliziotto si mise un pezzo di gomma da masticare nell'ampia bocca. Masticò rumorosamente, bagnando la gomma finché non fu morbida abbastanza da schiacciarsi contro i suoi denti.

"Non ho avuto modo di chiedere," risposi con un sorriso. "Era già morto quando sono arrivato."

"E cosa ci faceva lì il tuo ragazzo?"

"Ripeto, non è il mio ragazzo. E quando sono entrato, era occupato a sanguinare." La voce di Jae-Min si fece più alta e molto coreana, senza più traccia di inglese. A quanto pareva, era stanco di essere rivoltato come un calzino. Lo capivo. Provavo esattamente lo stesso riguardo a Branson e al suo leccapiedi.

Sullo zigomo di Jae si stava formando un livido, una chiazza viola che si allargava sulla pelle pallida. Aveva spinto via i medici, barcollando su gambe incerte. Il paramedico gli imprecò contro, un fiume di spagnolo che andò ad aggiungersi alle altre lingue con cui l'avevano già apostrofato. Si misero di nuovo a discutere, mentre il tale insisteva per fare qualcosa che Jae tanto avrebbe rifiutato. Il paramedico alzò le mani e iniziò a mettere via l'attrezzatura, quindi prese un pezzo di carta e lo piazzò davanti a Jae-Min.

"Avete i miei dati per contattarmi. Chiamatemi se vi serve altro. Qui abbiamo finito." Stavolta non era una domanda. Avevo chiuso con loro e mi diressi verso il paramedico, per salvarlo. Branson m'imprecò dietro, ma continuai a camminare.

Col senno di poi, è possibile individuare il momento in cui la mia vita andò a puttane. Fu quando raggiunsi Jae-Min e dissi: "Aspetta qui. Ti porto a casa."

PERCHÉ DIAVOLO stavo accompagnando a casa in macchina Jae-Min nel traffico dell'ora di punta? Perché quell'idiota si rifiutava di andare all'ospedale. Il medico aveva inveito contro di me, disgustato, anche dopo che avevo promesso che non gli avrei permesso di mettersi al volante. Non che avrebbe avuto modo di guidare tanto presto. I poliziotti avevano messo i cordoni intorno alla sua Explorer, in quanto parte della scena del crimine. Penso che il paramedico sperasse di poter seguire Jae e aspettare che svenisse, per poi trascinarlo di peso in ospedale.

A giudicare dal modo in cui Jae si stava appoggiando a me mentre lo tiravo fuori dall'auto, il piano del medico non era poi tanto male.

Odorava di sangue e di agrumi. E di guai, a essere onesto con me stesso. Jae-Min Kim puzzava di guai, e quel tanfo mi si stava appiccicando addosso.

Dopo aver cercato di spingermi via, Jae liberò con uno strattone il braccio dalla mia presa e quasi ruzzolò sul marciapiede di cemento. Non eravamo in una bella parte della città e, anche se era duro abbastanza da farsi un baffo di un trauma cranico, una ferita aperta a contatto della schifezza che copriva il marciapiede l'avrebbe ucciso. Lo acchiappai prima che cadesse a terra.

"Fai resistenza anche quando non ce n'è bisogno. Andiamo," mormorai. Delle sagome si aggiravano nei vicoli bui intorno a noi, sinistre sagome umane che sbirciavano, tenendosi lontane dalle chiazze di luce degli unici due lampioni funzionanti. "Dove abiti?"

"Ci siamo davanti."

Quell'edificio aveva visto giorni migliori. Non riuscivo a capire cosa fosse stato prima, magari una lunga serie di negozi o un magazzino che qualcuno aveva comprato e convertito in appartamenti. Comunque fosse, adesso era un alto blocco di mattoni imbiancati, con file di persiane che correvano sotto il cornicione. Qualcuno aveva cercato di rendere l'esterno più accattivante, contornando le porte con mattoni forati decorativi. C'erano rami d'edera secca attaccati a parte della pietra. Non faceva granché per garantire la privacy. Le piante morte rendevano solo il posto più triste.

"Sembra una prigione." Ero anche gentile. Quel posto sembrava una cacca d'uccello su un parabrezza caldo.

"È economico." Jae si sforzò di tirare fuori le chiavi dalla tasca. Io vi infilai le dita insieme alle sue, e fui colpito da quanto fossero fredde. "Quella in fondo."

"Vediamo di portarti dentro."

Jae rabbrividì contro di me e mi guardò da sotto le lunghe ciglia. Il mio corpo ruggì in risposta, una provocazione primordiale a prendere ciò che avevo davanti. Lo volevo. Anche coperto del suo stesso sangue e tremante per il probabile shock, lo volevo comunque sotto di me. Ogni grammo di buonsenso nel cervello mi diceva che ero un idiota, ma gli uomini sono spesso idioti. "Dimmi che la tua doccia ha l'acqua calda. Ne hai bisogno."

"Sì." Il colore era svanito dal suo viso e la sua pelle già pallida sembrava porcellana. "Ho anche un cesso lì dentro."

"Bene, perché probabilmente vorrai vomitarci dentro." Aprii la pesante porta di metallo e lo afferrai per la vita prima che scivolasse giù lungo il muro. "Hai un trauma cranico. Dovresti essere col culo in un letto d'ospedale."

La luce filtrava dalle molte finestre sul muro in fondo, illuminando l'ampio spazio. Se non fossi stato così impegnato a trascinare Jae oltre la soglia, l'avrei lasciato cadere quando notai le enormi foto in bianco e nero appoggiate alla parete. Lui si allontanò da me, barcollando verso una porta sul muro a lato, ignorando le mie offerte d'aiuto mezze borbottate. Non lo avevo fatto per gentilezza. Come la maggior parte degli uomini, ero un maiale. Il pensiero di vederlo nudo sotto un fiotto d'acqua calda mi avrebbe in larga parte ripagato per la rabbia che nutrivo ancora verso di lui.

Jae sparì, chiudendosi la porta alle spalle, mentre io individuavo l'interruttore della luce. L'interno era più grande di quanto sembrasse dal di fuori, e anche più pulito. Il mobilio era spartano, un paio di futon intorno a una cassapanca di legno bassa e piatta, coperta di macchie lasciate da bicchieri. C'era un enorme letto sfatto vicino a una parete, un nido di cuscini segnati dalla sagoma di un corpo lungo e snello.

La maggior parte del pavimento era occupato da tavoli spaiati, alcuni che scricchiolavano sotto il peso di gadget elettronici e fotocamere digitali. Lunghi obiettivi facevano da sentinelle su mensole economiche, insieme ad altra attrezzatura. Non avevo la più pallida idea a cosa servisse.

Le foto continuavano ad attrarre la mia attenzione. Una raffigurava il volto di Scarlet, senza alcun trucco o artificio. Questo era l'uomo vero, dietro il trucco e i sorrisi. I suoi occhi scuri erano offuscati di tristezza. Non era un senso di perdita, decisi. No, era il viso di un ladyboy che amava profondamente e voleva che il mondo conoscesse quel tipo d'amore. Era ancora bellissimo. Anche senza tutti gli artifici, aveva una grazia che non potevo negare.

C'erano altre foto, di una cruda bellezza, profondamente tragiche. Passando dall'una all'altra, stavo entrando nel mondo di Jae-Min, vedendo momenti privati che aveva tenuto fra le mani, come lucciole dalla breve

70

vita. Mi faceva dolere qualcosa dentro. Non potevo capire la risata quasi folle catturata nella stanza sul retro del Dorthi Ki Seu, foto in bianco e nero di uomini che si trasformavano nella fantasia di un altro uomo.

Aveva scattato altre foto, frammenti di vita urbana visti attraverso occhi impietosi. Jae-Min imprigionava la sua vita in immagini piatte. Mi domandavo se stesse cercando di dare un senso alle cose o se stesse solo mostrando al mondo ciò che vedeva. Comunque fosse, guardare quelle foto incorniciate mi faceva male e vergognare un po', come se stessi spiando nel suo diario segreto.

Un demone peloso attaccò a soffiare sopra la mia testa. Mi buttai all'indietro, rischiando di far cadere diverse fotocamere dal tavolo alle mie spalle. Lottai per acchiapparle prima che toccassero terra, spingendo al suo posto l'attrezzatura mentre la gatta mi miagolava di nuovo.

Balzò giù, con uno scatto della coda come se mi stesse liquidando, non ritenendomi una minaccia. A malapena più grande di un pacchetto di patatine, saltò sul bordo del tavolo, un batuffolo nero di pelliccia di cincillà completa di zanne e artigli.

"Quella è Neko."

Non l'avevo sentito chiudere la doccia. Jae era in piedi, le mani serrate sullo schienale del divano. Sotto i suoi occhi si stavano formando occhiaie scure; sembrava faticare a tenersi in piedi e vacillava avanti e indietro mentre si sforzava di restare eretto.

"Neko?"

"Significa 'gatto' in giapponese. Il suo nome completo è Koneko-chan, ma di solito la chiamo Neko e basta."

"Hai chiamato il tuo gatto, Gatto?"

"Ha risposto a quello," disse lui, facendo spallucce. La maglietta bianca che aveva indossato gli pendeva addosso, troppo ampia per il suo torso snello, e i pantaloni da ginnastica larghi e sottili che si era allacciato in vita non erano molto migliori. Mi domandai se fossero stati lasciati da un ex amante. Lo raggiunsi e lo afferrai prima che cadesse a terra. "Mica mi aspettavo che venisse quando l'ho chiamata."

"Stai sanguinando." Sospirai, guidandolo sul letto. Lui oppose resistenza, dibattendosi brevemente, prima che lo spingessi sui cuscini. "Smettila. Cazzo, per una volta in vita tua, fai quello che ti si dice."

"Non faccio altro." Non capivo l'amarezza nella sua risata, breve e tagliente, ma era lì. Decisamente.

"Hai delle bende? Qualcosa?" La gatta saltò sul letto e mi diede un'occhiataccia, come se fossi stato io a lacerare la tempia di Jae. La sua opinione di me non m'interessava, ma mi aveva chiaramente messo sulla sua lista di persone da fustigare non appena le fossero spuntati i pollici opponibili.

"Nel bagno." Jae si protese verso il demone peloso, stringendosi al petto il suo piccolo corpo. Lei iniziò a fare le fusa, piano, ma i suoi freddi occhi giallo-arancio non si scaldarono minimamente per me. Nemmeno lo sguardo fulvo del signor Kim mi dava molte speranze, ma avevo delle domande per lui, e non me ne sarei andato finché non avessi ottenuto un po' di risposte.

Tornai con una manciata di garza e del cerotto e sedetti sul bordo del letto, tenendomi fuori dalla portata degli artigli, nel caso in cui la sua gatta da guardia avesse deciso di abbattermi. Quando rimossi il cerotto che gli aveva messo il paramedico, feci una smorfia, vedendo il sangue che chiazzava la benda.

"Saresti dovuto andare in ospedale." Aprii uno dei pacchetti di garza sterile, ripiegai la benda e la posai sul taglio che aveva sulla testa. "Tienila ferma mentre taglio del cerotto. Non è troppo tardi per portarti al pronto soccorso, sai."

"E chi paga?" chiese lui, mentre fermavo la benda. Sarebbe rimasta quanto bastava perché la carne bruciata dal colpo di pistola guarisse, magari lasciando anche una cicatrice intrigante, non come i segni irregolari a forma di stella che punteggiavano il mio corpo.

Avevo sperato che, standogli così vicino, avrei trovato un difetto o due, magari avrebbe avuto una brutta pelle, ma Dio non era in vena di gentilezze. Non verso di me, a ogni modo. Stava diventando difficile continuare a essere arrabbiato con Jae, soprattutto con quello sguardo vulnerabile e ferito nei suoi occhi. Il modo in cui il suo respiro caldo mi sfiorava il collo quando parlava non aiutava.

"Avrei pagato io se necessario. Sembri mezzo morto. Diavolo, un paio d'ore fa pensavo che fossi morto."

"Non lo sono, quindi niente ospedale." Secca e dritta al punto, la sua voce aveva un'anima d'acciaio. Non avrebbe accettato discussioni. Quindi, ovviamente, io non avrei mollato l'osso. "E non accetto che la gente mi dia soldi."

"Perché no? Da quel che ho sentito, hai già accettato soldi in passato." Mi morsi la lingua appena quelle parole mi sfuggirono dalla bocca. Volevo rimangiarmele, o almeno ammorbidirle un po', ma il danno era già fatto. Jae strinse la bocca e il gelo tornò a impietrirgli il volto.

"Vattene da qui, cazzo." Jae spinse contro il mio petto. Ero più pesante di lui, più grosso e muscoloso, ma lui aveva una furia che non potevo ignorare. Un familiare lampo feroce era tornato nei suoi occhi, una silenziosa promessa che, se fossi rimasto seduto vicino a lui, l'avrei pagata cara.

Torno a ripeterlo, gli uomini sono stupidi. Rimasi.

"No." Lo spinsi a mia volta, inchiodandolo ai cuscini. La gatta fuggì, miagolando piano per esprimere il suo disgusto per essere stata scacciata. Jae sembrava fragile sotto le mie mani, la sua magrezza come un terreno inesplorato sotto le mie dita. Non mi lasciai ingannare, sapevo che non era delicato. C'erano muscoli forti sotto i suoi vestiti troppo ampi, e quasi persi la presa quando si divincolò. "Smettila. Merda, senti, mi dispiace, va bene? Ho detto una cosa da stronzo. Mi dispiace."

Jae mi guardò, senza alcuna fiducia, non più disposto a offrirmi la minima apertura. Avrei accettato quel che potevo avere: anche il suo lieve cenno di assenso e il modo in cui le sue spalle si rilassarono sulle coperte erano una vittoria, per quel che mi riguardava. Quasi non sentii il suo sussurro, appena più forte del rumore del traffico fuori. "Cosa vuoi da me?"

Se fossi stato brutalmente onesto, la mia risposta avrebbe incluso qualcosa riguardo a lui a pancia in giù che stringeva le lenzuola ma, visto che gli avevano appena sparato, sarei stato un po' più galante. "Mi hai mentito sul perché ti trovavi da Jin-Sang?"

"Non sono andato là per ucciderlo," replicò piano Jae. "Sono andato là per parlargli. C'è stata una forte esplosione, e la prima cosa che ricordo dopo sei tu che mi tiri su. Non so nemmeno cos'è successo. Non me ne frega niente se non mi credi, ma ero lì solo per quello."

"Ti credo." La cosa strana era che gli credevo davvero. Probabilmente era più per il mio desiderio che per il mio sesto senso ma, anche nei miei momenti più stupidi, i miei istinti di solito non mi tradivano. "Perché non mi hai detto che hai lavorato al Dorthi Ki Seu?"

"Tu diresti a qualcuno che lavoravi lì?" Inarcò un sopracciglio, un nero indicatore di sarcasmo quasi invisibile sotto i suoi capelli.

"Va bene, te lo concedo." Annuii. Gli tolsi le mani di dosso. Non mi fidavo di me stesso, di toccare la sua pelle tiepida.

"Ho immaginato che saresti andato là, ma che nessuno ti avrebbe parlato di me. Tutti lì sono coreani o filippini. Non parliamo alla gente che

73

non conosciamo. Diavolo, non parliamo nemmeno a chi conosciamo." Si strinse nelle spalle e trasalì per lo sforzo. "Chi te l'ha detto?"

"Ho visto una tua foto nel camerino di Scarlet. Alle volte sono un po' lento, ma so ancora fare due più due e arrivare a quattro." Gli rivolsi un sorrisetto.

"Conosci nuna? Merda." Sgranò gli occhi. Adesso i ruoli erano invertiti, ed era lui a domandarsi se stessi mentendo. "Come fai a conoscere Scarlet?"

"L'ho più o meno arrestata una volta, quando ero un poliziotto. È uscita prima ancora che compilassero i moduli, ma siamo rimasti in contatto e ho pensato di contattarla per informazioni visto che Hyun-Shik è morto dove lavora." La gatta era tornata e stava zampettando sulla gamba di Jae, guardandomi con occhi stretti e sospettosi. "Non ti ha tirato in ballo lei, sono stato io. Ho visto la foto di voi due e mi ha detto che eravate amici intimi. Non prendertela con lei."

"Probabilmente nuna ha pensato che mi conoscessi già," disse con un sospiro stanco. "Non me la prenderei mai con lei. Scherzi? Sono più vicino a lei che alla mia famiglia."

"Così mi è sembrato," replicai. "Ho bisogno che tu sia esplicito con me, Jae."

"Niente battutacce, eh?" Prese la gatta dalla gamba e se la mise sul petto. Lei si acciambellò, chiudendo gli occhi e facendo le fusa più forte che poteva, con quel corpicino. Con le lunghe dita, Jae le carezzava la testolina. Ogni volta che le passava la mano dietro il collo, mi provocava pensieri impuri. Su di lui, non sulla gatta.

"Già." Spostandomi sul letto, mi tirai leggermente indietro. Avrei dovuto fare delle domande difficili e, visto come mi sentivo, avrei finito col consolarlo più che con l'ottenere risposte. "So che Hyun-Shik ti ha portato a lavorare al locale. Perché hai accettato?"

"Avevo bisogno di soldi." Mi guardò come se fossi un idiota a fare quella domanda.

"Vivevi con i Kim. Non ti davano soldi?"

"No." Jae si sollevò fino ad appoggiarsi ai cuscini, muovendosi lentamente per non far cadere la gatta. "La zia mi ha buttato fuori quando ero alle superiori. Ha detto che ero una cattiva influenza per Hyun-Shik. Non potevo tornare nella California del Nord. Avevo bisogno di denaro per finire la scuola."

"Eri un ragazzino. Che cattiva influenza potevi essere?" imprecai sottovoce. "Eri minorenne. Hanno ancora ragazzini che lavorano lì? Merda, avremmo dovuto chiudere quel posto quando ne abbiamo avuto l'occasione."

"Buona fortuna." Jae rise. "L'amante di Scarlet non ve lo permetterebbe. A lei piace quel posto. La rende felice. Hyungnim farebbe qualsiasi cosa per mantenerla felice."

"Cosa significa?" Era il momento di chiedere. Come il gatto, sembrava calmo, pronto a essere carezzato e fare le fusa. "Hyung. Continuo a sentirvelo dire."

"È come... signore?" Inclinò la testa, riflettendo. "Non proprio, ma più o meno. Lo dici quando un uomo è più vecchio di te."

"Lo hai usato per Hyun-Shik. Non era molto più vecchio di te. Quanto, cinque anni?"

"Circa cinque," convenne Jae. "Ma non importa di quanti anni. È comunque più vecchio."

"Va bene." Non avrei insistito oltre. Per me, il rispetto doveva andare in entrambe le direzioni. Per Jae-Min non sembrava essere così. "Per quanto hai lavorato al Dorthi Ki Seu? È lì che hai conosciuto Jin-Sang?"

"Ho lavorato nelle stanze per..." I suoi occhi si fecero distanti mentre pensava. "Qualche anno. Forse quattro? Jin-Sang è stato lì gli ultimi tre. Per quanto ne so, non ha mai smesso di lavorare lì."

Ero stato nella Buoncostume. Conoscevo ogni genere di puttana. Mentre parlava della vita che aveva condotto un tempo, sentii la durezza della vita di strada nella sua voce, e m'incazzai ancora di più con Hyun-Shik per aver consegnato un ragazzino ad altri uomini per il loro piacere.

"Mi hai detto che tuo cugino non stava tradendo sua moglie."

"Non lo faceva," replicò Jae. "Aveva lasciato Jin-Sang subito dopo essersi sposato. Hyun-Shik non vedeva nessuno. Non andava nemmeno al locale in cerca di sesso. Magari beveva qualcosa ogni tanto con un amico, ma non andava di sopra. Non che io sappia."

"Stava con te?" domandai.

"Per fare sesso? No." Jae mi rise in faccia. "A hyung non piacevo. Ha chiuso con me dopo che sono andato a ballare al Dorthi Ki Seu."

"Ballare?" Questo mi giungeva nuovo. "In che senso a ballare?"

"Sì, a ballare. C'è la musica, indossi dell'intimo o qualcosa in cui possano infilare dei soldi." Jae si sollevò su un gomito e mi guardò, incuriosito. Quando capì, glielo lessi in faccia: sembrava non sapesse se ridere o incazzarsi. "Cosa pensavi che facessi di sopra? Cazzo, pensavi che ci andassi a scopare? Pensavi che fossi un gigolò?"

Glielo rigirai contro in un attimo, senza andarci leggero. "Altrimenti perché ti vergogneresti di aver lavorato lì?"

"Perché la gente reagisce come te quando lo scoprono." L'amarezza era tornata a tingere le sue parole. "Sei come tutti gli altri. Ecco perché non ho detto niente. Chi cazzo sei tu per giudicarmi?"

"Cosa ti aspettavi che pensassi?" chiesi, insistendo per un momento. Era arrabbiato, lo capivo. Io avevo la mia di rabbia da superare. "Mi dici le cose a pezzetti e io devo cucirli insieme. Ero incazzato quando Scarlet mi ha detto che lavoravi al piano di sopra. Ho pensato che Hyun-Shik ti avesse trascinato là come un pezzo di carne e avesse offerto il tuo culo a chiunque lo volesse."

"Hyun-Shik mi ha portato là per vedere se mi avrebbero lasciato ballare per i clienti del piano di sopra." Jae parlava lentamente, come se fossi un idiota... cosa che, in effetti, sembravo. "Pagano bei soldi perché dei ragazzi ballino per loro mentre cantano al karaoke. Alle volte vogliono sesso, ma altre volte vogliono solo sbronzarsi e fare gli stupidi. Jin-Sang faceva sesso. Io no."

"Mai?"

"Non sono cazzi tuoi, ma no, mai," ringhiò Jae, sollevandosi a sedere e spintonandomi la spalla. "Mi hai conosciuto solo ieri. Che cazzo te ne importa?"

Già. Era quello che mi stavo chiedendo anch'io. Solo che non avevo una risposta. "Forse perché eri un ragazzino."

"Hyung, non sono mai stato un ragazzino. Sapevo cosa stavo facendo. Hyun-Shik non mi ha costretto a fare niente." Per qualche ragione, la cosa mi sembrava più triste della facciata del palazzo. Diceva sul serio. Non c'era alcun accenno di scuse. Per Jae, era così e basta. Rendeva tutto ancora più triste. "Avevo bisogno di quei soldi per vivere. Poi sono andato al college e ho dovuto pagare anche per quello. Ho smesso appena ho iniziato a cavarmela bene con le foto. Non guadagnavo altrettanto, ma che diamine, almeno non mi tiravano roba in faccia."

"Allora perché sei andato da Jin-Sang?"

"Pensavo che tu avessi bisogno d'aiuto. Ecco perché sono andato da Jin-Sang." Continuava ad attorcigliarsi le coperte intorno alle dita. Quando gli toccai il braccio, Jae non si tirò indietro immediatamente, ma si spostò dopo qualche secondo. Non ero sicuro se mi avesse perdonato o se fosse

76

solo troppo abituato a essere trattato come una puttana. "Sapevo che non ti avrebbe parlato a meno che qualcuno non gli avesse chiesto di farlo. Anche così, forse non l'avrebbe fatto, non senza chiedere soldi in cambio. Non faceva niente senza prima farsi pagare."

"Cosa pensavi sapesse sulla morte di Hyun-Shik?"

"Il biglietto non mi convinceva." Jae-Min indicò la cassa che usava come tavolo. Vidi la copia del biglietto che gli avevo dato appoggiata su una pila di documenti. "Pensavo di averlo già visto."

"Lo stesso biglietto? Non l'ha scritto tuo cugino?"

"No, l'ha scritto lui," disse Jae, scuotendo la testa, quindi trasalì, premendosi la fronte con il palmo. Mi allungai verso di lui, ma fui fermato dall'occhiataccia che mi rivolse. "Hyun-Shik ha scritto una cosa del genere a Jin-Sang quando ha sposato Victoria. Pensavo che fosse lo stesso biglietto, o almeno una parte."

"Hyun-Shik si rifiutava di rispondere al telefono e una notte Jin-Sang è tornato a casa dal club e ha trovato la chiave del suo appartamento poggiata su un biglietto," mormorò Jae, strofinandosi le mani nelle coperte per riscaldarle. "Era ubriaco e mi stava urlando addosso come se io c'entrassi qualcosa. Non mi ricordo tutto, ma penso che quel pezzo che mi hai dato fosse in fondo."

"Quella frase di cui hai parlato." Ripensai a ciò che Jae-Min aveva detto in cucina. "Non era rimpianto per il suicidio. Era per aver dovuto rinunciare a Jin-Sang?"

"Jin-Sang era una puttana che mio cugino si scopava. A Hyun-Shik piaceva, ma si scopava un sacco di altra gente. Era questo che faceva. Non stava rinunciando a Jin-Sang. Stava rinunciando a tutti." Jae fece un sorrisetto. "Ha dovuto smettere quando si è sposato. Victoria gli avrebbe strappato le palle se l'avesse scoperto. Le hai già parlato?"

"No," replicai. "Non pensavo ci fosse niente oltre a un suicidio. Ora non ne sono tanto sicuro."

"Quindi pensi che qualcuno abbia ucciso Hyun-Shik? Sul serio?"

"Sì, e il mio istinto mi dice anche che la morte di Jin-Sang è collegata," dissi, annuendo. "Quindi immagino che dovrò vedere cos'ha da dire Victoria riguardo a suo marito."

"È una troia. Non lasciarti ingannare dai suoi bei modi." Il viso di Jae si fece cereo e voltò la testa, lottando per tenere a bada la nausea. "Non mi sento bene."

"È il trauma cranico. Vediamo di farti mangiare un po' di minestra o roba del genere." Mi alzai e lui mi afferrò la mano. "Cosa?"

"Perché non chiamiamo Scarlet? Verrà e si prenderà cura di me. Non lavora stasera."

"Non mi dispiace restare." Non aveva un bell'aspetto. Nemmeno brutto, perché qualcosa di così grazioso non sarebbe mai stato brutto, ma sul suo viso si leggeva chiaramente che aveva bisogno di cibo e di dormire. "Posso dormire sul divano. Non dovresti stare solo, ricordi?"

"Lo so," disse, con un certo rimpianto. "Ma dovrai andartene."

Attesi, il tempo di un battito di cuore. Mike diceva sempre che ero un po' lento a capire le cose, e spesso si diceva sorpreso che fossi riuscito a diventare un detective. "Non mi vuoi qui? Va bene. Nessun problema."

"No, il problema è che ti voglio qui. Anche troppo." Mi lasciò andare la mano e si appoggiò ai cuscini. La sua bocca era incurvata per il rimpianto e io avrei voluto baciarla fino a farla tornare maliziosa. "Sei attraente, e ti stai prendendo cura di me, anche se sei incazzato, il che mi attizza un po'. Quindi, sì, chiamerò Scarlet, e tu andrai a casa. Adesso."

CAPITOLO 7

"QUINDI TI ha sbattuto fuori?" Non avrei dato a Bobby la soddisfazione di prendermi in giro ma, ogni tanto, dopo qualche birra, la mia lingua non fa quel che vorrei facesse. "Perché lo arrapavi?"

"Sì, praticamente." Contai le bottiglie, soldatini di vetro che avevo allineato sul bancone, domandandomi se il barista mi avrebbe fermato, a un certo punto. Ebbi la mia risposta quando feci cenno che ne volevo un'altra e lui la stappò senza fare una piega. Il barista diventò un arcangelo ai miei occhi. Mi rammentai di lasciargli una ricompensa adeguata.

"Gli hai detto che sei gay?" Vidi Bobby sorridere dietro l'orlo del bicchiere. "Anche se penso che ormai sia tardi per quello. Sono abbastanza sicuro che lo sappia già."

"No, ero troppo…" Non mi veniva la parola. Ce l'avevo sulla punta della lingua, ma non riuscivo ad afferrarla. "Ecco, non penso di doverglielo dire."

"Cacasotto?" suggerì Bobby. Sempre d'aiuto, lui.

"No," negai con enfasi, quindi feci spallucce. "Forse. L'ho conosciuto ieri. Non è che abbiamo una relazione."

"Cole, siamo uomini. Prima scopiamo, dopo cerchiamo il vissero per sempre felici e contenti." Si scolò il whisky e sospirò prima di chiedere una bibita a uno dei ragazzi dietro il bancone. "È la cosa migliore dell'essere gay. Non dobbiamo vedercela con tutte le cazzate che comporta stare con le donne. Scopiamo e poi vediamo se ci piacciamo. Così, se il sesso fa schifo, non siamo incastrati con qualcuno che non ci piace."

"È questo che amo di te, Bobby. Sei un romantico." Inclinando la bottiglia all'indietro, mi lavai la faccia con la birra. A quanto pareva la mia bocca si muoveva quando non ci stavo facendo caso. Mi asciugai la schiuma e borbottai: "Ridi e ti do un calcio nelle palle."

"In questo momento non troveresti le mie palle se mi calassi i pantaloni e te le agitassi davanti alla faccia." Passandomi una mano sotto il braccio, mi sollevò dallo sgabello del bar. "Andiamo, principessa, ti accompagno a casa."

"Prova a dirmi una cosa del genere quando sono sobrio." A pensarci bene, ricordai che ogni tanto mi chiamava così quando eravamo sul ring, di solito quando mi stava riempiendo di cazzotti. "Come non detto. Dimenticatelo."

"Credo proprio che te lo dimenticherai tu." Bobby pagò le mie ultime birre e mi spinse fuori. Io tentai di tornare dentro. Dopotutto avevo promesso di lasciare al barista una mancia angelica. "Gli ho lasciato io un extra. A casa, su."

L'aria fredda mi centrò in pieno e inspirai, riempiendomi i polmoni di ghiaccio. Senza le nuvole, il calore della valle era volato via e la notte aveva affondato i suoi denti gelidi nella città. Dopo la giornata bruciante, il deserto diventava freddo. All'una del mattino ci sarebbe stata brina sull'erba, che sarebbe diventata rugiada al sorgere del sole. Non c'era da meravigliarsi che una parte dei cespugli davanti a casa mia continuasse a morire.

In confronto agli inverni di Chicago che avevo sopportato da ragazzo, preferivo le notti fredde di Los Angeles mentre barcollavo ubriaco fuori da un bar. Sentivo il bisogno di mettermi a cantare, probabilmente per via del sangue irlandese di mio padre.

"Dovrei imparare le parole di 'Danny Boy'," borbottai.

"Buon Dio, no," disse Bobby, guidandomi attorno a un lampione. "Ti ho sentito al karaoke. Se te ne esci con una sola nota, ti abbandono in una pozza del tuo stesso vomito."

"Io non vomito." La birra mi rendeva difficile pensare. "Va bene, ho vomitato un paio di volte, ma tanto tempo fa. Ero più magro, allora."

"E adesso sei una montagna." Bobby sbuffò, spingendomi sul vialetto. Le mie gambe erano più stabili di quando mi ero alzato dallo sgabello, ma ancora un po' deboli. "Dormici su. Vai a sognare il tuo ragazzino dal bel faccino."

"Non è un ragazzino." La parte maliziosa della mia mente mi fornì immagini del corpo pallido di Jae disteso su un letto morbido, una gamba piegata e quella dannata bocca aperta quanto bastava perché vi facessi scivolare un dito. Deglutii e cercai di allontanare quell'immagine. Non mi piaceva dove stavo andando a parare. Certo, volevo il corpo di Jae sotto di me, la sua pelle lucida di un velo di sudore. Non ero morto. Mi eccitava. Per qualche ragione, qualcosa della sua dolcezza feroce e bugiarda mi faceva sussultare. "Fidati. Lo vorresti anche tu."

"Sì, da quel che mi dici, lo vorrei." Bobby mi depositò all'ingresso di casa mia, aspettando che aprissi la porta ed entrassi prima di andarsene.

"Fatti una dormita. Salta la palestra, domani. Ti autorizzo a saltare il pestaggio quotidiano."

"Sì, Padrone," borbottai. Lui rise, dandomi una pacca sul culo.

"Se solo tu facessi quei giochetti, principessa." Bobby mi baciò la nuca e mi spinse in corridoio. "Non dimenticare di chiudere a chiave. Ci vediamo presto."

Trafficai goffamente con il chiavistello una volta entrato, certo che qualcuno fosse venuto e l'avesse spostato un paio di centimetri più a destra dall'ultima volta che l'avevo usato.

"O potrebbero essere le sei birre che ti sei scolato, idiota," borbottai, gettando le chiavi sul tavolo, dove avrei dovuto frugare per ritrovarle il mattino seguente. L'idea di una doccia era al tempo stesso piacevole e disgustosa. Volevo togliermi di dosso la puzza di alcool, ma mi avrebbe fatto tornare troppo sobrio. Raggiunsi un compromesso con una veloce spruzzata d'acqua e una strofinata, e mi bagnai la testa con l'acqua fredda prima di barcollare fino al letto.

E, ovviamente, non riuscii a prendere sonno. Il mio cervello era troppo occupato a ripensare alla bocca di Jae, al suo corpo snello su lenzuola stropicciate. La mia sveglia sembrava prendermi in giro, stuzzicandomi con i suoi numeri luminosi e illuminando il mio telefono, che mi stava anch'esso prendendo silenziosamente per i fondelli.

"'Fanculo." Avevo il suo numero. L'avevo anche memorizzato. Pigiai qualche pulsante e presto sentii squillare; rispose una voce seducente, roca per la stanchezza. "Jae?"

"No, tesoro. Sono Scarlet." La seduzione non era per me. Era quella che Scarlet aveva sempre nella voce. Probabilmente faceva pratica nell'eco di un bagno, cercando la cadenza perfetta che avrebbe fatto arricciare i peli sul ventre di un uomo. Con me non funzionava, ma dovevo apprezzare quanto quel roco sussurro vellutato fosse attraente. "Va tutto bene?"

"Stavo… chiamando per vedere se Jae sta bene." Potevo mentire. Ero un esperto bugiardo. Ma la risatina di Scarlet mi fece sentire come se avessi di nuovo tre anni, beccato a rubare un biscotto. Fai una finta, mi gridò il mio cervello, schiva! "Sta dormendo?"

"Sì. Aspetta che esco. Non voglio svegliarlo." Sentii dei movimenti all'altro capo della linea, quindi il debole suono del traffico, quando Scarlet uscì dalla fortezza di pietra di Jae. "Un attimo. Aish, sei un idiota."

Ci fu una discussione, un intenso scambio fra Scarlet e un uomo dalla voce profonda. Lei lo stava allontanando dalla porta d'ingresso, prima in inglese, quindi con una fiammata di rovente coreano. Stavo temendo il peggio quando sentii un'altra protesta brontolante da parte di chiunque si trovasse fuori dalla porta di Jae.

"Tutto bene?" Non mi piaceva il vicinato dove viveva Jae. E quello che sentivo me lo stava facendo piacere ancora meno. "Posso venire lì. Va' in casa. Farò venire qualcuno."

"Non ho bisogno di essere salvata, piccolo," mormorò al telefono e in pratica ridendomi in faccia. "Era uno dei ragazzi che hyung manda con me. Credimi, tesoro, l'ultima cosa che vogliono è tornare da lui con una Scarlet ferita. Bravi ragazzi coreani, duri di muscoli e ogni tanto anche di comprendonio. Gli ho solo detto di andare a sedersi in macchina con l'altro anziché stare sulla porta."

Sentii lo schiocco di un accendino, quindi Scarlet che faceva un tiro da una sigaretta. Potevo quasi vederla, in piedi accanto al muretto di mattoni intorno al portone di casa di Jae, un fianco appoggiato alla parete mentre teneva il telefono col mento, soffiando fuori una nube di fumo prima di tornare a dedicarsi al rompiscatole sbronzo che aveva in linea.

"Tesoro, perché chiami così tardi?" L'inglese raffinato ed esotico che aveva parlato al locale era un po' sfumato dalla tarda ora. Il suo accento Pinoy era più ricco, e la sua voce suonava più scura, più grezza. Quando non risposi immediatamente, colmò il silenzio con un basso mormorio. "Ah, quindi è così."

"Cosa è così?" Anche nella nebbia della birra che mi restava in corpo, sospettavo che non si stesse solo riferendo al fuoco che Jae mi accendeva dentro. Diavolo, si guadagnava da vivere pompando l'ego degli uomini e stuzzicando quel nervo nei nostri cervelli che era direttamente collegato al cazzo. Non potevo nascondere niente a Scarlet.

"Pensavo che ti piacessero gli uomini. L'avevo immaginato, ma non ero sicura," disse. "La maggior pare degli uomini come te almeno guarda i ragazzi, ma tu no, niente. Prima di Jae, pensavo che magari fossi uno strano, e non strano come me. Che non ti piacessero né ragazzi né ragazze."

"Ehi!" Bruciava un po' sentirmi privato della mia sessualità, anche se era solo una sua ipotesi. "Me la cavo bene."

"Tesoro, sono sicura che te la cavi benissimo," mi placò. Sembrava che avesse detto quelle parole un milione di volte. Probabilmente era così. "Quindi sei gay. Chi non lo è, al giorno d'oggi?"

"L'hai detto a Jae?" chiesi, con un nodo in gola. Una cosa era essere preso in giro perché ero gay, ma essere asessuale era un insulto troppo grande. "Di me…"

"Probabilmente lo sa. Non è stupido." Prese un altro tiro dalla sigaretta, sibilando al mio orecchio. "Mi pare di vederti, quando sei stato qui. Lo desideri. Gli ronzi intorno e lo tieni d'occhio, come se fosse qualcosa che non puoi avere al momento ma che magari, fra un po', ti darà un po' di dolcezza. Conosco gli uomini. So come sono fatti."

"Scarlet, ho chiamato solo per sapere come sta, non per uscire con lui. Ha preso un brutto colpo in testa, oggi."

"Come ho detto, tesoro, adesso dorme." Scarlet sospirò. "Dirò a musang che hai chiamato per sentire come stava. Adesso torna a dormire e cerca di convincerti che non hai chiamato per altri motivi."

Cercai di protestare. Feci anche qualche verso, come se stessi brontolando per essere stato messo da parte, ma il suo schiocco di disapprovazione mi trapassò il timpano, e dovetti allontanare il telefono dall'orecchio.

"Non è sbagliato desiderarlo. Il mio Jae-Min è carino, e forse potrete darvi qualche bacino sulle vostre ferite per guarirle." Il rumore del traffico si affievolì, seguito dal tonfo della pesante porta di metallo. "Torna a letto, piccolo, e sogna qualcosa di bellissimo."

IL MATTINO non arrivò con gentilezza. In una delle ironie della vita, c'erano uccellini fuori dalla finestra aperta della mia stanza da letto, che cinguettavano rivolti al sole che mi bruciava i bulbi oculari. Sbattei le palpebre per eliminare la crosticina, il che permise a più luce di penetrare nel mio cranio dolorante. Bofonchiando, cercai di far sparire il mattino mettendomi un cuscino sulla testa, ma il cinguettare fu presto soffocato dallo squillo del telefono.

"Sei sveglio, ragazzo?" Il crepitio dall'altro capo mi fece male ai denti, e considerai se riattaccare per evitare danni a lungo termine alle mie otturazioni. La tesa voce di Claudia suonava autoritaria e matriarcale. Nello stato in cui ero, volevo ritrarmi da quel tono stridulo.

"Sì, sono sveglio." Cercai a tentoni la sveglia, la acchiappai prima che scivolasse giù dal comodino e mi resi conto che non era mattino, ma pomeriggio presto. "Avevi bisogno di qualcosa?"

"Sto andando via," annunciò lei. "Ho pensato di controllare se eri morto, prima di uscire."

"Gentile da parte tua," borbottai, con la bocca piena di alito pestilenziale. A quanto pareva, durante la notte la mia lingua aveva deciso di leccare l'interno di una scarpa da ginnastica, era proprio quello il sapore che sentivo. "Non è sabato? Non dovresti essere al lavoro."

"Mi serviva lo stipendio, così ti ho chiamato, ma non hai risposto. Allora sono venuta a controllare. Non voglio venire a lavorare per un uomo morto. Quelli non pagano," disse Claudia. "Mi sono scritta un assegno, e ha chiamato tuo fratello. Ha detto che puoi chiamare quella donna, Kim, se vuoi. Lui le ha già parlato, ha accettato di parlare con te. Ha lasciato il numero sul tuo telefono ma, visto che tu non l'hai richiamato, ha telefonato a me."

"Grazie," dissi annuendo, e me ne pentii immediatamente. Speravo che Mike stesse parlando di Victoria Kim e non della madre di Hyun-Shik. D'altra parte, non avevo passato del tempo con nessun Kim eccetto Jae, quindi avrebbe potuto essere chiunque. "Passa un buon pomeriggio."

"Alzati dal letto, ragazzo," ordinò lei, prima di riattaccare. "E fatti una doccia. Devi puzzare da morire."

Incespicai fino alla doccia, lavandomi di dosso il sudore notturno e la schifezza che avevo in bocca. Mentre mi asciugavo, sfiorai con le dita il groviglio di cicatrici che avevo sul fianco. Era più grande degli altri, poiché la pallottola aveva lacerato più pelle e muscoli.

Fra tutte le mie ferite, quella faceva male più spesso. Il groviglio di nervi nel tessuto cicatriziale ogni tanto dava i numeri e mi venivano dei crampi al fianco. Il centro rosato era ancora in rilievo e delle lacerazioni più piccole partivano dall'epicentro, a forma di stella, sul costato. I dottori avevano lavorato sodo per farmi ripartire il cuore, ricucendo le vene e le arterie dilaniate dal pezzo di metallo che aveva rimbalzato contro le mie costole. Quando infine mi ero svegliato dallo stordimento, dovuto alle droghe che mi avevano dato, il mondo era già andato avanti senza di me.

Quando avevo lasciato il ristorante con Rick, le cose stavano andando bene. Condividevamo una casa e una vita. Anche quel nanerottolo del suo cane aveva iniziato a prendermi in simpatia. Mi avevano appena affidato il mio primo caso da caposquadra e la nostra cena era stata una specie di festa. Se era possibile festeggiare l'essere assegnato a un caso di spaccio di droga. L'avevo baciato per salutarlo, stringendogli il volto fra le mani e assaggiando la sua bocca prima di andare verso l'auto, dove credevo mi aspettasse il mio partner, Ben.

"Sì, mi aspettava," borbottai, con la bocca piena di dentifricio, sputando la schiuma alla menta nel lavandino. Il sapore amaro era tornato, ma non aveva niente a che vedere con la birra o con altro che avessi ingerito. Fissando il mio riflesso nello specchio, chiesi: "È questo che ti è successo, Hyun-Shik? Eri al Dorthi Ki Seu pensando che le cose andassero bene e che le persone di cui ti fidavi ti coprissero le spalle? È per questo che sei andato? Ti hanno chiamato o sei andato a cercare qualcuno?"

Indossai abiti semplici: jeans, una maglietta nera e un paio di stivali di pelle che avevo consumato fino a renderli abbastanza morbidi. Presi telefono e portafoglio dal comodino e mi fermai davanti all'armadio in stile Art Deco che avevo preso a un mercatino dell'usato a San Diego. Mi ero innamorato di quel mobile di quercia striata appena l'avevo visto in mezzo a tutti gli altri. Avevo rotto le scatole a Rick perché faceva le cose *da gay* quando eravamo in vacanza. Ero troppo macho per andare in cerca di pezzi di antiquariato, e Rick mi aveva sempre rammentato che alla fine ero stato io a pagare qualcuno perché ce lo consegnassero a casa, a Los Angeles.

L'armadio non era solo un bel mobile. Aveva anche un cassetto segreto in alto, dove tenevo la pistola. Dopo quel che era successo a Jae e Jin-Sang, non avevo intenzione di uscire senza un po' di protezione extra. Bobby aveva fatto pressione per farmi avere il porto d'armi e non avevo mai davvero avuto bisogno di usarlo ma, dopo quello che era successo il giorno prima, infilare la fondina a spalla sembrava davvero un'ottima idea.

Alcuni poliziotti erano innamorati delle loro pistole. A me piacevano quanto bastava, ma non avevo bisogno di averne una con me tutto il tempo. Quando eravamo giovani, mio padre aveva insegnato a me e Mike come maneggiare un'arma da fuoco. A Mike piacevano più che a me, ma io ero più bravo a sparare, cosa che lo disgustava. Secondo me era per colpa della sua postura precaria e le sue mani malferme, ma non gliel'avrei mai detto in faccia. Ero più alto, ma mio fratello avrebbe potuto prendermi a calci in culo se avesse voluto.

Erano passati diversi mesi prima che smettessi di trasalire ogni volta che sentivo uno sparo, o quando sentivo l'eco di un rinculo sul viso quando premevo il grilletto. Bobby mi aveva aiutato a superarlo, lavorando al poligono di tiro. Sparare a un po' di bersagli avrebbe fatto meraviglie per la mia rabbia, mi aveva detto.

Si sbagliava, ma non mi sarei messo a discutere. Almeno mi ero liberato della paura delle pistole che mi era venuta.

Mi preparai, infilando nella fondina la Glock che Mike mi aveva regalato per Natale. Io gli avevo dato un pesce di plastica che cantava, tre videogiochi e un paio di cravatte. Dopo una serie di pezzi country-western, ci era stato ordinato di portare via quel pesce e affogarlo. Sua moglie non aveva molto senso dell'umorismo, ma almeno era diventato un ottimo bersaglio per la Glock. Sparare a un pesce meccanico il giorno di Natale è una delle mie memorie più belle.

Chiamai Victoria Kim e mi rispose una donna dalla voce spocchiosa, che mi informò che la signora Kim sarebbe stata disponibile fra le tre e mezza e le quattro di quel pomeriggio. Mi diede un indirizzo che non era lontano dalla residenza dei Kim senior: quella vicinanza a mamma e papà mi portò a chiedermi se forse Hyun-Shik non avesse ancora tagliato il cordone ombelicale.

"Mezz'ora non è molto tempo per parlare del tuo defunto marito, Victoria," rimuginai considerando l'orario del colloquio.

Il quartiere era quasi identico a quello in cui vivevano i genitori di Hyun-Shik: prati perfetti con fili d'erba tutti alti cinque centimetri, punteggiati da aiuole fiorite e occasionali statue di buon gusto, una o due fontane, tanto per spezzare la monotonia di verde e colori. Le case qui costavano milioni, ed erano tenute in ordine da severe regole di vicinato.

La donna dalla voce spocchiosa aprì la porta, un palo alto e magro con sacchetti di silicone piazzati in mezzo al torace. Il suo viso si abbinava alla voce, magro e tirato, con occhi stretti intenti a squadrarmi dall'alto in basso. Le sorrisi e mi presentai, con un po' di finte chiacchiere. Lei non ci cascò e me lo fece capire tirando su col naso.

"Dirò a Victoria che lei è qui." Tirò di nuovo su col naso, trotterellando via sui tacchi vertiginosi. "Attenda in soggiorno."

Se la femminilità poteva essere sterile, la casa di Victoria ne era un esempio. Ogni muro era coperto da un delicato bagno di colore, un bianco rosato che si faceva opaco quando la luce lo illuminava. Guardai i mobili, affari sottili e rivestiti, che non avrebbero retto il mio peso. Uno dei divani sembrava promettente, un po' più robusto del resto. Lo tenni presente mentre mi guardavo intorno.

Non c'era alcun tocco personale fra i dipinti di nature morte, eccetto che per una singola foto di un bimbo dal viso tondo con indosso un abito rosso acceso. Avevo visto la stessa foto nella galleria dei Kim, insieme a una miriade di altre. Era strano che la madre del bambino avesse solo una foto del suo stesso figlio.

"Salve, signor McGinnis."

Era più alta di quanto mi ero aspettato: mi arrivava al mento e aveva la pelle rosea e perfetta e la lunga chioma di capelli biondi che ci si sarebbe aspettati da una tipica bellezza californiana. Fece il suo ingresso indossando una gonna a vita alta, nera e attillata, e una camicia bianca, sfruttando il vantaggio di essere la cosa più bella nella stanza. Con i seni sodi e la vita snella, abbinati a lunghe gambe abbronzate, sembrava più una delle fantasie di Mike su segretarie cattivelle che non una vedova in lutto.

Se mi fossero piaciute le donne, le avrei sbavato dietro.

Fortunatamente, non mi piacevano le donne.

"Per favore, mi chiami Cole." Blaterai un po' su quanto fosse bella la sua casa e lei mi rivolse un sorriso tirato, come se mi credesse ma le stessi facendo perdere tempo. Aggiunsi un'altra spunta alla mia lista di motivi per cui non mi piacevano le donne. "Grazie per aver accettato di incontrarmi. So che dev'essere un momento difficile per lei."

"Cerchiamo di superarlo. Mi dispiace di non poterle offrire molto come rinfresco. Nessuno è andato a fare la spesa, eccetto che per prendere cibo per mio figlio." Doveva aver fatto molta pratica per avere quegli occhi quasi traboccanti di lacrime: era quasi perfetta, eccetto che per la fossetta rivelatrice dove si stava mordendo la guancia. Una volta avevo avuto un ragazzo bravissimo a piangere a comando, e lei aveva esattamente lo stesso aspetto che aveva lui quando cercava di fregarmi. "Prego, si sieda."

"Non le ruberò troppo tempo. Ho solo qualche domanda." Il divano non crollò, ma le mie gambe erano troppo lunghe e finii con il rannicchiarmi come se fossi seduto a un banco dell'asilo.

"Non so quanto potrò dirle." Victoria prese posto su una sedia vicino a me, accavallando le gambe e chinandosi in avanti per mostrarmi la scollatura. Stetti al gioco e diedi un'occhiata. "Non so cosa posso dire sulla morte di Henry. È stato un tale shock per me."

Le lacrime erano sparite, rimpiazzate da occhi sgranati e un accenno di broncio sul labbro inferiore. A Jae donava, una curvatura naturale della bocca piena. Per Victoria era parte del suo arsenale, insieme con le lacrime e i seni.

Mi stavo domandando se fossi troppo duro con lei a non darle nemmeno il beneficio del dubbio, quando un uomo asiatico apparve nell'atrio ed entrò in soggiorno. Aveva la stazza di un buttafuori a un club di tendenza, il suo grosso torace fasciato da una camicia abbottonata fino al collo. Le sue fattezze erano rozze, come se Dio non avesse proprio finito di sistemarlo prima che nascesse. La sua testa squadrata era coperta da una folta spazzola di capelli neri. Era così simile ai tagli di capelli di Mike e Hyun-Shik che quasi gli chiesi se fosse un'opzione fissa sul menù del parrucchiere, ma l'espressione cupa del suo volto mi fermò.

Se fossi stato uno scommettitore, avrei detto che non era felice di vedermi. Quando spinse in fuori il mento nella mia direzione, seppi che avevo vinto la scommessa.

"Questo chi è?" Rimase lì, allargando i piedi e fissandomi dall'alto.

"Cole McGinnis. Sto indagando sulla morte di Hyun-Shik." Feci la cosa più ovvia da fare in termini di aggressività maschile. Mi alzai e gli porsi la mano, guardandolo a mia volta dall'alto della mia maggior statura, con un mezzo sorrisetto. "E lei chi è?"

Non accettò la mia stretta di mano; si voltò invece verso la vedova addolorata, posandole una mano sulla spalla. Victoria si girò leggermente, puntando le ginocchia verso di lui, e guardai i loro occhi danzare per un momento prima che lei inclinasse la testa verso di me, portandosi i capelli dietro le spalle con un elegante gesto della mano.

"Signor McGinnis," disse lei, ignorando la mia offerta di chiamarmi per nome. Il linguaggio del suo corpo si raffreddò notevolmente verso di me mentre concentrava le sue arti su di lui. "Questo è Brian Park. È… era… uno dei colleghi di Henry."

"Un collega?" dissi con tono interrogativo. "Gentile da parte sua venire a dare una mano."

"Sono più un amico di famiglia, a dire il vero." Le rivolse un'occhiata, muovendo le dita sulla sua spalla come un gatto che zampetta in braccio a qualcuno. "Ho conosciuto Henry al lavoro, ma siamo diventati buoni amici. Era ovvio che sarei stato vicino a Victoria." Lei si tirò un po' su, tornando a illuminarsi come l'archetipo femminile che avevo visto all'inizio.

"Aha." Estrassi il taccuino e scarabocchiai a caso. "Park, è coreano, non è così? E lavora per il signor Kim, il padre di Hyun-Shik?"

"Sì, lavoro per la sua compagnia. Hyun-Shik era il mio manager, ma siamo diventati amici," spiegò. Spostandosi alle spalle di Victoria, si appoggiò alla sua sedia, mettendo la donna fra noi. "Non vedo cosa c'entri l'essere coreano."

"Mi stavo solo domandando se avesse visto il biglietto che Hyun-Shik ha lasciato e se potesse leggerlo." Tirai fuori una copia che avevo

88

infilato nel taccuino e la offrii a Park perché la leggesse. Lui scosse la testa, senza accettare il foglio. "No, non l'ha letto, oppure no, non sa leggerlo?"

"Non l'ho letto perché è una questione privata. Un sacco di nostri clienti sono coreani." Arricciò le labbra. "Parlare hangul è un requisito base del lavoro."

"Voi due avevate la minima idea che Hyun-Shik sarebbe andato al Dorthi Ki Seu quella notte?"

"No," rispose con fermezza Brian. Victoria rimase in silenzio, stringendosi le mani in grembo. "Teneva segreta quella parte della sua vita. Nessuno di noi sospettava che… gli piacessero gli uomini. Me lo teneva nascosto. Forse qualcuno nella sua famiglia lo sapeva, ma io no."

"Se l'avessi saputo, non l'avrei sposato," disse finalmente Victoria, schiarendosi la gola. Le lacrime erano tornate, in bilico sulle sue ciglia. "Odio che mi abbia fatto vivere in una bugia."

Curioso come trovasse così facile parlare al passato quando Jae-Min aveva ancora delle difficoltà ad accettare la morte di suo cugino. Brian la aggirò e prese posto sulla sedia vicino a lei, prendendole la mano. Erano il ritratto del dolore, il rude viso di lui ammorbidito dalla preoccupazione che provava per lei. Era quasi credibile, eccetto che per le dita di Victoria, che gli sfiorarono l'interno della coscia quando lui le attirò la mano in grembo.

"Nessuno ti biasima per ciò che provi. Probabilmente lui si sentiva in colpa per questo," disse Park, dandole una carezza sul braccio. "È per questo che sì è suicidato. Ti amava, Victoria. Amava te e Will."

"A dire il vero, è per questo che sono passato." Tornai a sedermi, passando sopra al fatto che quasi mi diedi una ginocchiata in un occhio da solo. Il divano scricchiolò sotto il mio peso. "La sua morte. Non quanto vi amava."

"È questo che ha detto." Victoria si asciugò vistosamente gli occhi. "Per parlare del suicidio di Henry."

"Sì." Tornai al mio fascicolo e infilai di nuovo il biglietto di Hyun-Shik nella tasca laterale. "Più o meno."

"Più o meno?" Park si accigliò, aggrottando le sopracciglia finché non furono un unico bruco nero che gli strisciava sulla fronte. "Si è suicidato in un sex club. Ha lasciato un biglietto. Che altro c'è da discutere?"

"Brian!" sibilò Victoria. "Will è di sopra! Abbassa la voce."

"Scusa," disse lui. Non ero convinto delle sue scuse. Era facile dubitare, visto come stava strofinando l'interno del polso di Victoria con il pollice. Il calore della sua carezza sollevò un'ondata del profumo della donna, un aroma muschiato, floreale, che rimase sospeso fra loro. No, non ero convinto che gli dispiacesse per la morte di Hyun-Shik, o per il luogo in cui era morto.

Forse ero io, ma sembrava che Brian Park fosse più interessato alla vedova Kim di quanto avrebbe dovuto. Lei si tirò indietro, tormentandosi le mani. La sua bocca divenne una linea sottile, che increspò il rossetto rosa.

"Signor McGinnis, il fatto è che mio marito Henry si è ucciso in un posto disgustoso dove era sgattaiolato a fare sesso con altri uomini." La facciata di Victoria s'incrinò, mostrandomi un barlume del ghiaccio che nascondeva. "Amavo Henry, l'Henry che credevo di conoscere. L'uomo che è morto mi era sconosciuto, e non mi vergogno ad ammettere che, per questo, lo odio."

"Vede, è questo il mio problema, signora Kim. Non penso che suo marito si sia suicidato," dissi piano. "Penso che sia stato assassinato."

CAPITOLO 8

DOVEVO CONCEDERLO a Victoria: aveva più palle di Brian. Il suo viso rimase impassibile quando annunciai che pensavo che qualcuno avesse ucciso suo marito. Brian Park, invece, divenne del colore di una cotoletta ben cotta.

"Di cosa diavolo sta parlando?" Tutto a un tratto, l'amico di famiglia non era più tanto interessato a consolare la vedova quanto a farmi a pezzi. Una vena gli si gonfiò sulla fronte e pulsò con violenza quando lui si alzò. "Pensa che sia uno scherzo?"

"No, sono serio." Osservai l'espressione di Victoria passare da un placido dolore a un allarme più marcato. Guardò la scala e il suo viso si placò quando vide che non c'era nessuno. "Penso che Hyun-Shik... Henry... sia stato assassinato. Il biglietto che ha lasciato non era di scuse per il suo suicidio. Era parte di un biglietto che aveva lasciato tempo prima a qualcuno che è stato ucciso ieri a colpi di pistola."

"Chi? Non può trattarsi di quella puttana di suo cugino, Jae-Min," sbottò Victoria. "Se così fosse, avrei sentito mamma Kim gridare di gioia fin da qui."

"No, non si tratta di suo cugino." Non avevo la forza di Victoria. Trasalii quando la sentii parlare in quel modo di Jae. Lui aveva ragione. Non era molto amato in nessuna delle case dei Kim. "Il biglietto era per uno degli impiegati del locale, un uomo di nome Jin-Sang Yi. Era un... amico di suo marito."

"Non ho bisogno di sapere il nome delle puttane di mio marito, signor McGinnis." Victoria aveva finito di essere gentile. Mi scrutò attentamente, valutando qualcosa che non riusciva a capire. Dalla tensione sul suo viso, ero abbastanza sicuro che non mi avrebbe invitato a prendere il tè tanto presto.

"Penso sia ora che vada, signor McGinnis." Park marciava avanti e indietro, i pugni in tasca. Un'ondata di rabbia gli aveva tinto il viso di rosso e gli chiazzava la fronte alta. "Se ne vada, diavolo, e la lasci in pace."

"Victoria, non vuole sapere la verità?" Stavo tenendo d'occhio lui, ma non mi sarei schiodato da quel divano. Park non si avvicinò, ma percepivo la minaccia di violenza. "Se Hyun-Shik non si fosse suicidato, non lo vorrebbe sapere?"

"Per quel che mi riguarda," rispose lei con calma, "Henry si è ucciso appena ha messo piede in quel posto disgustoso. Anche se non amava me, Will avrebbe dovuto bastargli. Abbastanza da trattenerlo dall'andare a farselo succhiare da qualche ragazzo."

La sua bellezza era svanita, rimpiazzata da una brutta rabbia. Con le labbra incurvate a rivelare i denti, sembrava un cane in trappola che difendeva un osso trovato in giardino. Potevo quasi sentire l'odio che aveva nel cuore. Hyun-Shik Kim non avrebbe ricevuto alcuna compassione da sua moglie se mai l'avesse incontrata nell'aldilà. Tutt'al più poteva sperare nella punta del suo tacco a spillo ficcata nella nuca, se lei si fosse sentita particolarmente generosa.

"Adesso può andare, signor McGinnis," mi congedò Victoria. Si alzò, lisciandosi la gonna. "Può dire ai Kim che possono dare la caccia ai fantasmi se credono, ma io andrò avanti con la mia vita. Ho sposato un uomo che mi ha usata. Henry diceva di amarmi e poi sgattaiolava alle mie spalle per scoparsi altri uomini. Una donna, avrei potuto almeno accettarlo. Ma uomini?"

"Non sai se lo faceva davvero," disse Park. Strinse delicatamente il polso di Victoria con le dita, attirandola a sé. "Non sappiamo se ti ha tradita, Vicki. Non tormentarti così."

"Come posso ignorarlo?" La sua voce si fece acuta, stridula, mentre si voltava a guardarlo. "Tutte quelle serate in cui tornava tardi perché, a sentire lui, stava lavorando? Come diavolo posso crederci, ora?"

"Devi avere fiducia nel fatto che non avrebbe messo in pericolo te o Will," insisté lui. "Quel bambino era tutta la sua vita."

"Sa qual è la cosa più disgustosa in tutto questo, signor McGinnis?" Victoria si sollevò, raddrizzando le spalle. La tentatrice era sparita e al suo posto c'era una donna forte e solida come una colonna. "Sono dovuta andare dal mio medico a chiedergli di farmi le analisi per assicurarmi che Henry non avesse portato a casa qualche malattia presa scopando in giro. Ho dovuto subire gli sguardi delle infermiere perché mio marito non poteva impedirsi di ficcare il cazzo nel culo di qualche uomo. E che Dio mi aiuti se avesse contagiato Will."

"Vicki, non dirlo neanche." Park abbandonò ogni pretesa di amicizia e la strinse fra le braccia. "Will sta bene. Tu stai bene."

"L'unica ragione per cui forse sto bene è che io e Henry non ci siamo nemmeno toccati nell'ultimo anno." Lei rise, un suono agro come l'aceto. "Pensavo fosse perché ero ingrassata dopo aver avuto Will. Perché avevo qualcosa che non andava, perché Henry non mi trovava più attraente. Ora scopro che il problema era che non avevo le giuste parti anatomiche per lui. Quindi mi dica, signor McGinnis, come diavolo può importarmi di un uomo che mi ha mentito in faccia dicendo di amarmi?"

"Non lo so," risposi con sincerità.

"Se è stato ucciso, probabilmente è perché ha fatto incazzare qualcun altro," sussurrò Victoria. Lottò per contenere la rabbia, tornando al gelo di prima. "Non perderò certo il sonno per lui. Non posso. Ora, se vuole scusarmi, andrò a occuparmi dell'unica cosa vera che Henry mi ha lasciato. Brian, puoi accompagnarlo fuori?"

Guardammo entrambi mentre si dirigeva alla scalinata, i tacchi che ticchettavano sul pavimento mentre raggiungeva l'ingresso. Il sole che entrava dalle finestre alte rendeva i suoi capelli di un luminoso color miele, e lei rimase un momento in piedi in quel calore, sollevando il mento quando si voltò verso di me.

"Non voglio più rivederla, signor McGinnis," disse Victoria, stringendo con forza il corrimano. "Se dovesse succedere, chiamerò i Kim e dirò loro che non vedranno più loro nipote. E onestamente, considerando com'è venuto fuori Henry, sto iniziando a pensare che non averli nella vita di Will sarebbe la cosa migliore per lui."

SEDETTI IN macchina per un po', la fronte appoggiata al volante. Al secondo piano della casa dei Kim, le tende di una finestra ondeggiavano, quindi sapevo che qualcuno mi stava osservando, probabilmente aspettando che me ne andassi, portando via con me i miei sospetti. Credevo a Victoria quando diceva che non le importava come fosse morto suo marito. Avevo sentito l'odio nella sua voce e la paura tremante che aveva nascosto quando aveva parlato della possibilità che suo figlio fosse malato.

"Cazzo, prego Dio che tu abbia usato un preservativo, Hyun-Shik," dissi, girando la chiave nel cruscotto. "Perché se si è beccata qualcosa, piscerà nelle tue ceneri e le servirà come zuppa ai tuoi genitori."

Mi faceva male la testa, un leggero pulsare che mi faceva capire che non solo il mio sonno non era stato riposante, ma anche che la birra che avevo bevuto era ancora in circolo nel mio corpo, a intorbidirmi il sangue con il suo delizioso lievito.

"Stai diventando vecchio, McGinnis," sospirai, inserendo la freccia e aspettando che il semaforo diventasse verde. "Un tempo potevi bere tutta la notte e svegliarti poche ore dopo fresco e pronto a partire. E ora guardati. Bevi qualche birra e sbavi dietro a un giovanotto coreano. Dovresti avere più giudizio."

Mentre manovravo la Rover fra i canyon, chiamai Mike. Ispezionai le colline mentre ascoltavo lo squillare cinguettante nell'auricolare, infastidito dalle piante di artemisia che invadevano il panorama. Sarebbe stato un anno secco, le condizioni perfette per gli incendi. Dopo l'ultima ondata di fuoco che aveva straziato il distretto, i canyon si stavano preparando a bruciare di nuovo.

"Sì?" Mio fratello rispose al telefono con la bocca piena di qualcosa. "Che c'è, Cole?"

"Sono appena stato dalla vedova Kim." Un furgone rallentò davanti a me e io pigiai sul freno, mantenendo la Rover a distanza. "Le ho dato la bella notizia che forse suo marito non si è suicidato."

"E fammi indovinare, non ne è stata troppo contenta?" Mike deglutì, un suono pesante che vibrò nel microfono.

"Hai tirato a indovinare o ti ha telefonato?"

"Mi ha telefonato," rise Mike. "L'hai fatta incazzare. Ha iniziato a blaterare di denunciarmi e l'ho zittita alla svelta."

"Non ha perso tempo." Non ero sorpreso. Victoria Kim sembrava il tipo di donna che faceva presto a mettere in fila i bersagli e a farli saltare con una calibro .22. "La signora Kim non era molto contenta che Hyun-Shik fosse gay. Penso che il fatto che sia morto sia un bonus per lei."

"Pensi che sia coinvolta?" chiese Mike. La sua voce fu quasi soffocata da un frusciare di fogli e attesi finché non ebbe finito. "Ci sei?"

"Sì, ti stavo ascoltando fare una montagna di origami," dissi, quindi gli parlai del biglietto originale che Hyun-Shik aveva scritto a Jin-Sang e di come avevo scoperto della morte di Yi. Il basso fischio di Mike fu abbastanza da affossare qualsiasi dubbio mi fosse rimasto. "Sono un po' preoccupato per Jae-Min. Dovremmo tenerlo d'occhio nel caso qualcuno provasse a fargli del male."

"Vuoi farlo trasferire a casa tua? Potrebbe diventare il tuo domestico." Nessuno sapeva essere lascivo quanto mio fratello. Era un tratto disgustoso che prendeva da nostro padre. Avevo sperato di non averlo ereditato, ma

94

alcuni ex fidanzati mi avevano assicurato che no, ero decisamente un McGinnis sotto quell'aspetto.

Stavo per rispondere quando qualcosa mi toccò il paraurti posteriore. Era normale, a dire il vero, considerando il traffico irregolare sulla superstrada. Di solito, era qualcuno che aveva una macchina nuova e non aveva ancora imparato bene a guidarla. La Rover poteva prendere parecchie botte senza fare una piega, quindi non ero molto preoccupato. E poi l'avevo ammaccata spesso per conto mio, guidando fra le colline quando andavo in campeggio.

Stavo considerando se fermarmi a controllare il danno quando ci fu un altro colpo, stavolta più forte, e alzai lo sguardo, scrutando nello specchietto retrovisore. Una volta, non era niente di cui preoccuparsi, ma due sembrava un'aggressione. Il mio specchietto era riempito dal muso dalle linee taglienti di un'Econoline nuova, i finestrini troppo scuri perché fosse anche solo lontanamente legale. Riguardo al peso, la Ford batteva decisamente la mia Rover malconcia. Il sole scintillava sulle sue cromature, facendomi bruciare gli occhi. Battei le palpebre e mi si annebbiò la vista di lacrime, quindi si schiarì proprio mentre il furgone avanzava di nuovo, centrando il posteriore della mia macchina.

L'urto mi sbatté in avanti, facendomi scattare la testa all'indietro. Persi l'auricolare quando fui colpito di nuovo, il paraurti anteriore dell'altra auto investì con violenza il retro della Rover. La voce di Mike che gridava il mio nome fu soffocata dallo schianto deciso del furgone contro la Rover. Sentii il retro della carrozzeria cedere per l'impatto, quindi sbattei la fronte contro il volante e vidi solamente le stelle.

Il posteriore slittò a destra, spinto dall'altro mezzo. Lottai contro la deviazione, cercando di raddrizzare l'auto. Diedi gas, seguendo la sbandata. Un altro colpo mi fece sbattere la testa contro la portiera. Altre stelle, e il sapore del sangue in bocca.

"Bastardo figlio di puttana." Deglutii, quasi soffocando per il gusto che avevo sulla lingua. Le grida di Mike si fecero più forti, il panico nella sua voce palpabile. Gridai rivolto al tappetino del lato passeggero, sperando che potesse sentirmi. "Sta' zitto! Così non mi aiuti!"

Mio fratello era sempre stato il re dell'imprecazione, e non venne meno alla sua fama. Le parole che uscivano dall'auricolare erano molto chiare. Era come se mi fosse seduto accanto. Era uno dei suoi talenti principali, insieme a saper ruttare tutto l'alfabeto.

"'Fanculo." L'altro guidatore sfiorò la Rover e io inchiodai, lasciando che mi sfrecciasse davanti. "Vediamo se ti piace."

Mi tenni il furgone sulla destra, spingendo il muso della Rover, un tempo impeccabile, contro il suo paraurti posteriore. Accelerai e colpii il retro dell'altro mezzo, spingendolo in avanti. I canyon ci scorrevano accanto, linee di cespugli viola e grigi punteggiati di giallo. La puzza di gomma e fumo acre riempì l'abitacolo e mi fece soffocare più di quanto lo facesse il mio sangue.

Accecato, diedi di nuovo gas, sperando di colpire il furgone abbastanza forte da spingerlo in mezzo alla strada. Il muso della Rover cedette, agganciandosi alla Ford. L'altro guidatore pigiò sui freni, accendendo le luci posteriori con un lampo rosso, quindi sentii uno scricchiolio di plastica quando i fanali s'infransero. Incastrato all'altro veicolo com'ero, non potevo fermarmi abbastanza in fretta, quindi girai il volante, sperando di poter almeno rivolgere al furgone la fiancata della Rover.

Il mondo s'inclinò di lato, quindi si fermò. Scintille di luce esplosero al margine della mia coscienza, quindi mi sentii soffocare, il sangue che mi riempiva il naso. Qualcosa cedette e il suono del metallo lacerato superò il ronzio nelle mie orecchie, quindi sentii un basso rumore mormorante echeggiare nella Rover. Mi resi conto che era il motore, ancora acceso, punteggiato dallo sfrecciare delle auto di passaggio. Alcune macchine rallentarono per evitare i detriti che ci eravamo lasciati alle spalle.

Le grida di Mike erano come un moscerino metallico nel mio orecchio e a tentoni cercai di recuperare l'auricolare sul tappetino. Tossii, sputando sangue e muco, e il pulsare del mio viso mutò in un dolore ruggente. Deglutii, cercando di liberarmi del liquido viscoso in fondo alla gola, tremando mentre mi portavo l'auricolare alla guancia.

"Mike, zitto. Sto bene," dissi, sbattendo le palpebre per eliminare la nebbia che vedevo e sventolando la mano per scacciare il fumo acre delle ruote bruciate. Una mano s'infilò nel finestrino aperto e io scattai all'indietro, pensando che fosse il guidatore del furgone, venuto a completare l'opera.

"Tutto bene, amico?" A meno che il proprietario dell'Econoline fosse una donna con i rasta, ero al sicuro. Inclinò la testa, scrutandomi con gli occhi spalancati. "Ti serve un'ambulanza?"

"Nah, tutto a posto." Dovevo essere stato convincente, perché la donna tornò alla sua auto e se ne andò. Mi faceva male la faccia dove l'avevo sbattuta sul volante, e le mie spalle erano contratte per come avevo lottato per impedire alla Rover di cappottarsi. La Ford era sparita, lasciandosi alle spalle una striscia di plastica e vetri infranti.

"Cole, resta lì. Ti mando qualcuno," quasi mi urlò Mike nell'orecchio. La sua voce fece partire nuovamente le campane che mi rintronavano nella tempia.

"No, sul serio, sto bene." Mi ispezionai i denti con la punta della lingua. "La macchina è un po' malmessa, ma penso si possa guidare."

Il pesante sospiro di mio fratello mi rammentò mio padre. In vita mia, avevo spesso sentito i sospiri di mio padre. Quelli di Mike erano quasi identici. "Cosa diavolo è successo? Ti sei ribaltato con la macchina?"

"No, penso che qualcuno non sia tanto contento di me," dissi, sputando di nuovo. Era di un colore più normale stavolta, e atterrò sulle erbacce che crescevano sul ciglio della strada. La Rover si avviò senza problemi e accelerai, immettendomi nuovamente nel flusso del traffico. Mike mi ronzava all'orecchio, lamentandosi per la mia testardaggine.

"Vai dal dottore," mi sgridò. "O meglio ancora, vieni qui che ti ci porto io."

"No," rifiutai, ascoltando lo scricchiolio della macchina quando cambiai corsia. Il muso faceva un po' di rumore, ma niente di troppo preoccupante. "Ho fatto incazzare qualcuno, e scoprirò di chi si tratta. Devo assicurarmi che Jae stia bene. Qualcuno sta facendo fuori gli amici di Hyun-Shik e, prima o poi, arriverà anche a lui."

FINII DAVANTI al basso appartamento di mattoni di Jae. La luce del primo tramonto faceva sembrare quel posto ancora più deprimente. Parcheggiai la Rover e mi tolsi la cintura di sicurezza. Una fitta di dolore mi attraversò il ventre e ansimai, imprecando mentre sentivo la cicatrice tirare sotto la maglia. Premendo la mano sulla ferita, sibilai; il dolore mi attanagliava il fianco.

Intorno a me, la gente tirava avanti con la sua vita, con le televisioni a palla e i rimproveri ai bambini che non volevano mangiare la cena. Era abbastanza presto perché il telegiornale della sera filtrasse attraverso il rumore, un monotono e costante aggiornamento sul prezzo dell'esistenza degli esseri umani. Il quartiere era come tanti altri della contea, un raduno di poveri sull'orlo della disperazione.

Prima di lasciare la polizia, avevo lavorato per stabilire contatti in comunità come queste, case ammassate, stracolme di famiglie troppo

97

ampie per quelle mura. Gli animi erano tesi e, nonostante le brillanti storie di successo che ogni tanto spuntavano al telegiornale, per la maggior parte del tempo la vita qui era una lotta dura e brutale, dove la violenza veniva tramandata ai bambini già col latte materno. La morte era un visitatore comune, per un motivo o per l'altro.

Mi ero occupato di un quartiere a maggioranza ispanica, ma a parte il linguaggio sui cartelli, qui sembrava lo stesso. La forma a bolle e trattini del coreano sulle vetrine sbarrate mi era sconosciuta, ma immaginavo che pubblicizzassero gli sconti che avrebbero attirato qualcuno con le braccia corte quando si trattava di spendere. L'aria aveva un odore un po' diverso, meno di petrolio rispetto alle strade che avevo imparato a conoscere, ma più speziato, un sentore persistente di anice che, quando annusai, svanì rapidamente, soffocato da una puzza metallica.

Il sangue mi gorgogliò nel naso, che toccai con riluttanza. Mi faceva male, ma non sentivo scricchiolii. Mi arrischiai a guardarmi il viso e trasalii. Era un po' gonfio dove avevo sbattuto la guancia, ma i lividi che mi si stavano formando sotto l'occhio e sul naso mi fecero esitare. Promettevano di diventare un nero e viola vivace entro pochi minuti. Se Jae-Min avesse avuto del ghiaccio, gli avrei promesso il mio amore eterno. Quando rischiai di perdere l'equilibrio sul marciapiede, lasciai da parte il ghiaccio e sperai in un bel sorso di qualsiasi tipo di bevanda energetica.

Purtroppo, alla porta mancava un ampio batacchio, quindi mi appoggiai al campanello, sentendo il calore della luce sotto la sua superficie di gomma. La porta si aprì scricchiolando e Jae-Min apparve, agitato e coi capelli arruffati, come se avesse passato parecchio tempo a passarci le dita. Il mio corpo rispose per primo, il sesso mi si risvegliò nei boxer. Era troppo bello, dannazione, snello e sensuale, con dei pantaloni di cotone legati in vita e una sottile camicia bianca che sembrava trasparente sotto la luce del portico. La sua bocca era bagnata, gocce d'acqua che gli tremavano sul labbro inferiore, e i denti tornarono a farmi male: meno per il nervosismo dell'essere stato centrato dal camioncino e più per il desiderio di affondarli nelle sue labbra piene.

"Hyung!" Il suo braccio intorno alla vita attenuò il dolore che sentivo al fianco. Era bello essere toccato. Non me ne ero reso conto fino a quel momento, ma mi era mancato essere toccato da qualcuno che non fosse un parente. Barcollando in avanti, lasciai che mi sorreggesse, e la sua mano mi scivolò sui fianchi mentre chiudeva la porta alle nostre spalle. Era più basso di me, con il corpo più snello, ma era certamente forte abbastanza da accompagnarmi barcollante nell'appartamento.

"Sono abbastanza vecchio per essere chiamato così?" borbottai, mentre il dolore al naso iniziava ad allargarsi al resto del viso, incuneandosi negli zigomi. "Non devo avere almeno vent'anni più di te? Come va la testa?"

"Io sto bene, ma tu hai un aspetto di merda. Cos'è successo?" Jae aveva un buon profumo, un mix di agrumi e sesso. Forse mi stavo immaginando la parte del sesso, ma il profumo di tè verde e pompelmo era vero. Anche attraverso l'odore del sangue che continuavo a respirare, sentivo il suo profumo. A quanto pareva, farmi buttare fuori strada mi eccitava. "Chi hai fatto incazzare?"

"Mi conosci da quanto, tre giorni, e pensi che abbia fatto incazzare qualcuno?" Cercai di suonare incredulo, ma Jae alzò gli occhi al cielo e mi scaricò sul divano. Colpii il bracciolo con il gomito e il dolore si riverberò fino alla spalla. "Ahio. Cazzo."

"Stai lì," ordinò Jae prima di sparire in bagno. "Prendo qualcosa per pulirti la faccia."

La sua gatta balzò dalla credenza e atterrò agilmente sul tavolino da caffè. Si accovacciò con le zampe sotto il corpo sinuoso, fissandomi con quegli occhi giallo-arancio. Un accenno di canini le spuntava dalla bocca, una velata minaccia nel caso facessi un movimento sbagliato. Mi sfilai la giacca, augurandomi silenziosamente che la pistola nella fondina a spalla l'avrebbe intimidita, ma lei si limitò a mostrare ancor di più i denti. Sospirando, sconfitto, tentai di mostrarle un po' d'affetto.

"Neko, giusto?" chiesi all'uomo che stava facendo rumore alle mie spalle. "La gatta. Si chiama Neko, giusto?"

"Cosa?" Jae tornò, allargando garza e cerotto sul tavolo per poi andarsi a sedere vicino alla gatta. Lei miagolò, un suono dolce e piacevole, in contrasto con la malvagità che ero certo si celasse dentro di lei. Jae mi fissò la spalla, tirandosi leggermente indietro sul tavolo. "Hai una pistola. Perché hai una pistola e cosa ci fa in casa mia?"

"Ho pensato fosse una buona idea, considerando che ieri qualcuno ti ha sparato." Estrassi la Glock e sfilai il caricatore. Controllai la camera di scoppio, assicurandomi che fosse vuota prima di togliermi l'arma di dosso e riporre le munizioni in una tasca della giacca. "Ecco, così va meglio?"

"Sì. Grazie." Jae grattò le orecchie del gatto prima di passarmi un paio di aspirine. Stavo per buttarle giù a secco quando mi passò una bottiglia aperta d'acqua. "Non farlo. Ti si appiccicheranno in gola."

"Grazie." Portandomi la bottiglia alla bocca, guardai le mani di Jae mentre apriva un pacchetto di salviette antisettiche. La bottiglia aveva il sapore che immaginavo avesse lui: zucchero speziato e un accenno di lume di candela, insieme al piatto sapore di acqua riciclata del rubinetto di Los Angeles.

"Cos'hai fatto?" Il suo tocco era gentile mentre mi ripuliva del sangue incrostato su un taglio vicino all'occhio. Dalla rapida occhiata che avevo dato alla mia faccia nello specchietto laterale della Rover, sapevo che non avrei fatto colpo su Jae con la batosta che avevo preso. La macchina era in condizioni migliori: la sua solida struttura di metallo aveva resistito bene al grosso dell'attacco della Ford. "Stai fermo. Si è asciugato troppo. Ti farà male."

"Sono andato a parlare a Victoria. Hai ragione. È un po' una stronza." Mi rimangiai l'urlo da donnicciola che avevo sulla punta della lingua. Il bruciore dell'unguento mi pizzicava lentamente sulla pelle e mi morsi la lingua perché Jae non mi sentisse fare versi che preferivo fare a letto e in compagnia. "Fa un male bastardo, tanto perché tu lo sappia."

Le sue dita erano calde sul mio viso, i suoi palmi mi sfioravano le labbra. Prima che potessi impedirlo, la mia lingua guizzò fuori, lambendo la sua pelle. Lui smise di pulirmi il viso e si tirò lentamente indietro. Sorrisi, domandandomi se il dolore mi stesse rendendo più audace o se fossi semplicemente stanco di lottare contro il desiderio che provavo per lui.

"Ti ha picchiato lei? Di cosa le hai parlato?" Si avvicinò nuovamente, sporgendosi in avanti, quasi a cavalcioni della mia gamba. "Hyun-Shik?"

"Intanto, tutto questo è colpa di qualcuno che mi stava troppo appiccicato con la macchina," dissi, a denti stretti. Il suo sfregare stava ripulendo tutto il sangue, speravo, perché sembrava che mi stesse togliendo anche degli strati di pelle. "Sì, le ho parlato di tuo cugino. Lei ha fatto la scena della 'povera vedova' finché non ho iniziato a parlare del Dorthi Ki Seu. E tu non le piaci proprio."

"A me non piace lei, quindi va bene così." Jae fece spallucce. Giocai con l'orlo della sua camicia, sfiorando con le dita il suo stomaco piatto. Le sue dita si fermarono, quindi si mossero di nuovo, mentre il suo respiro si faceva superficiale. "Mi stai distraendo."

"Mi piace distrarti," sussurrai contro il suo palmo. "Rabbrividisci, quando faccio così."

Bobby aveva ragione su così tante cose. A un certo punto, nella nebbia alcolica della notte precedente, avevo deciso di non lottare contro ciò che sentivo per Jae-Min. Lo volevo, e non era che fossi stato casto per tutta la vita. Solo che non ero più stato con nessuno dopo Rick. Mi stavo stancando di dovermi soddisfare da solo, e la bocca e il corpo snello di Jae sembravano essere perfetti per saziare il mio desiderio.

"Non stuzzicarmi." La sua voce si abbassò, un suono roco e strisciante che me lo fece venire ancora più duro. "Non sono qualcosa con cui puoi giocare. Seduto e fermo. Non ho finito. Dimmi cosa ti ha detto Victoria."

"Praticamente niente. E non sto giocando con te. Sono parecchio serio." Rimasi fermo sotto le sue mani, trasalendo quando mi sfregò il volto. Jae sospirò e io abbandonai i miei incerti tentativi di seduzione, per il momento. "Le ho detto che pensavo che Hyun-Shik fosse stato assassinato, e lei mi ha buttato fuori. Mi ha detto chiaramente che è contenta che sia morto."

"Penso che lo sia," disse Jae, annuendo. Bagnò una nuova garza con l'alcool e tornò a raschiarmi la pelle. "Senza Hyun-Shik, non deve portare Will dalla zia o dallo zio, a meno che loro non facciano cosa vuole lei. Sono preoccupati che non sarà abbastanza coreano."

"Non sarà abbastanza coreano?" Inclinai la testa all'indietro per guardarlo. Mi aveva incuriosito. "Cosa intendi? Come può diventare meno coreano?"

"Come te," disse Jae, spietato come lo era nel pulirmi la faccia. "Sei giapponese ma non giapponese. Non sai nemmeno le cose basilari dell'essere asiatico. Non hai alcun contatto con la famiglia di tua madre, il sangue del suo sangue, no? Sono morti per te."

"Aspetta un attimo," protestai, afferrandogli i polsi e allontanandogli le mani dalla mia faccia. "Solo perché non sono stato cresciuto da mia madre non significa che la sua famiglia sia morta. Sono ancora in Giappone, a essere giapponesi quanto gli pare."

"Come se fossero morti." Jae si strinse nelle spalle, la camicia bianca aderente al petto. I suoi capezzoli erano in rilievo sotto la stoffa e mi distrassero per un momento da ciò che stava dicendo. "Non è una cosa negativa, per te. Per Will, la sua famiglia è proprio qui. I coreani vivono per i loro figli e nipoti. È ciò che fa andare avanti la famiglia. Avere Will è stato l'unico motivo per cui Hyun-Shik si è sposato; non perché amava Victoria, ma perché doveva mandare avanti la famiglia."

"Quindi ha deciso che non era più gay perché aveva bisogno di un figlio?"

"Non avrebbe smesso di amare gli uomini, ma non poteva più permettersi di essere quella persona." Jae non si liberò della mia stretta e mise le ginocchia ai lati delle mie gambe. "Era tempo che Hyun-Shik crescesse e si facesse una famiglia. Se fosse stato intelligente, avrebbe sposato una ragazza coreana, ma Vicki faceva comodo agli affari dello zio. Aveva un sacco di contatti utili."

"Non avresti potuto dirmelo prima che andassi là?" Gli lasciai andare un braccio, allentando la presa sull'altro. Lui scosse la testa, posando la benda insanguinata sul pacchetto strappato.

"Hyun-Shik se l'era lasciato alle spalle," mormorò, abbassando lo sguardo. "Il figlio di Hyun-Shik dev'essere… protetto da chi era suo padre. È meglio così."

Non ero sicuro se l'imbarazzo fosse reale, ma lo sguardo contrito che mi rivolse da sotto le ciglia mi fregò. La seduzione di Victoria non era niente in confronto a quella di Jae-Min. Se era una finzione, allora doveva aver fatto un bel po' di pratica.

Prima ancora che pensassi di volerlo toccare di più, mi ritrovai con le mani fra i suoi capelli. Scostando indietro le ciocche nere, mi fermai quando vidi la piccola benda adesiva sulla sua tempia. Jae spalancò gli occhi e ansimò, non sapendo cos'avrei fatto. A essere sincero, non ne ero sicuro nemmeno io ma, mentre cercavo di capire se suo cugino si fosse suicidato o se gli avessero dato una mano, avevo gettato via i miei sentimenti per Rick e mi stavo innamorando di un astuto bugiardo coreano. Il senso di colpa mi tormentava, vermi di disapprovazione che mi strisciavano fra i pensieri mentre con i pollici strofinavo gli zigomi di Jae, facendo colorare la sua pelle pallida.

"No," mi pregò. La sua voce non era molto convinta. Suonava più come un 'per favore' che come un 'fermati'. "Non lo vuoi davvero."

"Non voglio questo… o non voglio te?" C'erano stati altri uomini che avevano attirato la mia attenzione, ma nessuno aveva mai risvegliato il mio desiderio. Non così. Avevo bisogno di spingere Jae sotto di me e fargli gridare il mio nome. Volevo le sue mani sulla schiena, volevo sentirlo intorno a me. "Nessun uomo mi ha mai fatto provare così tanto bisogno di averlo, dopo Rick."

"Non ne verrà mai niente di buono. Non per me," disse Jae, scuotendo la testa. Rabbrividì sotto le mie dita e il tremore passò dalla sua pelle alla mia. "Guarda cos'è successo a Hyun-Shik."

"È di questo che si tratta? Pensi che farai la fine di tuo cugino?" Premetti con gentilezza le mani sulla sua testa, tenendogli il viso sollevato per osservare la sua espressione. Jae non oppose resistenza, ma non pareva contento di guardarmi negli occhi. Un pensiero mi spuntò nella mente, gorgogliando, da un'oscurità a cui non sapevo dare nome. Mi sfuggì dalla bocca prima che potessi fermarlo, un'accusa tagliente. "Tuo zio ha ucciso Hyun-Shik perché era gay?"

"No!" Jae quasi si divincolò dalla mia stretta. Mi spinse il torace con le mani, i palmi premuti contro la mia maglia. "Lo zio non avrebbe mai ucciso suo figlio. Mai. Amava Hyun-Shik."

"Alle volte si uccide chi si ama." Mossi le mani verso il basso, passandole sulle sue spalle e fino in fondo alla sua schiena, facendolo scivolare in avanti finché non mi fu quasi in braccio. "Credimi, Jae. L'ho visto da vicino. Non c'è niente che uccida come qualcuno che vuole impedire a una persona che ama di fare un errore."

"Perché sei venuto qui?" Jae-Min sollevò il mento: una chiara sfida. Aveva una piccola cicatrice sotto l'occhio sinistro, e vedere quell'imperfezione mi fece sorridere.

"Sono venuto qui perché oggi qualcuno ha cercato di buttarmi fuori strada, e riuscivo solo a pensare a cosa sarebbe successo se fossero arrivati a te," dissi. "Penso che tu porti guai, e dovrei prendermi a calci perché ti desidero, eppure sono qui, a bere dalla tua bottiglia d'acqua, ad ascoltare la tua gatta che mi soffia e a lasciarti raschiare via la mia faccia."

Non gli diedi molto tempo per replicare. Prendendogli il viso fra le mani, mi sporsi per assaggiare la sua bocca, lasciandomi sfuggire un lento gemito quando la sua lingua sfiorò brevemente la mia. Fu un bacio piccolo, e io volevo di più.

Lo tirai completamente giù dal tavolo, facendolo scivolare contro il bracciolo del divano, e lo coprii, carezzandogli il viso con le dita. Quando gli premetti con il pollice sulla punta del mento, lui schiuse le labbra per me e io mi gettai su di lui, annegando nel suo sapore finché non mi rimase più aria nei polmoni. Quando mi tirai indietro, stava ansimando forte quanto me e rabbrividiva sotto il mio corpo. Sfregando la bocca sulla sua guancia, gli sfiorai la pelle fino a raggiungere il lobo del suo orecchio, stuzzicandolo con la lingua.

L'oscurità inghiottì il miele dei suoi occhi e Jae ansimò quando mi tirai indietro per guardarlo. Dandogli un rapido bacio sulla punta del naso, dissi piano: "Ecco perché sono venuto qui."

"Ti voglio," mormorò lui, allargandomi le mani sul petto. "E mi fai incazzare."

"Sì, faccio incazzare un sacco di gente," convenni, leccandogli la bocca. "Ma ti voglio anch'io. Che Dio mi aiuti: mi mandi fuori di testa."

CAPITOLO 9

"ALZA LE braccia," mormorò, strattonandomi la maglia. "Voglio vederti." Esitai per un momento, incerto. Sapevo che aspetto aveva il mio petto. Le cicatrici a stella non erano belle. Ero robusto e in forma, i miei muscoli ben definiti dal tempo passato a prendere a pugni il sacco e a correre, ma non importava quanto tempo passassi sul ring con Bobby: non avrebbe cambiato il brutto colore delle cicatrici o la pelle infossata. Gli permisi comunque di sollevare la maglia e sfilarmela.

Jae non trasalì quando vide le cicatrici e lo guardai da sotto le ciglia abbassate mentre seguiva con le dita ogni cheloide, come sussurri formicolanti sulla mia pelle. Chinandosi, mi baciò quello vicino al cuore, quindi mi leccò il segno più lungo e irregolare sulle costole.

"Cos'è successo?" Mi guardò dritto in viso e io trasalii, incapace di sostenere la brutale onestà nei suoi occhi. Non stava chiedendo cosa fossero. Lo capivo dalla sua voce. Stava chiedendo come era successo e chi aveva causato quei segni.

"Mi hanno sparato." Suonava così semplice. Non avevo parole per spiegare come la mia vita era stata disintegrata, o come avevo perso il mio amante. "Qualche anno fa. Hanno sparato a me e al mio compagno, Rick. Lui non ce l'ha fatta."

Jae mi fissò. Non riuscivo a capire cosa stesse pensando. Una piccola, fastidiosa parte del cervello mi disse di non giocare mai a poker con lui, a meno che non volessi essere umiliato, perché nulla trapariva dal suo volto privo di espressione. Poi, una goccia di tristezza tinse i suoi occhi, e io dovetti distogliere lo sguardo. Vedere la sua gelida freddezza svanire faceva dolere qualcosa dentro di me, qualcosa di fragile che si sarebbe spezzato se avessi guardato troppo a lungo.

Quando la sua bocca si posò sulla mia, quasi mi annientò.

Mi esplorò lentamente, un bacio delicato che ammansì la paura che mi stringeva il petto. Gustai il suo sapore selvaggio, una spezia intensa ed erotica che mi avrebbe bruciato se avessi osato assaggiarla, lo sentivo.

Volevo assaggiare Jae, come non avevo mai voluto assaggiare nessuno.

"Sono il primo?" Inclinò la testa, prendendomi il viso fra le mani per guardarmi. Le sue mani erano forti, le sue lunghe dita mi carezzavano le tempie mentre con i pollici mi strofinava il labbro inferiore. "Dopo di lui?"

"Sì," dissi, tremando sotto il suo tocco. "E mi sento una merda perché ti voglio, perché ho bisogno di te."

"Volere me non significa che non lo ami," replicò Jae, con un sorriso sghembo sulle labbra piene.

"Penso che sia più di volerti," ammisi, stringendolo forte prima che si allontanasse da me. Ma lui rimase, guardandomi con un'espressione pensierosa. "Il mio cervello mi dice di scappare perché porterai guai, ma il mio istinto mi dice qualcosa di diverso."

"Cosa ti dice l'istinto?"

"Che porterai un sacco di guai," mormorai, e lui rise, un suono gioioso che mi fece sorridere.

"Beh, allora," disse Jae, spostandosi sulle mie cosce. "Forse dovresti decidere se ne valgo la pena?"

Mi guardò, seduto cavalcioni sulle mie gambe, cauto e controllato, in attesa che facessi la prima mossa. È sempre un angelo caduto quello che aspetta che un uomo apra la porta dell'inferno e, se dovevo essere dannato per aver messo da parte Rick, almeno avrei assaggiato Jae mentre vi scendevo.

"Sì, ne vali la pena." Mi lasciò per un momento e io rimasi lì, dolorante, finché non tornò con una bottiglietta di lubrificante e preservativi che aveva preso dal comodino. Lo afferrai per la vita e me lo attirai nuovamente in grembo. Mise le ginocchia ai lati delle mie gambe e si chinò in avanti in cerca di un bacio.

La mia lingua si adattava perfettamente alla curva del labbro superiore di Jae. Percorsi i contorni di quel dolce arco rosa. Frenando il mio desiderio di possesso, gli leccai gli angoli della bocca, facendo scivolare all'interno la punta della lingua. Jae gemette, lasciando che ne prendessi possesso, facendo scivolare la lingua contro la mia in una danza seducente.

Un accenno di calore si arricciò nel mio ventre e Jae si fece più selvaggio, piegando la testa perché potessi baciargli il volto. Mosse i fianchi, spingendo contro il mio uccello sempre più duro, e io feci scivolare in basso le mani per attirarlo più vicino. Attraverso la sottile stoffa dei suoi pantaloni, sentivo ogni languido sussulto del suo uccello, e lo incoraggiai massaggiandogli le natiche. Gli affondai le dita nei fianchi e lo attirai contro la mia erezione.

"Così, piccolo. Continua a spingere," mormorai, interrompendo il bacio per leccargli la gola quando lui inclinò la testa all'indietro. L'aria fra noi si fece rovente, con un profumo di eccitazione. "Dio, è così bello."

Jae sospirò, strofinandosi il cazzo con il palmo. Spinsi via la sua mano, infilandogli la mia sotto l'elastico dei pantaloni. Le mie dita erano molto più fredde del suo uccello duro e lui sibilò a quel contatto. Usando il polpastrello del pollice, spalmai la goccia di seme perlaceo che trovai sulla punta, strofinandola intorno al glande. Lo sentii gonfiarsi, morbido come il velluto, e il prepuzio si ritrasse, lasciando colare altre gocce.

"Dio, mi piace farti fare così," dissi, raccogliendo le gocce con il dito e leccandomi il pollice. Jae gemette, sollevando il sedere per il bisogno. Aveva ringhiato quando mi ero tirato indietro, i suoi occhi color del miele brunito si erano fatti scuri di desiderio. Sorrisi con quell'uomo sexy in braccio e tornai a infilargli la mano nei pantaloni. "Sollevati un po', piccolo. Devo arrivarti sotto."

Jae si sollevò, gemendo quando le mie dita passarono sotto le sue palle. Le raccolsi nel palmo, usando il pollice per strofinargli il cazzo finché non fu duro, osservando il modo in cui le sue ciglia tremavano mentre sfioravo la sua apertura. Si sporse all'indietro, spostando le gambe fino a posare le ginocchia ai lati delle mie cosce. Le sue natiche sode si allargarono e sentii il calore del suo uccello contro il mio corpo.

"Spingi dentro di me." Jae abbassò la bocca, mordendomi la gola. Catturò le mie pulsazioni fra i denti, e sentii la punta della sua lingua sulla pelle.

"Aspetta. Fra un attimo, piccolo," promisi. Stavo già andando a fuoco e i minuti movimenti di Jae sul mio inguine mi spingevano solo a desiderarlo di più. Incastrai la bottiglia di lubrificante fra noi e svitai il tappo prima di gettarlo via. Sollevando la bottiglia, baciai le labbra tremanti di Jae. Mentre riscaldavo fra le dita l'olio freddo, mi abbeverai alla sua bocca, ingoiando i suoi gemiti mentre le nostre lingue si incontravano.

"Non voglio aspettare," mi disse con voce roca.

"Nemmeno io," mormorai, spostando la mano fino all'apertura grinzosa fra le sue natiche allargate. La stuzzicai con le dita, premendo e strofinando l'anello rosato. Vi infilai la punta del dito e in cambio ottenni un lungo gemito tremante dalla bocca ansante di Jae.

"Dove stai andando?" ringhiò, un avvertimento minaccioso, quando tirai indietro le dita.

"Mi serve altro lubrificante. È vicino alla mia gamba." Risi quando le dita di Jae guizzarono vicino al suo ginocchio, in cerca del gel. "L'altra gamba, piccolo." Mi appoggiai all'indietro e sollevai l'altra mano perché Jae mi inumidisse le dita, ma lui scosse la testa.

"No," mormorò seccamente. "Mi stuzzicherai e basta. Usa quella mano per aprirti i pantaloni. Voglio che tu mi senta quando lo faccio."

Mi accigliai, domandandomi cosa avesse in mente, quando Jae inclinò i fianchi in avanti e sentii le dita fredde di lubrificante unirsi alle mie vicino alla sua apertura. Infilandosi la mano nel retro dei pantaloni, Jae inarcò la schiena, premendo il suo uccello ancora prigioniero contro la mia pancia, e premette un dito contro la propria entrata. Unto per il gel, scivolò dentro, portandosi dietro le mie dita, e ansimò, la bocca aperta per il desiderio.

Gemetti per l'improvviso contrasto di freddo e caldo sulla mia mano, e spinsi verso l'alto, premendogli le palle contro l'interno della coscia mentre affondavo le dita dentro di lui. Il suo corpo stretto prima si oppose all'intrusione, poi cedette all'improvviso, risucchiandomi. Il polso iniziò a farmi male dopo poche spinte, pulsando per la piega innaturale, ma era facile sopportare il fastidio, soprattutto quando la bocca di Jae era aperta e i suoi occhi rivolti al cielo, velati di tensione sessuale.

Gli strattonai i pantaloni, liberando la sua erezione, e li abbassai fino a esporgli il sedere. Quindi spinsi Jae in avanti per abbassargli l'indumento fino a metà delle cosce. Lacerai il pacchetto con i denti, sputai l'alluminio e srotolai il preservativo. Il mio cazzo rifiutava di star fermo, sussultando mentre cercavo di infilare il cappuccio con una mano sola.

"Resisti, piccolo." Non potevo continuare a dilatarlo e mettere il profilattico al tempo stesso. Con riluttanza, mi sfilai dal corpo di Jae; mi eccitò sentirlo gemere di desiderio. Il preservativo finalmente si tese sopra la punta del mio uccello e ricoprì la lunghezza, e io gemetti, mordendo il collo di Jae. "Andiamo, piccolo. Ho bisogno di scoparti."

Tremando, Jae sfilò le dita dal suo corpo e mi afferrò le spalle. I piccoli versi che gli sfuggivano dalla gola diventarono più intensi, facendomi impazzire. Gli afferrai i fianchi e lo guidai verso l'alto, facendolo spostare finché la punta del mio uccello non sfiorò la sua stretta apertura; ma non ero ancora pronto a prenderlo.

Il sudore gli imperlava le scapole, incollandogli la camicia alla schiena, e lui gemette, cercando di attirarmi più vicino. Mentre mi spingevo dentro di lui, ansimò e rimase fermo, affondandomi le dita fra i capelli. Si mosse, sopraffatto dal bisogno, gemendo e implorando mentre giocavo con lui, allargando l'anello di muscoli con le dita e applicandovi uno spesso strato di lubrificante.

"Vai piano. Per favore. Sei grosso," sospirò Jae, mordicchiandomi la punta dell'orecchio. Strinse le ginocchia intorno alle mie gambe, inclinando i fianchi fino ad appoggiarsi sulla punta del mio cazzo. "Dentro. Adesso. Dio, ti prego."

Spinsi contro la sua apertura e oltrepassai il primo anello di muscoli. Attesi che il suo corpo si abituasse prima di andare oltre. Sforzandosi di rilassarsi, Jae s'inarcò quando gli passai le dita sotto la camicia, raggiunsi i suoi capezzoli turgidi e li pizzicai con forza. Ansimando, spinse verso il basso, sopportando il lieve dolore fino a trovare il piacere di essere riempito. Lo penetrai con cautela, allargandolo finché non temetti che si sarebbe lacerato, ma Jae voleva di più.

Reggendosi sulle mie spalle, fece forza con le mani e spinse verso il basso, avvolgendomi completamente nel suo calore. Jae aveva bisogno di sentire il mio inguine sfiorargli le natiche, la mia pressione contro la pelle quasi troppo stretta del suo retto. Sentii il formicolio dolce-amaro del suo corpo che si stringeva intorno a me, la sensazione del suo passaggio che mi accarezzava l'uccello, e gli strinsi il fianco, cambiando leggermente angolazione per centrare il punto sensibile che sapevo essere dentro di lui.

"Piccolo, sei così stretto... così caldo," mormorai, sforzandomi di restare fermo finché Jae non si fosse abituato a me. Jae si stava sforzando di abbassarsi; voleva sentirmi più in profondità. Sentii una contrazione che mi stimolò l'uccello e mi morsi il labbro, quasi al punto da sanguinare, mentre il mio controllo veniva messo alla prova. Tenendo le mani sui suoi fianchi, espirai con forza, raffreddando il sudore che gli inumidiva il collo.

Alzandosi l'orlo della camicia, Jae se la passò sopra il collo e le spalle, offrendo il petto alla mia bocca. Accettai l'invito, sporgendomi in avanti e spingendomi più a fondo nel suo canale caldo. Assaggiai un capezzolo scuro con un guizzo della lingua. Quando Jae gemette di piacere, lo leccai di nuovo, passandogli la lingua sul petto. Sfiorargli l'areola coi denti bastò a fargli sussultare i fianchi, e Jae iniziò a sollevarsi lungo il mio uccello, per poi tornare ad abbassarsi lentamente.

Succhiai, attirando il capezzolo fra le labbra per poterlo tirare, e vi affondai i denti, godendo quando il calore di Jae tremò intorno a me. Torsi lentamente l'altro capezzolo e lo graffiai con le unghie. Jae mi affondò le mani nelle spalle e mi cavalcò lentamente, ondeggiando in avanti, sollevando i fianchi per poi tornare ad abbassarsi. Lasciai che il suo sedere mi premesse sulle cosce; tenni Jae fermo prima di permettergli di proseguire: volevo arrivare il più a fondo possibile dentro di lui prima che tornasse a sollevarsi.

"Continua, piccolo," lo incoraggiai, percorrendo a piccoli morsi una linea che andava dal suo mento alla spalla. La sensazione di Jae intorno a me mi faceva impazzire. Spinsi verso l'alto, incontrando i suoi fianchi mentre lui si abbassava. Gli carezzai il costato, strofinando la sua pelle morbida, quindi scesi a circondare la sua erezione. "Voglio mandarti fuori di testa."

"Così mi piace." Ansimò nell'incavo del mio collo, segnandomi la pelle coi denti. Mi stuzzicò la morbida carne della clavicola e morse più forte, succhiando un punto finché il dolore non mi fece venire le lacrime agli occhi. Leccò quel punto e continuò, passandomi una mano dietro la testa mentre usava l'altra per tenersi in equilibrio sul divano. Allungato davanti a me, luccicava, una distesa di pelle e muscoli di cui non ero mai sazio.

Il calore dei nostri corpi scaldò e sciolse il gel, che mi colò lungo il pene. Passai le dita nel lubrificante e allungai la mano per stuzzicare Jae, infilando prima un dito e poi un altro vicino al mio membro, spingendo con forza nel suo morbido calore.

Sorpreso, Jae cadde in avanti, ansimando per la dilatazione. Non riuscì a impedirsi di tremare, arrendendosi rapidamente mentre muovevo le dita per centrare il delicato nodo di nervi nel suo corpo. Strofinando con forza, gli spinsi i fianchi verso l'alto, colpendo la rotondità del suo sedere e riempiendolo fino in fondo. Lo feci più forte e scivolai fino in fondo al suo canale, testando i limiti del suo corpo più e più volte finché le grida sconnesse di Jae non si fecero più forti a ogni rude affondo.

"Ti piace, piccolo?" ansimai. Mantenni il ritmo, spingendomi in lui finché Jae non poté fare altro che aggrapparsi a me, serrando i muscoli per stringere con forza il mio uccello.

Ci cavalcammo con forza, sentendo il piacere aumentare. Il tocco del mio palmo sulla sua punta troppo sensibile lo fece sussultare, poi il mondo schizzò fuori controllo. L'uccello di Jae riversò il suo piacere in un fiotto di liquido salato e speziato che mi atterrò sul petto e sullo stomaco, adornando i sottili peli intorno al mio ombelico.

Lo seguii presto, avevo le palle tese e sussultai mentre sentivo l'orgasmo di Jae. Il suo calore vellutato mi catturò, strappandomi il seme. Continuai a spingere mentre esplodevo, il più a fondo possibile, riversando il mio calore nelle sue viscere.

Gli spasmi tremanti di Jae si placarono, quindi trasalì. Quando la punta del suo sesso mi sfiorò la pancia, sibilò, la sua pelle troppo sensibile per essere toccata. Si strinse intorno alla mia erezione, che ormai si stava afflosciando, spremendomi con lenti movimenti dei fianchi, e io guardai il fuoco nei suoi occhi attenuarsi e un languore scivolare nelle loro castane profondità.

"Ne valevo la pena?" ansimò Jae, poggiandomi la testa sulla spalla, inspirando il mio odore sudato e l'aroma mascolino del nostro sesso. Sbatté le palpebre e sentii una calda umidità sulla pelle. "Intendo, di tutti i guai?"

"Ne vali la pena eccome," replicai piano, rendendomi conto che dicevo sul serio. Avevo dentro tanto, troppo senso di colpa, ma avere Jae intorno mi faceva stare bene. "Vali qualsiasi guaio che mi porterai."

CAPITOLO 10

"ERA QUASI ora, cazzo. Stavo iniziando a domandarmi se ti saresti fatto monaco." Bobby mi passò una bottiglia aperta d'acqua frizzante, con una fetta di lime conficcata nel collo. Il mio soggiorno era grande abbastanza da ospitare dieci persone, e lui era comunque pigiato sul divano vicino a me. Aveva preso una birra per sé, una di quelle scure che avevo comprato da un birrificio locale. "E dopo te ne sei andato e basta?"

"Non immediatamente. Cazzo, non è che ci ho dato sotto e poi mi sono dileguato." Sorseggiai dalla bottiglia verde, facendo una smorfia quando mi ritrovai con la bocca piena di polpa. "Doveva alzarsi presto per servizio fotografico. Se fossi rimasto, non avrebbe dormito molto."

"Io sarei almeno restato a cena." Bobby rise quando gli mostrai il dito. "Sei proprio preso male per questo qua."

"Questo qua?" Rovistai fra i fogli che avevo sparpagliato sul tavolo. "Ha un nome."

"Jae-Min Kim. Non fraintendermi, principessa, sono felice che tu sia di nuovo in gioco." Prese la copia del biglietto di suicidio, voltandola. "Ci hai messo un po'."

"E allora?" Mi accigliai. Il secondo sorso fu più accettabile dopo che spinsi il lime giù per il collo, nell'acqua. "Prima non ero pronto. Non sono tanto sicuro di essere pronto adesso, ma Dio, lo voglio. Vorrei solo smettere di sentirmi come se stessi tradendo Rick."

"Sono passati anni da quando Rick… da Ben," disse piano Bobby. "Quando ti perdonerai per quella storia? Ti guardo sorridere e poi chiuderti a riccio quando un ragazzo ricambia il sorriso."

"Rick è morto a causa mia."

"Rick è morto a causa di Ben." Bobby mi interruppe. "Non a causa tua. Non perché ti amava e perché avevate una vita insieme. È morto a causa di Ben. Questo non significa che tu non puoi ricominciare a vivere la tua vita."

"Pensavo che tu non fossi tipo da discorsi da ragazzina," lo punzecchiai.

"Non lo sono, ma chi diavolo ti starebbe a sentire, altrimenti?" Mi tolse i fogli dalle mani.

"Non le voci nella mia testa, questo è sicuro."

"Scopatelo, Cole. Scopatelo e divertiti." Bobby andò dritto al sodo. "Non sto dicendo che non amavi Rick. Diavolo, io nemmeno lo conoscevo Rick e so che lo amavi, ma Cole, devi andare avanti."

"Ci ho provato, Bobby," ammisi. Il mio viso si fece troppo teso e lo strofinai. "L'ho baciato, poi l'ho scopato, ed è stato *così* bello, cazzo. E allora perché sto pensando, 'come posso fare questo a Rick'? Non è stupido?"

"Lui ha ricambiato il bacio?" chiese Bobby. "Prima del sesso?"

Dovetti fermarmi a pensarci, quindi mi pentii di averlo fatto. La bocca di Jae sulla mia era uno scivolo erotico verso il desiderio e ripensarci non mi avrebbe reso la vita più facile. Avevo sentito la punta della sua lingua sui denti, poi sul mio labbro inferiore, la sua bocca che si apriva abbastanza da permettermi di assaggiarlo. Nel suo bacio c'era una traccia delle spezie che fumava e di qualcosa di promettente. Il mio corpo bruciava dove le sue mani avevano esplorato le mie costole, accarezzandomi i fianchi mentre emetteva deboli gemiti sotto di me. Ero stato sorpreso da quanto fosse successo in quei pochi secondi, e poi dall'aria fredda fra noi quando mi ero ritratto.

"Sì, ha ricambiato il bacio," dissi, nascondendomi dietro le mani. "E prima che me ne rendessi conto, stavo… lo sai. Poi me ne sono andato."

"Devi essere il tizio più incasinato che abbia mai conosciuto." Bobby prese un sorso dalla sua bottiglia. "E questo contando anche me. Cosa diavolo stavi pensando? Saresti dovuto restare, e 'fanculo il lavoro."

"È il suo *lavoro*, Bobby. E ha bisogno di un po' di spazio," replicai. "Non… ci facciamo bene, l'uno all'altro. Lui ha qualche vaga idea su quale sia la verità, e io sto andando a curiosare nella sua famiglia e sollevando montagne di merda. Non è un bel modo di iniziare una storia. Aspetta. Scusa, dimenticavo. Non possiamo avere una storia perché presto dovrà prendere e sposarsi. Perché è coreano."

"Okay, non ti seguo," ammise Bobby. "Che diavolo dici?"

"No, a quanto pare è così che funziona. Puoi essere gay fino a un certo punto. Poi devi andare a far figli," gli spiegai, rigirandomi la bottiglia fra le mani. "È quello che ha fatto Hyun-Shik, e Jae-Min probabilmente farà lo stesso. È quello che fanno tutti. Devi fare un figlio per la famiglia."

"Il che ci porta a quella stronza della moglie di suo cugino, giusto?" rifletté lui. "Quindi questo tizio ha deciso di togliersi le mutandine arcobaleno e fare vita da etero?"

"Poetico. Dovresti appuntartela."

"La userò quando scriverò le mie memorie." Rovistando fra le mie note, Bobby indicò l'ormai familiare biglietto. "Allora chi ti ha buttato fuori strada? La vedova singhiozzante?"

"Non stava singhiozzando." Rammentai come il dolore di Victoria si fosse sgretolato sotto la sua rabbia. "Beh, in verità sì, ma era falso come le sue tette."

"Hai notato che aveva le tette finte?" Bobby scosse la testa, passandosi il sorso di birra in bocca per poi deglutire. "Ogni tanto mi preoccupo per te, principessa."

"Concentrati meno sul suo seno e più sul perché avrebbe dovuto volere Hyun-Shik morto," dissi.

"Ma non lo sappiamo per certo," mi fece presente Bobby.

"No, è vero," convenni. "Ma è un punto d'inizio valido come un altro."

"Niente di insolito sulla pista dell'assicurazione. Tutto va al figlio. Sono un sacco di soldi, ma lei non può toccarli." Scavò fra i documenti sparsi sul tavolino. "La casa e le finanze passano alla nostra cara vedova dalle tette ritoccate. Aveva denaro quando si è sposata, quindi lui non era questo gran balzo nella catena alimentare economica. La nostra Vicki ha fatto centro quando sono morti i suoi genitori l'anno scorso."

"Ho controllato. Un incidente d'auto in Italia. Non penso che lei ci abbia avuto niente a che fare." Controllai gli appunti che mi aveva passato Mike. "Era stato Hyun-Shik a guadagnarci dal matrimonio. Il padre di Victoria aveva contatti, e lo studio legale dei Kim ne ha tratto vantaggio."

"Hai detto qualcosa su un tizio. Quell'amico di famiglia." Bobby si poggiò allo schienale, lasciando la birra sul tavolo. "Avrebbe potuto eliminare Hyun-Shik per toglierlo di mezzo e amoreggiare con la moglie."

"C'è ancora qualcuno che dice 'amoreggiare'?" chiesi.

"Sono vecchio. Lasciami in pace." Si protese verso di me e mi punzecchiò il petto con l'indice. "Abbiamo l'amichetto che le ronza intorno. Forse ha eliminato Hyun-Shik con l'aiuto di Jin-Sang, quindi si è sbarazzato anche di lui?"

"Quindi guidava lui il furgone?" I cuscini del divano sbuffarono quando mi ci appoggiai. Ogni tanto avrei proprio voluto avere un cane. In

114

quel momento, grattare l'ampia testa di un labrador mi avrebbe aiutato un sacco a riflettere. Rivolsi un'occhiata a Bobby: immaginavo che lui non sarebbe stato molto propenso a farsi grattare.

"Sarebbe stato tutto più facile se tu avessi visto quel tizio."

"Scusa, ero occupato a cercare di restare in carreggiata, quindi mi sono un po' distratto cercando di metterlo fuori combattimento," replicai. "È già stato abbastanza umiliante essere salvato da una tizia hippie con una macchina sportiva."

"Si trova di tutto in California," mi rammentò Bobby. "Come si chiama l'amico?"

"Dammi un momento," dissi, frugando fra i miei appunti confusi. "Brian Park. Lavora per lo studio legale di papà Kim. Hyun-Shik era il suo capo, ma Brian mi ha assicurato che erano amiconi."

"Amiconi nel senso che si palpeggiavano nascosti nello sgabuzzino?" Bobby sollevò le sopracciglia e le mosse con fare lascivo.

"Non lo so. Non penso." Park non sembrava attratto dal suo defunto capo, ma avevo già preso granchi in passato. "Sembrava più interessato a carezzare la mano di Victoria che a singhiozzare per Hyun-Shik. Ha detto che scoprire che era gay è stato uno shock, o qualcosa del genere."

"Quindi non era un amico tanto intimo da sapere che il nostro ragazzone se la faceva con altri uomini," rifletté Bobby. "E il cugino? Quello che ti arrapa? Siamo sicuri che Hyun-Shik non se lo facesse?"

"Jae non si vedeva con suo cugino." Se non avessi saputo che era impossibile, avrei detto che stavo diventando possessivo. Dall'espressione sul viso di Bobby, sembrava avere la stessa opinione. "Scusa, è stata una giornataccia."

"Sì, fra l'essere buttato fuori strada e farti una scopata."

"Di nuovo quella storia," dissi lentamente. Mi stavo stancando della gente intorno a me che sembrava così ansiosa di gettare le ultime manciate di terra sulla tomba di Rick. "Sto ancora elaborando un po' di roba. Non mi fa piacere che i miei amici ficchino il naso nei fatti miei."

"Sì, di nuovo quella storia." Con un cenno d'assenso, Bobby raddrizzò le spalle, preparandosi per una discussione da cui sapevo sarei uscito sconfitto. Fu gentile nello strappar via i miei cerotti mentali, ma fece comunque male. "Rick non tornerà, Cole. Te l'ho già detto, non devi stare per sempre con questo Jae, ma diavolo, è pur sempre qualcosa. Non penso che Rick si aspetterebbe che passassi il resto della tua vita da solo."

"Dipendeva da quanto si sentiva generoso al momento." Risi, più che altro per attenuare il dolore che mi stringeva la gola, ma anche perché, sebbene lo amassi, Rick non era la persona più facile del mondo con cui andare d'accordo. Ma faceva le fusa come un gattino quando lo accarezzavo nel modo giusto, proprio come aveva fatto Jae quando l'avevo spinto contro il divano e gli avevo succhiato la bocca.

"Hai mai parlato con qualcuno? Intendo, dopo la sparatoria?" investigò Bobby cauto, facendosi più vicino.

"Tipo uno strizzacervelli?" Stavolta la mia risata fu amara. "Sì, il dipartimento ne ha mandato uno appena mi sono svegliato. Voleva assicurarsi che non mi vendicassi facendo una strage di altri poliziotti."

"No, parlato di Rick." Le sue parole mi facevano male come il suo dito, che punzecchiava le ferite cicatrizzate. "Magari con tuo fratello?"

"Amico, Mike vuole sentir parlare della mia vita sessuale quanto tu vuoi sentir parlare della sua," replicai. Mi bruciavano gli occhi e strinsi le labbra, mordendomi l'interno della guancia. Stavamo andando troppo vicini a cose che evitavo e, nonostante l'affetto fraterno che provavo per Bobby, non volevo finire con l'avere una crisi di pianto. "Non voglio parlare di Rick. Se n'è andato, è sepolto in qualche posto che la sua famiglia tiene segreto come se fosse la tomba di un faraone. Non posso nemmeno fargli visita, cazzo. Si sono anche presi lo stramaledetto cane."

"Okay," convenne lui. "E invece di Ben?"

"Cristo santo, Bobby!" Prima che me ne rendessi conto, mi ritrovai all'altro capo della stanza. Il tavolo era ribaltato e le pile in cui avevamo separato i documenti erano sparse sul pavimento, vittime della mia rabbia. Non ero preparato per l'attacco a sorpresa di Bobby ma, d'altro canto, non lo ero mai. Balbettando, cercai di riprendere il controllo, fallendo miseramente. "Perché diavolo dovrei voler parlare di Ben?"

"Parli di quanto ti manca Rick, ma non parli mai di Ben," disse Bobby, afferrandomi la maglia mentre gli passavo davanti. Feci resistenza, ma lui se la avvolse intorno al pugno e tirò, trascinandomi sul divano. Mi fissava, mentre stavo sdraiato vicino a lui, e mi diede una pacca sul petto, centrando i noduli di tessuto sotto i miei abiti. "Hai perso due persone a cui volevi bene, quella notte. Forse non hai tanto bisogno di parlare di Rick quanto di Ben, invece."

"Non posso." Era dura ammettere il mio dolore, anche a qualcuno come Bobby. Mentre ero occupato a lottare per la mia vita, Ben stava morendo dissanguato sul sedile dell'auto dove avevamo spesso scherzato insieme. Il suo corpo era stato sepolto e il cervello di Rick era stato lavato via da un raro acquazzone di Los Angeles prima ancora che mi svegliassi dal coma. "Bobby, non ho niente da dire. Che diavolo posso dire?"

"Va bene sentire la sua mancanza, sai."

"Di Rick?" Ero confuso. Sottosopra, a fissare il soffitto, mi sentivo come quando mi ero svegliato nella stanza d'ospedale, fra i bip delle macchine, con un tubicino infilato nella narice che Mike non aveva rotto quando eravamo piccoli.

"Non di Rick. Di Ben." La mano di Bobby descriveva piccoli cerchi sul mio stomaco. "Va bene se ti manca. Lo conoscevi da più tempo di Rick. Diavolo, passavi più tempo insieme a Ben."

"Non va bene," replicai. Frammenti di senso di colpa stavano venendo a galla, detriti che avevo spinto in un fiume di dolore per evitare di vederli. "Come diavolo può andare bene sentire la sua mancanza dopo quello che mi ha fatto? Dopo quel che ha fatto a Rick? Come diavolo posso dargli così tanto di me stesso? Eh?"

Mi faceva male il viso, la pelle sulle mie guance era tirata mentre stavo addosso a Bobby. Vedevo nella mia mente il volto di Ben, che rideva di qualcosa di stupido che avevo detto mentre percorrevamo le strade, in cerca di qualcosa. I miei ricordi con Rick erano troppo avviluppati a immagini di Ben: il suo viso spuntava in scene di barbecue in giardino, o di partite di football, tutti ubriachi fradici, a ridere come gli idioti che eravamo.

"Non mi ha mai detto perché," dissi con voce strozzata. "Quel grandissimo figlio di puttana non ha nemmeno lasciato un biglietto."

Bobby mi pungolò di nuovo, camminando senza paura sul ghiaccio incrinato del mio cuore. "Cosa vorresti che avesse detto?"

"Qualcosa." Frustrato, mi sollevai a sedere, sfregando le lacrime che mi si stavano asciugando sul volto. "Cazzo, Bobby, qualsiasi cosa. Sai, qualcosa per dare un senso a tutta questa merda."

Il mio cellulare squillò, coprendo la risposta di Bobby. Visto che avevo già parlato a Mike, lasciai squillare, aspettando che partisse la segreteria telefonica. Ma Bobby afferrò il dannato arnese, porgendomelo perché rispondessi.

"Potrebbe essere il tuo bel coreano." Inarcò di nuovo le sopracciglia. "Ecco, rispondi. Magari ti farà sentire meglio."

Nel prossimo futuro, una bottiglia di crema depilatoria sarebbe finita nella sua bottiglia dello shampoo, e mi sarei pisciato addosso dal ridere

117

quando le sue sopracciglia sarebbero finite nello scarico della doccia della palestra.

"Pronto?" Non avevo riconosciuto il numero, ma non potevo ignorare il prefisso 714. Avrebbe potuto essere chiunque, uno dei Kim o un altro dei ballerini del Dorthi Ki Seu che mi chiamava per dirmi che era incinto del figlio illegittimo di Hyun-Shik. Improbabile, ma non impossibile viste le bizzarrie che sembravano seguirmi ovunque andassi.

Un fiume di filippino crepitò attraverso il microfono al mio orecchio. Non avevo bisogno di sapere cosa stesse dicendo per capire che mi stava imprecando contro, probabilmente come non mi era mai successo in vita mia. Brandelli di parole stavano iniziando a essere comprensibili, frammenti d'inglese che inframmezzavano quelle urla acute. Conoscevo solo una persona che parlasse filippino, e il tono gutturale, da strada, era ben diverso dalla raffinata seta della sua solita voce.

"Scarlet?"

"Vieni a sistemare! Vieni qui, dannazione, e sistema le cose. È colpa tua se è così, ferito!" Ci furono altre imprecazioni, quindi una voce dall'accento profondo rimpiazzò quella di Scarlet, un uomo più anziano, autoritario e consolatorio, che non sembrava abituato a discussioni.

"Sto parlando con Cole McGinnis, scusi?" Grugnii il mio assenso e mi sfregai l'orecchio dolorante, cercando di far smettere il trillare del timpano. L'uomo parlò brevemente in coreano con qualcun altro. A giudicare dal tono conciliante della voce, immaginai fosse Scarlet.

"Cosa succede?" L'acqua nel mio stomaco risalì, un flusso amaro sulla lingua. Ero già scosso per aver parlato di Rick, o per aver evitato di parlare di Rick. Sentir menzionare un ospedale e la rabbia di Scarlet erano come un calcio nello stomaco. "Cos'è successo? Jae?"

"Il musang di Scarlet è ferito. I poliziotti mi dicono che c'era una fuga di gas nel suo appartamento." L'uomo proseguì, ma non riuscivo a sentirlo, non con il sangue che mi pulsava violentemente in viso. "Forse la luce del forno non era accesa e qualcosa ha fatto una scintilla."

"Cazzo, sta bene?" lo interruppi. Per quanto ne sapevo, poteva avermi appena detto che Jae era fuori a ballare, ma le parolacce di Scarlet che ancora mi echeggiavano nelle orecchie me lo facevano dubitare.

"È ferito, ma il dottore spera che starà bene. Sarang, sì, gli sto chiedendo di venire qui." Tornò alla nostra conversazione. "È all'ospedale Garden Grove. Se viene, per favore, tenga presente che Scarlet è scossa. È molto affezionata a dongsaeng."

118

"Arrivo subito." Chiusi seccamente il telefono e rovistai nel caos sul pavimento in cerca delle chiavi, ringhiando quando non le trovai. "Dove cazzo ho messo le chiavi della macchina?"

"Prendiamo il mio furgone." Bobby mi afferrò il braccio, tirandomi verso la porta d'ingresso. "Cosa diavolo succede?"

"Jae..." Se potevo fidarmi dell'uomo di Scarlet, Jae stava bene. Oppure mi stava mentendo, cercando solamente di attirarmi là perché Scarlet potesse rimuovermi i testicoli dal corpo con un raschietto. A ogni modo, dovevo andare all'ospedale.

Aggiornai Bobby mentre ci chiudeva la porta alle spalle, quasi correndo verso il suo furgone. Il mio cervello lottava per raggiungere la mia paura, che aveva lasciato le rovine dei miei pensieri con gioia maniacale. Sedetti nell'abitacolo e attesi che Bobby mettesse in moto, ripensando a ciò che mi era stato detto.

"Cazzo, qualcuno vuole eliminare Jae." Esalai forte, mentre la paura finalmente trovava un posto nel mio stomaco dove scatenarsi.

"Quel tizio non ha detto che è stato un incidente?" Bobby fece manovra intorno alla mia Rover malconcia, facendo una smorfia per via dei danni lasciati dal furgone bianco. "Capita che ci siano fughe di gas, principessa."

"Sì, ma io sono stato nella sua cucina. I fornelli sono elettrici, e anche la stufetta."

Bobby sospirò sottovoce. "Quindi, di chiunque si tratti, non intende fermarsi con quel Jin-Sang."

"Sembra proprio di no." Una cosa buona dell'essere mezzo irlandese: il mio caratteraccio di solito mi cacciava nei guai, ma alle volte mi salvava quando avevo bisogno di un bel calcio nel culo. La mia rabbia scacciò la mia paura danzante e piantò le tende, rendendomi ben chiaro cosa dovevo fare. "'Fanculo tutto. Troviamo quel bastardo prima che ammazzi Jae."

"La miglior cosa che ti ho sentito dire da un sacco di tempo." L'occhiata che Bobby mi rivolse fu lunga, e probabilmente anche lasciva, ma nell'oscurità dell'abitacolo non potevo vedere come inarcava le sopracciglia. "Andiamo, Cole. È bello vederti così interessato a qualcuno. Ammettilo, ti piace questo tizio."

"Sì, è così." Fissai le luci che scorrevano sul vetro, le chiazze che sfrecciavano lungo la tangenziale con misurata fretta. La bocca piena di Jae e i suoi indecifrabili occhi castani mi colmavano la mente, alimentando la mia rabbia. "Probabilmente mi farà ammazzare, ma sì, che Dio mi aiuti, cazzo. Mi piace. Peggio ancora, lo voglio."

119

CAPITOLO 11

"EHI," MORMORAI all'orecchio di Jae, strofinando i capelli nero corvino che spuntavano dalle bende intorno alla sua testa. Aprì lentamente le palpebre. Quegli affascinanti occhi color cannella restarono annebbiati per un momento mentre cercava di mettere a fuoco il mio viso. Riprese coscienza rapidamente quando mi riconobbe, e un lento sorriso schiuse le sue labbra secche.

Il suo viso era sporco e una macchia di qualcosa di viscido gli imbrattava la guancia, ma aveva un aspetto migliore di quanto avessi osato sperare. Il sorriso che mi rivolse fece miracoli per allentare il nodo che avevo nello stomaco.

"Ehi, Cole." Avrei descritto la sua voce come acquosa ma, in quel momento, non m'importava. Forse non mi sarebbe nemmeno importato dopo, purché continuasse a parlare.

Quando avevo visto il viso angosciato di Scarlet, il suo trucco colato per via delle lacrime, avevo temuto il peggio. Le sue grida in filippino e coreano si erano dissolte rapidamente come doveva aver fatto il suo fondotinta quando mi aveva afferrato la maglia e io avevo attirato il suo corpo snello in un abbraccio. Sotto l'armatura della sua personalità, Scarlet era fragile. Mormorando qualcosa riguardo a Jae, era crollata, singhiozzando forte contro il mio petto.

Il gusto del terrore assomiglia molto al sangue. Ti rimane sulla lingua finché tutto ciò che puoi sentire e odorare è ferro. Alle volte c'è qualcosa di gelido che ti striscia sul volto ma, per lo più, la paura occupa tutti i sensi, privando il mondo della sua stabilità. La mia bocca era piena di trucioli di metallo, e le mani non mi stavano tremando per il freddo. Per tutto il viaggio verso l'ospedale ero stato spaventato per Jae, e a vederlo sdraiato sulle lenzuola troppo bianche, quasi lo stesso colore della sua pelle, la paura aveva iniziato a serpeggiarmi lungo la schiena.

"Sei venuto," sussurrò. "Ti ha chiamato Scarlet?"

"Mi ha chiamato e perlopiù mi ha urlato addosso. Poi qualcuno con più buonsenso ha preso il telefono e mi ha detto dov'eri. Sono venuto subito."

Il suo viso era imbrattato di sangue, un taglietto sulla guancia tenuto chiuso da un cerotto a farfalla. I rivoletti erano già secchi e neri, e si scrostavano quando si muoveva. Volevo baciargli la bocca per inumidirla. La ferita sulle sue labbra spaccate sembrava dolorosa. Cedetti alla gioia di rivederlo e mi concessi un assaggio, godendomi il delicato sapore d'arancia della sua bocca e la sua lingua che giocava con la mia. Sospirando nel bacio, mi tuffai in Jae, sprofondando finché non sentii le lacrime che mi bagnavano il viso.

"Hyung, non piangere." Le dita di Jae erano fredde sul mio collo, poi si mossero in piccoli tocchi di ghiaccio sul mio viso mentre mi asciugava gli occhi. "Sto bene. Ho solo un bernoccolo in testa."

"Da abbinare a quello che avevi già?" Non volevo lasciarlo andare. Quando sentii la sua bocca muoversi per baciare l'angolo della mia, un tepore invase il mio corpo, fino alle dita dei piedi. "Di solito la gente non va in giro a sbattere la testa contro le cose. Lascia troppe ammaccature."

Lui brontolò. "I tuoi capelli devono coprire crateri enormi sulla tua testa."

Il suo borbottio si tramutò in un accesso di tosse, che partì dai polmoni e gli scosse tutto il corpo. I bip delle macchine intorno a lui non mutarono. Lucine e suoni continuarono a misurargli il respiro e il battito del cuore, ignorando la sua sofferenza. Quando gli aggiustai il tubo dell'ossigeno intorno al collo, Jae borbottò ancora un po', bassi suoni profondi che mi arrivarono dritti all'inguine.

Strano come potessi pensare al sesso nei momenti più stupidi.

"Hai un brutto aspetto, Cole," disse Jae, sbattendo le palpebre. I suoi occhi si fecero sfocati per un momento e io afferrai il pulsante per chiamare l'infermiera, per sicurezza. Lui fece un cenno e liquidò la mia preoccupazione con uno schiocco della lingua. "Basta. Sono solo stanco."

"Anche tu non hai tanto un bell'aspetto, piccolo." Il suo respiro era migliorato, ma aveva ancora uno strato di fuliggine intorno al viso, e i tagli più piccoli sul petto e sulle braccia non erano bendati. Qualcuno al pronto soccorso aveva cercato di togliergli la polvere nera dalla faccia ma aveva fatto un pessimo lavoro, probabilmente più preoccupato di mantenergli i polmoni in funzione che di curare il suo aspetto.

Presi un asciugamano umido dal bagno e tirai lo sgabello vicino al letto, quindi gli pulii delicatamente il viso e il collo. Dovetti tornare diverse volte al lavandino per sciacquare l'asciugamano, e sopportare qualche

121

protesta di Jae e il suo naso arricciato, ma la polvere appiccicosa venne via, lasciando la sua pelle arrossata dove avevo sfregato un po' troppo forte.

"Neko!" Mi strinse il braccio tanto forte da far male. Per qualcuno che poco prima era fra la vita e la morte, si muoveva benissimo. "Devi andare a cercarla per me."

"Jae, non preoccuparti della gatta adesso, okay? Devi riposare."

"È tutto ciò che ho, Cole."

Quella frase mi fece crollare. Completamente. Il singhiozzo implorante nella sua voce rovinata dal fumo e il broncio delle sue labbra mi spezzarono. Dio aveva giocato sporco quando aveva distribuito gli strumenti di manipolazione. Io potevo a malapena convincere Claudia a darmi un'altra fetta di torta facendole gli occhi dolci, e a quanto pareva Jae poteva annientare tutte le mie difese con un semplice battito di ciglia.

"Ti prego."

Così non era leale. Mancava solo quello. Acconsentii, annuendo, domandandomi come sarei potuto tornare da lui con il cadavere della gatta. A giudicare da quel che aveva detto Scarlet, il palazzo doveva essere stato raso al suolo. Certo, Scarlet forse non era la persona più obiettiva del mondo quando si trattava di Jae, ma era comprensibile.

"Cos'è successo? Ti ricordi niente?" Forse era troppo presto per spremerlo ma, nelle ore seguenti, Jae avrebbe ricordato sempre meno. Volevo avere qualche risposta finché le cose erano ancora chiare nella sua mente. "Hanno detto che è stata una fuga di gas."

"Non c'è gas lì. È tutto elettrico." Si accigliò, le bende gli scivolarono sulle sopracciglia, schiacciandogli i capelli sulla tempia. "E non so cos'è successo. Stavo ritagliando delle foto, e mi sono svegliato al pronto soccorso. Non potevo respirare."

"Hai sentito niente? Un'auto fuori? Qualsiasi cosa?"

"È un palazzo di mattoni, Cole. Ho sentito i mattoni." Jae fu scosso da un altro accesso di tosse e io gli offrii una tazza di ghiaccio tritato. Lui annuì, tossendo nuovamente, sputando in un fazzoletto. Il muco era liquido e punteggiato di nero. "Mi fa male il petto. Anche la gola."

"Ecco, apri," dissi, porgendogli qualche pezzetto di ghiaccio. "Hai bisogno di liquidi. L'infermiera fuori ha detto che puoi succhiare questi."

Dopo la bocca, la lingua sembrava essere l'arma più letale del suo arsenale. Non avevo proprio bisogno di sentirla scivolare intorno alle mie dita e succhiarmi l'acqua ghiacciata dalla mano. Non che non la volessi lì. Potevo pensare a un sacco di posti che quella lingua avrebbe potuto toccare

122

ma, visto che Jae era in un letto d'ospedale, il mio corpo non dava retta ai rimproveri del mio cervello.

"Stanco." Poggiandomi la testa al braccio, Jae chiuse gli occhi, mormorando piano in coreano.

"In inglese, piccolo," gli rammentai.

"Chi è quello? È... il tuo ragazzo? Non voglio che tu abbia un ragazzo." I suoi occhi erano di nuovo aperti, fissi su Bobby, fuori dalla porta aperta.

Scarlet era in buone mani. Bobby era un maestro a consolare la gente. Il mio migliore amico non usava mai con me quella sua raffinata abilità, perché pensava che un approccio duro avrebbe funzionato meglio. Quando quello non funzionava, passava alla tattica usata da mio fratello e mi riempiva di botte finché non cedevo.

"Oh, uhm... no," dissi. Sembrava un momento buono come un altro per chiarire le cose. "Quello è il mio amico Bobby. Non c'è nessuno tranne... te, okay?"

"Hai avuto paura?" biascicò Jae. Era sempre più esausto, con profonde occhiaie. "Mi spiace averti spaventato."

"Sì, ho avuto paura. Gli ospedali non sono di solito il posto migliore per me." Stava scivolando nel sonno e lo depositai delicatamente sul cuscino. "Perché non ti riposi un po'? Io resto qui."

"Neko, ricordi?"

"Merda, sì. Va bene, vado a vedere cosa riesco a trovare," borbottai, sfregandomi il viso. Bobby aveva guidato fin qui e non ero sicuro che avesse voglia di portarmi a un edificio disintegrato per cercare un gatto morto nel cuore della notte. D'altra parte, me ne doveva una, ed era un buon momento per riscuotere il debito. "Torno presto."

"No, devo andarmene da qui." Jae si sforzò di raggiungere il pulsante per la chiamata. "Devo trovare un posto dove andare. Non posso andare da nuna, lei vive con... beh, non posso andare lì. Forse lo zio Kim può ospitarmi."

"Jae, no." Allontanai il filo perché non potesse raggiungerlo. "Tu resti qui finché non ti dicono che puoi andare."

"Non posso permettermelo." Ormai stava farfugliando, riusciva a malapena a restare sveglio.

"Non preoccuparti di quello. Ci penso io." Passai la mano sul suo collo, fino a toccargli il mento; il suo cuore batteva forte sotto il mio pollice. Lui strinse la bocca, e per un momento fui grato che fosse troppo malconcio per discutere. Pesavo venti chili più di Jae, ma ero pronto a scommettere che, se si fosse incazzato abbastanza, avrebbe dato filo da torcere anche a Bobby. "Torno presto. Promesso."

"Quando trovi Neko, chiama Scarlet. Me lo dirà lei." Jae si stava appisolando e si portò una mano sotto il viso mentre si girava sul fianco, faticando un momento a prendere fiato. "Prenditi cura di lei. Ti prego, Cole."

Non volevo lasciarlo. Diavolo, non volevo togliergli gli occhi di dosso. Avrei avuto lo spiacevole compito di dirgli che sarebbe stato da me finché non avessimo scoperto che diavolo stava succedendo, ma era una discussione che intendevo vincere, avessi anche dovuto trascinare con me Claudia come rinforzo. Lei avrebbe potuto reggere una discussione con Jae e, con un po' di fortuna, anche Scarlet sarebbe stata dalla mia parte.

"Cole?" Il basso sussurro di Jae mi fermò prima che lasciassi la stanza.

"Sì, Jae?"

"Agi."

"Cosa?" La testa già mi pulsava per l'emicrania, probabilmente tutto lo stress che mi fuoriusciva dai pori, ma quella parola non aveva senso. "Non capisco."

"Se proprio insisti a chiamarmi piccolo, almeno fallo in coreano," grugnì. "Si dice agi. Ora vai a cercare la mia gatta."

"Spiegami perché sono stato tanto stupido da lasciarmi convincere a farlo?" Bobby soffocò uno sbadiglio, più per far scena che per reale stanchezza. L'avevo seguito in giri per pub dove, alle sei del mattino, dopo una notte intera, era ancora fresco come quando avevamo iniziato. "Il gatto è morto. Gli è caduto sopra un palazzo. Potrebbero essere restate solo le sue scarpette di rubino."

"È una barzelletta gay?" lo stuzzicai, sorseggiando il caffè rancido che avevamo preso a un minimarket. "Perché, se è così, fa schifo."

"Non capisco perché stiamo andando nelle terre selvagge di Garden Grove in cerca di un gatto morto."

"Perché gliel'ho promesso." Sottolineare l'ovvio di solito funzionava con Bobby, quindi feci un tentativo. "E perché c'è stata una notte che mi hai telefonato alle tre del mattino perché ti venissi a prendere, poi mi hai fatto promettere di non ridere e non dire niente, e sei uscito da un locale con

124

addosso solo pantaloni scamosciati rosa che mostravano il culo e un tanga nero. Ecco perché."

"Non ti chiamerò mai più. Te ne starai seduto vicino al telefono ad aspettarmi come un cagnolino innamorato, e io sarò là a ridere di te."

"Come no. Non hai altri amici a parte me." Il caffè non era così male dopo averci messo altro zucchero. Ci avevo già versato cinque bustine, ed ero più che pronto a sacrificarne altre cinque al sottile strato oleoso che si stava formando in cima alla tazza. "E farò delle foto al tuo culo nudo e bianco la prossima volta che indosserai quei pantaloni di pelle."

"Sei una troietta crudele, principessa."

"Ho imparato dal maestro, vecchietto."

Girammo l'angolo e il mio cuore si fermò. Sembrava che non restasse niente del lato del palazzo dove viveva Jae. Tre dei muri portanti erano sfondati, lasciando la già patetica struttura del portico isolata in mezzo alle rovine. Un furgone del comune era parcheggiato sul ciglio della strada, e gli operai erano già al lavoro per cercare di ripristinare la corrente elettrica nel quartiere. L'esplosione aveva tolto la luce ad almeno cinque edifici e, a quanto pareva, il resto del palazzo non era tanto in buone condizioni.

Tre auto della polizia erano di guardia, gli agenti dalle ampie spalle poggiati al cofano ci tennero d'occhio mentre parcheggiavamo. Un camion dei pompieri era fermo di traverso nel vialetto, bloccando l'accesso di qualunque veicolo all'area delimitata. Sembrava che una festa di quartiere fosse sfuggita di mano e la città avesse mandato i rinforzi per contenere la folla.

"Cristo, sembra che sia esplosa una cazzo di bomba." Bobby fischiò, parcheggiando il furgone. "Quel ragazzo è fortunato a essere vivo, cazzo."

Non c'era andato molto lontano, riguardo all'aspetto del palazzo. Pensavo che avessimo visto il peggio dalla strada ma, mentre scendevo dal furgone, la debole luce dei lampioni trasformò la scena in qualcosa che avevo visto solo in film apocalittici.

I muri del bagno erano stati sparati contro i mattoni, la parete di cartongesso non poteva resistere alla forza della supposta fuga di gas. La maggior parte del pavimento era allagato, probabilmente dai camion dei pompieri che avevano risposto alla chiamata. Mi avvicinai cautamente. Ci sarebbero stati investigatori ovunque il mattino seguente, e l'ultima cosa che volevo era muovere qualcosa. Al momento, c'erano soltanto un paio di uomini in giro. Ci rivolsero un'occhiata rapidissima prima di tornare a camminare lungo il perimetro dell'edificio.

"Ehi, c'è un tizio che sembra il capo a ore due. Tu vai ad annusare in giro, io vado a socializzare." Bobby mi diede una gomitata nello stomaco. "Probabilmente vuole sbatterci fuori. Farò del mio meglio per sembrare un bravo poliziotto in pensione. Tu cerca di non sembrare uno sciacallo."

"Digli che non tocco niente."

Non c'era molto da toccare. Quello che non era fradicio, era bruciato. Le foto di Jae erano cadaveri piatti e anneriti, gli angoli arricciati. Mi domandai se potessi convincerli a lasciargli recuperare l'attrezzatura per la fotografia, ma non sapevo dove fosse. I mattoni erano sparpagliati come pezzi di un puzzle nei resti dell'appartamento. Era stupefacente che Jae fosse sopravvissuto. Sarebbe stato un miracolo se ce l'avesse fatta anche la gatta.

"Ehi." Bobby mi raggiunse, dandomi una pacca sulla spalla. "Il supervisore ha detto che possiamo andare a curiosare in giro, ma senza toccare niente. Non ha sentito niente, ma le cose sono state parecchio caotiche. I vicini continuano a strillare che rivogliono la corrente. Uno di quegli idioti ha sparato agli operai."

"Sì, sembra promettente." Fissai i muri sgretolati. "Okay, magari possiamo dare un'occhiata e sperare di vedere qualcosa, perlomeno."

"Aspetta, Cole." Mi afferrò il braccio, tirandomi indietro. "Lo senti?"

"Non fare 'ste cazzate, Bobby," dissi, liberandomi con uno strattone. "È stata una nottata troppo lunga per scherzare."

"Zitto. Dico sul serio." Avanzando verso la pila di gesso, Bobby inclinò la testa, ascoltando con attenzione. "Ti dico che ho sentito qualcosa."

"Ti spacco il culo se inizi a prendermi in giro." La mia minaccia era vuota. Anche se l'avessi voluto, ero troppo esausto per causargli seri danni. Quasi caddi a faccia in giù quando inciampai nell'intelaiatura del letto. Bobby mi acchiappò prima che mi rendessi totalmente ridicolo, ma sentii le risatine dei poliziotti che ci stavano guardando. "Okay, cosa dovrei sentire?"

"Giuro su Dio che ho sentito un gatto," disse, indicando la pila di detriti contro il muro ancora intatto. "Laggiù."

Il richiamo stridente era debole, ma lo sentivo. Sollevando una sezione di intonaco bagnato, creai un piccolo foro in cui sbirciare. "Merda, è troppo buio. Hai una torcia nel furgone?"

"Sì, aspetta che la prendo." Bobby si districò agilmente nel campo minato di mattoni dove ero inciampato. Tornò con una grossa torcia Maglite nera e la accese. "Ecco. Non farti vedere a scavare."

"Cosa ci fai con quell'affare?" La luce penetrò anche gli angoli più bui mentre mi avvicinavo al disastro. "Segnali agli UFO?"

"L'ho presa perché è abbastanza pesante per darla in testa a stronzi come te," replicò. "Cerca quel maledetto gatto."

Un paio di occhi arancio-oro mi sbirciarono da dentro il buco, la voce lamentosa della gatta era torturata quasi quanto quella di Jae. A quanto pareva, doveva aver pianto per ore, probabilmente offesa che il suo umano non fosse arrivato. Passai la torcia a Bobby e mi allungai, afferrandola per la collottola. Si lasciò estrarre senza protestare, sbattendo le palpebre quando emerse nel mondo rischiarato dalla torcia.

"Che io sia dannato, Cole," sussurrò Bobby. "E grazie a questa ti farai una gran scopata."

"Sta' zitto." Strinsi forte Neko, parlandole come a un bambino per cercare di tenerla calma. "Non l'ho fatto per farmi ricompensare con del sesso."

"Allora gli dico che l'ho trovata io," scherzò lui. "Da quel che ho visto dalla porta era sexy, cazzo. Io voglio del sesso come ricompensa per aver trovato la gatta."

Decisi che, una volta messa al sicuro la gatta di Jae, il mio primo compito sarebbe stato dare a Bobby un pugno in faccia. Magari spaccargli il naso. Lo informai dei miei piani mentre uscivamo con cautela.

"Sogna pure, principessa," disse Bobby, aprendo la porta del furgone. Scivolai all'interno, tenendomi la gatta stretta al petto. L'ultima cosa che volevo era perderla adesso.

"A casa, Robert," sbadigliai, cercando di non colpirle la testolina col mento.

"Eh no. Temo che la nostra nottata non sia ancora finita." Bobby toccò il pulsante del navigatore, accedendo alle informazioni online. Gemetti quando vidi cosa stava cercando.

"Oh, mi stai prendendo per il culo. Sta bene. Sembra stare bene."

"Ehi, l'ultima cosa che ti serve dopo aver salvato la gatta del tuo ragazzo è che stia male per aver respirato tutto quel fumo," mi fece presente. "I gatti morti non portano a nessuna ricompensa sessuale. Eccone uno vicino. Niente dice ti desidero come un conto salato di un veterinario d'emergenza."

L'ALBA STAVA risvegliando il mondo quando rincasai. Non volevo guardare l'orologio perché temevo mi avrebbe detto che mi restavano solo pochi minuti di notte prima che Claudia iniziasse il suo giro di telefonate sveglia-Cole. Il trasportino sobbalzò mentre lo portavo dentro e mi scusai con Neko quando miagolò, scontenta per il trattamento che le stavo riservando. Alle mie spalle, Bobby trasportava tutta l'attrezzatura che il veterinario aveva detto mi sarebbe servita per far contenta la gatta per tutto il tempo che fosse rimasta con me.

Avevo visto una madre di due neonati gemelli portare con sé meno roba di quella che la gatta si era beccata dal veterinario.

"Dove lo metto?" chiese Bobby, togliendo l'etichetta del prezzo dalla cassettina igienica. "Il bagno di sotto?"

"Lo troverà laggiù?" Sbirciai nel trasportino. Neko soffiò un'altra richiesta di essere liberata, e fui abbastanza certo di sentire una minaccia di morte nel suo tono scontento. Le avevano fatto un bagno per lavarle via dalla pelliccia fuliggine e frammenti di intonaco, e ora era un voluminoso batuffolo nero e carino. Posseduto dal demonio, forse, ma comunque carino.

"Il dottore ha detto di sì." Bobby si strinse nelle spalle e si diresse verso il bagno. Lo lasciai all'assemblaggio della cassettina e mi azzardai ad aprire il trasportino, desiderando troppo tardi di avere un giornale arrotolato con cui difendermi quando la gatta balzò fuori per squarciarmi la gola.

Il petto mi bruciava dove aveva affondato gli artigli mentre veniva esaminata, e il mio pollice pulsava sotto una spessa benda che, mi aveva assicurato il veterinario, avrei potuto togliere dopo un'ora. Avevo in programma di lasciarla lì come un'armatura di garza in caso la gatta avesse deciso di usarmi di nuovo come spuntino. Quando mi avevano detto che i gatti alle volte diventano aggressivi quando sono stressati, non ci avevo creduto, e mi ero sentito insultato quando avevano riso alla mia richiesta di Prozac felino.

La gatta balzò fuori dal trasportino, un allegro fagotto di vendetta pelosa e artigliata, diretto verso la mia giugulare. Stiracchiandosi, Neko se la prese comoda a prendersi la sua rivincita, poi annusò il divano e si diresse verso la busta di cibo che non avevo ancora aperto. Feci ciò che voleva e riempii un piatto di croccantini, quindi versai dell'acqua in un altro e la guardai far sparire una buona dose di entrambi.

"Okay, io vado." Bobby si fermò sotto l'arco che portava al soggiorno. Finii di raccogliere i fogli che avevamo lasciato sul pavimento, impilandoli il meglio che potevo considerando che non vedevo a più di qualche centimetro dal mio naso. "Dormi un po', Cole. Riprendiamo domani."

128

"Vuoi fermarti qui?" offrii, ma lui scosse la testa. Gli augurai la buonanotte con un grugnito e lo accompagnai alla porta, chiudendola a chiave alle sue spalle. Voltandomi, vidi Neko in mezzo all'ingresso che mi mostrava un piede mentre si puliva la zampa. "Sei proprio una signora di classe, micia. Io vado a letto. Beh, appena lasciato un messaggio al tuo paparino per dirgli che ho trovato il suo mostriciattolo."

L'acqua sulla pelle mi faceva prudere i graffi. Imprecai sottovoce contro la palla di pelo mentre mi asciugavo e la scavalcai, sdraiata com'era, mentre uscivo dal bagno.

"Tu." La toccai col piede, un colpetto leggero che la spinse a voltarsi e mostrarmi la pancia. "Sei in mezzo, signorina."

Le lenzuola erano fredde sulla mia pelle, e mi godetti per un momento la comodità del mio letto. Un momento dopo sentii un peso contro le gambe, che andò a piazzarsi sul mio fianco. Aprendo gli occhi, mi godetti la vista di un fondoschiena felino. Le grattai cautamente la schiena mentre usavo la mano libera per chiamare Scarlet, sperando di lasciarle un messaggio.

Fui scioccato quando rispose Jae, preoccupato e senza fiato.

"Ehi, cosa ci fai in piedi?" Era stupido chiederglielo. Il motivo stava impastando sul mio fianco con le sue unghiette aguzze proprio in quel momento. Le lenzuola non sembravano scoraggiarla minimamente. Mi spostai, sperando di distrarla, ma lei miagolò felice e continuò a stuzzicarmi la pelle.

"L'hai trovata?" La sua voce, già stanca, era troppo tesa per i miei gusti. "Era…"

"Sta bene." Il suo sospiro di sollievo mi rese felice di aver speso un bel malloppo perché il veterinario mi assicurasse che stava perfettamente bene e avrebbe probabilmente terrorizzato molte generazioni future. "È qui con me."

"Sei sicuro che sia lei? Voglio dire," balbettò. "Aveva il collarino?"

"Sì. Fidati, piccolo," lo rassicurai, spostando la mia attenzione dalla schiena al mento. La gatta iniziò a fare piano le fusa, gonfiando il petto con la stella bianca in segno di approvazione. "È la tua gatta. La consorte di Satana sta benissimo."

"Agi," mi rammentò. "E non chiamarla così. È una brava micia."

"Mi ha fatto a brandelli." Mi sentivo un po' in colpa a mentirgli, ma avrei sfruttato le mie ferite fin quando me l'avesse permesso. In confronto al suo doppio trauma cranico, al fatto che gli avevano sparato e che gli

129

era esploso un palazzo addosso, dovevo guadagnare terreno per farmi compatire. "Dovresti essere a dormire."

"Non riuscivo a prendere sonno. Ero preoccupato."

"Sì, avrei dovuto chiamarti prima per dirti che l'avevamo trovata," dissi. "Siamo andati da un veterinario per assicurarci che stesse bene. Ha detto che è tutto a posto. Ha già mangiato e penso che domattina imparerò come pulire una lettiera."

Il sussurro di Jae fu così basso che quasi non lo sentii. "Ero preoccupato per te."

"Ehi, sto bene, picc... agi." Era come avere di nuovo quindici anni e sentire uno dei giocatori di football palparmi il culo nel mezzo della lezione di educazione fisica. Non sarei riuscito a sedermi comodamente per una settimana se avesse di nuovo fatto le fusa in quel modo. "Cosa ci fai col cellulare di Scarlet? Sei in ospedale."

"Aish, il tuo coreano è terribile. Lascia perdere. Continua con l'inglese," mi prese in giro, e la sua lieve risata si mutò in un breve attacco di tosse. "Nuna dorme sulla sedia e nessuno sa che ho risposto. Aveva la vibrazione."

"Scarlet ti ha detto che abbiamo deciso che verrai qui?" azzardai con cautela. Avevamo parlato non più di qualche secondo, ma lei aveva convenuto con me che Jae aveva bisogno di qualcuno che si occupasse di lui. Mi aveva anche parzialmente perdonato per averlo fatto quasi saltare in aria, anche se io non ero molto propenso a prendermene tutta la responsabilità.

"Nuna ha detto che l'hai deciso tu e che lei non c'entra." Anche se suonava più forte e io ne ero lieto, il pensiero di avere un Jae completamente in sé che mi girava per casa stava iniziando a terrorizzarmi. Neko miagolò, offrendo la sua opinione, affondando gli artigli nelle mie lenzuola un'ultima volta prima di abbassare il mento e mettersi a dormire.

"Nuna mente," risi, facendo trasalire la gatta. Aprì gli occhi, scintille malevole d'oro nella sua testolina nera, quindi tornò a dormire. "Nascondi il telefono prima che le infermiere vengano a picchiarti. Ci vediamo domani."

"Cole?"

Mi si strinse lo stomaco a sentire la sua voce tremante. Lo scherzoso seduttore era sparito e al suo posto c'era il giovane uomo malconcio che avevo visto nel letto d'ospedale.

"Sì, Jae?" Volevo che Scarlet fosse sveglia, o potesse strisciare attraverso le linee telefoniche. Jae soffriva, lo sentivo chiaramente nei suoi singhiozzi spezzati, sospirati. "Sono qui, piccolo."

"Ho paura," confessò piano. "Non so cosa sta succedendo."

"Anch'io, piccolo." Il dolore nel petto aumentò. Sospettavo di essere stato io a causare a Jae quei guai. Le ultime ventiquattro ore avevano distrutto ogni parvenza di normalità che la sua vita potesse avere. "Non so se ti fa sentire meglio, ma sono spaventato a morte."

"Non sembra, da come ti comporti," mi accusò, tirando su col naso.

"È la mia facciata da duro. Dovresti vedermi in questo momento," scherzai, sperando di distrarlo dalla sua malinconia. "Sono sdraiato a letto su lenzuola con rose giganti e un gatto sul fianco. Troppo macho."

"Stai mentendo."

"Riguardo alle lenzuola, ma non alla gatta," dissi. "È come una palla di piombo. Come fa una cosina così piccola a pesare così tanto?"

"Mangia un sacco." Sentivo nelle sue parole un sorriso che gli rischiarava l'umore. Tornò a incupirsi rapidamente, come quando le nuvole coprono il sole. "Mi proteggerai, hyung?"

"Non sono stato molto bravo a proteggere il mio ultimo ragazzo, piccolo." I pensieri su Rick tornarono a galla. La sua risata quando gli facevo le pernacchie sulla pancia dopo il sesso, le terribili omelette che insisteva a fare ogni domenica mattina, i suoi occhi morti mentre mi scivolava fra le braccia. Bandii quei ricordi, concentrandomi sulla memoria dei luminosi occhi castani di Jae. "Ma voglio provarci. Più di qualsiasi altra cosa, piccolo, voglio proteggerti da tutta questa merda."

Restammo ai due capi della linea, ascoltando l'uno il respiro dell'altro. Era una cosa meravigliosa, il suo inspirare ed espirare al telefono. Non volevo che finisse, ma il sonno mi tirava le palpebre verso il basso e sospettavo che anche Jae non sarebbe rimasto sveglio a lungo se era rimasto alzato ad aspettare la mia chiamata.

"Vai a letto, Jae. Sarò lì domattina." Zittii le sue proteste e lo sentii acconsentire di malavoglia. "Lo prometto."

"Bah," mi liquidò con un suono brusco. "Va bene, dormo. Ma, Cole?"

"Sì?" Era come mettere a dormire un bambino di tre anni. Voleva sempre qualcos'altro: una storia, o un bicchiere d'acqua.

"Mi piace quando mi chiami piccolo," ringhiò Jae al telefono. "Ma non in coreano. Lo parli da schifo."

CAPITOLO 12

LA GATTA mi impastava la pelle, forando le lenzuola e i pantaloni del pigiama che indossavo. Non ero altro che un tiragraffi prono e lei miagolò disgustata quando me la tolsi di dosso. Prima che potessi girarmi era tornata, preparando il mio corpo per quel che scommettevo sarebbe stato il suo spuntino mattutino. Essere malvagia richiedeva un sacco di energia e una cosina piccola com'era lei doveva tenersi in forma.

Fuori pioveva, e quel suono fu coperto quando il campanello suonò. Le campane echeggiarono, profonde e rimbombanti, nella casa vuota. L'eco non era ancora svanita quando suonò di nuovo, e Neko si spostò, saltando giù dal letto con fare baldanzoso.

"Va bene! Arrivo!" Quasi inciampai nella gatta e la aggirai a passo di marcia diretto verso il piano terra mentre infilavo una maglietta. Passando il pianerottolo, guardai attraverso la finestrella della porta e il mio cuore mancò un battito quando spalancai l'uscio.

Uno sconosciuto stringeva Jae con la sua mano enorme, le spesse dita serrate sul suo bicipite. Era ben imbottito contro il freddo, mentre Jae rabbrividiva in abiti che sembrava aver preso in prestito da un gigante. L'uomo sporgeva rabbioso il mento, come a sfidarmi a criticare la sua stretta, con una barbetta scura che risaltava sulla pelle arrossata dal vento.

Fui all'altezza della situazione, cosa abbastanza facile. Vedere il viso pallido di Jae mi allarmò. Le sue spalle curve mi spaventarono proprio.

"Lascialo andare." Afferrai Jae, sorreggendolo. L'uomo diede uno strattone, tirandolo indietro. Non ero abbastanza minaccioso, quindi gli spintonai la spalla con la mano libera, spingendolo giù dal primo gradino. "Ci rimetterai quella cazzo di mano se non lo lasci andare subito."

"Mi deve dei soldi per il taxi." Un forte accento slavo lo rendeva quasi impossibile da capire e le sue sopracciglia erano aggrottate in una spessa linea sopra l'ampio naso. Sospettoso, strinse le labbra. "Lo lascio andare e lui entra senza pagarmi."

"Non ho soldi." Il respiro di Jae era freddo sul mio collo. Rabbrividì quando il calore della casa lo raggiunse. "Mi dispiace. Non…"

"No, va tutto bene," dissi, sperando di suonare rassicurante. Voltandomi verso il tassista, gli dissi di aspettare un attimo mentre prendevo il portafoglio dal tavolo in corridoio. Tirai fuori qualche banconota da venti, gliele ficcai in mano e gli chiusi la porta in faccia, afferrando Jae prima che si accasciasse lungo il muro in un mucchietto di ossa e muscoli doloranti.

Lui squittì, cercando di sorreggersi con i palmi delle mani, ma gli cedettero le gambe. Crollò in avanti, finendomi goffamente fra le braccia, le ginocchia allargate. Ansimando, borbottò delle scuse e cercò di raddrizzarsi, solo per cadere di nuovo in avanti. Quasi finì a terra scivolando fuori dalle infradito troppo grandi che indossava, e io lo afferrai di nuovo, tenendolo.

"Hai detto a Scarlet che te ne andavi? Cazzo, Jae. Che diavolo stavi pensando?" Mi schiaffeggiò le mani, intimandomi di stare indietro. Era determinato a reggersi sulle sue gambe e io ero altrettanto determinato ad aiutarlo.

"Nuna sa che sarei venuto qui," brontolò Jae, cercando di allontanare le mie mani. "E no, non gliel'ho detto."

"Smettila, prima di farti del male." Imprecare non sortì alcun effetto, quindi provai a sgridarlo. "Dio, hai il buonsenso della tua gatta."

"Vaffanculo. Ho buonsenso," replicò, respingendomi per cercare di alzarsi. Vacillò leggermente, spingendo via le mie mani quando le allungai per sostenerlo. "Dov'è?"

La gatta in questione miagolò ad alta voce dal pianerottolo, gridando quanto fosse scontenta di me. Passando il braccio sotto quello di Jae, lo sollevai, lasciando che il suo peso mi poggiasse sulla spalla. "Andiamo, vediamo di portarti di sopra."

"Posso stare sul divano," disse Jae, indicando il soggiorno. "Vieni, Neek-neek."

"Puoi farmela avere vinta almeno una volta? Fammi contento e lascia che ti porti su." Fui lieto di vedere che la gatta lo ignorava beatamente come faceva con me, seduta a mordicchiarsi le unghie. "E perché diavolo non sei in quel maledetto ospedale? Chi ti ha lasciato uscire alle sei del mattino?"

"Ho chiesto di essere dimesso," rispose, lasciando che lo guidassi su per le scale. La gatta miagolò, come un segnale insistente. O stava giocando a fare il faro, o stava dando indicazioni per il letto. Quale che fosse, aveva decisamente un'opinione da esprimere. "Gli ospedali sono troppo costosi, Cole."

Salire le scale stava stancando i suoi polmoni malconci, quindi mi fermai sul pianerottolo, per lasciarlo riposare. Il suo demonietto nero si gettò contro le sue caviglie e Jae sorrise, un sorriso aperto e luminoso che mi fece sussultare il cuore. Gli aveva cambiato il viso, lavando via il ghiaccio e facendo sbocciare del calore sulla sua bocca.

"Ti ho detto che l'avrei pagato io." Non volevo lasciarlo andare, ma si chinò a prendere in braccio Neko. Lei mi diede un'occhiataccia dal suo trespolo sulla spalla di Jae, strofinando il naso sul suo mento e mostrando i canini.

"Sei pazzo. Mi conosci da quanto? Tre giorni? Forse quattro? È già un male che io sia venuto qui." Jae inspirò profondamente, riprendendo fiato. "Non posso permettermi l'ospedale. Mando ancora soldi a mia madre per le mie sorelle, e non guadagnerò per un po', finché non avrò i soldi dell'assicurazione sulle mie macchine fotografiche. Se pagheranno. La polizia dice che sembra una cosa sospetta."

"È venuta la polizia?" Gli passai un braccio intorno alla vita, lasciando che si appoggiasse a me. "Quando? Prima o dopo che me ne sono andato?"

"Dopo." Spostò la gatta, tenendola nella piega del braccio. La strada fino alla camera da letto fu breve, punteggiata solo dal miagolio di protesta di Neko quando la posò sul materasso. "Quei due che erano da Jin-Sang. Hanno chiesto dov'eri. Non credo tu gli piaccia."

"No, probabilmente no," ammisi. Secondo molti poliziotti, io me l'ero andata a cercare. La verità alle volte non importava ai ragazzi in divisa blu. "Cos'hanno detto?"

"Mi hanno chiesto di nuovo cosa ci facevo da Jin-Sang e se pensavo che qualcuno stesse cercando di uccidermi." Fece spallucce, come se i poliziotti lo interrogassero tutti i giorni. "Mi hanno anche chiesto se vengo a letto con te."

"Cos'hai detto?" chiesi, dalla porta aperta del bagno. C'erano degli spazzolini extra da qualche parte nell'armadietto. A quanto pareva, erano andati a farsi un safari, e dovevo trovarne uno per Jae.

"Gli ho detto forse, ma non per dormire," replicò, con una nota seducente nella voce.

"Sono sicuro che con quello tu li abbia conquistati." Posai sul comodino il pacchetto con lo spazzolino, insieme a un rasoio usa e getta, anche se non vedevo nemmeno un'ombra di barba sul suo viso. "Intendo su Jin-Sang."

"Che sapevo che il biglietto di addio di Hyun-Shik era in verità parte della lettera che aveva scritto e che avrebbe dovuto parlare con te." Jae grattò la pancia della gatta, avvicinandosi così a quegli artigli affilati,

134

mostrando assai più coraggio di quanto ne avrei avuto io. "Mi hanno chiesto se ho visto chi mi ha sparato, ma ho detto di no."

"E invece?"

"Cosa? Se ho visto chi è stato?" Scosse la testa. "No. Qualcuno mi è arrivato alle spalle e la pistola ha sparato prima che potessi voltarmi. Gliel'avevo già detto, ma non penso che mi credano."

"Se l'assassino era già nell'appartamento di Jin-Sang, allora chiunque fosse ti ha sentito parlare del biglietto," dissi piano. Non era una buona cosa per Jae. Qualcuno là fuori sapeva che aveva informazioni sul coinvolgimento di Jin-Sang nella morte di Hyun-Shik. Jae batté le palpebre come un gufo quando gli dissi che pensavo fosse in pericolo. "Sul serio, Jae. Voglio che tu stia attento. È per questo che io e Scarlet abbiamo pensato che sarebbe meglio se stessi qui con me, dove posso tenerti d'occhio."

"Pensavo fosse perché nuna vive con hyung e lui non può permettersi ulteriori scandali," disse lui, increspando le labbra. Non ero sicuro se fosse serio o mi stesse prendendo in giro. "Scarlet-ah, tutti sanno di loro due, ma io? Non darebbe una buona impressione se stessi là con loro. È l'ultima cosa di cui hyung ha bisogno. Anche nuna."

"Sì, probabilmente anche quello," convenni. C'erano questioni sullo sfondo di tutto quel casino che non potevo comprendere, cose relative alla cultura coreana che non avevo gli strumenti per dipanare.

"Non hai idea di chi sia hyungmin, vero?" Jae rise della mia espressione confusa. "È un pezzo grosso all'ambasciata coreana. Sua moglie sta in Corea, ma ovunque vada porta con sé Scarlet-ah. Nelle loro vite, la moglie è l'amante, e lui torna a casa da nuna. Sono tutti felici con questo accordo."

"È questo che aveva in programma Hyun-Shik? Far diventare Victoria la sua amante occasionale?"

"Chissà cosa stava facendo hyung? Non gli parlavo tanto. Era occupato con il lavoro e con suo figlio." Jae carezzò la gatta sotto il mento, mentre lei miagolava, scontenta. "Si sta lamentando per il letto."

"Non starla a sentire. Il letto andava più che bene per sua signoria ieri notte." Ricambiando l'occhiataccia della micia, sollevai le lenzuola perché Jae vi s'infilasse sotto. Aveva piccoli lividi sul collo, segni dei detriti volanti dell'esplosione. "Sdràiati, parleremo fra un po', a un'ora più ragionevole. Io prendo qualche coperta poi spengo la luce, così dormi un po'."

"Dove vai?" Quasi non lo sentii, infilato com'ero nell'armadio.

"L'altra stanza ha un letto pieghevole, dormirò là." Tirai un cuscino da uno scaffale in alto e mi chinai quando una valanga di lenzuola mi cadde addosso, seppellendomi i piedi. Lasciai tutto lì, troppo stanco perché m'importasse, e preoccupato per la stanchezza che sentivo nella voce di Jae.

Reggendo il cuscino solitario, rimasi vicino al letto, guardando il suo viso tirato. Nonostante le occhiaie livide, mi toglieva il fiato. Ormai ero ben oltre l'essere preoccupato: ero piombato nei casini fino al collo, cazzo.

"Non puoi stare qui?" Si mordicchiò il labbro inferiore, gli occhi grandi e scuri nella luce bassa. "Per favore? Ho bisogno che resti."

Era un errore, ma annuii, scivolando a letto e tirandomi le lenzuola sulle gambe. "Spostati un pochino."

Spensi la lampada e mi appoggiai ai cuscini, domandandomi se riuscisse a sentire i battiti del mio cuore. Mi sembravano molto forti, tanto da farmi quasi rimbombare i timpani. Jae si stiracchiò vicino a me, vicino abbastanza perché i nostri corpi si toccassero. Era un letto matrimoniale ma il materasso sembrava troppo piccolo, e sentivo ogni movimento che faceva mentre lo ascoltavo respirare.

"Parlami di Rick. Che tipo era?" mormorò Jae, passandomi le dita lungo il fianco. Mi tesi, incerto di quel contatto. Percorse il bordo di una cicatrice sotto la mia maglia. Ne sollevò l'orlo ed esaminò il cheloide con le dita, poggiando il palmo sulla sua sagoma a stella. "Se puoi."

Non volevo, ma Jae meritava di sapere la verità. Cercai di concentrarmi sui fatti, ignorando il dolore che sentivo al cuore. "Cosa vuoi sapere?"

"Hai detto che gli hanno sparato, ma non hai detto altro."

"Avevamo finito di cenare e lo stavo baciando per salutarlo prima di tornare al lavoro. Allora ero un detective. Lavoravo alla Buoncostume," raccontai, cercando di non rivivere quella notte. Il sorriso di Rick era come uno schermo annacquato dietro le mie palpebre chiuse. Non ero sicuro se lo stessi vedendo attraverso le lacrime o se il tempo stesse erodendo il ricordo del suo viso. "L'ho visto morire prima di sentire la pallottola. Gli hanno sparato per primo. Poi hanno colpito me, e sono caduto."

"Hanno preso chi l'ha fatto?"

Era una domanda così innocente, e io non sapevo come rispondere. Ovviamente voleva sapere se avevano preso il cattivo, ma io avevo amato il cattivo tanto quanto avevo amato Rick. Ben era il mio migliore amico: per me era un fratello proprio come Mike e Bobby.

"Ci ha sparato il mio collega, Ben." Incespicai nelle parole, non sapendo come spiegare quanto avevo perso in una sola notte. "Prima ha sparato a Rick alla testa, quindi a me. Ha svuotato la pistola. Più tardi, un altro poliziotto lo ha trovato nella nostra macchina. Si era suicidato, probabilmente subito dopo aver ucciso Rick."

"Perché? Voglio dire, perché l'ha fatto?"

Se avessi avuto la risposta, probabilmente non avrei passato ogni notte a lottare contro gli incubi e l'insonnia. Ero stato il partner di Ben più a lungo di quanto avessi conosciuto Rick. Era stato una costante nella mia vita, proprio come Mike. Perdere anche lui oltre a Rick mi aveva quasi ucciso, e ancora non avevo idea del perché.

"Non lo so." Sheila, sua moglie, mi aveva fatto la stessa domanda, quindi se n'era andata quando non avevo saputo darle una risposta. Non avevo idea di dove fosse o cosa stesse facendo. Ero il padrino della figlia maggiore di Ben. Avevo badato ai loro bambini nelle sere in cui avevano bisogno di tempo per il loro matrimonio. Sheila mi aveva tagliato fuori dalla sua vita nettamente, così come Ben aveva tagliato Rick fuori dalla mia.

"Ti amava?" Jae si sollevò su un gomito, scomodando la gatta dalla sua gamba. "Ben era innamorato di te?"

"Piccolo, Ben non ci ha lasciato niente. Non un biglietto, niente." Era difficile ammettere la mia impotenza. Avevo perso tre anni a pormi quella stessa domanda: perché. E ancora non ero vicino a una risposta. "Dopo, sono impazzito per un po'. Non sapevo da che parte girarmi. Bobby mi ha aiutato. Ristrutturare questa casa mi ha dato qualcosa da fare mentre cercavo di capire che fare."

"E poi sei diventato un investigatore privato?"

"Mi ha dato qualcosa da fare. Mi mancava lavorare alla Buoncostume. Pensavo che avrei avuto un sacco di casi di divorzio," confessai. "Trovare cadaveri non era parte del piano."

"Non volevo essere uno dei cadaveri che trovavi." Jae sospirò, abbassandomi nuovamente la maglia. Sentii per un momento la mancanza del calore della sua mano. Quindi si rannicchiò contro di me, poggiandomi la caviglia sul polpaccio. Il suo tocco mi faceva bruciare. Il suo respiro sul collo mi stava facendo impazzire.

"Jae, perché mi hai chiesto come è morto Rick?"

"Non l'ho fatto. Ho chiesto che tipo era. Volevo sapere perché lo amavi," disse Jae, accomodandosi sui cuscini. "Come ha vissuto è più importante per me di come è morto. Forse dovrebbe esserlo anche per te, no?"

DIVIDERE IL letto con Jae era una tortura. Sarebbe stato più facile addormentarmi sotto l'acqua corrente che sentendo il suo corpo contro il mio. Ogni minuscolo sussulto del suo respiro mi riscuoteva bruscamente dalla sonnolenza, così mi voltavo a controllarlo, fissando il suo corpo prono per accertarmi che stesse respirando bene. La gatta mi osservava con occhi da gufo da dove se ne stava appollaiata in fondo al letto, finché alla fine non mi alzai e andai di sotto.

"Non preoccuparti. Non gli faccio niente adesso," la informai, seduto in fondo alle scale. Mi ero appena allacciato la seconda scarpa da ginnastica quando squillò il telefono di casa e io mi ci precipitai. Non volevo che svegliasse Jae. "Pronto?"

"Ehi, principessa." Sentendomi senza fiato, Bobby rise. "Cosa diavolo stavi facendo? Sogni bagnati, alla tua età?"

"Cazzone."

"Bello grosso, sì," scherzò. "A che ora vuoi andare all'ospedale a trovare il tuo bel ragazzino?"

"Non ce n'è bisogno," dissi, andando in soggiorno. "Il bel ragazzino si è fatto dimettere stamattina ed è venuto qui. Ho già provato a discutere sul perché abbia fatto una cosa così stupida, e sono stato miseramente sconfitto."

Tralasciai la discussione su Rick e Ben. Le parole di Jae erano ancora troppo fresche nella mia mente e stavano grattando via delle croste sanguinanti. Non volevo ammettere che mi mancava Ben. Diavolo, non volevo ammettere che volevo Jae, ma quello l'avevo fatto. Anche se ero stato costretto.

"Però." Bobby fischiò sottovoce. "Come mai sei al telefono con me?"

"Una cosetta chiamata inalazione di fumi? Oh, e anche il buonsenso," gli rammentai. "Sto uscendo a correre per togliermi le ragnatele di dosso."

"Vuoi che venga con te? Ci metterò qualche minuto, ma posso venire lì."

"No, sto bene. Faccio solo un paio di giri del quartiere per rilassarmi. Magari rifletto un po'." La pioggia picchiettava sulla finestra, leggera in confronto al diluvio di prima. Era un buon momento per correre, fresco abbastanza da farmi una bella sudata. "Se vuoi, vieni più tardi. Non interromperai niente."

"Dio, sei lo stronzo più stupido che conosca," sibilò Bobby al telefono.

"Ne dubito seriamente." Gli risi in faccia. "Ho visto i ragazzi che ti porti a casa, vecchio mio. Io vado a correre."

Il cellulare era pesante nella tasca dei pantaloni della tuta e, con un po' di fortuna, sarei tornato prima che Jae si svegliasse. Ero abbastanza sicuro che la gatta avrebbe masticato il biglietto che avevo lasciato sul comodino, rendendo il numero illeggibile. Chiudendomi la porta alle spalle, mi scrollai la stanchezza di dosso.

L'aria fuori odorava di asfalto e di vomito, un olezzo che arrivava dal bar dall'altra parte della strada. Il catrame luccicava, strisce nere rimaste sul marciapiede dal tentativo fallito di rifare il tetto del ristorante indiano qualche palazzo più in là. Poggiai il piede sullo scalino e mi stiracchiai, lasciando che il bruciore dei muscoli cercasse di dissuadermi; ma ribadii con fermezza alle mie gambe che saremmo andati a correre nonostante le loro proteste.

Non volevo nemmeno stare a sentire i suggerimenti che mi stava sussurrando il mio uccello.

Il battere dei piedi sul marciapiede era piacevole. Scivolai in un ritmo costante e lasciai vagare la mente, sentendo solo l'aria sul volto e nei polmoni. La cicatrice sulle costole iniziò a farmi male, contratta. Continuai a correre, premendomi la mano sul fianco. Un crampo iniziò a torcersi sotto il mio palmo dopo un altro chilometro e finalmente mi arresi, rallentando prima di fermarmi completamente. Mi chinai, cercando di controllare la respirazione.

Ero quasi pronto a tornare indietro quando della ghiaia schizzò sul marciapiede vicino a me, smossa da ampi pneumatici. Alzai gli occhi e feci una smorfia vedendo l'ampio sogghigno di Bobby e il suo disinvolto cenno di saluto. Le fiancate del furgone erano incrostate di fango e dei frammenti secchi caddero e andarono a finire nella cunetta vicino ai miei piedi. Indossava una camicia di flanella e un berretto da baseball: gli mancavano solo un cane nel cassone e magari una rastrelliera per fucili per completare il look. Il finestrino del passeggero si abbassò rapidamente e il sorrisetto di Bobby si fece più ampio quando gli rivolsi un'occhiata sospettosa.

"Sembri un campagnolo del cazzo," dissi, rallentando la respirazione. Non gli avrei dato la soddisfazione di vedermi senza fiato.

"Sali, principessa. E io sono di stirpe campagnola," replicò, allungandosi per aprirmi la portiera. "Niente di cui vergognarsi. Pesche e caccia, è questo che rende l'America il fiero e bel Paese che è."

"Hai tenuto nascosta la tua omosessualità per troppo tempo." Presi posto nell'abitacolo, con gratitudine. L'aria condizionata era piacevole sulla mia pelle accaldata. Presi l'asciugamano che mi stava offrendo e mi asciugai il sudore dalla faccia e dal collo, quindi aprii la bottiglietta d'acqua che aveva nel cruscotto, scolandone mezza. Mi sentivo la gola impolverata. "Presto ti metterai ad ascoltare musica country-western."

"Quando ballano il country i giovani non sudano quanto con la techno," fece presente Bobby. "Ragazzi sudati significa ragazzi mezzi nudi, il che è meraviglioso per un uomo gay. Nel caso te lo fossi dimenticato."

"Non me lo sono dimenticato." Come potevo dimenticarlo? Avevo una meraviglia nel mio letto, che avevo lasciato per uscire a correre. "Dio, sono un idiota."

"Sono lieto che tu abbia finalmente realizzato ciò che sappiamo tutti." Bobby imprecò contro la Mini che gli tagliò la strada. "Dannate scatolette. Perché sei un idiota stavolta?"

"Perché c'è Jae-Min nel mio letto e non ho la più pallida idea di chi abbia ammazzato suo cugino." Volevo eliminare la stanchezza che sentivo sulla pelle, ma una tazza di caffè forte avrebbe risolto il problema. "Non ho alcun sospetto."

"L'hai detto ai poliziotti?" Bobby mi rivolse un'occhiata prima di fermarsi a un chiosco per il caffè. Ordinò due caffè neri con zucchero e si fermò allo sportello per pagare.

"Hanno stabilito che è stato un suicidio, ricordi? Per quel che li riguarda, è stato lui," replicai, prendendo una delle tazze di carta. Aveva un buon aroma, che mi ritemprava i sensi. "Merda, non sono nemmeno certo che non si sia ucciso. Ci sono troppi forse."

"Sono degli eccellenti forse." Il furgone tornò a immettersi nel traffico e centrò una cunetta, probabilmente perdendo altro fango. "Il biglietto di addio viene da una lettera d'amore che ha dato a un ragazzo coreano che è stato ammazzato subito dopo che hai parlato alla famiglia del defunto. Sono degli ottimi forse, principessa."

"Non dimenticare il cugino," gli rammentai.

"Poco ma sicuro, non ho dimenticato il cugino." Bobby tolse il coperchio alla sua tazza, soffiando sul liquido caldo prima di sorseggiarlo cautamente. "Gli hanno sparato in testa e poi l'hanno fatto saltare in aria. E ora dorme nel tuo letto, in attesa di essere svegliato con un bel bacio."

"Ti prenderò a calci in culo." Borbottando, sprofondai sul sedile. "Appena arriviamo a casa."

"Sì, come no." Ogni tanto Bobby mi prendeva in giro. Aveva ragione, ma era comunque una presa in giro. Parcheggiò dietro la mia macchina e, quando la vide, fischiò piano. "Porca di quella puttana."

La mia Range Rover aveva le ruote tagliate e pendeva dal lato dove la strada s'inclinava verso il marciapiede. Qualcosa di rosso era schizzato sul cofano e il tettuccio, colando lungo le fiancate, formando pozze in ogni ammaccatura. Scesi e aggirai il muso della macchina, scuotendo la testa quando vidi i fanali spaccati e il cofano sfondato.

C'era un piede di porco sull'erba, il lato smussato imbrattato della vernice della Rover. Non avevo grandi speranze di trovare impronte digitali. La polvere non avrebbe attecchito alla superficie di carbonio spazzolato, e i poliziotti non avrebbero sprecato tempo e soldi per portarlo a un laboratorio forense. L'avrebbero liquidato come un attacco omofobo e avrebbero tirato dritti per la loro strada. Magari mi avrebbero anche riso in faccia, a seconda del loro umore.

"Un sacco di rabbia," disse Bobby, finendo il caffè con un sorso rumoroso. "Penso che qualcuno stia cercando di dirti qualcosa."

Fui colto dal panico, che mi bloccò l'aria nei polmoni. "Cazzo. Jae. Devo controllare come sta Jae."

Partii di corsa verso il retro della casa. La porta non era chiusa a chiave e la maniglia girò prima che potessi infilarla nella toppa. L'avevo lasciata aperta? Non mi fermai a controllare lo stipite: mi precipitai su per le scale chiamando il nome di Jae. Bobby mi era alle calcagna, i suoi passi pesanti come un tuono sui pavimenti di legno.

"Jae!" Non riuscivo a trovarlo. Il letto era vuoto, le lenzuola ancora con il suo odore. Gridando per le scale, mi diressi verso lo studio, sperando che si fosse annoiato e fosse andato in cerca di qualcosa da leggere. "Bobby! Quassù non c'è!"

"Cole, è quaggiù!" mi chiamò Bobby dal piano di sotto. "Sta bene."

Il sollievo mi seccò la bocca, e incespicai per raggiungere il pianterreno senza finire per terra di faccia. Jae era in piedi in cucina, un'espressione perplessa in viso e una tazza di tè in mano. Stava giocherellando con l'etichetta bianca che penzolava dal cordino oltre il bordo della tazza e lo piegò mentre mi guardava.

"Cosa c'è che non va?" Jae girò il tè con un cucchiaino. I suoi arruffati capelli neri erano dritti, la frangia gli cadeva sugli occhi e le punte bagnate avevano chiazzato la maglietta che aveva preso in prestito da un mio cassetto. Il bianco abbagliante risaltava sulla sua pelle, facendo

141

sembrare i lividi che aveva sul collo di un viola vivace. Allargò gli occhi per la sorpresa. "Cos'è successo?"

Non potevo rispondere, non con il panico che mi bloccava le parole. La tazza volò a schiantarsi sul pavimento quando afferrai Jae, attirandolo a me. Non m'importava che il tè finisse dappertutto o che Bobby mi ridesse in faccia. Avevo bisogno di baciarlo, tutto pur di rassicurarmi che fosse reale e tutto intero.

Sapeva di sesso e meraviglia, la sua bocca si schiuse sotto la mia. Con la mano trovai i suoi capelli e gli strinsi la testa mentre lui la inclinava all'indietro, contro il mio palmo, inarcando il corpo contro il mio. Con i palmi premuti sulla schiena, si fuse con me, spingendo i fianchi contro i miei, scivolando contro di me finché i nostri corpi non si adattarono perfettamente l'uno all'altro. Il bacio bruciò via il gusto del caffè che avevo in bocca, lasciandomi sulla lingua solo il sapore di Jae.

"Sto bene, Cole." Jae si allontanò per primo, voltandosi leggermente e toccandomi il volto. Continuai a stringergli la vita, inspirando quel bacio fin nel mio ventre, dove lo sentii bruciare. "Sono qui."

"Voi due siete proprio carini," commentò Bobby, aggirando le schegge di ceramica sul pavimento. "C'è una stanza al piano di sopra. Ripulisco io questo casino."

Fui salvato dal dover tirare fuori una risposta sarcastica quando un boato immenso scosse la casa. Il rumore fu assordante e fece tremare le finestre della cucina. I piatti che avevo lasciato nello scolapiatti caddero e sentii dei vetri infrangersi sul davanti dell'edificio, forti rumori tintinnanti seguiti dal suono a cascata di pannelli di vetro che si sgretolavano in piccoli pezzi. Gli allarmi delle auto iniziarono a suonare lungo tutta la strada, ululando a seguito dell'esplosione.

"Tutto bene, piccolo?" Controllai Jae; tremavo mentre passavo le mani sulle sue spalle, le sue braccia. "Resta qui, va bene?"

"Non sono indifeso," protestò, accigliandosi. "Posso venire con te."

"No." Passai il pollice sulla sua bocca imbronciata, trattenendo sulle dita il suo sapore. "Ho bisogno che tu chiami la polizia. E che resti in casa. Non voglio che ti succeda niente."

"E se qualcosa succedesse a te?" mi domandò, dirigendo il broncio verso Bobby. "Ti prenderai cura di lui?"

Il mio cosiddetto migliore amico si sciolse davanti alle labbra socchiuse e sensuali di Jae e ai suoi gentili occhi marroni. Si voltò verso di me, quasi implorandomi di aiutarlo. Doveva cavarsela da solo. Dopo che mi aveva preso in giro per come mi ero rammollito per Jae, lo lasciai in balia di quella bocca erotica e quel bel viso. Così imparava. No, come non detto. A giudicare dallo sguardo bovino sul viso di Bobby, gli piaceva anche troppo.

Diedi a Bobby una gomitata nelle costole per scuoterlo. "Jae, cerca Neko. Se dobbiamo uscire, non voglio doverle dare la caccia."

"Prima la polizia, poi la gatta," acconsentì Jae con un cenno. "Vai."

Delle sirene echeggiavano fra i palazzi. Un camion dei pompieri stava venendo nella nostra direzione. La Range Rover era una rovina fumante, ridotta a frammenti di metallo e vetro, sparsi in giro. Della gente si stava radunando intorno al macello, restando a qualche metro di distanza nel caso succedesse qualcos'altro. Il furgone di Bobby aveva subito danni collaterali. Un grosso pezzo del portapacchi della Rover spuntava dal tettuccio, come un enorme dito medio dall'aria fallica rivolto al mondo intero. L'esplosione aveva rimosso la maggior parte dello sporco, ma i finestrini del furgone erano spariti, ridotti a luccicanti frammenti sul marciapiede, sulla strada e su tutti gli interni.

"Cazzo." Alle volte, la chiarezza di vedute e le parole succinte di Bobby mi stupivano. Ripetei le sue parole di saggezza, un eco di volgarità, fissando le finestre infrante davanti alla casa. Bobby tornò sul marciapiede, guardando il camion dei pompieri che parcheggiava vicino al cofano fumante della mia auto. "Cole, penso che tu abbia fatto incazzare qualcuno."

Il secondo esplosivo detonò prima che i pompieri avessero tempo di scendere dal camion. Una palla di fuoco eruppe dai resti della Rover, facendo saltare l'asse posteriore e sputando fiamme in aria. Il serbatoio scoppiò, scagliandomi lontano.

Atterrai pesantemente fra i cespugli, strappando rami e schiantandomi sul cemento davanti ai gradini dell'ingresso. Sentendo sapore di sangue, cercai di alzarmi, ma le gambe mi cedettero. L'aria era immobile, un vento leggero che portava via le nubi di fumo nero che salivano dalla mia macchina distrutta. La gente parlava, o meglio gridava, a giudicare dalle loro facce, ma non sentivo niente. Le loro voci annegavano nel caos di onde dell'oceano che mi riempiva le orecchie.

Sbattendo le palpebre, cercai di alzarmi di nuovo, guardandomi freneticamente intorno in cerca di Bobby. Lui mi afferrò, quasi dislocandomi il braccio mentre mi tirava in piedi. Urlando senza un suono, mi colpì furiosamente con le mani e una punta di lancia bollente mi trapassò la spalla mentre mi spegneva le fiamme sulla maglia.

"Non ti sento," gridai, domandandomi se fosse sordo come me. Eccetto che per un dolore al ginocchio e quello che iniziavo a sentire sulle cosce e la schiena, ero tutto intero.

Non potevo dire lo stesso della Rover. O, purtroppo, del furgone di Bobby.

Delle luci lampeggianti fendettero il fumo e un'ambulanza si fermò bruscamente. La sua sirena avrebbe potuto essere a tutto volume per quel che ne sapevo, ma niente superava il ronzio che avevo in testa. Mi sentivo la schiena piena di graffi. I rami del filadelfo mi avevano lacerato quando vi ero caduto in mezzo e la mia maglia iniziava a inzupparsi di sangue. Cercai di muovermi di nuovo ma fui abbattuto dal dolore lancinante al ginocchio sinistro.

Jae apparve, spingendo via Bobby come se il suo corpo massiccio non pesasse niente. Mi prese il viso fra le mani e mi parlò senza suono, teso e preoccupato. Rivolse un'occhiataccia a Bobby e io cercai di spiegare che non era colpa sua, che non potevamo sapere che c'era un altro ordigno sotto la Rover, ma Jae non mi diede retta. Sapevo cosa stava dicendo, la sua bocca si muoveva intorno a una parola che avrei dovuto conoscere. Imitai il movimento delle sue labbra e un ampio sorriso si allargò sul mio volto. Non potei impedirmi di sorridere, sollevai gli angoli della bocca finché non fui certo che mi avrebbero toccato le sopracciglia. Sempre che avessi ancora delle sopracciglia.

"Agi?" ripetei, attirando di nuovo la loro attenzione. Probabilmente era a voce troppo alta, ma non riuscivo a sentirmi. "Jae, mi hai appena chiamato piccolo?"

CAPITOLO 13

"Cosa ci fai fuori dall'ospedale?" Jae mi accolse sui gradini dell'ingresso, tenendo la porta aperta mentre Mike mi accompagnava dentro. Il suo aspetto rispecchiava come mi sentivo, teso e pallido, ma almeno stava in piedi da solo. La gamba mi doleva a camminare e mi sembrava che qualcuno mi suonasse dei cembali vicino alle orecchie.

"Eh, ti ho detto la stessa cosa. Sto bene. Mi fischiano solo un po' le orecchie." Cercavo di muovermi con cautela. Mi facevano male le costole e il tessuto cicatriziale sul fianco mi causava fitte a ogni passo.

"L'hanno sbattuto fuori." Mike mi scaricò sul divano, dandomi un calcio leggero alla gamba prima di indietreggiare. "Cazzone."

Era bello essere a casa. I profumi erano familiari, senza quel forte odore di malattia, morte e antisettico. Mi rivolsi alla schiena di Mike mentre andava in cucina. "Portami una Coca Light già che ci sei, eh?"

"Ti hanno sbattuto fuori?" Jae si sedette vicino a me sul divano, stendendo le lunghe gambe. "E se hai qualcosa che non va?"

I suoi piedi nudi sfiorarono i miei e il calore nel mio ventre scese verso il basso, concentrandosi contro le mie cosce. Dei piedi non avrebbero dovuto essere sexy. Probabilmente Bobby aveva ragione. Jae mi faceva effetto solo perché non scopavo da un po'. Un altro sguardo al suo volto annientò quell'ipotesi. Si stava umettando il labbro inferiore con la lingua, e io distolsi lo sguardo prima che Mike imparasse sul sesso gay più di quanto volesse sapere.

"Sì, senti chi parla. Anche tu te ne sei andato," dissi, schiarendomi la gola. La stanza mi sembrava calda, un calore quasi pungente sul mio volto. "Sul serio, sto bene."

"Mio fratello è uno stronzo. Nessuno lo vuole." Mike mi passò una bottiglia fredda di plastica. "Jae, Bobby se n'è andato?"

"La signora Claudia è stata qui per un po'. Bobby se n'è andato qualche ora fa, ma ha detto che sarebbe tornato. Nuna ha detto che voleva passare prima di salire sul palco."

"È un bene che Bobby se ne sia andato," borbottai, trasalendo quando mio fratello mi stuzzicò in un posto dolorante. "Ehi, sono ferito."

"Starai bene qui?" Ci furono dei mormorii d'assenso da parte mia e un cenno sospettoso da parte di Mike. "Resta qui. Non andartene in giro." "Sì, papà," replicai con un sorriso falso.

Jae ci guardò, silenzioso, mentre ci punzecchiavamo. Pochi minuti dopo, mio fratello avviò l'auto e uscì dal vialetto, lasciandoci soli. Il respiro di Jae sembrava migliorato rispetto al mattino, ma era rauco, con un leggero sibilo quando inspirava. Volevo sporgermi e baciarlo. Il mio corpo voleva molto di più. Svitai il tappo della bottiglia di plastica e bevvi un sorso, lasciando che le bollicine fresche mi scorressero lungo la gola.

"Mi dispiace per la tua macchina." Il suo tocco era gentile. "Ti serve aiuto a salire di sopra? Magari dormi un po'."

"Mi spiace, non posso ancora dormire." Gli passai la bibita e presi il telefono. "Chiamo Bobby per vedere se gli va di curiosare un po' nella vita di Jin-Sang. Quando torno, possiamo discutere di come mi hai chiamato piccolo."

"Ti ho chiamato idiota," sbuffò Jae, tirandosi indietro. "Beh, se Bobby viene con te, almeno potrà prenderti quando cadrai a faccia in giù. Io resto qui a preparare la cena. Se riesci a tornare, troverai del cibo. Altrimenti, ce ne sarà di più per me domani."

"QUESTO È il numero del cugino?" chiesi, seduto nel confortevole veicolo con aria condizionata che avevano dato a Bobby. "Joshua Yi?"

"Fai quel maledetto numero e basta." Era imbronciato, visto che l'avevo tirato giù dal letto, e in vena di brontolare su quanto fossi ingrato. "Mi sto bruciando dei favori perché tu possa farlo."

Bobby si era dato da fare mentre io ero occupato a essere punzecchiato dai dottori. Visto che aveva lasciato la polizia molto più benvoluto di me, aveva ancora gente in uniforme disposta a fare qualcosa per lui, come dare una sbirciata a un'indagine in corso e vedere a che punto erano le cose. L'indagine sull'omicidio di Jin-Sang era già arenata. Branson e il suo partner, Thurman, non stavano esattamente strascicando i piedi, ma avevamo scoperto poco, stando a Bobby. Almeno c'era qualcosa su cui basarci.

La scena del crimine era stata riconsegnata ai responsabili dell'appartamento. Alla fin fine, gli affari venivano prima di questioni di polizia. Una volta raccolte le cose fondamentali, le proprietà in affitto venivano rapidamente restituite ai proprietari. Per quel che lo riguardava,

Branson aveva finito. Aveva fatto qualche foto e strappato qualche pezzo di tappeto. Gli effetti personali del morto erano stati per lo più riconsegnati a un parente. Avevamo avuto il nome e il numero di telefono del cugino dal rapporto di polizia, ed era stato più che contento di farsi convincere da Bobby a lasciarci vedere le cose di Jin-Sang al prezzo di qualche centinaio di dollari.

Il cugino di Yi rispose al terzo squillo, secco e frettoloso. Accettò di incontrarci a casa sua, dandomi indicazioni con la velocità di una mitragliatrice. Ripetei l'indirizzo mentre scrivevo, sperando di non farmi sfuggire niente. Il tono della linea muta si unì al persistente fischio che avevo nelle orecchie.

"Prendi la guida stradale che c'è dietro," disse Bobby. Il movimento troppo rapido mi fece girare la testa e il peso che avevo sullo stomaco minacciò di riversarsi sugli interni della macchina. Dandomi un'occhiata, Bobby grugnì di disapprovazione. "Dovresti essere a letto anziché a girovagare per Garden Grove. Mike ti ammazzerà quando scoprirà che lo stai facendo."

"Cosa potrebbe succedere?" chiesi. Certo, sembrava che i guai mi stessero alle costole, ma davo tutta la colpa a Hyun-Shik. Una volta che avessi scoperto chi l'aveva ucciso, tutto sarebbe tornato a posto. "E poi, ho un omicidio da risolvere."

"Un omicidio che dovresti lasciare ai poliziotti," mi rammentò. "Lavoravi alla Buoncostume, non alla Omicidi, e non eri mai stato al comando... cazzo, Cole. Facevi paura alle puttane agli angoli della strada e inchiodavi i ragazzini che vendevano erba. Diavolo, avevi mai anche solo visto un cadavere al lavoro?"

"Non così," dissi. I demoni nel mio cervello sussurrarono: solo Rick. "Ma grazie dell'incoraggiamento, Bobby. Mi sento amato."

"L'amore per te ce l'ho. Ma la fiducia nel fatto che non ti farai ammazzare in questa storia?" Scuotendo la testa, svoltò, lasciando la superstrada. "Quella non ce l'ho, principessa."

Non avevo niente da aggiungere, quindi indicai l'incrocio successivo, concentrandomi sul dargli indicazioni. Dovevo concordare con lui su diverse cose. Gli omicidi erano fuori dalla mia area di competenza. Se non fosse stato per Jae, avrei lasciato perdere la morte di Hyun-Shik, specialmente perché sembrava che io fossi l'unico a pensare che fosse stato assassinato. L'istinto mi diceva che stavo facendo la cosa giusta. Qualcuno doveva fare giustizia per quell'uomo. Tanto valeva che fossi io.

Josh Yi non assomigliava per niente a suo cugino. Innanzitutto, era vivo. Inoltre, prendeva molto sul serio lo stile da aspirante malvivente della California meridionale. Indossava calzini bianchi e infradito, e calzoncini marroni e informi che gli arrivavano fin sotto il ginocchio. La testa di Yi era rasata, quasi al punto da essere pelato, e aveva un ghirigoro di inchiostro blu tatuato dietro il collo. Non riuscivo a capire cosa dicesse, poi realizzai che era coreano, un groviglio di cerchi e linee sulla sua pelle pallida.

"Yi?" Mi avvicinai con la mano tesa, mantenendo il sorriso al minimo. "Abbiamo parlato al telefono."

"Sì, sei il tizio assunto dal club?" ripeté, cercando conferma della bugia che gli aveva detto prima Bobby. Sputò sul cemento e salutò Bobby con un cenno del mento. "Potete portarvi via la roba avanzata per due centoni. I vestiti e la roba da cucina sono già spariti."

"I suoi genitori non vorranno le sue cose?" chiesi mentre Bobby passava i soldi a Yi.

"Macché, per i suoi genitori è come se fosse morto da anni. Non vogliono le sue stronzate. Io le butterei e basta. Tanto vale che le prendiate." Liquidò la vita di Jin-Sang con un'alzata di spalle. Caricammo il furgone di scatoloni presi dal garage, il cui cartone odorava di mele. Yi rimase nei paraggi, a osservarci senza aiutare. In pochi minuti, la vita di suo cugino fu in rotta verso casa mia.

"È un po' triste," disse Bobby. Il suo viso rude aveva assunto un'espressione solenne che vi vedevo di rado. "Quel ragazzo è morto da pochi giorni e già non è più niente."

"Non per me," replicai. "Chiunque abbia ucciso Hyun-Shik probabilmente ha assassinato Jin-Sang, o almeno vi è in qualche modo connesso."

"Beh, come ho detto," grugnì Bobby. "Non farti ammazzare anche tu."

"Dov'è Jae?" Bobby trascinò dentro l'ultimo scatolone dall'auto, visto che mi aveva proibito di trasportare qualcosa viste le mie condizioni delicate. Lo aggiunse alla pila sul pavimento e si lasciò cadere sul divano, accettando con gratitudine la birra fredda che gli avevo lasciato. Dovevo ammetterlo, ero pronto a crollare. Il mio corpo era dolorante e il crepitio mi tormentava l'udito con una ferocia che non avrei creduto possibile. Uscire non era stata un'idea particolarmente brillante e i miei arti contusi me lo facevano pesare.

Al nostro rientro, Jae ci aveva fatto trovare la cena pronta, e avevo resistito alla tentazione di prenderlo in giro su come fosse ormai addomesticato. Almeno, non prima di aver mangiato. Non ero proprio sicuro di cosa stessimo mangiando, ma era saporito e c'era della carne, tutti segni di un buon pasto. Bobby si era profuso in complimenti per quanto fosse piccante e io avevo passato la maggior parte del pasto a progettare il suo omicidio dopo che Jae gli aveva rivolto un sorriso caldo e luminoso.

"È andato di sopra a stendersi," dissi, maledicendo il bernoccolo che avevo in testa. Per qualche giorno, l'alcol era fuori discussione, e sorseggiai imbronciato il mio bicchiere d'acqua. D'altronde, una birra mi avrebbe steso e avevamo ancora degli scatoloni da esaminare. "Ha detto che è stanco, ma penso che non voglia avere niente a che fare con questa storia. Considerando come abbiamo visto Jin-Sang l'ultima volta, non lo biasimo."

"Merda, probabilmente non avremmo dovuto farlo qui." Bobby sospirò piano. "È d'accordo?"

"Ha detto che gli andava bene. Non so." Aprii una scatola, sperando che Jae non mi avesse mentito. "Vediamo se qui c'è qualcosa."

"Sai cosa te ne farai di questa roba, quando avrai finito?" Bobby tagliò i chilometri di nastro da pacchi che coprivano un lato.

"Mi auguro che avesse qualche amico al Dorthi Ki Seu. Qualcuno di loro potrebbe volere qualcosa. Chiederò a Scarlet." Tirai fuori una pila di fogli. Erano un casino, come se qualcuno avesse rovesciato i cassetti di una scrivania nello scatolone per poi sigillarlo.

"Buona idea. Sarebbe un peccato se non ci fosse nessuno."

Esaminammo fogli e libri. Misi da parte alcune lettere in coreano, sperando di convincere Jae-Min ad aiutarmi a tradurle, se fosse stato dell'umore. A giudicare da quanto trovammo, Jin-Sang era concentrato sul prendersi cura di se stesso. Annotava meticolosamente i suoi appuntamenti al centro benessere, segnando ogni dollaro che spendeva per sé. I prezzi del suo parrucchiere mi diedero l'orticaria.

"Vanitoso o disperato?" dissi, dopo aver trovato un volantino su trattamenti laser per la pelle. "Non penso di conoscere nessuna donna che spende così tanto per la cura di sé."

"Perché, conosci delle donne?" scherzò Bobby.

"Dirò a Claudia che l'hai detto," ribattei.

"Claudia non è una donna. È una dea, e puoi dirle quello," replicò lui. "Sarà anche stato vanitoso, ma guardala dal suo punto di vista. Ha quasi trent'anni e ancora balla…"

"E fa altre cose." Tirai su una manciata di preservativi.

"È dura là fuori per quei ragazzi," fece presente Bobby. "Pensa alla concorrenza del piano di sopra. C'è sempre qualcuno più giovane e carino. Deve fare di più ogni volta che entra."

Una foto mi fece smettere di rovistare, e la mia tristezza tornò in superficie. La foto era illuminata per lo più da luci rosse, che rendevano rosati gli angoli delle loro bocche, ma il flash aveva reso lucidi i visi. Jin-Sang sembrava felice, ma i suoi occhi sembravano tirati e il suo sorriso forzato. Ciò che aveva attirato la mia attenzione erano gli uomini seduti vicino a lui.

Le foto che avevo visto di Hyun-Shik erano dei primi piani studiati e le foto di gruppo attentamente costruite sparse per la casa dei Kim. Le sue fattezze marcate erano diverse quando sorrideva, e quella foto spontanea mostrava qualcuno di ben diverso dal figlio diligente e il devoto marito che descrivevano i Kim.

Questo Hyun-Shik era arrossato in viso, per via dell'alcol o forse del sesso, una presenza dominante e mascolina fra gli altri uomini. Jae-Min sedeva al suo fianco, sporgendosi verso di lui ma lontano quanto bastava perché il suo gesto non sembrasse interesse sessuale. In contrasto al caldo Hyun-Shik, questo Jae-Min era misterioso, un gelo distante che intimava a tutti di allontanarsi prima che si avvicinassero troppo. Un'analisi della natura umana, pensai: Jae che nascondeva il fuoco che aveva dentro mentre Hyun-Shik sembrava prendere vita.

"Vedi quell'altro tizio?" Mostrai a Bobby la foto, indicando il quarto uomo seduto al tavolo. "È l'avvocato che ho visto a casa, Brian Park."

"Davvero?" Mi tolse la foto di mano, voltandola. "Non ha detto che non sapeva che Hyun-Shik era gay?"

"Già." Annuii. "E penso che il coreano sul retro dica Dorthi Ki Seu, l'ho visto abbastanza volte. Ma chiederò a Jae."

"Quindi, un'altra bugia, ma questa volta da parte di Park. *Sapeva* che Hyun-Shik era gay." Bobby sogghignò. "Guarda Jin-Sang. Praticamente gli è seduto in braccio. Guarda dov'è la sua mano destra. Park sembra molto contento di avere qualcuno in braccio."

Un suono sulla scala mi fece voltare e vidi Jae in piedi nell'ingresso. Tesi la mano verso di lui, sperando che si unisse a noi. "Ehi, ti abbiamo svegliato?"

"No, non riuscivo a dormire. Ho il cervello in ebollizione." Jae mi scivolò accanto sul divano e si appoggiò a me, e io cercai di non sorridere.

150

Il suo corpo era premuto contro il mio in una linea quasi ininterrotta. Bobby abbassò lo sguardo e ci guardò furtivamente da sotto le ciglia.

Volevo baciare Jae per salutarlo, ma mi accontentai di un mezzo abbraccio intorno alle spalle, quindi gli passai la foto. "Fammi un enorme favore e dimmi che questa è stata scattata al locale."

Esaminò la foto con un'espressione piatta. Annuì, voltandosi leggermente in modo da non avere la foto nella visuale, e si appoggiò ulteriormente a me. Neko gli saltò in braccio e iniziò a impastare furiosamente con le zampe, guardandomi a occhi stretti. "Sì, è di sopra. Una sera che ero andato a trovare Scarlet, e hyung era lì con loro. Mi sono fermato a salutare prima di andare via."

"Conosci bene l'altro tizio?" chiese Bobby, sporgendosi a grattare la testa alla gatta. Lei fece le fusa, un suono traditore, considerando tutto ciò che avevo fatto per lei.

"Brian? Lavora… lavorava… per hyung," rispose Jae. Bobby mimò con le labbra la parola in coreano e io scossi la testa: non volevo iniziare un dibattito sui titoli onorifici. "Aveva iniziato a venire al Dorthi Ki Seu prima che Hyun-Shik-ah si sposasse. Io non lavoravo più lì, ma penso che fosse un membro. Non lo so."

"Quanto costa diventare membro? Duemila dollari o giù di lì?" chiesi, e quasi mi strozzai quando Jae menzionò una cifra che sarebbe bastata ampiamente per comprare una macchina sportiva. "Cosa diavolo si ottiene in cambio?"

Mi rivolse uno sguardo eloquente, tanto quanto lo sbuffo di Bobby.

"Si ottiene compagnia," disse Jae, scegliendo con attenzione le parole. "Quanta compagnia dipende da quante mance dai."

"Non sarei mai dovuto diventare un poliziotto," borbottò Bobby. "Ero dalla parte sbagliata della legge."

"Non penso che qualcuno ti pagherebbe mai per farti fare una lap dance, men che mai qualcos'altro," ribattei. L'espressione di Jae s'irrigidì e fece per alzarsi, stringendo a sé la gatta, ma gli afferrai il polso e lo tirai di nuovo giù. "Non stiamo parlando di cos'hai fatto tu, Jae. Solo in generale."

"Non mi sono… scopato nessuno per soldi," sbottò, ma lasciò che lo attirassi nuovamente a me. "Non tutti quelli che lavorano di sopra lo fanno. Avevo bisogno di soldi, ma non così tanto. Guarda cos'è successo a Jin-Sang. Le cose non erano mai abbastanza per lui. Troppo difficile, vivere in quel modo."

"A Park non piace la vedova? Victoria?" disse Bobby, quindi si sfregò il viso quando gli rivolsi un sorrisetto. "Sì, lo so. Non c'è bisogno che me lo dici. Non tutti gli uomini si accontentano di un solo gusto."

"È un buon modo di metterla," replicai. "Penso di dover tornare a parlare con Brian Park."

"Fallo domani. Magari anche dopodomani." Arruffandomi i capelli, Bobby si alzò e mi fece incazzare baciando Jae sulla guancia. Evitò il calcio che gli tirai alla caviglia e mi pizzicò il naso. "Cerca di dormire un po', Cole."

Feci un po' d'ordine, organizzando le cose che avevamo tirato fuori, mettendo le foto in un posto dove la gatta non sarebbe arrivata a masticarle. Jae mi guardò dal suo angolino sul divano, quindi mi tirò un passante della cintura per farmi sedere.

"Basta, lascia stare. Sei troppo stanco." Mi passò le mani sulle costole in una leggera carezza prima di lasciarmi andare. "Mi fai sentire stanco. Vai a dormire."

"Possiamo andare a letto come una vecchia coppia sposata." Non erano nemmeno le dieci, ma i miei lividi stavano compromettendo la mia prestanza fisica. "Dio, che male."

"Saresti dovuto stare a casa, non uscire a cercare le cose di Jin-Sang," mi rimproverò Jae. Le sue lunghe dita eleganti smisero di accarezzare la gatta e tornarono su di me, percorrendomi l'avambraccio. "Sei un idiota."

Flirtare non era mai stato il mio forte, quindi non fui sorpreso quando ribattei: "Ma posso essere il tuo idiota."

Personalmente, ritenevo che il mio pessimo flirtare dipendesse da troppa poca pratica fatta alle superiori, un momento chiave nello sviluppo sociale in cui i ragazzi imparano a provarci con chi li attrae. Visto che avevo passato la maggior parte del tempo alle superiori a sbavare sui giocatori di football e sui membri del team di nuoto mentre facevano la doccia, non avevo avuto molto tempo per sviluppare quell'abilità chiave con le parole. Mentre gli altri ragazzi stavano imparando come sedurre membri del sesso opposto, io stavo diventando esperto a sbirciare i corpi nudi di altri uomini quando nessuno mi guardava.

"Smettila." Non si tirò indietro, ma indossò di nuovo la maschera di puro ghiaccio che avevo visto nella foto. Odiavo quell'espressione, odiavo che sentisse di doversi nascondere da me.

"Jae…"

"Rendi le cose difficili, hyung," mi interruppe. "Ogni tanto penso che non sarei dovuto venire qui."

"Perché no?" Lo attirai più vicino, ignorando i miagolii di protesta, sia i suoi che quelli della gatta. Feci accomodare Jae sulle mie gambe, sorreggendogli la schiena con un braccio, e rifiutai di lasciarlo andare. "Mi piace averti qui."

"Restare qui è troppo pericoloso per me. Mi fa desiderare di non andarmene, eppure devo farlo," sussurrò, piegando all'indietro la testa. "Per te è facile essere chi sei, Cole. Ma per me no. Non posso stare qui con te e non desiderarti."

"Ehi, non sto mica dicendo per sempre. Possiamo fare questa cosa e vedere come va." La mia era una protesta debole, me ne rendevo conto da solo. Sapevo di volerlo per più di qualche giorno. Riuscivo a immaginarlo in casa mia. Svegliarmi vicino a lui, o tornare dopo aver fotografato uomini d'affari nudi con indosso pantofole a coniglietto e trovarlo nel mio... nel nostro letto. Erano immagini che la mia mente evocava con facilità. Anche senza fare sesso, lo volevo.

Molto di più, ammisi con dolore, di quanto avessi voluto Rick all'inizio.

"Ma questa cosa... noi... dove vuoi che andiamo, agi?" disse Jae. Sfregò la guancia contro la mia tempia, proprio come faceva la sua gatta quando voleva che facessi qualcosa per lei. "Ho mia madre e le mie sorelle di cui occuparmi. Mio fratello, lui se ne sta in panciolle a prendersi i complimenti per come si occupa bene di mia madre, ma non le dà un soldo. Non posso lasciare la mia famiglia, Cole. Non posso."

"Nessuno ti sta chiedendo di farlo." Suonavo confuso, anche più di quanto ero di norma. "I soldi non sono un problema."

"Sì che lo sono. I soldi e la famiglia sono sempre problemi. Lei non mi accetterà se le dirò che amo gli uomini, e poi che ne sarà di lei?"

"Sono stronzate, Jae. Se non vuoi che io ti venga dietro, devi solo dirmelo. Non devi fingere di essere interessato a me per stare qui. Non sono quel genere d'uomo." Mi irrigidii mentre le sue mani mi prendevano il viso e la sua bocca si posava sulla mia.

"Non sto fingendo," mormorò.

Le nostre lingue lottarono; volevo mangiarlo tutto intero, avevo bisogno di sentirlo dentro di me. Me ne colmai i polmoni: non volevo riemergere per respirare. Jae inarcò la schiena quando feci scivolare le mani sotto la sua maglia, stringendolo ancora più forte. La sua bocca bagnata quasi mi portò alle lacrime, e fui grato di non aver bevuto una birra. Il suo sapore mi dava già abbastanza alla testa, mi stordiva.

Lui riemerse per respirare prima di me, tirandosi indietro per un breve istante, e mi guardò in viso. L'attimo dopo, quando si sporse verso di me, stavo di nuovo cadendo e lo spinsi contro il divano per coprirlo con il mio corpo. Gli sfilai la maglia e strinsi i denti su un piccolo livido che aveva sulla gola, marchiandolo con un morso secco prima di scendere fino alla sua clavicola.

Sibilando, Jae aprì le gambe, accogliendomi nella V formata dalle sue cosce. Attaccai le sue riserve: volevo sciogliere ogni strato del ghiaccio che aveva eretto fra noi. Volevo vedere il Jae che Scarlet conosceva e amava, quello selvaggio che, lo sapevo, si annidava dentro di lui. Stuzzicai con le dita i suoi capezzoli e ne pizzicai uno, guardando il suo viso mentre Jae ansimava per il bisogno, rispondendo al mio tocco.

Sentivo la sua erezione premere contro di me attraverso i vestiti. Mi strofinai lentamente su e giù lungo il suo corpo, creando fra noi una lenta frizione. Quando le sue labbra tornarono a schiudersi per me, il calore della sua bocca mi bruciò completamente e io gemetti, sollevando i fianchi, sperando che la distanza fra noi avrebbe raffreddato la situazione prima che perdessi il controllo e finissi con il rendermi ridicolo.

Muovermi si rivelò un errore. La sua mano aveva trovato lo spazio per sfiorarmi la pancia, toccando i peli sparsi intorno al mio ombelico. Infilando le dita sotto il bottone dei jeans, Jae si morse il labbro e mise a repentaglio il mio equilibrio quando sfiorò il ciuffo di peli sotto l'elastico dei boxer.

"Apri la bocca per me, piccolo," lo incoraggiai, rubandogli un altro bacio. Volevo più del suo corpo, e la cosa mi spaventava. Ero pronto ad accettare qualsiasi cosa volesse darmi, incendiato dalla sua bocca e dall'impeto che aveva dentro. "Lasciami fare l'amore con te."

Si fuse a me, adattandosi perfettamente alla mia pancia, alle mie braccia. Morsi il suo morbido labbro inferiore, facendolo gemere, e lui mi attirò in un altro bacio. Avevo bisogno di sentire di nuovo quel gemito e glielo strappai mentre gli succhiavo la lingua. I nostri denti si urtarono e Jae rise, un suono profondo, di gola, che mi andò dritto al ventre.

"Ti voglio." Mormorando, mi premette le mani dietro le cosce, frustrato dai miei jeans. Mi diede piccoli baci sulla gola, quindi un morso, dritto sull'arteria che pulsava selvaggiamente sotto la mia pelle. "Aspetta, hyung, non va bene. Sei ferito…"

"Mi piace di più agi," ringhiai, impedendogli di allontanarsi. Mi sollevai e mi stesi su di lui, ansimando per riprendere fiato. "Guardami e dimmi che vuoi andartene, e mi sposto."

Fu difficile per lui guardarmi, e ancora di più per me quando disse: "Dovresti farlo."

"No," rifiutai, afferrandogli i polsi e bloccandogli le mani sopra la testa. "Mi fai impazzire e mi fai incazzare, e dannazione se ti voglio. Mi stai dicendo che non vuoi... questo? Non vuoi provarci?"

"Cole." Il suo calore bruciava sotto di me. Jae si leccò l'angolo della bocca. "Quando sono con te... stare con te... mi toglie ogni certezza. Non dovrei volerti, eppure è così. Non c'è niente che è a posto in te, nella tua mente, vai in giro desiderando di essere morto. Io non posso farlo. Devo occuparmi della mia famiglia. Non posso occuparmi anche di te. Non posso."

"Sì, d'accordo, sono incasinato, ma lo sei anche tu, piccolo," dissi, sollevandolo finché non fu seduto contro il bracciolo del divano. Standogli vicino, sedetti con le ginocchia ai lati delle sue gambe. Lui tentennò, lo vidi nei suoi occhi fulvi, e alimentai quella scintilla. "Scappi da me e poi lasci che ti catturi. Lo vuoi tanto quanto lo voglio io. Ammettilo."

Scivolò lontano da me, sgusciando via da sotto le mie gambe. Faceva male, vederlo stare lì in piedi, con la schiena voltata mentre tremava per l'emozione. No, non capivo cosa stesse passando. Avevo fatto le mie scelte tanto tempo fa e avevo visto i miei genitori darmi le spalle, ma non avevo bisogno della famiglia quanto ne aveva lui. Non avevo quella spinta culturale a vivere la mia vita in un certo modo. Solo del senso di colpa e un desiderio nostalgico di riavere mio padre, ma era una scelta che avevo fatto liberamente.

"Non ti sto chiedendo di allontanarti dalla tua famiglia, Jae. Solo di avvicinarti a me," dissi piano. "Possiamo farlo funzionare, piccolo. Possiamo."

Bobby poteva anche credere che gli uomini gay scopassero prima e si occupassero delle relazioni poi, ma io non ero d'accordo, specialmente mentre fissavo la striscia di pelle che spuntava da sotto la maglia di Jae. Non volevo sesso, non tanto quanto volessi... Jae. Anche con tutto quel che mi aveva fatto passare, lo volevo vicino a me. Il sesso è sempre fantastico. Non ero un idiota, tantomeno un idiota casto. Dio aveva creato Jae come uno splendido, erotico, complicato caos, in cui volevo annegare, ma volevo decisamente di più.

Mi sporsi in avanti e lo baciai in fondo alla schiena, sfiorando leggermente il suo corpo con la bocca, e lo sentii tremare al mio tocco.

"Portami di sopra, agi," sussurrò, voltandosi per prendermi la mano senza guardarmi negli occhi. "Ti prego."

SAPEVA DI menta e risate. Baciare la bocca di Jae era come bere un sorso della sua anima. Non mi trattenni e lo baciai intensamente, togliendogli il respiro. Lui mi diede baci bagnati sulla spalla e gemette quando mossi la bocca per catturare la sua in un bacio famelico. Lottai con la sua maglia, quando la manica gli s'impigliò al gomito.

"Aspetta," rise, spingendomi via. "Lascia che lo faccia io, prima che mi rompi il braccio. Togliti i tuoi, di vestiti."

Non mi stancavo mai di guardarlo spogliarsi. Con naturalezza e disinvoltura, Jae si tolse lentamente i vestiti, mettendo a nudo il torso dai muscoli definiti e i lunghi arti. Una leggera linea violacea minacciava di lasciargli una cicatrice sulla clavicola destra, un ricordo dell'esplosione. Gettai i vestiti sul pavimento e mi protesi verso di lui, attirandolo a me.

"Dio, sei stupendo." Leccai la potenziale cicatrice, lasciandola bagnata. Gli percorsi il collo fino al mento con la lingua e lo morsi, facendolo ansimare e inarcare contro di me. Con le dita trovai il suo capezzolo e ci giocai, pizzicandolo fino a farlo inturgidire.

"Ho bisogno di te," gemette Jae, inclinando all'indietro la testa quando mi mossi per baciargli la gola. Mi affondò le mani nelle spalle e la punta del suo uccello mi lasciò una traccia umida sulla coscia. Afferrai uno dei pacchetti di alluminio sul comodino, aprendolo coi denti.

Ce l'avevo duro da far male, quindi mi srotolai il preservativo sull'uccello prima di perdere la testa e affondare in lui. Il cazzo mi pulsava, echeggiando il ritmo del sangue che mi rimbombava nelle orecchie, ma volevo prendermi il mio tempo. A un certo punto, Jae se ne sarebbe andato, e mi sarebbe mancato averlo vicino ogni momento. Mi scrollai di dosso la malinconia e spinsi Jae sul letto, coprendolo con il mio corpo nudo. Si dimenò sotto di me.

Distogliendo a fatica lo sguardo dalla sua bocca, esplorai il suo corpo, stuzzicando un capezzolo con la lingua. Giocai con l'altro, strizzandolo bruscamente, e sorrisi quando Jae gemette e mosse i fianchi. Jae non poteva aspettare oltre e tastò alla cieca in cerca della bottiglietta di lubrificante che avevo buttato sul letto. Quasi disperato dal bisogno di avermi a fondo

156

nel suo culo stretto e caldo, aprì il tappo e sollevò la bottiglia affinché mi lubrificassi le dita. Risi e gli leccai l'ombelico, seguendo con la lingua la pelle d'oca sul suo fianco.

"Apri le gambe, piccolo." Ascoltai i gemiti del mio amante e gli sospinsi la gamba con la spalla affinché la spostasse. "Lascia che ti guardi."

"Cole..." Jae voltò la testa, i suoi occhi scuri erano socchiusi, roventi. "È..."

"Sei mio, non è così?" Lo spinsi di nuovo e stuzzicai con i denti la punta del suo uccello, leccandone la fessura umida fino a ottenere una goccia calda e salata. "Lascia che veda ciò che è mio, piccolo."

Affondai il viso fra le sue cosce. Fra le sue gambe c'era un miscuglio di mascolinità e freschezza che non mi bastava mai. Scostai la pelle morbida intorno alla punta del suo pene e lo stuzzicai, leccando quell'area sensibile finché Jae non si dimenò con un grido. Non poteva sottrarsi alla mia lingua e sollevò le ginocchia, qualsiasi cosa per fermare quella deliziosa tortura.

"Agi." Jae si tirò leggermente indietro sul letto, spingendo le spalle contro i soffici cuscini. Così esposto, sembrava vulnerabile, e vidi una certa timidezza comparire nei suoi occhi. Tenendo lo sguardo sul suo bellissimo viso, presi in bocca tutta la lunghezza del suo membro rigido. Chiudendo gli occhi per godersi la sensazione, Jae ansimò e gemette, passandomi le mani sulle spalle.

Bollente era l'unico modo per descrivere l'apertura di Jae sotto il mio dito. Era una sensazione peccaminosa, e smisi di succhiargli l'uccello per sfiorare il suo buco con la lingua. Completamente esposto, Jae abbandonò ogni controllo, arrendendosi al ritmo della mia bocca e della mia lingua che si muovevano fra le sue gambe. Con le dita giocai coi suoi testicoli. Ne succhiai prima uno e poi l'altro, tirandoli leggermente prima di lasciarli andare con un risucchio bagnato. Tornai al suo uccello, leccandolo da cima a fondo, seguendo le pieghe attorno alla punta e percorrendo la pelle lucida e bagnata.

La vena sul suo membro pulsava a ogni leggero bacio che deponevo sulla lunghezza. Carezzai la punta con la lingua in un bacio profondo e Jae fu scosso da un'ondata di bisogno. Mentre riprendeva fiato, lo colsi di sorpresa quando lo penetrai con un dito. Tenendolo in bocca, andai a fondo, strofinando il tenero calore dentro di lui fino a trovare il punto che stavo cercando.

Un guizzo contro il nodo sensibile nel suo canale fece sollevare Jae sulla punta dei piedi mentre i suoi fianchi sussultavano al mio tocco. I suoi respiri ansanti divennero grida, versi lamentosi e imploranti. Il volume aumentò e diminuì, abbassandosi a un mugolio quando mi tirai indietro. Lo schizzo di seme in fondo alla gola mi allertò che il mio amante era quasi al culmine, ma volevo sentirlo tremare intorno a me mentre veniva.

Stringendo le lenzuola, Jae ansimò e gemette. "Perché hai smesso? Mi fai impazzire."

"Perché voglio essere dentro di te quando vieni," sussurrai, mettendomi in ginocchio. Sporgendomi per dare a Jae un bacio profondo, feci scivolare un altro dito nel suo calore, dilatandolo con un movimento circolare. Il mio cazzo era grosso, quasi troppo perché Jae potesse prenderlo comodamente senza molti preliminari. Sibilò mentre giocavo con lui, ansimando e mordendosi il labbro mentre il suo uccello sussultava a tempo con le mie dita.

"Ti voglio dentro di me," mormorò Jae nella mia bocca.

"Non hai pazienza, Jae-Min," scherzai. Mossi le dita intorno all'apertura di Jae e lui espirò forte e sfregò le cosce contro le mie gambe. "Sciocco ragazzino."

"Sciocco?" ringhiò, sollevando la testa per mordermi il lobo dell'orecchio. Tirò con forza e fui attirato verso il basso mentre mi girava il viso di lato.

Risi, passandomi le dita sull'uccello per coprirlo di lubrificante. "Lasciami andare."

"Dentro di me," disse Jae, liberandomi e baciando quel punto prima che mi tirassi indietro. "Ora."

"Tutto quello che vuoi, piccolo," mormorai. "Girati."

Lo guidai mentre si sdraiava sullo stomaco, afferrando un cuscino da mettergli sotto i fianchi. Con la giusta inclinazione, spinsi con delicatezza, muovendo i fianchi mentre l'apertura di Jae risucchiava la punta. Affondare nello stretto canale del suo corpo fu come strisciare al suo interno, mentre il cazzo mi gocciolava al solo pensiero di sentirlo aprirsi per me. Stava tremando e sapevo, per esperienza, che quei brividi potevano essere placati solo dal mio membro al centro dei suoi nervi. Mentre avanzavo, Jae sollevò i fianchi, facendomi centrare il punto che desiderava.

"Lì, Cole," ansimò a denti stretti. "Proprio... lì."

Il cuscino era già marchiato dai suoi denti, la federa bagnata della sua saliva. Soffocando il bisogno di gridare, Jae morse il morbido cuscino di piume, quindi sollevò la testa mentre mi tiravo lentamente indietro. I suoi respiri erano piccoli ansiti irregolari, e spinse indietro i fianchi, facendomi capire che ci stavo mettendo troppo a riempirlo.

Mi piaceva sentirlo gemere, quindi uscii nuovamente, il mio cazzo era completamente duro e gocciolava e si inarcava mentre scivolavo fuori dall'anello di muscoli. Jae tremò per lo sforzo di restare fermo quanto bastava perché trovassi nuovamente la sua apertura e strinse i cuscini poggiati alla testiera.

Abbassai lo sguardo per osservare la punta del mio uccello che scivolava dentro Jae. Affondai le dita nelle sue natiche e le allargai per vedere meglio la sua apertura. Lui si leccò le labbra con la punta della lingua, spingendo verso l'alto e allargando ulteriormente le ginocchia per me. La vista della mia punta inghiottita dal calore di Jae fu quasi troppo da sopportare. Divenne doppiamente erotico quando gemette di piacere frustrato e spinse indietro i fianchi, abbassandosi sul mio uccello nel tentativo di attirarmi più a fondo.

"Voglio prendermela comoda, piccolo," lo avvertii, sorridendo per il coreano che sfuggiva dalle sue dolci labbra. "Ah, che bocca che ti ritrovi."

"Ho bisogno di sentirti dentro," ringhiò, abbassando il fondoschiena, premendo la punta del mio membro contro l'interno umido del suo corpo. "Ho bisogno di te. Ho bisogno... di questo."

Provavo meraviglia per il suo corpo prono, la sua figura snella che si dimenava sotto di me. La mia ombra cadde sulle sue spalle e mi tirai indietro, quindi mi spinsi in avanti, sentendo lo stretto anello di muscoli allargarsi intorno a me. La punta del mio cazzo sfregò, scivolò, e finalmente entrò, il mio membro violò l'anello.

La pelle morbida del mio uccello pulsò quando assorbì il calore umido di Jae. Mi fermai, lasciando che si godesse la sensazione di essere saziato. Tremando, lui lottò per mantenere il controllo e io mi trattenni dal tuffarmi nel suo corpo accogliente.

"Ora," ordinò Jae, con voce bassa e roca.

Quando raggiungeva quel livello di frustrazione, sapevo che non potevo discutere. Le sue unghie mi affondarono nelle gambe mentre Jae mi attirava a sé. Sentii la pelle graffiarsi e cedere al suo attacco, piccoli promemoria pungenti del fatto che ero troppo lontano per i suoi gusti.

Iniziai con dei movimenti lenti, una spinta dei fianchi per arrivare a fondo. Jae grugnì, quindi si lasciò sfuggire un lungo lamento stridente, la testa gettata all'indietro per l'estasi. Indietreggiai fin quasi a uscire dal suo corpo, quindi mi spinsi con forza di nuovo dentro, afferrandogli i fianchi per tenerlo fermo.

Jae si dimenò sotto le mie mani: voleva controllare il mio sesso che lo dilatava. Un po' frustrato per la lentezza dei miei movimenti, ringhiò e mosse i fianchi in un piccolo cerchio intorno al mio cazzo, strizzando i muscoli mentre gli ero dentro.

Spingemmo l'uno contro l'altro; dalla gola di Jae sfuggivano intensi gemiti, grida lamentose che presto divennero imploranti, spronandomi ad andare più forte o più a fondo. Mi cullai contro il suo sedere, spingendomi più a fondo finché non sentii le mie cosce che colpivano il suo corpo come un forte schiaffo. Non potevo affondare più di così, ma il mio corpo aveva bisogno di qualcosa di più, voleva molto di più dell'uomo bellissimo, che mi stava offrendo tutto di sé.

I rari gemiti di Jae svanirono presto per via delle mie spinte continue; mi sollevavo con ogni lungo affondo, e il mio uccello portava il lubrificante oltre l'anello di muscoli, fin dentro il corpo di Jae. I suoi ansiti si fecero tormentati e quasi raggiunsi l'orgasmo grazie alla combinazione di dolore e piacere che mi dava quella strettezza. Sentii un leggero formicolio nelle palle. Il ritmo del mio uccello spingeva Jae a contrarre i muscoli interni ogni volta che centravo quel punto speciale nel suo canale.

Aggrappato al letto, Jae chinò la testa, poggiando la fronte sulle lenzuola sgualcite. Lo guardai arrendersi alle mie spinte, godere della sensazione di essere aperto, il suo culo conquistato dal mio uccello. Quando le mie spinte colpivano il suo centro, tremava, sopraffatto dal piacere; non sapevo quanto ancora avrebbe potuto resistere. Jae era bellissimo sotto di me, il suo corpo completamente aperto per accogliere la mia lunghezza. Ora che era dilatato, affondavo facilmente, spingendo avanti e indietro in un ritmo regolare che s'interruppe solo quando mi protesi per afferrargli il cazzo.

Era ormai così vicino che il tocco delle mie dita bastò a portarlo all'apice del piacere. Si irrigidì e gemette, cadendo in avanti, braccia e gambe che sussultavano per l'intensità del suo orgasmo. Sentii le palle contrarsi fra le mie cosce. Quindi una familiare sensazione solleticante mi attraversò il viso, come se stessi arrossendo, segno che ero pronto a venire.

Il sangue mi rombò nelle orecchie quando Jae strizzò i muscoli, piegandosi finché non m'imprigionò dentro di lui. Lasciai che la sensazione del mio orgasmo mi inondasse e, immerso nella propria passione, Jae ansimò il mio nome mentre il suo seme sgorgava dal suo uccello, ricoprendomi le dita.

Mi lasciai andare. Tirando indietro le spalle, spinsi con forza una volta, due volte, affondai nel suo corpo. Una tempesta elettrica mi attraversò i nervi, scagliandomi verso l'orgasmo. Quando il sedere muscoloso di Jae si serrò nuovamente intorno a me, i suoi tremiti mi spinsero oltre il limite e un caldo fiotto di sperma mi sgorgò dal corpo. Un'altra spinta mi portò tanto a fondo nel corpo di Jae che lo sentii stringersi alla base del mio cazzo.

Ondeggiai con delicatezza, rallentando, accompagnando il mio orgasmo al suo compimento. Sembrava che Jae avesse dato tutto ciò che aveva. Chinandomi sulla sua schiena arrossata per il calore, gli baciai la spalla, accarezzando il suo collo forte con dita tremanti mentre lottava per prendere fiato. Stavo per sfilarmi dal suo corpo quando si protese all'indietro e mi mise la mano sulla gamba.

"Resta, solo un pochino. Ti prego," ansimò finalmente, con voce roca. Sembrava spompato, il suo respiro non era ancora tornato a un ritmo regolare. Giaceva inerte sotto il mio peso, chiaramente contento di essere schiacciato contro il materasso. Sentirlo sotto di me mi era di conforto, e mi rilassai, godendo di quella sensazione prima di farlo girare su un fianco.

"Sono troppo pesante per te," grugnii, deponendo un altro bacio sulla sua schiena. "Ecco, lascia che ti prenda un asciugamano."

Jae si lamentò piano quando mi tirai indietro, riluttante, ma gli assicurai che sarei tornato subito. Mi disfai del preservativo buttandolo nel gabinetto e tornai con un panno umido per pulire il corpo tremante di Jae. Rimase steso sul fianco, lasciando che lo lavassi, e sorrise quando mi lanciai il panno appallottolato dietro la testa come una palla da basket, centrando il cesto della biancheria vicino alla porta. Strisciai sul letto e mi accomodai contro di lui. Nessuno dei due voleva lasciare andare l'altro, e il letto scricchiolò sotto i movimenti dei nostri corpi stanchi. Il mio cuore batteva forte quando girai il viso di Jae verso di me e lo baciai, indugiando nel sapore della sua bocca.

"Mi piace troppo. Mi spaventa," sussurrò Jae. "Ogni tanto mi fai paura, perché ti voglio così tanto."

"Questa è una cosa che fa paura," convenni, rannicchiandomi contro il corpo snello e tiepido del mio amante. Strofinandomi la schiena, Jae si appoggiò a me e mi diede un bacio dolce e delicato che ci lasciò entrambi senza fiato. Poggiò la guancia sul mio petto e mi passò le braccia intorno alla vita. "Se ti fa sentire meglio, anche tu mi fai paura."

CAPITOLO 14

MI SVEGLIAI con il sapore di Jae-Min in bocca. Purtroppo, a quanto pareva mi mancava avere il suo corpo sul mio. Muoversi fu una lezione brutale che mi insegnò che anche la mia lingua sembrava essere coperta di lividi e che anche i capelli potevano far male. Aprii gli occhi e li richiusi prontamente quando la luce mi bruciò le cornee.

"Che ora è?" La mia voce suonava distante, persa sotto il ronzio che mi riempiva le orecchie. Neko era seduta sul davanzale della finestra, a chiacchierare con gli uccelli, un basso suono scricchiolante che si aggiunse al ronzio nella mia testa. La luce iniziò a farmi male, triangoli di dolore che mi pugnalavano il cervello. Battere le palpebre mi colmò gli occhi di lacrime e il mondo si fece annebbiato, mutandosi in chiazze indistinte di colore. Jae divenne una macchia di nero e oro pallido, in netto contrasto con l'oceano rosso di lenzuola e legno scuro.

Le sue vocali erano di nuovo più arrotondate, visto che aveva parlato coreano. Decisi che mi piaceva quel suono, un gorgoglio, come di tè versato in una tazza. Inghiottii la miscela e quasi mi strozzai con un pezzetto di ghiaccio, salvato solo dalle dita di Jae che mi massaggiavano la gola.

"Scusa," ripetei. Avevo una vaga memoria di baci bollenti e la bocca peccaminosa di Jae sul mio capezzolo. Dopodiché, tutto si faceva buio. Avevo la sensazione che avessi molto per cui scusarmi. Mi arrischiai ad aprire gli occhi e vidi Jae seduto sul letto accanto a me.

Una delle mie vecchie maglie nascondeva il suo fisico snello, e i marchi violacei sulla sua gola stavano ingiallendo ai bordi. Cercai di sollevare la mano per toccare uno dei morsi, ma il braccio rifiutò di obbedirmi. Il viso di Jae divenne di un oro acquoso quando la mia visione si fece strana e battere le palpebre parve solo peggiorare le cose.

"Bacio," pretesi, usando la mia apparente inutilità per accaparrarmi un po' di vizi.

"No, non finché non ti lavi i denti," rise, rifiutandomi. "Andiamo, ti aiuto. Probabilmente devi anche pisciare. Scarlet sta venendo a prendermi. Ho bisogno di vestiti, e lei vuole fare spese. Sarai a posto se ti lascio solo?"

Non sono soggetto al potere della suggestione. Il mio uccello aveva avuto altre cose in mente fino a quel momento, e improvvisamente il bagno sembrò un paradiso. Tremante, mi alzai in piedi. L'altezza di Jae m'impacciava un po', le sue lunghe gambe si impigliarono alle mie quando le mie ginocchia cedettero e scivolai giù dal letto.

"Sto bene. Divertiti a fare shopping," dissi, rassicurante, e Jae alzò gli occhi al cielo. Attese finché non gli feci cenno di andare, quindi si chiuse la porta alle spalle. Quando finii di lavarmi i denti, mi faceva male il braccio, ma avevo bisogno di una doccia.

Chiazze di rosso e viola mi coprivano la tempia e mi scendevano lungo una guancia. Mike mi prendeva in giro dicendo che ero carino, ma in questo stato non avrei portato a casa nessun premio di bellezza. Una scia di sangue secco, che partiva da un sottile taglio sopra il sopracciglio, mi imbrattava i capelli vicino alla tempia. Avevo la bocca un po' gonfia e mi strofinai il labbro inferiore, sentendovi il morso dei denti di Jae.

Aprii la doccia al massimo, senza aspettare che l'acqua fosse calda prima di entrarvi. Lo shock ghiacciato mi morse i tagli che avevo sulla schiena, quindi l'acqua si fece più tiepida finché il vapore non coprì il mio corpo, spingendo il dolore della pelle ai miei nervi fragili. Dopo essermi asciugato, infilai un paio di jeans e stuzzicai la crosta che avevo sulla fronte. Avevo una gatta in casa e una delle mie t-shirt preferite era sparita, ma mi faceva sorridere. Non avrei mai immaginato che trovare che mancavano degli abiti dai miei cassetti mi avrebbe causato una scintilla luminosa nel cuore. Finii di vestirmi e andai di sotto.

Stavo lavorando in cerca di informazioni quando il pacifico silenzio della casa fu distrutto dall'ingresso di Claudia.

"Finalmente hai alzato il culo dal letto," mi accolse affettuosamente, quasi come se fossi uno dei suoi figli. "Era ora. Hai delle cose da firmare."

"Ti voglio bene anch'io." Borbottando, sorseggiai la tazza di caffè che mi ero preparato, grato per la botta di caffeina. Era nero e amaro, e si mischiò alla menta del dentifricio mentre deglutivo, osservando Claudia da sopra la tazza. Firmai i fogli che mi mise davanti, scolandomi mezzo caffè mentre leggevo i contratti. Il foglio in fondo catturò la mia attenzione e lo sventolai sotto il naso di Claudia. "Cos'è questo?"

"Il pagamento dell'assicurazione per la tua macchina. Sono stati veloci. Sono stupita che ancora accettino di assicurarti." Tirò su col naso e si alzò per versarsi una tazza. Tornò in meno di un minuto e rimase in piedi, torreggiando su di me, con una mano sui fianchi ampi. I fiori rosso acceso del suo vestito erano vivaci come i lividi sulla mia faccia, e voltai la testa prima che il colore mi bruciasse gli occhi. "Certo che ti hanno dato un sacco di soldi per un pezzo di ferrovecchio."

"Era una buona macchina." La cifra era ridicola, ma d'altro canto la compagnia di assicurazioni non aveva visto la macchina prima che fosse trasformata in coriandoli sparsi per tutta la strada e la facciata del mio palazzo. "L'autonoleggio ha consegnato una macchina per me?"

"Uno di quei grossi fuoristrada che i ricchi guidano senza criterio." Claudia si sedette e il divano scricchiolò sotto il suo peso. "È nel parcheggio. Ci ho messo un bel cartello con scritto, 'Questa *non* è la macchina di Cole McGinnis. Per favore non fatela esplodere'."

"Beh, hai detto per favore. Quello farà la differenza." Annuii. "Grazie, Claudia. Per aver aiutato Jae e, beh, per tutto."

"È facile occuparsi di quel ragazzo. Così gradevole ed educato. Potresti imparare un paio di cosette da lui."

"Questo è quello che credi tu." Sbuffai. "Occuparsi di lui è facile quanto occuparsi di un riccio col mal di denti. Ti hanno dato le chiavi? O è come una caccia al tesoro?"

"Darti le chiavi di quella macchina è probabilmente la cosa più stupida che potrei fare in vita mia." Le tirò fuori dalla borsetta e le lanciò sul tavolo, facendovele scivolare. "Farai qualcosa di altrettanto stupido?"

"Lascerò un biglietto a Jae per quando torna a casa, così non si preoccupa." Afferrai le chiavi e mi sporsi per dare a Claudia un bacio sulla guancia. "Non aspettarmi alzata, mamma. Vado a vedere un tizio per parlare di una prostituta coreana morta."

"Porti anche Bobby?" mi strillò dietro prima che potessi chiudermi la porta alle spalle. "Avrai bisogno che ci sia qualcuno con te quando farai la cosa stupida che vuoi fare."

"No." Sorrisi al cipiglio che le adombrò il viso rotondo. "Lui può cercarsi la sua prostituta morta."

IL PORTATILE e un po' di ricerca mi fornirono l'indirizzo di Brian Park e qualche dettaglio personale. Park si era laureato alla USC ed era il terzo figlio di un'eminente famiglia coreana, per lo più dottori e ingegneri, ma anche un avvocato non era male. Aveva dei precedenti risalenti a quand'era minorenne, sigillati perché nessuno potesse accedervi. Seguendo i canali

164

ufficiali non avrei avuto modo di aggirare il sigillo, ma c'erano altri modi per avere le informazioni se davvero le volevo.

Bobby se ne stava occupando per me. Ai poliziotti ancora piaceva. Alcuni addirittura lo ammiravano per come aveva tenuto la bocca chiusa finché era rimasto in servizio. Io non ero altrettanto popolare. Diavolo, probabilmente alcuni degli amici di Ben usavano la mia faccia come bersaglio al poligono.

Ben.

Fermai il fuoristrada in un parcheggio buio e sospirai, cercando di impedire alla mia mente di fissarsi sul ricordo del mio partner. Premetti la fronte contro il volante, che affondò nei lividi che avevo al lato della faccia, e risi, ricordando come Ben mi prendeva in giro quando riposavo la testa così nella nostra auto di pattuglia.

"Non puoi guidare con il tuo naso, McGinnis," mi diceva, picchiettando il suo naso con la punta di un dito. "Te ne serve uno così."

Il sangue italiano di suo padre gli aveva dato fattezze aquiline, sopracciglia scure e un profilo marcato, insieme con una risata tonante. Aveva saputo che ero gay ancora prima di conoscermi. Non l'avevo mai nascosto, ma nessuno spettegola come dei poliziotti. Ben si riteneva superiore alla mia arroganza, punzecchiando la mia eccessiva fiducia in me stesso quando mi diceva che avrei solo dovuto tenere la bocca chiusa.

"Nessuno sente il bisogno di sapere i fatti tuoi, Cole," mi aveva detto una volta, mentre bevevamo una birra dopo una serata di duro lavoro. "Se sei diverso, nessuno vuole saperlo. Possono ignorare qualsiasi cosa se non ce l'hanno sotto il naso. È meglio se tieni la bocca chiusa e basta."

Non ero d'accordo, convinto dei miei diritti come persona, del fatto che avrei dovuto essere libero di amare chiunque volessi. Ben evidentemente non la pensava così. Non l'avrei mai saputo. I motivi per cui aveva cercato di uccidermi erano morti con lui.

"'Fanculo." Ricacciai Ben nel pozzo dove doveva restare. Mi stavo passando le mani sul viso quando il telefono, facendomi trasalire, quindi iniziò a vibrare saltellando sul sedile del passeggero mentre lo inseguivo con dita impacciate. Lo aprii con uno scatto e risposi, sperando che Bobby avesse qualcosa per me.

"Ehi, principessa," disse, e sentii Claudia sullo sfondo sgridare qualcuno per non essersi pulito i piedi. "Pensa che buffo. Sono a casa tua e tu non ci sei. Pensavo avessimo deciso che non saresti andato a bighellonare senza di me."

"Tu avevi deciso," replicai, aprendo il mio taccuino e recuperando una penna dallo zaino che avevo buttato sul sedile. "Hai altro che dovrei sapere su Park? Sto andando da lui proprio adesso."

"Posso dire niente che ti farà riportare qui il culo?" Sentii altri rumori di sottofondo alla sua voce. Quindi uno scroscio di risa mi impedì di sentire cosa stava dicendo.

"Cosa diavolo sta succedendo laggiù?" chiesi, ignorando apertamente la sua domanda. "Sembra che stiate facendo una festa. In tal caso, non rompere il servizio di ceramica."

"È come una pessima barzelletta, qui: una donna nera, un travestito filippino e un ex spogliarellista coreano entrano nella casa di un gay. Mancano solo un prete e un cane parlante." I rumori si affievolirono e sentii la porta con la zanzariera chiudersi con il tipico click quando scattò il chiavistello. "Dico sul serio, Cole. Non dovresti essere là fuori in giro da solo."

"Sto bene. Ci vedo bene e ho smesso di avere le allucinazioni, eccetto per quelle lucertoline rosa, ma ho sentito che è una cosa normale. Bobby, per l'ultima volta, cazzo, cosa diavolo avevi preso?"

"Di' a qualcuno che l'hai sentito da me e ti ammazzo." La sua minaccia era vuota. Cercava di ammazzarmi ogni volta che salivamo insieme sul ring. Fortunatamente ero cresciuto con Mike, quindi ero bravissimo a schivare. Grugnii un assenso perché arrivasse al dunque e quasi mi strangolai con la mia stessa saliva quando mi lesse la fedina penale di Brian Park.

"Mi prendi in giro. Ne hai parlato con Jae?" La mia mente stava decidendo se essere completamente allibita o prepararsi a incazzarsi con Jae-Min. Non sarebbe stato così strano che avesse saputo del passato di Park e non avesse detto niente. Stavo iniziando a pensare che per lui la parola onestà avesse una definizione molto diversa di quella che aveva per me.

"Sì, gliel'ho chiesto. Mi ha dato un'occhiata, quindi si è stretto nelle spalle. Non sono sicuro se signifchi che lo sapeva e non era importante, o che semplicemente non gli interessava. Vuoi parlargli?"

"No," borbottai al telefono. L'ultima cosa che volevo era un altro litigio sul fatto che Jae teneva troppi segreti. "Glielo chiedo quando arrivo a casa."

"Vuoi che gli dica che lo ami e ti manca?" Bobby schioccò dei baci al microfono.

Gli riattaccai in faccia senza rispondere e chiamai l'ufficio di papà Kim. Con un po' di fortuna, Park sarebbe stato ancora lì e avrei potuto

166

passare a parlargli. Rispose la segretaria, in un fluente fiume di coreano che non avevo speranze di capire. A meno che non mi avesse chiamato piccolo, idiota, o qualche altro nomignolo, ero totalmente perso.

"Uhm, chiedo scusa," replicai. "Sto cercando Brian Park. È lì?"

"Attenda, prego. Posso chiedere chi sta chiamando?" Sembrava esitante a trasferire la chiamata, ma poi lo fece.

Ascoltai il telefono squillare all'altro capo della linea, quindi Park rispose. "Ciao, Brian. Come stai?"

"Sto bene." Suonava confuso. Potevo immaginare che si stesse domandando perché l'investigatore privato che si occupava della morte del suo amico lo stesse chiamando in pieno pomeriggio. Se aveva sentito che avevo riportato ferite da qualche bomba tubo piazzata male, non si scomodò a offrirmi le sue simpatie. "Cosa vuoi, McGinnis? Non ho molto tempo."

"Devo chiederti un paio di cose," replicai, guardando un uomo dalle chiappe sode tirare un frisbee vacillante al suo golden retriever. Il cane vi corse dietro, contento di giocare. L'uomo mi vide mentre lo fissavo e sorrise, un facile invito, se l'avessi voluto. Ricambiai il sorriso ma abbassai lo sguardo, continuando a concentrarmi sugli appunti che avevo preso.

"Non penso che abbiamo nulla di cui parlare," disse Park, cercando di liquidarmi. "A meno che non sia venuto fuori qualcosa di nuovo su Henry. Nel qual caso, probabilmente dovresti parlare al signor Kim."

"A dire il vero, pensavo potremmo parlare della prima volta che hai incontrato Hyun-Shik." Il frisbee fu nuovamente lanciato e il cane si avvicinò, inseguendo il disco di plastica con incontenibile gioia. "O magari della prima volta che ti hanno arrestato."

Ci fu un lungo silenzio all'altro capo della linea e, se non l'avessi sentito respirare, avrei pensato che Brian Park mi avesse riattaccato in faccia. Ci fu un lungo sospiro, quindi rispose con un sussurro. "Non qui. Non al lavoro."

"E allora dove?" Ammetto che provai un brivido di esaltazione. Per la prima volta da quando Jae era stato ferito, mi sembrava di essere su un terreno più stabile. Il problema era restarci.

Mi diede indicazioni per un posto vicino al suo luogo di lavoro. Un posto tranquillo dove avremmo potuto parlare o, piuttosto, dove io avrei potuto fare domande e lui avrebbe potuto parlare. Con un'ultima occhiata alle lunghe gambe del padrone del cane, misi in moto la macchina che avevo noleggiato e mi allontanai.

Park era arrivato prima di me e si era seduto in un angolo riservato del caffè vecchio stile. Sembrava un po' una tavola calda, ben illuminato e dipinto di nero e bianco, con qualche chiazza rossa qua e là; ben diverso dallo stile trendy delle grandi catene, che preferivano toni di marrone su marrone più scuro. L'odore di caffè bruciato aleggiava nell'aria e una serie di dolci rinsecchiva lentamente in una vetrina. Ordinai un caffè grande e un fagottino e, quando chiesi panna e zucchero, mi indicarono un tavolo con una magra scelta di condimenti. Brian si mosse nervosamente mentre mi zuccheravo il caffè, e parve palesemente a disagio quando mi sedetti e gli sorrisi.

"Ciao. Come state tu e Victoria?" Stavo cercando di essere amichevole, ma lui non aveva intenzione di stare al gioco.

"Veniamo al punto. Cosa vuoi? Soldi?" sibilò sottovoce sporgendosi sul tavolo, attirando l'attenzione della donna dietro al bancone. Se vuoi che qualcuno ti noti, sussurra ad alta voce in pubblico. Funziona meglio che indossare stoffe a quadretti e pallini con scarpe da clown. "È questo che ci vuole perché ti levi dai piedi?"

"A dire il vero, potresti dirmi chi ha ucciso Hyun-Shik, sarebbe grandioso," dissi, sorseggiando il caffè. Nonostante il colore scuro della miscela, o forse proprio per questo, era sorprendentemente buono. "E smetti di sussurrare. La gente inizierà a guardarti come se fossi pazzo."

"Continuo a ripetertelo, non so chi l'ha ucciso." Giocherellò con la tazza, rigirandosela fra le mani. "Non ti sto mentendo. Non lo so. Hyun-Shik era un amico. Eravamo vicini."

"Il signor Kim sa che lavoravi al Dorthi Ki Seu?" Mi appoggiai allo schienale della sedia, osservando attentamente il suo viso. "È così che hai conosciuto Hyun-Shik? Era uno dei tuoi clienti?"

Dire qualcosa ad alta voce le dava peso, e le mie parole colpirono Park come una mazzata. Parve sgonfiarsi a vista d'occhio, ripiegandosi su se stesso. Guardando il suo fisico squadrato, non riuscivo a immaginarlo a lavorare al piano di sopra, ma d'altronde mi ero anche sbagliato su Jae-Min. Posto che gli credessi quando diceva di essere stato solo un ballerino.

Brian liberò un respiro tremante e si coprì il viso con le mani, strofinando le rughe preoccupate che gli si stavano formando sulla fronte. Borbottò da dietro le dita, appena abbastanza forte perché lo sentissi. "Ti pagherò qualsiasi cifra perché tu stia zitto. Non posso permettere che venga a galla. Proprio non posso."

"Non sono qui per ricattarti," lo rassicurai. Probabilmente non suonavo molto convincente, perché abbassò le mani e mi rivolse un'occhiataccia. "No, sul serio. Voglio solo trovare l'assassino di Hyun-Shik. Jin-Sang è morto perché sapeva che il biglietto d'addio di Hyun-Shik non è reale. Non ho ancora capito perché Jae sia importante in questa storia, ma lo hanno preso di mira e ora qualcuno sta cercando di uccidere anche me. Quindi, direi che sono parecchio coinvolto."

"Hai mai pensato che forse, se avessi lasciato stare, si sarebbe risolto tutto da solo?" chiese. Alzò la voce, un tono acuto e disperato. "Perché non puoi lasciar stare e basta?"

"Perché, nonostante quel che pensa la gente, io finisco quello che comincio." Sorseggiai il caffè. "Che genere di amico eri per Hyun-Shik? Intimo come Jin-Sang?"

Per un momento pensai che si sarebbe alzato e sarebbe scappato, lasciandomi con domande senza risposta e un'ottima tazza di caffè; ma la rassegnazione sul suo volto aumentò quando capì che non avrei lasciato perdere quel casino. C'è sempre il momento in cui qualcuno si arrende all'inevitabile, e Park era decisamente arrivato a quel punto.

"Devi promettermi che il signor Kim non lo saprà mai." Scosse la testa, sfregandosi gli occhi. "Perderò il lavoro. Diavolo, perderò la carriera."

"Non m'interessa distruggerti. Non me ne può fregare di meno di cos'hai fatto. Merda, potresti continuare a farlo anche adesso e non m'interesserebbe," ammisi da sopra il bordo della tazza. "Voglio solo la verità, tanto per cambiare, tutta la verità. Niente di annacquato e niente di tralasciato."

"Ho conosciuto là Hyun-Shik. Era uno dei ragazzi che vedevo. Senti, era un momento di merda. Ero incasinato." Gli occhi di Park si annebbiarono e, per un momento, mi dispiacque avergli fatto ricordare cose che probabilmente pensava di essersi lasciato alle spalle; ma pensare ai lividi sul collo e le spalle di Jae mi fece passare ogni rimorso che potessi avere. "Si era appena iscritto e ogni tanto passava. Ci incontravano spesso finché non è arrivato Jae-Min e i miei genitori non mi hanno spedito al college. Quando mi sono laureato, Hyun-Shik mi ha trovato lavoro come stagista allo studio legale. Probabilmente perché si sentiva in colpa per avermi scaricato in favore di suo cugino."

"Conoscevi Jae-Min quando lavorava là?" Stavo tirando a indovinare, e lo sapevo. Park invece no e annuì, facendomi stringere lo stomaco.

"Lo conoscevo, ma io non lavoravo là, e lui non lavorava nelle stanze. Non come facevamo noi. Quasi tutti i ragazzi più giovani ballano e basta." Park si strinse nelle spalle. "Avrebbe potuto fare molti più soldi di quel che prendeva con le mance. Un paio degli uomini più vecchi avrebbe pagato un sacco per mettere le mani sul suo culo, anche se era illegale."

Non è mai una buona idea prendere a pugni una persona che sta dicendo la verità, ma le mani mi prudevano da morire. Strinsi le labbra per tenere la lingua sotto controllo, e feci un ampio sorriso quando la cameriera venne a riempirci nuovamente le tazze, lasciando un bricco di crema e dei pacchetti di zucchero sul tavolo.

"Parlami di Hyun-Shik e Jin-Sang," lo incoraggiai.

Park rise, uno sbuffo amaro che non mi lasciò molti dubbi su cosa pensasse dell'ex amante del suo capo. "Jin-Sang era un tossico. Io sapevo perché ero lì. Avevo bisogno di soldi, proprio come tutti gli altri, ma Jin-Sang andava sempre oltre. Implorava per avere delle cose: più soldi o vestiti. Hyun-Shik gli dava ciò che poteva, ma non aveva molti fondi disponibili. Quelli sono arrivati dopo, quando ha sposato Victoria. Il signor Kim l'ha promosso e gli ha aumentato lo stipendio. A quel punto sono stato assunto a lavorare per lui."

"Ormai aveva smesso di vedere Jin-Sang." Ripensai al biglietto. "L'aveva lasciato prima di sposare Victoria e, dopo la nascita del figlio, Hyun-Shik ha deciso che sarebbe tornato da lui?"

"No," disse Park, scuotendo la testa. "Non parlavamo di Jin-Sang, ma sapevo che con lui Hyun-Shik aveva chiuso. Se fosse andato al Dorthi Ki Seu, non sarebbe stato per Jin-Sang."

"Sapevi che sarebbe andato al locale quella sera?" Quella era la domanda principale. Ancora non sapevo bene perché Hyun-Shik Kim fosse andato al Dorthi Ki Seu quella notte. Se non era per vedere Jin-Sang, allora per chi?

"Sapevo che ci sarebbe andato, ma non era in cerca di sesso. Ha detto che avrebbe incontrato qualcuno." Park versò un pacchetto di zucchero nel caffè, facendo tintinnare il cucchiaino sull'orlo della tazza. "Hyun-Shik mi ha detto che sarebbe tornato a casa più tardi. Dovevo portargli dei contratti, e ci saremmo visti verso mezzanotte. Ma quando sono arrivato a casa sua, c'erano già i poliziotti, e ho scoperto che era morto. Sono loro che mi hanno detto che si era suicidato."

"Sei stato sorpreso quando i poliziotti ti hanno detto che si era ucciso?" Da quel che avevo sentito, Hyun-Shik non sembrava il tipo da suicidarsi. Era troppo egocentrico e, a quanto pareva, aveva sempre avuto tutto su un piatto d'argento.

"Sì, mi sono chiesto perché avrebbe dovuto farlo." Park annuì. "Hyun-Shik aveva tutto ciò che voleva. L'unica volta che qualcuno gli ha detto di no è stato quando sua madre ha insistito perché Jae-Min se ne andasse. È dura far finta che tuo figlio non sia gay quando si scopa suo cugino sotto il tuo tetto."

Non avrei dovuto essere sorpreso. Prima o poi, avrei afferrato il concetto di verità che aveva Jae, e avrei imparato ad accettare le mine nascoste che sembravano infestare il terreno del suo passato. Ma la sorpresa era in cima alla lista delle emozioni che stavo provando, seguita a ruota dall'incazzatura.

"Aspetta un attimo." Interruppi per un momento Park. "Quanti anni aveva Jae quando l'hanno sbattuto fuori?"

"Non lo so. Quattordici? Quindici? C'erano un sacco di suoi coetanei che lavoravano là." Fece una smorfia, cercando di ricordare. "All'epoca non ci facevo molto caso. Ero occupato con la scuola e non m'importava."

"Hyun-Shik era già maggiorenne, invece." Espirai pesantemente, domandandomi perché il figlio dei Kim non fosse stato ucciso prima che qualcuno lo portasse al Dorthi Ki Seu. "Si aspettava che Jae lavorasse nelle stanze, come Jin-Sang?"

"Come ho detto, non m'importava," replicò Park. "Uno dei travestiti di sotto ha accolto Jae dopo che uno dei clienti l'ha maltrattato un po'. Non badavo a lui. Ascolta, devo tornare a lavorare fra poco. Il signor Kim mi starà cercando."

"Ho quasi finito," dissi, prendendo appunti. "Sei sicuro che la tua fidanzatina Victoria non sapesse che Hyun-Shik era gay?"

"No, per lei è stato uno shock. Ne sono abbastanza sicuro." Brian si mosse e lo vidi distogliere lo sguardo. Ormai mi stavo facendo l'idea che non stava confessando tutto ciò che sapeva, e me ne convinsi nel momento in cui si spostò, a disagio, quando mi schiarii la gola.

"Cosa non mi stai dicendo?" pressai. Era come un'ostrica piena di informazioni. Un po' di pressione e un colpo secco e le perle si sarebbero riversate fuori. Dovevo solo metterle in fila e dare un senso a tutta la faccenda.

"Non è davvero la mia ragazza," ammise, abbassando di nuovo gli occhi. "Il signor Kim ha suggerito che le tenessi compagnia perché non se

171

ne tornasse all'est. È questo che Hyun-Shik pensava di fare, prima di morire. Victoria viene dal Connecticut e continua a parlare di tornare a casa."

"E perché è un problema?" chiesi.

"I Kim vogliono che lei resti qui. Ha loro nipote." Park mi guardò come se fossi un pazzo a chiederlo. "La famiglia è tutto. Non le permetteranno di portare via Will. È tutto ciò che rimane alla signora Kim di Hyun-Shik."

Improvvisamente, le cose avevano più senso. Hyun-Shik avrebbe potuto risolvere un sacco dei suoi problemi andandosene dalla California. Sarebbe stato lontano dagli occhi di falco della sua famiglia, e sarebbe potuto tornare allo stile di vita che preferiva. Sua moglie sarebbe stata occupata e fuori dai piedi, quindi non sarebbe più stata un problema. No, sarebbe stata un'opportunità fantastica per Hyun-Shik, che qualcuno non voleva che cogliesse.

"Capito." Mi alzai, infilandomi in tasca il taccuino. Gettai qualche dollaro sul tavolo per la mancia e piegai un tovagliolo intorno al fagottino, per portarmelo via. Dall'espressione sul viso della donna dietro al bancone, non avevo grandi speranze che mi desse una borsa. Ci aveva riempito di nuovo le tazze più per curiosità che per offrire un buon servizio.

"Quindi abbiamo finito, sì?" Si alzò anche lui, lisciandosi le pieghe dei pantaloni del completo. "Non dirai al signor Kim… beh, quella storia?"

"Brian, pensaci," dissi con un sorriso. "Sei passato dal venderti a Hyun-Shik al prostituirti con sua moglie. Considerando che il signor Kim è quello che ti ha incoraggiato a farlo, sono abbastanza sicuro che non abbia bisogno che gli dica un cazzo. E faresti meglio a iniziare a cercarti un altro lavoro al più presto. Sono pronto a scommettere che non appena Victoria sembrerà decisa a restare, il vecchio ti farà desiderare di essere ancora a lavorare al Dorthi Ki Seu."

CAPITOLO 15

DOPO ESSERE salito in macchina e aver guardato Brian Park allontanarsi, chiamai Scarlet. Dovevo trovare qualcuno al Dorthi Ki Seu che avesse visto Hyun-Shik con la persona che aveva incontrato, anche solo per un momento, e lei era la mia chance più promettente di trovare qualcuno disposto a parlare.

"Pronto?" La voce setosa di Jae mi stese in un momento. Odiavo che potesse spingermi a volerlo con una sola parola. A dire il vero, odiavo che non avessimo fatto niente quel mattino a parte qualche bacio, ma era più che altro colpa mia e della mia fretta di andarmene.

"Ehi." Non era il momento di tirare in ballo la relazione che aveva avuto con Hyun-Shik, non al telefono, e avevo bisogno di tempo per pensare a come doveva essere stata la vita per Jae, a quattordici anni, mentre viveva nell'atmosfera velenosa della casa dei Kim. "Dove sei?"

"Al locale. Nuna voleva portare dei vestiti che ha ritirato in lavanderia." Suonava felice, o almeno meno preoccupato di quanto non lo sentissi da giorni. "Non c'eri quando siamo passati a portare la spesa. Bobby mi ha detto che eri andato a parlare con Brian."

"Sì," confermai. "Mi ha detto che sapeva che Hyun-Shik avrebbe incontrato qualcuno al locale quella sera. Pensi che Scarlet potrebbe aiutarmi? Avrei bisogno che controllasse se qualcuno ha visto lui e la persona che ha incontrato."

"Perché non gliel'hai chiesto la prima volta che le hai parlato?" Fece quel suono sibilante di gola che gli avevo sentito fare altre volte, di solito quando l'avevo esasperato. Era stato un suono costante nei tre giorni che avevo passato steso a letto. "Sicuro di averlo già fatto prima?"

Avrei dovuto sentirmi insultato, ma aveva ragione. La prima volta che ero stato al Dorthi Ki Seu, avrei dovuto passare più tempo a parlare con lo staff e meno a sbavare sulla foto di Jae. Comunque non gli avrei dato la soddisfazione di sapere che aveva centrato il bersaglio. "Passa il telefono a Scarlet, okay?"

"Ciao, tesoro," gorgheggiò lei. "Come stai? Già svenuto al ciglio della strada?"

"Sto benone. Grazie di averlo chiesto," dissi, stringendo i denti. "Non mi hai forse detto che Hyun-Shik era andato a vedere Jin-Sang la sera in cui è stato ucciso?"

"Sì," replicò Scarlet. "Perché?"

"Chi te l'ha detto? Hyun-Shik?"

"No." Sentii un tamburellare e immaginai che fossero le unghie di Scarlet sul tavolo mentre rifletteva. "È stato Jin-Sang. Ho visto entrare Hyun-Shik e ha detto che era venuto a incontrare lui. Non ci ho fatto molto caso. Di solito un uomo torna ad annusare intorno a una preda facile quando è stato via per un po'. Il suo ego ne ha bisogno."

"Voi due sarete lì per un po'?" Misi in moto l'auto. Considerando il traffico, ci avrei messo mezz'ora a raggiungere il locale, anche di più se la superstrada fosse stata particolarmente intasata. "Devo trovare qualcuno che abbia visto Hyun-Shik quella sera. Si è incontrato con qualcuno, e non era Jin-Sang Yi."

"Posso chiedere ai ragazzi dell'ingresso. Di solito lavorano," disse lei. Quasi la persi quando m'immisi in strada e un coro di clacson mi assordò. "Uno di loro potrebbe aver visto Hyun-Shik con qualcuno, ma non posso promettere niente."

"Ora come ora, mi va bene tutto, Scarlet."

Gli dei della superstrada mi sorrisero: corsie belle libere, con solo qualche punto critico. Quando parcheggiai davanti al locale il sole stava calando all'orizzonte, lasciandosi dietro lunghe scie di luce color limone e ombre. Quando entrai, il Dorthi Ki Seu si stava preparando per la serata.

Sotto le forti luci fluorescenti, il locale sembrava un po' sciupato, con le tende lunghe fino a terra sbiadite ai bordi. Un paio di camerieri in camicia bianca, con cravatte slacciate o completamente assenti, stavano tirando giù le sedie per sistemarle attentamente intorno ai tavoli rotondi. Un altro era in piedi su una scala per sostituire una lampadina annerita. Sotto di lui, il palco luccicava qua e là, dove paillettes cadute erano finite nelle fessure del legno dipinto.

"Sto cercando Scarlet," dissi rapidamente quando uno dei buttafuori si staccò dal lungo bancone e venne verso di me, con un cipiglio serio abbastanza da scolpire il suo viso di profonde rughe.

"Tesoro!" Scarlet emerse dal retro, scostando le tende con un gesto elegante della mano e avanzando nella stanza principale. "È bello vederti finalmente su."

"Suona particolarmente sconcio," dissi, baciandole la guancia. "Stai benissimo."

"Grazie." Portava bene la sua femminilità, con i capelli raccolti in un'elegante, complicata acconciatura che non riuscivo a comprendere. Una riga di piccoli diamanti ammiccava da una molletta infilata fra le ciocche, luminosa come il suo ampio sorriso. Jae la seguiva, le mani infilate nelle tasche dei jeans, una graziosa ombra al seguito di una donna bellissima.

"Ehi, piccolo." Mi protesi verso Jae con l'intenzione di baciarlo sulla bocca ma lui si tirò indietro, facendo vagare lo sguardo per la stanza.

I nostri mondi erano diversi. Per me, baciarlo era naturale, una cosa normale. Lui si ritraeva, imbarazzato. Anche se la gente intorno a noi sapeva che gli piacevano gli uomini, Jae continuava a fingere. Era abituato a nascondere chi era senza pensarci, e mi faceva male in un modo che non avrei creduto possibile. Non per la prima volta, ero arrabbiato con il mondo per avergli fatto una cosa simile, per aver tolto a un ragazzo il semplice piacere di un bacio.

Si sporse per darmi un mezzo abbraccio, e sentii la sua bocca sfiorarmi appena il mento. Era tutto ciò che avrei ottenuto, ma fu abbastanza da farmelo venire duro.

"Cole, vieni qui." Scarlet mi allontanò dalla tentazione, facendo cenno con la mano inanellata a uno degli energumeni più grossi perché ci raggiungesse. "Questo è Johnny. Lavorava, quella sera."

Quello si avvicinò, e io feci involontariamente un passo indietro. Il coreano sembrava scolpito direttamente da un blocco di granito, con il viso butterato e una cicatrice rosso scuro che gli attraversava la guancia, una linea vivida e rabbiosa sulla pelle pallida. La camicia della sua uniforme aveva perso da tempo la battaglia contro le sue braccia, e gli orli erano troppo tesi, le cuciture aperte. Se fossi stato un manager avrei forse brevemente considerato se fare due parole con i miei buttafuori riguardo a un abbigliamento più appropriato, ma solo se avessi voluto che mi rifacessero la faccia a pugni.

"Ciao." Considerai se stringergli la mano, quindi decisi che preferivo tenermi le dita intere.

"Miss Scarlet ha detto che volevi farmi qualche domanda." La sua voce si abbinava alla sua stazza, piena e pericolosa.

"Se non ti dispiace," dissi. Scarlet e Jae mi abbandonarono, dirigendosi al bancone per prendere qualcosa di fresco da bere. L'aria condizionata non era ancora accesa e il locale era soffocante, l'aria immobile e stagnante. Mi sedetti, sperando che il buttafuori mi avrebbe imitato e si sarebbe rilassato un po'. La sua enorme zampa si chiuse sullo schienale della sedia, che fece un rumore fastidioso quando la tirò indietro per sedersi. "Conoscevi Kim Hyun-Shik?"

"Sì, lo conoscevo." Johnny incrociò le braccia sul petto e mi fissò attraverso il tavolo. Supponevo che un ampio vocabolario non fosse fra le sue priorità. Un bravo buttafuori sapeva quando tenere la bocca chiusa, il che era praticamente sempre.

"Eri a lavorare la notte in cui è morto?"

"Sì, o non sarei seduto qui a parlare con te." Guardò alle sue spalle, verso Scarlet. Non ero sicuro se stesse controllando per assicurarsi che lei lo stesse vedendo che collaborava o se tenerla al sicuro fosse il suo compito. Non pensavo corresse alcun rischio al bancone, eccetto che per il terribile pericolo di strozzarsi con la fetta di lime del gin tonic. "Lui era seduto là."

Guardai dove mi stava indicando. Era un tavolo più piccolo, quasi nascosto da una foresta di palme e felci troppo cresciute. Era un posto riservato, perfetto per parlare lontano dal resto dell'attività del locale.

"Perché non mi dici cos'hai visto?" lo invitai.

"Arriva e si siede. Non lo vedevo da parecchio, ma sapevo chi era." Fece un cenno verso il ragazzo che stava cambiando la lampadina. "Dopo nemmeno quattro minuti stava parlando a Kwang-Sun, cercando di portarselo di sopra."

"E non avrebbe dovuto farlo?" chiesi, inclinando la testa per guardare il ragazzo. Era giovane, troppo giovane per i miei gusti, ma alcuni uomini preferivano quello. Ripensando a quanti anni aveva Jae quando Hyun-Shik l'aveva probabilmente sedotto, non era difficile immaginare che Kwang-Sun avesse attirato la sua attenzione.

"No," disse Johnny, picchiettando sul tavolo per attirare la mia attenzione. "I ragazzi di sopra lavorano lì perché è ciò che fanno. Kwang-Sun non lo farà mai. Non se può evitarlo."

"È il tuo amante?" Mi chinai per evitare la saliva che sfuggì a Johnny quando sbuffò.

"Mio fratello minore," rispose con un sorriso. "Andrà a studiare medicina. Non lascerò che uno stronzo come Kim Hyun-Shik lo rovini come ha fatto con suo cugino o con Jin-Sang."

"Mi sembra giusto," convenni. "Quindi hai spaventato Kwang-Sun, e poi?"

176

"È venuta una donna bionda. Non le ho visto il viso, ma non era niente male. Gambe lunghe e ben vestita. Dall'aria costosa. Mi ricordo che ho pensato che doveva essere bianca, perché i suoi capelli erano proprio biondi e dall'aria naturale." Gli occhi di Johnny erano distanti mentre cercava di ricordare i dettagli di quella notte. "Mi sembrava fuori posto. La maggior parte delle donne che vengono qui non sono... davvero donne. O se lo sono, sono prostitute. Lei non lo sembrava."

"Non le hai visto la faccia?"

"No, era troppo lontana, ma è andata dritta da Hyun-Shik," replicò, pensieroso. "Immagino che lui l'abbia chiamata, o lei abbia chiamato lui, ma è andata dritta là. Dopo non gli ho più prestato molta attenzione. Si è tenuto alla larga da Kwang-Sun e poi è iniziato il mio turno."

"Ricordi nient'altro?" Non era molto, ma avevo il sospetto di sapere chi avesse incontrato Hyun-Shik quella notte.

"No, tutto qui. Solo una ragazza bianca." Johnny tornò al lavoro, che sembrava consistere più che altro nel bighellonare in giro guardando i camerieri che preparavano il locale per l'apertura. Scarlet era sparita mentre parlavo al buttafuori, ma Jae era rimasto, appoggiato al bancone. Mi raggiunse quando Johnny lasciò il tavolo, e portò le bibite che aveva preso.

"Sanno che le hai rubate?" chiesi, accettando una delle bottiglie fresche.

"Prego." Prese posto sulla sedia liberata dal buttafuori. "Ti è stato d'aiuto?"

"Sì." Agitai la bottiglia verso di lui. "Adesso vado e porto questa con me. Tu sei a posto?"

"Sono con nuna. Ha un autista che fa sembrare quel tizio un ramoscello." Jae indicò Johnny. "Starò bene. Dove vai?"

"Penso che Victoria sia venuta qui e, con l'aiuto di Jin-Sang, abbia ucciso suo marito." Gli dissi della bionda che aveva parlato con Hyun-Shik, aggiungendo anche la parte riguardo a Kwang-Sun, e Jae annuì, come se non fosse sorpreso di sapere che suo cugino ci aveva provato con un ragazzo più giovane.

"Pensi davvero che abbia ucciso Hyun-Shik?" chiese Jae dopo aver digerito quell'informazione. "È una stronza, ma anche un'assassina? Non so, Cole."

"All'inizio non lo pensavo, ma adesso sì, sembrerebbe di sì," dissi. "A essere sinceri, non sembra che Hyun-Shik fosse tanto un brav'uomo."

177

"La parola bravo e il nome di Hyun-Shik erano raramente nella stessa frase," convenne Jae. "Una volta mi ha detto che l'unico motivo per cui mi davano le mance mentre ballavo era perché avevo un bel viso, non perché fossi effettivamente un bravo ballerino."

"Sembra un vero stronzo," commentai. Lui annuì, sorseggiando la sua bibita con un delizioso broncio sulle labbra, e imprecai contro Hyun-Shik per essersi fatto uccidere. Mi sarebbe piaciuto ammazzarlo di botte per aver creato quelle ombre negli occhi di Jae. "Jae, perché vuoi sapere chi l'ha ucciso? Se era un tale stronzo, perché t'importa?"

"Perché è uno di famiglia," rispose, stringendo le spalle sotto la maglia che aveva rubato dal mio comò. "Perché mi ha aiutato quando non avevo nessun altro posto dove andare. Gli devo almeno questo."

"Ti ha portato qui." Guardai in giro per la stanza, con le sue tende consunte e l'odore di sesso che aleggiava nell'aria. "Non è stato un grande aiuto."

"Era qualcosa," replicò lui. "Pensavo di essere innamorato di lui. Forse lo ero, all'epoca, ma Hyun-Shik non amava nessuno tranne se stesso. Ed era onesto al riguardo. Hyung mi ha detto fin dall'inizio che non mi amava, ma che mi avrebbe aiutato almeno a rimettermi in piedi. Quindi, sì, era uno stronzo e un traditore, ma considerando il resto della famiglia, come poteva essere diverso?"

Dovevo concederglielo. Per quanti difetti avesse Hyun-Shik, almeno sembrava avesse fatto quel che poteva per aiutare, prima con Jae e poi con Brian Park. Trovai le chiavi nella mia tasca e presi la bottiglia.

"Ci vediamo a casa," dissi, fermandomi prima di baciarlo per salutarlo.

Jae si alzò e inclinò la testa all'indietro, sfiorando la mia bocca con la sua. Mormorando contro le mie labbra, Jae respirò in me, e gli sfuggì una risata gentile quando sospirai.

"Non farti sparare e non saltare in aria di nuovo," si raccomandò, spingendomi verso la porta. "Ho dei progetti per te, hyung. E non prevedono che tu sia a letto privo di sensi."

PERSONALMENTE, SAREI stato più che felice di andare a casa con Jae-Min, cacciare tutti fuori e vedere quanto poteva reggere il mio letto. O almeno, quanto poteva reggere il mio corpo malconcio. Sarebbe stato un sacrificio, ma sarei stato disposto a farlo. Invece, lottai di nuovo per farmi strada tra i canyon e nelle profondità del calore di Los Angeles. Nonostante il sole fosse tramontato, le valli interne erano ancora soffocanti, al posto dell'aria un'opprimente zuppa che intasava i pori. Mentre si accendevano le luci ambrate della città, l'aria fu invasa da un basso chiarore marrone, e il cielo notturno divenne di un profondo color terra bruciata.

Ogni tanto, lo smog creava bellissimi tramonti, ma era un disastro per i polmoni. Stavo per imboccare l'autostrada quando il mio cellulare vibrò. Accesi l'auricolare e mi accigliai quando la voce di mio fratello mi urlò all'orecchio.

"Dove diavolo sei?" I saluti discreti non erano mai stati il suo forte.

"Ciao, Mike," cinguettai di rimando. "Come stai?"

"Ho bisogno che tu riporti subito qui il culo." A giudicare dalla voce tesa di mio fratello, non era dell'umore per le mie solite cazzate. "Hai parlato a Brian Park oggi pomeriggio?"

"Sì. Perché?" Lasciai la rampa e feci il giro per tornare alle corsie dirette a ovest. Evitando un lungo camion, il fuoristrada sobbalzò leggermente sull'irregolare asfalto della superstrada; le gomme nuove facevano attrito sulle scanalature fatte per eliminare la pioggia dalla superficie. "Ti ha chiamato o qualcosa del genere?"

"Hanno chiamato la polizia al suo appartamento circa un'ora fa, Cole. Gli hanno sparato alla nuca." Le parole di Mike congelarono il calore che Jae mi aveva lasciato nello stomaco e deglutii, ricacciando giù l'amaro che mi saliva in gola. "La sua segretaria ha detto che aveva cancellato tutti gli appuntamenti per il pomeriggio per vedere te. Vogliono parlarti."

"Ehi, era vivo quando abbiamo finito," protestai. "Ci siamo incontrati in un caffè, quindi sono andato dritto al Dorthi Ki Seu. Non potrei averlo ucciso."

"Vai e basta. Ci vediamo là."

"Farò proprio una bella figura a portarmi dietro mio fratello." Sbuffai. "Andrà tutto bene."

"Cole, le cose smettono di andare bene non appena apri la bocca," replicò seccamente. "E non vengo in veste di tuo fratello. Finché non riesco a trovare un altro avvocato, dovrai accontentarti di me. Non voglio che tu parli a nessuno di Brian o di ciò di cui avete parlato, a meno che io non sia presente."

"Mi stanno accusando formalmente?" Sapevo che non era così, ma volevo punzecchiare mio fratello e le sue predizioni drammatiche. Gli investigatori addetti al caso stavano seguendo la prima traccia che avevano trovato, a prescindere da chi fosse coinvolto. Ci fu silenzio all'altro capo della linea e annuii, trionfante, anche se sapevo che Mike non poteva vedermi. "No, non lo hanno fatto. Mike, sai come funziona. Andrò e lascerò che mi facciano le loro domande. Ti chiamo se ho dei problemi."

Il segnale della linea telefonica è molto rumoroso in un auricolare, specialmente quando la persona all'altro capo non può prendersi la soddisfazione di sbattere giù il telefono. Immaginavo che mio fratello avrebbe richiamato dopo aver marciato avanti e indietro per l'ufficio per qualche minuto, quindi spensi il cellulare e mi rituffai nel casino che mi ero inavvertitamente lasciato alle spalle.

La maggior parte delle centrali di polizia ha un'atmosfera particolare. Alla gente comune probabilmente sembra che tutti stiano lavorando o correndo in giro con qualcosa di importante da fare. Se sai a cosa far caso, le cose sono di solito molto diverse. L'essere poliziotto è accompagnato da un senso di disperazione e frustrazione. La gente che un agente incontra ogni giorno proprio non è contenta di vederlo e, anzi, a volte proverà a scappare o addirittura a sparargli. Ci sono omicidi, e le rapine sembrano arrivare come le onde, ogni pochi secondi, senza tregua. Quando qualcuno confessa di aver ucciso qualcun altro è una buona giornata, ed è un giorno stupendo quando una retata spazza via un po' di spacciatori dalla strada; ma, di solito, essere un poliziotto significa abituarsi a essere un dosso sul tragitto di un treno ad alta velocità.

Per prima cosa sentii l'odore della frustrazione. Emanava dall'agente donna da cui mi accompagnarono, che picchiettava freneticamente la matita sul lato della scrivania, un chiaro barometro della tempesta che si stava avvicinando. Mi rivolse un rapido sguardo, scartabellando fra una pila di fogli, quindi indicò una malconcia sedia di metallo vicino al tavolo.

L'agente Dell O'Byrne sembrava più sudamericana che irlandese. I suoi lunghi, lisci capelli castani le scendevano sulla schiena, legati in una coda con un semplice elastico nero. Abbronzata e snella, aveva un viso forte, zigomi alti e occhi acuti, quasi scuri quanto i suoi capelli, che esaminarono ogni dettaglio della mia faccia. Avrei scommesso che sarebbe riuscita a dare la mia descrizione a un disegnatore, completa della piccola cicatrice che avevo sul mento. Appoggiandomi allo schienale, osservai il caos intorno a me, guardando degli agenti in uniforme che stavano accompagnando dei sospetti ammanettati lungo un corridoio verso l'area di detenzione.

L'agente riagganciò il telefono e si girò sulla sedia, fissandomi da sopra il lungo naso. Era più giovane di quanto avessi pensato all'inizio, solo qualche anno più di me o giù di lì, ma aveva il distintivo stampato sulla pelle. Se avessi visto l'agente O'Byrne per strada, avrei capito che era una poliziotta senza bisogno di una seconda occhiata.

"Cole McGinnis?" In piedi, era alta quasi quanto me, e aveva una stretta forte. Prese una cartellina rigida dalla scrivania e mi indicò una porta aperta. "Andiamo lì dentro a parlare. È più privato."

La stanza rettangolare era dipinta nel tono smorto che andava tanto di moda ultimamente: il budget della centrale poteva permettersi un color vomito sbiadito invece del caldo beige che tingeva la maggior parte dei muri. Un lungo specchio separava la stanza dalla nicchia di osservazione. La luce dietro il vetro era accesa e vedevo la stanza vuota oltre lo specchio unidirezionale. Se O'Byrne avesse avuto dei sospetti, quella luce sarebbe stata spenta e ci sarebbero stati uno o due altri poliziotti nella stanzetta, intenti a guardarmi e prendere appunti.

"Si accomodi." Sedette senza aspettare che lo facessi io e aprì la cartellina, voltando il primo foglio. Io tirai indietro la pesante sedia e mi accomodai davanti a lei. "Bei lividi che ha in faccia, Cole. Si è imbattuto in qualcuno a cui non va a genio? Magari Park?"

"No." Cercai di sorriderle quando alzò lo sguardo dai fogli, ma O'Byrne non parve colpita. "Qualcuno ha cercato di farmi saltare in aria. Sono andato a finire a faccia in giù nel mio giardino."

"Quindi, immagino che lei non piaccia a qualcuno." Il suo sorriso non la rendeva bella, ma le riscaldava il viso. "Mi parli del suo incontro con Brian Park."

Non avevo niente da guadagnare a nasconderle qualcosa, non con Park morto e la mia unica pista su chi avesse ucciso Hyun-Shik basata sui ricordi di un buttafuori incazzato. Appoggiandomi allo schienale, ripercorsi i miei movimenti, partendo da quando i Kim mi avevano assunto per indagare la morte del figlio e concludendo con la mia conversazione con Brian al caffè.

"Ha una Glock registrata a suo nome," disse lentamente O'Byrne. "L'ha usata di recente?"

Sollevò il fascicolo perché non potessi vedere niente tranne il retro, scarabocchiato con stelle blu e foglie. In mezzo risaltavano alcune parole, parte di una lista della spesa. Da quanto c'era scritto, seppi che l'agente aveva un gatto e un debole per gli hot dog ma, a parte quello, non riuscivo a leggere niente nella sua espressione.

"Qualche volta al poligono," ammisi. "Solo per tenermi in allentamento."

"La gente sembra aver problemi a restare in vita intorno a lei, signor McGinnis." Lo scintillio nei suoi occhi mi dava la brutta sensazione che stesse cercando un modo di inchiodarmi per qualcosa, anche solo per tenermi fuori dai piedi. "Ho fatto qualche domanda su di lei quando ho scoperto che è un ex poliziotto."

"Posso immaginarlo." La guardai negli occhi, fisso, mantenendo il contatto visivo finché lei non li abbassò sui suoi appunti. Non mi feci illusioni pensando di averla intimidita. Non ero sicuro se stesse parlando di Jin-Sang Yi e Brian Park o di Rick e Ben. A ogni modo, aveva ragione. Non sembravo portare fortuna alla gente che avevo intorno.

"È andato a quel caffè con l'intenzione di ricattare Brian Park? Magari di ucciderlo?" Non avrei potuto essere più sorpreso, a meno che O'Byrne mi avesse dato un pugno in faccia. Attese finché non smisi di strozzarmi con la mia stessa saliva, poi si appoggiò allo schienale della sedia. "Non è una domanda irragionevole, signor McGinnis."

"I soldi non sono un problema per me," le rammentai. "Se avesse fatto domande in giro sul mio conto, lo saprebbe. Sono andato a parlargli di Hyun-Shik Kim. Gliel'ho già detto. Non avevo motivo di volere Brian Park morto."

"Park è stato ucciso da vicino con qualcosa di molto potente." Fece scivolare una foto verso di me, e i miei occhi caddero sullo schizzo rosso sul bianco luminoso della camicia di Brian. "Lei possiede una Glock 23. Quel tipo di pistola può fare una cosa del genere a un uomo, specialmente da vicino."

Non restava molto della faccia di Brian, eccetto il ponte del naso e parti della mandibola. I fori d'uscita gli avevano disintegrato la maggior parte dello zigomo e il sangue si era raccolto intorno agli orli irregolari della sua pelle strappata. Giaceva su un piccolo tappeto blu, gocce di saliva asciutte su ciò che restava del suo labbro inferiore. Sembrava che qualcuno gli avesse svuotato in testa l'intero caricatore e mi costrinsi a distogliere lo sguardo, chiudendo gli occhi contro i ricordi che presto, lo sapevo, mi avrebbero sopraffatto.

"Le serve un momento, signor McGinnis?" Riuscii a malapena a sentire O'Byrne sopra il suono del mio respiro, una finta preoccupazione dipinta sull'acciaio che aveva nella voce.

"No." Scossi la testa, concentrandomi sul tenere la mente nel presente. Inaspettatamente, la cicatrice sul mio petto iniziò a farmi male, filamenti di dolore che si allargavano mentre la pelle iniziava a prudermi. La morte di Brian era diversa da quella di Rick. C'era rabbia, lì. Park era stato ucciso da qualcuno di arrabbiato. Non sapevo che emozione avesse spinto Ben a uccidere Rick. "Posso darle la pistola per farla analizzare. È a casa mia. Non la porto con me."

"Lei ha il porto d'armi." Mi guardò, incuriosita. "Perché non la tiene con sé?"

"Di norma non la porto con me," ripetei con calma, aprendo gli occhi, sbattendo le palpebre contro la forte luce. "L'ho portata fuori con me un paio di giorni fa, ma poi è tornata nella sua custodia. Dovevo solo incontrare Park per un caffè. Non pensavo mi sarebbe servita."

"Ha ammesso di sapere del suo arresto per istigazione alla prostituzione. Una cosa del genere avrebbe reso Park nervoso." O'Byrne si rilassò all'indietro e voltò il corpo, passando un braccio sullo schienale della sedia. "Potrebbe aver chiamato qualcuno con cui parlare? Forse qualcun altro che potrebbe sentirsi minacciato da lei?"

"Non lo so. Gli avevo parlato solo due volte." O'Byrne non mi avrebbe permesso di cavarmela facilmente. Non c'era un orologio nella stanza, ma sentii i secondi trascinarsi ticchettando nella mia mente.

Diedi un altro sguardo alla foto che l'agente aveva lasciato sul tavolo. Qualcosa in quell'immagine non mi quadrava e mi arrischiai a fissarla, lottando per tenere a bada il mio stomaco ribelle. La luce trapelava dal tappeto, le fibre grigio scuro quasi sciolte ai bordi dei buchi.

"Dove gli hanno sparato?" Fissai la foto, cercando di comprendere quel primo piano. Aveva scelto quella particolare foto per scioccarmi, sperando che la vivida brutalità della morte di Park avrebbe scosso qualcosa dentro di me. Se l'avessi effettivamente ucciso, forse avrei vomitato a vedere ciò che avevo causato; ma a parte il persistente disgusto al vedere il cervello di un uomo schizzato fuori dal suo cranio, non avevo niente per cui sentirmi colpevole. "Sembra una macchina."

"Curioso che lei lo chieda." O'Byrne tirò fuori un'altra foto, un campo lungo che mostrava le gambe di Park che spuntavano dalle portiere aperte di una Ford E-150. "Hanno sparato a Park nel retro del suo furgone, che combacia con la descrizione di quello che l'ha buttata fuori strada qualche giorno fa."

La carrozzeria del furgone sembrava aver partecipato a una battaglia, i fianchi e il retro erano davvero malconci. La vernice bianca era imbrattata di lunghe strisce di vernice dell'esatto colore della mia Range Rover. Nonostante fosse lì seduta con aria indifferente, O'Byrne stava per affondare il colpo fatale.

"Allora, signor McGinnis, vuole sostenere ancora che non lo voleva uccidere? Io direi che aver cercato di ammazzarla con la sua macchina sarebbe un'ottima ragione per farlo fuori."

CAPITOLO 16

MIKE SE la prese comoda a venire alla centrale dopo che chiusi la bocca e chiesi un avvocato. Sembrava una buona idea, visto che il tono delle domande si stava facendo serio. Dopo aver richiesto la presenza del mio fratello maggiore, l'agente O'Byrne mi condusse in una stanza ancora più piccola, questa volta con uno specchio unidirezionale da cui, ne ero certo, qualcuno mi dava un'occhiata di tanto in tanto. O almeno, mi piaceva pensarlo. È sempre un brutto colpo per l'ego di un uomo quando nessuno gli presta attenzione, specialmente quando sta aspettando che il suo fratellone venga a salvarlo.

Come sempre, Mike non mi deluse. Arrivò con un'espressione molto severa. I geni giapponesi di mia madre erano utili per sembrare severi. C'erano momenti in cui desideravo somigliare meno a mio padre. Ogni tanto mi avrebbe fatto comodo essere un po' meno affascinante e incutere invece un po' più di timore.

Aveva i capelli dritti, più perché si passava la mano dietro la testa che non per l'uso di qualche prodotto. Indossava, abilmente annodata, l'orrenda cravatta rossa che sua moglie gli aveva comprato per il suo ultimo compleanno, e il suo completo costoso, tagliato appositamente per il suo corpo squadrato, gli cadeva con eleganza sulle spalle. Madeline probabilmente pensava che fosse sexy. Io pensavo che sembrasse un malvivente della yakuza di qualche film.

O'Byrne venne a sapere che il proiettile proveniva da una Browning, non una Glock, ma pretese comunque che mi facessero il test per i residui della polvere da sparo, cosa che avrebbe implicato una prolungata permanenza nel suo regno. Ero stanco e dolorante. Non sarei rimasto un minuto più del necessario su una sedia di metallo in una stanza fredda. Quando ebbero finito, Mike mi recuperò dalla sala degli interrogatori dove mi avevano scaricato.

"Raccatta la tua merda e andiamo," abbaiò, dalla porta aperta.

Ogni tanto, quando vedo mio fratello, la sua palpebra sinistra trema un po'. È un piccolo tic e sono sicuro che gliel'ho causato io, proprio come la piccola cicatrice sotto il labbro inferiore, ma quella fa il paio con il segno che mi ha lasciato lui sulle spalle. Quando Mike mi vide lì seduto, la sua palpebra iniziò a telegrafare istruzioni per l'atterraggio agli alieni in volo attorno alla Terra.

"Non ho niente," dissi, appoggiandomi allo schienale della sedia fino a farla dondolare. Il tic iniziò a trasformarsi in un vero e proprio spasmo, un chiaro segno che lui stava per andarsene o per venire verso di me per tirarmi dei pugni in testa. "No, sul serio. Solo il mio cellulare e il portafoglio. Forse un po' di pelucchi. Mi farebbe comodo un chewing-gum."

Se la palpebra di Mike si fosse mossa più velocemente, gli avrebbe ustionato il bulbo oculare. Feci la cosa più intelligente e mi alzai.

"Lo giuro su Dio, non ho ucciso quel tizio," dissi, rivolto alla nuca di Mike. "Mi stava solo facendo qualche domanda, poi si è incazzata."

"Chiudi il becco, Cole." Mio fratello tagliò attraverso il salone, aggirando a grandi passi le scrivanie. "Tieni la bocca chiusa finché non siamo fuori," mi ringhiò da sopra la spalla.

"Non sono stato arrestato," feci presente. O'Byrne non si vedeva da nessuna parte e la segretaria a malapena alzò gli occhi quando la oltrepassammo. "Stava scavando in cerca di informazioni, ecco tutto."

"Eccoti un chewing-gum. Non strozzartici, perché non ti rianimo di certo." Mike si diede una pacca sulla tasca della giacca e tirò fuori un pacchetto di gomme da masticare. Ne prese una striscia e me la offrì prima di rimettere via il pacchetto. "Beh, ora l'agente O'Byrne ti considera una persona interessante."

"Le hai detto che sono dell'altra sponda?" La cicca era alla frutta. Me l'ero aspettata alla menta, ma la masticai comunque, togliendomi il cattivo sapore dalla bocca. "Sono lusingato, ma Jae mi basta e avanza."

"Non voglio saperne niente."

"Scusa," dissi, facendo spallucce, senza sentirmi davvero in colpa. "È la verità."

"Avresti dovuto chiamarmi prima che ti portasse in quella stanza." Mike si fermò vicino all'auto, voltandosi per darmi una ditata al petto. "La tua lingua lunga la insospettisce. Non posso impedire a tutti di guardarti male, Cole. Specialmente quando c'è una fila di cadaveri che porta dritta a te."

"Lo dirò più lentamente. Non ho ucciso Brian Park."

"Io lo so, ma lei no." Mio fratello gonfiò le guance e il tic cominciò a rallentare. "Cole, Jae sta a casa tua. Era lì quando Jin-Sang Yi è stato assassinato e gli hanno fatto saltare l'appartamento. Lei sospetta di Park per entrambe le cose. Poi hanno trovato tre ordigni incendiari sotto la tua macchina dopo che qualcuno ha cercato di buttarti fuori strada, ed è possibile che quel qualcuno fosse Brian Park."

"E va bene, non fa proprio bella impressione." A ripensarci, l'agente aveva buone ragioni per pensare che volessi Park morto. "Ma allora, perché Brian avrebbe dovuto fare quelle cose? Perché era incazzato col tizio che gli ha dato un lavoro, anche se sapeva che lo succhiava a vecchi coreani in un sex club?"

"Forse Hyun-Shik stava ricattando Park." L'idea di Mike non era male, ma improbabile. "Forse non era per soldi. Forse Hyun-Shik aveva costretto Park a fargli favori sessuali."

"Ho visto quel che piaceva a Hyun-Shik," dissi, rivolgendo una smorfia a mio fratello. "Park non poteva competere. Nemmeno nella sua giornata migliore. E poi, era troppo vecchio. Hyun-Shik li preferiva giovani, anche troppo giovani ogni tanto."

"Altre cose che non voglio sentire," replicò Mike, sollevando una mano per impedirmi di proseguire.

"Devi lavorare sul tuo livello di tolleranza, Mike. Sei più giovane di Furia," gli feci presente. "Vuoi sentire cos'ho scoperto al locale?"

"Va bene. Dimmi cos'hai scoperto." Si slacciò la cravatta e se la sfilò dal colletto, aprendo i primi bottoni della camicia. Gettò la giacca sul sedile posteriore dell'auto e mi ascoltò mentre riferivo ciò che mi aveva detto Brian al caffè, quindi ciò che mi aveva detto il buttafuori al Dorthi Ki Seu. Mike digerì le informazioni, mangiandosi le unghie mentre rifletteva. "Ha visto il viso della donna?"

"No, ma ha detto che il biondo o era naturale, oppure era molto ben fatto." Appoggiai il fianco alla sua berlina, guardando un'auto di pattuglia che passava. "Deve trattarsi di Victoria. È l'unica in questa storia che ha un motivo per volere Hyun-Shik morto. Diavolo, al suo posto io lo vorrei morto."

"Potrebbe essere qualcun altro," commentò Mike, con occhi distanti. "Ma sì, sembra che lei sia la pista migliore."

"Andrò a parlarle. Ero diretto lì quando mi hai chiamato per dirmi di Park."

"Pensi sia una mossa intelligente? E se fosse stata lei a ucciderlo?"

"Non intendo certo accusarla direttamente." Scossi la testa. "Cosa? Vuoi che mi porti dietro Bobby?"

"Precisamente. Aspetta fino a domani, così uno di noi due può venire con te."

"Non sono un bambino, Mike." Discutere con lui non sarebbe servito a niente. Mio fratello era forse ancora più testardo di me. "È per questo che volevo che smettessi di indagare sul caso Kim," mi disse. "Se lei ha ucciso Park, allora non ci penserà due volte a uccidere anche te. Dovresti lasciare che se la sbrighino i poliziotti."

"Ne abbiamo già parlato, Mike." Mi guardai intorno in cerca dell'auto che avevo noleggiato, certo di averla posteggiata nel parcheggio davanti. "Ho fatto una promessa a Jae-Min, e ai poliziotti non gliene frega niente. Hyun-Shik sarà anche stato uno stronzo, ma non per questo meritava di morire. Dove diavolo ho lasciato la macchina?"

"L'ho fatta rimorchiare via," mormorò Mike in risposta. "Sali in macchina. Ti porto a casa."

"Mi hai fatto rimorchiare l'auto?" Contai fino a tre ed espirai. "Dove? Perché?"

"Perché da qui te ne saresti andato verso qualche altra stupida bravata che ti avrebbe portato solo guai. Così invece so che sarai a casa almeno per una notte. E non ti dirò dove. La riavrai indietro domattina."

"Sei davvero un maniaco del controllo, Mike." Strinsi i denti e salii in macchina, sbattendo la porta.

"Sì, lo so," ammise. "Mi piace sapere che mio fratello è ancora vivo. Dammi pure del pazzo, ma per me è importante. E se ti fai ammazzare, Madeline si incazzerà. Si aspetta che ti presenti a quella cena per mamma e papà."

"Fantastico," borbottai, mentre mio fratello girava la chiave d'accensione. "Proprio quello che mi serviva. Una ragione per voler morire."

ERO STANCO, e i lividi che coprivano il mio corpo esigevano che li immergessi in un bagno caldo pieno di bolle. Ero stato malconcio abbastanza spesso da parlare fluentemente il linguaggio del dolore. Sapevo cosa stava dicendo il mio corpo. Era ora di mettermi a riposo, ma non avrei dato alcuna soddisfazione a mio fratello. Il mio stomaco stava anche brontolando per la mancanza di cibo, ma avrebbe dovuto aspettare finché non mi fossi trascinato in casa.

Mike mi lasciò a casa, quindi se ne andò. Avevamo passato la maggior parte del viaggio in silenzio, lui tronfio come solo un fratello maggiore può essere, e io imbronciato per essere stato fregato. Il marciapiede di cemento sembrò allungarsi all'infinito mentre mi trascinavo fino alla porta d'ingresso.

Jae era al sicuro nel soggiorno, intento a guardare foto sul portatile. Alzò lo sguardo quando entrai, rivolgendomi un ampio sorriso prima di tornare al lavoro. Il brontolio del mio stomaco cominciò a recedere, cedendo il passo al desiderio.

Aveva un buon odore. Il profumo del mio sapone gli era rimasto sulla pelle e io mi sporsi in avanti, leccando la sua gola morbida. Jae si tirò indietro, ridendo mentre mi spingeva via. Mi piaceva tornare a casa e trovarlo con addosso una delle mie maglie, con un odore come se mi appartenesse. La gatta mi miagolò dalla sua postazione sul davanzale della finestra, le orecchie frementi mentre fissava attentamente un passero dalla testa marrone che zampettava sul prato. L'alcol mi era ancora interdetto, quindi rivolsi un malinconico saluto alla lager in fondo al frigo, scegliendo invece una bottiglia d'acqua fredda. Una pentola ribolliva sui fornelli, fragrante ed esotica come il coreano seduto nel mio salotto.

"A cosa stai lavorando?" Sorseggiai l'acqua, trasalendo quando la plastica fredda toccò la mia bocca malconcia. Sedendomi di traverso sul divano, feci scivolare una gamba dietro a Jae, poggiando il ginocchio ferito alla sua schiena. Lui si chinò in avanti per farmi spazio, strofinando distrattamente le dita lungo l'interno della coscia.

"Ho fatto le foto a un matrimonio, prima dell'incidente," mormorò, la sua attenzione rivolta più alle chiazze di colore sullo schermo che a me. Non mi dispiaceva che fosse distratto. Mi dava tempo di rilassarmi sul divano e guardarlo. "Tengo tutto su un server, così non rischio di perdere niente. Non ho l'attrezzatura, ma almeno ho le foto."

Le lunghe dita di Jae volarono sulla tastiera, rinominando i file dopo aver ispezionato le foto fino all'ultimo pixel. La sposa indossava un lungo abito rosso, un vivido contrasto con la sua pelle pallida. Le maniche erano come piccoli arcobaleni che spiovevano a coprirle le mani. Fiori rosa e bianchi fluttuavano lungo il davanti del vestito e il suo sorriso era misterioso, la promessa che non avrebbe svelato i suoi segreti al giovane uomo dal viso tondo che le stava a fianco.

"Possiamo procurarti della nuova attrezzatura," dissi, strofinandogli la gamba.

"Siediti lì e stai buono. Ho quasi finito." Lo conoscevo abbastanza da sapere che quasi finito significava, nel linguaggio di Jae, che ci avrebbe messo ancora un'ora o giù di lì. Era una veduta piacevole, che poteva tenermi occupato, quindi mi accomodai sui cuscini del divano e attesi.

Dopo dieci minuti, offrii ciò che supponevo sarebbe stato un ultimatum, sperando che avrebbe visto la luce. "Se non ti assaggio al più presto, non sarò più responsabile delle mie azioni."

Le sue ciglia scure gli sfiorarono gli zigomi mentre mi rivolgeva un'occhiata curiosa. Io rimasi a chiedermi cosa celassero i suoi occhi indecifrabili. Si stese sopra di me e mi posò le mani ai lati delle spalle, infossando il bracciolo del divano con il suo peso. Unii le gambe, dandogli lo spazio per mettere le ginocchia ai lati delle mie cosce, e gemetti quando chinò la testa per baciarmi; aprii la bocca per accogliere la sua lingua quando mi sfiorò il labbro inferiore.

"Quindi era una minaccia efficace?" mormorai nella sua bocca.

"Ogni tanto fai cose proprio stupide, agi. Non volevo correre rischi." Mosse la mano sotto la mia maglia, trovando i bordi della cicatrice che mi correva lungo il costato. Trasalii al suo tocco, dolorante dopo il volo inaspettato nei cespugli del prato. "Anche se penso sarebbe dura per te fare qualcosa ora."

"Piccolo, posso dirti sinceramente che sono duro quanto basta," dissi. Il brivido che Jae mi aveva provocato solo guardandomi percorse la mia lunghezza e abbassai la mano per strattonarmi i jeans, sperando di darmi un po' di spazio. Le dita di Jae seguirono le mie; strofinò il rigonfiamento con il pollice e lo sentii letteralmente fare le fusa prima che la sua bocca si chiudesse sulla mia in un lungo bacio.

"Ehi, aspetta." Gli spinsi le spalle, costringendolo a guardarmi. "Devo usare una protezione. Non posso metterti in pericolo."

"Hai qualcosa quaggiù?" I suoi denti erano pericolosi, e volevo affondare dentro di lui, dilatandolo fino ad afferrare la sua anima per non lasciarla mai più andare. "O devo salire di sopra?"

"Uhm." Davanti a domande difficili, la mia mente tendeva a farsi sconnessa, tornando a frammenti di pensieri che avevo abbandonato ore prima. L'unica cosa a cui riuscivo a pensare era che avevamo bisogno di scatolette per gatti, informazione che non sarebbe stata molto d'aiuto al momento. "Merda, in quella scatola là, quella blu sullo scaffale. Bobby mi ha regalato della roba per scherzo per il mio compleanno, un paio di mesi fa. Penso ci siano dei preservativi."

Jae mi scivolò di dosso: il suo corpo era così snello e aggraziato che avrei potuto guardarlo per sempre. Risi quando aprì la scatola, gli occhi che si dilatavano con apprezzamento mentre vi rovistava dentro. Tirò fuori una ghirlanda di preservativi fatti a moneta d'oro e me ne tirò uno, rimettendo via gli altri. Si mise a cavalcioni delle mie ginocchia e iniziò a baciarmi la pancia nuda mentre lottavo con l'involucro.

"Bobby ti dà delle strane cose," borbottò Jae, sollevandomi di più la maglia fino a leccarmi un capezzolo. Quasi mi strozzai con un pezzo dell'involucro del preservativo quando lo strappai coi denti e mi andò a finire in gola. Tossendo, me lo sputai in mano e mi pulii il palmo sulla maglia, ordinando a Jae di fare il bravo.

"Finirai con l'uccidermi prima ancora che apra quest'affare," lo avvertii. Lui mi ignorò, proprio come faceva la sua gatta quando dovevo aprire la porta e lei ci stava sdraiata davanti. Jae mi percorse nuovamente il capezzolo con la lingua, lasciandovi intorno una traccia calda e bagnata di saliva, quindi tornò a soffiarvi aria fredda, causando dei brividi sul mio petto. Il pacchetto si lacerò e il preservativo cadde, atterrandomi sgraziatamente sul petto con uno schiocco. Sorridendo, Jae mi diede un bacio e mi morse il mento.

"Lascia che lo faccia io," disse fra i denti. "Non andare da nessuna parte. Voglio farlo e basta."

A quanto pareva, un paio d'ore senza il tocco di Jae erano troppo da sopportare per il mio corpo. Il mio cazzo era d'accordo. Sussultava e pulsava al suo tocco leggero, e mi faceva male a ogni carezza. Jae slacciò col pollice il bottone dei miei jeans e afferrò coi denti la cerniera, abbassandola lentamente. Mi allungai verso di lui, posandogli una mano sulla nuca, e poggiai la testa sui cuscini, respirando profondamente. Il mio controllo era precario, nella migliore delle ipotesi, trattenuto solo da un filo sottile come la lama di un rasoio.

Jae mise in posizione la punta dell'involucro di plastica, strofinandomi fino in fondo per poi tornare alla punta. L'odore muschiato del mio corpo si mischiava col suo, un ricco aroma di desiderio maschile che mi eccitava. Con le dita, srotolò lentamente il preservativo, ricoprendo la mia erezione. Strane cose mi passavano per la testa, pensieri stupidi di cui non riuscivo a sbarazzarmi.

"Non ne hai scelto uno lubrificato, vero?" Gemetti quando i denti affilati di Jae mi morsero l'interno tenero della coscia. "Cosa? Ehi, lasciami andare."

"Lasciati andare tu," disse piano Jae, guardandomi da sotto le ciglia. "Smetti di pensare, Cole. Goditi la sensazione e basta."

Era troppo bello per me. Volevo trascinarlo di sopra e riempire il suo mondo di tutto quello che desiderava, a patto che comprendesse anche me.

Volevo che il salotto fosse l'unico posto al mondo, un santuario dove non dovevo condividere Jae con la sua cultura o con la mentalità antiquata della sua famiglia.

Mi abbandonai senza freni alla promessa di piacere che offriva. Non avrei più pensato... a nulla, tranne che all'uomo steso sopra di me e al frammento di paradiso che mi stava offrendo. Quando mi avvolse completamente, persi la ragione; chiusi gli occhi e godetti della dolce oscurità vellutata della sua bocca. Faticavo a respirare, sentendo taglienti pugnalate al petto, e non riuscivo a restare aggrappato con le mani alle sue spalle. Esplorai la sporgenza delle sue scapole e la linea della sua schiena: volevo ricordare la sensazione di Jae sotto le dita prima di doverlo lasciare andare.

"Jae," dissi, prima che il mio corpo fosse attraversato da un fulmine. Lui mi strofinò col volto e mi leccò, privandomi di tutte le forze. Cercai di tirarlo su, volevo penetrarlo, ma i suoi denti si chiusero sul lato del mio membro, affondando pericolosamente nella pelle morbida. "Piccolo, ho bisogno di te."

"Sdraiati." Ringhiando scherzosamente, Jae mi mordicchiò e stuzzicò, le mani aperte sul mio stomaco. Mi stesi con un gemito, cercando di attenuare gli spasmi alle costole. Il dolore aveva iniziato a strisciarmi sulla pelle mentre i miei muscoli si muovevano e contraevano sotto un mare di lividi. "Non muoverti."

Non riuscivo più a respirare. Non avevo spazio nei polmoni sia per l'aria che per le mie grida, quindi mi arresi. Volevo morire per il piacere che Jae mi stava donando, o per il dolore che stava iniziando a stringermi il ventre in un nodo. Ogni movimento della sua lingua mi faceva serrare i muscoli, e le ferite causate dalle bombe iniziarono nuovamente a far male, pulsando quasi a tempo con il mio membro dolorante.

La tempesta dentro di me si scatenò e io gridai, riversando il mio piacere nella bocca di Jae. Il preservativo impedì che gli riempisse la bocca: lo schizzo tornò sulla punta e colmò il piccolo ricettacolo di plastica. Ero abbastanza sicuro di aver gridato il suo nome, mentre mi spingevo nella sua gola stretta. Avevo bisogno di affondare in ogni parte del suo corpo.

Jae giacque ansimante sul mio stomaco, ridendo piano nei peli sotto il mio ombelico. Lottai per riuscire a parlare, perso nelle onde di rumore bianco che mi stavano sommergendo. Mi protesi languidamente verso di lui, invitandolo a stendersi su di me. Volevo il suo corpo stretto al mio.

"Aspetta," sussurrò Jae. "Lascia che ti ripulisca."

Cercai di protestare, troppo debole per fare altro che borbottare cose senza senso quando lui mi tolse il preservativo e mi pulì con una salvietta umida.

"Aish, perché ti lamenti." Le sue parole erano arrotondate, con quel morbido accento coreano che mi faceva sorridere. Sembrava che condividesse la parte più profonda di sé, quando diventava troppo pigro per l'inglese. Ne avevamo parlato, stesi l'uno accanto all'altro nell'oscurità quando biascicava alcune parole, e il suo imbarazzo mi aveva fatto ridere più forte, e lo avevo stretto a me ancora di più. Ispezionando il suo lavoro, inclinò la testa da un lato e annuì. "Ecco. Tutto a posto."

"Vieni qui," dissi, dandomi una pacca sullo stomaco. Jae si stese con cautela, guardandomi attentamente il viso mentre cercavo di nascondere un sussulto di dolore quando mi premette sulle costole.

"Sono qui." Jae sospirò, stendendosi con il corpo per metà sopra il mio. Avrei dovuto mandare un biglietto di ringraziamento a chiunque avesse costruito il mio divano ampio abbastanza perché vi stessimo uno di fianco all'altro. Era un mobile bello e solido, abbastanza comodo per coccolarci. Cercai di ricordare se fosse piaciuto a me o se l'avesse scelto Madeline, ma le dita di Jae sulle mie labbra catturarono nuovamente la mia attenzione.

"Smetti di pensare." Sospirò. "Stai sempre a pensare."

"Sto pensando a te."

"Adesso invece stai mentendo." Jae sbuffò quando feci una smorfia. "Sei un pessimo bugiardo. Come facevi a fare il poliziotto?"

"Ero un poliziotto decente," mi difesi. "La maggior parte del mio lavoro comportava parlare alla gente. È quello il grosso del lavoro, a dire il vero. Far sì che la gente si fidi di te. Ogni tanto è difficile."

"Io mi fido di te," disse Jae, appoggiandosi alla mia spalla. "Perlopiù."

"Perlopiù?" Mi domandai se sentirmi ferito, ma lo perdonai, considerando la stanchezza che sentivo in corpo. "Sapevi che Brian Park lavorava al locale?"

"Sto iniziando a pensare che tutte le conoscenze di Hyun-Shik lavorassero lì." Jae sospirò.

"Qualcuno ha ucciso Park," dissi piano, strofinandogli i capelli. "Ci sono troppe persone che conoscevano Hyun-Shik che stanno morendo. Ho paura che sarai uno di loro."

"Tu non lasceresti che accadesse." Jae si spostò e il mio uccello si mosse, facendosi duro quando Jae mi strofinò lo stomaco. "Mi dispiace per Park. Vorrei sapere qualcosa che potesse esserti d'aiuto."

193

"Sapere che sei al sicuro mi aiuta," scherzai, quindi mi accigliai quando si sollevò a sedere.

"Assicurati che la porta sia chiusa a chiave, poi continueremo questo discorso di sopra." Si alzò dal divano e mi rivolse un'occhiata seducente. "Troppa morte intorno a noi. Forse dovremmo concentrarci sulla vita?"

CAPITOLO 17

QUANDO MI svegliai, il cielo era grigio e sottili linee di luce acquosa filtravano dalle tende della stanza da letto. Scostandomi la gatta dalla caviglia, mi concessi il lusso di rannicchiarmi contro il corpo snello e tiepido di Jae. Profumava di sesso e spezie. Fra i lividi che mi erano restati dopo essere stato fatto saltare in aria e una lunga notte passata a fondo nel corpo di Jae, mi faceva male dappertutto, ma ne era valsa la pena. Il mio uccello si mosse leggermente mentre sfregavo contro il fianco di Jae, ma gli dissi di no. Se volevo far visita a Victoria Kim e coglierla di sorpresa, dovevo mettermi in marcia.

Esitai quanto bastava per sfiorargli una guancia liscia con il dorso della mano. L'avevo preso in giro per la sua mancanza di barba, domandandomi ad alta voce se fosse grande abbastanza da trovarsi nel mio letto. Lui mi aveva spinto giù e mi aveva mostrato quanto potesse essere sensuale la sua bocca quando ci si metteva d'impegno; mentre mi muovevo lentamente, sentii bruciare un po' i marchi che mi aveva lasciato con i denti sull'interno della coscia. Gli baciai la nuca e lo lasciai dormire, scivolando fuori dal letto e zittendo Neko quando mi miagolò dietro.

Quando uscii dal bagno, il mio letto era vuoto e l'odore del caffè veniva dal piano di sotto. Mentre mi vestivo rapidamente, ringraziai Dio per la bravura di Jae nelle faccende domestiche, quindi afferrai la Glock dalla sua cassetta di sicurezza. Jae aveva ragione. C'era troppa gente che ci moriva intorno e, anche se non avevo in programma una sparatoria in un saloon, mi sarei sentito più a mio agio con la pistola sotto la giacca. La vedova Kim probabilmente aveva ucciso Park quando non le era più stato utile. Non mi illudevo che io le sarei servito per qualcosa.

Venni accolto con una tazza piena di caffè. Quindi Jae-Min mi sferrò un calcio nelle palle prima che potessi bere il primo sorso. O almeno, così mi parve, quindi mi fece anche saltare i denti con un pugno, tanto per andare sul sicuro. Posai con forza la tazza sul bancone della cucina, e quasi mi bruciai la mano quando il caffè bollente traboccò.

"Cos'hai detto?" Sembrava una domanda innocente, certo non tanto controversa da attirare su di me l'occhiata guardinga di Jae, mentre ci muovevamo per la cucina. "Non sono sicuro di averti sentito?"

"Mi riconsegnano il fuoristrada oggi," borbottò, la bocca piena di tè. "Quindi andrò a cercarmi un posto dove vivere."

"Tutto d'un tratto, non vado bene abbastanza perché tu viva con me?" Era petulante da parte mia, ma stavo lottando contro l'incazzatura e il sospiro rassegnato di Jae non aiutò affatto. Sapevo che non sarebbe rimasto a vivere con me. Sotto sotto, già sapevo che se ne sarebbe andato, ma non ero pronto. Specialmente quando sembrava che qualcuno stesse ammazzando tutti quelli che conoscevano Hyun-Shik.

"Sapevi che non posso..." Trasse un respiro profondo e si voltò, poggiandosi al bancone della cucina. La sua tazza si aggiunse alla mia, fumante, due basse torri sul granito grigio. Jae si sfregò il viso, passandosi le dita fra i capelli e tirando le punte prima di rispondermi. "Non posso vivere con te. È troppo... difficile... troppo presto... troppo tutto, ecco. Essere qui è complicato."

"Per te," dissi. "È solo complicato per te, nella tua testa. Per me, va bene."

"Non me ne andrò finché tu non sarai convinto che sono al sicuro," disse piano, infilando le dita nelle tasche dei jeans. "Ma devo rimettere in moto la mia vita, Cole."

"E per quanto riguarda noi?" Mi avvicinai, le gambe ai lati delle sue, e gli posai le mani sui fianchi per appoggiarmi a lui. "Che ne è di noi, in tutto questo?"

"Noi?" Jae si leccò il labbro superiore e mi fissò. "C'è forse un noi? Tu lo sai? Puoi dirmelo? Nessuno di noi ha parlato di un per sempre. Non parliamo nemmeno di un adesso."

"E allora parliamo di un adesso." Chiusi la bocca e mi sforzai di reprimere la rabbia. Jae era di nuovo freddo, una barriera glaciale al mio ribollire e, se non avessi abbassato la temperatura, mi avrebbe tagliato fuori. Jae mi mise la mano sullo stomaco e cercò di spingermi indietro, ma rifiutai di muovermi. Il suo corpo si irrigidì mentre con un movimento secco sollevava il mento. "No, non ti permetterò di scappare da questa storia."

L'inclinazione della sua testa aveva un che di sfida e, se avessi accumulato un po' di buonsenso per quanto lo riguardava, avrei fatto marcia indietro, ma non avevo intenzione di cedere. "Fottiti. Io non sto scappando proprio da niente."

196

Sibilai, lottando per non ricambiare sputandogli in faccia parole rabbiose. Ringhiando, inspirai e strinsi più forte le braccia intorno alla sua vita, cingendogli la schiena. Jae era rigido, quasi sulla punta dei piedi, come se fosse pronto ad affrontarmi sul ring. Mi sforzai di guardarlo e deglutii pesantemente, e il suo respiro sussultò.

"Parlami." I miei nervi erano scossi e volevo toccargli il viso, ma c'era un'elevata probabilità che mi avrebbe morso le dita. "Non puoi tornare in quella zona. È un merdaio."

"Cercherò qualcosa qui intorno, se vuoi," replicò, sospirando forte. "Un posto economico dove posso tenere Neko."

"Qui intorno andrebbe bene," dissi, un po' sollevato, ma sentendo ancora l'incazzatura stringermi lo stomaco. "E non so cosa intendi con complicato."

Jae si morse il labbro inferiore. "Non lo so. Ogni tanto mi sento confuso. Penso di aver bisogno di un po' di tempo per capire cosa ci stiamo facendo."

"Pensavo che fosse abbastanza chiaro quello che ho fatto a te ultimamente."

"Niente battute, hyung," mi avvertì, stringendo gli occhi. "Dico sul serio. Stare con te mi fa dimenticare chi sono e cosa dovrei fare. Non mi piace questa confusione. Per me sarebbe più facile voltarti le spalle, andarmene e fingere di non essere mai stato qui."

"E allora, perché non lo fai?" chiesi piano, e lo strinsi più forte quando cercò di liberarsi dalle mie braccia. "Non voglio litigare. Dico sul serio. Sai che c'è qualcosa fra noi. Cosa c'è di sbagliato nel provare a vedere dove andremo a finire? E se fosse qualcosa di concreto? Vuoi davvero rinunciare?"

"Non sai cosa dici," replicò con calma Jae. "Mi stai chiedendo di rinunciare alla mia famiglia."

"Non lo sto facendo..."

"Invece sì," insisté lui. "Se mia madre scopre che sono gay, mi caccerà dalla famiglia. Non sarò più nulla per loro, e nessuno del resto della famiglia mi degnerà più di uno sguardo. Per loro sarò come morto."

Ricordai quando Joshua Yi aveva detto lo stesso riguardo a suo cugino, e mi sforzai di comprendere. "Altre persone vengono tagliate fuori dalle vite delle loro famiglie e se la cavano bene. Se non ti accettano per quello che sei, allora non conoscono chi sei veramente"

"Chi sono veramente non è importante per me, Cole. Non come lo è per te." Sembrava frustato. "Non posso ferire così mia madre. Senza di me, deve vivere di espedienti. Jae-Su non le dà soldi e le mie sorelle sono adolescenti. Hanno bisogno di tante cose. Non posso essere così egoista."

"Quindi tua madre ti volterà le spalle anche se sei tu a mandarle i soldi necessari per vivere?" Sembrava troppo stupido per essere vero. "Sarebbe come darsi la zappa sui piedi da sola."

"Non importerebbe. Lei è molto tradizionalista. Nel suo mondo, non sarei nemmeno più visto come un membro della famiglia," mi spiegò lentamente Jae. "La zia mi minaccia tutte le volte di farlo. Ogni volta che hanno bisogno di qualcosa, io corro. Devo farlo. Glielo devo in cambio del suo silenzio."

"Tua zia è un'ipocrita. Suo figlio è stato trovato morto in un club privato per uomini gay. Pensa che fosse andato lì a guardare lo spettacolo?"

"Hyun-Shik era il suo unico figlio. Può perdonarlo perché lui l'ha tenuto lontano dai suoi occhi, o perché lei ha incolpato altri. Se io vivessi qui con te, cosa faremmo quando mia madre chiama o viene in visita dalla Bay Area? Tu potresti magari sopportarlo qualche mese, poi mi odieresti per averti costretto a tenerlo nascosto. Non è giusto nei tuoi confronti."

"Non è giusto nemmeno nei tuoi. Quella è una bugia, piccolo."

"Non capisci, e non mi aspetto che tu lo faccia. Sei troppo bianco. Pensi che tutto dovrebbe essere come tu vuoi che sia, e al diavolo tutti gli altri. Io non posso essere così. Non penso in quel modo. È questo che mi stai chiedendo. Vuoi che pensi e che sia come te, e io non posso. Ho bisogno… di tempo."

"Sì, lo capisco." Cercai di comprendere come fosse essere legato a persone così poco disposte a piegare il loro cuore per me. Anche durante la silenziosa battaglia con mio padre, sapevo che chiedeva di me a Mike, sperando che avrei visto la luce e mi sarei innamorato di una ragazza. Avevo amici le cui famiglie li avevano buttati fuori, ma avevano trovato altri da chiamare fratelli o cugini. Jae parlava come se stesse cadendo in un abisso. "Quindi è tutto qui? Siamo troppo diversi?"

"Non lo so." Almeno era onesto con me. Odiavo quel che mi diceva, ma era onesto. "Devo capire cosa fare. Non lo so."

"Cosa c'è da capire?"

"Stai con me per dimenticare Rick?" Jae inclinò la testa, e io feci mezzo passo indietro. "Non riesci a parlare di lui, e sono passati anni da

198

quando quel tizio l'ha ucciso. Non so se stai con me perché sono come lui o perché sono completamente diverso."

"Non ho mai…" Mi fermai. Non sapevo cosa dire senza che sembrasse che facessi dei confronti fra loro nella mia testa. Erano agli antipodi, ma non era normale che fosse così? "Non dovrei andare avanti con qualcuno che è diverso?"

"Non lo so," ammise. "Rick è sempre lì con te… da qualche parte. Penso che tu non l'abbia lasciato andare perché non hai dovuto. Ora potresti doverlo fare, e non voglio che più avanti tu mi odi per questo. Se io rinuncio alla mia famiglia per te, mi si ritorcerà contro tra qualche tempo perché tu covi del risentimento nei miei confronti? E cosa farei allora?"

"Va bene." Sospirando, mi allontanai dal bancone. Qualcosa mi faceva male. Non capivo se era lo stomaco o il petto, ma il dolore pulsava e vibrava. "Posso darti tempo. Spazio, non lo so. Non voglio che tu esca da quella porta e non torni più indietro."

"Non posso promettere che un giorno non lo farò." Un'altra dose dell'onestà di Jae mi affondò delle spine nella pancia, lasciandomi indifeso. "Ma non sarà adesso. Voglio essere felice per un po'. Anche se non è reale."

"Questo è *molto* reale, Jae." Rimasi in piedi davanti a lui. Quando mi toccò lo stomaco con la punta delle dita, quasi persi il controllo. Il mio uccello lo voleva stretto intorno a me, e il mio cuore voleva che restasse in pianta stabile. Mi stavo trasformando in una ragazza e, se non fossi stato attento, presto avrei iniziato a scegliere il servizio di ceramica e le tendine. "Sta andando bene. Noi andiamo bene. Capisci? Sembra la cosa giusta. Dimmi che non va bene fra noi."

"Va bene, sì," convenne piano Jae. "Sarebbe meglio se fosse solo sesso, e io potessi lasciarti senza voltarmi indietro, ma non posso. Quindi ti prego, lascia che faccia un passo indietro. Non me ne vado, Cole. Lo prometto. Non ora."

"È tutto ciò che posso chiederti, allora," grugnii. Non volevo lasciarlo andare, ma potevo dargli un po' di spazio. "Continua a parlarmi, però. Non andartene e basta. Qualsiasi cosa succeda, questo promettilo, va bene?"

"Va bene." Jae annuì. "Ma se le cose si mettono male, devi giurare che smetterai di cercare l'assassino di Hyun-Shik. Non voglio che tu muoia a causa mia."

"Quanto potrebbero ancora peggiorare le cose?" Mi chinai per rubargli un bacio; la sua bocca sapeva di tè chai, caldo, con chiodi di garofano e cannella. "Sono come uno scarafaggio. Di chiunque si tratti, mi ha fatto di tutto, e io continuo a tornare."

"Stai attento e basta," mi avvertì, allontanandomi con uno spintone. "Anche gli scarafaggi muoiono se qualcuno li colpisce abbastanza forte."

MENTRE METTEVO in moto l'auto che avevo noleggiato, fissai le rovine del mio prato, i cespugli anneriti come se Dio fosse passato a consegnare un mucchio di tavole di pietra. L'erba bruciata era libera da detriti e qualcuno, probabilmente membro dell'orda di Claudia, aveva fatto un mezzo tentativo di tagliare le parti danneggiate, ma aveva rinunciato quasi subito. Il prato era una causa persa.

"Dovrà essere tutto sostituito." Fissai la facciata malconcia del palazzo che mi faceva da casa e da ufficio. Avevo acquistato quell'edificio malmesso per avere qualcosa su cui lavorare mentre cercavo di superare la morte di Rick. La cicatrice che avevo sul petto prudeva e la strofinai, mentre pensavo.

Praticamente ogni centimetro quadrato del palazzo era impregnato del mio sudore. Avevo sudato sangue e imprecato su ogni pezzo di legno, ogni chiodo, e nell'intonaco probabilmente c'era anche il mio sputo. Dio sapeva che ne avevo mangiato più che abbastanza di quella roba. La veranda era leggermente inclinata dove non avevo allineato perfettamente una trave ma, pur con tutti i suoi difetti, era mio.

Solo mio.

Era ora che lo accettassi.

Le lacrime mi facevano pizzicare gli occhi e sbattei le palpebre, cercando di togliermi l'umido e i ricordi dalle ciglia. Qualsiasi cosa facessi, i due uomini che avevo amato in passato sarebbero stati uniti per sempre nella morte. Non potevo pensare a uno senza piangere anche l'altro.

Jae aveva ragione. Ero fottuto nel cervello.

Lasciai il motore in folle, ascoltando il morbido fruscio del traffico nelle strade intorno a me. Una nebbiolina bagnata ricopriva il parabrezza, non abbastanza da attivare il tergicristalli, ma spessa quanto bastava per lasciare sul vetro minuscole goccioline. Era la mattinata perfetta da passare seduto a bere il caffè, accoccolato sotto le coperte o sul divano. Invece, stavo andando a trovare una donna che sospettavo dell'omicidio di suo marito, tutto per l'uomo che lasciavo dormire nel mio letto.

Sfregandomi le ciglia con una mano, mi costrinsi a rilassarmi. Mi mancava Rick. Il cuore ne sentiva la mancanza, ma lo straziante dolore nel corpo era sparito. Avevo costruito la casa per compiacere un uomo morto, tinteggiando i muri nei suoi colori preferiti, come se potesse entrare dalla porta e sospirare meravigliato per ciò che vedeva.

"Mi dispiace, piccolo," mormorai rivolto al cielo, sperando che potesse sentirmi, senza sapere dove Dio mettesse gli uomini gay assassinati. "Volevo questa vita per te, per noi, e non l'abbiamo mai avuta. Volevo che tu fossi qui. Lo vorrei ancora, ma non ci sei, e Jae invece sì. Ma non voglio odiarmi perché…"

Mi fermai prima di ammettere ciò che provavo per Jae. Una volta che avessi scovato l'assassino di Hyun-Shik, Jae se ne sarebbe andato, lasciando la relativa sicurezza della mia casa. Non avevamo mai parlato di amore o di per sempre. Certo, c'erano litigi e risate. Era tanto testardo e ostinato quanto era bello, ma non mi aveva mai detto di amarmi.

"Ma d'altronde, nemmeno tu l'hai fatto," mi rammentai, ingranando la marcia. "Vediamo cosa sta facendo Vicki stamattina."

Non dissi a Jae che sarei andato a parlare con Victoria Kim. Non pensavo che l'avrebbe chiamata per avvertirla ma, se avesse parlato con uno dei Kim, non volevo che nessuno la informasse che sarei passato. Cogliere qualcuno di sorpresa spesso era il modo migliore per farlo parlare e, visto che sia suo marito che Park erano morti, volevo vedere se potevo spingerla a rivelarmi qualcuno dei suoi segreti. C'erano ottime probabilità che fosse lei la bionda al Dorthi Ki Seu quella notte, e avrebbe potuto essere implicata nell'eliminazione di Hyun-Shik. Non sapevo se scoprire che suo marito era gay fosse abbastanza da volerlo morto ma, data la sua dimostrazione di esplicito disgusto la prima volta che l'avevo incontrata, tutto era possibile.

Ovviamente, questo era prima che scoprissi che papà Kim, che mi aveva assunto, aveva anche incaricato Park di sedurre Victoria. Il semaforo sulla rampa divenne verde e altre due auto si immisero nel traffico mattutino. Diedi un'occhiata all'orologio e feci un po' di ginnastica mentale. Mike sarebbe stato seduto alla scrivania a sorseggiare la sua prima tazza di caffè, probabilmente intento a progettare qualche maniera per complicarmi la giornata. Decisi di batterlo sul tempo e gli telefonai.

"McGinnis," abbaiò al telefono, talmente simile a nostro padre che quasi riattaccai.

201

"Carino." Risi. "Come se fossi l'unico."

"Cosa diavolo vuoi?" Bevve rumorosamente vicino al microfono, spaccandomi un timpano. "Non è ancora mezzogiorno. Sono stupito che tu sia fuori dal letto."

"Ho del lavoro da sbrigare. Il caso Kim, ricordi. Mi stavo domandando se potessi organizzarmi un incontro con papà Kim."

"Al momento si trova a Seul," replicò Mike. "E pensavo di averti detto di lasciar perdere il caso?"

"Lo sto seguendo per conto mio." Mi immisi nella superstrada e nel traffico lento di Los Angeles di metà mattina. "Per Jae."

"Cole, so che ti senti…"

"Non dirmi come mi sento, Mike," lo interruppi. "Se i poliziotti non trovano il collegamento fra i tre omicidi, allora chi diavolo dovrebbe farlo?"

"Il caso è stato assegnato all'agente O'Byrne. L'ha soffiato a Branson. Sono sicuro che farà tutti i collegamenti del caso."

"O'Byrne mi fa paura," ammisi. "Potrebbe decisamente tagliare le palle a Branson. Non so se dovrei esserne felice o terrorizzato."

"Sii terrorizzato, perché pensa ancora che tu abbia ammazzato Park. Lascia perdere il caso, Cole."

"Mi spiace, non posso. L'ho promesso a Jae."

"Non sei mai stato bravo a mantenere le promesse. Arriva sempre qualcosa di luccicante che distrae la tua attenzione."

"Questa volta è diverso, Mike. Davvero." Non sapevo spiegare l'impatto che aveva Jae sui miei istinti, il mio cuore. "Penso che mi sto innamorando di lui."

"Aspetta che finisca l'effetto delle medicine. Sono sicuro che sparirà tutto una volta che sarai lucido."

"Ah ah," finsi di ridere. "Ho forse fatto queste storie per te e Furia?"

"Lo conosci da quanto, Cole? Un paio di settimane? È il desiderio che parla, e basta. Non è amore."

"Forse il desiderio è tutto ciò che ho al momento," replicai. "Devo andare. Ho della gente da vedere stamattina. Ti faccio sapere se scopro qualcosa."

Riattaccai prima che Mike potesse ribattere. Il traffico si stava facendo incasinato, e anche la mia testa. Il senso di timore che avevo nello stomaco aumentava man mano che mi avvicinavo alla casa dei Kim. Una volta che il caso fosse stato risolto, Jae sarebbe di nuovo stato là fuori, da solo.

"Devi dargli tempo, Cole," ringhiai a me stesso. "Se son rose, fioriranno."

Quando parcheggiai, il quartiere era stranamente tranquillo. Ero cresciuto nel caos degli alloggi militari, quindi il silenzio mi faceva sembrare le case in stile spagnolo e i prati ben curati quasi finti: come se fossi capitato sul set di un film prima che gli attori e la troupe arrivassero. Un movimento infranse la quiete quando un passero passò volando, ma la strada tornò presto alla sua calma piatta.

Mentre scendevo dall'auto, le mie gambe si lamentarono per lo sforzo. La pelle tirava intorno ai lividi e mi fece male quando feci un passo; la mia schiena protestò, scricchiolando e torcendosi mentre mi voltavo a chiudere la portiera. Tutto a un tratto, pensai che sarebbe stata una buona idea passare il giorno a letto, meglio ancora se intontito da qualcosa che avrebbe trasformato in gelatina i miei muscoli indolenziti.

"Scopare alla grande con Jae probabilmente non ha aiutato," mi rammentai, mentre i crampi mi salivano lungo le cosce. Sorrisi ricordando il calore del suo corpo sul mio. "Ma cazzo, è stato bello."

Non c'era nessuno lungo la strada, ma diverse auto erano parcheggiate lungo il marciapiede e nei vialetti. Una Escalade occupava la maggior parte dello spazio davanti alla casa e l'auto che avevo affittato sembrava minuscola al suo fianco. Non c'erano giocattoli nel prato dei Kim, ma un paio di scarpette da ginnastica infangate davanti al portone annunciavano ai visitatori che lì viveva un bambino.

In questo quartiere, mi sarei aspettato catenacci tripli e un sistema di sicurezza con tanto di taser. Invece, trovai la porta socchiusa di un centimetro. La aprii un altro po' con il piede, mi schiacciai contro lo stipite e cercai di sentire se ci fosse movimento nella casa. Quando non sentii altro che silenzio, sbirciai cautamente dietro l'angolo e il mio cuore si fermò.

La donna dalla voce petulante che mi aveva fatto entrare la prima volta era stesa sul pavimento di piastrelle dell'ingresso, gli occhi aperti e vuoti che fissavano la porta. Due rozzi buchi le avevano distrutto il viso e il sangue delle sue ferite scorreva, denso, nelle fughe fra le piastrelle, trasformando la pozza in una griglia.

"Merda." Tirai fuori la Glock e ascoltai, cercando qualche segno di vita nella casa, ma non sentii niente eccetto degli irrigatori e qualche uccello. Afferrai il cellulare e chiamai il 911.

"Risponde la linea d'emergenza 911, tutti i nostri operatori sono momentaneamente occupati..." Una voce di donna mi disse meccanicamente.

"Oh, 'fanculo," imprecai, riagganciando. Ritentai e sentii di nuovo la registrazione e, dopo il terzo tentativo, chiamai la migliore alternativa che avevo al 911, interrompendo Mike prima ancora che iniziasse a parlare. "Sta' zitto e ascolta. Sono a casa di Victoria Kim. Il portone è spalancato e la bambinaia... almeno credo sia la bambinaia... è a terra nell'ingresso. Sembra morta. Il 911 mi ha messo in attesa, quindi fammi un piacere e chiama O'Byrne e vedi di far mandare qui qualcuno. Adesso."

"Non entrare in quella casa, Cole. Aspetta i poliziotti." Mike urlò al telefono. "Dico sul serio. Non entrare in quella cazzo..."

"Devo vedere se c'è qualcun altro di vivo lì dentro. C'è un bambino." Non ero dell'umore per discutere. "Chiamali è di' che sono entrato perché nessuno mi spari per errore."

"Dannazione," sentii dire a Mike prima di riattaccare. Speravo che fosse più fortunato di me con il 911, ed entrai.

CAPITOLO 18

CON LA Glock abbassata, entrai nella casa, tenendo giù la testa, e aggirai il corpo della donna. Non avevo bisogno di controllare il battito cardiaco. Anche dalla porta, vedevo che era morta. Non potevo fare niente per lei. Dei bossoli vuoti erano sparpagliati intorno a lei come stelle nel cielo. L'omicidio era stato tremendo, caotico e brutale. I muri erano crivellati di buchi, segno di una mano non abituata a sparare. L'esperienza non faceva differenza per la donna sul pavimento. Una pallottola in testa ammazzava anche se sparata senza prendere la mira.

Dalla mia posizione nell'ingresso, sbirciai nel salotto. C'era sangue sui muri, lunghe strisciate che rovinavano l'intonaco rosato. Vivide e luccicanti sulla vernice rosa, le chiazze sembravano recenti. Con l'arma puntata al pavimento, tenni la schiena contro il muro e abbandonai l'ingresso, avanzando nella stanza.

Sembrava un campo di battaglia. Una sedia era rovesciata e il tavolino da caffè spaccato. Il tappeto era fradicio dove un vaso si era infranto per terra; rose gialle erano sparpagliate intorno ai cocci, mezze calpestate. Una foto di Hyun-Shik e Victoria nel giorno del loro matrimonio era a terra, la cornice fatta a pezzi. Vicino, c'era una grossa scheggia di vetro, la punta chiazzata di sangue secco. Qualcosa di luccicante sul tappeto si rivelò essere un'unghia spezzata, smaltata di glitter rosa.

Un gemito attirò la mia attenzione prima che uscissi, quindi mi avvicinai, cercando di non toccare niente. La polizia mi avrebbe spaccato il culo per come ero entrato in casa. Avrei peggiorato le cose facendo un giro, ma ormai ero dentro.

Vidi due piedi nudi nell'angolo della stanza e avanzai con attenzione. La sorpresa mi mozzò il fiato quando vidi Victoria, stesa immobile sul tappeto dietro il divanetto. I suoi capelli biondi erano un garbuglio attorno alle sue spalle e un livido le si stava formando sulla guancia. Avanzai, aggirando una tazza da tè infranta, e mi chinai per vedere se fosse viva.

Lo era, ma a malapena. Il tappeto sotto di lei aveva assorbito quanto più possibile del suo sangue e fece un suono viscido sotto il mio peso, bagnandomi le scarpe.

Victoria giaceva sullo stomaco e i suoi occhi non erano a fuoco. Batté lentamente le palpebre mentre entravo nella stanza. Le sue gambe non si muovevano e la gonna nera e ampia che indossava era sollevata, scoprendole le cosce. La camicia, un tempo bianco crema, era punteggiata di fori di pallottola, e chiazze di sangue si erano allargate dalle ferite fino a toccarsi l'un l'altra. Fissò lo sguardo su di me per un lungo momento e mormorò qualcosa, un fiume spezzato di parole, piantando le unghie nel tappeto.

"Non muoverti," dissi, raggiungendola. Posai la Glock sul tappeto, tenendola a portata di mano nel caso mi servisse. Le posai una mano sul collo e cercai le pulsazioni della carotide, ma erano troppo deboli. Victoria gorgogliò, gli spasimi della sua gola facevano sussultare la pelle sotto il mio palmo.

Sembrava così sbagliato che gli irrigatori fuori facessero più rumore della donna che lottava per respirare sotto la mia mano. Victoria lottò per prendere fiato e io le dissi di tacere, di tenere duro. Il telefono mi vibrò in tasca e lo aprii dopo aver visto il numero di Mike sullo schermo.

"Mike, mi serve un'ambulanza. Hanno sparato a Victoria Kim." Le sollevai le spalle con una mano, cercando di tenerle i polmoni liberi dal sangue. Il suo respiro si fece più facile, ma comunque spezzato.

"Ho chiamato il 911. Arriveranno a breve," disse Mike. "O'Byrne dovrebbe essergli alle calcagna. Arrivo appena posso."

"Grazie." Non gli avrei detto di non venire. O'Byrne mi avrebbe inchiodato se non fossi stato attento e, per quanto ne sapevo, l'assassino poteva ancora trovarsi in casa. Riattaccai e posai il telefono, chinandomi su Victoria. "Ehi, devi resistere ancora un po'. L'ambulanza sarà qui a momenti. Ti rimetteranno a posto."

Sapevo che era una bugia. Non c'era niente che un team di dottori avrebbe potuto fare. La mia mano le sfiorò un foro d'uscita sul petto. Era una lacerazione, e il suo seno destro non c'era più, rimpiazzato da un macello piatto e bagnato. Aveva almeno altri quattro buchi nella schiena e, se gli altri erano come quello che stavo cercando di tamponare, i suoi organi dovevano essere ridotti a un frullato.

Non sapevo come potesse essere ancora viva, tanto meno cosciente, ma voleva dirmi qualcosa… dovesse anche costarle la vita.

"Will…" Mi afferrò la gamba, tirandomi i jeans. Troppo massacrata per far uscire la voce, Victoria balbettò quella parola.

"Che cosa?" Non sapevo se dirle di risparmiare le forze o se lasciarla parlare. Il respiro di Victoria si spezzò, e il suo torace sussultò sotto le mie mani. "Victoria, smetti di parlare. Non ti aiuta…"

"Di sopra." Il suo viso si irrigidì mentre si sforzava di guardare in alto. Lo sforzo erculeo per sollevare il mento le fece tendere i muscoli del petto e il sangue sgorgò intorno alle mie dita dalla ferita che stavo comprimendo. "Will…"

Merda, stava parlando di suo figlio. Il figlio di Hyun-Shik. Will, che presto sarebbe stato l'unico sopravvissuto della famiglia, era di sopra.

"Non muoverti, va bene?" Victoria si stava facendo ansiosa, muovendo e dimenando gli arti. Ansimando, cercò di voltarsi, e io la tenni ferma. "Aspetta, ti prendo un cuscino per tenerti sollevata e poi vado di sopra, va bene? Non parlare. Sul serio."

Il cenno di assenso di Victoria fu impercettibile, ma la sentii rilassarsi fra le mie braccia. Mi sporsi e afferrai un cuscino dal divano, e glielo posizionai con cura sotto lo sterno. Mi pulii sui jeans la mano insanguinata e raccolsi la pistola. Non ero certo che sarebbe stata ancora viva quando fossi tornato di sotto ma, ora come ora, l'unica cosa che le importava era che trovassi suo figlio.

Con Victoria che probabilmente stava morendo in salotto, non mi restava nessun altro da incolpare per gli omicidi.

"Pistola abbassata, cammina in silenzio," mormorai fra me. "Non sai chi ci sarà lassù."

Aggirai la donna morta nell'ingresso, badando di non calpestare il sangue. Avevo già compromesso la scena andando da Victoria, ma solo uno stronzo l'avrebbe lasciata lì a morire, anche se pensavo che avesse partecipato all'omicidio del marito.

"Chi diavolo c'è ancora?" Mi fermai in fondo alle scale.

La scalinata era una cascata di marmo bianco punteggiato di nero, bordata da un'elaborata ringhiera di ferro battuto. Un lungo tappeto tagliava la curvatura a metà, un nastro dorato steso al centro di ogni gradino. Era imbrattato di piccole gocce di sangue. Erano ben distanziate, e molto piccole. Probabilmente Victoria era riuscita a mettere a segno un colpo con qualcosa, ma l'assassino non era preoccupato o nel panico.

La cosa peggiore era che sapeva che Will era di sopra ed era proprio lì che era diretto. Doveva essere venuto per rapirlo o per ucciderlo: entrambe le opzioni sarebbero state disastrose per la famiglia Kim.

La casa era grande e il piano superiore si divideva in due direzioni in cima alla scalinata di marmo. Mi azzardai a scommettere che il passaggio più piccolo nel corridoio portasse alle stanze padronali. La fortuna doveva essere dalla mia parte o contro di me, perché la pallottola diretta alla mia testa mi mancò, andando a infrangere lo specchio appeso al muro alle mie spalle. Trasalii e mi abbassai quando lo specchio esplose in schegge, strappandomi la maglietta e conficcandosi nella mia pelle già lacerata.

Rotolando, cercai di trovare un riparo, ma non c'era niente dietro cui nascondermi. Non c'era niente di utile nel corridoio tranne un cancelletto portatile per bambini che l'assassino doveva aver spostato da in cima alla scala. Afferrai il cancello di plastica e lo scagliai in avanti, sperando per lo meno di respingere l'assassino nella stanza per raggiungere l'angolo e avere un po' di riparo. Il cancello si aprì e colpì una porta aperta, spaccandosi rumorosamente in due prima di cadere a terra.

Grace Kim emerse dal fondo del corridoio, tenendo in braccio il bambino piangente. Teneva una Browning nella mano tremante e la puntava verso di me con una mira vaga e incerta. Il suo viso era bianco, fisso in una smorfia. Era sotto shock ma determinata mentre mi fissava con occhi selvaggi.

"Papà sa che hai la sua pistola?" Mi alzai lentamente, tenendo la Glock lungo il fianco. Feci un passo in avanti e la sua arma si fece ferma, puntata al mio petto.

"Non m-muoverti," balbettò Grace, e l'arma tremò di nuovo. Alzai le mani, facendomi penzolare la Glock dall'indice. "E non è la pistola di papà. È la mia. L'ho… comprata."

"Okay, va bene." Mantenni la voce ferma. Non c'era modo di sapere quante munizioni le restassero, se ne avesse ancora, e il bambino stava iniziando a ululare. Grace cercò di zittirlo, facendolo dondolare sulla sua gamba. Avrebbe potuto aver ricaricato dopo aver sparato a Victoria e all'altra donna. Non avevo assolutamente modo di saperlo.

"Shhhh, va tutto bene. Ti portiamo dalla nonna. Si prenderà cura di te, piccolino," mormorò Grace, baciando la testa di Will. Affondò per un momento il viso fra i capelli umidi di sudore del bambino, ma si tirò indietro troppo in fretta perché potessi tentare di afferrarla. Continuò a puntare su di me la pistola mentre avanzava. "Non voglio spararti. Non voglio. So che stavi solo facendo il tuo lavoro. Lo so."

"Anche la donna per terra vicino alla porta stava solo facendo il suo lavoro, eppure l'hai uccisa," le feci notare, quindi trasalii. Il mio buonsenso mi aveva abbandonato un'altra volta.

"Ha cercato di fermarmi." Il suo grido echeggiò nello spazio aperto sopra l'ingresso. "Ho dovuto ucciderla. Non ho avuto scelta. Nessuno mi ha mai lasciato scelta."

"Park? Lui ti ha lasciato scelta?"

"Avrebbe detto a papà che avevo ucciso Hyun-Shik. Non potevo permetterlo. Non avevo ancora finito. Non avevamo ancora finito." Fece un passo indietro, cercando di consolare il nipotino e di tenermi sotto tiro. Mentre mi voltava la schiena, feci un passo verso di lei, facendomi più vicino. "Se avesse tenuto la bocca chiusa ancora qualche giorno, sarebbe stato tutto finito."

"E Jae? Tuo cugino?" la incalzai. La pistola sussultò, puntata sempre più spesso lontano da me. Feci un altro passo, sperando che fosse abbastanza scossa da lasciar cadere o la pistola o il bambino. A ogni modo, avrei provato ad atterrarla.

"Jae-Min non importa. È... disgustoso. Un pervertito. Guarda cos'ha fatto a Hyun-Shik! Mio fratello sarebbe stato normale se Jae-Min non ci avesse provato con lui, non avesse spinto Hyun-Shik a volerlo." Grace singhiozzò, asciugandosi rapidamente gli occhi con il dorso della mano che reggeva la pistola. "Ho detto a Brian che avrebbe dovuto assicurarsi che Jae-Min morisse quando ha ucciso quella puttana, ma non l'ha fatto. Vedi? Non potevo fidarmi di lui! Non faceva mai quello che doveva!"

"Perché hai ucciso tuo fratello?" Avevo troppe domande, e far parlare Grace sembrava funzionare. Will si stava calmando, anche se non sembrava a suo agio in braccio alla zia.

"Avrebbe portato via Will a mia madre, ed era malato. Jae-Min gli ha attaccato la sua perversione e lo ha reso malato nella testa. Che razza di uomo desidera altri uomini?" spiegò lentamente, come se fossi un bambino. "Dopo la sua morte, quella troia di sotto sarebbe dovuta restare, ma ha cambiato idea. Sarebbe andato tutto bene se solo avesse lasciato perdere e fosse rimasta."

"Forse voleva..."

"La nostra famiglia è tutto ciò che ha. Le diamo tutto, ma non era abbastanza per lei. Voleva portare via l'unica cosa... l'unica persona che Umma ama."

"Tuo fratello non doveva morire perché tu pensavi fosse… malato," dissi piano. "Solo, lui…"

"No! Tu non sai niente! Hyun-Shik era… Quello che stava facendo era sbagliato. Ci ha disonorati… scopando altri uomini. Come possiamo guardare la gente in faccia sapendo cosa faceva? Con Will, è tutto diverso. Umma può avere un altro figlio… un buon figlio, stavolta." Strinse Will a sé e io feci un altro mezzo passo, sperando che prestasse più attenzione al bambino che a me.

Dovevo essermi avvicinato troppo, perché fece fuoco in un attimo. Lo scoppio dello sparo spaventò Will, che urlò, strillando con tutto il fiato che aveva. Mi gettai a terra, sentendo il sapore del tappeto. Rotolai sulla schiena, contro il muro, e puntai alla coscia di Grace.

Un rapido botto della Glock e Grace andò giù, gridando di dolore. Will cadde in avanti, sbalzato dalle braccia di sua zia, e io mi tuffai per prenderlo mentre l'urlo di Grace si faceva più forte. La Browning rimbalzò e scivolò sul tappeto e io le diedi un calcio, sperando di tenerla fuori dalla sua portata. Volò, colpendo il marmo in cima alle scale, e il suo peso la spinse oltre il bordo. La pistola rimbalzò diverse volte sul marmo, poi quel suono fu sovrastato dal pianto del bambino.

Stringendomi Will al petto, inspirai profondamente e trasalii quando un dolore pungente si diffuse dalla mia clavicola. Abbassando lo sguardo, fissai con vaga meraviglia il foro nella mia spalla. Ne sgorgava un rivoletto di sangue, che mi scendeva lungo la maglia, sul braccio. La mano di Will toccò un punto bagnato e presto il mio viso fu coperto di impronte della sua mano mentre lui si dimenava, cercando di liberarsi.

Sentii dei rumori provenire dalla strada. Si fecero più forti, e il fischio nelle mie orecchie a seguito dei colpi di pistola presto si trovò a competere con l'acuto ululare delle sirene della polizia. Passi pesanti percorsero l'ingresso e le grida cominciarono, annunciando l'arrivo delle forze dell'ordine locali. Attirati dalle urla e dal pianto, diversi uomini armati in uniforme arrivarono sul pianerottolo con le pistole spianate, e io lasciai cadere a terra la Glock.

Un poliziotto afferrò Will mentre un altro raggiungeva Grace, e io gemetti quando un paio di agenti in borghese mi sollevarono e mi sbatterono contro il muro. Questa volta, la mia buona stella mi impedì di fare il furbo dicendo qualcosa di arrogante ai poliziotti.

Persi i sensi prima che potessero ammanettarmi.

EPILOGO

DOPO TRE giorni, Mike mi portò a casa dall'ospedale. Ero stato tormentato e punzecchiato da un dottore carino ma sadico, che non sembrava vecchio abbastanza da essere servito a un bar, men che meno curare una ferita di pistola. Dopo un'occhiata ai lividi che avevo sul corpo per via delle bombe, mi aveva etichettato come vittima di trauma cranico e mi aveva preso in ostaggio.

Mio fratello mi aiutò a entrare in casa, intimandomi di riposare e mangiare. Gli dissi di andare a casa da sua moglie e collassai sul divano. Non volevo vedere quanto fosse vuota la mia casa. Era pomeriggio presto e il quartiere brulicava di vita, ma casa mia era un mortorio.

Jae se n'era andato.

E si era portato via quella dannata gatta.

Prima di tornare a casa, avevo saputo che aveva trovato un posto dove stare, a circa un chilometro da lì. Un amico di un amico lo aveva contattato riguardo a una casa ampia con molta luce, e non gli importava che ci fosse un gatto di mezzo. Jae aveva lasciato casa mia prima ancora che l'ospedale mi servisse il primo piatto di gelatina verde e acquosa.

Quando ero tornato a casa, avevo trovato un ingombrante mucchio di palloncini che svolazzavano in soggiorno, variopinti auguri speranzosi per una mia pronta guarigione, e una busta con sopra il mio nome. Conteneva una chiave Kwikset identica a quella che avevo fatto per Jae perché avesse la chiave della mia porta d'ingresso. Molto identica.

Evitai di prendere gli antidolorifici che il bel sadico mi aveva dato, preferendo attenuare il dolore con una birra ghiacciata. Riuscii a scolarmi mezza bottiglia prima di crollare.

Il soggiorno era buio pesto quando mi svegliai e odorava di curry verde.

Curry davvero buono.

"Ha chiamato Mike." Jae entrò in soggiorno. Portava una ciotola di cibo fumante e io quasi piansi dal sollievo. "Gli ho detto che stavi dormendo."

211

Mi allungai verso Jae e lo tirai giù, afferrando la ciotola per posarla sul tavolino, bruciandomi le dita nel farlo. Il suo peso sulla gamba mi faceva male, ma il dolore era piacevole. Più che piacevole, perché significava che lui era reale.

Assaggiai la sua bocca, assaporando la sua dolce lingua e il gusto speziato di curry che vi era rimasto. Doveva aver assaggiato la zuppa mentre cucinava. La sua bocca si mosse sulla mia e le sue labbra si schiusero quando domandai accesso. Amavo sentirlo arrendersi a me. Jae gemette e mi scivolò in braccio, allargando le ginocchia fino a mettersi a cavalcioni dei miei fianchi. Mi dolevano anche quelli, ma in modo diverso. Il mio uccello voleva entrare nel suo calore, lo implorava.

Spostandomi, cercai di fare spazio per la mia erezione, ma i pantaloni della tuta avevano altre idee. Si fecero più stretti mentre Jae si muoveva. Imprecando, lo sollevai, faticando anche con il suo peso leggero. Le mie spalle protestarono contro quel movimento brusco.

"Sei qui." Ero il re dell'ovvietà, e il mio cazzo rimarcò con un pulsare costante la presenza di Jae, che si appoggiò al mio petto. Gli presi il viso fra le mani, guardando i suoi bellissimi occhi scuri e la bocca piena e peccaminosa che volevo sentire intorno a me.

"Sì." Si tirò indietro, perplesso. "Dove altro dovrei essere? Sei venuto a casa. Sono qui per assicurarmi che ci resti."

"Ho pensato… merda." Afferrai la busta con la chiave dentro e la sollevai per mostrarla a Jae. "Pensavo te ne fossi andato."

"No, ho trovato un appartamento e ci ho trasferito la mia roba," disse lentamente, spostandosi fino a sedersi sulla mia pancia. "Quella è la chiave di casa mia. È tua, se la vuoi."

"Sì, la voglio." Il mio stomaco era caldo grazie al suo corpo e le mie guance erano rosse per l'imbarazzo. "Fiducia… ci devo lavorare."

"Okay," disse, con un sorriso. "Anch'io."

"Mi… mi mancherai." Potevo essere onesto. Mi ero abituato ad averlo vicino, e anche la mancanza del gatto mi creava problemi, ma più di tutto mi sarebbe mancato svegliarmi vicino a lui al mattino, sentirlo mormorare chiedendomi di spegnere il sole.

"Non sono morto," replicò, spingendomi delicatamente le spalle. "Sono in fondo alla strada. Più o meno. A qualche isolato, almeno."

"Sì, l'ho capito." Grugnii, mettendogli le mani sulle cosce. Feci scivolare le dita sui suoi fianchi, strofinando la pelle morbida esposta fra la maglia e i jeans. "Il fatto che non resti qui... ha anche a che fare con la tua famiglia, eh?"

"Un po'," mormorò Jae, abbassando lo sguardo, il bel viso oscurato da confusione e paura. "Non sono pronto a essere buttato fuori. Non posso."

"No, capisco anche quello. Non hai visto la faccia di tua cugina mentre parlava di suo fratello. Avresti potuto strizzarle la pelle e ricavarne una tazza di puro odio liquido. Mi ha quasi dato la nausea."

Adesso capivo. Non mi piaceva, ma capivo. Era difficile accettare che l'immagine che Jae aveva di sé fosse legata a una massa di persone più ampia. Non si trattava solo di essere parte di una famiglia. Tutta la sua mentalità ruotava intorno al non vivere solo per se stesso. Ci avrei messo un po' ad abituarmi a *quello*.

"È difficile essere coreano, essere asiatico, e amare un uomo." Sospirò. Serrò gli occhi e abbassò il capo, quasi nascondendo il viso da me. Odiavo vedere il dolore sul suo volto e mi sporsi per toccargli la guancia. Volevo solo far sparire quell'angoscia.

"Non lo capivo, non per davvero. Potrei stare tutto il giorno a cercare di convincerti di mollare tutto... di mandarli a fanculo perché non ti meriti di essere trattato così, ma non posso. So che è qualcosa... che hai dentro, come se fossi cucito a tutto il resto del gruppo. Se qualcuno ne viene amputato, muore dissanguato, ma gli altri continuano a vivere." Iniziai ad asciugare le lacrime che gli scivolavano dagli occhi. Avrei voluto non essere io a tradurre in parole il suo dolore.

"So che pensi che sia una cosa stupida." Tirò su con il naso ma si appoggiò alla mia mano, un sottile segno di fiducia che mi riempì il cuore.

"Non lo è. È solo che prima non lo capivo. Adesso penso di sì. È come se tu... non fossi solo Jae-Min... sei tua madre... e le tue sorelle... e quell'inutile cazzone di tuo fratello... e a loro non importa se ti tagliano fuori perché pensano che sei marcio, ma ti farebbe morire dentro. Non posso permetterlo. Non posso chiederti di sopportare tanto dolore per me. So che ti meriti di meglio, piccolo. Lo so."

"Grace non lo sapeva. La zia... non lo sa." Le sue parole erano amare, quasi acide per il dolore. "Penso che preferirebbero entrambe che fossi morto io invece di hyung. La zia mi ha detto di non farmi più vedere. Che non sono il benvenuto, per via di ciò che ho causato alla famiglia... come se fossi io ad aver ucciso Hyun-Shik. Io."

"Sì, beh, penso che quella famiglia abbia la merda al posto del cervello," mormorai, attirandolo a me. Gli baciai le ciglia, leccando via il sale amaro che vi trovai.

"Cosa succederà ora? A Grace?" sussurrò, facendomi scivolare le braccia intorno al torso. Grugnii mentre il dolore mi attraversava il petto, ma lo tenni stretto quando cercò di spostarsi. "So che è in prigione. Lo zio pensa di poterla tirare fuori, ma come? Ha ucciso così tanta gente... Victoria..."

"Con Victoria, ha ucciso cinque persone." Feci spallucce, odiando come le spalle di Jae sussultarono mentre trasaliva fra le mie braccia. Strofinandogli la schiena, cercai di tranquillizzarlo come potevo. "Potrebbero darle l'infermità mentale. Non so. Ma sta ottenendo quel che voleva. Tua zia si prende Will, e tutti quelli che voleva morti sono morti. Lui non ha altri parenti."

"Hanno soldi," rifletté Jae. "Un sacco di soldi, e lo zio ha molte conoscenze. Da quel che ha detto, sembra che non sarà troppo difficile difenderla."

"Già, è triste a dirsi, ma probabilmente andrà così." Sospirai, ripensando alla tirata che mi aveva fatto mio fratello mentre mi accompagnava a casa dall'ospedale. "Mike pensa che tuo zio romperà il contratto perché ho inchiodato Grace per gli omicidi."

"Quindi pensi che lo sapesse? Che l'assassina era Grace."

"Mike?" Abbassai lo sguardo su Jae, che mi rivolse un'espressione acida. "Oh, tuo zio? Forse. Non lo so. Chi sa mai davvero cosa fanno i suoi figli? Per mio padre è stato uno shock scoprire che ero gay, ma Mike ha detto che lui sapeva che mi piacevano gli uomini prima ancora che iniziassi le superiori. Forse i genitori sono ciechi quando si tratta di ciò che fanno i figli solo perché non lo vogliono sapere."

"Sono abbastanza sicuro che mia madre sappia. Di me." Poggiò il mento sul mio petto. I suoi occhi erano scuri nelle ombre ma, nel loro profondo, minute pagliuzze color ambra scintillarono quando mi baciò. "Alle volte vorrei solo che dicesse qualcosa. Continuiamo a girarci intorno, a fingere. Continuo a sperare che porrà fine a tutto questo, ma non lo fa mai."

"Potrebbe non dire mai niente." Era troppo, sperare che l'avrebbe fatto. Per quel poco che capivo della situazione, sembrava che Jae fosse bloccato fra la vita che voleva vivere e gli obblighi che aveva verso la sua famiglia. "Forse, un giorno non importerà? Non lo so, piccolo. Per me è tutta una novità."

Rabbrividì fra le mie braccia e io poggiai la guancia sui suoi capelli, inspirando il dolce profumo di vaniglia che usava. Ci fu un debole miagolio da in cima alle scale, e alzai lo sguardo quando la sua gatta balzò sullo schienale del divano. Si accucciò in una palla di pelo e iniziò a fare le fusa, probabilmente perché stava tramando di mangiarmi i bulbi oculari più che per la contentezza di essere nuovamente a casa mia.

"Cosa farai adesso?" chiesi, baciando la bocca di Jae quando alzò il viso verso di me.

"Pensavo di darti da mangiare e poi, magari, di portarti a letto." Rivolse un'occhiataccia alla mia birra ormai tiepida. "Magari darti qualcuna di quelle medicine, così potrai dormire."

"Suona molto romantico," mormorai. "Resterai stanotte? Qui con me?"

"Prometti di non cominciare niente?" Mi fissò mentre annuivo con aria innocente.

"Promesso," giurai, alzando la mano. "Forse. Sì."

Mi scivolò via di dosso per recuperare il curry, lasciandomi una chiazza fredda sul torso, dove c'era stato il suo calore. Volevo allungarmi verso di lui, attirarlo a me e non lasciarlo più andare ma, per ora, dovevo accontentarmi di ciò che mi dava. Lasciai che Jae mi sollevasse, permettendogli addirittura di imboccarmi con un po' di zuppa piccante, pretendendo un bacio per ogni due bocconi di cibo.

"Dovresti riposare," mormorò, quando finalmente lo lasciai riemergere per respirare. Passandomi le mani fra i capelli, mi tenne fermo e poggiò la fronte alla mia, guardandomi negli occhi. "Saranghae, agi."

"Questa storia dell'usare un'altra lingua con me è molto sleale." Allargai le mani in fondo alla sua schiena, assaporando la sensazione di averlo sul mio corpo. Per la prima volta da anni, mi sentivo come se la mia pelle mi stesse giusta addosso e, nonostante i dolorini che mi rammentavano di fare con calma, non ero mai stato più comodo... ed eccitato. "Cosa significa?"

Il bellissimo viso di Jae si fece immobile, e lui mi rivolse un sorriso gentile. Baciandomi sulle labbra, sussurrò nella mia bocca socchiusa: "Impara il coreano."

SPORCHI SEGRETI

Ai miei nonni,
John Kaleimomi Notley e Louis "Primo" Pavao

Potrete anche averci lasciati, ma io vi ho portato sempre con me.
Vi amo entrambi. Spero di avervi reso orgogliosi.

Ringraziamenti

Tutto il mio haato e il mio amore per gli altri quattro dei Cinque – Jenn, Penn, Tamm, Lea – e a Ren e Ree. Un 'grazie' gigante e biscottini a Lisa H., Bianca J., e Tiff. T., per aver setacciato le mie bozze, e ai miei amici di Twitter, che per fortuna mi hanno fornito una quantità di nomi di sexy shop. Voi degenerati sapete chi siete.

Non posso continuare senza estendere la mia gratitudine al meraviglioso staff della Dreamspinner, tra cui Elizabeth per avermi dato una possibilità, Lynn, che mi guida attraverso le rapide, Ginnifer per essere una persona magnifica con cui lavorare, e tutti gli altri redattori che hanno collaborato a questo progetto. Una menzione speciale per Julili, che rende migliore il mondo.

Infine, ringraziamenti di cuore a JYJ, Big Bang (specialmente G-Dragon), Tool, VAST, Vamps, AC/DC, e una sfilza di rock blues, per avermi tenuto compagnia e sulla giusta strada mentre scrivevo questo libro. Siete stati una grandiosa colonna sonora.

CAPITOLO 1

GLI UOMINI sono, per natura, creature stupide.

Credo di poterne parlare con una certa esperienza, essendo io sia un uomo che, beh, un uomo gay. È già abbastanza brutto essere una di quelle stupide creature, figurarsi esserne attratti. Sono fregato da tutte e due le parti: cervello e uccello.

Mio fratello maggiore Mike, un ottimo esempio di uomo che fa cose stupide, era seduto accanto a me nella mia nuova Range Rover. Brontolò in silenzio mentre sorseggiava il caffè bruciato e amaro che avevamo preso al negozietto in fondo alla strada. Tra di noi c'era un sacchetto aperto di Funyun che teneva compagnia alla mia scorta di Twinkies. Pensai con affetto al giovane uomo coreano che avrei voluto mi facesse compagnia invece di mio fratello, ma Jae-Min probabilmente era al lavoro nel mio soggiorno, dove lo avevo lasciato.

Eravamo di fronte a un sexy shop chiamato Back Door Lover, ossia Amante del Retro. Non era un negozio di fascia alta come quei posti profumati e delicati sul Sunset con nomi tipo Il Vaso di Pandora o Gioiello di Cioccolato. Il negozio era in un edificio squadrato di cemento accanto ad altri esercizi commerciali ad affitto basso. Dall'altro lato del parcheggio in comune c'era uno stand di tacos aperto 24 ore su 24 e da quello opposto c'era un riparatore di computer. Non c'era una tazza di caffè da cinque dollari nel raggio di chilometri. Quel quartiere andava dai donut bisunti ai cambi d'olio veloci, con una manciata di condomini fatti con lo stampino qua e là.

Eravamo parcheggiati dall'altro lato della strada, per cui potevamo vedere chiaramente il negozio e il vicolo che lo separava da quello dei computer. Dal venditore di tacos si facevano floridi affari. Peccato che fossero soprattutto tra uno spacciatore e i suoi clienti, nel parcheggio.

Sorprendentemente, il Back Door Lover Sex Shoppe era piuttosto trafficato fino all'ora di chiusura, le tre del mattino. Mike e io guardammo l'ultimo cliente che usciva lentamente stringendosi al petto un sacchetto anonimo pieno di riviste. Il ragazzo del college con la faccia tonda che faceva il turno di notte abbassò la saracinesca di metallo sulla porta

219

anteriore, bloccando la visuale dell'interno. Qualche momento dopo i neon del negozio sfarfallarono, poi ci fu il buio.

Era difficile mettersi comodi, anche sui sedili lussuosi della Rover. Il tessuto cicatriziale delle ferite causate dai fori dei proiettili di Ben continuava a contrarsi e mi torceva dolorosamente i nervi lungo la spalla, il petto e la gabbia toracica. Al confronto la ferita da proiettile più recente era una passeggiata. *Quella* si limitava a pulsare e a schernirmi con delle fitte ogni volta che sollevavo qualcosa di pesante.

"Non riesco a crederci, cazzo. Sono seduto qui alle quattro del mattino a guardare l'ingresso di un porno shop." Mike strinse i denti, digrignandoli abbastanza forte perché lo sentissi dall'altro lato del sedile. "Dannazione. Perché ti permetto di convincermi a fare queste cose?"

I suoi capelli, un porcospino di setole sulla testa squadrata, si drizzavano ancora più furiosi per via di tutte le ore che aveva trascorso a passarsi le mani sullo scalpo. Assomigliava più di me alla nostra defunta madre, avendo ereditato i capelli neri e spessi e i lineamenti asiatici. Io, che avevo preso di più dal nostro padre irlandese, invidiavo i capelli di Mike. La loro furia indomabile contro il mondo era uno spettacolo.

"Perché Bobby aveva un appuntamento," gli ricordai. "E tecnicamente è un sexy shop. C'è scritto sulla facciata dell'edificio. Non puoi non vederlo. È in lettere luminose rosa. Stiamo seguendo un caso per un cliente, ricordi?"

"Il tuo *cliente* ha dei problemi di ammanchi nell'inventario." Un altro sorso di caffè, e i suoi occhi a mandorla diventarono fessure. "Io ho di meglio da fare il sabato notte che fare da babysitter a mio fratello durante un appostamento perché lui possa beccare qualcuno che si frega dei dildo."

"Tu sei seduto qui perché hai sostituito il pavimento di sughero della tua cucina con piastrelle spagnole." Mi portai il binocolo al viso per tenere d'occhio una coppia che camminava vicino al sexy shop, ma erano più interessati a controllarsi le tonsille a vicenda che a compiere un'effrazione nel negozio ormai chiuso. "Le piastrelle spagnole bagnate sono un guaio a camminarci sopra quando hai i piedi. Immagina che schifo sono quando ti manca la metà inferiore di entrambe le gambe."

"Come facevo a saperlo?" Mike si afflosciò sul sedile. "Ho pensato che sarebbero state carine. Una sorpresa per quando lei fosse tornata da New York."

"Sì, beh, magari lo penserà una volta che ti avrà perdonato… e avrà tirato via quelle cazzo di piastrelle." Allungai la mano verso il caffè e inghiottii più che potevo di quella miscela bollente e dolceamara.

"Al momento sei bloccato qui con me a fissare un *sexy* shop. E per tua informazione, un *cliente* è qualcuno che ti paga. Io lo sto facendo gratis, come favore per Bobby."

"Che ha un appuntamento," borbottò lui. "Bel migliore amico."

"Io non mi metto mai tra un uomo e una scopata," replicai.

"Auto Uno, entrate. Passo." Il walkie-talkie che avevo piazzato sul cruscotto gracchiò con un rumore sibilante. Allungai la mano prima che Mike potesse prenderlo. "Auto Uno, ci siete? C'è una situazione all'Auto Due. Passo. Kkkrrrawwr."

"Ha appena sibilato nel microfono?" Il disprezzo di mio fratello era acido come il caffè. "Mi prendi per il culo? Che cosa siamo, in quarta elementare?"

"Non tutti giocano al soldatino nella vita reale come fai tu, ricordi?" Pigiai il tasto per rispondere prima che Trey potesse sputare di nuovo nel microfono. "Trey, che succede lì sul retro? Vedi qualcuno?"

Trey, destinatario del favore che stavo facendo a Bobby e proprietario del Back Door Lover, era incaricato di controllare l'uscita sul retro. Era stata una mossa strategica da parte nostra. Trey era un po' un porco, e anche seduto dall'altra parte della strada in una Toyota Camry sfasciata aveva occhieggiato gli uomini che uscivano dal suo stesso sexy shop. Lo avevo messo con Mike mentre io stavo in macchina con il suo attuale coniglietto da scopate, un ragazzo biondo ghiaccio che si chiamava, chissà perché, Rocket, ed era il classico twink, giovane e magrolino. Avevo pensato che separare gli amanti fosse una buona idea. Dopo venti minuti dei commenti lascivi di Trey su culi e cazzi, Mike aveva minacciato di tagliarmi le palle se non avessi fatto qualcosa al riguardo.

Ci eravamo scambiati di posto, mandando Trey e la sua macchina sul retro. Mike era saltato in auto con me, temendo – e non potevo dargli torto – che nel vicolo buio dietro il negozio Trey potesse voler usare la bocca per fare qualcosa di diverso che parlare.

Sfortunatamente per noi, da Trey si erano verificate tre *situazioni* mentre copriva la porta sul retro, inclusa la segnalazione terrorizzata di un opossum che stava scavando nel cassonetto che il suo negozio condivideva con quello dei tacos.

"Correggimi se sbaglio," mi interruppe Mike dandomi una ditata nelle costole, "ma sembra che qualcuno stia uscendo da quel negozio di porcherie con la robaccia del tuo cliente."

Non avevo mai giocato con le bambole, di nessun tipo, per cui fu un po' una sorpresa quando un pallone dalla forma strana spuntò fuori da una piccola apertura posta piuttosto in alto sul muro del Back Door Lover. Si contorse e poi fu sparato fuori di botto. Gli arti della bambola gonfiabile bruna si spiegarono e quella piroettò nell'aria, per poi fluttuare fino a terra.

Poi toccò alla versione bionda. Il suo corpo di plastica chiaro, quasi rosa, per un momento galleggiò verso l'alto, catturando la leggera brezza prima di scendere verso terra accanto alla sorella bruna. Anche nell'ombra i capelli giallo granturco risplendevano, e la bocca spalancata e sorpresa era oscenamente luminosa nel buio.

Quello che uscì poi fu più sorprendente. La bambola fu seguita da quella che pareva un incrocio tra una Converse rossa taglia 43 e una scarpetta da ballo.

"Il figlio di puttana deve essersi nascosto all'interno." Ero davvero colpito. L'uomo, magro come uno spaventapasseri, riuscì a contorcersi come un pretzel per uscire dalla presa d'aria. Non poteva essere più di sessanta centimetri per sessanta, ma lui scivolò attraverso l'apertura come se fosse fatto di gelatina. Atterrò goffamente su un mucchio di scatole impilate nel vicoletto tra il Back Door Lover e il negozio dei computer, ma ritrovò l'equilibrio prima di cadere. Mike e io eravamo fuori dalla macchina prima che il ladro mettesse piede sull'asfalto.

Fu allora che iniziarono gli spari.

Una rapida spinta da dietro e stavo assaggiando il ghiaino e l'olio sulla strada. Mike mi atterrò sulla schiena con tutto il peso, e quel po' di aria che mi era rimasta nei polmoni ne uscì, lasciandomi senza fiato. Mi sentii ben più che leggermente insultato quando Mike mi appiattì sull'asfalto e mi coprì col suo corpo. Non avevo bisogno che mio fratello maggiore mi proteggesse. E comunque era molto più basso e più piccolo di me, per cui non era molto utile come scudo.

"Levati di dosso." Lo spinsi via. Il walkie-talkie nella tasca della mia giacca gracchiò le urla di Trey. Mi alzai in piedi appena Mike si sollevò, gridando contro mio fratello mentre andavo verso il retro del negozio. "Segui quel tizio. Io controllo Trey."

Buttarsi a terra apparentemente aveva reso sordo Mike, perché mi corse dietro alla velocità massima che gli consentivano le sue gambette corte. Stavo ancora sputacchiando asfalto e le abrasioni sulle mani cominciavano a farmi male. Non ero dell'umore per essere generoso.

Mi sentii ancora meno generoso quando svoltai l'angolo e trovai Trey seduto accanto a un cassonetto verde sfasciato, con i pantaloni e la biancheria calati fino alle caviglie. Si girò appena e ci guardò mentre lo raggiungevamo. Il suo culo magro e ossuto non fu una gran visione. Non avevo idea di cosa ci avesse visto Bobby in quell'uomo che pareva fatto di bastoncini e con il naso a becco. Il cugino di Trey e twink ufficiale sembrava più il suo tipo.

Il twink, Rocket, stava tra lui e la macchina e si contorceva nervosamente accanto ai resti di un fanale esploso. Da quando era passato sul retro la sua maglietta era scomparsa e la sua bocca era diventata gonfia in maniera sospetta. Era perfino più magro di Trey, quasi cadaverico, e pallido. Riuscivo a contargli le vertebre, e avevo quasi paura che il peso dei piercing ai capezzoli gli avrebbe fatto perdere l'equilibrio tirandolo in avanti. Teneva un mattone in mano e lo stringeva come se fosse una Bibbia.

Davanti a lui c'era Freddy, l'impiegato del negozio, che aveva l'aria di essere sorpreso di vederci. La sua bocca aperta era molto simile agli orifizi delle bambole gonfiabili. A differenza di Rocket, non aveva in mano un mattone. Teneva una calibro .357 puntata dritta contro Trey.

Mi fermai con una scivolata e Mike mi piombò contro la schiena. Freddy strillò, agitandosi, e dall'enorme pistola che aveva in mano partì un colpo.

Le reazioni delle persone che si trovano nei paraggi di un'arma che spara sono molteplici. Alcuni gridano. Altri cercano riparo. Io, per qualche motivo, feci quello che mio fratello aveva appena fatto a me. Afferrai Rocket e lo coprii col mio corpo per proteggerlo.

Questa volta, invece, mio fratello decise di sollevare la mano, le dita strette attorno al calcio di una Glock dall'aria pericolosa, che puntò mirando al commesso con la faccia tonda e foruncolosa.

Rocket squittì e cercò di sguisciare via da sotto di me. L'odore dolciastro di una canna pesante e quello sudicio di sudore gli si aggrappavano addosso come lui si aggrappava al suo mattone. Il suo dimenarsi diventò convulso. Spalancò le braccia, colpendomi sulla guancia. Ovviamente era la mano con il mattone. Vidi le stelle e rotolai di lato. Se gli avessero sparato, magari avrebbe potuto deviare il colpo con il mattone, tipo Wonder Woman.

"Butta la pistola." Avreste pensato che l'ex poliziotto era Mike, non io. Aveva il tono di voce perfetto. Probabilmente faceva le prove davanti allo specchio.

Comunque bastò perché Freddy lasciasse cadere la pistola. Atterrò sul marciapiede di cemento con un suono metallico e io trasalii, aspettandomi quasi che partisse un colpo. Mi rialzai in piedi spazzolando dai jeans frammenti di cemento e detriti di ragazzo.

"Perché cazzo hai una pistola?" Andai a raccoglierla. Era pesante e puzzava di cordite. Trey abbandonò la posizione fetale che aveva assunto. Il suo culo secco e bianco come la neve scomparve alla vista quando si sedette. Mi fece un sorriso imbarazzato quando mi accigliai per la sua nudità. "Tirati su i pantaloni, Trey."

Fu allora che notai che aveva una bottiglietta di vetro che gli pendeva dall'uccello.

"È incastrato," mormorò Rocket, grattandosi una puntura di zanzara sul braccio magro. "Il suo uccello è incastrato."

"Sì, grazie, lo avevo più o meno notato, Rocket." Feci segno a Freddy di farsi indietro e lui si spostò rapidamente, con gli occhi puntati su mio fratello. Il contenitore era una bottiglia di tè freddo, con un'imboccatura più larga rispetto a quelle delle bibite gasate, e la considerevole circonferenza di Trey era saldamente alloggiata nel collo della bottiglia. "Beh, suppongo sia questo che Bobby vedeva in lui."

"Porca troia." Mike sputò per terra. "Io vado a vedere se riesco a beccare quel tizio magro con le tizie finte. Gestiscila tu questa merda."

"Quello stronzo aveva una pistola," balbettò Freddy dopo che Mike se ne fu andato. "Stava per spararmi! Aveva una cazzo di pistola!"

"A essere onesti anche tu," dissi io sollevando l'arma che avevo raccolto da terra. Spostai Rocket da parte con una spallata e mi avvicinai a Trey, poi abbassai lo sguardo sul suo uccello intrappolato. "Trey, che cazzo è successo?"

"Dovevo pisciare." Trey si strinse nelle spalle. Puzzava anche lui di canna, sudore, e per giunta di sesso. "Freddy ha chiuso ed è venuto qui per farsi con noi. Poi ho avuto bisogno di pisciare."

"C'è un gabinetto all'interno del negozio," gli feci notare "Il tuo negozio. Quello che possiedi."

"Sì, non ci ho pensato," ammise "Avevo la bottiglia vuota, poi Rocket ha cominciato a fare delle cose e io sono rimasto incastrato. Freddy stava provando a tirarla via sparando, ma l'ha mancata."

"Avrebbe potuto spararti via il cazzo, stupido." Distolsi lo sguardo mentre lui se ne restava ancora seduto a chiappe nude sul cemento sporco senza tirarsi su i pantaloni. Considerato che eravamo sul retro di un posto dove la gente comprava lubrificanti e dildo, io avrei tenuto il culo il più lontano possibile dal terreno, ma non pareva che Trey fosse così preoccupato.

"Lui voleva sbatterla contro il cassonetto, ma Freddy ha detto che non era una buona idea," mormorò Rocket. "Abbiamo pensato di provare prima con la pistola."

La lingua di Rocket continuava a vagare sul piercing che aveva sul labbro inferiore, arrossando la pelle. Mi chiesi se ero mai stato così giovane e stupido. Poi guardai Trey, seduto per terra con le gambe aperte e un sarcofago di vetro attorno all'uccello, e pensai di non essere stato così giovane e stupido nemmeno alla nascita.

"E il mattone?" Avevo paura a chiedere. "Che ci facevi con quello?"

"Oh, sì. Giusto." Rocket abbassò lo sguardo al mattone, sorpreso di trovarselo in mano. "Trey, mi ha detto di provare con questo, ma poi Freddy ha detto che poteva spararla via."

Per essere magrolino, nervoso e fumato, Rocket aveva un'ottima mira. Il mattone fece un volo pulito, colpendo con precisione il bersaglio: finì dritto sull'uccello di Trey rinchiuso nel vetro.

Capitolo 2

"Pare che tu abbia compagnia," disse Mike quando arrivammo al vecchio edificio che avevo ristrutturato dopo la sparatoria.

Che piccola frase – la sparatoria – per quella maledetta implosione della mia vita.

Quando arrivammo all'imponente edificio in stile Arts and Crafts che ospitava sia la mia casa sia il mio ufficio, la McGinnis Investigations, il cielo stava virando a un azzurro polvere chiaro. Avevo usato la metà davanti del pianoterra come ufficio, e avevo trasformato il resto in un posto dove vivere. Il giardino ne aveva passate di tutti i colori dopo lo scoppio di ordigni incendiari lasciati dalla figlia di un ex-cliente, per cui sul davanti era un tantino brullo. Un vialetto di cemento sul lato destro portava alla mia porta anteriore e al garage doppio, dove avevo parcheggiato la Rover. L'altro lato del garage aperto ospitava l'Explorer bianca di Jae, per cui Mike aveva lasciato la sua Porsche bassa lungo il marciapiede.

Il resto del marciapiede se l'era preso una limousine nera con i suoi accessori personalizzati, un paio di grossi coreani in completo nero con la mascella squadrata. L'auto era parcheggiata in modo che potessero vedere chiaramente la fiancata dell'edificio e la mia porta anteriore. Da quel che ne sapevo quei coreani avevano due soli incarichi: guidare e proteggere. Dipendevano da un onorato nativo di Seul con connessioni ambigue con l'ambasciata coreana. Dato che l'uomo a cui andava la loro fedeltà non mi faceva mai visita, potevano essere lì per una sola ragione, proteggere la sua amante.

Scarlet.

Avevo incontrato Scarlet anni prima, durante una retata della buoncostume al Dorthi Ki Seu, un elegante club per gentiluomini che soddisfaceva i bisogni di uomini gay asiatici, soprattutto coreani. Al club lei metteva in scena tristi canzoni d'amore, attraversando il palco e prestando ai classici la sua voce liquida e fumosa. Alta per gli standard filippini, il suo corpo esile sembrava fatto apposta per abitini rosso sangue e sorsi di whiskey. Era di una bellezza senza tempo, con lineamenti splendidi, una bocca carnosa, e la pelle del colore del latte fresco con una goccia di Kahlua

226

per rendere le cose più interessanti. Era senza alcun dubbio la donna più bella che io avessi mai visto.

Ed era anche un uomo.

Avevo probabilmente già incontrato uno dei coreani che stazionavano davanti a casa mia, o magari tutti e due. Purtroppo sembrava venissero assunti non solo per la mira letale e i pugni micidiali, ma anche per le facce di pietra. Non riuscivo a distinguerli l'uno dall'altro. Era anche peggio di giorno, quando avevano gli occhiali da sole. Me ne ero preoccupato finché Mike non mi aveva detto che non riusciva a distinguerli nemmeno lui, e lui ci aveva a che fare molto più di me.

"Ehi." Mike fece una pausa prima di scendere dalla Rover. "Porterai Jae alla cena con mamma e papà?"

"Non gliel'ho ancora chiesto." Ero stanco, e avevo un foro bruciante nello stomaco per via del pessimo caffè che avevo praticamente inalato nelle ultime ore. "Non è che papà mi voglia lì, Mike. Non ci parliamo da anni."

Mio padre e Barbara, la donna che aveva sposato dopo la morte di mia madre, avevano rimandato la loro visita dopo che la cugina pazza di Jae, Grace, mi aveva sparato. Non era per darmi il tempo di guarire. Era perché Barbara si era strappata i legamenti di una caviglia e non avrebbe potuto viaggiare per un mese. Un tempo avevo chiamato Barbara 'mamma'. Era stato prima che lei se ne restasse lì in silenzio mentre mio padre mi dava addosso perché ero un frocio, per poi non fare nulla quando lui mi aveva buttato fuori dalla famiglia.

"Cole." Mike sarebbe stato un buon padre, un giorno. Non solo padroneggiava la voce da poliziotto, ma anche quella da *papà ha preso una decisione*. "Tasha ti vuole lì. Maddy ti vuole lì."

C'era una cosa da dire su mio fratello; non mancava mai di tirare fuori l'artiglieria pesante, la sorellastra che conoscevo e sua moglie, due donne che non volevo deludere. Non avevo mai incontrato le altre mie due sorelle. Era la prima volta che venivo invitato a conoscerle.

Appoggiai la testa al volante, sospirando. "D'accordo, ci sarò. Chiederò a Jae se vuole venire con me. Tu di' a Furia che non ci conti. Jae deve già affrontare le stronzate della sua famiglia. Potrebbe non voler avere a che fare anche con la mia."

"Sarà tra un paio di giorni, non dimenticartene." Mike uscì dall'auto e sbatté la portiera. Io scesi e feci un cenno del capo ai due coreani. Com'era prevedibile, non salutarono e non sorrisero. "Ti chiamerò."

227

Rimasi lì, nella luce dell'alba, mentre mio fratello saliva nella sua piccola auto sportiva e se ne tornava al suo angolo di periferia. Il mio quartiere stava giusto cominciando a svegliarsi. La caffetteria dall'altro lato della strada aveva già le luci accese e qualcuno si muoveva attorno al bancone, riempiendo gli espositori delle paste per l'ora di punta mattutina. Vicino al mio c'erano degli altri vecchi edifici, molti dei quali trasformati in boutique o suddivisi internamente in miniappartamenti. Una bionda artificiale stava facendo jogging con il seno che sobbalzava a ogni passo, ma i coreani non le diedero nemmeno un'occhiata, completamente concentrati sul mio edificio.

"Beh, buonanotte, ragazzi." Mi guardarono andare alla porta senza dire niente. "Cercate di non andare in fiamme quando sorgerà il sole."

La porta era chiusa a chiave. Era un'abitudine di Jae, chiudere fuori il mondo. Infilai la chiave nella serratura, aprii la porta di casa ed entrai, accolto da un minuscolo demone nero che mi urlava contro dalla cima delle scale. Era una gattina, un paio di chili di pelliccia da cincillà nero e artigli, ma Pearl Harbor le avrebbe invidiato le sue vocalizzazioni da contraerea. Jae non aveva bisogno di chiudere a chiave per tenere fuori gli intrusi. Le urla da banshee della gatta funzionavano a meraviglia.

"Buongiorno, o malvagia." Neko ignorò il mio saluto e schizzò via, una furiosa striscia color ebano con la tendenza a distruggere le camere da letto al piano di sopra.

La maggior parte del piano di sotto era a pannelli in legno di ciliegio e pareti color panna. Avevo messo a nudo, levigato e restaurato il legno. Non poteva fare molti danni lì, a parte occhieggiare ogni tanto gli enormi divani comodi del soggiorno, che occupava la maggior parte del piano terra.

Di sopra era una faccenda diversa.

Avevo tappezzato la stanza da letto più piccola con una seta damascata che la gatta adorava strappare via dalle pareti. Le avevo comprato un tiragraffi gigante, con abbastanza buchi e livelli da ospitare la maggior parte dei randagi della città. La carta da parati aveva continuato a soffrire finché Jae non le aveva sistemato gli artigli con qualcosa che chiamava cappucci per unghie. Avevano funzionato, per cui non poteva artigliare niente, e stavano davvero bene sulla folta pelliccia nera. La rendevano anche ferocemente incazzata.

Adesso avevo un piccolo gatto nero e incazzato con gli artigli dorati che stava da me per quattro giorni alla settimana, quando Jae si fermava

228

a dormire. Temevo che sarebbe passata dall'artigliare la carta da parati al masticarmi i testicoli mentre dormivo.

"Ciao, *hyung*." Il guardiano delle porte e proprietario della gatta demoniaca arrivò a piedi scalzi nell'ingresso dal soggiorno, e il mio cuore saltò un battito. Non potevo biasimarlo. Il mio cervello sembrava essersi preso una vacanza, visto che mi mancavano le parole.

Il mio uccello, d'altro canto, sapeva esattamente che cosa voleva dire, ed era incazzato come la gatta di Jae perché avevamo compagnia.

Kim Jae-Min non era niente di quello che avevo desiderato nella mia vita, niente di quello che avevo previsto. Era bellissimo ed enigmatico, uno splendido uomo coreano intrappolato tra la sua sessualità e le aspettative tradizionali della sua famiglia. Non avrebbe dovuto attirare la mia attenzione. Non avevo mai guardato un uomo asiatico. Non avevo mai immaginato di condividere il letto con un asiatico, e men che meno di avere un altro uomo dopo che Rick era morto. Da quando avevo trovato lui, invece, non avevo voluto nient'altro… nessun altro.

Jae era una creatura dai movimenti eleganti e sensuali, un po' più basso di me ma con lunghe gambe snelle di cui non ne avevo mai abbastanza. La sua bocca era piena e da baciare, e gli occhi castano scuro erano difficili da vedere attraverso la cascata di capelli neri che gli incorniciava il viso, ma io sapevo che avevano delle pagliuzze color miele che diventavano d'oro quando era fuori al sole. Si vestiva con poca cura per il suo aspetto, preferendo dei vecchi jeans logori o dei pantaloni di cotone con la coulisse che scendevano sui suoi fianchi stretti. Quando era a casa era sempre a piedi nudi, lunghe dita che mostravano più di qualche graffio dovuto ai giochetti maligni della gatta. Preferiva le magliette, di solito le mie quando restava a dormire, e canottiere che lasciavano libere le braccia muscolose. Erano belle braccia. Si accompagnavano alle spalle larghe, irrobustite dal portare in giro l'equipaggiamento fotografico.

Era un peccato che avessimo dei problemi. Io facevo fatica a superare la morte del mio amante, e lui lottava con il fatto di essere gay e venire da una cultura in cui si veniva tagliati fuori dalla famiglia per via della propria omosessualità. Non sapevo se si rendesse conto della sua bellezza, o anche solo di quanto attirasse l'attenzione quando entrava in una stanza. Era un peccato che non potesse essere mio per sempre.

Ci stavo lavorando, però.

"C'è *nuna*." Il bacio che mi diede fu leggero, solo uno sfioramento di bocche, ma fu abbastanza per mandarmi in cortocircuito il cervello.

Non feci attenzione a quello che stava dicendo. Non con le sue braccia attorno alla vita e il suo corpo che aderiva al mio. Feci scivolare le mani in basso, afferrandogli le natiche, e passai le dita lungo la curva del suo sedere, riempiendomi i palmi con quella sensazione. Dato che in soggiorno c'era un'ospite, i divani erano inaccessibili. E anche il piano superiore era fuori questione. Avrebbe sentito i nostri passi sui gradini e si sarebbe chiesta perché l'avevamo lasciata da sola di sotto. La lavanderia sembrava una buona idea. Riuscivo a immaginare Jae che si reggeva alla lavatrice, con i pantaloni calati quel tanto che bastava perché io potessi allargarlo e aprirmi la strada nel suo calore.

"Cole-ah, ascolta." Mi diede un colpetto sul naso con le dita. L'-*ah* alla fine del mio nome era un segno di affetto, ma il colpo faceva male. Mi lasciò la vita e mi allontanò gentilmente. Lo lasciai andare con riluttanza, dicendo a me stesso che ero troppo stanco per una sveltina sulla lavatrice, comunque. "Ho detto che c'è *nuna*."

"Lo so. Ho visto fuori la mafia del kim chee," replicai, chinandomi a mordergli gentilmente il collo prima che lui potesse tirarsi ancora più indietro. Lui mi lasciò fare e io mi preoccupai per un attimo della sua pelle, prima di lasciarlo. "Sta bene?"

"Vuole parlare con te. Ha portato qualcuno a conoscerti. Vogliono ingaggiarti per qualcosa," mormorò Jae. Aveva gli zigomi rosati, il calore che si diffondeva sottopelle, e sfregò il punto in cui potevo ancora vedere l'impronta dei miei denti. "Perché ci hai messo così tanto ad arrivare a casa?"

"Ho dovuto stare a guardare un medico che tirava via il vetro dall'uccello di un tizio." Mi strinsi nelle spalle. "C'è del caffè da scaldare nel microonde? Ho bisogno di qualcosa che mi tenga sveglio per un po'."

"Io non sono abbastanza?" Mi fece un sorriso rapido e civettuolo, che mi disse senza alcun dubbio che sarei riuscito a trascinarlo nella lavanderia, se ci avessi provato con maggior convinzione.

"Jae, tu non sei qualcosa che possa indurmi a fare conversazione in salotto," mormorai mettendogli una mano dietro la nuca e attirandolo in un altro bacio. "Tu sei un'ispirazione ad andare di sopra e vedere se riusciamo a fare abbastanza rumore perché qualcuno chiami la polizia."

"*Aish*." Fu un suono gutturale, raschiante e di gola. "C'è del caffè. Te ne porto una tazza. E qualcosa da mangiare. Vai a parlare a *nuna*, così lei potrà andare a casa e noi potremo... dormire."

230

A DIFFERENZA dalla zona ufficio sul davanti dell'edificio, avevo passato un sacco di tempo a risistemare il soggiorno. Avevo lottato a lungo contro l'enorme camino, e mi ci erano volute quasi due settimane per sbarazzarmi di decenni di vernice e fumo. Quello che ne avevo ricavato era un caminetto elegantemente intagliato e un posto dove appendere il televisore a schermo piatto. Le finestre erano sulla parete più lunga ed erano circondate da librerie. Avevo cercato dei mobili che si abbinassero al caminetto ma mi mancava il gene gay per il design, e alla fine mi ero deciso a comprare dei lunghi divani superimbottiti e un mobile da farmacista lungo e basso che usavo come tavolino da caffè. Era abbastanza largo per una famigliola, se non dava fastidio stare in ginocchio.

Jae lo aveva dichiarato off-limits per il sesso. Era dove mangiavamo. Avevo dovuto cedere.

Non mi piaceva, ma a volte dovevo darla vinta al buonsenso.

"Ciao, tesoro," mi salutò Scarlet facendo le fusa. Si alzò per darmi un bacio sulla guancia.

Nonostante avesse passato la notte ad aspettare che io tornassi a casa, aveva un aspetto incredibile, con la pelle luminosa che contrastava con una camicia bianca da uomo tenuta fuori dai pantaloni. Le gambe slanciate erano inguainate nei leggings di pelle nera e si era tolta le ballerine sulla porta, lasciando scalzi i piedi minuscoli. Le dita erano nude, a parte una semplice fascia d'oro alla mano sinistra e l'anello di oro e giada all'indice destro. La fascia era da parte del suo amante. La giada era un regalo da parte mia. Lei era stata di aiuto a Jae durante il periodo più difficile della sua vita. Le avrei comprato la luna, se avessi potuto.

"Ciao, *nuna*." Usai il termine onorifico coreano che adoperava Jae, una parola affettuosa da un uomo giovane a una donna con più anni di lui e a cui era vicino. Per Scarlet che io la chiamassi così significava moltissimo. La prima volta che lo avevo fatto le lacrime avevano minacciato di rovinarle il trucco, e io mi ero guadagnato uno schiaffo sul braccio per averla presa in giro. "Avresti dovuto chiamarmi. Sarei tornato a casa prima."

Seduto accanto a lei c'era un giovane coreano più o meno della stessa età di Jae. Quando entrai, si alzò in piedi facendomi un leggero inchino. Aveva i capelli neri tagliati corti, un po' più lunghi in cima. Era più basso di me di tutta la testa, ma quando mi porse la mano gli si gonfiarono i muscoli del braccio. Era leggermente abbronzato e aveva il palmo asciutto e ruvido per il lavoro manuale. Ci stringemmo la mano brevemente mentre Scarlet ci presentava.

"Cole, lui è Park Shin-Cho. È figlio di un mio amico e nipote di *hyung*. Shin-Cho-ah, Cole McGinnis, l'uomo che potrebbe aiutarti." Lasciò che ci stringessimo la mano ancora una volta e poi scivolò di nuovo sul divano, ripiegando le gambe sotto di sé. Allungandosi in avanti recuperò una tazza di tè dal tavolino e bevve un sorso, cullandola tra le mani. "A meno che tu non voglia usare il tuo nome americano?"

"Jason?" Il tono di Shin-Cho suonava un po' come quello di Jae quando era stanco, un inglese arrotondato e ammorbidito da un leggero accento. "Non lo uso da molto tempo, non come Shin-Ji… David. Non so se risponderei."

"Shin-Cho va bene, a meno che lei non preferisca Jason." Dalla cucina arrivò il profumo di qualcosa di delizioso, e il mio stomaco imbottito di Twinkie protestò, brontolando. Ricordando le buone maniere, chiesi: "Avete mangiato?"

"*Musang* ci ha nutriti prima." Chinandosi in avanti, Scarlet diede una pacca sul divano, invitandomi a sedere. "Tu mangia. Si prenderà cura anche di te."

"Sono abbastanza sicuro che sia stufo di prendersi cura di me," scherzai, anche se mi ero davvero chiesto quando Jae avrebbe finalmente detto che ne aveva abbastanza; ma del resto io sopportavo la sua gatta, per cui era uno scambio equo.

"Non è così difficile prendersi cura di te," mi rimproverò Jae, rauco per la mancanza di sonno. Evitò abilmente i miei sforzi per levargli di mano il vassoio con piatti e teiera, appoggiandolo fuori dalla mia portata. "Tutto quello che vuoi fare è ficcarti nei guai, mangiare e dormire."

"Non è tutto quello che voglio fare," lo corressi pensando alla lavatrice. La mia strizzata d'occhio bastò a far sbuffare Jae e far ridere Scarlet. Mi ero scordato di Shin-Cho, che divenne rosa acceso per l'imbarazzo. Mormorai delle scuse, ma lui le liquidò con un timido sorriso sghembo.

"Credo, Cole-ah, che questo ricada nella categoria *ficcarsi nei guai*." Scarlet mormorò un ringraziamento quando Jae riempì di nuovo la sua tazza di tè.

Jae si sedette vicino a me, dividendo con Scarlet l'altra estremità del divano. Il suo ginocchio sfiorò il mio e ci scambiammo un sorriso. Allungando una mano, mi mise davanti una piccola selezione di piattini panchan. I piccoli quadrati bianchi contenevano vari sottaceti e insalate,

232

compresa una delle mie preferite, daikon a fettine sottili e carote in aceto di riso aromatizzato. C'era anche del kim chee rosso peperoncino dall'aria letale. Mi faceva lacrimare gli occhi solo a guardarlo.

Lo avrei mangiato, perché Jae me lo aveva messo davanti. Me ne sarei pentito in un paio d'ore, ma lo avrei mangiato.

Un bicchierone di caffè freddo e una ciotola di riso viola e bianco della grandezza di una mano raggiunsero i panchan, poi Jae mi appoggiò davanti con attenzione una ciotola da zuppa di ceramica con il coperchio.

"Che cos'è? Ha un buon odore." Aveva un buon aroma, di spezie e carne, con un tocco della morbidezza che associavo al mubu, un tofu coreano.

"*Sundubu jjigae.*" Jae prese un frammento del kim chee con l'altra estremità delle bacchette e lo mangiò prima di porgermi le posate.

"Lo proverò," mormorai tentando di tradurre dal coreano. Stavo per sollevare il coperchio a cupola quando mi fermai e chiesi: "Aspetta, ci sono degli occhi?"

Da quando avevo cominciato a frequentare Jae, nella mia vita c'erano stati un sacco di cambiamenti. Uno di essi era l'occasionale apparizione di occhi nel mio cibo, di solito provenienti da teste di pesce e gamberi interi e non sgusciati. Potevo gestire un sacco di cose, inclusi i tentacoli, ma un gambero che ricambiava il mio sguardo dalla ciotola della zuppa non era nella lista.

"Niente bulbi oculari," mi assicurò Jae con un leggero sorriso. "E neanche zampe."

"Grazie." Lo baciai sulla guancia e sollevai il coperchio, inspirando il ricco aroma della zuppa.

Sembrava strano mangiare davanti agli altri, ma mi assicurarono che andava bene. Mentre versavo un po' del riso nella ciotola della zuppa, tagliai il tuorlo d'uovo che Jae aveva rotto nel *jjigae* bollente, spargendo nel liquido dei nastri che si ispessirono. Un grosso gambero apparve in superficie, con il corpo rosa privo di guscio, occhi e zampe. Mi lasciarono mangiare, facendo chiacchiere che sapevo essere necessarie prima che arrivassero al motivo per cui Scarlet era lì. Il panchan scomparve a ritmo costante, con l'aiuto di Jae; catturai con le bacchette l'ultimo pezzo del cavolo nel kim chee, tenendolo sollevato perché lo prendesse lui.

Inclinò la testa per mangiarlo dalle bacchette, con gli occhi riscaldati da qualcosa che non riuscivo a identificare. Ardevano così ogni volta che lo imboccavo, una consapevolezza formicolante di cui non parlavamo mai.

Mi feci un appunto mentale di imboccarlo più spesso.

Il *jjigae* finì prima che Scarlet spostasse la conversazione sul motivo per cui era venuta. Jae preparò per tutti e due un forte caffè vietnamita con una goccia di latte condensato, e passò dal rubare il mio panchan al masticare un biscotto bicolore.

"Noi, Shin-Cho e io, vorremmo assumerti, Cole-ah." Scarlet immerse un biscotto nel tè e diede un morso alla parte inzuppata. "Si tratta di suo padre. È scomparso quando Shin-Cho era giovane... nel 1994. Vogliamo che lo trovi."

"O che scopra che cosa gli è successo," aggiunse Shin-Cho. "Ho bisogno di scoprire che cos'è successo, soprattutto ora."

"È passato molto tempo. Perché ora?" Mi interrogai mentalmente sulla sua età, e aggiunsi un paio d'anni per sicurezza. "Lei quanti anni aveva? Otto? Nove?"

"Dieci," mi corresse Shin-Cho guardando Scarlet con aria interrogativa e intrattenendo con lei una conversazione silenziosa.

Lei annuì, invitandolo a continuare. "Puoi parlare con lui, Shin-ah. Puoi essere aperto con Cole."

"Mio fratello, David, sta per sposarsi." Si morse il labbro, chiaramente lottando con se stesso riguardo a qualcosa. "Gli ultimi anni sono stati duri. Ero felice per lui. Conosciamo la famiglia di lei da anni... lei è molto dolce. Molto gentile."

Sorseggiai dalla mia tazza. "Che cosa ha a che fare questo con vostro padre?"

"Non è lei," disse Shin-Cho gesticolando. "Helena è a posto. È *suo* padre. Ho scoperto che era l'amante di mio padre... all'incirca nel periodo in cui è sparito."

Appoggiai la tazza sul tavolo. "D'accordo, riprendiamo da capo. Suo fratello sta per sposare la figlia dell'amante di vostro padre?" Shin-Cho e Scarlet annuirono all'unisono. "E voi non pensate che magari potreste aver bisogno di un bacino genetico più ampio in cui sguazzare?"

"Non lo sapevano. I figli di Dae-Hoon non sapevano di loro padre," spiegò Scarlet a bassa voce. "*Hyung*, lo zio di Shin-Cho, non hai mai detto loro niente. Non è qualcosa di cui si parla."

"Allora perché adesso?" Era una domanda semplice a cui rispondere, ma da come Shin-Cho si agitava sul divano, intuivo che la risposta era più difficile di quanto sembrasse.

234

"Non so quanto lei sappia riguardo all'essere coreani." Shin-Cho diede un'occhiata a Jae, che si strinse un po' nelle spalle. Avrebbe potuto voler dire qualsiasi cosa da *devo ancora ricordargli di togliersi le scarpe quando entra* a *è senza speranza, meglio usare parole corte.* "Gli uomini della Corea del Sud devono servire nell'esercito prima di compiere trent'anni. Io... io sono stato congedato per..."

"Va bene dirlo, Shin-Cho." Scarlet si allungò a prendergli una mano.

"Il mio superiore ha trovato me e un altro uomo nelle docce." La sua espressione si fece piatta, seppellendo le emozioni per lasciar uscire le parole. "La parola coreana è *dongseongae*... amare lo stesso sesso. Il *junwi*, il nostro ufficiale, la fece sembrare orribile. Non era così. Era una... noi eravamo..."

Torse la bocca in una curva amara di vergogna e orgoglio ferito. Distolse lo sguardo, gli occhi luccicanti di lacrime; fingemmo tutti di non notarlo, dandogli il tempo di recuperare un po' di autocontrollo. Scarlet intervenne per riempire il silenzio.

"*Hyung* ha riportato qui Shin-Cho quando ha saputo che aveva lasciato l'esercito. La loro famiglia non la sta prendendo bene. Il nonno di Shin-Cho gli ha detto che non era meglio di suo padre. È stato allora che ha saputo di Dae-Hoon." Si spostò contro il bracciolo del divano e continuò. "Io ero la sua migliore amica. Ci eravamo conosciuti in Corea. Era sposato, ma infelice. Io mi ero innamorata di *hyung*, e stavamo cercando un modo per stare insieme. *Hyung* e io siamo venuti qui. Dae-Hoon ci ha seguiti qualche settimana dopo."

"Non siamo rimasti qui molto," intervenne Shin-Cho. "Forse otto mesi? Forse più a lungo?"

"Circa un anno," disse Scarlet. "Poi Dae-Hoon è scomparso, e Ryeowon ha riportato i ragazzi in Corea. Io non li ho visti molto. *Hyung* faceva loro visita, ma lo sai..."

Lo sapevo. In Corea il suo amante aveva una moglie e dei figli, e una intera vita di cui Scarlet non faceva parte. Pareva che per loro funzionasse. E se non funzionava, Scarlet non ne parlava.

"Mia madre si risposò. Non voleva che noi... venissimo esposti alle perversioni di nostro zio. È così che la mette la mia famiglia, soltanto non davanti a sua moglie." Shin-Cho ebbe il buon gusto di avere l'aria imbarazzata. "Non sapevo di... *nuna*. Pensavo che... lei... voglio dire lui... non lo sapevo. Pensavo che lo zio stesse con una donna."

Lo liberai dall'impiccio. "Già, *nuna* è una donna sexy."

235

"Lo considero un complimento, *dongsaeng*," ci rassicurò Scarlet. Jae ridacchiò dietro l'orlo della sua tazza di caffè, e non riuscì a sembrare innocente quando lei sbuffò.

"Quindi la tua famiglia sa che ti piacciono gli uomini, e le cose sono andate di merda." Annuii. "So com'è. Mi dispiace che ti sia successo, amico."

"È per questo che sono a Los Angeles. La famiglia Seong... la famiglia di mia madre... è molto tradizionalista. Tra loro non c'è posto per qualcuno come me." Strinse le labbra. "Mio zio ha detto che mi avrebbe aiutato. Lui e *nuna* sono stati..."

"Sono state delle settimane dure, Cole-ah," mormorò Scarlet. "Tutto questo ha riaperto delle vecchie ferite... vecchie discussioni."

"Loro pensano che io sia così per via di qualcosa che ha fatto mio padre. Uno dei miei zii mi ha addirittura chiesto se mio padre mi ha mai toccato," inveì Shin-Cho. "Lui dice cose del genere, e loro pensano che sia io a essere un disonore per la famiglia? Pensavo che mio padre fosse morto in un incidente d'auto. Hanno detto così tante bugie per nascondere qualcosa che odiano. Ho bisogno di sapere che cosa gli è successo. Ho bisogno di qualcosa che abbia senso adesso, specialmente da quando la mia famiglia..."

"Hai David," disse Scarlet. "Tuo fratello è ancora dalla tua parte."

"Quello che sposerà la figlia dell'amante di vostro padre." Facevo ancora fatica a lasciar perdere quel particolare groviglio.

Mi girava un po' la testa. Non riuscivo a interpretare l'espressione di Jae. Pochi attimi prima si era completamente chiuso, componendo i lineamenti in una maschera placida che non potevo penetrare. Quello che Shin-Cho stava descrivendo era il suo peggior incubo. Il dolore nella sua voce mi fece quasi crollare. Non riuscivo a immaginare che cosa avrei provato se avessi dovuto guardare Jae in preda alla stessa angoscia. Mi avrebbe ucciso. Ci avrebbe ucciso entrambi.

"David dice che a lui vado bene come sono. Lui mi sostiene, ma il resto della famiglia rifiuta anche solo di parlarmi." Shin-Cho sospirò. "Il matrimonio di mio fratello è sabato. Mia madre è qui a Los Angeles, ma si rifiuta di venirci se ci sarò anch'io. Ho detto a David che mi sarei fatto da parte in modo che lei potesse esserci, ma lui ha detto di no, che nostra madre ha fatto la sua scelta."

"Cosa avete bisogno che faccia?" Cercai di riportarli sull'argomento.

"Vorrei che scoprisse che cosa è successo a mio padre. Ho bisogno di saperlo," insistette Shin-Cho. "*Nuna* era con lui quando scomparve. Dopodiché nessuno sa cosa gli sia successo."

"Io penso che sia morto, Cole-ah," disse Scarlet. "E che sia stato Kwon Sang-Min a ucciderlo."

CAPITOLO 3

"*NUNA*," LA rimproverò gentilmente Jae. Lei come risposta sbuffò dal naso. Nessuno sbuffa dal naso come un travestito filippino incazzato. "Non lo sappiamo. Non possiamo dirlo."

"È perché lui non le piace," aggiunse Shin-Cho. "Non piace neanche a me. Guarda mio fratello in maniera strana. Adesso che so di lui e mio padre, mi piace anche meno."

"D'accordo. Lascia che ti chieda una cosa." Cercai di essere più diplomatico che potevo. Ero già stato di fronte a un sacco di persone che volevano trovare delle risposte. Ma non volevano davvero le risposte. Volevano sentirsi dire che non c'era niente da trovare. Fin troppo spesso quelle persone finivano per ricevere risposte che in realtà non volevano sentire. Non ero sicuro di cosa Shin-Cho si aspettasse di trovare. "Cosa pensi che succederà se trovo qualcosa? Cosa hai bisogno che succeda?"

"Magari riuscirei a capire mio padre un po' meglio? Non so," ammise lui. "Odio che nessuno lo abbia cercato, a parte *nuna* e mio zio. Era un problema che si era tolto di mezzo, e a loro non importava. Non posso vivere così. Non se ha dovuto passare quel che ho passato io. Non posso, Cole-sshi. Devo saperlo."

"Perché non mi racconti che cos'è successo, *nuna*." Mi voltai verso Scarlet. "Non posso promettere niente. È passato un sacco di tempo."

"Provarci è sufficiente," disse Scarlet, e Shin-Cho annuì con gli occhi fissi sulle sue mani. "Sono coinvolti degli uomini potenti, incluso *hyung*. Devi promettermi che sarai discreto, tesoro."

"Discreto è il mio secondo nome," le assicurai.

"Il tuo secondo nome è Kenjiro," sbuffò Jae. "Significa 'secondo figlio ficcanaso'."

Lo ignorai e recuperai taccuino e penna dal mucchio di oggetti di lavoro che tenevo sul tavolino. "Cominciamo da quello che è successo."

"Era il..." Scarlet fece una pausa, calcolando il tempo. "Novembre del 1994. Dae-Hoon e io eravamo in uno stabilimento balneare qui a Los Angeles... a K-town. Il Bi Mil era più che altro un club. C'era un pavimento che si poteva usare come pista da ballo, e c'era una specie di piscina, ma era

238

piccola, grande a malapena per venti persone. Io ci andavo per incontrare *hyung*. Eravamo... più giovani. Le cose erano difficili. Per noi era difficile stare insieme."

"Quel posto, il Bi Mil, rendeva più facile incontrarsi?" Mi appuntai di trovare l'indirizzo, nel caso scovassi qualche gay più anziano che era in giro a quei tempi. Erano in troppi a essersi trasferiti verso climi più amichevoli o a essere morti di quella malattia che aveva divorato la comunità gay. "Tanta gente tra cui sparire? Com'era la clientela? Dovevate preoccuparvi che qualcuno facesse una scenata o qualcosa del genere?"

"Erano soprattutto asiatici, come al Dorthi Ki Seu, ma, beh, più nascosto. Più sporco, in realtà." Scarlet rise a bassa voce, e un leggero rossore le colorì il viso. "Non così di classe. Più che altro un posto dove gli uomini potevano andare per trovare sollievo... non amore o compagnia. *Hyung* e io potevamo prendere una delle camere e passare del tempo assieme... senza che nessuno ci vedesse. Non era... sicuro come adesso. Essere visto con me gli avrebbe creato dei problemi. È così diverso adesso. Così diverso."

"Tu e Dae-Hoon eravate lì assieme? E poi?"

"Ci fu un'irruzione. C'erano degli uomini vestiti di nero. Dissero che erano della polizia..." La sua voce si abbassò di tono, roca e distorta dall'emozione. "Era dopo la rivolta, ma la polizia era ancora brutale. Ci incolpavano di così tante cose. Ci odiavano per così tante cose. Non potevamo andare in giro da soli, non ai club. Essere gay era... era pericoloso. Anche se le cose stavano cambiando, era ancora dura."

"Quella notte," continuò a bassa voce, "quando entrò la polizia, Dae-Hoon e io scappammo lungo il corridoio. C'erano delle porte sul lato dell'edificio, e io pensai che potevamo uscire da una di quelle. Quegli uomini... quei poliziotti... ci seguirono. Non ci pensai in quel momento, ma in seguito mi chiesi: 'Perché hanno seguito solo noi? Perché non hanno preso prima gli altri uomini?'."

"Hanno preso te e Dae-Hoon?" la incitai gentilmente.

"No, non me. Solo Dae-Hoon. Io sono stata colpita." Scosse la testa, poi scostò dal viso i lunghi capelli neri. La luce che entrava dalle finestre colpì una cicatrice a mezzaluna accanto alla tempia, facendo risaltare il margine. Qualcosa di tagliente aveva scavato via un piccolo pezzo di pelle, lasciando un souvenir di quella notte.

"E..." Mi resi conto che non conoscevo il vero nome dell'amante di Scarlet. "E *hyung* era già lì?"

"Non ancora. Non allora." Si appoggiò allo schienale, con l'aria stanchissima. "C'erano così tanti uomini che scappavano. A quel punto i poliziotti stavano colpendo tutti. Eravamo in tanti a sanguinare e gridare. *Hyung* era fuori, stava arrivando quando la polizia entrò. Non pensavo a niente. Lui era lì, e io ero al sicuro. Lo avvertii che Dae-Hoon era ancora dentro, ma lui mi fece salire in macchina e ordinò all'autista di partire. Più tardi mi disse che nessuno aveva visto Dae-Hoon… nessuno riusciva a trovarlo. Quella notte è stata l'ultima volta che l'ho visto. Lo cercai. Chiamai tutti quelli che conoscevo… perfino la sua ex moglie… ma era sparito."

"Ex?" chiesi. "Avevano divorziato?"

"Non ancora," rispose Shin-Cho. "Mia madre mi disse che lui aveva avviato le procedure, ma che erano ancora sposati quando lui è morto."

"Non voleva più nascondersi." Scarlet inclinò il capo. "La sua famiglia… tutto… si era allontanato da tutto, perché diceva che era stanco di mentire per proteggere altri uomini come lui. Era arrabbiato per come la sua famiglia lo trattava. *Hyung* gli aveva detto di non creare problemi, ma penso che a Dae-Hoon non importasse più."

"Chi era che doveva incontrare lì? Qualcuno in particolare?" Presi la mano di Jae nella mia. Il dilemma di Shin-Cho rispecchiava la sua vita troppo da vicino perché lui non ne fosse colpito, e io fui grato che rispondesse intrecciando le dita con le mie. "Chi avrebbe incontrato quella notte? Chi sapeva che sarebbe stato lì, a parte te e *hyung*?"

"Kwon Sang-Min," sussurrò Scarlet. "Aveva rotto con Dae-Hoon, ma Sang-Min gli chiese di venire con me, per incontrarlo. Non penso che Sang-Min fosse pronto a rinunciare a lui. Non lo so. Non siamo in confidenza."

"La sua famiglia lo sa?" chiesi. "La famiglia di Kwon sa che lui è gay?"

"No. Lui non è come… *hyung*. Lui vuole… lui non cerca l'amore. Per Kwon gli uomini giovani sono solo… da usare," replicò lei. "Lui è solo una conoscenza di *hyung*. Sento dei pettegolezzi a volte, ma non ho prestato attenzione. Trattava male Dae-Hoon. Non penso che adesso stia trattando bene qualcun altro."

"Se lui è vicino a… d'accordo, qual è il vero nome di *hyung*?" mi decisi a chiedere.

"Seong Min-Ho," rise Scarlet.

"Kwon e Seong sono vicini?" Scrissi i due nomi meglio che potevo. Avrei chiesto a Jae di controllare la grafia più tardi, quando avrebbe potuto prendermi in giro in privato.

Scarlet strinse la bocca. "Si conoscono. Sono tutti e due *chaebol* di seconda generazione. Non so quando si siano conosciuti."

"Sono stati all'università insieme," disse Shin-Cho. "Sang-Min me lo ha detto quando mi ha conosciuto."

"Quindi tutti e due gay ed esiliati in America?" Disegnai dei quadrati attorno ai nomi e li collegai con una linea tratteggiata.

"Ho qualcos'altro," disse Scarlet. "Quando Dae-Hoon non è tornato, *hyung* si è offerto di tenere in magazzino le sue cose. Posso prenderti la chiave. È nel mio cofanetto dei gioielli."

"Seong sa che siete venuti da me?" Seong era in cima alla mia lista delle persone con cui parlare. Poteva anche non aver detto a Scarlet che sapeva cos'era successo a Dae-Hoon per risparmiarle ogni spiacevolezza. Da quel che ne sapevo era un uomo che si occupava dei suoi affari in modo spietato, per poi dire che era tutto rose e fiori.

"Lo sa," rispose lei. "Ha detto che troverà il tempo di parlarti, se ne avrai bisogno."

"Ne avrò bisogno," confermai. "Allora avete tenuto le cose di Dae-Hoon in un magazzino per circa vent'anni? Non ci hai dato un'occhiata? O portato lì Shin-Cho?"

"No." Scossero la testa tutti e due. "Faceva troppo male, ma volevo che i ragazzi avessero le sue cose quando avessero scoperto la verità. Quando ho parlato a Shin-Cho del magazzino, lui ha pensato che tu potessi voler controllare per primo, nel caso ci fosse qualcosa che può esserti d'aiuto."

"Mi manca mio padre, Cole-sshi, davvero," ammise Shin-Cho. "Ma *nuna* ha condiviso con me le foto e le lettere che aveva. Posso aspettare per guardare il resto."

"Chi ha inscatolato i suoi effetti?" La mia preoccupazione era che qualcuno avesse già passato al setaccio le proprietà di Dae-Hoon. Se c'era qualcosa di incriminante, avrebbe potuto essere scomparso molto prima che anche un solo scatolone arrivasse nel magazzino.

"Un po' io. Il coinquilino di Dae-Hoon ha aiutato. Non c'era molto," rispose Scarlet. "Lavoravano tutti e due per *hyung*."

Dovevo partire dal presupposto che se Seong avesse avuto qualcosa da nascondere, avrebbe potuto far sparire qualsiasi oggetto che non desiderava venisse trovato, ma con Scarlet presente sarebbe stato difficile nasconderlo. Seong all'epoca camminava su una fune più sottile di quella su cui camminava Jae-Min adesso. "Domani... beh, oggi, è giovedì. Puoi portarmi la chiave più tardi? Vedrò cosa riesco a trovare."

"Prima devi dormire," mi ricordò Jae. "E se ci vai dovrà essere venerdì. Sabato andiamo al matrimonio."

"Eh?" Cercai di ricordarmi quando ero stato invitato a un matrimonio, poi mi rammentai che avevano assunto Jae. Aveva già dell'aiuto la mattina per gli scatti formali e la cerimonia, ma mi aveva chiesto di dargli una mano per il ricevimento serale. Mi lanciò un'occhiata sospettosa, come se si fosse aspettato che me ne sarei scordato. "Oh, no, non guardarmi in quel modo. Ce l'ho sul telefono. Perfino Claudia lo sa. Grande matrimonio. Aiuta Jae o muori."

"Desidererai essere morto, se te ne dimentichi." Jae mi diede un'occhiataccia che avrebbe reso invidiosa la sua gatta. "Mi assicurerò che tu ci metta un sacco di tempo a morire."

"Ci vediamo al matrimonio di mio fratello, allora." Shin-Cho si alzò in piedi. "A meno che non veniate anche stasera?"

"Che cosa c'è stasera?" Mi alzai quando lo fece Scarlet, levandomi di mezzo in modo che potesse passare.

"La cena di prova," sussurrò Jae. "Non preoccuparti. Andrew ha detto che verrà lui con me."

"Non c'è bisogno di sussurrare. I miei sentimenti non sono feriti." Scarlet gli diede una leggera pacca sul braccio mentre passava.

"Cosa? Perché i tuoi sentimenti dovrebbero essere feriti?" La mancanza di sonno cominciava a pesare sul mio cervello.

"Perché le amanti... anche quelle che sono dei maschi... non sono invitate ai matrimoni *chaebol*." Scarlet si fermò accanto all'ingresso, infilando le ballerine ai piedi minuscoli. "Ma io starò bene, *musang*, basta che il tuo Cole scopra che cos'è successo a Dae-Hoon."

LE TENDE della camera da letto facevano del loro meglio per tener fuori la luce del mattino, ma fallivano miseramente. Io ero troppo stanco perché me ne importasse, e del resto la luce illuminava la stanza quel che bastava perché potessi guardare Jae che si preparava per andare a letto. Eravamo esausti tutti e due. Io mi ero a malapena sfilato i jeans e lavato i denti, prima di crollare sul materasso con addosso solo i boxer. Per quanto il mio uccello avesse voglia di fare un tentativo, sapevo che non avrei retto oltre un po' di preliminari prima di addormentarmi. Gli occhi gonfi di Jae mi dissero che si sentiva allo stesso modo.

242

Era comunque un gran bello spettacolo guardarlo togliersi pantaloni e canottiera per infilarsi a letto con me. Mi piacevano i boxer aderenti che amava indossare. Si modellavano sul suo sedere pieno e gli lasciavano scoperto l'ombelico. Aveva parlato di farsi un piercing lì, un piano che io stranamente appoggiavo.

Fu bello quando si appoggiò a me e passò una mano sulle cicatrici in preoccupante aumento sul lato sinistro del mio torace. Dolevano sotto la superficie, perché il movimento della pelle corrugata tirava i nervi. Il suo tocco lenì le fitte, e io feci un grugnito quando mi diede un pizzicotto sul fianco.

"Smettila di farti sparare," mormorò baciando la cicatrice più piccola e più recente.

La pistola di sua cugina Grace era di piccolo calibro, non come il cannone della polizia che Ben aveva usato per spararmi, e aveva lasciato un segno molto più piccolo. Per essere un colpo d'arma da fuoco non aveva fatto molti danni e io mi ero ripreso in fretta. Jae e Claudia mi aleggiavano costantemente attorno da quando stavo cercando di recuperare la forza nella spalla. Ci sarebbe voluto del tempo perché perdessero l'abitudine.

Da quel che sembrava, nessuno dei due stava facendo progressi in quel campo.

"Potrei dover parlare a Seong, ma non voglio farlo." Gli passai le dita sulla spina dorsale. "Specialmente se non riesco a trovare qualcosa da cui partire. Creerebbe dei problemi tra di loro."

Era caldo. Piacevole. La sua pelle si riscaldò sotto il mio tocco, e captai il profumo del sapone al tè verde che usava. Anche il mio corpo si riscaldò. Dovetti ricordare a me stesso che ero troppo stanco per cercare qualcosa di più che chiacchiere e coccole.

"Lo so," mormorò. Il suo respiro mi sfiorò un capezzolo, e io dovetti fare un altro discorso al mio uccello. "Lo sa anche *nuna*."

"Continua a fare così e non riusciremo affatto a dormire," lo avvertii. "E sono troppo stanco per farti divertire. Sarebbe un brutto voto sulla mia pagella."

"Ti darò un buon voto," mi stuzzicò lui. Morse leggermente il capezzolo che si era indurito, poi si tirò indietro appoggiando la testa sul mio braccio. "Il tuo coreano è pessimo. È come se la tua lingua non funzionasse. Continui a dire hu-yang."

"Tu sai meglio di tutti che la mia lingua funziona bene." Quando rimase in silenzio, gli diedi un colpetto con le dita. "Seong Min-Ho. Com'era? Ti metterò in imbarazzo se parlo con lui?"

"No, lo hai detto bene. Scarlet ti ha lasciato il suo biglietto da visita. Sul retro è in inglese, riuscirai a leggerlo." Sbadigliò, con un leggero scrocchio della mandibola. Trasalii e strofinai un punto vicino al suo mento. "Vuoi che lo chiami per te? Ama *nuna*. Ti aiuterà, se può."

Stavo riflettendo su quanto fosse insidioso chiamare l'amante di Scarlet per torchiarlo riguardo a un possibile omicidio, quando dal telefono di Jae arrivò una suoneria pop. Il cellulare vibrava sul comodino e lui si tirò velocemente a sedere per prenderlo. Le lenzuola gli scivolarono sui fianchi, una morbida cornice verde smeraldo per la sua schiena. Si accigliò terribilmente e si fece teso. Le sue spalle avevano un aspetto rigido e fragile che mi fece preoccupare, così allungai un amano a toccargli la schiena nella speranza di rassicurarlo.

"*Aniyo*." Scosse la testa verso di me e si allontanò, quasi ritraendosi dalla mia mano. "*Umma*."

Conoscevo la prima parola, *no*, e vagamente la seconda. Mi vagò in testa per un momento e poi scattò al suo posto. *Sua madre*.

Era dura vederlo così raggomitolato su se stesso. Le scapole sporgevano dalla schiena, inquadrando la linea della spina dorsale. Le lenzuola gli stavano sulle ginocchia come una tenda, e le afferrò con la mano libera, torcendole tra le dita mentre parlava. Non avevo modo di capire quello che stava dicendo, ma sentire la sua voce così tesa mi feriva. Il suo corpo stava urlando, il suo dolore filtrava da ogni linea rigida degli arti e del torso.

Tutto dentro di me voleva toccarlo, rassicurarlo.

Tutto quello che sapevo di lui mi diceva di non farlo.

Non capivo quello che stava dicendo. Due mesi di coreano mordi e fuggi non erano abbastanza per farmi comprendere quello che sua madre gli stava tirando fuori. Ogni volta che si interrompeva per ascoltare, si ritraeva. Le parole di lei lo pugnalavano, ami appuntiti che si agganciavano al suo cuore e strappavano via pezzi della sua anima. Si faceva più piccolo a ogni istante, torcendo le lenzuola con le dita e il polso fino ad avere le nocche sbiancate ed esangui.

Esangui quasi quanto il suo viso.

Mi guardava senza vedermi, con la guancia appoggiata alle ginocchia coperte dalle lenzuola, la mano quasi invisibile contro la pelle. La bocca piena che amavo baciare era una linea piatta, premuta stretta per arginare le parole che non voleva dire... che non poteva dire. I suoi occhi erano pietre dure e lucenti, senza le pagliuzze color miele.

Fu finita prima che io potessi pensare a qualcosa da dire o da fare. Un attimo prima era una statua di porcellana, e il momento dopo una cosa spezzata e frammentata piena di rabbia e disgusto.

Mettergli le braccia attorno fu come cercare di trattenere un uragano. Fu subito fuori dal letto, lottando per liberare le gambe dalle lenzuola. Sempre stringendo il telefono si voltò e si scosse, prendendo grandi boccate d'aria per calmarsi. Aspettai. Dovevo aspettare. Stavo con lui da due mesi, e aveva sempre avuto bisogno di tempo per gestire le emozioni, per trovare qualcosa a cui aggrapparsi e trascinarsi fuori dal panico e dalla rabbia che gli cresceva dentro.

"Fanculo. Qualcuno le ha detto qualcosa... di me... di noi." Gettò il telefono sul letto e cominciò a passarsi le mani tra i capelli, camminando avanti e indietro. "Mia zia. Lei parla con mia zia... forse..."

"Jae, respira." Ero dietro di lui e lo fermai prima che facesse un altro giro attorno alla stanza. Mi combatté. Non mi ero aspettato che cedesse facilmente. Non lo faceva mai. Io fui più forte e più calmo, e gli passai le braccia sulle spalle per stringerlo al mio petto nudo. "Che cosa ha detto? Che cosa vuole?"

"Le servono più soldi," mormorò lui. Le sue dita erano fredde e immobili sulla mia pelle, fiacche. "Le ho detto che avrei cercato di procurarmene, e lei ha detto... che avrei dovuto chiederli al mio amico ricco. Il mio *hyung*."

A parte l'amante di Scarlet, ero probabilmente l'unico amico di Jae che si potesse considerare ricco. Una ricchezza acquistata a duro prezzo: il risarcimento della città per l'omicidio-suicidio del mio amante, Rick, e del mio partner, Ben. Sei mesi prima avrei detto che sarei stato disposto a rinunciare ai soldi per riaverli indietro vivi. Adesso avrei ceduto tutto il mio denaro per dare a Jae un po' di pace.

"Lei sa di Scarlet. Forse parlava di Scarlet o... merda, Seong." Mi tirai un po' indietro e gli misi le mani sul viso, sfiorando con i pollici le tracce di umidità che aveva sulle ciglia inferiori. Jae tirò su col naso, ma sollevò il mento. "E tuo fratello? Può aiutare?"

Lo avevo nominato per distrarlo. Non funzionò granché bene.

"Jae-Su? Mio fratello?" sputò fuori lui. Rabbia e paura appesantivano il suo accento, arrotondando le parole. "Se avesse saputo che... come sono, lo avrebbe usato per ottenere soldi da *me*. Al momento li prende da lei. Il mio *hyung*… prende, da nostra madre, come se fosse ancora un ragazzino. E lei gli dà tutto. Affamerebbe le mie sorelle perché lui possa avere un giocattolo nuovo."

"Di quanto ha bisogno? Posso…"

"No." Era un tono fermo, metà per orgoglio e metà per il rifiuto di lasciarsi aiutare. Lo capivo. Non mi piaceva, ma lo capivo. Le sue mani si strinsero a pugno sul mio petto. La rabbia che aveva dentro implorava di essere liberata. Mi aspettavo che mi colpisse, ma lui strinse i denti e scosse la testa. Si tirò indietro, allontanandomi con una singola spinta. "No. Non voglio i tuoi soldi. Questo non è un tuo problema. La mia famiglia non è un tuo problema."

Tirai il fiato, un respiro sibilante per raffreddarmi i polmoni. Jae corse in bagno, le spalle tremanti mentre apriva l'acqua. Mise le mani sotto il getto e si chinò in avanti, ma si limitò a fissare il lavandino. I capelli gli nascondevano la maggior parte del viso, ma vedevo ancora la sua bocca, le labbra rosse che tremavano di rabbia e paura. Non potevo capire quello che stava provando. Io avevo fatto le mie scelte, andandomene quando mio padre aveva deciso che non ero più degno di essere suo figlio. Jae non aveva bisogno che io lo spingessi.

Per cui, ovviamente, fu esattamente quello che feci.

Non dissi niente. Rimasi in silenzio mentre raggiungevo la porta del bagno e mi appoggiavo allo stipite. La tensione nel mio petto sbocciò nella paura che lui decidesse di andarsene. Per me era troppo presto per perderlo. Non avevo avuto abbastanza tempo, non avevo avuto il tempo di persuaderlo che sarei stato lì per prenderlo, se fosse caduto in disgrazia per la sua famiglia. Non avevo avuto abbastanza tempo per accettare che avrebbe potuto non essere mai mio… non apertamente… e forse nemmeno nel segreto delle nostre case.

Jae chiuse l'acqua e appoggiò le mani sul ripiano di marmo. Sollevò la testa e alzò lo sguardo allo specchio, incontrando per un attimo i miei occhi prima di riabbassare i suoi a studiare le inclusioni scure nella pietra. Lentamente la tensione lasciò la sua spina dorsale, e Jae spostò i fianchi in avanti, rilassando la linea del corpo.

Non eravamo al per sempre, allora. Non al per sempre di lui che usciva dalla porta di casa mia, o il per sempre del nostro ultimo bacio. Il mio cuore diede un balzo e riprese a battere.

"Mi dispiace," sussurrò. Il suo viso era cupo, chiuso, impassibile. "Sono... stanco. È solo... *cazzo*."

Lasciò che lo stringessi, questa volta, scivolando nel mio abbraccio con la sua solita grazia liquida. Il pavimento freddo del bagno fu uno shock per i miei piedi nudi, ma il suo corpo troppo caldo lo compensava. Non pianse, ma lo sentivo lottare per mantenere il controllo. Gli misi una mano sulla nuca e gli passai l'altra sulle spalle e poi sulla schiena, sciogliendo via la tensione.

"È tutto a posto, piccolo." Quando alzò lo sguardo, il profondo dolore nei suoi occhi mi spezzò il cuore. Gli baciai la testa e lo accarezzai di nuovo, mormorando: "Andrà tutto bene. Ci penso io a te."

"Odio volerti," ammise. "Odio volere... *questo*."

Questo avrebbe potuto voler dire un sacco di cose. Conoscevo Jae abbastanza bene da sapere che voleva dire essere felice... essere gay... essere con me, un uomo che lottava ogni giorno per capirlo. Io non potevo dire niente. Le mie notti erano ancora piene di ricordi di sangue, polvere da sparo, e occhi verdi e ciechi che si offuscavano. Avevamo tutti e due i nostri albatros. Io avevo il fantasma di Rick che spalava colpa nella mia anima come se stesse alimentando una fornace a carbone, e Jae si trascinava dietro la famiglia, coi loro artigli piantati in profondità sotto la pelle. Non era in grado di allentare la loro stretta più di quanto io potessi allentare quella di Ben e Rick.

Era ingiusto da parte mia pensarlo.

Lo sapevo.

Non mi faceva pesare meno il nostro bagaglio.

Io volevo il mio dannato per sempre. Il *mio* per sempre. Non quello che pareva essere destinato a me. Di sicuro non quello destinato a Jae. Dovevo solo avere la pazienza e la forza di lottare per lui, anche se era contro di lui che stavo lottando.

"Che ne dici di dormire un po' e di parlarne più tardi?" Lo cullai gentilmente, più che altro un movimento ondeggiante. "Dei soldi... e di *questo*."

"La questione dei soldi... non cambierà," mi avvertì, ma mi permise di riportarlo al letto. Trascinava i piedi, con le occhiaie violacee per lo sfinimento. Il letto si infossò quando Jae ci salì sopra, e poi di nuovo quando mi trascinai accanto a lui.

"Beh, nemmeno *questo* cambierà." Ci coprii entrambi, lasciando che lui si girasse sullo stomaco. Una delle sue gambe si insinuò tra le mie e

247

il suo braccio mi si appoggiò sul petto, con la mano sulle mie costole. Il suo respiro rallentò e lui rabbrividì, liberando un altro po' della tensione racchiusa nel suo corpo. "Andrà meglio, Jae. Andrà meglio per noi. Te lo prometto. Lo faremo funzionare."

"Andare meglio è comunque un cambiamento," mormorò lui contro il mio petto.

Presi in considerazione un'obiezione o due, ma poi decisi per una risposta viscerale. "Sta' zitto e dormi."

Capitolo 4

Colpire il sacco da boxe mi faceva star bene. I guantoni leggeri erano nuovi, un regalo di Bobby. O più che altro un incentivo a riportare il culo in palestra. Avevo bisogno di allenare i muscoli danneggiati durante la sparatoria, recuperare un po' di forza nel braccio. Mi aiutava anche a dimenticare che mi ero svegliato in un letto vuoto e in una casa ancora più vuota.

La palestra era un buco disadorno e nascosto gestito da Floyd 'JoJo' Monroe, un ex pugile che aveva avuto la sfortuna di essere nero e gay negli anni '80. La sua carriera era stata brillante… e troncata in fretta, quando dopo un incontro lo avevano trovato nello spogliatoio a farsi fare un pompino da uno degli arbitri, un bianco. Qualche giorno dopo, il tizio che gli aveva fatto il pompino era stato trovato a galleggiare fuori dal molo di Santa Monica. JoJo non se l'era cavata bene. Non restava molto dell'uomo che aveva messo al tappeto gli avversari a suon di pugni. Gli tremavano le gambe quando camminava e l'occhio rimasto era annebbiato dall'età, ma quando urlava ai pugili sul ring la sua voce era forte.

Non avevo bisogno che JoJo mi urlasse contro. Di solito era compito di Bobby. Non avevo bisogno dell'assistenza di nessuno. Oggi era diverso. Io ero diverso.

Il sacco sobbalzava a ogni colpo. All'inizio non sentii i grugniti di Bobby, ma dopo qualche minuto divennero abbastanza forti da distrarmi.

"Un po' incazzato, principessa?" Quando mi allontanai dal sacco, Bobby stava ansimando. Io avevo la maglietta zuppa di sudore, e puzzavo, ma volevo continuare altri cinque minuti, o magari altre cinque ore. Allenarmi fino a ridurre il mio corpo a un disastro dolorante sembrava giusto. Si abbinava al mio stato interiore. "Vuoi parlarne?"

Anche se Bobby aveva quasi vent'anni più di me, era robusto e muscoloso. La pennellata d'argento alle tempie non faceva che attirare i twink. Con una bella faccia vissuta e un corpo in forma, era popolare in tutti i bar in cui andavamo. Era anche in grado di farmi a pezzi sul ring e ridurmi a uno straccio per pulire per terra quando facevamo jogging. A parte il fatto di leccare uccelli e culi, era l'epitome del maschio americano, decisamente non qualcuno che voleva parlare per sviscerare i problemi.

"Non avrei *mai* pensato di sentirtelo dire." Abbracciai il sacco, sbirciando di lato per guardarlo in faccia. "Tu vuoi che io te ne *parli?*"

"Sto cercando di salvare il sacco da boxe di JoJo. Lo stai martellando a morte." Lo lasciò andare e fece il giro per aiutarmi con il velcro dei guantoni. "Riguarda Jae? Era incazzato per via di Trey?"

"Merda, non parlarmi di Trey. Ti ha chiamato?"

"Sì." Grugnì di nuovo, questa volta di disgusto. "Lo stronzo ha detto che rivoleva i suoi soldi."

"Quali? Lo stavo facendo gratis."

"Gliel'ho ricordato. Trey usa il cervello meno dell'uccello. E *quello* lo usa solo per pisciare e farsi fare dei pompini. Gli piace farsi scopare. Non nell'altro modo." Si infilò i guantoni e mi indicò col mento di tenergli fermo il sacco. Dopo aver aspettato che mi preparassi ad assorbirne il peso, diede un paio di colpi al sacco.

"Jae si è beccato un po' di merda da sua madre stamattina," spiegai. "Non capisco perché lo sopporta. È come se gli scaricassero addosso le loro stronzate aspettandosi che lui le accetti e basta."

"Te lo devo chiedere, amico. Jae vale quello che ti fa passare? Non per suonare come un hipster emo, ma non voglio che ti spezzi il cuore."

Dovetti pensarci. Dopo aver perso Rick per colpa di qualsiasi demone stesse perseguitando Ben, ero andato alla deriva. Non mi piaceva andare per club. Saltare dentro e fuori dai letti di uomini diversi mi stancava più del piacere che rimediavo scopandoci. Jae mi faceva qualcosa. Toccava qualcosa dentro di me che avevo pensato fosse morto.

"Jae mi ha più o meno fatto rendere conto che avevo ancora un cuore. Suppongo che abbia il diritto di spezzarmelo."

Bobby smise di martellare il sacco per il tempo che dedicò a fissarmi, poi si strinse nelle spalle. "Pare giusto."

Cambiai argomento prima che cominciassimo ad abbracciarci e a scambiarci ricette di biscotti. "Ehi, hai un po' di tempo libero? Ho bisogno di aiuto con un lavoro che mi ha procurato Scarlet."

"Sì, certo." Spostò il peso sui piedi e diede un uppercut al sacco, che sobbalzò tra le mie braccia, costringendomi a fare forza per tenerlo fermo. "Di cosa ha bisogno?"

Gli spiegai il caso mentre tirava cazzotti e saltellava. Gli raccontai dell'ultima volta che Scarlet aveva visto il suo amico al Bi Mil e dell'uomo che Dae-Hoon avrebbe dovuto incontrare quella sera. Quando gli dissi che l'ex amante di Dae-Hoon era il padre della donna che il più giovane dei suoi figli avrebbe sposato, fischiò.

"È troppo strano, cazzo." Smise di colpire il sacco. Io ne fui lieto. Mi facevano male le spalle a forza di reggerlo. "Quindi le famiglie sono rimaste in contatto?"

"Da quel che ho capito è tutto un grosso casino incestuoso. Si conoscono tutti, si sposano l'uno con l'altro. È come una cazzo di setta." Scossi le braccia nella speranza di riavviare la circolazione nelle dita. "Spero che tu mi possa aiutare a rintracciare i poliziotti che erano lì quella notte. Magari qualcuno ha visto qualcosa."

"Non posso, ragazzo." Aveva l'aria scettica. "Devi ricordartelo, è stato dopo la rivolta. I ragazzi in blu le stavano prendendo da tutte le parti. Un bel po' di noi ha fatto delle cose di cui non eravamo fieri. I ragazzi potrebbero non voler parlare di un'irruzione a uno stabilimento balneare gay. È probabile che sia stata davvero brutta. Il Dipartimento di Polizia di Los Angeles non era noto per la tolleranza, ai tempi."

"Mentre adesso sì?" Gli feci un sorrisetto.

Avevamo testato tutti e due a modo nostro la tolleranza degli uomini in blu per i gay. Ero entrato in polizia da uomo apertamente gay. Bobby era uscito allo scoperto dopo che era andato in pensione e Rick era morto. Era stato una roccia a cui mi ero aggrappato mentre lottavo per trovare un senso a quello che mi era successo. Aveva perso alcuni amici quando nei ranghi si era sparsa la voce della sua omosessualità, ma per la maggior parte dei poliziotti era più comodo che avesse mantenuto il segreto finché non ne era uscito. Non erano stati molto entusiasti di me quando indossavo il distintivo, e ancora meno quando il sindacato aveva costretto la città a tirar fuori milioni di dollari di risarcimento dopo che il mio partner suicida aveva sparato a me e al mio amante.

"Fammi controllare chi c'era in giro all'epoca," disse Bobby torcendosi per allentare una contrattura alle spalle. "Dovrò scoprire chi è stato arrestato. Scarlet si ricorda la data? Ci vorrà un bel po' per trovare i rapporti."

"Sì, probabilmente posso farti avere una data precisa." Flettei i muscoli prima che mi venissero i crampi alle braccia. "Questo tizio... Dae-Hoon... lavorava per il... marito?... di Scarlet. Merda, non so nemmeno come chiamarlo, quell'uomo."

Si strinse nelle spalle e arretrò di un passo, sfilandosi i guantoni e tenendoli sottobraccio. "Attieniti a signore. Per me funziona sempre."

"Già," convenni. Andammo verso le docce, salutando JoJo che stava insegnando a un giovanotto smilzo come tenere i gomiti in dentro quando colpiva.

Lo spogliatoio era a temperatura glaciale, mantenuto freddo dalle spesse pareti di cemento. Io ero surriscaldato dall'allenamento e quando entrammo rabbrividii. Incrociammo un uomo snello e muscoloso che andava ad allenarsi e Bobby lo squadrò sfacciatamente, passando in rassegna gambe e torace, indugiando per un attimo sulle spalle prima di guardarlo negli occhi. L'uomo si voltò leggermente e sorrise a Bobby, che inclinò la testa per controllargli il culo. Ci sarebbe stato uno scambio di numeri di telefono prima che ce ne andassimo. Se fosse stato solo ci sarebbe stato anche uno scambio di fluidi corporei.

Aspettai che Bobby smettesse di flirtare. "Questo Dae-Hoon era un po'… radicale."

"Radicale?"

"Ha divorziato. Beh, stava cercando di divorziare," precisai. "In modo da poter uscire allo scoperto ed essere… gay. Non so se si aspettasse che il suo amante, Kwon, facesse la stessa cosa, o se avesse solo bisogno di uscire allo scoperto."

"Quindi era coreano, ma si è dichiarato col megafono?" chiese Bobby sottovoce. Se per Jae era difficile essere apertamente omosessuale adesso, le azioni di Dae-Hoon nel '94 erano incredibili. "Sembra che tutti i coreani che incontri siano gay."

"Così pare," risi. "E anche questo Kwon, suppongo incontrerò anche lui."

"Pensi che Kwon abbia avuto qualcosa a che fare con la sua scomparsa?"

"Non lo so. È un'idea. Penso che ne sapremo di più quando avrò parlato a un po' di gente. Sembra comunque che Kwon c'entri. Scarlet e il figlio di Dae-Hoon pensano che sia uno stronzo."

"Dobbiamo stringere il cerchio su Kwon. Vedere dove è stato prima." Si tolse la maglietta umida e la usò per colpirmi mentre lo superavo per andare al mio armadietto. "Allora, da dove vuoi cominciare? I poliziotti o Seong?"

"Penso i poliziotti, ma controlliamo prima il magazzino." Mi sfregai la zona indolenzita sul braccio. "Devo tornare in ufficio e vedere se Scarlet mi ha lasciato la chiave. Mi chiedo se Claudia vorrà aiutarci a scavare tra la roba di Dae-Hoon."

"Sì, parlane con lei," sbuffò Bobby. "E dopo che ti avrà ammazzato, io ci proverò con Jae al tuo funerale. Così avrò qualcosa da fare a parte bere."

"Pensavo che Jae desse troppi problemi."

"Ehi, è carino. Mi piacciono carini," disse lui, sussultando quando gli diedi un pugno sul braccio. "Ma sono i tuoi problemi, principessa. Accomodati pure."

"TI VA del caffè?" Claudia, la signora che gestiva il mio ufficio, teneva in mano la brocca di vetro della macchinetta. Dopo anni passati a bere la brodaglia del sistema scolastico, per il nostro ufficio preparava un caffè così forte da farti crescere i peli sul petto. Già solo l'odore di quella roba teneva lontani i ratti, gli scarafaggi e qualsiasi altro parassita per chilometri.

Annuii e mi scrollai di dosso la giacca, buttandola su un gancio dell'attaccapanni a stelo che tenevamo accanto alla porta. Sulla mia scrivania c'era un mucchietto di fogliettini rosa con dei messaggi, e io mi accomodai nella poltrona di pelle vecchio stile che avevo trovato a una svendita immobiliare, ascoltandone il piacevole cigolio quando mi appoggiai allo schienale. Claudia mi mise davanti una tazza in cui nella miscela scura vorticavano ancora dei riccioli di panna. Si sedette picchiettando il cucchiaino sulla sua tazza, ne bevve un sorso e aspettò che io finalmente liberassi il sospiro che stavo trattenendo.

"Hai fatto troppo, ragazzo?" Non c'era compassione nella sua voce. E non me ne aspettavo.

Quella donna aveva tirato su un quintilione di figli e nipoti in un'area prevalentemente a basso reddito, traslocando in zone migliori appena poteva. Non accettava come scusa il fatto che i suoi figli erano poveri o neri. Aveva delle aspettative, e guai al figlio che non le soddisfacesse. Far parte del clan di Claudia era come appartenere a un campo di sopravvivenza, per tutta la vita. I suoi ragazzi, e ce n'era un'orda, dovevano saper cucinare, pulire, riparare cose al volo, ed era meglio che le donne che portavano a casa – o l'uomo, nel caso di Maurice – facessero lo stesso.

Comandava la sua ciurma come una truppa spartana: cadi sul campo di battaglia e verrai mangiato dai predatori. Io non ero uno dei suoi figli, e lei mi spaventava a morte.

"Avevo bisogno di iniziare ad allungare i muscoli. Sono guarito abbastanza per un po' di lavoro al sacco." Protestai per il sibilo beffardo con cui reagì. "Che c'è? Hai pensato che avrei permesso a Bobby di pestarmi? Avevo bisogno di sciogliermi, non di fare un altro viaggio all'ospedale."

La parte sullo sciogliersi non era una bugia. Dopo aver scoperto che era andato via prima che mi svegliassi, mi ero chiesto se chiamare Jae, solo per sapere se stava bene o se era incazzato a morte. Rick aveva bisogno di rassicurazioni e interazioni costanti. La diffidenza e la fiera indipendenza di Jae ancora mi sconcertavano. Lavorare sui muscoli sembrava una piacevole alternativa al fare avanti e indietro fino a scavare un buco nel pavimento.

"Se finisci di nuovo in ospedale, ti lego al letto con il nastro adesivo finché non decido che sei in grado di alzarti." Picchiettando con le dita sulla pila dei messaggi aggiunse: "Ha telefonato il tuo ragazzo. Ha detto di richiamarlo quando tornavi. Che per allora avrebbe dovuto essere di ritorno da Long Beach. Penso che stesse facendo qualcosa ai moli."

"Che diavolo ci fa a Long Beach?" Non mi aspettavo una risposta. Spesso Jae faceva incursioni in terra di nessuno per i suoi lavori artistici. I matrimoni e i ritratti gli permettevano di pagare i conti, ma non stimolavano la sua vena creativa. Passando in rassegna i messaggi mi accigliai quando lessi il nome di Trey. Sollevai il biglietto perché Claudia lo vedesse. "Si è comportato da stronzo con te?"

"Ha detto qualcosa sul citarti in giudizio per i danni al suo uccello. L'ho ascoltato per qualche minuto, poi gli ho detto che se era così stupido da infilarlo in una bottiglia poteva anche fare senza. È già abbastanza pericoloso fare sesso. Se voleva farsi masticare via l'uccello perché non è semplicemente andato a fare sesso con uno squalo?"

Ripensai a quello che avevo visto al pronto soccorso mentre i dottori tiravano via i frammenti di vetro. "Sì, è più o meno l'aspetto che aveva."

Si muoveva in fretta per una donna così imponente, una cosa che probabilmente derivava dagli anni passati a inseguire bambini recalcitranti. Le ci vollero pochi secondi per recuperare un pacchetto dalla sua scrivania e portarmelo. "Quel tesoro di Scarlet ti ha mandato questo. Ha chiamato per assicurarsi che lo avessi ricevuto. Mi ha detto del suo amico. Non riesco a credere che accetti denaro da lei."

"Non volevo farlo," dissi distrattamente. Il sigillo del sacchetto di plastica del corriere era una rogna, e finii con l'usare i denti in modo da strapparlo abbastanza da poterlo aprire. "Lei e Jae si sono coalizzati contro di me. Credimi, non vuoi metterti a discutere con due asiatici riguardo ai soldi. Si perde ogni volta. È come esser contro un siciliano quando c'è in ballo la morte."

"Dallo a me," sospirò Claudia allungando la mano verso il pacchetto. "Lo aprirò con le forbici. Tu vai fuori a chiamarlo. Non voglio sentire i rumori sdolcinati che fai quando parli con lui."

Rinunciai al tentativo di aprire la plastica con i denti. Presi con me il caffè e uscii sul portico anteriore. Non avevo controllato il telefono da quando ero uscito di casa. Avevo quattro sms, di cui uno di Jae che mi chiedeva di chiamarlo quando potevo. Lo richiamai e mi rispose al secondo squillo.

"Ehi, *agi*." Le sue fusa erano come dita calde che mi si infilavano dentro e mi arrivavano fino alle palle. "Sei tornato in ufficio?"

"Sì, pensavi di venire qui?" Potevo anche intrattenere delle fantasie sulla lavatrice, ma era già tardo pomeriggio e io dovevo portare avanti il lavoro, soprattutto dopo aver sprecato la mattina a dormire.

"No, non è per quello." Fece una pausa abbastanza lunga da farmi sorridere. A Jae piaceva il sesso. Non gli piaceva essere toccato in pubblico, ma bastava chiudere la porta e le cose si facevano interessanti. "Devo chiederti un favore."

"Certo." Bevvi un sorso di caffè e quasi mi strozzai da quanto era dolce. Lo zucchero riequilibrava l'amaro, ma ci voleva un momento perché la gola si adattasse. "Che ti serve?"

Sembrava che non avremmo parlato della telefonata di quella mattina, del suo crollo e della sua rabbia, o della mia incapacità di riaggiustare il suo mondo. A me andava bene così. Ancora non avevo idea di come riaggiustare il suo mondo, e anche se avessi saputo come fare non ero sicuro che lui me lo avrebbe permesso.

"Andrew è ammalato. Ho bisogno di aiuto stasera alla cena di prova. Posso prenderti in prestito? È alle otto."

Andrew, che ogni tanto gli faceva da assistente, era inaffidabile come la pasta delle crostate di Claudia. Di solito più che malato era fumato fino alle orecchie, ma era economico e perlomeno sapeva quale macchina fotografica Jae gli diceva di prendere. Io ero già prenotato per il ricevimento, una cosa rischiosa per Jae dato che sapevo gestire a malapena la punta-e-scatta che usavo per le foto ai coniugi fedifraghi. Doveva essere disperato per chiedermelo con un preavviso così breve.

"Sì, certo." Controllai l'orologio. "Devo solo guardare della roba che mi ha mandato Scarlet e rispondere a qualche telefonata, poi sono tutto tuo."

"Eri già mio prima che chiamassi."

Sì, mi teneva ancora per le palle. Tubammo un po', più virilmente che potevamo, poi io riattaccai e tornai dentro. Claudia aveva sconfitto il pacchetto, praticamente sezionandolo come una rana sotto formaldeide alla lezione di biologia. Mi riempii di nuovo la tazza, facendo a meno dello zucchero, e tornai alla scrivania per scavare nella vita di Dae-Hoon.

Una giovane Scarlet mi guardava arrossendo da una vecchia fotografia. Accanto a lei sorrideva un coreano altrettanto giovane, con delle leggere cicatrici da acne sulle guance, che le teneva un braccio attorno alle spalle. Avevano dei colpi di luce color miele nei capelli, ciocche di biondo in mezzo al nero naturale. Il vivace rosa sulle labbra di Scarlet attirava lo sguardo quasi quanto i braccialetti di gomma ai polsi dell'uomo con una mano sulla sua spalla. La data sul retro mi disse che la foto risaliva a una settimana prima che Dae-Hoon scomparisse. A giudicare dalle loro facce non avevano una sola preoccupazione al mondo.

E apparentemente al mondo non importava di loro.

Altre foto avevano catturato dei momenti della vita di Dae-Hoon, piccoli frammenti di tempo che qualcuno aveva pensato di strappare alla corrente. Mi soffermai su una che lo ritraeva con due bambini; le sue braccia snelle cullavano David e il viso era illuminato da un sorriso per il suo Shin-Cho.

Era difficile credere che il bimbetto che Dae-Hoon stava tenendo in braccio entro un paio di giorni avrebbe sposato la figlia del suo amante.

"Proprio inquietante, cazzo," borbottai. Tra le foto e un fascicolo individuai una busta, la tagliai e aprii il foglio che conteneva. Anche se Scarlet era così femminile, il suo lato maschile traspariva nella sua scrittura. Mi ringraziava di nuovo, con una grafia decisa e inclinata, e io feci una smorfia vedendo l'assegno allegato al biglietto.

"Quelli sono un sacco di zeri," commentò Claudia sbirciando da dietro la mia spalla. "Davvero troppi zeri per trovare un uomo che probabilmente è morto."

"Già, è molto di più di quello per cui ci eravamo accordati. Io e lei dovremo fare una chiacchierata," borbottai. Dal fascicolo, con un leggero rumore, cadde una chiave piatta di plastica, con una lettera e dei numeri. "Domani io e Bobby andremo a scavare in un deposito."

"Ti ha dato tutti quei soldi per questo? Avrei potuto farlo fare a uno dei miei ragazzi per venti dollari."

"È rimasto chiuso per anni. Speriamo che ci sia qualcosa che possa dirci se Dae-Hoon era nei guai." Le agitai la chiave sotto il naso. "Metti in moto la DeLorean, Claudia. Domattina io e Bobby andiamo a fare una gita negli anni '90."

"Ah, beh… vedi di non tornare indietro con quegli stupidi pantaloni col cavallo basso," disse lei bevendo un altro sorso di caffè. "Ti vesti abbastanza male già così."

VIVERE ATTACCATO all'ufficio aveva dei vantaggi, soprattutto perché mi evitava il pendolarismo, per cui ebbi il tempo di rilassarmi dopo aver terminato la giornata lavorativa. Era invece da annoverare tra gli svantaggi che fosse piuttosto facile trovarmi, soprattutto quando avevo bisogno di quel tempo per rilassarmi prima di tornare in pista. Fu comunque una sorpresa vedere Shin-Cho fermo sotto il mio portico. Fu una sorpresa ancora maggiore vedergli sotto l'occhio sinistro una chiazza rosso brillante che stava cominciando a diventare un livido.

Alla luce del giorno, e dopo che avevo dormito, lo dovevo ammettere, notai che era decisamente attraente. Era più tarchiato di Jae-Min, con un bel viso a forma di cuore ma affilato, probabilmente per via del periodo nei militari. La maglietta a maniche corte metteva in mostra le braccia muscolose e i jeans erano artisticamente strappati al ginocchio e lasciavano intravedere la pelle abbronzata. Se avessi dovuto indovinare, avrei detto che quel mattino si era vestito così per fare colpo su qualcuno, e dal segno che aveva in faccia quel qualcuno non ne era stato impressionato.

"Ehi." Feci un cenno col mento. "Pare che quello abbia bisogno di ghiaccio. Entra."

"No, no, sono a posto così. Qui fuori va benissimo." Scosse la testa. "Avevo bisogno di… parlarti."

"Se è per la roba di tuo padre, ho appena ricevuto la chiave." La sollevai per mostrargliela. "Avevo intenzione di andare al magazzino domani."

"Non è per quello." Scalciò il pavimento di cemento dell'ingresso e le sue scarpe scricchiolarono. Si agitava in continuazione, con le mani in tasca e le spalle curve.

"Fammi solo aprire la porta per cambiare l'aria." Infilai la chiave nella toppa tenendo aperta la porta a zanzariera con una spalla; feci scattare la serratura, girai la maniglia e spalancai la pesante porta di legno. Lasciai

257

tornare a posto la zanzariera, in modo che la gatta non potesse uscire. "D'accordo, che è successo?"

"C'è qualcosa che non ti ho detto... qualcosa che non voglio che *nuna* sappia." Nonostante l'aria fresca, sembrava sudato fradicio. "Riguarda Kwon Sang-Min."

"Di cosa parli?" Mi appoggiai a un palo del portico, dando un calcetto alla porta quando Neko venne a indagare.

"Mio padre non era l'unico che andava a letto con Kwon Sang-Min." Deglutì. "L'ho fatto anch'io. Un sacco di volte."

"Porca merda," imprecai. Aprii la zanzariera e scacciai la gatta, poi indicai la casa con un cenno del capo e gli ringhiai: "Vieni dentro, cazzo. Io e te dobbiamo fare un discorsetto."

CAPITOLO 5

AVEVO BISOGNO di una birra. Un gran bisogno. Il problema era che Jae sarebbe passato a prendermi entro un paio d'ore, e che la mia sete di birra in realtà era solo un tentativo del mio corpo di distrarmi perché non strangolassi Shin-Cho.

Lo stesso Shin-Cho che se ne stava appollaiato sul mio divano a tormentare l'orlo arricciato di un cuscino di cui Maddy era convinta che io avessi bisogno.

Lasciai la birra nel frigo e tornai con un paio di coche. Ne allungai una a Shin-Cho, aprii l'altra e bevvi una gran sorsata. Lui mi guardò da sotto le ciglia, come un ragazzino beccato a rasare il cane o a mangiarsi l'ultimo biscotto al cioccolato. Con un gran sospiro, scossi la testa pensando alla complicità nel sotterfugio degli uomini che avevo attorno.

"Aspetta un attimo. Non devi andare alle prove generali del matrimonio? La cena è stasera, giusto?"

"Le prove ci sono state un'ora fa. La cena sarà più tardi." Mi guardò in maniera strana. "Sono venuto qui perché potessimo parlare prima della festa."

"D'accordo, comincia da…" Sospirai. Chi diavolo *non* era andato a letto con Kwon? "In effetti non ho la più pallida idea da dove dovresti cominciare. Parti da un punto qualsiasi e io mi metterò in pari."

"Per favore, non dirlo a *nuna*," mi pregò lui. Aveva l'aria disperata, e dagli occhi gonfi e rossi che accompagnavano il segno in faccia, supposi che avesse dormito davvero poco la notte prima.

"Come sei arrivato qui?" chiesi.

"Ho guidato."

Che avesse guidato lui stesso era un bene. Voleva dire che non ci sarebbero stati dei droni della sicurezza con la faccia impassibile e gli occhiali da sole pronti a spifferare che era venuto a casa mia. Comunque avere dei segreti con Scarlet non mi piaceva. La verità aveva dei modi tutti suoi di saltar fuori, di solito sotto forma di un mucchio di merda schiumosa in volo verso il ventilatore più vicino.

"D'accordo, adesso parliamo. Poi andrai a casa e racconterai a Scarlet tutto quello che avrai detto a me." Quando aprì la bocca per obiettare sollevai la mano. "Ah, no! Non ho intenzione di sentire qualcosa di diverso da un sì, perché la prossima volta che la vedo, le chiederò direttamente che cosa le hai raccontato. Se non lo avrai fatto sarà un problema tuo. Non mio. Chiaro?"

Il sì ci mise parecchio tempo ad arrivare, ma alla fine il ragazzo annuì. "Okay. Sì."

"Bene, perché non voglio che si arrabbi con me," ribadii con fermezza. "È la cosa più vicina a una vera famiglia che Jae abbia, e sicuro come l'inferno non ti permetterò di fare casini. Ne combino già abbastanza io senza aiuto. Che ne dici di cominciare da come hai iniziato a frequentare Kwon? E di dirmi se quel colpo in faccia ha qualcosa a che fare con lui?"

La sua mano volò a nascondere il segno sulla guancia, poi il ragazzo distolse lo sguardo.

"Sì, d'accordo," sibilai a denti stretti. "Comincia a parlare, Shin-Cho."

Fece rotolare la lattina ancora chiusa tra le mani, raccogliendo la condensa dall'alluminio. "Ehm… avevo… diciannove anni? Venti? Non mi ricordo quando. Era il periodo di Natale, vicino al mio compleanno."

"Aspetta, diciannove anni americani o coreani?" I coreani contavano l'età a partire dalla nascita, invece di partire da un anno dopo. Mi mandava in crisi ogni volta che parlavo con Jae-Min e con i suoi amici. Alcuni di loro contavano alla maniera coreana, aggiungendo un anno alla loro età. Se io avessi avuto un bar a Koreatown, avrei rinunciato a controllare le patenti dopo una settimana.

"Ah, *man-nai*… età piena. Diciannove in età occidentale," tradusse lui. "Venne a casa nostra a Gangnam. Mia madre dava una festa di Natale. C'erano un sacco di amici della mia famiglia."

Era la solita storia: un uomo più anziano che ne avvicinava uno più giovane con un po' di alcol, una canzone e il ballo. Quando ero più giovane avevo assaggiato anch'io quel pesce, ma a differenza di Shin-Cho non avevo programmato di farne un intero pasto. La loro torrida storia era durata almeno due anni, esplodendo in un litigio spettacolare quando Shin-Cho aveva scoperto il suo amante con un altro uomo in un club di Seul.

"Pensavo che fosse qui, a Los Angeles." Shin-Cho tratteneva la rabbia, che però dava forza alle sue parole. "Sang-Min mi disse che era colpa mia, perché passavo troppo tempo a scuola e quindi lui aveva dovuto cercare altrove. Poi scoprii che aveva detto la stessa cosa all'altro uomo.

260

Scopava con tutti e due. E forse anche con altri. Non l'ho più rivisto. Non ho risposto alle sue chiamate. Poi David mi ha detto che stava per sposare sua figlia, e io ho pensato: Dio, può andare peggio di così?"

"Merda," imprecai sottovoce.

"Sì, merda." Shin-Cho allungò la parola, impastandola. "E adesso scopro di mio padre? Come mi dovrei sentire? Cosa dovrei fare?"

Stava diventando più difficile capirlo, perché man mano che la sua frustrazione aumentava nel suo inglese si infiltrava il coreano, e dopo qualche parola si premette sulla fronte la lattina fredda e chiuse gli occhi. Lo lasciai in pace un momento, poi gli diedi un colpetto alla gamba.

"Ehi, se ti devo dare una mano ho bisogno che ti concentri, d'accordo?" Aprì gli occhi e mi fissò senza capire. "Ho bisogno che tu continui in inglese, così posso capirti. Ce la puoi fare?"

"Sì." Lottò con la parola, poi deglutì. "Sì, posso."

"Bene." Lo rassicurai meglio che potevo con un sorriso. "Che cos'è successo oggi? Kwon ti ha colpito?"

"Dopo la prova," rispose. "Pensavo che anche rivedendolo sarei stato bene ma…"

"Sì, a volte vedere nella realtà il tuo ex è un colpo allo stomaco," dissi, comprensivo. "Eravate a San Brendan, giusto?"

"È carina," mormorò. "Myung-Hee… Helena… voleva sposarsi lì. David ha pensato che fosse speciale."

"Quindi che è successo tra te e Kwon?"

"*Nuna* mi ha prestato la sua auto in modo che potessi guidare per conto mio. Il parcheggio era pieno e io sono arrivato in ritardo, per cui avevo posteggiato nel punto più lontano. Ho detto a David che ci saremmo visti alla festa e sono andato alla macchina. Sang-Min mi ha seguito." Aprì finalmente la lattina, e considerato come l'aveva maltrattata, quasi mi aspettavo un getto di schiuma. "Sorrideva e mi ha abbracciato. Io gli ho detto di lasciarmi andare e lui ha detto che non aveva più importanza, dato che saremmo stati una famiglia. Nessuno si sarebbe fatto delle idee se lui mi avesse abbracciato.

"Lui sa perché la mia famiglia mi ha spedito qui. Ha detto che gli dispiaceva che non fossi riuscito a essere più… attento, ma che adesso che ero a L.A. le cose potevano tornare come prima." Sibilò. "Mi ha detto che avevo un bell'aspetto. Meglio di prima. E mi ha toccato… come se avesse il diritto di farlo. L'ho spinto via e gli ho detto che io non ero mio padre. Non sarei tornato strisciando da lui ogni volta che mi gettava via."

"Cazzo," imprecai. "Così adesso sa che tu sai di lui e tuo padre. Suppongo che fosse solo una questione di tempo. Avrei dovuto comunque cercare di parlargli, a un certo punto. Tanto vale che sappia che la storia è saltata fuori."

"Mi ha colpito con il dorso della mano. Indossa un anello. Molto grande. Mi ha graffiato. Penso sia stato quello a lasciare il segno." Bevve un sorso, facendo una faccia strana quando sentì il sapore. "Ha detto che mio padre era una puttana, che sarebbe andato con qualsiasi uomo, e che lui non era l'unico a esserci stato a letto. È stato allora che mi ha detto che non sarei stato meglio di mio padre. Perché non avevo una moglie… una famiglia… e sarei passato da un uomo all'altro finché non sarei diventato troppo vecchio e loro si sarebbero stancati di me. Poi se ne è andato."

"Dice un sacco di stronzate." L'occhiata che mi diede Shin-Cho mi faceva capire che pensava fossi pazzo. "Solo perché ti piacciono gli uomini non vuol dire che non puoi avere una buona vita con uno di loro. Guarda Scarlet e Seong."

"Tu… tu non capisci, vero?" mormorò tristemente. "Se Zio muore per primo, a lei di lui non rimarrà niente. La sua famiglia non la prenderà con sé. I suoi figli non si prenderanno cura di lei. Per lei non ci sarà niente. Se lei muore per prima, non si lascerà niente dietro. Niente figli, nessuna famiglia a ricordarla. Non importa cosa succeda, dopo che sarà morta, lei non sarà nulla. Non ha un futuro per cui vivere. *Nuna* non ha nulla… non sarà nulla.

"Io non voglio questo. Non voglio morire da solo senza nessuno a ricordarmi," ringhiò. "Voglio un figlio, qualcuno che sarò sicuro si prenderà cura di me quando diventerò vecchio. Voglio che mia madre sia abbastanza orgogliosa da vantarsi di me. Non voglio essere mio padre. Non posso essere mio padre, perché a nessuno importa che lui sia vissuto. Soltanto a me."

ERANO QUASI le sei e mezza quando sentii la chiave nella porta d'ingresso. In qualche modo durante il safari domestico di quel mattino mi ero perso Neko, e quando ero entrato mi era corsa incontro urlando per ricevere cibo e amore… due concetti intercambiabili, nella sua mente. Un po' di tiptap attorno al suo corpo vagante e una porzione di cibo per gatti al tonno e uova dall'odore malsano l'avevano resa abbastanza felice da lasciarmi fare la doccia in pace. Quando Jae mi chiamò ne ero appena uscito.

"Quassù!" Ero nella cabina armadio, a fissare le rastrelliere di vestiti. Avevo messo un paio di slip comodi e poi mi ero impantanato nelle decisioni. "Che diavolo mi metto per questa cosa?"

"Qualcosa di pulito," mormorò Jae seguendomi all'interno. I jeans neri facevano meraviglie per le sue gambe lunghe e il suo culo, soprattutto quando si chinò a scavare tra le mie scatole da scarpe in cerca di un paio di mocassini. Mi porse quelli e un paio di calzini, poi recuperò dei pantaloni neri e una maglietta abbinata dagli attaccapanni, scaricandomi in braccio anche quelli. "Vai a vestirti."

"Se la gatta ti dice di non essere stata nutrita, sta mentendo." Stavo parlando all'aria; aveva già cominciato a scendere le scale.

Quando scesi anch'io, i mocassini scricchiolarono un po' e Jae mi sorrise scuotendo la testa. "Probabilmente dovresti tagliarli." Passò le dita tra i miei capelli castani, tirando le ciocche che mi arrivavano alla mandibola. "Ma è piacevole giocarci."

"Ho ben più che i capelli per farti giocare," lo stuzzicai. "Guidi tu?"

"L'attrezzatura è nella mia auto." Si strinse nelle spalle. "Ma puoi guidare tu."

Mi sforzai di non rendere evidente il mio sollievo. Ero stato in macchina con Jae come passeggero tre volte, e ogni volta alla fine mi ero trattenuto dal baciare il terreno per gratitudine appena liberato dall'Explorer. Aveva imparato a guidare a Seul. Apparentemente in Corea del Sud nessuno credeva nelle frecce o nelle corsie, perché Jae guidava come una farfalla ubriaca diretta verso il prossimo fiore da impollinare.

Eravamo a tre isolati da casa quando gli raccontai di Shin-Cho e del suo incontro con Kwon. Il suo sospiro esasperato era gravato di preoccupazione.

"Non dire niente a Sang-Min alla festa," mi avvertì. "Questa non è solo una cena per la festa di nozze. Ci saranno un sacco di uomini d'affari. È una cosa grossa. Non creare casini."

"Non me lo sognerei mai," promisi. "Posso lanciargli delle occhiatacce minacciose?"

"No," tagliò corto Jae. "Per una volta fai finta di essere davvero giapponese, e limitati a sorridere e annuire. Fai pratica con la tua maschera pubblica. *Aish*, non so perché mi prendo il disturbo. È come cercare di insegnare a un pesce a bere il latte."

"Ho promesso, giusto?" Dato che non ero completamente stupido, cambiai argomento. "Ci sei già stato?"

Eravamo diretti verso le colline, con il GPS che cinguettava indicazioni mentre guidavo. Il traffico sulla 101 era sorprendentemente scarso. Saremmo arrivati un bel po' prima delle otto, a meno che il Santa Monica Boulevard non fosse pieno. L'Explorer sferragliò un po' mentre cambiavo corsia, e mi feci un appunto mentale di dare un'occhiata sotto il cofano.

"Un paio di volte," rispose Jae. "Ho fatto le foto alla festa per la laurea del figlio e alla loro ultima cena di anniversario. Pagano puntualmente."

Da parte sua era un elogio notevole. Odiava dover inseguire i soldi. L'argomento mi riportò alla discussione di quella mattina e mi schiarii la gola, distogliendo la sua attenzione dal finestrino.

"Sai che ti aiuterò…"

"No." Tagliò corto senza farmi finire la frase. Nessuna discussione. Nessun cedimento. Solo un incrollabile *no*.

"Possiamo almeno parlare di un forse, se succede qualcosa di grosso?" Svoltai. Continuava a non piacermi il modo in cui si comportava l'Explorer. In confronto alla mia Rover era come governare una barca in mezzo alla sabbia. "Sono serio. Se ci fosse un'emergenza, mi farebbe sentire meglio sapere che sei venuto da me. Almeno per un prestito."

I suoi occhi color miele e cannella mi studiarono e io mi agitai sul sedile, innervosito da quella intensità. Storse la bocca con un grugnito, con l'aria parzialmente disgustata, e ricominciò a fissare dal finestrino. Dopo qualche momento accettò con riluttanza: "Solo come prestito. E *solo* se fosse qualcosa di grosso."

"È tutto quello che chiedo." Non avevo mai implorato nessuno perché accettasse dei soldi da me. Di sicuro non Rick, e nemmeno Ben, che era sempre felice che fossi io a tirare fuori il contante per il pranzo. Perfino Claudia, che era contraria alle spese eccessive, accettava con grazia qualsiasi extra le passassi.

Mi rispose con uno di quei suoni tonali con cui si parlavano lui e Scarlet. Io non dissi niente, soprattutto perché non capivo se era d'accordo o se mi stava lasciando fare per farmi sentire meglio.

Restammo in silenzio per il resto della strada. Il traffico rimase scorrevole anche quando arrivammo alle colline, dove la strada si restringeva a due corsie dominate da Hummer enormi e auto sportive. Per poco non mancai la deviazione che conduceva alla casa, ma Jae me la indicò, nascosta dietro un salice piangente.

Il termine *casa* era alquanto inadatto per l'edificio a cui arrivammo. Sembrava più un posto dove perfino il cane aveva una suite tutta sua, completa di idromassaggio e appartamento per la cameriera. Le dimensioni e l'esterno in pietra color panna ricordavano con eleganza un castello francese, con tanto di torri e di tetti spioventi di ardesia azzurrina. Un domestico ci aspettava alla fine del vialetto circolare, pronto a sbattere l'Explorer chissà dove. I terreni attorno erano pieni di sempreverdi ornamentali potati a forma di spruzzi d'acqua, e i prati avrebbero fatto invidia a un campo da golf.

Mi spinse a chiedermi che cosa facesse in realtà Kwon per vivere, perché pareva che ne ricavasse un sacco di soldi.

"Possiamo attraversare la casa." Jae era già sceso dalla macchina e stava prelevando l'equipaggiamento dal sedile posteriore. Si gettò in spalla una sacca da viaggio e aspettò che mi districassi dalla cintura di sicurezza prima di salire gli enormi gradini della porta d'ingresso. Aprirono prima che potesse bussare, così io presi l'altra borsa e il treppiedi, lasciando l'auto al domestico. Le cicatrici sul fianco tirarono per via del peso che mi ero caricato sulla spalla e spostai la borsa, cercando di alleviare il dolore al costato.

Non ebbi molto tempo per guardare l'interno. Jae attraversò di fretta varie stanze che mi lasciarono con un'impressione di pareti bianche e gialle, mobili chiari e una sequenza infinita di finestre. Una breve rampa di gradini in marmo ci guidò a un patio acciottolato quasi delle dimensioni di una piscina olimpionica. Dietro c'era una piscina vera e propria, completa di parete in massi naturali e di cascatelle multiple per gli eventi serali.

Una volta fuori, Jae reclamò un tavolino dietro al lungo tavolo del buffet, evitando un paio di tizi del catering che stavano accendendo il combustibile sotto gli scaldavivande. Sopra il patio erano appese delle lanterne bianche di carta, e dal lato opposto al cibo erano disposti dei tavoli a semicerchio. Il suono del quartetto d'archi che stava accordando gli strumenti finì quasi soffocato dalla voce di un uomo dietro all'angolo bar, che gridava di aver bisogno di lime e sciroppo. All'apparenza, alla cena di prova ci sarebbero state una cinquantina di persone.

"Merda, quanta gente ci sarà al matrimonio se sono così tanti già adesso?" gli sussurrai all'orecchio.

"Penso trecento, ma il ricevimento sarà più grande. Per quello ci sono più invitati." Jae mi porse un piccolo riflettore e un contenitore di schede di memoria. Davanti alla lampada c'era uno schermo bianco per diffondere la luce, e io restai fermo mentre mi attaccava alla cintura le batterie. "Non accenderlo finché non te lo dico. E non togliere lo schermo."

"Capito." Lo avevo già fatto una volta mentre ci giocherellavo nel mio soggiorno. Mi ci era voluta più di un'ora perché la gente smettesse di somigliare a Gesù e perdesse l'aureola. "Non devo accendere i laser. Avvertimi quando arriva Scarlet. Ho bisogno di vedere se Shin-Cho le ha già parlato."

"Lei non verrà, *agi*," disse Jae distogliendo lo sguardo per un attimo. Si era distratto, chiamandomi *agi* quando c'era della gente attorno. Feci finta di non averlo notato. "Lei è... questo non è il suo posto. Questo è un posto per... per mogli, non per amanti. *Hyung* verrà da solo."

"Che schifo," mormorai, ma lui si era già allontanato, concentrato sul quartetto.

La gente stava cominciando ad arrivare sul patio. Erano per la maggior parte coreani, con vestiti luccicanti e completi su misura. Le donne sembravano avere un debole per glitter e paillettes. Oppure una fabbrica di strass aveva fatto i saldi per chiudere la produzione. Ero un po' preoccupato per gli occhi di Jae, se avessi usato il riflettore. Un movimento sbagliato e il flash gli avrebbe bruciato le retine.

Una donna coreana dal viso sottile con un tubino di seta dorata andò di fretta verso Jae toccandogli leggermente il braccio mentre gli parlava a sussurri. Era di una bellezza artefatta che non mi permetteva di capire la sua età: oltre i vent'anni, ma in qualsiasi punto tra quelli e i cinquanta. I tacchi alti la facevano arrivare fino alla spalla di Jae e sembravano dolorosi, ma lei ci scivolava sopra come se camminare con delle gambe da giraffa fosse una cosa di tutti i giorni. Scarlet indossava lo stesso tipo di scarpe. Non avrei mai potuto essere una donna. I miei piedi urlavano per l'agonia anche solo a guardarle. Jae la ascoltò inclinando la testa e poi annuì, inchinandosi leggermente prima che lei facesse a entrambi un sorriso e si allontanasse a salutare gli ospiti che arrivavano lungo il vialetto.

"Madre della sposa?" chiesi io facendo un'ipotesi sulla sua identità. Stava passando velocemente in rassegna la zona, sorridendo a tutti quando ne incontrava lo sguardo.

"Si chiama Choi Eun-hee," disse Jae, bilanciandosi mentre faceva qualche scatto a una giovane coppia vicina a uno dei tavoli. La donna stava toccando il centrotavola, sfiorando col dito un petalo di rosa e parlando all'uomo che le dava il braccio. "Sì, la madre della sposa. Voleva ricordarci di mangiare. Le ho detto che lo faremo quando cominceranno le danze."

"Si è risposata?" Jae mi guardò accigliato e confuso. "Il suo cognome non è Kwon?"

"Le donne coreane di solito non prendono il cognome del marito, ricordi?" Ricominciò a inseguire gli ospiti, e io dovetti allungare il passo per tenergli dietro. "Puoi chiamarla signora Kwon, ma sarebbe meglio dottoressa Choi."

Stavo per chiedere in che cosa avesse il dottorato, ma il suo sguardo irritato mi ricordò che stava lavorando. Io avrei dovuto tenere d'occhio i protagonisti. Quella gente era connessa a Dae-Hoon per sangue, sesso o – tra un giorno o due – matrimonio.

Shin-Cho mi vide e si avvicinò, facendo un piccolo inchino educato a Jae prima di salutarmi. Il segno sulla guancia si notava a malapena, ma i suoi occhi erano preoccupati come quando aveva lasciato casa mia. Si sporse verso di me mentre Jae armeggiava con l'equipaggiamento.

"Mio fratello arriverà più tardi. Gli ho detto che ci stai aiutando per nostro padre," disse a bassa voce. "Sarà lieto di incontrarti."

"Sicuro," concordai. Per come la vedevo io, David sembrava una delle poche persone sane di mente in famiglia, anche se avrei potuto essere prevenuto semplicemente perché aveva scelto di sostenere il fratello invece di voltargli le spalle.

"Lì in cima alle scale," sibilò. "*Quello* è Sang-Min."

Un coreano alto di mezza età con un sorriso studiato scese le scale e toccò una spalla alla dottoressa Choi. Mi voltai quel tanto che bastava per studiare la sua faccia. C'era una sola foto di Dae-Hoon con il suo amante dell'epoca, Kwon Sang-Min, e nonostante il passare del tempo i lineamenti erano facilmente riconoscibili. Il giovanotto controllato e di bell'aspetto di poco più di vent'anni adesso era un bell'uomo d'affari elegante. Passò in rassegna la folla, facendo cenni di saluto alle persone sul patio.

Individuò Shin-Cho e gli fece un lento cenno del capo. Era un gesto arrogante e condiscendente che pareva gli venisse naturale come respirare. Aveva un'ombra di sorriso all'angolo della bocca, una beffarda presa in giro a spese di Shin-Cho. Poi il suo sguardo si soffermò su Jae e vidi una fiammata di interesse attraversargli il viso prima di dissolversi sotto una maschera placida.

Sì, quell'uomo era gay. Gli occhi di un uomo non indugiavano sul culo di un altro uomo, a meno che non volesse farsi quel culo.

Volevo prenderlo a pugni in bocca. Ripetutamente. Fino a spazzargli via dalla faccia quel sorriso di plastica.

"Cole-ah, fra poco avrò bisogno di una nuova scheda di memoria," mi avvertì Jae.

"Ci vediamo più tardi, Shin-Cho. Devo mettermi al lavoro prima che Jae mi uccida." Mi affrettai a raggiungerlo. La gente radunata nel patio cominciò ad applaudire, e io mi girai e rimasi gelato sul posto. Jae mi tolse di mano la scheda di memoria, ignorandomi mentre me ne stavo a fissare a bocca aperta.

La sposa, Helena Kwon, somigliava più al padre che alla madre. Aveva dei lineamenti eleganti addolciti da una bocca piena e da un mento triangolare. Indossava un abito da cocktail rosso sangue e i suoi braccialetti di diamanti catturavano la luce, gettando arcobaleni sugli ospiti. Il giovane uomo che era con lei restò in disparte un attimo, dando alla sposa un momento sotto i riflettori. Lei si voltò in cerca del futuro marito e tese una mano verso di lui, invitandolo ad avanzare.

Uscì dalle ombre stringendo la mano della futura moglie, con un sorriso molto più caldo di quello di Kwon. Salutò la folla e indicò Helena con un gesto elegante del braccio, inchinandosi con grazia alla sua dolce risata. Le luci gli illuminarono il viso e il mio cuore perse un battito. Diedi un'occhiata alla faccia di Kwon. Era tirata, con un gran sorriso ma con gli occhi freddi e con un'ombra di amarezza.

Potevo capire la sua reazione. Probabilmente aveva visto David molte volte, ma sarebbe stato comunque uno shock. Dio me ne era testimone, ero completamente sbalordito. Era come se Dae-Hoon fosse balzato fuori dalle foto che mi aveva mandato Scarlet e fosse tornato in vita. David, che di lì a poco avrebbe sposato sua figlia, era il ritratto sputato del padre scomparso, e a giudicare dall'espressione lasciva di Kwon, Shin-Cho non era l'unico dei fratelli Park che lui volesse scopare.

Capitolo 6

"Porco cazzo." Fischiai sottovoce. Jae mi diede un colpo nelle costole, poi mi guardò. "Scusa."

La somiglianza di David Park con il padre era davvero notevole. Potevano esserci delle lievi differenze, ma non avevo conosciuto Dae-Hoon abbastanza bene da vederle. Avevo solo passato un'ora a fissare la sua faccia, e vedere David mi dava i brividi. Kwon doveva aver dato i numeri quando aveva visto il figlio del suo ex amante. Non riuscivo a immaginare cosa pensasse del fatto che avrebbe sposato sua figlia.

"Vieni," disse Jae. "Devo scattare delle foto a David e Helena."

Lo seguii da vicino, accendendo la luce quando mi chiese di farlo. Seguimmo la coppia, come due stalker falliti con un faretto. Loro sorridevano e salutavano, il ritratto di una coppia innamorata e felice.

E per tutto il tempo Kwon ci girò attorno come uno squalo assetato di sangue in un banco di pesciolini.

Era interessante guardare Jae che lavorava. Stava sul confine sottile tra il non essere invadente e l'imbrancare la gente per fare uno scatto. Ci muovevamo tra gli ospiti; Jae come una figura piena di grazia che scivolava dentro e fuori dalla folla, e io che lo seguivo a passi pesanti.

A un certo punto i fratelli Park rimasero fermi in piedi, ciascuno con un braccio sulla spalla dell'altro. Somigliavano tutti e due al padre, Shin-Cho meno di David, ma avevano lo stesso sorriso. Mi chiesi fuggevolmente se io e Mike ci sorridessimo in quel modo, ma ne dubitavo. Il nostro rapporto era più da pugni sul braccio che da abbracci.

Perdemmo Shin-Cho in mezzo alla gente pochi istanti dopo, ma non prima che mi facesse un sorriso esitante. Nonostante la folla era chiaro che veniva evitato da quasi tutti, tranne un gruppo ristretto. Il mio cuore era con lui, e ancora di più a vedere Kwon, lì vicino, che stringeva mani e accettava congratulazioni per il matrimonio della figlia, il tutto continuando a fissare David o Jae-Min.

Stava intenzionalmente ignorando Shin-Cho, passando oltre con lo sguardo come se non fosse altro che un'ombra.

Per quanto mi facesse incazzare vedere Kwon che occhieggiava Jae di nascosto davanti a sua moglie, osservare il suo sguardo fare ping pong tra il mio amante e David era abbastanza divertente. Non abbastanza divertente perché io mi facessi da parte quando alla fine andò verso Jae.

"Mi scusi," dissi urtandogli la spalla quando si avvicinò. Era un gioco semplice e meschino, tra due uomini interessati alla stessa persona. Mi squadrò dalla testa ai piedi con un'occhiataccia rovente. Se avesse potuto mi avrebbe dato fuoco. Io rimasi lì, con un sorrisetto all'angolo della bocca.

Dal suo punto di vista aveva il vantaggio della ricchezza, dell'influenza e della cultura, anche se io ero più alto, ed ero disposto a scommettere che avevo un corpo migliore. Una sola parola da parte sua e Jae avrebbe potuto perdere parecchi affari. Sfidarlo sul suo terreno era un rischio. Ero disposto a correrlo. Prima di incontrare Jae sguazzavo nell'amarezza per Rick e Ben, e anche se non mi ero ancora del tutto liberato da quel pantano, non intendevo permettere che Kwon si mettesse in mezzo. Dal mio punto di vista io avevo di più da perdere. Molto di più.

Kwon pronunciò qualcosa in coreano e io sorrisi scuotendo la testa per indicare che non capivo. Lui ricambiò con un sorriso viscido che non fece nulla per rendermelo simpatico. Ripeté quello che aveva detto in inglese, lentamente, come se io potessi non capirlo. "Ci conosciamo già?"

"No, non ancora," risposi. Gli sorrisi porgendogli la mano libera. "Sono qui con Kim Jae-Min, il fotografo. Siamo amici di Scarlet. Peccato che non sia potuta venire oggi. Le sarebbe piaciuto vedere il figlio di Dae-Hoon."

Era un modo magistrale di manipolare la conversazione. Ne fui piuttosto orgoglioso, dato che era qualcosa che non facevo spesso. Le mie parole ottennero una serie di effetti; prima Kwon irrigidì le spalle e il viso al nome di Scarlet, poi, curiosamente, nel suo sguardo freddo apparve quello che sembrava un timore strisciante. Riprese in fretta il controllo delle emozioni, ma quando si allontanò la sua andatura tradiva il suo disagio.

Mi sarebbe piaciuto godermi più a lungo quel momento, e lo avrei fatto, se non fossero iniziati gli spari.

Ci fu un suono come di applausi, un breve riverbero, poi grida seguite da strilli terrorizzati. Sentii l'odore del sangue e, preso dal panico, afferrai Jae per tirarlo sotto di me. La macchina fotografica gli cadde di mano e finì sull'erba. Aggrappandomi al bordo di un tavolo, lo rovesciai su un fianco, sperando che il ripiano in metallo ci proteggesse.

Come in ogni sparatoria, succedeva tutto in fretta. Non c'era il tempo per reagire con qualcosa che non fosse l'istinto.

E pareva che l'istinto umano cominciasse sempre con il panico.

Avevo il diritto di andare nel panico. Avevo trovato Jae privo di sensi e sanguinante per un colpo di arma da fuoco, a un metro dal cadavere del gigolò di suo cugino. E avevo già un brutto passato con i fidanzati e le pistole. Farmi prendere dal panico era uno dei miei diritti inalienabili, proprio come la ricerca della felicità e il formaggio extra sulle patatine con l'asado.

"Sono a posto," mormorò Jae in tono rassicurante. "Sto bene... sto bene, *agi*."

Ricominciai a respirare.

Gli passai le mani su tutto il corpo, in cerca di eventuali lesioni. Mi gelai vedendo delle macchioline di sangue su uno zigomo. Mi imbrattai i pollici spalmandolo in strisce irregolari. Mi strinsi Jae al petto tenendogli una mano dietro la nuca, aspettando che il mio cuore si rimettesse in moto, in attesa di un battito... qualsiasi cosa pur di ricominciare a sentire di nuovo. La paura mi gelava fino alle ossa, e mentre gliele passavo tra i capelli non riuscivo a impedire alle mie dita di tremare.

Perfino lì dietro il tavolo del patio mi sentivo esposto, ma lui rimase sdraiato a terra sotto di me, lasciando che le mie mani gli toccassero il petto. Avevo bisogno di sentire il suo cuore... di sentirlo battere sotto le mie dita.

Dovevo sembrare impazzito, perché mi prese il viso tra le mani, ignorando tutte le sue regole e tutte le sue paure.

"*Agi*, sto bene," ripeté con quelle fusa roche che mi riscaldavano dentro. "Dobbiamo aiutare. Penso che Helena sia ferita. L'ho vista sanguinare, credo. Forse David... non lo so."

Attorno a noi c'era un silenzio interrotto da piagnucolii e singhiozzi affannosi. Scivolai via da Jae e sbirciai con cautela oltre il tavolo rovesciato. Kwon si stava muovendo lì vicino, le gambe incastrate a quelle di una seggiola pieghevole. Altri invitati alla festa si nascondevano come potevano, per lo più riparandosi dietro i tavoli e i ginepri in vaso che bordavano il patio. A un paio di metri da noi, Helena Kwon giaceva tra le braccia del fidanzato, con il sangue che rendeva quasi nero il vestito cremisi. David la cullava, premendo inutilmente le mani sulla ferita sul fianco.

I braccialetti di diamanti che aveva ai polsi erano macchiati del suo sangue, le gemme opache come i suoi occhi vitrei. David aveva la camicia inzuppata e la scuoteva leggermente, supplicandola di rimanere con lui finché non fosse arrivato qualcuno. Non aveva solo del sangue, sulle mani. Una schiuma grigio-rosata fluiva dal lato della testa frantumata di Helena e sulla manica della sua giacca. Dalle dita gli colava una pellicola di sangue e gli tremavano le spalle mentre cercava di riprendere fiato. Alzò lo sguardo verso di me per un attimo, con occhi folli di paura e dolore, poi guardò di nuovo la sua innamorata, pregando me… chiunque… di aiutarla.

Non sarebbe arrivato nessuno a rimettere insieme Helena Kwon. Solo che lui non era ancora pronto a sentirselo dire. Sapevo cosa provava. Non c'è niente che faccia male quanto il tuo mondo che va in pezzi tra le tue mani. Niente.

JAE E io fummo separati dai poliziotti non appena arrivarono. La squadra di un'ambulanza controllò il resto degli ospiti. Erano stati sparati cinque proiettili in totale. Due avevano colpito Helena, due avevano sfiorato due degli ospiti, e uno era andato a vuoto, colpendo uno dei massi e rimbalzando verso il patio. La detective sulla scena, una bionda di mezza età dall'aria severa di nome Brookes, era particolarmente interessata al mio porto d'armi e a come mai un detective facesse l'assistente fotografo a una cena di prova.

Era una conversazione che non poteva portarla da nessuna parte. Non avevo risposte, a parte il fatto che pensavo che l'arma avesse il silenziatore e che i colpi fossero arrivati dalla casa. Lo sguardo che mi lanciò era schifato. Io ricambiai con un'occhiata meno aspra ma ugualmente disgustata.

"Posso andare?" Avevo perso di vista Jae. Era sparito all'interno della casa con altri ospiti, accompagnati da un po' di uniformi. Il numero di agenti chiamati sulla scena era sconcertante. "Ho bisogno di trovare Jae-Min."

"Ho le informazioni di contatto." Brookes non sembrava contenta di lasciarmi andare, ma mi indicò la casa. "Non so se abbia già finito. Se non è così, lei può aspettare alla porta d'ingresso. Stiamo mettendo i sigilli al resto della casa."

Quando vidi Shin-Cho che confortava il fratello. gli feci un cenno del capo, sperando che la mia espressione riuscisse a trasmettere il mio dolore. David era seduto con l'aria distrutta su una delle sedie a sdraio e il fratello maggiore gli stava vicino. Di fronte a loro stava un paio di poliziotti impegnati a fare domande. Non mi serviva parlare con Shin-Cho per sapere che era al limite. Ringhiò in coreano a uno degli uomini che stavano torchiando suo fratello, e non avevo bisogno di capire la lingua per sapere che gli stava dicendo di andare a farsi fottere. O lo capirono o si resero conto di essersi spinti troppo oltre, perché quando arrivai ai gradini si stavano scusando.

Trovai Jae nel foyer principale, seduto su una sedia francese dall'aria fragile, a bere caffè da un bicchiere di plastica. Qualcuno gli aveva dato una giacca grigia gessata che gli stava appoggiata sulle spalle, con le braccia penzolanti sui fianchi. Il viso gli era stato ripulito dal sangue, ma la camicia aveva una piccola serie di macchioline sul petto. Mi sentii gelare nel rendermi conto di quanto fosse stato vicino a Helena quando le avevano sparato.

"Stai bene?" Era difficile non toccarlo; dovetti ficcare le mani in tasca per impedirmi di tirarlo contro di me. Lui annuì e mi porse il caffè. Era caldo e dolce, ma non era il sapore caldo e dolce che volevo nella mia bocca. "Hanno finito con te?"

"Penso di sì. *Hyung* è qui da qualche parte. Ha parlato ai poliziotti per primo, prima che potessero interrogarmi. Non ne sono stati contenti."

"Sì, i poliziotti si incazzano se qualcuno di mette tra loro e i testimoni," dissi. "È così che hai avuto la giacca?"

Jae mormorò qualcosa che avrebbe potuto essere *hmm* o *hyung*. Avrebbe anche potuto essere *panini al formaggio grigliato* per quel che ne sapevo. Aveva l'aria stanca, così gli misi la mano sotto il braccio, facendolo alzare gentilmente, ma barcollò in avanti, inciampando nell'orlo del tappeto. "Che c'è?"

"Ti porto a casa," gli sussurrai all'orecchio. Non importava chi ci stesse guardando, e nemmeno se i poliziotti avessero finito con lui. Volevo portarlo a casa e sfregargli via la serata dal corpo e dalla mente. Lui mi combatté un po', voltandosi a guardare il corridoio dove supponevo che Seong, l'amante di Scarlet, fosse da qualche parte con il suo gruppo di poliziotti personale.

Cedetti ai miei desideri.

Lo tirai contro di me e gli misi le braccia attorno alla vita. Si contorse un po', guardandosi attorno, ma lo tenni stretto.

"Non ci sta guardando nessuno," gli sussurrai all'orecchio. "E anche se lo stessero facendo, non voglio che ti importi. Non adesso. Non dopo... questo. È ora che io mi prenda cura di te, Kim Jae-Min. Adesso chiudi il becco e recuperiamo il resto della tua roba, così possiamo andare a casa."

APRII L'ACQUA calda nella doccia, spogliai Jae e lo spinsi sotto l'acqua. Era difficile tenere il cervello sul binario giusto, soprattutto con la vista del suo corpo nudo impressa negli occhi mentre andavo di sotto. Cacciai la sua camicia in un sacchetto di plastica e lo annodai prima di buttarlo nella pattumiera. La gatta mi si infilò tra le caviglie e io la scavalcai, vanificando i suoi progetti omicidi.

La teiera era sul fornello, e su una mensola Jae aveva allineato una collezione di scatoline. Presi invece una bottiglia di Jack Daniel's. Recuperai un paio di coche fredde dal frigo e tornai di sopra. Neko cercò di catturarmi sul pianerottolo e io usai un piede per allontanarla dalla camera da letto.

Lei protestò a gran voce, un lamento pietoso da allarme per i raid aerei o gli tsunami. Saltellò dietro di me e balzò sul letto, urlando di nuovo. Voleva stare con Jae… o con me… oppure voleva semplicemente occupare lo spazio ai piedi del letto. In un modo o nell'altro, stava facendo una scenata.

Lasciai la porta aperta.

Non sono sempre stupido. A volte è più semplice quando il gatto vince.

Quando appoggiai bottiglia e lattine sul comodino, in bagno l'acqua scorreva ancora. Entrai e vidi Jae che mi fissava a occhi socchiusi attraverso la parete trasparente della doccia. Teneva le mani appoggiate al muro e le gambe leggermente divaricate, lasciando che il getto lo colpisse con tutta la sua forza. I lunghi capelli neri erano incollati alla testa e al collo.

Non si mosse quando aprii la porta. Non batté ciglio quando entrai nella doccia completamente vestito e andai dietro di lui per circondargli lo stomaco con le braccia. Lo tenni stretto, lasciando che tremasse contro di me mentre l'acqua scorreva su di noi.

Per qualche motivo, ero preso da Jae. Aveva qualcosa che me lo faceva desiderare in maniera dolorosa. Le gambe lunghe, i fianchi stretti e le spalle larghe mi facevano venire l'acquolina. Il culo rotondo e la bocca sensuale me lo facevano venire duro. Me lo faceva venire duro perfino nei momenti peggiori. Il mio uccello non ascoltò, quando gli dissi che non aveva bisogno di seppellirsi nell'uomo che tenevo contro il mio petto. Potevo aspettare. Cazzo, avrei potuto aspettare per sempre, se era quello di cui Jae aveva bisogno.

Alla fine il boiler faticò a tenere il passo con le nostre pretese, e il vapore nella doccia diminuì. Quando Jae mi appoggiò la testa sulla spalla l'acqua era solo tiepida. Nascondendo il viso nell'incavo del mio collo, sospirò e si appoggiò a me, lasciando che sorreggessi il suo peso. Allungai una mano per chiudere il rubinetto e aprii la porta della doccia, prendendo un telo da bagno dal portasciugamani.

274

"Sto bene," mi rassicurò cercando di prenderlo, ma gli spinsi via la mano.

"Lasciami fare," lo rimproverai gentilmente. Era a testa china, con gli occhi quasi nascosti dai lunghi capelli bagnati che gli ricadevano sugli zigomi. Gli misi le dita sotto il mento e gli feci sollevare il viso. "Lascia che lo faccia io."

Lo strofinai con il telo morbido, prendendomi del tempo per mani e piedi. Gli asciugai con delicatezza le palle e l'uccello, sentendo il loro peso contro i palmi, prima di passare al busto e alle natiche. Poi toccò alle spalle e al petto, e ai capelli, che inzupparono il telo. Lo gettai nel cesto della biancheria e ne presi un altro, avvolgendoglielo attorno ai fianchi.

"Se mi prendi in braccio ti ammazzo," borbottò Jae.

"Mi fa troppo male la spalla, altrimenti lo farei," brontolai io di rimando.

La gatta ci stava scaldando il letto, e io spinsi Jae a tenerle compagnia sul materasso. Aprii le lattine, che erano ancora fredde, passandone una al lui, poi allungai la mano verso il Jack Daniel's, guadagnandomi un debole sorriso.

Jae sorseggiò la sua bibita. "Hai portato del cibo?"

"Il whiskey è cibo. È come farina d'avena. Più o meno," protestai mentre torcevo il tappo di plastica nera. "Sono irlandese. Quando le cose vanno di merda, noi beviamo whiskey."

"Io sono coreano. Noi mangiamo." Si appoggiò contro di me, poi mi porse la sua lattina. "Cercherò di essere irlandese. Non penso che riuscirei a mangiare."

"Se vuoi davvero fare l'irlandese, dovresti bere dalla bottiglia e poi far finta di mandare giù un sorso di coca." Gli versai nella lattina circa mezzo shot di Jack. "Meglio se inizi lentamente."

Io bevvi dalla bottiglia, lasciando l'altra coca sul comodino. Il whiskey mi bruciò le pareti della bocca e io deglutii lasciando che il fuoco mi riempisse le viscere. Mi appoggiai contro la testiera tenendo la lattina di Jae, in modo che lui potesse scavalcare la mia gamba e sistemarsi tra le mie cosce, appoggiando la schiena contro il mio petto. Restammo lì seduti in silenzio; io tenevo la mano sinistra sulla sua pancia e la destra attorno alla bottiglia. Quando Jae ebbe finito di bere, mi prese la bottiglia e mandò giù un sorso, boccheggiando.

"È..." Tossì forte. "Io bevo soju, e penso che *quella* roba sia tremenda."

"Continua a bere finché non ha un buon sapore," suggerii baciandogli la tempia. "Poi fermati. A meno che tu non voglia essere davvero irlandese; allora continua a bere finché non cominci a dire a tutti che li ami."

Jae bevve un altro sorso e mi restituì la bottiglia. Appoggiando la testa all'indietro mi guardò in faccia e disse: "È stato orrendo... quello che è successo oggi. È stato davvero orrendo."

"Sì, hai ragione." Non c'era altro da fare che assentire. Avevamo lasciato la casa senza la minima idea di chi avesse sparato o se ci fosse stata una ragione.

Sapevo bene che effetto faceva.

Era *davvero* un cazzo di schifo.

"Mi sento come..." mormorò a bassa voce. "Mi sento come se fosse tutto collegato a me. Tutta questa gente che muore. Come se ci fosse un legame, o qualcosa che scorre dentro di me, e la gente che tocco muore. Hyun-Shik. Jin-Sang. Brian. Victoria. E adesso Helena. So che a sentirlo pare stupido. Io non *faccio* niente. È solo... così tanti... così vicini a me."

Non avevo intenzione di dirgli che non era colpa sua. Niente di quello che potevo dire o fare gli avrebbe tolto quel senso di terrore dal petto. Avrei solo potuto tenerlo stretto quando fossero arrivati gli incubi.

Era giusto così. Lui lo aveva fatto per me.

"Sai cosa mi passa per la testa?" La pelle della sua pancia era morbida e io gli tracciai i muscoli dello stomaco mentre parlavo. "Perché Helena? Aveva quanto... ventiquattro anni, venticinque? Perché prendersi il disturbo di ucciderla? Che cosa poteva aver fatto?"

"Non lo so. Era... gentile?" Jae si strinse nelle spalle. "Non ho passato molto tempo con lei. Solo un'ora, più o meno, a parlare di che genere di foto volevano lei e David. Non era molto... complicata."

Poiché il giudizio veniva dal re delle complicazioni, ne arguii che era una ragazza carina ma un po' sciocca. "Quindi il cervello della coppia era David?"

"Suppongo di sì," rispose prendendo la bottiglia. I suoi sorsi stavano diventando più audaci, e mandava giù il whiskey con maggior facilità. Se non stavamo attenti l'avremmo finita. "È un avvocato. Penso che andrà a lavorare per *hyung*."

"E siamo di nuovo all'incesto," brontolai. "Voialtri mi spaventate. È come una mafia, o una setta. Molto stile *tu fai un favore a me e io lo faccio a te*."

"Come pensi che io ottenga la maggior parte dei miei lavori?" Sbuffò. "E non è come se fossero la yakuza. Per la maggior parte sono... *chaebol.*" La mia espressione doveva essere stata confusa a livelli epici, perché alzò gli occhi al cielo. "*Chaebol*... sono famiglie... famiglie ricche. Qual è la parola? Dinastie, credo. Si sposano tra di loro, hanno le loro regole. La famiglia di *hyung* è potente. E anche la famiglia Kwon. Jae-Su avrebbe potuto lavorare per la famiglia di *hyung* a San Francisco, ma è troppo..."

La sua scrollata di spalle fu sufficiente. Suo fratello era un inetto.

All'improvviso anche altre cose avevano senso. Jae che viveva con i cugini ricchi, i Kim, quando aveva tredici o quattordici anni, solo per venir cacciato via quando la madre di Hyun-Shik aveva incolpato lui per l'omosessualità del figlio. Aveva perso ben più di un posto dove vivere dopo che Hyun-Shik lo aveva sedotto... aveva anche perso la possibilità di elevare la sua famiglia a quei circoli rarefatti.

Cominciai a odiare sua zia anche più di prima. E nel mio caratteristico modo filosofico, esternai il mio disgusto. "E tua zia ti ha fottuto. Che cazzo di stronza."

"Sei più intelligente quando sei ubriaco." Jae biascicò le parole e io gli sorrisi. "Ci sei arrivato solo adesso?"

"Mi hai appena spiegato tutte la faccenda dei... gerbilli. *Adesso* ha senso."

"*Chaebol.*" Era paziente con me, soprattutto quando massacravo la sua lingua. "Ma uccidere Helena continua a non avere senso."

"Qualcuno che odia Kwon... la famiglia?" suggerii. "Abbastanza da sparare a... qualcuno?"

"Avrebbe avuto più senso se avessi detto qualcuno che odiava la famiglia di *hyung*, ma è Helena che è morta, non David. I Kwon hanno un sacco di soldi, ma i Seong hanno più potere... una discendenza più lunga... hanno più... di tutto. A meno che non l'abbiano uccisa per fare del male a lui, ma lui non è... David non ha ancora nessun peso in famiglia, è troppo giovane."

"Aspetta, così come farebbe ad aver senso?" O il whiskey era troppo forte per il mio cervello o mi ero perso qualcosa. "Che cosa c'entra Seong?"

"La sua famiglia ha più influenza." Jae mi tolse la bottiglia di mano e bevve. Io l'avevo quasi rovesciata sulle coperte, per cui non mi dispiacque che la tenesse lui. "Ti ricordi? La madre di David è la sorella di *hyung*. È una Seong. Era Dae-Hoon il Park. La sua famiglia ha denaro, ma non quanto i Seong."

"Così Dae-Hoon si era sposato nel... *chaebol* Seong." Feci un esperimento con la parola. Non doveva essere venuto così male, perché la sua occhiata di compatimento fu meno carica. Mi tirai a sedere, improvvisamente molto più sobrio di quanto avrei voluto. Jae grugnì sentendosi spingere in avanti, e grugnì di nuovo quando allungai la mano verso il taccuino per appuntarmi le idee. "E i suoi figli... se Dae-Hoon fosse stato in circolazione sarebbero stati... macchiati... dalla loro connessione con lui, giusto?"

"Sì, ma Dae-Hoon è scomparso da anni, e loro sono stati cresciuti dai Seong." Si accigliò. "Shin-Cho e David non sono stati toccati da quello che ha fatto Dae-Hoon. Beh, non finché Shin-Cho... quello che ha fatto è stato stupido. Adesso la gente sta parlando di nuovo di Dae-Hoon, e sta dicendo che i suoi figli sono come lui. Potrebbe avere effetto anche su David, soprattutto perché si è schierato con suo fratello."

"Scommetto che è stato così. Tu dici che la tua famiglia è tutto per te. Lo sarebbe stata anche per qualcuno come Dae-Hoon. Non penso che sia morto, Jae."

"Allora cosa gli è successo?"

"Penso che sia sparito di proposito." Gli diedi un bacio sulla punta del naso. "Lo avrebbero fottuto, come hanno fatto con te... con la tua famiglia. Non penso che avrebbe corso questo rischio. Una volta mi hai detto che i coreani vivono per la generazione dopo la loro. Per Dae-Hoon avrebbe avuto senso non volere una cosa simile per i suoi figli. Farli soffrire in quel modo lo avrebbe ucciso. Ho visto le sue foto con i bambini. Li amava. Penso che si sia allontanato in modo che i suoi figli potessero crescere senza che la sua... vergogna... avesse effetti su di loro."

Lo abbracciai, urtando la bottiglia di Jack Daniel's che teneva ancora stretta al petto. Lui protestò un po', poi brontolò più forte quando gliela tolsi di mano e la appoggiai accanto al mio taccuino. Rovesciai Jae sulla schiena e lo coprii col mio corpo, allungandomi per catturarlo sotto di me.

"Dae-Hoon potrebbe essere ancora vivo, *agi*." Lo baciai, sentendo il sapore del whiskey sulla sua lingua. "David potrà aver perso la sua fidanzata, ma forse posso restituire loro il padre. Ho solo bisogno di sapere dove cercare."

278

CAPITOLO 7

CHIAMARE LOS Angeles la Città degli Angeli era una colossale presa in giro, di solito a spese dello stupido imbecille che decideva di sfidare l'ora di punta di metà mattina in quel particolare inferno che era il triangolo formato dalla 110, la 10 e la 101. Era come se Satana avesse abbassato lo sguardo sulla città e avesse detto: *Fanculo tutti; io ero un angelo. Adesso piscio su questo punto e lo dichiaro mio.*

E, dannazione, prima di fare quella pisciata si era anche bevuto un litro di qualcosa.

Avevo lasciato Jae che dormiva ancora, con Neko raggomitolata sul mio cuscino. A un certo punto avevamo finito la bottiglia di Jack e ci eravamo sdraiati l'uno contro l'altro, ad ascoltarci respirare. La mattina era stata un brutto colpo, soprattutto perché mi ero dimenticato di chiudere le tende e il sole mi aveva dato un cazzotto in faccia. Un po' di ibuprofene, una bottiglia d'acqua e una spazzolata di denti dopo, mi sentivo molto più umano rispetto alla spugna pulsante e dolorante che ero stato al risveglio. Una doccia e una tazza di caffè forte e bollente avevano curato il resto, e adesso stavo andando a incontrare Bobby sull'autostrada, grato che ci fosse uno Starbucks con drive-in a pochi isolati da casa mia.

Sì, avevo un sacco di caffetterie indipendenti proprio attorno, compresa quella dei sgranocchia-muesli dall'altro lato della strada, che evitavo sulla base del fatto che in estate indossavano la canottiera e non si radevano le ascelle. Non me ne poteva importare di meno se qualcuno non si rasava le ascelle. Diavolo, scopavo con gli uomini. I peli delle ascelle facevano parte del pacchetto. Avevo solo delle obiezioni ad averli nei paraggi dell'imboccatura della mia tazza di caffè.

"Sarà meglio che ci sia qualcosa di buono in quel deposito," si lamentò Bobby. Era un quarto d'ora che avanzavamo a passo d'uomo, inalando gas di scarico e lo zucchero a velo delle ciambelline che Bobby aveva portato con sé. Gli anni passati a condividere l'auto con altri agenti lo avevano praticamente immunizzato alla necessità di avere degli interni immacolati. Quello che cadeva poteva essere eliminato con l'aspirapolvere o lavato via dai sedili di cuoio. Mike, d'altro canto, aveva dei problemi se nella sua auto c'era anche solo un filo di paglia.

A volte per me era difficile ricordarmi in quale auto potevo farmi accidentalmente cadere di mano qualcosa e in quale no. Così mangiai sopra un tovagliolino, con Bobby che mi lanciava delle strane occhiate.

"Vuoi un bavaglino, principessa?" grugnì alla fine. "In momenti come questi sento la mancanza della sirena."

"Perché non ti sporgi dal finestrino e strilli?" suggerii. "Posso anche prenderti a calci nelle palle, così potrai strillare più forte."

"Non fare il furbo con me," mi avvertì sogghignando. "Non sei troppo grande perché io decida di accostare e darti una sculacciata."

"Non sono il tuo tipo," gli ricordai. "Non prendo bene gli ordini."

"Vero," scherzò, poi si fece serio. "Come se la sta cavando Jae? Merda, quel ragazzo ha avuto dei mesi difficili."

Gli avevo detto della sparatoria mentre eravamo da Starbucks. La prima cosa che mi aveva chiesto era stata se avevo fatto ubriacare Jae. La seconda, se gli avevo scopato via la tristezza. Io gli avevo ricordato che il sesso non era la soluzione a tutto, e che a volte quello di cui uno aveva bisogno era essere tenuto stretto. A quel punto mi aveva accusato di avere una vagina, perché per gli uomini il sesso risolveva praticamente tutto.

"Non qualcosa di brutto come Helena e David." E aggiunsi anche Shin-Cho alla lista. Avrebbe dovuto passare un sacco di tempo a tenere in piedi suo fratello. L'unico lato buono della faccenda era che non si sarebbe ossessionato riguardo a Kwon. "Porco cazzo, non so che dire a Jae. Si sta portando in giro questo senso di colpa per la gente che gli muore attorno. Non so come aggiustare quello che sta provando."

"Beh, quando ci arrivi faccelo sapere, così potremo dirlo a te," replicò lui a bassa voce.

Rimasi zitto. Gli ultimi due mesi erano stati duri anche per me. Combattevo ancora con il senso di colpa per la morte di Rick e con il mio affetto crescente per Jae-Min. Al momento ero privo di risposte quanto David Park.

"Non hai intenzione di ficcare il naso in quel casino, vero?" chiese Bobby all'improvviso. "Con la morte della ragazza, voglio dire."

"Ne resterò lontano il più possibile. Se ne occupano i poliziotti. Che potrei fare io?" Mi chiesi se mangiare un altro mini donut. "Guarda, ci stiamo muovendo."

"Era ampiamente ora, cazzo." Bobby mosse il furgone e consultò il GPS per la cinquantesima volta. "Un chilometro. Ci resta da fare solo un fottuto chilometro. Sarà il più lungo della mia vita, cazzo."

"Parli come un uomo che non è mai stato al Comic-Con."

"Sono stato al Southern Decadence. Ora, *quello* è un chilometro in cui mi andrebbe di restare incastrato per l'eternità." Mi sbirciò.

Ci vollero altri quindici minuti per fare l'ultimo chilometro tra lì e la rampa di uscita. Poteva essere stato il chilometro più lungo della vita di Bobby, ma ad ascoltare lui che lo percorreva erano stati i quindici minuti più lunghi della mia.

Il deposito era a pochi isolati dall'autostrada. Ci fermammo in un parcheggio vuoto. Come in molti altri magazzini della California tutto quello che ci voleva per entrare era un codice di accesso e la chiave che il gestore aveva messo alla serratura della saracinesca metallica. Era uno scomparto interno, così passammo qualche minuto in un labirinto di calcestruzzo, cercando di capire dove Scarlet avesse infilato la vita di Dae-Hoon.

"Grazie a Dio che era all'interno. Immagina che rogna sarebbe stata aprirlo se fosse stato fuori." Bobby spruzzò il lucchetto di grafite e inserì la chiave. Sorprendentemente entrò senza fatica, e io spinsi la saracinesca voltando la testa per evitare la pioggia di polvere. Non avevo una gran speranza che la lampadina penzolante si accendesse, ma il tentativo con l'interruttore mi sorprese, e lo spazio grande meno di due metri quadri si riempì di luce.

Era sorprendente vedere quanto poco la vita di Dae-Hoon si fosse lasciata dietro. Dopo che i vestiti erano stati dati via e i mobili venduti o lasciati in eredità, erano rimaste solo poche scatole di libri e di effetti personali. C'era una decina di scatoloni, tutti con il nome di una ditta di traslochi che aveva chiuso circa nove anni prima. Il nastro adesivo che ne chiudeva i lembi si era arreso da tempo trasformandosi in un fantasma ingiallito e fragile, nonostante l'aria condizionata che veniva pompata negli scomparti.

"Io vado a prendere il nastro da pacchi che ho nel furgone," disse Bobby. "Comincia a tirare fuori la roba per metterla sul carrello. Non sollevare niente di pesante. Quella spalla è ancora un disastro."

Quando si girò, gli feci uno sbuffo sarcastico, ma cominciai a prendere una scatola per trascinarla fino al carrello piatto che avevamo portato con noi. La spalla mi faceva meno male delle cicatrici sul busto. Stavo facendo stretching, sperando di impedire gli inevitabili crampi, quando una delle

281

scatole cadde e si aprì. Sbirciai dentro e rimasi perplesso dal mucchio di quaderni che conteneva. Mi accovacciai a prendere uno di quelli in cima e lo sfogliai.

Era tutto in coreano, scritto a mano in inchiostro blu e nero. Ogni tanto c'era una busta con una vecchia foto appuntata con una graffetta, e nella pagina un passaggio sottolineato o evidenziato. Per curiosità aprii una delle buste e tirai fuori la foto.

"Dannazione." Bobby fischiò. "Diavolo, spero che il ragazzo lì in fondo sia vecchio abbastanza per farlo."

Era difficile dire che età avesse il ragazzo, soprattutto perché il viso era parzialmente coperto dalle ombre e dai capelli scuri. Pensavo che fosse asiatico, ma non potevo esserne sicuro. La foto era in bianco e nero, le espressioni bloccate tra agonia e piacere. Gli arti erano piegati in angoli che sapevo essere possibili, ma mi facevano male anche solo a pensarci. E l'uomo col cazzo affondato nel culo dell'altro era decisamente coreano. Anche se la foto era vecchia, conoscevo il suo nome: Seong Min-Ho, l'amante di Scarlet.

Il piccolo neo vicino all'occhio destro era lo stesso, e anche la curva della bocca. Adesso aveva più rughe, ma lo sguardo deciso era quello: un fuoco penetrante destinato a intimidire e spaventare. Nella foto era leggermente appannato. Era stata scattata durante una spinta, e Seong aveva una mano attorno alla mandibola dell'altro, il pollice affondato nell'angolo della bocca, rendendo difficile riconoscerlo.

Una parte di me desiderava che fosse Scarlet, solo per risparmiarle il dolore di vedere il suo amante fare sesso con un altro. Un'altra parte di me voleva fingere di non aver visto nulla, specialmente se era Scarlet. Uno non ha bisogno di avere le immagini erotiche dei propri amici impresse a fuoco nella memoria. O perlomeno io non ne avevo bisogno, sicuro come l'inferno.

"Merda, ce ne sono tantissime," disse Bobby a bassa voce. "Che cazzo stava combinando?"

"Qualcosa di stupido," risposi. "Da quel che mi ha detto Jae, Dae-Hoon frequentava della gente piuttosto potente, o perlomeno ragazzi di famiglie coreane influenti. Merda, questo rovina la mia teoria che sia ancora vivo. Se sapevano che stava scattando foto di loro che scopavano altri ragazzi, non riesco a immaginare che sia sopravvissuto per raccontarlo."

"Pensi che qualcuno si sia occupato di lui... invece di portarlo a fare un giro? Sì, sarebbe bastato un solo uomo davvero incazzato e per Dae-

282

Hoon sarebbe stata la fine." Stava sfogliando un altro quaderno, fischiando per le foto che conteneva. *"Questo* che cos'era? La sua assicurazione? Un diario del sesso? Merda, non voglio nemmeno sapere che cosa sta facendo il tipo in questa foto qui."

E questo voleva dire molto. C'erano ben poche cose che Bobby non avrebbe fatto. Stavo cominciando a preoccuparmi per Scarlet. Era possibile che avesse portato alla luce del marcio che non si poteva più nascondere. Se la scomparsa di Dae-Hoon era collegata ai quaderni, non volevo che lei fosse coinvolta.

"Chiederò a Jae di aiutarci," mormorai infilando di nuovo la foto nella busta. "Perché diamine non poteva scrivere in inglese? Non voglio che Jae legga questa roba."

"Sempre meglio che in filippino, ci toccherebbe farli tradurre a Scarlet," mi prese in giro lui. "Jae è un uomo adulto. Se non riesce a gestirlo, te lo dirà."

Feci una smorfia. "Dimentica. Il coreano mi va benissimo. Non voglio andare da Scarlet con questi. Almeno finché non so che cosa sono, *questi."*

"Metti il nastro adesivo e portiamo questa roba a casa tua." Bobby mi lanciò uno dei due rotoli con cui era tornato. "Prima finiamo qui e prima possiamo tornare in quel maledetto traffico."

Il carrello piatto resse tranquillamente tutte e dieci le scatole e io seguii mentre Bobby tirava. Aveva lasciato aperto il portellone del furgone, e c'erano teli e corde per fissare il carico. Mi chinai a prendere una delle scatole più piccole e Bobby mi toccò il braccio.

"Amico, non è pesante," protestai, rischiando di lasciarla cadere. "Ma che cazzo?"

"Non guardare…" Non so perché la gente dica una cosa simile. Il primo istinto umano è di girarsi a guardare. Rimediai una pacca sulla nuca. "Non ce la fai ad *ascoltarmi* almeno una volta?" sibilò Bobby.

"Se ti ascoltassi ogni volta che mi dici qualcosa ci avrei provato con quella pollastrella etero che pensavi fosse un maschio."

"Sembrava un twink. Non mi puoi incolpare per quella," borbottò. "Adesso, ti sto dicendo di non guardare perché là c'è una macchina… quella con i finestrini oscurati. È proprio oltre il cancello. È rimasta ferma lì da quando siamo entrati, è arrivata dopo di noi."

"E allora? Staranno prendendo un deposito." Mi strinsi nelle spalle e infilai la scatola nel furgone, poi diedi un'occhiata alla macchina. Era una

283

berlina nera con i vetri talmente oscurati che quasi si confondevano con la vernice.

"Non ci vuole così tanto," obiettò. "E inoltre erano dietro di noi sull'autostrada. Li ho notati allora. Mi stavo chiedendo quale poliziotto non avesse notato che i finestrini sono così oscurati da essere illegali."

"Perché dovrebbero seguirci?" chiesi a bassa voce. "Quello che stiamo facendo non interessa a nessuno. Diavolo, non c'è nemmeno nessuno che sappia che sto lavorando sulla sparizione di Dae-Hoon. Stanno solo affittando uno scomparto. Smettila di essere paranoico."

"Non sono paranoico." Sollevò una delle casse contrassegnate 'libri' come se fosse aria. "Sono un ex poliziotto. E anche tu, nel caso te ne ricordassi."

Bobby era mostruosamente forte, con muscoli delle braccia delle dimensioni di bambini piccoli. Quando ero con lui mi capitava spesso di maledire la mia genetica e di mettere in discussione la mia mascolinità, soprattutto quando ci stavamo allenando. Mi faceva venire voglia di portarmi Mike, ma mio fratello aveva pugni veloci. Le avrei prese anche da lui, e poi loro due avrebbero fatto amicizia davanti a una birra.

Caricammo il furgone alla svelta e legammo il telo su scatole e carrello. Mentre oltrepassavamo il cancello diedi un'occhiata alla berlina che preoccupava Bobby. Autista e passeggero avevano l'aria familiare: due uomini asiatici con faccia impassibile, occhiali da sole e completo scuro. Fissarono il furgone, voltando la testa quasi all'unisono mentre passavamo.

Con enorme disgusto di Bobby, io feci quello che avrebbe fatto qualsiasi uomo normale.

Li salutai con la mano e sorrisi come un idiota.

"Ragazzo, sono deluso da te," sospirò. "Perché ti porto in giro? Adesso sanno che li abbiamo individuati."

Non c'è bisogno di dire che la berlina non ci seguì fuori dal parcheggio. Mi appoggiai allo schienale e mangiai l'ultima ciambellina, facendo cadere altro zucchero sui tappetini. Facendo un gesto elegante con il donut, diedi a Bobby il permesso di partire. "A casa, Jeeves. Abbiamo della roba in cui scavare."

"Sai," disse lui a denti stretti, "più ti conosco e più capisco perché Mike ti pestava quando eravate piccoli."

QUANDO ENTRAI seguito da Bobby e dal suo fidato carrello carico di scatoloni, Jae-Min era sveglio e stava bevendo il caffè. Gli rubai un bacio

284

mentre gli prendevo la tazza di mano. Sapeva un po' di dentifricio alla menta. Il sorso di caffè che bevvi dalla sua tazza sarebbe stato migliore con più zucchero.

"Non riesco a credere che li hai *salutati*." Bobby aveva grugnito praticamente per tutto il viaggio, e io avevo continuato a gongolare in silenzio.

"Li ho salutati per distrarli mentre gli fotografavo la targa con il telefono." Glielo feci ondeggiare sotto il naso. Lui borbottò qualcosa di sgradevole su di me e me lo strappò di mano. "Non sono completamente stupido, sai."

"Ti comporti come se lo fossi," replicò Bobby. "Vado a fare una chiamata per vedere se qualcuno può rintracciarla per noi. Trovami una birra, principessa. Ne ho bisogno, dopo aver passato la mattina con te."

"Mi adora," rassicurai Jae, che stava sulla soglia tra l'ingresso e il soggiorno. "Sul serio, io rendo completa la sua vita."

"Ah." L'occhiata che ricevetti fu dubbiosa, come se Jae non fosse del tutto convinto del profondo e costante affetto che Bobby provava per me.

"Sei occupato?" Sollevai una delle scatole più piccole e la portai in soggiorno. "Potrebbe farmi comodo il tuo aiuto. Dae-Hoon si è lasciato dietro un sacco di quaderni, ma sono tutti in coreano."

"E tu vuoi che io li traduca." Strinse la bocca e si appoggiò allo stipite. "Mi servirà dell'altro caffè, allora. È così che sarà sempre? In ognuno dei tuoi casi ci sarà qualcosa in coreano che dovrò tradurti?"

"Solo in quelli con dei coreani." Lo presi per il braccio prima che tornasse in cucina. "Ehi, ti devo avvertire. Ci sono delle... cose, lì dentro. Foto. Di gente che fa sesso. Penso che uno degli uomini che ho visto sia lo *hyung* di Scarlet. Se non vuoi..."

"Cole-ah, lavoravo al Dorthi Ki Seu. Ho visto... gente che conosco fare cose." Si strinse nelle spalle con nonchalance. "Non sarebbe la prima volta. Dato che hai rubato il mio caffè, prenderò la birra per Bobby mentre sono in cucina."

Era più forte e più disincantato di quanto gli avessi dato credito. Il suo bel viso dolce nascondeva dei segreti oscuri, una cosa che sapevo ma che continuavo a non considerare. Jae era sopravvissuto a molto peggio di quanto io volessi ammettere. Era ora di riconoscerlo.

Volevo comunque avvolgerlo in una coperta e proteggerlo dal mondo. Cazzo, se avessi potuto fare a modo mio, lo avrei raggiunto sotto quella coperta e ci saremmo limitati a stare lì fino alla fine dei tempi.

C'erano due scatole di quaderni. Presi prima quelle e le misi da parte per lui. Il resto sembravano essere libri e documenti personali. Per fortuna c'era anche parecchia roba in inglese, così io e Bobby non saremmo stati troppo inutili. Bobby tornò per primo e aggrottò la fronte, vedendomi da solo in soggiorno con il carrello di scatole.

"Dov'è Jae? Dobbiamo aspettare qualcun altro?"

"No, probabilmente sta prendendo qualcosa da mangiare. Gli piace mangiare mentre lavora. Beh, gli piace avere del cibo attorno. Non mi è mai sembrato che ne mangi molto, mentre lavora. Di solito Neko finisce col prendersi tutti i pezzi di pesce, poi Jae spilucca il kim chee."

"Quella roba è davvero piccante," mormorò Bobby mentre si sedeva sul divano corto contro il muro. Io mi ero appollaiato all'estremità di quello lungo e mi alzai in piedi per aiutare Jae con il vassoio con panchan e bevande che si era portato. "Parlando di cose piccanti... Ciao, Jae."

"Ragazzo," gli ricordai. "Il mio."

Bobby stuzzicò Jae: "Lasci che parli di te in questo modo?"

"È la prima volta che lo sento definirmi il suo ragazzo," replicò Jae senza esitazioni. "Dovrò pensarci su."

Ci guardammo negli occhi. I miei erano probabilmente confusi e un po' apprensivi. I suoi non erano interpretabili. Perlomeno mi fece un sorrisetto, poi il suo sguardo si riscaldò abbastanza da farmi venire voglia di trascinarlo di sopra, anche con Bobby in casa.

"Concentrati, principessa," mi richiamò Bobby, dandomi una pacca sulla gamba. "Il divertimento più tardi. Adesso vediamo di occuparci di questa roba."

"Sono così facile da leggere?" chiesi.

"Ti potrebbe leggere un cieco dall'altro lato della strada," mormorò Jae, e mi diede un bacio prima di accomodarsi sul divano accanto a me. "Fammi vedere che cosa c'è qui."

Il soggiorno era silenzioso, a parte il fruscio di pagine girate e il crocchiare di sottaceti che venivano mangiati. Offrii a Bobby una seconda birra ma scosse la testa, dicendomi di portargli una coca, invece. Ne riportai due e rabboccai il caffè di Jae. Il mio amante mormorò un mezzo ringraziamento mentre leggeva, con le sopracciglia un po' aggrottate. Gli avevo dato un taccuino vuoto per prendere appunti, e ogni tanto ci scriveva qualcosa, accigliandosi sempre di più a ogni pagina che riempiva. Sbirciai oltre la sua spalla per vedere che cosa aveva scritto, solo per scoprire che era in coreano.

"*Questo* non è d'aiuto," feci notare.

"Lo batterò in inglese più tardi. Torna a fare quello che stavi facendo," borbottò lui. "Oppure vai via e basta. È difficile. La maggior parte dello slang che usa è vecchio. Sto avendo dei problemi con alcune parole."

I libri erano per lo più inutili, anche se una scatola conteneva lettere e foto di famiglia. Le misi da parte per Jae. Una cartellina chiusa da una cordicella rossa e piena di conti attirò il mio interesse e mi misi a sfogliare quelli, cercando di capire qualcosa delle sue finanze.

"Merda, perfino i suoi estratti conto erano in coreano," brontolò Bobby. "Sì, lo so, sono culturalmente insensibile ma accidenti, questa è una banca di Wilshire Boulevard. Li avrebbe uccisi usare l'inglese?"

"Hai ragione. Sei una testa di cazzo. Alcuni sono in inglese," dissi io. "È abbastanza facile capire che guadagnava molto più di quello che spendeva." C'era la stessa voce su più estratti conto, a intervalli di due settimane. "Suppongo che sia il suo stipendio. Jae, dove dice che lavorava?"

"Lavorava per *hyung* Seong," rispose lui senza alzare lo sguardo da quello che stava leggendo. "Faceva da collegamento tra i suoi clienti e l'ambasciata. Ce l'ha detto *nuna*."

"Ma certo," assentii. "Aspetta, Scarlet non ha detto che si era allontanato da tutto? Anche dal lavoro? Quando? Sei mesi prima di sparire?"

"Sì." Aveva un tono seccato, e alla fine mi diede un'occhiata. "Perché?"

"Perché questi versamenti sul suo conto continuano fino a che non è scomparso." Gli mostrai i fogli. "Seong ha continuato a pagarlo, anche dopo che aveva smesso. Ci sono anche degli altri versamenti, più grossi."

"Forse Seong era dispiaciuto per lui." Bobby sbirciò sopra la mia spalla e fischiò quando vide l'ammontare. "È un sacco di soldi per un tizio senza lavoro."

"Dannazione, lo stronzetto stava ricattando della gente. Non riesco a trovare l'estratto conto di novembre, ma sul suo conto c'erano abbastanza soldi perché fosse a posto per un po'. Dobbiamo scoprire dove sono finiti. Dopo che è scomparso potrebbero averli avuti i figli." Sbuffai e mi appoggiai allo schienale. "Volevo davvero che fosse un bravo ragazzo. Come diavolo faccio a tornare da Shin-Cho a dirgli che suo padre stava spremendo qualcuno?"

"Aveva le palle, glielo devo concedere." Bobby finì la sua coca e prese l'ultimo pezzo di bulgolgi dal piatto. "Che cosa c'è nei quaderni? I suoi appunti per il ricatto?"

"No," disse Jae. "Non lo so. A quanto pare stava scrivendo un libro… su come fosse essere gay in Corea, ma ha usato i nomi… i veri nomi. Magari intendeva cambiarli dopo?"

"Una cosa davvero pericolosa da fare, prendere dei soldi per stare zitto e poi spiattellare tutto in un libro." Scavai tra gli estratti conto finché non trovai quello di novembre. "Quando Dae-Hoon è scomparso aveva in banca parecchie centinaia di migliaia di dollari. Che ne è stato?"

"È abbastanza facile scoprirlo. Attraverso la banca," replicò Bobby. "Dobbiamo fare una lista di quelli che hanno fatto donazioni per la sua piccola scappatella letteraria. *Quelle* sono le persone con cui abbiamo bisogno di parlare."

"Lo faremo," convenni. "Subito dopo aver parlato con Scarlet. Voglio scoprire se sapeva delle attività extracurriculari di Dae-Hoon. Potrebbe non volere che scaviamo più a fondo."

"Come se questo potesse fermarti," sbuffò Jae, facendomi inarcare un sopracciglio.

Risposi alla sua incredulità stringendomi nelle spalle. Aveva ragione. Probabilmente non mi sarei fermato. Non riguardava più solo Scarlet, e io sentivo di dovere la verità a Shin-Cho… o almeno un po' di verità su quello che era successo a suo padre. Dae-Hoon avrebbe potuto rovinare la vita a un sacco di gente. Per quel che ne sapevo, qualcuno là fuori poteva essere al corrente che aveva scritto tutto in un diario, e avrebbero potuto essere i suoi figli a pagare, adesso che avevamo aperto il deposito come se fosse l'Arca dell'Alleanza.

"Chiedere non può far male," dissi. "E hai ragione, piccolo. Non mi fermerà. Là fuori qualcuno conosce le risposte. Dobbiamo solo scoprire chi è."

CAPITOLO 8

"COME HA potuto farlo? Noi... eravamo amici. Dae-Hoon..."

Una delle costanti nell'essere un investigatore privato era sentirmi chiedere da un marito o da una moglie di dimostrare che il coniuge li tradiva. In tutti i casi che avevo accettato, non ero mai tornato da un cliente a dire che il coniuge era fedele. Avevo visto gente negare la realtà delle foto che avevo scattato. Avevo visto gente trovare scuse per i loro amanti, e sperare che la persona che stava facendo un pompino al marito fosse un cugino perduto da anni. Avevo anche visto gente che aveva preso le foto piangendo in silenzio, vedendo confermate le sue peggiori paure.

Il che si traduce in questo: le persone mi cercano perché provi qualcosa che sanno già. Che sia un presentimento, o una traccia di rossetto sulla biancheria di un uomo gay. In un modo o nell'altro, i coniugi dal cuore infranto lo sanno *sempre*. Almeno a un certo livello.

Non sapevo cosa dire a Scarlet. Le avevamo messo davanti le foto e i quaderni e le avevamo spezzato il cuore, distruggendo i suoi ricordi di un giovane coreano che una volta era stato un caro amico. Era uno schifo, e non avevo niente da dire per confortarla.

Non potevo nemmeno offrirle il tè.

Facevo schifo a preparare il tè.

"*Nuna.*" Jae le passò un braccio sulle spalle. "Non avevi modo di saperlo."

"Ma *queste*?" Gli agitò davanti alcune delle foto. "Lui ha... *scattato* queste! Di me! E *hyung*!"

"Le persone commettono errori, *nuna*," disse Jae.

Era arrivata alla rabbia, il secondo stadio del tradimento, più in fretta di quanto mi aspettassi. Come per molte altre emozioni, Scarlet si incazzava nel più attraente dei modi. L'inclinazione della testa e la piega della bocca riuscivano solo a mettere in mostra i lineamenti eleganti e la curva del collo. Le guance erano passate dal rosa intenso a un rosso più scuro e gli occhi scuri le brillavano per la furia.

Poi ogni accenno di bellezza e grazia evaporò, quando lei sputò fuori una sfilza di parole filippine così roventi e complicate che non avevo bisogno di capire la lingua per sentirmi i peli sulle palle arricciarsi per la paura.

Si alzò in piedi, camminando avanti e indietro per la stanza per smaltire la rabbia. Jae la osservava dal divano, con una certa perplessità. Ero felice che lui trovasse del divertimento nella cosa. Io stavo meditando di nascondere il set di coltelli da cucina, e possibilmente anche le cesoie da siepe, se fossi riuscito a trovarle.

Mi rifugiai nella birra, scivolando sul divano per stare seduto più vicino a Jae. Da parte mia era una mossa calcolata. Lei gli voleva bene. Le probabilità che facesse volare qualcosa dalla mia libreria alla testa di Jae-Min erano vicine allo zero.

"*Nuna*, devo chiederti un paio di cose," la interruppi alla fine di uno dei cerchi che stava percorrendo. Si voltò, solo un po' meno furiosa. Il modo in cui si passò la lingua sulle labbra mi avvertì di un'altra scarica di imprecazioni, ma si trattenne e inclinò la testa per guardarmi con aria seccata. "Per favore, siediti. Vediamo se riusciamo a capirci qualcosa."

Si sedette sul divano accanto a quello su cui ci stringevamo io e Jae. Era sul punto di prendere il suo tè, ma cambiò idea; rubò la birra di Jae e bevve un sorso direttamente dalla bottiglia. Jae e io ci scambiammo uno sguardo in silenzio. Gli porsi la mia birra, dato che Scarlet non pareva intenzionata a restituirgli la sua.

"Shin-Cho ti ha parlato della sua relazione con Kwon?" Dovevo togliere di mezzo quel problema. Avevo promesso a Shin-Cho che avrei rivelato tutto a Scarlet se non glielo avesse raccontato lui, e non potevo davvero andare avanti senza che lei sapesse. Soprattutto dato che il comportamento viscido e ghignante di Kwon lo aveva messo in cima alla mia lista di quelli-che-sanno-cosa-è-successo-a-Dae-Hoon.

Scarlet si morse le nocche, sporcando le dita con il rossetto. Sbatté le palpebre per scacciare le lacrime e annuì. "Sì," disse, dopo aver lasciato ricadere la mano sul grembo. "Me lo ha detto ieri. Volevo parlare con Sang-Min... urlargli contro per tutto quello che ha fatto, ma..." Si strinse nelle spalle per l'impotenza. "Dopo quello che è successo ieri sera, non sembrava poi così importante."

"*Hyung* sa di Kwon?" chiese Jae, poi sospirò di sollievo quando Scarlet scosse la testa. "Bene. Penso che se lo avesse saputo avrebbe ucciso Sang-Min. Non riesco a immaginare *hyung* che gli permette di cavarsela dopo aver sedotto suo nipote."

290

"Voglio essere onesto con te, *nuna*. Sembra che Dae-Hoon si facesse pagare per mantenere il silenzio su altri uomini gay. Stiamo ancora cercando di capire a chi estorceva denaro, ma la lista sembra piuttosto lunga." Picchiettai la pila di quaderni. "Jae sta tirando fuori una lista di nomi. Spero che riusciremo ad abbinarli ai suoi estratti conto."

"Dovrei dire a *hyung* di Sang-Min e lasciare che se ne occupi lui," sbuffò Scarlet. "Abbiamo così tanti segreti, Cole-ah. E troppo pesanti. Io non dico a *hyung* di Shin-Cho, e forse lui non mi ha mai detto di aver dato dei soldi a Dae-Hoon per tenere segrete... queste foto. Per quanto tempo possiamo farlo? Quanto peso possiamo portare?"

"*Nuna*, non sappiamo ancora niente," disse Jae. Neko arrivò a passi felpati, saltando sul divano per vedere se sul tavolino c'era qualcosa da rubacchiare. "Non su Dae-Hoon, in ogni caso. Kwon Sang-Min... su di lui sappiamo abbastanza per fare in modo che Shin-Cho stia alla larga da lui."

"A essere onesti, io avevo sperato che Dae-Hoon fosse ancora vivo," spiegai. "Avrebbe avuto senso che si fosse allontanato da tutto per risparmiare i figli da... tutta la merda che avrebbero dovuto sopportare per il fatto che lui era gay. Adesso non so. Qualcuno potrebbe averlo ucciso per questo? E non intendo solo Seong o Kwon. Intendo dire chiunque ti venga in mente che avrebbe potuto farlo."

"*Hyung* non avrebbe mai ucciso nessuno," sussurrò Scarlet. "Potrei giurarlo sulla mia vita. Qualcun altro? Non lo so."

"Grace ha ucciso Hyun-Shik perché era gay," mormorò Jae. Tirare fuori l'omicidio di suo cugino non aiutava, se non altro perché nutriva la paura e la rabbia di Scarlet. "Penso che quello che Dae-Hoon stava facendo potrebbe aver fatto desiderare a qualcuno di ucciderlo. Guarda che cos'è successo a Shin-Cho. Dae-Hoon avrebbe potuto distruggere un sacco di famiglie se tutto questo fosse saltato fuori."

"Finiremo con una lista dei sospetti lunga un chilometro." Ci sarebbe voluto del tempo per abbinare i rendiconti bancari ai diari, ma Jae era disposto a scavare in mezzo a tutti quei fogli per dare una mano. "*Nuna*, ti viene in mente qualcuno di cui Dae-Hoon avesse paura?"

"Se fosse ancora vivo, quel qualcuno sarei io," ringhiò lei. Jae mormorò qualcosa che suonava come un rimprovero, e lei sospirò. "Potrebbe essere chiunque, Cole-ah. La maggior parte degli uomini qui... a Los Angeles... hanno scelto di vivere qui, ma altri sono... esiliati dalle loro famiglie... dai loro *chaebol*, perché sono gay o sono strani. *Hyung*... lui vuole stare

291

qui. Ha meno occhi addosso in America, ma allo stesso tempo, a causa di questo, lui non salirà mai molto di rango nella famiglia."

"Allora... perché restare qui? Se vuole..." Non ero ancora del tutto sicuro di come funzionasse un *chaebol*. Sembrava un mucchio di famiglie in cui il bacino genetico era poco profondo e nessuno aveva il permesso di nuotarvi. "La sua famiglia gestisce un sacco di attività, giusto?"

"Sì, e altri interessi," rispose lei. "Se lui stesse a Seul, ci si aspetterebbe che lavorasse per le compagnie della famiglia, o come capo dipartimento, o come presidente di una delle compagnie più piccole. Invece lui vive qui. La compagnia di Los Angeles è sua, anche se è connessa a quelle della sua famiglia. A Seul la sua influenza è limitata, ma qui, con gli altri coreani, è forte."

"Ed è una brutta cosa?" Ero ancora confuso.

"Rispetto a quello che possiede la sua famiglia, la sua compagnia qui è... piccola," spiegò Jae. "Ha dei figli. *Hyung* rimane qui in modo che i suoi figli possano approfittare dell'influenza del *chaebol*, e non solo dei suoi affari. Per loro è meglio là. Hanno più opportunità."

"Restando qui, lontano da Seul, lui protegge i suoi figli dallo scandalo... qualsiasi scandalo," mormorò Scarlet. "Lui protegge i suoi figli da me."

"Tu sei qualcuno di cui dovrebbe essere orgoglioso." Mi allungai a toccarle una mano. Era difficile non essere arrabbiato almeno un po'. Lasciai che la collera mi riempisse per un attimo, poi feci un respiro profondo. "Pensavo che tutti sapessero di te... e di lui."

"Tutti quelli che gli sono vicini lo sanno, ma noi non... superiamo certi limiti," disse lei. "E grazie. Sei un ragazzo dolce, Cole-ah."

"La festa." Lasciai andare il fiato. "Jae ha detto qualcosa sul fatto che la festa e il matrimonio erano un posto per... mogli."

"Era... per *chaebol*," replicò Scarlet. "Sua moglie è a Seul. Se fosse stata qui, lei ci sarebbe andata. C'è un limite a quello che si può sbattere in faccia alla società. È una cosa su cui *hyung* e io... su cui concordiamo. I suoi figli hanno beneficiato della guida di suo fratello maggiore. Lo zio è visto come la persona che ha più influenza su di loro. In questo modo, qualsiasi scandalo ricada su *hyung* non li tocca."

"Avevo pensato più o meno la stessa cosa per Dae-Hoon. È per questo che ritenevo che fosse ancora vivo. Adesso non ne sono così sicuro."

"Abbiamo tutti dei segreti." Scarlet aveva un tono incerto. "Ma non riesco comunque a immaginare nessuno che conosco fare una cosa simile."

292

"Non deve voler dire che lo abbiano fatto proprio loro. C'è un sacco di gente che si può chiamare per risolvere un problema. L'assassinio non è un'invenzione recente," ricordai. "L'essere umano ha cominciato a farlo prima di inventare il fuoco, probabilmente."

"Che ne dici se scorriamo quella lista di uomini e *nuna* prova a vedere se le viene in mente qualcosa?" suggerì Jae. "Magari è qualcosa da cui partire?"

"Io ho un paio di tizi da cui partire," dissi. "Primo, Kwon. Aveva di più da perdere. Secondo, e detesto dirlo, ma Seong è qualcuno da controllare. Non c'era motivo perché continuasse a pagare Dae-Hoon dopo che aveva lasciato il lavoro."

"A meno che *hyung* non lo stesse facendo per i suoi nipoti." Jae si schiarì la gola.

"Probabilmente c'è qualcun altro da aggiungere alla lista." Cominciai a scrivere con chi volevo parlare. "Dove alloggia Ryeowon?"

"Vicino a noi. Su Van Ness Avenue," rispose. "Ryeowon non voleva stare da noi. Beh, non voleva stare da *hyung* se c'ero io. E lui rifiuta che io stia da qualche altra parte."

"Buon per lui. E suo marito? Si è risposata, giusto?" Quando scrivevo in fretta la mia grafia peggiorava. Alla velocità a cui stavo andando avrei dovuto pagare Jae perché traducesse anche i miei appunti. "Il marito vive qui?"

"Sì, vive qui," rispose Scarlet. "Si chiama Han Suk-kyu. È capo dipartimento nella compagnia di media dei Seong. I ragazzi erano andati a vivere con lei, ma venivano a trovare *hyung* ogni tanto. Non penso che loro e Suk-kyu siano vicini. Erano più legati al fratello maggiore di *hyung*, Min-Wu. Non saprei adesso… dopo quello che è successo con Shin-Cho."

"David ha fatto il servizio militare?" chiese Jae. "O stanno cercando di evitarlo?"

"Servizio militare?" Cercai di ricordarmi quello che mi aveva detto Jae dei coreani e del loro esercito. "Devono arruolarsi prima di avere quanto… trent'anni?"

"Sì, per quasi due anni." Scarlet prosciugò il resto della birra di Jae e riappoggiò la bottiglia, un po' troppo forte. Il vetro risuonò contro il mobile da farmacista che usavo come tavolino. "David ha avuto un incidente di sci quando era più giovane. Non lo accetteranno." Si strinse nelle spalle e sorrise timidamente. "Ha un perno nella caviglia, penso. In aeroporto gli allarmi scattano quando ci passa attraverso. È molto imbarazzante per lui."

293

"Hyung lo ha fatto?" chiese Jae. Teneva la voce bassa, e nel suo tono c'era qualcosa che non capivo. Scarlet non sembrava avere lo stesso problema, e scosse la testa con enfasi.

"No, non lo ha fatto. La famiglia ha… ottenuto un'esenzione per lui." Le sue mani avevano bisogno di qualcosa da fare, così prese il tappo di una delle bottiglie per giocherellarci. "Adesso hanno tutti più probabilità di andare. Prima, per chi apparteneva ai *chaebol*, non era tanto alta."

Jae mi diede un'occhiata alla *ti spiegherò più tardi*, e io annuii. Tra noi c'erano un sacco di sguardi di quel tipo, di solito quando stavo parlando con Scarlet o con altri suoi amici. Sembrava che un bel po' delle mie conversazioni con le persone che Jae conosceva avvenissero dopo che loro erano andate via.

"Vuoi parlare con *hyung* prima che lo faccia Cole, *nuna*?" chiese lui.

"Deve proprio?" Scarlet sbatté le palpebre e gli occhi le si inumidirono, minacciando di rovinarle il trucco. Prese un fazzolettino e si tamponò le ciglia. "No, no… lo so che deve. Sì, gli parlerò prima io. Dovrei parlargli per prima. Almeno… così potrò sapere… quanto sapeva… di quello che ha fatto Dae-Hoon."

"Vuoi che mi fermi?" Odiavo chiederlo, perché odiavo fermarmi. "Ci sono degli uomini che dovevano… sapere di questi appunti. O forse uno che lo sapeva e non voleva che uscissero."

C'era un uomo che probabilmente era morto, lasciandosi dietro una serie di vittime che avevano almeno il diritto di sapere che i loro segreti erano al sicuro. Ma nell'accertarmene, avrei corso gli stessi rischi di Dae-Hoon e mi sarei esposto come bersaglio. Qualcuno in quei quaderni poteva aver deciso di liberarsi in maniera definitiva di quell'uscita finanziaria. Riaprire vecchie ferite, e omicidi, tendeva a tirar fuori il peggio dalla gente.

"No, non voglio che ti fermi." Scarlet lasciò cadere il tappo e mi strinse le dita. "Qualcuno dovrebbe pagare per la morte di Dae-Hoon, se è morto. Non penso che la polizia se ne sarebbe occupata."

"E c'è un'altra cosa di cui non ci siamo ancora occupati," dissi io. "Se i poliziotti erano al Bi Mil quella sera, qualcuno potrebbe aver visto qualcosa, o potrebbe sapere di Dae-Hoon. Bobby sta controllando in quella direzione."

"Che ne è stato di tutti quei soldi? Il denaro che aveva avuto dagli altri uomini?" rifletté Jae. "Li hanno avuti i suoi figli?"

"Non lo so," ammise Scarlet. "Le cose sono state complicate, dopo. È stato più facile lasciare che fosse la famiglia a gestire la sua scomparsa.

Io mi sono occupata del suo appartamento, ma ho pagato dei traslocatori per imballare tutto. Sua moglie... era già tornata in Corea. Non so se lì in mezzo ci sia niente che i suoi figli vorrebbero avere. Se c'è, per favore, mettetelo da parte. Penso che potrebbe aiutarli adesso che... Helena non c'è più."

"Ci guarderemo, *nuna*," la rassicurò Jae. "Lascia che Cole faccia questo per te. Capirà cosa è successo. Ne sono sicuro."

QUANDO INFILAMMO Scarlet in macchina e la mandammo a casa si era fatto tardi. Il mio stomaco era tragicamente vuoto, a parte quel paio di birre, e mentre l'auto si allontanava dal marciapiede quello di Jae brontolò.

"Perché non le hai detto degli uomini nel parcheggio?" chiese. "Dovrebbe sapere che qualcuno vi stava seguendo."

"Non finché Bobby non torna con delle informazioni sulla targa," replicai io. "Francamente non so cosa pensarne. Potrebbe essere stata una cosa innocente, o magari Kwon potrebbe avermi mandato dietro qualcuno. Shin-Cho ci ha davvero fottuti quando glielo ha detto."

"Ah." Era un suono neutro che faceva capire che Jae non era pronto a sbilanciarsi. Ero molto abituato a quel tipo di suono.

Aveva le mani infilate nelle tasche dei jeans. Eravamo fuori. Toccarsi non era una cosa che facevamo quando eravamo all'aperto. Quello che era successo da Kwon era un'anomalia, un gradino – o cinque – oltre quello che per Jae era normale. Non voleva dire che io non volessi farlo. Mi aveva detto una volta che avrebbe desiderato sentirsi abbastanza al sicuro da farsi toccare. Quando si appoggiò contro di me mentre la macchina girava l'angolo, mi cantò il cuore come se fossimo nel numero di danza in un vecchio film in bianco e nero.

Era una cosa stupida, ma sorrisi comunque.

La parte migliore del mio quartiere era il miscuglio di proprietà residenziali e piccole attività. Le vecchie lavanderie a gettone adesso erano ristoranti, e alcune delle case più piccole erano state trasformate in negozi – come nel caso di quella accanto, che ora era un fioraio. Una delle offerte particolarmente allettanti sulla mia strada era una piccola caffetteria italiana. Era specializzata in una pizza stile Chicago con abbastanza formaggio da strozzare una mucca. Il profumo di salsa di pomodoro, basilico e aglio mi tentava.

"Ti va una pizza?" Sapevo cosa dire per sedurre il mio amante. Era quella la mia idea di romanticismo. "Formaggio extra e un sacco di funghi…"

"Niente salame piccante." Flirtò con la mia offerta come in un passo di tango. "Salsiccia."

Cedetti con un cenno del capo, poi mi gelai quando Jae infilò la mano nella mia. Lui fece un passo, ma io ero piantato sul posto e quasi lo strattonai all'indietro. Inclinò la testa, e io sentii le sue dita che cominciavano a scivolare via, ma strinsi la presa facendo un passo in avanti. "Non mollare, Jae. D'accordo? Non mollare e basta."

"Voglio provare a… essere nel tuo mondo, in questo momento," mormorò. "Solo per un po'. D'accordo?"

"D'accordo," dissi con il tono più tranquillo che potevo. Mike mi aveva lasciato un messaggio mentre parlavamo con Scarlet. Gli serviva una risposta riguardo a Jae, altrimenti Maddy lo avrebbe preso a calci in culo, perché aveva bisogno di sapere quanta gente ci sarebbe stata a tavola. "Prima Mike mi ha mandato un sms. I suoi genitori…"

"I vostri genitori," mi interruppe lui lanciandomi un'occhiata di rimprovero da sotto le lunghe ciglia. "Sono anche i tuoi genitori. Anche se sei arrabbiato con loro."

"I nostri genitori," mi corressi, "arriveranno domani. Voleva ricordarmi che devo andare a cena da loro. Suppongo abbia pensato che avrei lasciato la città o qualcosa del genere."

"Lo faresti," replicò Jae. "È un'ipotesi ragionevole."

"Perché tu mi conosci così bene," sbuffai. Facemmo il giro attorno a delle piante che qualcuno aveva messo fuori dal portico per annaffiarle, evitando le pozzanghere meglio che potevamo. "E sai anche che non voglio andare."

"Ma ci saranno le tue sorelle, giusto?" Quando sospirai fece un sorrisetto. "Dovresti andare. Quando sarà?"

"Lunedì sera…" Sospirare non mi fece guadagnare la sua compassione, ma gli strappai una risatina. "Vuoi venire con me?"

Questo lo fece bloccare sul posto. Strinse gli occhi e fece un altro di quei suoni non impegnativi e semi-disgustati.

"Perché?" chiese alla fine.

"Perché?" Sembrava una domanda strana. Per quale altro motivo se non il desiderio che il mio amante venisse con me? Per condividere il dolore e la sofferenza. Era anche più probabile che tenessi il becco chiuso, se ci fosse stato Jae. Conoscevo i miei limiti. "Perché cosa?"

"Perché vuoi che io venga con te? Vuoi che sia lì per esserti di sostegno?" Mi trattenne per la mano quando cercai di ricominciare a camminare. "O mi vuoi sbattere in faccia a tuo padre? Sarebbe più gentile con te se io fossi lì? O non avrebbe importanza?"

"Oh, credimi, lui non farebbe una piega neanche se a tavola con noi ci fosse la regina d'Inghilterra," scherzai. "Le chiederebbe se può prestarmi la tiara in modo che io me la possa mettere sulla mia testa da frocetto."

"Allora perché andare? Per le tue sorelle?" Aveva cominciato a mordersi il labbro inferiore, un segno evidente che era nervoso. Volevo baciare via i segni che stava lasciando, ma eravamo appena arrivati al punto di tenerci per mano davanti a casa mia. Se lo avessi baciato sarebbe scappato urlando per il terrore.

"Perché ho promesso a Mike e Maddy che sarei andato. Così come ho promesso a Mike che avrei chiesto se volevi venire anche tu. Non ho più visto Tasha da quando me ne sono andato, e ho visto le altre due solo nelle foto. Foto che Barbara ha mandato a Mike, del resto." Mi bruciavano gli occhi e sbattei le palpebre, mordendomi l'interno del labbro. Dopo aver ripreso fiato, continuai. "Ti volevo lì solo perché... cazzo, ho bisogno che tu ci sia. Sì, è più o meno come sfregare il naso di mio padre nella sua merda. E soprattutto perché gli voglio mostrare che ho questo ragazzo davvero fantastico e che lui se ne può semplicemente andare all'inferno."

"Mi stai chiedendo di venire lì e stare ad ascoltare mentre ti ferisce, allora?" chiese Jae a bassa voce. "Di sedere tranquillamente a cena e ascoltare mentre ti dice certe cose? Io non faccio parte della famiglia. Io non posso parlare contro tuo padre. Non è... giusto, ma sarà difficile stare semplicemente seduto lì. Non so se sarò in grado."

"Ti sto anche chiedendo di venire a cena per incontrare Maddy e le mie sorelle," puntualizzai. "Ma è soprattutto perché ho bisogno di te."

Mi fissò. Rimase semplicemente lì a fissarmi, pesandomi e giudicandomi finché non pensai che sarei impazzito a causa del silenzio. Una macchina ci arrivò vicino e l'uomo alla guida abbassò il finestrino, rallentando. Jae trasalì e io gli strinsi la mano, rifiutando di lasciarlo andare. Aveva il viso arrossato, di rabbia o di vergogna. Non riuscivo a dire quale delle due, ma quando la macchina si fermò accanto a noi le sue dita erano ancora tra le mie. Era spaventato. La paura di essere visto come gay usciva da lui a ondate.

Che fossi dannato se lo avrei lasciato andare. Se fosse dipeso da me, lo avrei tenuto finché non fossimo morti di fame.

"Ehi, potete dirmi come arrivare alla 10 da qui?" L'uomo agitava freneticamente un pezzo di carta con una lista di indicazioni. "Queste cavolo di istruzioni dicono di restare sulla Venice, ma ho girato in tondo."

"No, ha fatto giusto." Indicai col mento. "Continui diritto fino a La Brea e poi svolti. È la via più semplice."

Mentre finivo di dare le indicazioni all'uomo il braccio di Jae si rilassò. Quando mi voltai di nuovo verso di lui era tranquillo e si stava mordendo di nuovo il labbro.

"Guarda," dissi avvicinandomi di un passo. Tenni la sua mano nella mia, stringendomela al petto. Il suo battito accelerò sotto le mie dita: aveva il cuore che faceva mille colpi al minuto. "So che... questo... essere chi sei... essere *quello* che siamo, per te non è facile. E so che sono il primo con cui hai cercato di essere così..."

"Non il primo," mormorò lui scuotendo la testa. "Hyun-Shik..."

Il suo defunto cugino di chissà quale grado. Lo stesso cugino che lo aveva sedotto quando aveva quattordici anni, lo aveva gettato ai lupi come ballerino al Dorthi Ki Seu, un club privato la cui clientela era formata da uomini coreani segretamente gay. Lo stesso cugino che si era intrattenuto con dei prostituti che lavoravano al club, e che in seguito era stato ucciso a colpi di arma da fuoco dalla sua stessa sorella proprio perché era uno di quegli uomini segretamente gay.

Non ero in buona compagnia.

"Già, beh, non parliamo di lui proprio adesso," sospirai. "Jae..."

"Lasciamici pensare, d'accordo? Sulla cena, su..." Mi strinse la mano, poi allentò la presa. "Su questo."

Era una richiesta legittima. Mi stavo comportando da egoista. Me ne rendevo conto, ma quando avevo letto l'SMS di Mike, tutto quello a cui ero riuscito a pensare era Jae, e a quanto sarebbe stato tutto più facile se lui fosse stato seduto accanto a me.

Non avevo pensato a come sarebbe stato per lui.

"Okay. Siamo ancora d'accordo per la pizza, giusto?"

"Sì, non ho voglia di cucinare." Mi sorrise, lo stesso sorriso timido, quasi impacciato, che mi aveva fatto quando lo avevo incontrato per la prima volta. "Troppe ore a leggere e poche ore di relax. Ho bisogno di più ore di relax, oggi."

"Che ne dici di prendere una pizza da asporto, allora?" Mi chinai e gli diedi un morso leggero sul collo, facendolo ridere. "Posso offrirti un po' di ore di relax davvero fantastiche."

"Quelle non sono mai davvero di relax." Il sorriso divenne erotico e lui si allontanò leggermente, tirandomi.

"Sicuro che lo saranno," dissi io seguendolo. "Tu devi solo stare sdraiato lì. Farò io tutto il lavoro."

CAPITOLO 9

LA PIZZA finì sul pavimento.

O forse sulle scale. Avevo buone speranze che fosse atterrata sul lato giusto sul tavolino dell'ingresso, ma con la mia fortuna probabilmente era finita capovolta e addosso alla gatta, che adesso stava pianificando la sua vendetta coperta di formaggio filante e salsa al pomodoro piccante.

Ce l'avevamo fatta fino all'ingresso, prima che Jae mi infilasse le mani sulla schiena, sotto la camicia. Erano fredde contro la mia pelle calda e io feci uno strillo e curvai le spalle per allontanarmi. Jae contrattaccò portando le dita sul davanti della mia cintola e facendomi girare verso di lui.

Sorprendentemente, la mia bocca aperta fu un facile bersaglio per la sua lingua.

Jae era un lungo piacere elegante sotto le mie mani. I bottoni dei suoi 501s si aprirono con un semplice tocco delle mie dita, e tutti e due perdemmo la maglia da qualche parte lungo le scale. Non dovevo più preoccuparmi delle scarpe. Avere un amante coreano voleva dire prendere l'abitudine di lasciarle all'ingresso. Ero deciso a fare qualche ricerca per vedere se potevo convincere Jae che in realtà la sua cultura richiedeva che *tutti* gli indumenti venissero lasciati all'ingresso.

Ma in effetti se fosse stato così, non sarei più uscito di casa.

In qualche modo riuscimmo ad arrivare in camera da letto senza romperci il collo ruzzolando per le scale. Chiusi la porta lasciando fuori la gatta, libera di dominare il mondo o di banchettare con la pizza capovolta fino a vomitare.

Spinsi Jae sul letto, gli afferrai i jeans alla caviglia e tirai, levandoli di mezzo alla svelta. Pochi secondi dopo stavo fissando uno degli uomini più belli che avessi mai visto, steso sulle mie lenzuola con addosso solo un paio di slip neri e un sorriso pensieroso.

Gli slip sparirono anche più in fretta dei jeans.

"*Agi.*" Allungò una mano verso di me, ma io gliela allontanai scuotendo la testa.

"No, lascia che ti guardi," mormorai. "Lascia… che ti assaggi."

300

La sua pelle chiara brillava sotto la luce soffusa. Era un contrasto di panna e perla contro le lenzuola verde scuro, i capezzoli che si indurivano mentre li guardavo. Il suo uccello luccicava, la fessura già umida per il bisogno. Ero combattuto tra lo spalmare il suo seme sul glande per vederlo contorcersi o leccarlo via per avere il suo sapore in bocca mentre baciavo tutto il suo corpo.

Lo leccai.

E fu come un'esplosione di stelle sulla lingua.

Non volevo deglutire. Mai più. Ma lo feci, sapendo che ce ne sarebbe stato ancora. Se fosse dipeso da me, sarei morto con il sapore di Jae in bocca. Era spaventoso, quanto in fretta mi stessi innamorando... quanto velocemente mi fossi innamorato.

Cazzo, dopo quella sbandata mi sarei fatto male. E fanculo tutto, non mi importava.

Iniziai dalle cosce, agganciandogli i pollici sotto le ginocchia in modo da divaricargli le gambe. Lui resistette per un attimo ma mi lasciò fare, con il viso che per la timidezza diventava rosa quasi quanto le sue labbra. A volte non riusciva a guardarmi mentre facevo l'amore con lui, e c'erano momenti in cui era audace e aperto. Quella notte distolse lo sguardo chiudendo gli occhi, con le ciglia che gli ombreggiavano gli zigomi.

Conoscevo quel lato di Jae. Vulnerabile, timoroso di prestare fiducia, e tremante sotto la mia bocca ingorda e le mie dita. Accarezzandogli le cosce mentre le separavo, diedi dei baci leggeri alla pelle tenera sopra le ginocchia. Si contorse e io lo mordicchiai, ringhiando piano per farlo stare fermo.

Poi lui fece una risatina.

Era decisamente una risatina. Non un ridacchiare virile o una risata di gran cuore. No, era un ribollire di risatine che interruppe mordendosi il labbro e guardandomi con un sorrisetto represso a malapena. Le pagliuzze d'oro nei suoi occhi brillavano, e lui lasciò ricadere la testa sui cuscini tremando per l'ilarità.

Passargli la lingua sulle palle lo fece smettere in fretta.

"Sì, ridi finché puoi, ragazzo scimmia." Giocai con i testicoli, spostandone uno di lato con la punta della lingua. Tenni le mani sulle sue cosce, per fermare i suoi tremori con una presa decisa. Lo stuzzicai senza mai toccare il suo uccello, finché non strisciai sopra di lui, poi passai solo le dita lungo la sua asta, prima di afferrarlo per i fianchi. Mordicchiando la pelle attorno all'ombelico mormorai: "Stai fermo, accidenti."

La pelle ruvida e liscia del corpo di un uomo era una cosa erotica. Adoravo il profumo inebriante della sua pelle, e il solletico dei suoi peli radi sulle mani e la bocca. I capezzoli color prugna che si indurivano sotto le mie dita erano una delizia. Lo stomaco sobbalzava a ogni bacio che lasciavo sulle sue costole, e l'incavo scuro del suo ombelico era bellissimo, un leggero avvallamento con un bordo di pelle che implorava di essere mordicchiata.

Era anche abbastanza sensibile per cui la mia bocca sull'ombelico lo fece contorcere, e ancora di più quando lo presi in mano e strinsi leggermente. Lo mordicchiai, prendendomi del tempo per godermi il suo sapore, accarezzandolo lentamente. Le sue mani vagarono sulle mie spalle e io morsi forte, adorando la sensazione delle sue dita che mi affondavano nelle braccia.

"*Agi...*" gemette, strascicando la parola fino a trasformarla in un ringhio gutturale misto a fusa. Si tormentava il labbro inferiore con i denti e aveva le ginocchia allargate, i fianchi che si alzavano per incontrare il movimento delle mie dita sulla sua asta. "*Adesso.*"

Alcuni uomini godono nel provocare i loro amanti allungando i preliminari fino a un tormento sensuale. È un modo di fare le cose. Jae, comunque, era abbastanza adulto da sapere quando mi voleva a fondo dentro di sé. Dato che preparava la maggior parte dei miei pasti e aveva dei denti aguzzi con cui gli piaceva mordere, di solito cedevo.

Inoltre avrei dovuto essere pazzo per non volermi seppellire dentro al mio amante. Quando ero dentro di lui, con le braccia avvolte al suo corpo, il mondo si restringeva a un posto in cui esistevamo solo noi due. Potevo ammettere di essere stupido, ma solo fino a un certo punto, e tormentare Jae quando avrei potuto invece fare l'amore con lui era un confine che non intendevo attraversare.

"Girati," dissi, sollevandomi per baciargli i capezzoli. "Reggiti alla testiera."

Strisciò sulle lenzuola, mettendosi in ginocchio e allungando le braccia per afferrare la cima della testiera di legno. I suoi movimenti erano misurati, aggraziati ed essenziali. Avevo già una mano sul cassetto del comodino, ma vedere Jae aperto e in attesa mi fece fermare. Ero già così duro che quando il mio uccello sfiorò le lenzuola, ne fu dolorosamente consapevole. Non avevo bisogno di vedere il mio amante che abbandonava il capo, i suoi capelli che piovevano in avanti, o la punta della sua lingua rosea che passava sul labbro inferiore.

"Chiudi il becco," dissi al mio cazzo. "Stiamo per arrivarci."

Scivolando su di lui, mi godetti la sensazione della sua schiena sul petto e sullo stomaco. Sentire il suo peso contro l'inguine mi faceva cantare il sangue. Quando inclinò la testa, mi piegai in avanti, catturando la sua bocca in un bacio feroce. Sapeva di bibita agli agrumi e di chiodi di garofano, un ricordo fragrante della Djarum Black che aveva fumato mentre aspettava che io prendessi la pizza attraverso il finestrino delle consegne.

"Amo la tua bocca, cazzo." Non mi stancavo mai del suo sapore. Anche quando avevo la sua lingua contro la mia, volevo di più.

"Potresti amare la mia bocca di più," mi stuzzicò, tirandomi il labbro inferiore con un morso giocoso. "Oppure potresti fare l'amore con me con la tua."

Gli baciai il collo, poi gli passai i denti sulla spalla e morsi abbastanza da avere la sua pelle sulla lingua. Deglutii per goderne il sapore e mi occupai della carne nel mio pugno. Ci sarebbe stato un livido, un leggero marchio violaceo che lui avrebbe tenuto nascosto sotto la maglietta, ma a me piaceva sapere che se ne andava in giro con il segno dei miei denti.

"Ti piace così?" gli chiesi quando gemette di piacere. "Io so che a me piace. Adoro averti in bocca."

Lo morsi di nuovo, più forte, in modo che lo sentisse per giorni. Piegai le dita e le premetti nel solco tra le natiche. La pelle cedette al mio tocco e io stuzzicai Jae, facendo dei lenti circoli sulla sua apertura per farlo impazzire.

Doveva aver funzionato, perché afferrò la testiera abbastanza forte da farsi sbiancare le nocche e imprecò contro di me in un misto di inglese, coreano e quello che sospettavo essere filippino.

Inarcando la schiena, sfregò il sedere contro la mia mano, poi spinse fino a intrappolarla tra di noi. "*Agi*, adesso. *Per favore.*"

Frugai alla cieca per trovare il flacone del lubrificante che avevo perso da qualche parte tra le lenzuola. Ovviamente trovai prima il preservativo. Lo misi da parte per non perderlo, poi ci ripensai.

Si trattava di aprirlo con i denti e mettermelo addosso con una mano sola, ma ero un esperto. Il pacchetto di stagnola volò di lato e il lattice fu sul mio uccello prima che potessi fare più che qualche respiro. Avevo rinunciato a cercare il lubrificante mentre infilavo il preservativo, passando la mano libera sulle spalle e la schiena di Jae per tenerlo pronto e voglioso. Si contorse leggermente quando lo sfiorai con la punta delle dita, allontanando i fianchi da me mentre le passavo sulla sua spina dorsale.

"Ci metti troppo." Le sue parole erano arrotondate dall'eccitazione, che gli faceva allungare le vocali e biascicare le ultime lettere. Adoravo eccitarlo così tanto che il suo inglese ne soffriva. *"Aish..."*

Il flacone era quasi sotto il suo ginocchio, leggermente affondato nella schiuma del materasso. Feci spostare Jae e recuperai la bottiglietta, baciandogli la base della schiena per scusarmi per il ritardo. Quando finalmente la aprii e si sentì lo scatto del coperchio, lui fece un verso impaziente. Il lubrificante mi si riversò sulla mano e io lo sparsi in abbondanza per aprirmi la strada. Jae si spostò di nuovo, piegando leggermente le ginocchia e cambiando angolazione in modo da aprirsi di più ed essere pronto per me. Quando mi ringhiò di sbrigarmi gli morsi la natica destra.

"Non voglio farti male." Poi leccai quel punto. Scorsi tutta la lunghezza del suo corpo, fino alle mani aggrappate al legno. "Beh, non in quel modo."

Sentire il suo corpo che resisteva al mio era la più squisita delle torture. La sua apertura mi combatteva come lui mi combatteva quasi in ogni momento della giornata. Poi all'improvviso la via fu aperta, e io mi immersi nelle sue calde profondità. Mi sforzai di andare piano, godendo di ciascuno dei sibili di piacere e dei gemiti soffocati che gli sfuggivano dalle labbra socchiuse. Aveva lasciato di nuovo ricadere la testa, quindi tutto quello che vedevo erano i capelli e la curva del collo, le spalle tese e i muscoli contratti mentre andavo più a fondo.

Lo coprii con il mio corpo, in preda al bisogno di sentirlo tutto contro di me. Sotto di me il suo sedere si contraeva, prendendomi sempre di più a ogni spinta. Ci volle un bel minuto di agonia prima che le mie cosce toccassero il retro delle sue gambe, era così stretto che mi si seccò la bocca e le mie palle risalirono fino ad appoggiarsi nella curva sotto il mio uccello.

I suoi mormorii non avevano più quel tono divertito, bruciato via dal bisogno che ribolliva dentro di lui. Curvò le spalle e ci incontrammo quando spinse all'indietro, guidando la mia lunghezza fino al suo centro. Lottai per trovare un appiglio, prima sui suoi fianchi, affondando le dita nei muscoli snelli, e poi allungandomi finché le mie mani non coprirono le sue e le nostre dita si intrecciarono sulla testiera.

"Ti voglio," sibilò Jae. Piegò la testa all'indietro voltando un po' il viso, con la guancia contro la mia. La sua pelle umida di un velo di sudore scivolava sulla mia, e il punto in cui ci toccavamo si scaldò per l'attrito. Il suo respiro era caldo contro il mio collo, riempiva la curva della mia gola. Ogni ansito era come il fantasma di un bacio sulla mia pelle, tra la mandibola e la clavicola. "Di più, *agi*. Di più."

Disse anche altre cose, ma il suo inglese aveva ceduto a un coreano urgente e gutturale. Non avevo bisogno di capire le parole. Sapevo cosa voleva. Aveva bisogno di sentire che lo allargavo, il suo corpo teso per accogliere la mia circonferenza. Affondai oltre, fin nelle profondità in cui sapevo si annidava il suo piacere. Alzai la testa e raddrizzai le spalle e spinsi forte, cercando il punto che lo avrebbe mandato in fiamme.

Lo trovai, e con un lungo colpo rovente lo trovai di nuovo. Il suono che fece Jae solleticò ogni nervo del mio corpo. Era un'implorazione bassa e sensuale che mi arrivava dentro con il suo prepotente bisogno. Adoravo quel suono. Volevo farglielo fare ancora.

Jae, molto premurosamente e senza che dovessi chiedere, mi accontentò.

In risposta al mio ritmo anche il suo cambiò, e le sue mani strinsero le mie. E lo stesso fece la presa sul mio uccello. Era come essere stretto nel velluto, e presto ci muovemmo insieme, trovando un ritmo. Il suono dell'incontro dei nostri corpi riempiva la stanza, un ritmo sottolineato dai gemiti leggeri di Jae e dagli scricchiolii del telaio.

Una goccia di sudore cadde dalla mia fronte tra le sue scapole. Abbassai la testa per leccarla, assaporando il gusto salato dei nostri corpi. I piccoli brividi che lo scuotevano mi dissero che Jae era vicino, e la sfilza di coreano arroventato e martellante che ansimò mi assicurò che era pronto per il mio tocco.

Quando liberai una mano dalla testiera sibilò e mi afferrò l'altra più forte, costringendomi a stare disteso sulla sua spina dorsale. Ondeggiando sotto di me mi incitò a muovermi più in fretta… più a fondo… a fare qualsiasi cosa per alleviare la tensione che cresceva dentro di lui. Mi stringeva le dita così forte che mi facevano male ma mi rifiutai di liberarle, perché volevo sentire quel tocco quando lo avrei portato oltre il limite.

La sua punta era umida del suo bisogno e mi dedicai a coprirla con il palmo, poi chiusi le dita sulla sua asta e rallentai, in modo da stimolare la sua erezione con ogni spinta dei fianchi. Le sue grida si fecero più roche, e grugnì quando i miei polpastrelli trovarono la vena gonfia sul lato inferiore. Pulsò nella mia mano mentre il suo cuore pompava il sangue nel suo corpo eccitato. Agganciai il pollice sulla fessura del suo glande, accelerando i colpi.

"Su, piccolo," sussurrai, rauco. "Arrenditi per me."

Lo sentii andare oltre il limite e lo seguii più da vicino che potevo.

Il mondo scivolò via e mi lasciò a galleggiare, conscio solo dell'uomo che mi teneva dentro di sé. Il suo uccello si contrasse nella mia mano, bagnandomi le dita con il suo seme. Inspirai il suo odore pungente che riempiva la stanza, fondendosi con quello muschiato del sudore, e con il profumo agrumato del sapone che usavamo entrambi. Jae si contrasse attorno a me e mormorò sottovoce qualcosa che aveva un suono dolce... qualcosa che non capii ma che mi colpì come un pugno nello stomaco, per la passione e il fervore che ci aveva messo.

Mi riversai dentro di lui, ansimando nel sentire attorno a me il mio stesso calore. Chiusi gli occhi e cavalcai l'onda che mi attraversava. I miei fianchi si inarcarono di nuovo, spinti dalla necessità e dall'istinto più che dalla volontà. Sotto di me Jae rabbrividì e il suo membro sussultò di nuovo, riempiendomi il palmo.

Lasciai andare il suo sesso e gli misi le braccia attorno al petto, poi lo strinsi a me, con le palle ancora contratte in mezzo alle cosce. Jae si mosse fino a fermarsi, spremendo le ultime gocce di piacere dal mio corpo. Continuai ad andare incontro alle sue spinte ansimando, riportandoci lentamente entrambi giù dalle nuvole.

Il suono del legno che si incrinava fu l'unico avvertimento, poi la testiera ci sfuggì dalle mani. Con un sobbalzo fui costretto ad uscire dal corpo di Jae e lo spinsi sotto di me per tenerlo al sicuro. Il letto barcollò in avanti, poi si inclinò violentemente da un lato. Un altro scricchiolio sovrastò il nostro ansimare e il telaio cedette, spedendo il materasso e la rete sul pavimento.

La scossa del letto che crollava ci colse di sorpresa, e Jae si aggrappò al mio braccio per quella breve cavalcata selvaggia. Da sotto la rete scapparono dei gatti di polvere, fuggendo al massacro. Io inalai un granello, o anche cinque, e tossii scuotendo Jae con ogni convulsione. Sdraiato sul fianco, recuperai il fiato e osservai i danni.

"Penso che abbiamo rotto il letto," dichiarai in tono serio. Il resto della struttura scelse quel momento per cedere alla gravità, e la testiera si schiantò a terra. La pediera, rassegnandosi alla distruzione, cadde con grazia sul tappeto con un leggero tonfo. "Sì, adesso ne sono piuttosto sicuro."

"Dovrai comprarne uno nuovo," disse Jae da dentro il mio abbraccio. Il suo respiro era ancora ansimante, in lento ritorno verso la normalità, e aveva i capelli umidi e appiccicati alla fronte e alle guance. "Penso che dovremo anche cambiare le lenzuola. Forse anche le federe."

Mi spostai, e l'umidità delle lenzuola confermò la sua valutazione. Restai sdraiato tenendolo fra le braccia con un mormorio di assenso, tossendo di nuovo per liberarmi la gola.

"Potremmo lasciarlo sul pavimento e basta," suggerì Jae, poi notò la mia espressione. "No, eh?"

"No. Poi dove li perderei i calzini?" I nostri cuori stavano finalmente rallentando, e sorrisi nel sentire che andavano allo stesso ritmo. Non volevo lasciarlo andare. Soprattutto non dopo averlo avuto aperto sotto di me. Lo baciai sulla fronte e sospirai. "Hai fame?"

"Sì, ma il cibo può aspettare," disse facendo le fusa e spingendomi via. Io annaspai e afferrai l'orlo del materasso. Eravamo appiccicosi e sudati, ma Jae si liberò da me con aggraziata facilità. Il mio uccello protestò un po' nel lasciare la sua prigione di lattice, ma cominciò a riprendersi quando lui ne leccò la punta ipersensibile.

"Beh…" Avevo intenzione di fare l'indifferente, ma il mio uccello aveva altre idee e si indurì quando le labbra di Jae gli diedero un bacio leggero. "Visto che abbiamo già rotto il letto…"

Allargando le mani sul mio petto deturpato dalle cicatrici, Jae fece un sorrisetto e aggiunse: "Vediamo se riusciamo a rompere anche il pavimento."

CAPITOLO 10

IL LUNEDÌ velò la città in una fredda nebbia mattutina, nascondendo il quartiere in una foschia opaca. L'aria minacciava pioggia e dalle strade saliva puzza di acqua pesante e asfalto. Lanciai a Jae una delle mie giacche di pelle prima che arrivasse alla porta. La prese al volo e inarcò un sopracciglio.

"Non sono un bambino," disse ributtandomi la giacca da motociclista.

"Fa freddo," replicai, aprendo la porta quel che bastava per far entrare uno sbuffo di vento. "E inoltre mi piace sapere che sei in giro con addosso qualcosa di mio."

Questo mi fruttò un'occhiata scettica e uno sbuffo derisorio. Certa gente riceve un bacio di arrivederci dai suoi amanti, prima di andare al lavoro. A me toccano il disprezzo e, se sono fortunato, una palla di pelo bagnata in una scarpa.

"Accontentami." Tenni sollevata la giacca e, dopo un attimo, Jae infilò le braccia nelle maniche. Anche se aveva le spalle larghe, io ero comunque più grosso di lui, per cui la giacca di pelle nera gli stava larga. Sembrava più giovane, un delizioso studio in nero, avorio e luminosi occhi castani. Lo baciai, portando più colore sulle sue labbra, e gli sistemai il colletto.

"Sei uno sciocco." Si allungò a prendere la custodia della macchina fotografica dal tavolino dell'ingresso. "Devo andare. Voglio questa luce."

Avevamo passato la domenica a comprare un letto e poi a testarlo, per poi ammettere la sconfitta e restare a letto tutto il giorno con del cibo tailandese. Dopo lo stress della morte di Helena e dopo essere rimasto al chiuso per ore, Jae era pronto ad aggirarsi dentro a degli edifici abbandonati con la sola compagnia della macchina fotografica. Dopo aver controllato un'altra volta la custodia, staccò le sue chiavi dal gancio e salutò la gatta, che stava oziando sul pianerottolo. Lo seguii fuori chiudendo la porta dietro di me, e passai qualche momento ad ammirargli il culo mentre caricava la sua attrezzatura sull'Explorer.

"Cole-ah, riguardo a stasera." Si interruppe e mi afferrò la maglietta per tirarmi più vicino. "Da tuo fratello…"

"Gli dirò che non puoi venire," dissi, liberandolo dall'impiccio. "Hai avuto un fine settimana di merda."

"No." Scosse la testa. "Di' a Mike che ci sarò. Voglio venire a cena."

"Piccolo, l'ultima cosa di cui hai bisogno nella tua vita è mio padre," replicai. "Sul serio, andrà davvero di merda, lui sarà una merda. Cazzo, non posso nemmeno promettere che non si comporterà di merda con *te*."

Mi guardò con quell'espressione strana che aveva a volte. Era uno sguardo che mi faceva dubitare della mia età, perché era come guardare nell'anima di una pietra.

"Non ci vengo per lui," mormorò tirando la mia maglietta. "Ci vengo perché tu vuoi che lo faccia. Ci vengo perché tu hai bisogno di me. Se stai per affrontare tuo padre, io dovrei essere con te. È solo giusto. Chiama Mike. Digli che vengo."

Il bacio che mi diede mi garantì che non avrei avuto bisogno di aggiungere zucchero nel caffè; restai lì, annebbiato e con un po' di vertigine, mentre lui saliva nel SUV e faceva marcia indietro sul vialetto. Mi salutò con la mano e poi sparì nella nebbia, con le luci posteriori che svanivano in una lenta dissolvenza rossa.

Era presto, troppo presto perché Claudia fosse in ufficio, così passai qualche minuto a preparare il caffè e a controllare il termostato. Il breve tragitto dall'ingresso all'ufficio mi aveva gelato fino alle ossa, e le cicatrici che avevo sulla pancia erano contratte e doloranti. Aspettai che la macchinetta del caffè sputasse fuori il suo amore per me, poi mi riempii una tazza da portare alla scrivania.

Mandai a Mike un breve sms dicendogli che Jae sarebbe stato presente alla cena di Maddy, e accantonai i miei dubbi sul fatto di portarlo con me nella fossa dei leoni. Io non pregavo. La mia connessione con Dio aveva soprattutto a che fare con il ringraziarlo per avermi fatto trovare una birra fredda in frigo o un parcheggio libero vicino a casa sotto Natale, per cui non eravamo in rapporti esattamente formali. Gli inviai comunque un sentito *Amico, non lasciare che mio padre incasini tutto*, e mi misi al lavoro.

Con le foto di famiglia di Dae-Hoon sparpagliate sulla scrivania, confrontai i ritratti di un coreano sorridente con i suoi bambini con le immagini lascive che aveva scattato a degli uomini gay che facevano sesso. Jae e io avevamo discusso se dare a Scarlet quelle di Seong, e alla fine avevamo deciso di seppellirle più a fondo che potevamo. Il ragazzo nella foto pareva una versione più giovane di Scarlet, e nonostante Jae avesse assicurato di poter gestire quello che avrebbe visto, nel guardare la sua amata *nuna* impegnata in sfocati rapporti sessuali con il suo amante era diventato rosa in faccia.

Pure io, anche senza conoscere gli uomini nelle foto, mi sentivo sporco a guardarle. Stavo osservando i peggiori timori e i segreti più oscuri di qualcuno. Anche dopo tutti quegli anni, gli uomini in quelle foto probabilmente vivevano delle esistenze divise, saltando da un attimo nell'ombra all'altro per grattare via un prurito che dentro di sé odiavano.

Allungai la mano verso la palla da baseball che tenevo sulla scrivania. Non aveva niente di speciale; non era firmata, era insignificante. Per qualche strano motivo Rick adorava il baseball. E soprattutto adorava i Dodgers. Non era nemmeno di Los Angeles, né di Brooklyn, volendo andare più indietro nella storia della squadra, ma fin da quando era un ragazzino che viveva a Chissàdove Incapoalmondo, aveva sempre adorato i Dodgers.

Non sapeva niente sui giocatori, e a volte si sbagliava sulle regole, ma adorava quella cazzo di squadra.

Avevo tirato fuori una bella somma, soldi sudati a quel tempo, per i biglietti di terza base. Per un colpo di fortuna una palla gli era finita dritta in mano. I sui occhi verdi si erano spalancati, abbinandosi perfettamente alla bocca, e aveva tenuto alta la palla perché la guardassi. Poi si era lamentato che gli facevano male le mani per il colpo della palla sui palmi.

Era una delle poche cose che avevo della mia vita con lui. La sua famiglia di conservatori aveva ripulito casa nostra di qualsiasi cosa ricordasse Rick anche lontanamente, incluso il suo cane che sembrava un mocio. Ma anche dopo tutto questo, potevo dire che avevamo vissuto la nostra vita allo scoperto. Qualcosa che né Dae-Hoon né gli uomini vittima dei suoi ricatti avevano potuto fare.

Sentivo ancora la sua mancanza. Una parte di me l'avrebbe sempre sentita. Compravo ancora il dolcificante quando andavo al negozio di alimentari, senza farci caso, anche se non lo usava nessuno. Avevo già messo via quattro scatole di quella roba prima di tornare finalmente in me e buttarla via. Non mi ero ancora liberato dell'abitudine di comprare il burro di arachidi cremoso, perché Rick odiava quello con i pezzetti di arachide, e controllavo ancora i prezzi dei biglietti aerei per Bora Bora per una vacanza in un posto che non avevo mai voluto visitare, ma in cui lui sognava di andare.

"Decisamente non è finita come volevamo, ma siamo stati bene, vero?" dissi alla palla da baseball che tenevo in mano. "Con Jae ho dovuto fare dei compromessi. È diverso rispetto a stare con te. Non... voi due siete diversi. Dovunque accidenti tu sia, tesoro, spero davvero che sia un posto in cui sei felice."

Claudia entrò mentre stavo lavorando alla mia seconda tazza di caffè e una pila di rendiconti finanziari di Dae-Hoon. Era un caos di numeri, e avevo voglia di buttarlo dalla finestra. Ero sicuro che la mia aria disgustata fosse comica, ma mai come la sua faccia quando mi vide seduto alla scrivania.

"Hai l'aria di essere stato impegnato questo fine settimana. Quello appoggiato al cassonetto là fuori è il tuo letto?" Quel mattino era vestita in stile casalinga anni '50, con un abito chartreuse con grandi bottoni bianchi sul seno. Se si fosse trattato di chiunque altro avrei detto che era vintage, un colpo di fortuna, ma trattandosi di lei doveva averlo comprato nuovo da Kress, oppure se lo era cucito da sola mentre combatteva degli alligatori zombie con un coltello da burro.

"Quel colore ti dona," dissi invece, e lei sorrise per il complimento. "E sì, è il mio letto. Abbiamo avuto... un incidente."

"L'ultima volta che ho avuto quel tipo di incidente," commentò mentre si versava una tazza di caffè, "sono rimasta incinta di Malcolm."

"Beh, per quanto io possa provarci non penso che riuscirò a mettere incinto Jae." Quando lei alzò gli occhi al cielo le diedi un'occhiatina maliziosa. "Non che io non sia disposto a provarci."

"A quest'ora del mattino sei tremendo." Si sedette alla scrivania, accese il computer e si portò la tazza alle labbra rosse. "Perché sei già qui? Hai litigato con il tuo ragazzo?"

"No, Jae era irrequieto. È stato un fine settimana duro." Le raccontai della sparatoria alla cena di prova, poi della scoperta dell'impero del ricatto di Dae-Hoon. "Così si è svegliato con la voglia di scattare foto a dei vecchi edifici. Era felice della nebbia. Qualcosa che c'entrava con la luce."

"Quel povero ragazzo." Schioccò la lingua. "Non Jae. Beh, povero Jae per esserci stato, ma quel ragazzo, David."

"Sì, sembrava distrutto. Sarà dura per un po'. Gli ci vorrà del tempo per stare meglio." Lei mi guardò in tralice e io inarcai le sopracciglia. "Che c'è?"

"È bello vedere che sei di umore migliore," rispose da sopra la tazza. "Dico solo che Jae ti ha fatto bene. La prima volta che ti ho visto ho pensato stessi aspettando che la morte venisse a prenderti."

"E hai comunque deciso di venire a lavorare per me," replicai in tono secco.

311

"Tu pagavi e io mi stavo annoiando," puntualizzò lei. "Adesso stai meglio. Ti svegli perfino prima di mezzogiorno, e sei qui in ufficio, e con il caffè già pronto prima che arrivi io."

"Non ti ci abituare troppo," la avvertii. "Sono pigro, mi piace dormire fino a tardi."

"Non ho mai negato che tu fossi pigro," fu la sua frecciatina soddisfatta. "Ma sei più vivo quando sei sveglio."

Il cellulare che trillava reclamando la mia attenzione mi risparmiò l'impresa umiliante di tirare fuori una risposta adatta. Sullo schermo c'era il numero di Scarlet, e io fui preso dal panico. Se c'era qualcuno che odiava alzarsi prima di mezzogiorno era la *nuna* di Jae. Che mi chiamasse quando l'ora era ancora a una sola cifra avrebbe fatto crepare un sasso per la preoccupazione.

"Buongiorno, Scarlet," la salutai. "Che ci fai in piedi così presto? O non sei ancora andata a letto?"

"Non è *nuna*." La voce di Jae mi colpì più duro di quanto mi fossi aspettato. Dovevo aver fatto un qualche rumore, di shock o di panico, perché mi interruppe in fretta prima che potessi dire qualcosa. "Sta bene. Sto chiamando dal suo telefono solo perché ho scordato di ricaricare il mio. È morto subito dopo che sono arrivato qui."

"Cosa c'è che non va?" Deglutii il groppo che avevo in gola e feci segno di no con la mano a Claudia, che mi stava offrendo dell'altro caffè. Si acciglò sentendomi parlare, bloccata tra le due scrivanie con il bricco fumante in mano. "*Tu* stai bene? Dove sei?"

"Sto bene," disse Jae. Vicino a lui si sentì l'eco di un altoparlante, che crepitò lungo la linea telefonica. "Sono al Cedars."

"Che cosa ci fai lì?" Mi interruppi per respirare. Probabilmente avrebbe detto più cose se io stavo zitto e ascoltavo.

"Aspetta, sono all'esterno." Le voci attorno a lui si abbassarono, e riuscii a sentire un profondo sospiro. "Shin-Cho è andato…. in cerca di compagnia, la notte scorsa."

"Qualcuno gli ha messo le mani addosso?" Era ancora pericoloso per i gay soli andare in giro di notte. Tutto quello che ci voleva erano uno o due stronzi che gridavano oscenità, e i poliziotti avrebbero dovuto raccogliere i pezzi di uno sfortunato che era solo uscito per spassarsela un po'.

"Sì, più o meno. Gli hanno sparato," mormorò Jae. "A cosa stava pensando? Helena *è morta* il giorno prima, e lui prende e fa una cosa simile."

312

"Ognuno cerca sollievo allo stress in maniera diversa, piccolo," gli ricordai. "Abbiamo fatto più o meno la stessa cosa anche noi."

"Noi non siamo andati a cercarlo in un bar." Era un ragazzo di strada, più di quanto mi piacesse ammettere. Non aveva pazienza con chi si metteva da solo in situazioni rischiose che non era in grado di gestire.

Ovviamente di solito lui mi metteva proprio nella categoria niente-abilità-di-strada e situazioni-stupide, ma poiché si parlava di Shin-Cho non avevo intenzione di discutere.

"Cosa gli è successo? Come sta?" Avevo un nodo allo stomaco. "Sta bene?"

"È ancora in chirurgia." La sua voce pareva intrisa di fumo di sigaretta. "Da quel che hanno detto i poliziotti, lui e un altro tizio erano dietro al bar e qualcuno gli ha sparato. Nessuno sa se da un'auto o a piedi. Uno di quelli che lavorano lì li ha trovati quando è andato a buttare la spazzatura."

"Cazzo. Come sta l'altro?" Cercai di non pensare alla notte in cui Ben ci aveva sparato, ma mi stava strisciando addosso. L'odore del sangue mi si aggrappava ai ricordi, rosicchiando via quel po' di vita che mi ero costruito da allora.

"Era già morto quando sono arrivati i poliziotti. Penso che *hyung* stia andando a vedere se può aiutare la sua famiglia." La voce di Jae si appesantì di rabbia. "Perché Shin-Cho ha fatto qualcosa di così stupido?"

"Perché…" Come potevo spiegare la disperazione e il senso di vuoto a qualcuno che era stato disposto a passare la vita da solo piuttosto che venire ostracizzato dalla sua famiglia? A Jae piaceva il sesso. Sembrava piacergli farlo con me, ma dovevamo ancora trovare un equilibrio tra il nostro tempo insieme e quell'indipendenza selvatica di cui aveva bisogno. "Perché a volte, quando sei ferito, non vuoi restare da solo. Anche se è qualcosa di stupido come un pompino in un vicolo. È comunque qualcosa."

"Avrebbe potuto farselo fare al Dorthi Ki Seu," brontolò Jae.

"Sicuro, rimorchiare qualcuno che dovrà pagare, e nel posto in cui lavora *nuna*," obiettai. A volte i ragionamenti di Jae seguivano un loro binario e non riuscivo a capire dove stessero andando.

"Nessuno avrebbe detto niente," mi rimbeccò lui. "È un posto privato, e adesso non gli starebbero estraendo dei proiettili. E l'altro tizio sarebbe ancora vivo."

"Quando è successo?" chiesi cambiando argomento. "È un po' tardi per rimorchiare."

313

"Stamattina. Presto," rispose lui. "Tipo alle tre? Non lo so. A che ora chiudono i bar normali? Non so nemmeno dov'era."

"Cosa hai bisogno che faccia? *Nuna* ha bisogno di qualcosa?"

"È sconvolta. Anche *hyung* è qui." Vicino a lui si avviò una sirena, e Jae aspettò che si allontanasse prima di continuare. "E la madre di Shin-Cho. È arrivata appena *hyung* l'ha chiamata."

"Come se la sta cavando lui? David," precisai. "Prima Helena, e adesso suo fratello."

"È per questo che ti ho chiamato. Vuole parlarti. Credo che Shin-Cho gli abbia detto di loro padre. Puoi venire?"

"Adesso? Sicuro."

"David vuole *davvero* parlarti." Potevo immaginarlo stringersi nelle spalle, con quell'aria da la-gente-è-matta. "Penso che abbia bisogno di poter… controllare qualcosa? In questo momento va tutto male, per cui ha bisogno di fare qualcosa. Forse vuole dirti di smettere di cercare Dae-Hoon."

"Non posso farlo," risposi. "Sono Scarlet e Shin-Cho che mi hanno assunto."

"Allora non so," ammise Jae. "tutto quello che so è che sta camminando avanti e indietro. *Nuna* è sconvolta perché Shin-Cho è uscito e si è fatto sparare, e *hyung* è di cattivo umore perché sua sorella è… beh, è difficile stare nei loro paraggi."

"E tu sei fuori a fumare," aggiunsi io.

"Sì, era quello oppure bere un caffè," brontolò. "Hanno un caffè di merda. E il tè è nero o una pessima tisana."

"Vuoi che mi fermi da Starbucks?"

"Magari fermati in un negozio di liquori, invece." Tirò un'altra boccata, abbastanza forte perché la sentissi al telefono. "Potrei essere pronto a provare di nuovo a fare l'irlandese."

NON C'ERA bisogno di dire che odiavo gli ospedali. Premesso questo, mi servì qualche momento prima di oltrepassare quelle porte di vetro. Era in momenti come quello che avrei voluto fumare. Se fossi stato furbo avrei seguito il consiglio di Jae e mi sarei fermato a prendere del whiskey.

Eppure mi sorprese trovare Scarlet appostata nella zona fumatori, con l'espressione di chi si sente accerchiato e un paio di scarpe nere tacco quindici che la maggior parte delle donne non avrebbe messo senza nemmeno pensarci. Anche nella brillante luce del giorno e con addosso una camicia da uomo e dei pantaloni capri neri, aveva comunque l'aria da cantante di night club. I lunghi capelli neri erano raccolti, con solo qualche ciocca lungo il viso, e il suo rossetto rosso sangue aveva lasciato sul filtro della sigaretta una promessa che un sacco di uomini di passaggio sarebbero stati più che felici di accettare.

"Sarebbero sorpresi di quel che potrebbero trovare, no?" ringhiò sottovoce quando mi avvicinai. Tirò un'ultima boccata dalla sigaretta e la spense in un contenitore pieno di sabbia. "Pensi che mi guarderebbero ancora se sapessero che cosa ho fra le gambe?"

Aveva un'espressione orribile, contratta e amara, che si era messa in faccia per trattenere le lacrime negli occhi arrossati. Non avevo un fazzoletto da tirare fuori elegantemente e da offrire, così feci del mio meglio. La abbracciai e me la strinsi al petto.

"Perché?" Mi afferrò la camicia, probabilmente più per impedirsi di colpirmi che per cercare sostegno. Non avevo risposte, soprattutto perché in realtà non sapevo cosa stesse chiedendo. "Mi odiano. Non mi conoscono nemmeno, e mi odiano."

"La sorella di Seong?" ipotizzai, e lei annuì, soffiandosi il naso in un pezzetto di tessuto che aveva tenuto nascosto addosso da qualche parte. Non riuscivo a immaginare dove. I capri pareva le fossero stati verniciati addosso e poi lasciati asciugare. Probabilmente la camicia. "Che si fotta. Tesoro, sei talmente una donna che quando ti tengo stretta mi passa la voglia."

Era bello sentire la sua risata, soprattutto quando le spazzava via le lacrime dagli occhi. Come ringraziamento ottenni un forte abbraccio e una pacca sul culo. Tutto sommato era uno scambio equo.

"Sei un bravo ragazzo," disse mettendomi un braccio attorno alla vita. "Il tuo Jae è fortunato ad averti."

"Sì, vediamo se lo dirà quando avrà scoperto che non ho portato del whiskey." La usai come sostegno per attraversare la porta. Avevo lo stomaco talmente attorcigliato che minacciava di rigettare il caffè sul marmo dell'ingresso.

"Ti perdonerà," mi promise. "Tu lo rendi felice. A volte me ne scordo. È tutto quello di cui un uomo ha bisogno."

L'uomo felice in questione mi aspettava in una stanza piena di coreani. C'era una divisione evidente tra i gruppi. Un lato della stanza conteneva soprattutto gli onnipresenti tizi in completo nero della sicurezza e l'amante di Scarlet, Seong. C'era anche Kwon, in agguato accanto a una donna più anziana dall'aria fragile, la cui espressione si inacidì quando vide Scarlet che entrava con me. Dietro di lei un uomo che potevo solo supporre fosse il patrigno di Shin-Cho le si avvicinò e le mise una mano sulla spalla.

Se Seong era coinvolto nella sparizione di Dae-Hoon, ero disposto a perdonarlo, perché si alzò in piedi e porse la mano a Scarlet. Lei la prese e lui la attirò in un abbraccio appassionato.

Jae uscì dalla nuvola di completi neri, con gli occhi stretti per la rabbia. Era troppo controllato e distante perché mi permettesse di abbracciarlo, al contrario della sua impetuosa *nuna*, ma il desiderio c'era. Le nostre dita si sfiorarono quando mi porse una tazza della brodaglia che prima aveva denigrato, e io prolungai il tocco. Non feci esattamente un sorriso quando le sue guance diventarono rosee.

Non esattamente un sorriso. Ma ci andai vicino.

"Shin-Cho è uscito dalla sala operatoria," mormorò. "Starà bene. I medici stanno aspettando che si stabilizzi prima di permettere a chiunque di fargli visita."

"A vedere queste facce," gli sussurrai all'orecchio, "spero che ci voglia parecchio tempo."

Vidi David seduto da una parte, lontano dalla mischia, ma quei tentacoli velenosi gli si avvolgevano attorno. Aveva l'aria sfinita. Era l'unica parola che potevo usare. A quanto pareva non aveva dormito fin dalla cena di prova, e sapendo come si sentiva pensai che avrebbe ucciso per un momento di tranquillità.

David alzò lo sguardo quando mi avvicinai, e vedendo che ero io, dalla sua espressione sparì la diffidenza. Il giovane posato e felice che avevo visto era scomparso, rimpiazzato da un uomo distrutto dal dolore e che temeva di perdere anche il fratello. Diede un'occhiata al bicchiere di carta malconcio che teneva in mano. Non mi sorprese di vedere che era mezzo pieno.

"Lei è l'uomo che mio fratello ha assunto, giusto? Cole McGinnis?" Si alzò in piedi e mi porse la mano. Io la strinsi e annuii. "Grazie di essere venuto. Kim Jae-Min ha detto che lo avrebbe fatto. Lei è un buon amico."

"Sì, ci provo. Ehi, c'è una caffetteria dall'altro lato della strada," dissi. "Dato che Shin-Cho non potrà avere compagnia per un po', potremmo andare là e bere qualcosa di decente."

"Mi piacerebbe." Sospirò e buttò via il bicchiere. "E mentre siamo lì, potrebbe dirmi perché mio fratello sta riesumando cadaveri, e perché Helena doveva morire per questo."

316

CAPITOLO 11

LA CAFFETTERIA Da Dot era un posto senza fronzoli. Il décor andava dalle pareti bianche ai tavoli di formica, di quelli con le pagliuzze dorate e una fascia ammaccata di acciaio attorno. I separé e gli sgabelli erano di vinile rosso, crepato in alcuni punti, e le spaccature più larghe erano riparate con del nastro adesivo.

Il pavimento era coperto di piastrelle bianche e nere, e sulla porta di vetro un cartello sbiadito annunciava una colazione di uova, bacon e pane tostato, ventiquattr'ore su ventiquattro e sette giorni su sette, a meno di quattro dollari. La clientela fissa era lo stanco personale ospedaliero che attraversava la strada con i camici macchiati in cerca di qualcosa da mangiare in fretta, mentre nei separé c'erano famiglie o coppie con la faccia triste, affaticati dalle lunghe veglie.

David ci si adattava alla perfezione.

Ordinò un succo di pomodoro grande, senza ghiaccio, e controllò il livello della salsa tabasco sul tavolo. Io presi un caffè e dei toast a lievitazione naturale. La cameriera era una donna anziana che chiaramente non si aspettava una lauta mancia. Dall'aria che avevano, le persone sedute al Da Dot erano lì solo per aspettare in un posto che non fosse l'ospedale. Noi non eravamo molto diversi.

"Grazie ancora per essere venuto. È stato... folle," disse David quando il bicchiere gli arrivò davanti. Il mio caffè lo seguì a ruota, e passammo a condire le bevande a nostro gusto. Io usai panna e zucchero, lui sale, salsa piccante e una strizzata della fetta di limone che la cameriera aveva portato con il succo di pomodoro.

"Mi dispiace per Helena. Avrei voluto poter fare di più," mi scusai. Scosse la testa; non voleva affrontare l'argomento. "Non sono sicuro di cosa posso dirle. Sono stato assunto da suo fratello. Qualsiasi cosa io scopra è confidenziale."

"Probabilmente io so più di quanto lei pensi. Shin-Cho mi ha detto di averla assunta, e che lei ha scoperto... delle cose, riguardo a nostro padre. Cose molto sgradevoli. Sto parlando dei ricatti, non della parte sull'essere gay. Quella la so da molto tempo, anche se la famiglia ha cercato di tenermelo nascosto."

"Non dev'essere stato facile." Pareva che David fosse molto più abituato di suo fratello ai segreti di famiglia. "Da quello che mi ha detto Shin-Cho, lui lo ha scoperto solo di recente."

"Lasci che le parli di mio fratello, signor McGinnis." Mescolò il succo di pomodoro, più interessato a far vorticare i cristalli di sale nelle sue profondità che a berlo. "Shin-Cho potrà anche essere il mio *hyung*, ma è sempre stato… quello che la famiglia definisce fragile. Stavano molto attenti a quello che dicevano davanti a lui. Agisce senza pensare, a volte. Ho passato la maggior parte della mia vita a rimediare ai suoi guai."

David poteva anche essere il ritratto sputato di suo padre, ma la facciata fredda e controllata che mi stava mostrando era puro Seong. Non era difficile vedere quel filo di spietatezza che la famiglia sembrava produrre nei suoi uomini. Alla fine bevve un sorso e posò con attenzione il bicchiere prima di guardarmi negli occhi.

"Sapevo già dei soldi. Il mio patrigno me lo aveva detto prima della… festa," annunciò. "*Hyung* me ne ha parlato la notte scorsa. È stato allora che gli ho detto che lo sapevo già, ma il modo in cui mio padre li aveva avuti… quello non lo sapevo."

"Quindi lo sapeva e non lo ha detto a suo fratello? È un segreto bello grosso da nascondere a uno che in teoria dovrebbe ereditare metà di quello che vostro padre si è lasciato dietro."

"La sola cosa che mio padre si è lasciato dietro sono i suoi due figli," disse in tono deciso. "Quando ho scoperto come aveva avuto i soldi, ho saputo che non erano nostri. Appartengono agli uomini che ha depredato. Mio padre non era la vittima, non se stiamo parlando dei soldi."

"Questo glielo concedo," ammisi. "Ma la sua scomparsa fa di lui una vittima, se uno di quegli uomini lo ha ucciso."

"Sarebbe meglio se mio padre rimanesse *scomparso*." La fatica e l'angoscia degli ultimi due giorni stavano avendo la meglio e David lottava per non impastare le parole. Spinsi verso di lui il mio piatto di pane tostato e ne prese un pezzo spalmato di burro, addentandolo senza interesse.

"Perché era gay?" chiesi a bassa voce.

Il suo sguardo fu quasi comico. Una miscela perfetta di disgusto e stupore, prima che decidesse di accantonare la cosa con scherno. "No, perché ha usato quegli uomini. Per la famiglia, sì, perché era gay. Per quanto riguarda me, non so se posso perdonare quello che ha fatto a quegli altri uomini. Proprio non so."

Continuò, gesticolando con il toast. "Mio fratello lo ha sempre idolatrato. Erano vicini. Troppo vicini perché alla famiglia piacesse. C'è chi teme che mio padre… nostro zio… abbiano influenzato mio fratello a essere quello che è. Alcuni alle nostre spalle sussurrano che mio padre ha toccato Shin-Cho quando era piccolo, e che è per questo che mio fratello fa fatica a trovare il suo posto nella vita."

"È questo che pensa lei?" chiesi cautamente. Sentirgli ripetere l'accusa che suo padre avesse molestato il fratello maggiore non quadrava con l'immagine di Dae-Hoon che ci aveva dato Shin-Cho. Eppure erano successe cose più strane di un ragazzo che idolatrava un padre che aveva tradito la sua fiducia.

"No." Praticamente lo sputò. "Mio fratello è quel che è perché è Shin-Cho. Mio padre, mio zio, perfino l'amante di *hyung*, non hanno niente a che vedere con il fatto che a Shin-Cho piacciono gli uomini. Ma non posso proteggerlo dal resto della famiglia. Li ho fatti arrabbiare chiedendo a lui di farmi da testimone, ma è mio fratello. A chi altro avrei dovuto chiedere? È mio *fratello*."

"Voleva scoprire che cosa è successo a vostro padre." Il mio caffè venne rabboccato dalla stessa cameriera, un ninja con una brocca di vetro che andava da un separé all'altro su suole di gomma. "Non le dà fastidio che Dae-Hoon si sia allontanato dalla sua vita?"

"Infastidirmi?" Sembrò pensarci sopra, poi scrollò le spalle. "No, non adesso. Forse quando ero più giovane. Adesso no. È stato molto tempo fa. Mi hanno allevato i miei zii, i Seong. So che dà fastidio a Shin-Cho. Gli manca nostro padre, ma sta dando la caccia a un fantasma. Ha passato la sua vita a inseguire fantasmi. È per questo che non gli ho detto del denaro appena l'ho saputo. Avevo già fatto arrabbiare la famiglia. Per una volta nella vita, avevo bisogno che fosse al mio fianco. Mi stavo per sposare."

"Come ha fatto il vostro patrigno a sapere dei soldi?" Aggiunsi altro zucchero nel caffè. "Lo ha contattato la banca?"

"Han Suk-Kyu ha detto che la banca ha contattato mia madre un mese fa, ma dato che il denaro è di mio padre, in realtà è dei suoi figli. Mio e di Shin-Cho. Stavano facendo un qualche tipo di verifica e avevano bisogno di informazioni da aggiungere al conto. Non ho tutti i dettagli. Ho saputo della cosa prima di… prima della prova."

Gli diedi un po' di tempo per ricomporsi. Guardò da un'altra parte e fece un respiro profondo, battendo velocemente le palpebre finché non gli si schiarì la vista. Cominciò a giocherellare con una delle forchette, agitandosi sulla sedia.

"Sono un sacco di soldi." Il rivestimento scricchiolò quando mi appoggiai allo schienale. Anche all'interesse minimo, dopo tutti quegli anni su quel conto in banca ci dovevano essere dei milioni. "Perché ha aspettato così tanto per dirglielo?"

"Shin-Cho… aveva appena lasciato l'esercito. Le cose erano difficili. Han Suk-Kyu ha pensato che sarebbe stata una bella sorpresa, come un regalo di nozze da parte di mio padre, e qualcosa che Shin-Cho avrebbe potuto usare per rimettersi in piedi. Non era molto felice la notte scorsa quando gli ho detto che volevo restituire il denaro."

"Come fa a essere vostro?" chiesi "I vostri genitori erano ancora sposati quando lui è scomparso."

"È complicato," disse David. "Mia madre si è risposata. In Corea non ha più alcun diritto sulle proprietà di mio padre. Il che include qualsiasi cosa lui potesse avere all'estero."

"Ne ha parlato con suo fratello? Riguardo al restituire il denaro?"

"Sì. Mi ha detto che cosa aveva fatto nostro padre. Dopodiché io ho parlato con Suk-Kyu-ah." Fece un sospiro pesante. "Mio fratello non è… non prende buone decisioni sulla sua vita. Come stanotte. Con tutto quello che stava succedendo ha lasciato la casa di nostro zio ed è andato in cerca di… sesso. Perché? E perché quello Scarlet gli ha prestato la sua macchina per farlo?"

"Quella," lo corressi.

"Cosa?" Inclinò la testa, confuso.

"Scarlet. Quella," ripetei. "Preferisce che si usi il pronome femminile. Noi la chiamiamo *nuna*."

Ci fissammo per un lungo attimo. Speravo di aver migliorato la mia espressione indecifrabile, ma non ci avrei scommesso. Mio fratello diceva che avevo la peggiore faccia da poker del mondo. Per essere più specifici, diceva che un bambino in overdose da zucchero filato aveva più autocontrollo di me.

David fece un piccolo suono e annuì pensieroso. "Mi dispiace, penso a lei come a un uomo. Non sono… abituato, a tutto questo."

320

"Nessun problema," minimizzai. "Ci vuole un po'. Era la migliore amica di vostro padre. Quello che ha fatto è stato uno shock anche per lei, e penso che le dispiaccia di non aver potuto veder crescere voi due."

"Pare che un sacco di persone abbiano dei rimpianti riguardo a quel periodo," ammise lui. "Io non posso prendere quei soldi. C'è il sangue di mio padre sopra. E devo chiedermi se c'è anche quello di Helena. Per me niente di tutto questo aveva senso. Perché mai qualcuno l'avrebbe uccisa? Poi Shin-Cho mi ha detto come mio padre ha avuto i soldi. Forse qualcuno stava cercando di fargliela pagare attraverso di noi."

"Lei pensa che qualcuno abbia sparato a Helena per farla pagare alla vostra famiglia?" Riflettei sulla possibilità. "A meno che non stessero mirando a qualcun altro. Non è stata l'unica a essere colpita."

La linea temporale degli avvenimenti si riassestò un po'. Qualcuna delle persone nelle foto di Dae-Hoon poteva aver saputo che Han Suk-Kyu avrebbe parlato del denaro ai figliastri, ma se la vendetta era un piatto da servire freddo, sparare a Helena sarebbe stato un surgelato preso dal fondo del freezer. Era un modo estremamente indiretto di colpire qualcuno, soprattutto se il qualcuno era Dae-Hoon e non Kwon.

David aveva una tale rabbia negli occhi che avrebbe potuto incenerirmi sul posto.

"So che probabilmente è qualcosa che non vuole sentire." Mi sporsi in avanti. "Mi piacerebbe essere d'accordo con lei sul fatto che sia connesso al denaro, perché darebbe un po' di senso a tutto. Diavolo, potrebbe comunque essere connesso, ma devo anche buttar lì che Helena potrebbe non essere stata il bersaglio. Potevano stare mirando a lei invece, oppure a Shin-Cho, e aver semplicemente sbagliato. Diavolo, anche la sparatoria nel vicolo potrebbe essere collegata. Potrebbe non avere nulla a che fare con quello che due uomini stavano facendo dietro a un bar."

David distolse lo sguardo, rimuginando. Aveva il viso immobile e gli occhi distanti. Alla fine si leccò le labbra e annuì con calma. "Ha senso. Soprattutto se è qualcuno che vive qui. Non tutti fanno avanti e indietro da Seul come mio zio. Adesso possono arrivare a noi. A differenza di prima."

"Le suggerirei di prendere precauzioni," dissi. "Anche se non lo sappiamo per certo, sarebbe una mossa intelligente. Vostro zio ha degli uomini. Posso parlargli riguardo alla protezione, se lei vuole."

"No, starò bene." Sorrise. "È buffo. La famiglia si tiene lontana dallo zio per via di… Scarlet, ma lui è il primo che si è offerto di aiutare dopo… Helena. E adesso, qui con Shin-Cho, è l'unico su cui posso contare. Non importa cosa succeda tra lui e gli altri, io sono comunque la sua famiglia. Per lui non c'è niente di più importante."

"Sì, mi rendo conto." Capivo cosa voleva dire. Forse non con la profondità che intendevano lui e Jae, ma se non avessi avuto Mike la mia vita sarebbe stata ben peggio che di merda dopo che mio padre mi aveva cacciato via, e dopo la morte di Rick sarebbe stata un puro inferno.

Il suo telefono suonò un motivetto e David fece una smorfia. Controllò il messaggio, sospirò pesantemente e mandò giù il resto del succo di pomodoro come se fosse uno shot di torcibudella.

"Shin-Cho è stato spostato. Voglio tornare di sopra, nel caso si svegliasse." Riappoggiò il bicchiere, scavò nel portafogli e mise venti dollari sul tavolo. "Se Shin-Cho è d'accordo, mi piacerebbe sapere che cosa scoprirà. Specialmente se… se tutto questo è a causa di mio padre."

"Non posso fare promesse." Mi alzai per tornare indietro con lui. "Dipende da Shin-Cho."

"Va bene," disse a bassa voce, e mi diede un'occhiata lenta, valutandomi. "Io non posso promettere che cosa farò se lei scopre chi ha fatto tutto questo. Per cui siamo pari."

NON MI fermai in ospedale a lungo. Dopo aver controllato come stava Jae, avrei voluto parlare di Dae-Hoon con Seong, ma Scarlet si oppose.

"Lui non ha fatto niente," insistette mentre salivo sulla Rover. "Mi ha detto che ha continuato a pagare Dae-Hoon perché per lui era sempre di famiglia, e si sentiva responsabile. Non sapeva dei ricatti, te lo giuro."

Jae si sporse sul finestrino. Eravamo abbastanza vicini da baciarci, così vicini che potevo sentire il suo alito caldo sulla bocca. Socchiusi le labbra, prendendo quello che poteva offrirmi, inalando il bacio che non mi poteva dare. Lui curvò le labbra e distolse lo sguardo, divertito, con gli occhi che brillavano. Chiuse le dita sul mio avambraccio e mi diede una rapida stretta.

"Sono d'accordo con *nuna*," mormorò sottovoce. Il patrigno di David ci aveva seguiti fuori, andando direttamente all'area fumatori. Ci guardava dal suo posto sotto la tettoia, con il fumo della sigaretta che si allontanava dal viso, spinto dalla brezza. "*Hyung* non avrebbe fatto del male a Dae-Hoon. E del resto sapevano tutti che era gay. È proprio per questo che lo hanno spedito a Los Angeles."

322

Annuii, ma la mia attenzione era ancora concentrata su Han Suk-Kyu. Quando ero tornato dalla tavola calda, mi era sembrato molto a suo agio con Kwon. Poteva anche essere perché Kwon mi dava sui nervi. Era un predatore, e non mi piaceva che stesse attorno a Jae, ma Jae sapeva badare a se stesso. In effetti avevo pietà di Kwon se mai avesse deciso di provarci con lui. E se Jae avesse anche lasciato qualcosa di lui, se ne sarebbe occupata Scarlet. Gli occhi piccoli e lucenti di Han Suk-Kyu, però, seguivano Jae dappertutto, e mentre parlavamo io feci lo stesso con lui.

"Bada a te, d'accordo?" Volevo baciarlo, in modo che Han vedesse che lui era mio. Era infantile e superfluo, per non parlare del fatto che avrebbe imbarazzato a morte Jae-Min. Ancora una volta ricordai a me stesso che Jae era la fonte di coccole e cibo, non qualcuno da far incazzare senza un buon motivo. "Ci vediamo a casa?"

"Più tardi," promise. "Adesso che Shin-Cho starà bene, vado al vecchio zoo al Griffith Park. Per gli edifici che volevo fotografare stamattina la luce è cambiata, ma lì andrà bene."

"Stai attento," gli raccomandai. Lui alzò gli occhi al cielo e fece un passo indietro. "Beh, almeno chiamami se ti arrestano per violazione di proprietà privata. Ti tirerò fuori."

Alla fin fine ero d'accordo con loro riguardo a Seong. Non era in cima alla mia lista delle persone che avrebbero voluto morto Dae-Hoon. Se non altro sembrava quello la cui vita somigliava di più a quella di Dae-Hoon stesso. Eccetto che si era rivelato una persona migliore su tutti i fronti.

Quando tornai indietro, davanti a casa mia era parcheggiato il furgone di Bobby. Lo trovai seduto sulla poltrona di Claudia, con i piedi sulla scrivania. Passando diedi una pacca ai suoi stivali, facendoli piombare a terra. Lui cercò di darmene una sul culo, ma mi scansai.

"Dovresti schivare così in fretta anche sul ring," sbuffò. "Ti salverebbe quel bel faccino da qualche cazzotto."

Ero indeciso se bere un'altra tazza di caffè, ma il bricco era vuoto e la macchinetta era spenta. Presi dal frigo del tè zuccherato, mi sistemai sulla poltrona e mi appoggiai allo schienale mentre aprivo la bottiglia. Era mezzogiorno, e la mia dipendente non si vedeva da nessuna parte. "Dov'è Claudia?"

"Ha fatto un salto al mercato contadino." Mi fece il saluto con la bottiglia dell'acqua. "Ha detto qualcosa su cavolo nero e fragole. Io sto badando al fortino. Non che ci sia molto a cui badare. Ce li *hai*, dei clienti?"

"Sono schizzinoso," rintuzzai quando lui mi sbuffò contro. "E fottiti. Ti ho fatto un favore con Trey, e guarda come è andata a finire."

"Vero," ammise. "Trey è uno stronzo. Non so a cosa stavo pensando, ma è più o meno come quando faccio io dei favori a te. Tipo trovare un ex poliziotto che era lì la notte in cui c'è stata l'irruzione al Bi Mil."

"Dimmi che è vero." Quasi mi strozzai col tè. "È disposto a parlare con noi?"

"Sì," disse Bobby. "Ma è anche meglio di così."

"Dae-Hoon vive nel suo seminterrato?" tirai a indovinare.

"Non così meglio," sospirò, e scosse la testa. "È gay, e credici o no, si è messo con un coreano che ha conosciuto allo stabilimento balneare. Stanno assieme da anni. Ci può incontrare domattina verso le dieci. Gli ho promesso di portare i donuts."

"Cazzo." Feci un fischio. "Potrei baciarti."

"Accetterei il cazzo, ma rovinerebbe la nostra tragica storia d'amore non corrisposto," biascicò lui. "E inoltre ho visto Jae affettare una cipolla. Avrei il terrore che facesse la stessa cosa alle tue palle."

"Cosa ti fa pensare che taglierebbe le mie, di palle?" Non riuscivo a smettere di sorridere. Se il poliziotto avesse ricordato qualcosa di più di quella notte riguardo a una grossa auto nera, sarebbe stata una novità gradita.

"Perché conosco il tuo ragazzo." Dondolò avanti e indietro, facendo cigolare la poltrona di Claudia. "Se perdesse la testa si vendicherebbe su di te. Io? Io sarei come la bottiglia di vetro sull'uccello di Trey. Una volta rotta, era solo spazzatura…"

Capitolo 12

"Ehi." Incontrai lo sguardo di Jae nel riflesso dello specchio del bagno. Avevo delle chiazze di crema da barba sulla mandibola, e arricciai le labbra per mandargli un bacio con il solo risultato di ritrovarmene un po' in bocca. Feci una smorfia e sputai nel lavandino quello che mi era finito sulla lingua.

Avevo passato la giornata cercando con successo di non pensare alla cena con la mia famiglia solo per venire colpito in pieno dalla cosa appena uscito dalla doccia. Se c'era un posto dove quella sera *non* volevo essere era la casa di Mike. Non ero mai stato un vigliacco, e scappare dai miei problemi per quanto fosse invitante non avrebbe risolto nulla, ma portare a letto Jae e restare lì per una settimana suonava spaventosamente bello.

"Fammi fare la doccia prima. Poi possiamo andare," disse lui muovendosi dietro di me. Quando cominciò a spogliarsi, l'asciugamano che avevo attorno alla vita diventò decisamente scomodo. Andò anche peggio quando si tolse la maglietta e io potei vedere la scia di morsi che gli avevo lasciato su spalle e schiena.

"Mmm." Feci le mie migliori fusa e gli misi le braccia attorno alla vita, avvicinandomi in modo che sentisse il mio uccello premuto contro il sedere. "Sai..."

"Fuori." Si divincolò dalle mie braccia e si girò, dandomi una spinta sul petto. "Vai a cambiarti. Ti ho tirato fuori dei vestiti. Sono sul letto."

La porta mi si chiuse in faccia prima che potessi protestare per quel trattamento rude e misi un po' il broncio. Per fortuna Neko era dello stesso umore e mi miagolò contro dal suo posto sul letto, chiaramente disgustata dalla presenza dei miei pantaloni e della mia camicia nella sua zona relax.

Mi misi i pantaloni antracite e la camicia rosso scuro che mi aveva preparato. Sarebbe stato più comodo uscire con jeans e maglietta, ma apparentemente Jae aveva altri piani. Lasciai perdere la cravatta. C'era un limite a quanto ero disposto a travestirmi per la mia esecuzione.

Lo sguardo acuto di Jae notò subito il mio colletto aperto, ma lui non disse niente sull'assenza della cravatta. Si vestì in fretta, molto più in fretta di quanto mi sarebbe piaciuto, ma non avevo obiezioni al vederlo con pantaloni neri e camicia. Giusto per fare la carogna, gli porsi la cravatta nera che aveva preparato per me, ma lui mi diede uno schiaffetto sulla mano e andò a cercare un paio di calzini.

Partimmo in silenzio. Volevo chiedergli della sua giornata – la parte in cui non ero stato coinvolto – ma non sembrava dell'umore per parlare. Accesi il lettore cd e dalle casse uscì una canzone coreana sussurrata e sensuale. A quella musica lui sorrise e allungò una mano per prendere la mia. Parlare non era poi così importante, dopotutto.

Sul vialetto semicircolare della casa di Mike e Maddy, a Hollywood Hills, era parcheggiata una berlina sconosciuta. Fermai la Rover subito dietro e spensi i fanali, lasciando abbastanza spazio per fare manovra se avessi voluto scappare alla svelta. Le saracinesche del garage erano chiuse e mi impedivano di sbirciare attraverso la porta che univa i posti auto al resto della casa, che era un elegante edificio contemporaneo con vista sui canyon; le grandi finestre quadrate erano abbastanza illuminate da creare delle ombre sul vialetto. Da dietro le tende vedevo della gente che si muoveva al piano terra, e deglutii, preparandomi all'inevitabile.

"Andrà tutto bene," promise Jae sfiorandomi la mano. "Ti proteggerò io."

Mi misi a ridere, immaginando il mio amante dai muscoli snelli affrontare un uomo che per vivere aveva trasportato zaini da una ventina di chili attraverso la giungla. Fu comunque facile intrecciare le dita a quelle di Jae, traendo forza dal contatto. Suonai il campanello, e quei toni allegri riecheggiarono per la casa. Pochi secondi dopo Maddy aprì la porta e io affogai nel suo stretto abbraccio, rischiando di far cadere la bottiglia di vino costoso che avevo portato per sembrare una persona civile.

Lei e mio fratello si erano appena messi assieme quando Rick era stato ucciso, per cui dire che Maddy mi aveva visto nel mio momento peggiore sarebbe stato minimizzare. Mi aveva tiranneggiato gentilmente durante tutta la fisioterapia, facendomi notare che ci era passata anche lei, facendosi il culo. Quando una donna nordica e alta, che sorride con una fessura tra gli incisivi e non ha la metà inferiore delle gambe, ti sfida a batterla a pesi, nessun uomo con le palle a posto può rifiutare la sfida.

Mi aveva fatto il culo. Con tanto di pacchetto regalo.

Quando mi chinai in avanti, il suo caschetto biondo mi fece il solletico al naso. Mi diede un abbraccio da far scricchiolare le costole, poi mi lasciò andare con una pacca sul sedere. Strinse Jae in un abbraccio da orsa prima che potessi avvertirla, e lui cortesemente non ringhiò e non morse. Quell'entusiasmo lo aveva colto di sorpresa prima che il suo carattere

326

pungente potesse entrare in azione, e lei fece un passo indietro con la stessa velocità con cui si era fatta avanti, afferrandolo per le spalle per potergli dare una buona occhiata.

"Oh, è così bello, Cole," cantilenò voltandosi a guardarmi. Gli fece l'occhiolino. "È bello riuscire finalmente a incontrarti. Mike non mi ha detto *niente* di te, e Cole tiene la bocca altrettanto chiusa."

"Jae, questa è Maddy McGinnis, flagello degli architetti e dei corridoi," dissi indicandoli tutti e due con la mano. "Maddy, lui è Jae-Min Kim, un fotografo incredibile, e un uomo con così poco buon senso da frequentare me. Non spaventarlo. Non ce l'ho da molto, e mi piacerebbe continuare ad averlo in giro."

"È un piacere conoscerti." Alla fine lo lasciò andare e lui le fece un leggero inchino, piegando le spalle. "Sono felice che tu sia riuscito a trascinare Cole a cena."

"Mi ha chiesto di venire," mormorò educatamente Jae. "Ho dovuto trascinarlo solo un po'."

"In realtà gli ho detto che avevo bisogno di lui. Ha promesso di tenermi aperta la porta in modo che potessi scappare via a razzo." Accanto alla panchina nell'ingresso notai un paio di oggetti curvi e sottili. "Ehi, sono le gambe nuove?"

"Sì, sono fatte per la corsa. Non sono fantastiche?" Sorrise e sollevò i pantaloni, in modo che potessi vedere il suo piede sinistro. Curvava naturalmente in una scarpa aperta con il tacco da cinque centimetri e terminava con unghie delicate smaltate di cremisi. "Sono nuove anche queste. Sono regolabili, così posso indossare scarpe piatte o tacchi. Le sto ancora testando, ma per il momento mi piacciono."

"E si adattano alle tue gambe?" Presi una di quelle curve flessibili dalla panca. Il fondo era più largo rispetto all'altro paio di gambe da corsa, fatto per attaccarsi alla guaina da ginocchio piuttosto che agganciarsi alla gamba. La base del piede ricordava un cingolato, e ne testai l'elasticità sulla mano. "Mi piacevano le altre."

"Quelle sono per lo sprint." Rise. "Queste sono per le lunghe distanze."

"Le altre sono delle fantastiche lamine di metallo," spiegai a Jae. "Continuo a dirle di affilarle, così sarebbero come coltelli e quando corre potrebbe tirare calci e buttare giù la gente come un ninja. Sembra che l'idea non le piaccia."

327

"Se mentre corro mi lasciassi dietro delle persone senza gambe la gente tenderebbe a notarlo," rise lei. "Penserebbero che è contagioso."

"Pensa al terrore che ispireresti nei cuori dei tuoi avversari," suggerii riappoggiando il piede. "Furia McGinnis, la pestilenza incarnata."

"Sei uno sciocco," disse prendendo la bottiglia da dove l'avevo posata. "Questo è per me, giusto?"

"Pensi che berrei una cosa da femminuccia come il vino?" Le stavo dietro di un passo. Jae indugiava vicino alla porta, e Maddy si voltò a guardarlo con aria interrogativa. Io gli lanciai un'occhiata e lui abbassò lo sguardo alle sue scarpe, decidendo alla fine di sfilarsele dai piedi.

"Mi sento strano a camminare in una casa con le scarpe addosso," spiegò a Maddy.

Lei rise e annuì. "Ehi, stai parlando con una persona che alla porta ci lascia i piedi. Capisco. Vieni in cucina e prendi qualcosa da bere. Poi possiamo andare fuori assieme."

La casa era una tavolozza di linee nette e mobili rétro. Lo stile di Maddy era una versione aggiornata del modernismo britannico. Avevo chiesto a Mike che effetto facesse vivere sul set di *Velvet Goldmine*. Lui mi aveva guardato con aria inespressiva, e aveva detto che non gli importava com'era la casa finché ci viveva Maddy. Proprio per questo ero rimasto scioccato quando mi aveva detto che aveva sostituito il pavimento della cucina. Né la casa né Maddy si abbinavano alle piastrelle spagnole.

Non fu quindi una sorpresa vedere che erano coperte da dei tatami.

Maddy si accorse che stavo guardando il pavimento e scosse la testa. "Non ne stiamo parlando. Fra una settimana vado a San Francisco. Quando tornerò non ci saranno più."

Io aprii la bocca per parlare, e lei mi diede un'occhiata minacciosa. Alzai le mani per evitare il rimprovero. "Stavo solo per chiedere dove sono tutti."

"Fuori sul patio. Mike ha pensato che potrebbe essere meglio mangiare lì. Le ragazze stanno usando la piscina," disse abbassando la voce. "Sei pronto?"

"Sì." Mi servii una birra dal frigo e ne offrii una a Jae. Aprii la mia e bevvi una gran sorsata. "Andiamo e facciamolo."

ERA CAMBIATO.

Il mio uomo nero personale era un po' più vecchio, un po' più rugoso, e i capelli neri che avevo ereditato da lui adesso erano pesantemente

328

mescolati con l'argento. Aveva le spalle un po' curve, ma erano grosse come me le ricordavo. La sua carnagione irlandese era diventata color bronzo rossastro per via del tempo passato al sole, e i peli sulle braccia nude erano quasi biondi. Dovevo essere un po' cresciuto da quando me ne ero andato di casa, perché ero più alto di lui di qualche centimetro, ma dall'aria bellicosa delle sue mascelle avrei giurato che aveva preso come un insulto personale il fatto di dover alzare la testa per incontrare il mio sguardo.

Stranamente, mentre guardavo mio padre per la prima volta dopo più di dieci anni, non riuscivo a individuare quello che provavo. La rabbia e la confusione nella mia testa sembravano distanti, una lontana eco di un litigio che ricordavo a malapena. Dietro di me sentii Jae che faceva domande a Maddy sulle piante grasse che aveva piantato sulla collina dietro la casa, e le risate stridenti di tre ragazzine che giocavano nella piscina a fondo nero illuminata a giorno.

I suoi duri occhi verdi mi seguirono mentre attraversavo il patio, stringendosi quando salutai Mike con una pacca sulla schiena. Poi diventarono fessure quando un'adolescente snella e piena di energia schizzò fuori dalla piscina e mi si buttò addosso bagnata fradicia.

"Cacao!" Non mi importava che Tasha mi stesse sgocciolando addosso e che probabilmente la mia camicia si sarebbe rovinata per il cloro nell'acqua della piscina. Mi mise le braccia attorno al collo e io la strinsi forte, sollevandola da terra con facilità. La bimbetta che mi seguiva come un'ombra, balbettando, era diventata una splendida giovane donna.

"Ehi, Tazzie." Mi si strinse il cuore, e mi sembrò di avere nei polmoni troppa poca aria per mantenermi in vita. Chiusi gli occhi e la cullai, rifiutandomi di lasciarla finché non mi fossi saziato di averla tra le braccia.

Fu Mike a separarci, picchiettandomi sulla spalla. "Devi incontrare le ragazze, Cole, lascia che Tasha ti presenti."

'Strano' non cominciava nemmeno a descrivere cosa provai a sentirmi presentare alle mie stesse sorelline. Sembravano delle copie di Tasha, delle istantanee di età che mi ero perso. Quella di mezzo, Bianca, aveva quasi dodici anni, e sembrava un po' un gufo con gli occhiali tondi con la montatura nera, ma aveva un sorriso amichevole. Invece dei boccoli di Tasha aveva un caschetto come quello di Maddy, e a giudicare dalla sua espressione adorante quando mia cognata uscì con un vassoio di cibo, aveva scelto la pettinatura apposta per imitare la sua eroina.

"E lei è Mellie," disse Tasha, indicando la più piccola con un elaborato gesto della mano. Allungandosi, mi sussurrò all'orecchio: "A loro

329

ho raccontato tutto di te, Cacao. Per cui non provare i tuoi trucchi alla 'ti rubo il naso'."

"Ciao, Mellie." Mi accovacciai in modo che potessimo guardarci negli occhi. Lei mi studiò con aria seria, come solo una bambina di cinque anni poteva fare.

"Il mio vero nome è Melissa," annunciò alla fine, pronunciandolo con la zeppola perché le mancavano i denti davanti. "Papà dice che sei un fottuto pidocchio."

Non avevo mai avuto uno di quei momenti in cui il mondo si ferma e si potrebbe sentir cadere uno spillo. Ma adesso decisamente sì. In un certo senso era divertente vedere le reazioni dei presenti mentre capivano qual era la vera parola che la mia sorellina intendeva dire. Ci fu un momento di comprensione, poi uno sguardo orripilato.

"Tasha, perché non porti le tue sorelle a darsi una pulita, così possiamo cenare?" Barbara zoppicò con attenzione attraverso le portefinestre del soggiorno. "Lavatevi di dosso il cloro, altrimenti pruderà."

Tasha mi diede un'occhiata comprensiva mentre spingeva in casa le nostre sorelline. Mellie si lasciò condurre, ma Bianca era un po' più riluttante e guardò la piscina con aria nostalgica. Io mi alzai finalmente in piedi, facendo una smorfia quando le cicatrici sul fianco si lamentarono.

Mentre mio padre si portava in viso e addosso un decennio di decadimento, per Barbara pareva fosse passato solo un giorno dall'ultima volta che l'avevo vista. I capelli erano diversi, un biondo più chiaro, e le arrivavano alle spalle, ma il viso era liscio e con solo un'ombra di trucco sugli occhi. Appoggiata a un bastone metallico viola, e con addosso un twin set rosa, era una degna rappresentante della Junior League, a cui apparteneva.

Vedere Barbara mi riportò alla memoria ricordi di biscotti con le gocce di cioccolato e bicchieri di latte freddo che mi aspettavano al ritorno da scuola, campeggi fatti in cortile con una tenda sbilenca, e il mio primo bacio con un ragazzo, cosa successa, stranamente, sul sedile anteriore della Toyota di lei.

Diversamente dal vedere mio padre, vedere lei faceva male, e dovetti distogliere lo sguardo con gli occhi brucianti, perché, esattamente come l'altra volta, non stava facendo niente per difendermi.

Avevo bisogno d'aria. Strano, dato che ero fuori, ma avevo bisogno di spazio. Camminando a passo deciso, superai Jae e tornai in cucina. Lui mi sfiorò la mano mentre passavo. Inclinò la testa con aria interrogativa e poi mi seguì, un'agile ombra impavida che avevo intenzionalmente gettato nel mio inferno personale.

"Non seguirlo, Barb," sentii dire da mio padre. "Quel frocio ha sempre evitato il confronto. Perché dovrebbe essere diverso adesso?"

Jae chiuse la porta dietro di noi prima che sentissimo altre perle di saggezza. Mi chinai sul bancone della cucina, premendo i palmi sul granito nella speranza di raffreddarmi. Mi mise le mani sulla schiena e le fece risalire, fino a tenermele sulle scapole. Si appoggiò contro di me sospirando, premendo il suo intero corpo contro il mio, schiena e gambe. Eravamo ancora così un attimo dopo, quando la porta sul retro si aprì e sentii il rumore inconfondibile di qualcuno che camminava con un bastone.

"Vorrei un po' di tempo con Cole, per favore," disse Barbara con voce strascicata. "Se non le dispiace, signor..."

Mi girai mettendogli un braccio attorno alla vita per tenerlo vicino. Lui mi fece un sorrisetto sarcastico e inclinò la testa verso la porta, chiedendomi in silenzio se volevo che uscisse. Prendendogli il viso tra le mani gli diedi un bacio leggero sulle labbra e mormorai sulla sua bocca: "Vai. Io starò bene."

Lei aspettò che Jae uscisse, prima di girarsi verso di me con aria nauseata. Inacidiva la sua grazia artificiosa, torcendole il labbro superiore in una brutta espressione che non le avevo mai visto prima. "Dovevi proprio fare quella scena disgustosa? O era solo a mio beneficio?"

"In realtà era a mio beneficio." Restai sorpreso dal mio tono calmo. Non mi sentivo calmo. Faceva male. Dentro di me, in profondità, l'angoscia covava e sobbolliva, per poi finalmente cominciare a bruciarmi in gola. Mentre la fissavo, tutto quello che pensavo avrei provato guardando mio padre mi colpì in faccia all'improvviso, e per poco non arretrai, sbalordito dalle ferite sanguinanti nella mia anima.

"Porca puttana," risi.

"Linguaggio, Cole," scattò Barbara. "Non voglio sentirti imprecare davanti a me."

"Oh no, però non correggi mio padre quando dice che sono un fottuto finocchio davanti alla mia sorellina? Sappiamo tutti che cosa ha sentito lei. È solo troppo piccola per conoscere la parola." La guardai inclinando la testa. Lei cominciò ad aprire la bocca, ma la interruppi prima che potesse dire qualcosa. "Sai una cosa, Barbara? Sono venuto qui aspettandomi di litigare con papà, e poi quando ho sentito Mellie ho capito una cosa. Lui è *sempre* stato così. Non ero veramente scioccato. Non avrei dovuto essere

331

sorpreso quando mi ha cacciato via, ma tu… tu sei stata una sorpresa enorme, cazzo."

"Che cosa volevi che facessi?" Appoggiò il bastone alla porta e incrociò le braccia. Conoscevo quel gesto. Mentre crescevo lo avevo visto abbastanza spesso da sapere che non aveva intenzione di discutere se non di quello che dovevo fare per cavarmi dai guai. "Volevi che facessi a pezzi la famiglia per le tue nauseanti abitudini? Questo ti avrebbe reso felice? Distruggere il resto di noi?"

"Sono gay, Barb," sbuffai. "Non un drogato."

"Pensi che io volessi far crescere tua sorella con certe cose attorno?" insistette, picchiettando le unghie sul bancone. "Avevo bisogno di proteggerla da…"

"Da cosa? Da me?" Feci un passo verso di lei e lei fece uno scatto indietro, squadrando le spalle. I bottoni di madreperla del suo twin set tremarono mentre giocherellava con il colletto. "Da cosa la stavi proteggendo? Dal vedermi felice?"

"Ed è questo che sei? Perché da quello che mi ha raccontato Mike, felice non è la parola che userei per descriverti," mi vomitò contro. La sua voce diventò più acuta, un gorgheggio tremulo che garantiva lacrime di rabbia in arrivo. "Ti hanno sparato… il tuo stesso partner. Sei quasi morto. Non pensi che lo abbia fatto perché sei omosessuale?"

"E tu dov'eri?" ribattei. "Eh, *mamma*? Dove cazzo eri tu quando mi stavano portando via il mio amante, lasciandomi a brandelli? Te lo dico io dov'eri. Sotto lo stesso fottuto portico sotto cui stavi quando papà mi ha sputato in faccia e mi ha detto di andarmene al diavolo."

"Non me ne starò qui…" Barbara fece per afferrare il bastone, ma io misi la mano sull'impugnatura prima che potesse farlo lei.

"A farti parlare in questo modo?" completai la frase per lei. "Lo sai che cosa fa più male?"

Stava tremando. Una parte di me pianse al pensiero che la donna che mi aveva curato quando ero ammalato avesse paura di me, ma finalmente quello che Jae mi aveva detto negli ultimi mesi mi colpì con chiarezza. La sua peggiore paura era che la sua famiglia gli voltasse le spalle, e una parte di me negava che potesse succedere. Probabilmente perché io avevo negato che fosse successo a me.

"Cazzo," imprecai sottovoce. "Ho continuato a dirgli che capivo come si sentiva, e non ne avevo la minima idea. Non fino a questo momento."

"Lasciami passare, Cole. Adesso esco," disse lei in tono duro, allungando di nuovo la mano verso il bastone.

"Tu eri *l'unica* madre che io avessi mai conosciuto," sussurrai. "Non mi ricordo la mia altra madre, non l'ho mai vista. Non mi ricordo un'epoca in cui tu non eri mia *mamma*. Mi aspettavo che stessi dalla mia parte. Perché sei mia *mamma*. Ma vedi, tu mi hai buttato via, Barbara. Mi hai buttato via come se fossi una merda di cane che avevi trovato sul prato. Come se io non fossi niente per te. Come se io non avessi *mai* significato niente per te."

"Tu non sei mai stato *nulla* per me," rispose lei a bassa voce. "Io proprio non posso... tu non puoi essere... in quel modo."

"È quello che sono sempre stato. Quello che sono." Lasciai andare il bastone. "Tu eri mia madre. La persona che avrebbe dovuto amarmi sempre e comunque. Contavo su di te per questo. Contavo su di te perché mi amassi, e tu mi hai lasciato con niente. Se Mike non fosse... rimasto con me, che cazzo pensi che mi sarebbe successo dopo che Rick è morto? Probabilmente mi sarei mangiato la pistola. Ero un disastro. Avevo bisogno di te allora, cazzo. Se mai c'è stato un momento della mia vita in cui avevo bisogno di te è stato allora, ma non sei mai venuta. Come posso tornare indietro da una cosa simile?"

"Sarebbe stato più semplice se tu fossi morto." Si chinò in avanti e prese delicatamente il bastone con i polpastrelli. Sistemandosi il cardigan, mi guardò inclinando la testa. "Non ti mentirò, Cole. Sarebbe stato molto più semplice, perché adesso devo avere a che fare con il fatto che Tasha vuole vederti, ed è abbastanza testarda da mettersi nei guai se non ottiene quello che vuole."

Se mi avesse preso a calci nelle palle non sarei stato più sorpreso. Non avevo più la forza di respirare, e mi si stavano restringendo i polmoni.

"È tuo padre quello che ha accettato di vederti, non io." Sbuffò dal naso. "Quindi accertati di ringraziarlo. Spererei che tu tenessi nascoste le tue perversioni quando ci sono in giro le ragazze, ma ho la sensazione che sarebbe inutile chiederti questo piccolo favore. Quindi, quando avrai finito, sappi che dovrò essere io a rimediare ai danni che ti lascerai dietro."

Uscì dalla porta prima che potessi prendere abbastanza aria da risponderle. Mi appoggiai al muro a fissare l'orologio a forma di gatto nero con gli occhi enormi che Maddy teneva appeso in cucina finché non fui abbastanza stabile da camminare. Quando non sentii più le lame di rasoio nello stomaco uscii, sorridendo quando Tasha mi buttò le braccia attorno e mi chiamò Cacao.

Jae mi appoggiò una mano alla base della schiena e lo sentii tremare. Non avevo bisogno di guardarlo per sapere che aveva la bocca stretta per la rabbia. Allungai un braccio per stringerlo. Gli sussurrai che andava tutto bene, che non aveva bisogno di difendermi contro mio padre, anche se capivo che era lacerato da un radicato dovere filiale. Mi chinai a baciarlo, per cogliere dalla sua lingua le parole non dette.

Il suo sapore di spezie e caramello bastò a lavare via l'amarezza delle parole di Barbara.

Lo sbuffo di disgusto di mio padre servì solo ad addolcire il sapore di Jae nella mia bocca. Avrei sputato in faccia agli dei per tenermi il mio amante, quindi sputare in faccia a mio padre era una cosa che avrei fatto volentieri, per Jae.

Tasha corse a cercare un bagno libero dalle sorelle minori, poi Maddy si voltò sollevando il mento in una ostinata esibizione di sfida. Per quanto fossi gay, potevo vedere perché mio fratello si era innamorato di lei. Tutto quello che le serviva era un pony grasso, trecce bionde, e un elmo con le corna, e sarei caduto in ginocchio cantando *La Valchiria*.

Se mai mi avesse dato l'occhiataccia che stava dando a Barbara io avrei temuto per il mio uccello. Le mie palle piagnucolavano già solo all'idea di essere nel raggio dei possibili danni collaterali.

Le gambe di Maddy ticchettarono mentre mi si avvicinava. Abbracciandomi stretto, mi diede di nuovo quell'incredibile forza che mi aveva già donato dopo che Ben mi aveva sparato. Non avevo bisogno delle sue rassicurazioni sussurrate, ma fu bello sentirle.

Bello quasi come la rabbia che infuriava negli occhi di Mike. Affrontò nostro padre con un viso piatto, privo di espressione, e disse: "Questa è l'ultima volta che uno di voi due entra in questa casa. Le ragazze… per loro ci sarà sempre posto, ma da questo momento per voi due la mia porta è chiusa."

"Hai intenzione di gettare via la nostra famiglia per un frocio?" Le parole di mio padre non furono uno shock. Se non altro, erano un balsamo sulle ferite che Barbara mi aveva inferto in cucina.

"Quel frocio *è* la mia famiglia," ringhiò Mike. "Lei, signore, non lo è."

FECI MENO di un chilometro prima di dover accostare. Mi ero controllato per tutta la cena, cucendomi la bocca in un sorriso, ma era una cosa fragile, come cenere sul mio volto intorpidito. Quando voltammo l'angolo e la casa di Mike sparì finalmente dietro di noi, io persi il controllo. Fermai la macchina in un punto panoramico che offriva la vista sul centro di Los Angeles, lasciai acceso il motore e finalmente crollai. Mi aggrappai al volante e lasciai che il fragile muro dietro a cui mi ero nascosto per tutta la sera crollasse.

Le lacrime arrivarono dure e veloci, un piccolo dolore pungente per ogni goccia che cercavo di spazzare via sbattendo le palpebre. Il mio cuore pareva vomitasse vetro, sanguinando da un migliaio di piccoli tagli creati dalla freddezza di Barbara. Jae-Min si allungò e mi tenne stretto, mormorando qualcosa che non riuscivo a capire, ma il suo calore raggiunse il gelo che mi era rimasto dentro. Mi lasciai sollevare, dondolando tra le sue braccia mentre mi cullava nel momento peggiore.

Non so quanto tempo restammo lì, con il motore che andava e le luci accese, ma quando alla fine fui in grado di alzare lo sguardo, i finestrini erano appannati. Il suo viso era bagnato quanto il mio, e gli toccai la guancia, odiando di avergli procurato così tanto dolore.

Il sorriso che mi fece cacciò via l'ultimo dei demoni che mi stavano pugnalando allo stomaco. Lo abbracciai; avrei voluto non lasciarlo andare mai più. Mi baciò il viso e mi asciugò le lacrime con la manica della camicia. Poi mi tirò sul sedile del passeggero e fece il giro dell'auto per mettersi alla guida.

"Andiamo a casa, *agi*," sussurrò dandomi un colpetto sulla gamba prima di mettere in moto la Rover. "Io ci sono, Cole. Te lo prometto, d'accordo? Io ci sono."

CAPITOLO 13

"Sorgi e risplendi, principessa." Una voce burbera attraversò il buio rassicurante che avevo attorno. "Stai sprecando tempo e dobbiamo andare in un sacco di posti."

Mormorai qualcosa su un posto stretto e sporco in cui avrebbe potuto andare lui, ma Bobby non prese a cuore il mio consiglio. Invece strappò via le lenzuola dal mio corpo nudo e la sua mano colpì la mia natica destra. Quel punto si mise subito a bruciare e io mi tirai a sedere cercando di non appoggiare il peso sulla zona dolorante.

"Ma che cazzo?" sibilai con una smorfia, sfregando l'impronta del grosso palmo che avevo sulla natica. "Che diavolo pensi di fare?"

"Svegliarti, così possiamo andare da William Grey a Pasadena." Fece un sorriso malizioso e guardò il mio corpo nudo. "Sai, ragazzo, non ti ho mai davvero dato una buona occhiata. Sei parecchio sexy. Anche con gli occhi così gonfi che sembrano chiusi."

Feci ricorso ai classici e gli dissi di andare a fanculo, prima di scendere dal letto. Arrancai verso il bagno, raggricciandomi come un vampiro da film di serie B dopo aver premuto l'interruttore. Mi trascinai verso la luce e fissai il relitto della mia faccia che mi guardava dallo specchio.

Bobby non aveva esagerato parlando dei miei occhi. Sembravo una brutta copia della madre di Charlie Chan. I capelli erano tremendi, puntavano in tutte le direzioni come se stessero cercando di scappare dal mio cervello. Considerando che notte avevo passato, non li biasimavo per volersene andare dal Motel Cole.

Avevo trascorso la notte a dormire a intervalli, svegliato dai miei stessi pensieri. Ogni volta che riemergevo dal terrore che infestava i miei sogni, Jae era lì, con le braccia attorno al mio petto e una gamba sopra le mie. Sentire il suo battito contro le costole mi calmava e io andavo di nuovo alla deriva, solo per svegliarmi un'ora dopo o giù di lì. Era un ciclo lava-risciacqua-e-ripeti, ma alla fine il mio cervello era riuscito a capire che Jae non sarebbe andato da nessuna parte, e io ero caduto in un sonno profondo.

Fino al momento in cui la mano di Bobby mi era atterrata su una chiappa, e adesso mi stavo chiedendo se sarei riuscito a sedermi da quella parte nei giorni seguenti.

La doccia si occupò della maggior parte dei miei dolori, incluso un getto di acqua fredda per dare sollievo al mio sedere bruciante. La parte migliore del condividere la doccia con Jae-Min era avere il suo profumo per tutto il giorno. Il lato negativo era che il mio uccello reagiva al profumo di Jae sul mio corpo, e io dovevo dire a quella testolina di darsi una calmata finché non lo avessi rivisto.

La testolina mi prese in giro, ascoltandomi quanto lo faceva quella che avevo in cima al collo.

Dalla maniglia della cabina armadio pendeva una maglietta della Dr. Pepper vecchia e semidistrutta. Sarebbe stato facile non notarla, se non fosse stato per il post-it rosa neon che ci era appuntato sopra. Anche se la grafia appuntita di Jae lo copriva quasi del tutto, il riquadro colorato mi bruciò gli occhi più delle luci del bagno. Sorridendo, aprii la spilla per liberare il biglietto.

Mettiti questa. L'ho indossata per dormire la notte scorsa, aveva scritto. *In questo modo mi avrai attorno tutto il giorno. Ci vediamo a cena.*

"Il nostro Jae-Min," dissi a una noncurante Neko sdraiata sul letto che avevo lasciato libero. "È uno sciocco."

"Vuoi il caffè adesso o lungo la strada?" urlò Bobby dal piano di sotto. "Lascia perdere. Al diavolo. Per la strada. Non voglio aspettare che il caffè sia pronto. Muovi il culo, principessa. Ho bisogno di un po' di Java."

"Sì, lo dice anche quando sta rimorchiando ragazzi al bar," mormorai a Neko. "Solo che dice fava invece di Java."

Bobby aspettò fino al caffè e finché non fummo sulla 10, prima di esaurire la pazienza. Mi diede un'occhiata veloce e appoggiò la sua tazza nel supporto del furgone. "Ne vuoi parlare? Della cena?"

Chi mai, con il cervello a posto, vorrebbe rivivere la rissa in cui ha sputato i denti a suon di calci e si è strozzato con il suo stesso sangue? Bevvi un sorso di cappuccino e scossi la testa. "No."

Avevo già passato abbastanza tempo a parlarne. Sdraiato al buio e con la mano di Jae sul petto, avevo tirato fuori tutto il veleno che tenevo dentro. Mi si era strozzata la voce per le lacrime, e nel silenzio tra le mie confessioni Jae mi aveva tenuto stretto mentre il mio corpo lottava per espellere le tossine che la mia ex-madre mi aveva iniettato. Quando alla fine ero riuscito a sfinirmi da solo, non mi aveva offerto delle banalità, o delle consolazioni per bambini. Invece era tornato dal bagno con un asciugamano tiepido e mi aveva pulito la faccia dal sale incrostato su ciglia e guance.

Il silenzio mi aveva confortato più delle parole. Il suo calore era diventato una luce per cacciare via i mostri, e adesso che ero seduto nel furgone di Bobby, a ogni movimento della maglietta sentivo le sue mani su di me.

"Non… adesso," concessi a Bobby. Un vero amico sapeva quando insistere e quando fare un passo indietro. Bobby era un vero amico. Si limitò a fare un grugnito e annuire, continuando a guidare.

"Tu fammelo sapere," disse alla fine. "Prenderò del whiskey e andremo in spiaggia a urlare contro l'oceano."

"Andata," concordai.

Per chissà quale buona sorte, la 10 era relativamente libera dal traffico e dagli stronzi. I lavori erano ancora in corso, metaforici tronchi che sbarravano il flusso delle auto come se fossero stati messi lì da castori psicotici. Dato che eravamo a Los Angeles, i lavori in corso erano un tormento continuo. Era come una gigantesca partita di roulette russa giocata con il tempo di guida dei californiani, e la pioggia che rallentava i progressi era la polvere da sparo.

Arrivammo sulla 110 in un attimo e passammo con facilità quel caos di curve serpeggianti. Bobby guidava cantando sulla voce di George Thorogood. Quando la 110 terminò a Pasadena trasformandosi nella South Arroyo Parkway, con la sua storia di amore e odio per Los Angeles, il mio caffè era ancora caldo.

Ero arrivato da tempo alla conclusione che Los Angeles desiderava poter cancellare Pasadena dalle mappe. Litigavano e combattevano come cani selvatici, o per meglio dire, nel caso di Los Angeles, come un branco di cani selvatici contro un chihuahua con la museruola. Quando la gente pensa a Los Angeles ha in mente un'idea precisa: un mito di auto in rapido movimento, donne rifatte e stile di vita costoso che L.A. lavora sodo per mantenere. La città stessa consuma le cittadine attorno a sé, assorbendo lentamente le loro identità comunitarie finché non iniziano a riferirsi a se stesse in termini di vicinanza a Los Angeles.

Pasadena, per pura testardaggine, rifiutava di cedere a quell'avidità.

E gente, quanto faceva incazzare Los Angeles, questo.

Invece di permettere alla sorella più piccola di avere una sua identità, Los Angeles aveva passato più di un secolo a soffocarne le vie di comunicazione. Fino a poco tempo prima entrare e uscire da Pasadena era

338

una rogna, e anche adesso che era connessa a due autostrade oltre alle due corsie intasate della 110, la città sonnacchiosa sotto le montagne veniva trattata come se per arrivarci ci volessero un tiro di muli e cinque mesi di provviste. Se dicevi al losangelino medio che stavi andando a Pasadena, quello ti baciava su tutte e due le guance e ti diceva di succhiare un lime per evitare lo scorbuto. Dopo aver cercato di nascondere la sua espressione di orrore e averti chiesto se stavi andando a fare visita a una zia moribonda.

Personalmente penso che Los Angeles sia incazzata per lo stadio, il Rose Bowl, e cerchi un modo per pestare i piedi all'altra città ogni volta che può farlo senza paura delle conseguenze.

Bobby svoltò dritto sulla Green e imprecò ad alta voce, spostando il furgone sulla corsia di sinistra. Io cercai di non ridere ma mi sfuggì uno sbuffo, e quando ci fermammo al semaforo rosso lui mi guardò male.

"Ehi, io faccio sempre lo stesso errore," mi scusai. "È un errore facile. Colorado. Green. Non è mica che Colorado Boulevard sia una grossa strada che usano tutti."

"Ti piacerebbe tornare a casa con la metro?" mi minacciò lui. "O anche meglio, ti posso lasciare a Mount Wilson, poi vediamo quanto ridi a tornare indietro da lì."

Il suo brontolare mi fece solo ridere di più, con le guance come quelle di un pesce palla. Indicando il semaforo appeso davanti a noi dissi: "È verde, amico. Più o meno come il nome della strada."

"Fottiti, principessa." Non c'era vero calore in quell'imprecazione, era solo per fare scena. Mi appoggiai allo schienale, guardando Pasadena che ci passava accanto.

Il Boulevard era una testimonianza effervescente della cultura eclettica e ibrida di Pasadena: un misto di caffetterie, grandi magazzini di lusso e ristoranti eleganti. Il gregge di uomini e donne con vestiti costosi, che stavano lì a far niente a parte bere tè e spettegolare, sapeva di denaro vecchio e di conservatorismo. Una vita di svago era qualcosa a cui aspirare, e Pasadena era più che disposta a offrirla a chi se lo poteva permettere.

Del volto tragico che la città aveva avuto negli anni in cui era invasa dalla violenza delle gang non restava quasi nulla. E quasi nessuno parlava del Massacro di Halloween, ma la quantità di poliziotti lungo la strada principale diceva a tutti che Pasadena non dimenticava, e che sarebbe insorta per abbattere chiunque minacciasse la sua esistenza idilliaca.

Esattamente come faceva gestacci e pernacchie alla scontrosa sorella maggiore, Pasadena non aveva nessuna tolleranza per qualsiasi cosa

339

cercasse di mangiarsela da dentro. Mi piaceva, in una città. Il tempo era sempre troppo rovente in estate e da gelare le palle a un somaro in inverno, ma per essere una città era un posto piacevole, e non privo di attrattive.

Buttai un occhio alla libreria Cloak and Dagger prima che svoltassimo. Bobby seguì il mio sguardo e mormorò: "Ci sei mai stato?"

"Sì, è un bel posto. Soprattutto gialli, mi pare," risposi, ripensando all'ultima volta che ero stato a Pasadena. "Il tizio che la gestisce è dannatamente sexy."

"*Questo* mi fa quasi venire voglia di ricominciare a leggere." Bobby rise e il traffico davanti a noi si assottigliò abbastanza perché svoltassimo a destra. Svoltò di nuovo a destra controllando le indicazioni del GPS e trovò un posto dove parcheggiare in una strada residenziale alberata.

Le case erano grandi bungalow in stile Arts and Crafts, con prati verde scuro e aiuole colorate che bordavano i vialetti e curvavano verso le porte laterali, come arcobaleni dopo un temporale. Una casa aveva un triciclo davanti all'ingresso, ma era l'unica traccia di bambini nell'isolato. Il furgone infangato di Bobby sembrava un tantino fuori posto in un quartiere di BMW, ma si fece forza e tenne alto il suo testone metallico.

Camminammo fino a una casa con il tetto multiplo e un portico lungo tutta la facciata. Appena bussammo, la porta si aprì, e ci apparve davanti un vero e proprio dio.

Aveva qualche anno più di Bobby, ma a giudicare dai muscoli sotto la maglietta aderente non si stava certo rammollendo. In effetti, William Grey aveva l'aria di uno che sarebbe stato in grado di uscire a combattere se ci fosse stata un'invasione di zombie nel quartiere. Era bello come una star del cinema, con folti capelli argentati e un taglio giovanile, con il ciuffo che gli ricadeva sulla fronte. Quando ci vide, i suoi occhi azzurro chiaro si illuminarono e lui fece un passo indietro, a piedi nudi sul pavimento di legno lucido.

"Lei dev'essere Bobby Dawson," disse porgendogli la mano. Quando mi presentai, lui mi diede una stretta decisa. "Entrate."

L'interno della casa si abbinava all'esterno; mobili morbidi che sussurravano di una vita facile e comoda. Nell'aria c'era qualcosa di familiare, e annusando individuai l'odore della salsa rossa speziata con cui Jae amava cucinare. William ci fece cenno di sederci e ci offrì tè freddo e caffè.

"Il tè sarebbe fantastico, grazie," risposi. Bobby concordò a bassa voce e si sedette. Io diedi un'occhiata in giro.

340

A un'estremità della lunga stanza c'era un pianoforte a mezza coda e io andai da quella parte, esaminando le foto allineate sul coperchio lucido. Sembravano abbastanza recenti e mostravano William con un uomo asiatico all'incirca della stessa età, sorridenti e abbracciati, in varie località. A volte con loro c'erano altre persone, ma la maggior parte ritraeva solo loro due.

"Io non ci metto lo zucchero, per cui l'ho portato in modo che possiate aggiungerlo voi," disse William tornando nella stanza con un vassoio. Mi notò vicino al pianoforte e per un attimo il suo sorriso diventò più dolce e malinconico. Indicò col mento la grande fotografia in bianco e nero che tenevo in mano. Era un'inquadratura davvero dolce, con lui e l'altro uomo che si baciavano sotto la pioggia. "Quella è una delle mie preferite. Charles la odia. Dice che tutto quello che riusciva a pensare era che sarebbe affogato perché gli sarebbe andata la pioggia nel naso."

"Porta qui il culo, Cole, così Grey potrà tornare a quello che stava facendo," ringhiò Bobby.

"È tutto a posto. Per me oggi è una giornata lenta. Charles è al lavoro. Io sto solo preparando la cena, ed è uno stufato a cottura lenta." Si strinse nelle spalle e si accomodò in poltrona. "Comunque, ero curioso di quello che state facendo. Quando Mark ha chiamato e ha chiesto se volevo parlare con voi, sono stato sorpreso di sapere che qualcuno stava cercando Park Dae-Hoon."

"Conosceva Dae-Hoon?" Presi un bicchiere di tè e lo assaggiai, per poi aggiungere un po' di zucchero di canna. Cercai di non entusiasmarmi alla prospettiva di una persona che potesse aiutarci a ricostruire quello che era successo. Quel sogno irrealizzabile andò rapidamente in frantumi quando William scosse la testa.

"Sapevo di lui," ammise con cautela. "Me ne ero dimenticato fino a ieri. È scomparso in un club o qualcosa del genere. Girava la teoria che fosse stato ucciso, ma all'epoca nessuno ha trovato niente."

"La pista si dev'essere raffreddata in fretta," disse Bobby. "Specialmente dato che non era americano."

"Avevamo altre cose di cui preoccuparci, allora," ammise Grey. "L.A. era una fogna, a lavorarci. Io mi sono trasferito qui a Pasadena. Almeno stavano cercando di fare qualcosa per il tasso di criminalità. E francamente, per me e Charles era più semplice. Qui la gente tende a badare agli affari suoi. Ho fatto il resto dei miei anni di servizio e poi me ne sono andato. Charles ha trovato un posto di insegnante al Caltech, per cui le cose ci vanno bene."

Ci raccontò tutto quello che ricordava di quella notte, che non era granché. La cosa più interessante che ricordava era l'arrivo di alcune grosse auto nere. "Era come se fossero arrivati i servizi segreti."

"Lei era all'interno?" Sapevo che cosa Bobby intendeva dire. E lo sapeva anche William.

"Mi sta chiedendo se sono andato dentro e ho spaccato una testa o due, come gli altri? No, non quella notte," ammise. "Ma lo avevo fatto in precedenza. Non ne sono orgoglioso, ma... che cosa avrei dovuto fare? Allora non potevi rischiare che qualcuno scoprisse che eri gay. Conosco dei ragazzi a cui è successo ben peggio che trovare un paio di mutandine nell'armadietto. C'erano un sacco di casi in cui dei poliziotti se la prendevano con un collega e i capintesta non facevano niente, perché per quel che li riguardava era solo un frocio che aveva avuto quello che si meritava. La cosa tra me e Charles era all'inizio. Non volevo combinare casini."

"Sì, conosciamo questo genere di stronzate." Bobby mi diede un'occhiata.

Mi strinsi nelle spalle. Diavolo, se Ben mi avesse sparato perché ero gay avrebbe avuto almeno un certo senso, ma lo sapeva dalla prima volta che ci eravamo incontrati. Perché aspettare degli anni per sforacchiarmi? Uccidere Rick era stato altrettanto stupido. Avevano passato ore assieme, a guardare partite in tv e bere la mia birra. Se fossi stato un complottista avrei pensato che ci stava cullando in un falso senso di sicurezza apposta per aprirci dei fori di aerazione davanti a un ristorante.

"Anche Charles è di L.A.?" chiesi.

"No, viene da un qualche posto in Corea del Sud. Mmm, Gangnam-gu, a Seul." Prese una fetta di limone e la strizzò nel suo tè, mescolando il ghiaccio con un cucchiaino. "È venuto qui dopo che la sua famiglia ha scoperto che era gay. Suo fratello... ehm, Dae-Su... lo ha praticamente fatto uscire clandestinamente prima che gli potessero fare qualcosa di drastico. Non è... una bella cosa, essere omosessuali in Corea. Non ci è più tornato da allora."

"È coreano?" Mi voltai a guardare i ritratti. "Non gli piaceva il suo nome coreano?"

"No, niente del genere." Sorrise. "Voleva semplicemente lasciarsi tutto alle spalle. Ha pensato che sarebbe stato più facile se avesse preso un nome con un suono più americano, così ha scelto Charles. Dopo qualche anno ha ottenuto la cittadinanza e ha cambiato ufficialmente cognome in Grey. Beh, adesso è il dottor Grey, e si accontenta di stare con me."

"Come si chiamava prima?" Ero curioso.

"Bhak Chi-Soo." Alla smorfia di Bobby, William rise. "Sì, anche io preferisco Charles. Sapete molto dei coreani?"

"Il suo ragazzo è coreano," rispose Bobby. "Con un nome migliore, però. Che ne dici di concentrarci sul motivo per cui siamo venuti qui, ragazzo?"

"Spiacente," mi scusai. "Ieri è stata una giornata lunga. Il mio cervello non è del tutto in fase."

Presi appunti mentre William parlava, ma la mia mente continuava a vagare. Dopo aver scribacchiato i nomi degli altri poliziotti che erano lì quella notte alzai lo sguardo. "Ha mai visto Dae-Hoon? O solo le automobili?"

"Potrei averlo visto." Sembrava leggermente sorpreso che fossi tornato su quel punto. "Ho visto parecchi giovani uomini salire sulle auto. Ehm, uno era da solo. Attorno a quella macchina c'erano dei tizi con il completo. Era già partita prima che potessimo iniziare a raccogliere i dettagli."

"Non c'erano registrazioni dell'arresto di Dae-Hoon?" chiesi ricontrollando il taccuino. "Il rapporto diceva che quella notte c'erano una ventina di uomini. Sette sono finiti in ospedale per lesioni riportate durante l'arresto. Dae-Hoon non è neanche su quella lista. Sappiamo che quella notte era lì. Abbiamo un testimone che lo pone sul posto, ma nessuno che lo abbia visto uscire. Qualcuno potrebbe averlo fatto sgattaiolare fuori senza che i poliziotti lo sapessero?"

"Non lo so," rispose William. "Era tutto piuttosto folle, e io ero fuori. Potrebbe aver approfittato della confusione."

"Il nostro problema è che non è mai più ricomparso," dissi. "Niente biglietti. Niente di niente. O qualcuno lo ha ucciso, oppure se ne è andato lui."

"*Era* più facile scomparire, a quei tempi," fece notare Bobby. "Non avevamo tutta la gente che abbiamo adesso, a fare le ricerche."

"Non era un cittadino. Era come Charles, era arrivato dalla Corea con un visto. Aveva bisogno di aiuto per sparire dalla faccia della terra." Guardai i miei appunti, aggrottando la fronte. Tutte le piste che avevamo sembravano vicoli ciechi. Nemmeno i soldi ci avevano portato da qualche parte. Dae-Hoon non aveva prelevato niente dai suoi conti, lasciando ai figli una piccola fortuna. "Si è lasciato dietro un sacco di denaro e non ha fatto in modo che passasse alla sua famiglia. Perché accumulare un tale gruzzolo e poi non assicurarsi che lo avessero i bambini?"

343

William si accigliò. "Dae-Hoon si è lasciato dietro del denaro? Perché la banca non ha contattato sua moglie?"

"Lei aveva lasciato il paese poco dopo la scomparsa," spiegai. "La banca non sapeva nemmeno che era sparito. Hanno continuato a gestire il conto fino a poco tempo fa. Suppongo che se fossi un impiegato di banca e ci fosse un conto multimilionario che nessuno tocca terrei il becco chiuso anch'io. Fa una bella figura nei bilanci contabili."

"Bobby ha detto che aveva dei bambini… dei figli," disse William chinandosi in avanti. "Devono essere parecchio cresciuti ormai."

"Sì, uno di loro avrebbe dovuto sposarsi sabato scorso," mormorò Bobby. "Uno stronzo ha trasformato la cena in una sparatoria. La sua fidanzata è morta."

"Maledizione." William inspirò bruscamente. "Ho letto qualcosa al riguardo. Cazzo, era la ragazza di uno dei suoi figli?"

"Sì." Annuii. "E il giorno dopo hanno sparato al fratello maggiore fuori da un bar gay. Ce l'ha fatta, ma sta passando all'incirca lo stesso tipo di merda che è toccata a Dae-Hoon. La famiglia non vuole che la sua gaytudine li tocchi. Al momento la vita di quei ragazzi è un bel casino."

"Se la stanno cavando bene? I figli?" Appoggiò il tè, mancando il sottobicchiere che aveva piazzato per proteggere il tavolino dalla condensa.

"Quanto ci si potrebbe aspettare." Spiegai la situazione, con la madre e il patrigno che volevano boicottare il matrimonio ma erano stati al fianco di Shin-Cho dopo la sparatoria. Mi fece più male di quanto avessi pensato. Continuavo a ritornare ai giorni che avevo passato sdraiato in un letto d'ospedale nella speranza che la prossima persona ad aprire la porta fosse mio padre o Barbara. "Avrà delle cicatrici, ma ne sta uscendo bene. David è forte e ha la testa sulle spalle. Si prenderà cura del fratello maggiore."

Parlammo ancora un po' di quello che William riusciva a ricordare, ma i miei appunti non erano un granché. Ci salutammo con Bobby che gli prometteva di farsi vivo per andare a pesca insieme. Bobby aprì il furgone e io salii, allacciandomi la cintura di sicurezza.

"È stato uno spreco di tempo," borbottai. "A meno che non ci sia qualcosa che non ci sta dicendo."

"Penso che Dae-Hoon sia stato aiutato a uscire da là," rimarcò Bobby. Accese il motore e tornammo verso Colorado Boulevard. "Non c'è modo che i poliziotti non lo abbiano beccato, quella notte. Da quel che ho letto è stato come sparare ai pesci in un barile."

"Per cui qualcuno di quelli che erano lì quella notte sa che cosa è successo a Dae-Hoon." Ci pensai su. "Un altro poliziotto?"

"O forse uno di quelli che stava ricattando," disse lui. "Dae-Hoon potrebbe aver pensato di essere al sicuro perché si conoscevano, ma magari il tizio aveva altri piani. Pensaci. L'uomo che ti sta spremendo è proprio lì, e i poliziotti stanno ammaccando teste. Quanto poteva essere difficile convincere un giovane uomo spaventato che sarebbe stato al sicuro?"

"*Seguimi e usciamo di qui?*" Sembrava plausibile. "Sai che cosa non abbiamo fatto? Incrociare la lista delle vittime di Dae-Hoon con quella degli arrestati di quella notte. Scommetto che c'era qualcuno che potrebbe aver visto qualcosa. E che conosceva Dae-Hoon. Merda, il bastardo che mi sta ricattando io vorrei tenerlo d'occhio. Sarebbe la prima persona che noto quando entro in una stanza."

"È questo che mi piace di te, principessa." Bobby sorrise. "Hai un cervello, oltre a quel bel faccino. Non molto, ma abbastanza da non farmi venire voglia di affogarti. Torniamo indietro e scopriamo chi, fra quelli che erano lì, ballava al suono della musica di Dae-Hoon."

CAPITOLO 14

LA PARTE peggiore nell'essere un investigatore privato è dover trattenere la pipì mentre aspetti che un tizio esca dal letto della moglie di un altro uomo. Dopo quella, la peggiore è scavare in un cumulo di scartoffie in cerca di una singola minuscola cosa che dimostrerà che hai qualcosa a cui dare la caccia. Con i rapporti sull'arresto di una trentina di uomini, gli appunti di Jae dai diari di Dae-Hoon, e i nomi degli uomini sui rendiconti bancari, eravamo decisamente in un girone infernale ignoto fino a quel momento.

"Posso dire una cosa razzista?" chiese Bobby in tono stanco. Non so come avesse avuto i rapporti di arresto, ma non avevo intenzione di discutere riguardo alle leggi sulla privacy o altre sciocchezze. Avevo bisogno di scoprire che cosa era successo a Dae-Hoon. Il resto poteva fottersi.

"Sicuro, fai pure." Mi allungai sulla poltrona per stiracchiarmi.

"Finché non rovini le mie lenzuola buone per farti un cappuccio bianco a me non importa," intervenne Claudia fissandolo da sopra gli occhiali a farfalla.

Bobby fece un grugnito di assenso e agitò in aria il rapporto che stava leggendo. "Perché cazzo questa gente ha solo sette cognomi? E anche tutti i nomi sono gli stessi, solo un po' mescolati. È come cercare di capire chi è chi a un maledetto picnic per gemelli."

"Non so se si possa considerare razzista," replicai. "Penso che sia stato fatto apposta. Chiederò a Jae, ma credo che lo abbia deciso qualche imperatore. Oppure mi sto confondendo con il sistema di scrittura. Non me lo ricordo."

Passarono all'apparenza ore prima che arrivassimo all'ultimo mucchio, ma ne valse la pena. Alla fine avevamo cinque nomi che comparivano sia sui diari, o i rendiconti bancari, sia nei rapporti di arresto. Ci avevamo impiegato cinque bricchi di caffè e un paio di ordini di involtini primavera tailandesi, ma quei cinque nomi erano come trovare l'oro.

"D'accordo, io ho un appuntamento." Bobby si alzò in piedi per stiracchiarsi. Quando si torse da una parte e dall'altra, la sua spina dorsale scricchiolò, e io lo presi in giro dicendo che stava diventando vecchio. "Sono ancora abbastanza in gamba da vedere come te la cavi domani sul ring."

"No," annunciò Claudia. "Non verrà a farsi pestare finché il medico non dice che può. Non ho intenzione di passare le giornate con la puzza di quella pomata che usa quando si fa male."

"Carino, hai una donna che ti protegge, principessa," scherzò Bobby saltellando per togliersi dalla portata di Claudia quando lei si allungò per dargli una pacca sulle gambe. "Ehi, occhio, attenta alla mercanzia. Ho dei progetti, per quella."

"Baderò alla tua mercanzia," brontolò lei. "E tu vai a lavarti la tazza. Non sono la tua cameriera. Non ripulisco dove passano i miei ragazzi, e non ho certo intenzione di pulire il culo a *te*."

"Sissignora." Bobby le fece il saluto.

Io raccolsi la spazzatura per portarla nel bidone, mentre Bobby lavava tutto. Spensi le luci e tenni aperta la porta perché Claudia potesse passare; lei si fermò a prendere la borsetta, ed era quasi sul portico quando sentii i passi di qualcuno che arrivava.

"McGinnis!" Conoscevo quel tizio magro sul mio portico. Probabilmente non mi sarei mai levato di testa il ricordo del suo uccello che pareva masticato, ma era comunque meglio che averlo mai avuto in bocca, anche prima che la bottiglia di vetro facesse danni. Sembrava più agitato e più teso di quando lo avevo lasciato al pronto soccorso. Dondolò un po', rimbalzando sulle scarpe da ginnastica. Mandava un odore acido e aveva le pupille così enormi da far sparire le iridi.

"Vai a casa, Trey," disse Bobby dandogli una spintarella sulla spalla. "Sei su di giri."

"Voglio parlare con Cole del mio uccello," insistette Trey, impastando le parole e sputacchiando. Una gocciolina atterrò sul braccio nudo di Claudia, e lei la guardò disgustata. "Cosa stai guardando, pezzo di…"

Prima che potesse finire quello che stava dicendo, aveva la mia mano attorno alla gola. Strinsi finché non cominciò a strozzarsi con la lingua, poi avvicinai il viso al suo. "Parlale di nuovo in *quel* modo in mia presenza, e io ti strapperò via quello che resta del tuo maledetto uccello e lo darò da mangiare alla gatta. È chiaro, *stronzo*?"

Trey gorgogliò e io lo scossi, aspettando che diventasse color barbabietola prima di spingerlo via. Si mise le mani sulla gola e si chinò, in cerca d'aria. Se avesse potuto, mi avrebbe bollito vivo con lo sguardo. "Che hai intenzione di fare per il mio uccello?"

"Probabilmente niente," strascicai. "Non te l'ho messo io in quella bottiglia. Lo hai fatto tu. Merda, non mi stavi nemmeno pagando perché

347

stessi lì. Più che altro dovrei farti causa io per il trauma mentale, ma qualsiasi giudice mi direbbe che avrei dovuto essere più avveduto."

Era tardo pomeriggio, e la gente stava tornando dal lavoro. Ogni tanto passava un'auto, e alcune rallentavano per parcheggiare a uno dei ristoranti per la cena, o per un caffè prima di andare a casa. Era qualcosa a cui Claudia e io non facevano attenzione. Era una parte naturale della giornata, un po' come le urla mattutine di 'ti amo' della coppia dall'altra parte della strada prima che andassero al lavoro.

Non notai la piccola coupé a due porte che rallentava davanti a casa mia. Ero concentrato su Trey e su come far sloggiare il suo culo ostinato dal mio portico. Nel peggiore dei casi, beh, presto sarebbe arrivato uno dei figli grossi come montagne di Claudia, e in tre avremmo potuto gestirlo fino all'arrivo della polizia. La mia prima scelta per tenerlo fermo era Bobby, visto che tanto per cominciare era stato lui a mettermi in quel pasticcio.

Trey venne colpito per primo. Un momento lo stavo guardando, e il momento dopo stavo mangiando frammenti di capelli e osso. Gli spari erano forti, riecheggianti, e rimbalzavano contro l'edificio, tutto attorno a noi. I proiettili colpirono i pali di legno che reggevano il tetto del portico, e sentii qualcosa nella schiena.

Restai lì in piedi, aspettando che mi colpissero altri proiettili. Ero di nuovo a quel maledetto ristorante, a chiedermi perché Rick avesse smesso di parlare... orripilato quando il suo corpo mi era andato a pezzi tra le mani. Da un momento all'altro sarei affondato, sommerso dalla mia stessa oscurità, dal mio dolore.

"A terra!" urlò Bobby.

Il suo grido mi strappò fuori dai ricordi, e mi buttai a terra. Claudia andò giù goffamente e gemette, rannicchiata su un fianco. Bobby le mise le mani sulle braccia e tirò forte, cercando di portarla al riparo. Gli sanguinava una spalla ma dall'aria che aveva non era grave, solo un graffio.

Stava succedendo tutto troppo in fretta per fare qualcos'altro oltre a reagire. Presi Claudia per la vita, tenendo la testa bassa, e tirai per trascinarla dietro il muro di pietre che avevo scelto per chiudere le fiancate del portico. Il corpo di Trey si contraeva e si agitava sui gradini, rifiutandosi di credere che la sua testa era esplosa.

Mi ronzavano le orecchie, e mi ci volle un po' per rendermi conto che gli spari si erano interrotti. C'era il suono di una sirena dalla distanza, e sentii un caos di urla arrivare dalla strada. Uno stridere acuto che mi perforava il cranio, mentre una donna continuava a strillare che inseguissero l'auto.

Le cicatrici che avevo sul fianco stavano protestando per quell'abuso, e quando cercai di sedermi si contrassero. La spalla a malapena sussurrò una lamentela, e la ringraziai in silenzio. Passai la mano sul punto della schiena che mi faceva male e la trovai appiccicosa, ma il sangue era solo un velo, non una ferita copiosa di cui dovessi preoccuparmi.

Claudia era tutta un'altra storia.

Esiste un livello di paura che è fisicamente doloroso. Cominciò come un dolore alle gengive, come se i miei denti stessero cercando di sfuggire all'orrore emotivo in arrivo. Dopodiché il mio stomaco cercò di scappare via, rigirandosi da dentro a fuori come una stella marina famelica; mi sentii la bile in gola e quando deglutii mi andò di traverso, portando l'acido nei miei polmoni e bruciando quel po' di aria che mi era rimasto.

Non riuscivo a muovermi. Anche se guardavo Bobby lavorare sul petto e sullo stomaco di Claudia, ero gelato sul posto. La sua carnagione rosea stava diventando cinerea, e quando le strinsi le dita la sua mano era gelida. Era come se fossi di nuovo un bambino. La presi per una spalla implorandola di svegliarsi, promettendo qualsiasi cosa se solo avesse aperto gli occhi.

"Vedi di reggere, Cole." La rudezza di Bobby mi fece ritornare a fuoco. "Non mi andare in pezzi, cazzo. Non ho bisogno di stronzate proprio adesso. Metti la mano sul suo petto e tieni premuto. Dobbiamo contenere l'emorragia."

Era una donna morbida, come un cuscino, ma con un nucleo più duro dell'acciaio. Invece che con Bobby o Mike era stato con lei che mi ero aperto per la prima volta dopo la sparatoria. Perfino con Maddy ci era voluto un po' di tempo, ma Claudia era entrata nel mio cuore e aveva spalancato le finestre che io avevo sbarrato per tenere fuori la luce, come se ci fosse bisogno solo di una buona pulizia di primavera. Non era la prima volta che la toccavo, ma era la prima volta che lei non ricambiava il mio abbraccio.

Fu così che ci trovò suo figlio Marcel, con le mani strette sul corpo inerte della madre, mentre facevamo di tutto perché non ci abbandonasse. Era venuto a prenderla, un incarico che la covata si divideva in modo che tutti potessero passare una mezz'ora con la donna che era il fulcro della loro famiglia.

Il suo urlo fu qualcosa di orribile, angosciato e lacerante, che soffocò le sirene dell'ambulanza che stava girando l'angolo. Quell'ululato sembrò durare in eterno e dovemmo lottare perché ci lasciasse lo spazio per tenerla lì, ma lui non voleva mollarla.

349

Dovemmo metterci d'impegno tutti e due per tirarlo via, e anche così non fu facile. I paramedici erano una squadra veloce, un team d'emergenza che aveva finito di collegarla ai tubicini di sangue e liquidi prima che io ritrovassi la voce. Una barella la spostò nel retro dell'ambulanza e Marcel restò lì a barcollare, affidandosi in silenzio a Bobby. Avevamo le mani coperte del sangue di Claudia e i poliziotti stavano cominciando a mettere il nastro sul vialetto d'ingresso, impedendo ai curiosi di camminare sul cemento per dare un'occhiata migliore al cadavere ai miei piedi.

Mi sedetti, picchiando sull'erba e sul terreno con i pugni chiusi. Le lacrime che ero stato troppo spaventato per lasciar scorrere finalmente arrivarono e mi morsi il labbro, singhiozzando con il respiro corto mentre gli uomini in uniforme radunavano la gente che aveva visto l'auto scappare via. Tirai fuori il cellulare con le mani che mi tremavano e feci il numero deglutendo, senza sapere se sarei riuscito a parlare. Al secondo squillo mi rispose una voce divertita e piena di affetto.

Lottai, tremando per quello che dovevo dire, e alla fine cedetti alla paura e al dolore. "Ho bisogno di te, piccolo. Per favore... vieni. Hanno sparato a Claudia, e... ho bisogno di te. Tanto."

LA SALA d'attesa dell'ospedale somigliava molto a com'era stata quando avevamo fatto visita a Shin-Cho, tranne che per la mole e il livello di rumore della gente che si era riunita. Mentre attorno a Shin-Cho, c'era stata un'atmosfera quasi da veglia funebre, il clan di Claudia si era riunito in una muraglia di forza. Alcuni stavano pregando assieme, in piedi e a testa china, tenendosi per la vita. Con loro c'era un uomo che non conoscevo, che guidava la preghiera con voce sonora e morbida e con la Bibbia in mano. In un angolo c'era un paio di bimbetti che giocavano sul pavimento, sorvegliati da un ragazzino che non aveva ancora finito di crescere.

Feci un conteggio veloce, e persi il conto del totale altrettanto in fretta. C'era quasi tutti i figli di Claudia, con mogli e bambini. Ne riconobbi alcuni ma per la maggior parte erano degli sconosciuti, inclusa una piccola donna asiatica seduta accanto a un grosso uomo addolorato dalla pelle scura. Gli passò una mano sulla testa calva e mi fece un leggero sorriso quando mi addentrai nella mischia.

Feci tre passi prima che un uomo che somigliava a Malcom venisse a mettermi una mano contro il petto. Per incontrare i suoi occhi arrabbiati dovetti alzare lo sguardo. La maggior parte della nidiata di Claudia, e dei nipoti, erano più alti di me di venticinque centimetri o più, una notevole impresa dato che io superavo il metro e ottanta senza scarpe.

"Vattene da qui, cazzo." Masticò le parole, sputandomele addosso in una rapida raffica. "Tu sei il motivo per cui Nana è qui."

"Siediti, Gareth, e questo è il tuo primo avvertimento per aver imprecato." A rimproverarlo era stata una donna nera minuta con un vestito senza maniche. "Ti stai rendendo ridicolo. Tua nonna lo avrebbe voluto qui. Non costringermi a cacciarti in testa del buonsenso a ceffoni."

Lui mi guardò in cagnesco per un altro momento, poi tornò ad appoggiarsi contro il muro, con gli altri membri del suo gregge, che gli si riunirono attorno offrendogli sostegno oppure sgridandolo perché era un asino. Era difficile da dire, con quelle espressioni preoccupate.

"Ehi, è bello vederti, amico," mi salutò Martin, il maggiore. Trascinandomi in un abbraccio da orso mi strizzò via quel poco di vita che mi era rimasta dopo aver visto sua madre ferita. Vicino a lui mi pareva di essere un bambino, ed ero sicuro che se avesse voluto avrebbe potuto farmi schizzare via gli occhi dal cranio con uno scappellotto. "Mamma se la sta cavando bene. I dottori hanno detto che è stata fortunata. I proiettili non hanno colpito niente di preoccupante. Li stanno estraendo adesso."

"Cazzo, grazie a Dio." Barcollai per il sollievo. Alla stessa velocità con cui avevo parlato, dovetti difendermi dagli sguardi taglienti che il mio linguaggio aveva attirato dalla maggior parte degli adulti. "Mi dispiace, Marty. Davvero. Mi occuperò io di tutto. Promesso."

"Lo so, amico." Mi sorrise. "Sei un brav'uomo. Diavolo, mamma dice che sei il figlio che ha avuto con l'uomo dei gelati. Dai, vieni a sederti. Stiamo solo aspettando che il dottore torni e ci dica dove la stanno portando."

Accanto a me, Jae stava sbirciando la massiccia collezione degli eredi di Claudia. Si avvicinò ancora, e non lo biasimai. Il livello delle emozioni erano alto, e non era garantito che riuscissimo a uscire dalla stanza senza che qualcuno dei nipoti incazzati di Claudia cercasse di staccarci la testa. Alla fine si appollaiò sul bracciolo della poltrona a cui uno dei ragazzi aveva rinunciato per farmi sedere.

C'era troppo rumore e troppo caldo e a ogni istante qualcuno mi sfiorava un braccio o una gamba. A ogni secondo che passava la pelle mi diventava sempre più stretta, finché non mi sembrò di non riuscire più a respirare. Nel mio petto stava succedendo qualcosa di orribile, e io mi strofinai le cicatrici sul fianco nel tentativo di fermare gli spasmi.

351

Non mi resi conto che Jae si era alzato in piedi finché non mi diede una pacca sulla spalla facendomi segno di seguirlo. Mi guardai attorno; non volevo lasciare la stanza, nel caso arrivasse qualcuno con le risposte alle domande che non riuscivo nemmeno a pronunciare. Lui insistette in silenzio, infilandomi una mano sotto il braccio e tirandomi in piedi.

"Vieni," mi disse all'orecchio. "Andiamo a prendere un po' d'aria. Ho chiesto a Martin di chiamarmi se succede qualcosa."

Vedere il cielo notturno fu uno shock. Non so cosa mi aspettassi. Forse una parte del mio cervello voleva che il tempo si fermasse, ma al mondo non importava che una donna che faceva parte della mia vita stesse sanguinando da qualche parte su un tavolo operatorio. Attorno a noi la gente si aggirava per l'ospedale occupandosi degli affari propri. Una coppia anziana ci passò accanto carica di fiori e di palloncini che urlavano 'Congratulazioni' sul loro involucro di plastica.

"Dovrei prenderne per Claudia. Di fiori o di palloncini," mormorai abbassando lo sguardo. Avevo ancora addosso la maglietta della Dr Pepper, con l'orlo intriso di sangue secco. Anche i jeans ne erano schizzati, e forse non ricordavo di essere caduto sul prato ma doveva essere successo, a giudicare dalle macchie di erba e terra sulle ginocchia.

"Magari senza la scritta 'Congratulazioni' però," disse Jae a bassa voce. "A meno che farsi sparare non sia un qualche test di abilità McGinnis. Non riuscirai ad assumere dipendenti, se per lavorare per te bisogna farsi sparare."

Non riuscii a trattenere una risata. Arrugginita e dolorosa, ma comunque una risata. "A volte mi dimentico che hai un senso dell'umorismo malato."

"Lo uso con parsimonia." Annuì. "Lo rende più speciale."

"Oh, è estremamente speciale," convenni. "Ehi, hai parlato con Bobby?"

"Sì, arriva tra poco." Strusciò i piedi per terra e inclinò la testa verso il cerchio dei fumatori. "Su, tienimi compagnia."

Andammo nel punto più lontano, a cavalcioni di una panchina in modo da poterci guardare in faccia. Lui tirò fuori una kretek e la accese, risucchiando nei polmoni una boccata di fumo fragrante. Lo fissai finché non cominciò ad agitarsi a disagio sotto il mio sguardo, ma continuò a non dire niente, guardandomi solo ogni tanto.

Era ancora la creatura esotica che avevo visto per la prima volta nella casa dei suoi parenti. Un giovane uomo tranquillo e in conflitto che, come avevo imparato da allora, rideva a bassa voce e si teneva sul petto un tornado peloso in miniatura mentre lavorava al computer. Guardare Jae continuava a levarmi il fiato, ma ora potevo vedere l'uomo sotto quel bellissimo aspetto. Non usava le parole per dirmi quello che pensava; di solito lasciava che a parlare per lui fossero le piccole cose, come una tazza di caffè pronta ad aspettarmi quando arrancavo in bagno prima di andare al lavoro. Capivo il suo lato selvatico, quel bisogno impellente e appassionato di aggirarsi in posti bui e abbandonati per catturare la bellezza che solo lui riusciva a vedere.

Era la profonda passione cui attingeva quando mi prendeva dentro di sé, a volte cavalcandomi e stringendomi le spalle così forte da lasciare dei lividi. Era dentro di lui, invisibile quasi a tutti, ed era un onore far parte della piccola cerchia di persone che lasciava avvicinare.

"Non cambiare mai," mormorai chinandomi in avanti per baciarlo prima che prendesse un'altra boccata ai chiodi di garofano. "Rimani te stesso."

"Devo cambiare," disse restituendo il mio bacio con una ferocia che mi fece accelerare il battito. "Ma sarà in meglio. Meglio per tutti e due."

"Pensavo proprio che vi avrei trovati qui fuori." Bobby interruppe quel momento e Jae chinò la testa, improvvisamente conscio che ci eravamo baciati all'aperto, dove potevamo essere visti.

Bobby mi mise una mano sulla spalla e strinse. Aveva recuperato dei vestiti di riserva da qualche parte, probabilmente nel retro del suo furgone, perché la maglietta azzurro brillante aveva il logo della palestra sul davanti. Porgendomi un sacchetto di plastica disse: "Ti ho preso qualcosa per cambiarti."

"Ah-ah." Sollevai una maglietta grigia con lo stesso logo. "Saremo gemelli."

"È quello che avevo." Si strinse nelle spalle. "Indossala con orgoglio."

Mi tolsi la maglietta macchiata di sangue e la infilai nel sacchetto. La piccola fasciatura sulla schiena, nel punto in cui mi aveva sfiorato il proiettile, tirò mentre mi muovevo, ma era meno fastidiosa delle ferite che avevo già subito. Usai le salviettine che Bobby aveva messo nel sacchetto per ripulirmi, facendo un sorriso rassicurante a Jae che si era accigliato vedendo il mio torace.

"Solo quella piccola sulla schiena. Davvero…" Scossi la maglietta. "Il resto non è mio."

"Non ti avevo detto di non farti sparare?" chiese con un broncio di disapprovazione. "Penso di aver detto in modo molto chiaro *non farti sparare.*"

"Oh, andiamo," protestai. "Questa non conta. È successo anche a te, ricordi?"

Lui grugnì, non molto convinto del mio ragionamento. Tirò un'ultima boccata, espirò una nuvola di fumo e poi spense quello che restava della kretek. "Vuoi qualcosa da bere? Le macchinette hanno del tè verde freddo."

"Sarebbe fantastico." Gli presi la mano prima che potesse andar via. "Grazie, piccolo. Di essere qui."

"Certo che sono qui." Mi guardò come se fossi pazzo. "Claudia è la tua *nuna*. Dove altro dovrei essere?"

"E io posso avere un caffè? Hai presente, io? La persona che gli ha salvato la vita?" gli gridò dietro Bobby. Jae gli fece un gesto con la mano senza girarsi e io ridacchiai del suo sospiro esasperato. "È come se io non esistessi nemmeno."

"A me sta bene." Quando mi diede una pacca sulla spalla grugnii. "Amico, non lì. Proiettile, il mese scorso. Ti ricordi? Cazzo."

"Sì, perdonami," si scusò, ma non sembrava davvero dispiaciuto. "Sei un tale disastro che non mi ricordo neanche dove posso colpirti. Come stai?"

"È un cazzo di shock. Ho intenzione di uccidere chiunque sia stato." Ormai eravamo gli unici nell'area cancro, ma l'aria era ancora pesante per il fumo delle sigarette. "Sono felice che tu sia venuto. Grazie."

"Nessun problema." Si schermì dalla mia gratitudine con un sorriso. "Ho parlato con la signora dell'amministrazione. Metteranno Claudia in una stanza privata. Le ho detto che avresti pagato tu."

"Cazzo, non ci avevo nemmeno pensato. Grazie. Sarà meglio per la famiglia. Vorranno restare."

"Di nuovo, nessun problema. Hai altro a cui pensare," replicò lui. "I poliziotti vogliono parlarti di nuovo."

"Sì? Perché?" Non riuscivo a immaginare cos'altro avrei potuto dirgli. Avevamo passato più di due ore a sviscerare il mio coinvolgimento con Trey, e non mi era venuto in mente un solo motivo per cui qualcuno potesse volermi morto.

"Hanno trovato l'auto. Qualcuno per strada aveva annotato il numero di targa," mormorò. "È a noleggio."

"Okaaaaay," dissi allungando la parola. "Io continuo a non sapere nient'altro."

"Si stavano chiedendo se tu avessi un amante coreano o qualcosa del genere." Guardò la porta dell'ospedale, da cui stava arrivando Jae con un sacchetto e un bicchierino di caffè. "C'era dentro la pistola, assieme a un sacco di carte in coreano. C'erano anche delle foto, Cole. Una era di Shin-Cho che usciva da casa tua. Hanno chiesto se stavi tradendo qualcuno. Io gli ho detto di Jae…"

"Non è stato Jae," inveii contro il mio migliore amico. "Non esiste che sia stato Jae, cazzo."

"Non lo penso, ragazzo," disse alzando le mani in segno di resa. "Ma penso che sia connesso con quello a cui stai lavorando. Qualcuno ti vuole morto, Cole. Qualcuno che sa che stai rimestando nella merda di Dae-Hoon. Dobbiamo scoprire chi guidava quella cazzo di macchina prima che finisca quello che ha cominciato. Non importa quanto mi fai incazzare certe volte, l'ultima cosa che voglio è vederti morto, principessa. L'ultima cazzo di cosa che voglio."

CAPITOLO 15

IL POSTO non avrebbe dovuto sembrare lo stesso. Proprio no. Ma a parte il nastro della polizia che ondeggiava alla brezza notturna e i buchi scuri nella vernice bianca dei pali del portico, l'edificio pareva più o meno identico, come se non fosse successo nulla.

In un ospedale dei dintorni c'erano un mucchio di macchinari che facevano bip bip e che avrebbero potuto raccontare una storia diversa, ma all'edificio non importava un accidente.

Ero stanco ed emotivamente esausto. Claudia era stata portata in terapia intensiva, e al mattino avrebbero cercato di spostarla in una stanza privata. La famiglia mi aveva cacciato via promettendo di chiamarmi se fosse andato storto qualcosa, ma i dottori ci avevano assicurato che stava bene, e che i suoi segni vitali erano forti. L'unica cosa che dovevo fare io era svegliarmi nel pomeriggio, e magari strisciare giù per le scale per mangiare qualcosa. Sarei andato a trovare Claudia quando quelli dell'ospedale avessero permesso le visite.

Quando arrivammo a casa, in segreteria c'era un messaggio del detective Wong. Lo ascoltai per qualche secondo, poi andai a cercare una birra nel frigo lasciando aleggiare la voce del poliziotto. Dietro di me, Jae si fece una tazza di tè caldo, appoggiandosi al bancone per guardarmi mentre mi aggiravo in cucina.

"Stai bene?" chiese alla fine. Io mi voltai a guardarlo, con la bottiglia già alle labbra.

"Penso di essere troppo stanco per pensare," ammisi bevendo un sorso di Tsingtao. "Mi stanno sbadigliando anche i capelli."

"Dovresti mangiare qualcosa," mi sgridò. "Hai preso solo un tè e quella birra."

"La birra è un cereale. Esattamente come il whiskey è porridge." Lui sbuffò e io bevvi metà della birra, poi la mollai nel lavandino. Mi gorgogliava lo stomaco, e mi sentivo l'interno delle palpebre come se fosse pieno di sabbia. "Piccolo, non ho fame. Davvero. Penso di volermi solo sdraiare."

Neko si offese perché ci eravamo stesi sul letto e se ne andò in un qualche punto ignoto della casa. Io me ne restai sotto la doccia abbastanza a lungo per insaponarmi e levarmi di dosso l'odore dell'ospedale, poi strisciai sotto le coperte. Le luci erano ancora accese e Jae era in bagno a lavarsi i denti.

Quella fu l'ultima cosa che ricordai prima di svegliarmi urlando.

Per essere un incubo era davvero ottimo, con una buona regia e un cast completo di quasi tutte le persone che amavo, passate e presenti. Una bizzarra aggiunta, qualcosa che non mi era mai successo prima, era l'inclusione della mia vera madre, Ryoko. Pensavo a lei a malapena, figurarsi sognare che fosse presente nel mio personale Massacro di San Valentino.

Non riuscivo a svegliarmi da quello che stavo vedendo. Non importava quanto ci provassi. Avevo camminato con cura tra morti e moribondi, andando da un corpo all'altro, guardando quello che restava delle facce che mi erano così care. Alla fine avevo inciampato in Jae-Min e mi ero chinato per sollevargli la testa. I suoi occhi scuri si erano aperti e lui mi aveva guardato, fiducioso e vulnerabile, in preda al dolore.

Era stato allora che gli avevo portato la Glock alla tempia e gli avevo fatto saltare la testa.

Urlare probabilmente non è una parola abbastanza forte per quello che stavo facendo quando mi tirai fuori dall'incubo, ma non avevo voglia di fare il pignolo. Avevo solo bisogno di esprimere in maniera udibile l'orrore e l'odio che avevo dentro di me quando uscii dalle tenebre.

"*Agi*! Cole-ah!" Jae mi passò freneticamente le dita tra i capelli, poi mi prese il viso tra le mani. "Sono qui. Va tutto bene. È solo un sogno, *de*?"

Mi ci volle un intero minuto per riuscire a parlare. Il cuore mi martellava nel tentativo di uscirmi dal petto. Jae andò via un attimo e tornò con una bottiglia di tè verde freddo. Mi incitò a berlo e si inginocchiò accanto a me finché non smisi di tremare e fui in grado di guardarlo senza chiudere gli occhi.

"Cazzo." Avevo bisogno di imparare un'altra lingua. Qualcosa di più forte dell'inglese o del coreano, perché da quel che potevo vedere nessuna delle due aveva imprecazioni abbastanza rabbiose; avevo bisogno di qualcosa di corrosivo.

"Vuoi parlare?" chiese a bassa voce, come se alzarla potesse mandarmi di nuovo fuori di testa.

Scossi il capo e allungai un amano per toccargli il viso. Aveva acceso le applique che incorniciavano la finestra dietro il letto, e quella luce

357

morbida trasformava il suo viso in piani dorati e ombre blu scuro. Quando sbatté le palpebre, le sue ciglia mi solleticarono i polpastrelli.

"Tu sei una delle cose migliori che mi siano mai successe," sussurrai.

"Meglio di pizza e birra?" mi prese in giro lui.

"Meglio di whiskey e bacon," lo rassicurai con un bacio leggero.

Il suo sorriso fu un po' timido, ed estremamente erotico. L'angelo dalle ali nere che mi aveva attratto la prima volta risplendeva attraverso il giovane uomo preoccupato che mi aveva tenuto stretto finché il mio mondo non si era rimesso in asse. Adesso Kim Jae-Min aveva altri piani per confortarmi.

Le sue dita calde passarono sulla mia pancia, vagarono sul torace e sfiorarono le cicatrici. Toccò altri posti, altre cose, e ogni idea di dormire svanì. Il mio uccello si ingrossò quando mi passò la mano sull'anca, e io mi allungai per tirare Jae più vicino.

Jae al momento non era dell'idea. Allungò le braccia sopra la testa muovendo le spalle da una parte all'altra, con quel sorrisetto sensuale e misterioso ancora sulle labbra. Nudo era di una bellezza assoluta. Muscoli snelli e forti sotto un incarnato pallido e perfetto, con solo un'ombra di peli sotto le braccia e tra le gambe. Conoscevo bene quel panorama, un sogno di seta con punti nascosti di velluto muschiato che amavo leccare, perché lo facevano contorcere sotto la mia lingua.

"Siediti. Con la schiena contro la testiera," sussurrò. Dovevo averlo guardato come se fosse un po' pazzo, o anche più di un po', perché mi diede un bacio sull'angolo della bocca. "Muoviti."

Le lenzuola erano bollenti e umide del mio sudore, per cui mi si attaccarono addosso mentre mi spostavo. Il rumore familiare di un cassetto che si apriva mi fece venire l'acquolina in bocca, e nonostante mi facesse male praticamente ogni centimetro del corpo, scoprii di avere bisogno di Jae attorno a me.

Era bello sapere che lui stava pensando alla stessa cosa.

Jae non era uno da preamboli. I preliminari erano dei baci rudi e magari qualche carezza. A volte giocava a giochi pericolosi, confidando che io non lo sopraffacessi per prendermi semplicemente quello che volevo. Era quello a cui era stato abituato. Fare sesso in maniera gentile lo aveva confuso, ma aveva scoperto che gli piaceva. E poi c'erano volte in cui aveva bisogno di prendere, e di venire preso. Sembrava che per lui questo ci connettesse a un livello che solo lui capiva. Gli ci era voluta qualche settimana per imparare che a volte andava bene prendersela comoda.

358

Apparentemente questa non era una di quelle volte.

Si piazzò a cavalcioni sulle mie cosce, chinandosi a mettere la bocca sulla mia. Dovetti lavorare per quel bacio, per strappargli gemiti incoraggianti con tocchi della mia lingua. Le luci fioche delle lampade facevano risplendere il suo corpo, e io allungai il braccio a toccargli le spalle, passando il palmo sulla pelle morbida, sfregandola con i miei calli fino a far arrossare quell'avorio. Gli sfregai il naso contro la gola e il mio mento ispido si lasciò dietro dei segni brucianti, marchiandolo come mio.

Mi accarezzò l'uccello, sbarazzandosi in fretta di qualsiasi riluttanza il mio corpo potesse avere; il mio cazzo pulsò, già con una goccia lattea sulla fessura. Lui la sfregò con il pollice e si leccò via il liquido mentre mi guardava negli occhi.

Mi strinse e mi appoggiò la cima del preservativo sulla punta, passando il pollice attorno al glande; poi, piegandosi in un modo che fece dolere la mia spina dorsale, baciò prima un lato del prepuzio e poi l'altro, passando la lingua sotto il bordo. Tirandosi a sedere mi srotolò il lattice addosso, facendolo aderire e catturando un pelo vagante alla base della mia asta.

Il lubrificante era freddo anche attraverso il preservativo, e quando una goccia scivolò dall'alto fino ad arrivare ai testicoli mi contorsi ridacchiando. Jae la catturò con le dita prima che ungesse le lenzuola e la spalmò sulle mie palle, trattenendole nel palmo.

"Continua così e non ti servirò a molto come giocattolo," dissi.

"E allora perché ti tengo in giro?" scherzò lui facendomi l'occhiolino mentre sollevava i fianchi per sistemarsi davanti al mio uccello.

Si sporse in avanti finché i nostri petti quasi si toccarono, e allungò una mano dietro di sé per sistemarmi tra le sue natiche. Il suo sguardo non mi lasciò mai; si limitò a stringere gli occhi quando la mia punta cominciò a salire nel suo calore, con una resistenza squisita. Strinsi le mani sui suoi fianchi facendolo rallentare, in modo da poter sentire la penetrazione centimetro per centimetro.

Il suo corpo resistette al mio, giocando timidamente la carta della seduzione mentre Jae si spingeva più in basso. Violare la sua entrata richiese un'eternità di piacere quasi doloroso, poi fui sommerso, e lo riempii mentre lui si abbassava su di me. Sepolto fino alla radice, gli misi la mano sulla guancia sinistra passandogli il pollice sulle labbra, e lui si voltò al mio tocco, sfregando il viso contro il mio palmo. Un movimento del suo bacino mi portò quasi alle lacrime, specialmente quando si fermò prima di ridiscendere.

"Mi ucciderai, cazzo," borbottai a denti stretti. Solo pochi centimetri di me erano fuori dal suo calore, ma l'aria fredda sulla mia asta era un contrasto scioccante con il calore risucchiante del suo corpo.

"Mi piace fare così," mormorò ondeggiando i fianchi fino a inghiottirmi di nuovo. "Mi piace averti così."

Si tirò un po' indietro e mi allargò le mani sulla pancia, poi me le passò sui fianchi e sulle cosce. Le sue gambe erano ripiegate, vicine alle mie, e mi premevano le cosce l'una contro l'altra. Quando le strinse, io sentii la pressione sulle mie palle imprigionate e mi inarcai nel tentativo di alleviare quel dolore ribollente, ma il suo peso mi teneva intrappolato contro il materasso.

Gli bastò qualche altra spinta coi fianchi per farmi ansimare, il mio sesso che cavalcava un'ondata di piacere e i testicoli che si contraevano nella morsa creata dalle mie cosce. Jae ondeggiò più lentamente che poteva, sollevandosi lungo la mia asta per poi riabbassarsi e tenermi in posizione. Afferrai le lenzuola; non ero sicuro che sarei riuscito a impedirmi di scavargli dei buchi nelle gambe. Avevo la fronte e le guance di nuovo coperte di sudore, che scendeva in un rivolo lungo la linea della mandibola, fino alla curva del collo.

Questa volta fu la sua lingua a catturare la goccia, e lui leccò via l'umidità salata dalla mia pelle, prendendola in bocca con tocchi delicati.

"Ho bisogno… di te." Ora i suoi occhi erano scuri, quasi neri di desiderio. Sdraiato sotto di lui, crocifisso dalla sua carne e dalle lenzuola avvolte attorno alle mie mani, non potevo pensare a un modo migliore di morire. "Voglio che siamo… insieme. Senza niente tra di noi. Non ho mai…"

"Possiamo, piccolo," sussurrai, lasciando andare le lenzuola per afferrargli i polsi. Lui rifiutò il mio tocco, scuotendo la testa con enfasi. "Possiamo farlo adesso. Ho fatto i test, soprattutto dopo…"

Mi afferrò il mento in modo che non potessi distogliere lo sguardo. "Non puoi fidarti di me. Non con quello che ho fatto. Non con chi sono stato. Non è sicuro per te. Io non voglio… perderti per questo."

"Controlleremo, d'accordo?" Chinai la testa e gli baciai il pollice, quello con cui si era portato il mio seme alla bocca. "Lo farei per te. Mi fido di te."

Avevo quasi oltrepassato il punto di non ritorno. Lo sentì nella mia voce e si ritrasse di scatto, come se lo avessi schiaffeggiato, ma non scivolò via da me per andarsene. La presi come una buona notizia.

Quello che disse dopo lo presi come la migliore notizia di tutti i tempi.

"Okay," mormorò. "Con te questo lo voglio, *agi*. Voglio sentire... quello che mi dai. Voglio sentirti venire dentro di me. Non so perché... non so perché tu..."

Spinsi verso l'alto, seppellendomi dentro di lui più che potevo. Piegai le gambe per avvicinarlo a me finché le nostre spalle si toccarono e potei stringergli le braccia attorno alla vita. Quando gli passai le mani sulla schiena, lui irrigidì la spina dorsale, che diventò come un filo di perle sotto le mie dita. Tra di noi, il suo uccello sfregava sulla sua pelle bollente lasciando una scia di umidità, come in un sensuale bacio bagnato.

Lasciai che fosse Jae a impostare il ritmo. Scelse una velocità quasi punitiva; aveva bisogno di sentire la rudezza del mio uccello contro la sua pelle delicata. Era rozzo, quasi violento, così duro che avevo paura si sarebbe prodotto delle lacerazioni. Raggomitolati l'uno contro l'altro, lo trattenni più che potei, cercando di farlo rallentare e prolungare l'orgasmo, finché non ebbi la sensazione che le mie palle stessero per staccarsi e venire per conto loro. Jae aveva dimenticato tutte le lingue che conosceva, rimpiazzate da suoni morbidi e gutturali. Non avevo bisogno che qualcuno mi spiegasse cosa significavano.

Scopami. Usami. Fammi provare *qualcosa*, Cole. Poi, in quel torrente di desiderio e di nuda necessità, sentii un suono gentile e flebile che gli sfuggiva dalle labbra.

Amami, sussurrava quel suono.

Per quanto odiasse essere quello che era e chi era, c'era una cosa ben nascosta e di cui potevo essere sicuro nel mio amante duro come un ragazzo di strada... il giovane uomo che vedeva il mondo come un'insolita creazione di bellezza che solo lui era in grado di catturare sulla pellicola. Lui vedeva l'amore nelle erbacce e nel cemento crepato. Vedeva la bellezza nella pelle di un uomo che invecchiava vivendo la sua vita come una donna. Anche se non poteva vedere la felicità per se stesso, la rendeva evidente per gli altri.

Lo tenni stretto, afferrandogli le spalle per guidarlo su di me. Mi scivolò addosso, bagnato di sudore, ancorato dalle mie gambe e dalle mie mani. Il suo canale si strinse, rifiutando di lasciarmi andare. Se avessi voluto allontanarlo, avrei dovuto lottare. Mi sarei arreso volentieri se non fosse stato che avevo bisogno dell'attrito, e che amavo il modo erotico in cui Jae restava senza fiato quando trovavo il punto debole dentro di lui.

Non avevo abbastanza leva per arrivare davvero in fondo, e il mio ringhio fu l'unico avvertimento che ebbe prima che ribaltassi la posizione.

Adesso, sdraiato sulla schiena, Jae si aggrappò ai miei bicipiti e io gli feci scivolare le mani sotto gli stinchi, piegandogli le gambe in modo da poterlo tenere aperto e impedirgli di muoversi.

E poi feci del mio dannato meglio per riempire il vuoto che aveva dentro.

Presi il ritmo e mi sbattei dentro di lui fino a sentirlo cedere. Cambiando angolazione, trovai il nocciolo che stavo cercando, e lo sfregai con tutta la mia lunghezza. Mi assicurai che mi cavalcasse con ogni colpo, sfregando la punta del mio sesso contro il suo centro finché lui non cominciò a gocciolare. Solo allora gli lasciai andare una gamba e lo presi in mano. Si imperlò, arrendendosi al mio tocco prima che io chiudessi completamente le dita attorno al glande gonfio. Aveva bisogno solo di qualche colpo, ma mi rifiutai di darglieli, scegliendo di sfiorare leggermente la pelle di seta che aveva alla base.

"*Cole-ah.*" I gemiti bassi da gattino erano spariti, rimpiazzati da una pretesa ruggente e dalle sue unghie sulle mie braccia. I graffi bruciavano, e io risi per la ferocia sul suo viso.

Trovammo un ritmo, gli schiocchi dei nostri corpi che si trasformavano nelle percussioni per la melodia di suoni che emettevamo. Mi facevano male le cosce, ma mantenni costante il ritmo, per far durare il piacere di Jae e poi ritornare nel suo calore. Lui gemette e cercò di inarcare i fianchi in modo che il suo uccello mi riempisse la mano, ma io glieli spinsi in basso, scattando in avanti per riempirlo di nuovo ancora una volta, poi due.

"Mi vuoi, piccolo?" sussurrai sfregandogli il naso contro l'orecchio. Ci ero vicino. Troppo vicino per avere pretese, in realtà, e se lui fosse stato padrone di sé lo avrebbe saputo. Invece si limitò a chinarsi in avanti e darmi un morso.

Ero già sul punto di perdere la testa, e sentire i suoi denti che mi affondavano nella pelle mi fece perdere il controllo. Venni quando lo fece lui, cedendo quando mi donò la prova del suo piacere. L'odore del suo seme mi infiammò e catturai la sua bocca, per il bisogno di avere il suo sapore sulla lingua. Lo strizzai, lavorando lentamente il suo uccello dalla base alla punta. Jae si inarcò contro il mio petto, venendo addosso a entrambi. Quando l'orgasmo mi colpì, non riuscii a respirare, intrappolato tra la meravigliosa espressione che aveva sul viso e l'elettricità che scorreva nel mio cazzo e nel lattice che mi impediva di riempire il mio amante.

Crollammo su noi stessi e Jae scivolò via da me, allungando languidamente una mano verso il panno con cui aveva asciugato il mio sudore quando mi ero svegliato. Glielo tolsi di mano, facendolo girare gentilmente sulla schiena, e pulii le tracce appiccicose che cominciavano ad asciugarsi sulla sua pelle. Barcollai fino in bagno per liberarmi del preservativo e misi un angolo dell'asciugamano sotto l'acqua fredda, riluttante a togliermi di dosso il suo orgasmo.

Quando uscii dal bagno, era sdraiato su un fianco, rivolto verso di me con gli occhi socchiusi, sonnolento e sazio. Allungò una mano intrecciando le dita tra le mie mentre spegnevo le luci. Lo tenni mentre strisciavo sopra di lui per sistemarmi a cucchiaio dietro la sua schiena. Lui allungò le gambe per intrecciarne una alle mie, e restammo uniti dalla vita in giù. Mettendogli un braccio attorno alla vita, mi allungai in avanti e gli baciai la nuca, soffiando sui capelli inzuppati di sudore.

"Non dirlo, *agi*." La sua voce era dolce, un groviglio implorante a cui mi ero rassegnato.

"Un giorno lo farò," gli risposi. Questa volta gli baciai la curva del bicipite, raschiando con i denti la pelle morbida. "Potrei non aspettare fino a quando sarai pronto per sentirlo."

"Mi… mi spezzerà, Cole," sussurrò lui. "Questo è… è così tanto. Sono così spaventato…"

"Sono spaventato anch'io, piccolo." Fu facile ammetterlo, specialmente con l'uomo per il quale avevo lottato così tanto. Portavamo tutti e due le cicatrici delle battaglie che ci avevano condotto lì insieme, sia sulla pelle che sull'anima. "Merda, questa notte hai spazzato via i miei incubi. Non pensi che io abbia paura?"

"Per te è diverso." Si spinse all'indietro nel mio abbraccio finché tra noi non ci fu più spazio. "Quando sei spaventato tu insisti. Non importa cosa può aver detto tuo padre, tu non scappi mai. Tutto quello che faccio io è correre via."

"Puoi sempre correre verso di me, lo sai," suggerii appoggiandogli il mento sulla spalla.

"Penso sia quello di cui ho più paura, *agi*." Il silenzio tra di noi era pieno di emozioni. "E se io corro da te e tu non ci sei?"

"Io ci sarò, piccolo," promisi. "Devi avere fiducia in qualcuno. So che è tremendamente difficile. E se ti deludo, hai il mio esplicito permesso di prendere a calci il mio maledetto culo, perché sarebbe la cosa più stupida che io abbia mai fatto in tutta la mia vita. Diavolo, probabilmente è la cosa più spaventosa del mondo dopo che qualcuno ti ha preso a calci nei denti, ma abbi fiducia in me. Lascia… che ti ami. Per favore, lascia che ti ami."

CAPITOLO 16

BOBBY MI trovò a quattro zampe che sfregavo i gradini del portico, immerso fino ai gomiti nella schiuma all'aroma di pino. Gli feci un cenno di saluto e gli dissi che in ufficio c'era il caffè.

Il detective Wong mi aveva chiamato prima ancora che mi lavassi i denti per parlarmi del caso, e mi aveva dato il via libera per tornare nella parte anteriore dell'edificio. Jae si era offerto di rimandare una foto di famiglia per aiutarmi a pulire, ma lo avevo spedito via con un bacio. Wong aveva detto che il laboratorio se ne era occupato per me, come favore a un ex poliziotto. Lo avevo ringraziato. Ero stato sincero. Avevo lasciato la polizia sotto una pioggia di proiettili sparati dal mio stesso partner, che si erano lasciati dietro una serie di cicatrici, un'enorme buonuscita in contanti, e l'odio collettivo di praticamente tutti i poliziotti di mia conoscenza. Wong era stato un'enorme sorpresa.

Sulle assi non restava una sola goccia di sangue e l'erba era bagnata fino alle radici. Avevo comunque posato a terra il detersivo e la spazzola con cui ero uscito e avevo srotolato il tubo del giardino. I danni ai pali erano soprattutto estetici, ma volevo che qualcuno desse un'occhiata alla cornice della finestra che era stata colpita. Quando l'avevo toccata, il vetro aveva ballato un po', ma sembrava tenere. Era stato allora che avevo cominciato a sfregare la pavimentazione.

Avevo bisogno di lavar via il giorno prima dal mio portico. Diavolo, avrei voluto lavarlo via dall'esistenza, ma almeno per il portico qualcosa potevo fare.

La porta a zanzariera cigolò alle mie spalle mentre Bobby usciva. Avevo usato così tanto detersivo sul pavimento che non riuscivo nemmeno a sentire l'odore del caffè che proveniva dalla sua tazza. Si accomodò su una delle poltrone da giardino che avevo comprato perché Claudia e io potessimo sederci a guardare i passanti quando ci annoiavamo sul serio. Lei mi aveva sgridato e aveva detto che ero uno sciocco, ma il giorno dopo era arrivata con dei grossi cuscini spessi, perché il sedile di legno le faceva male al didietro.

"Ehi, Lady Macbeth," brontolò Bobby dandomi un calcetto con la punta della scarpa. "Fai una pausa. Non hai causato tu questa merda."

"Lo so." Rovesciai il resto del secchio e sciacquai via la schiuma con il tubo, poi lo riavvolsi sul suo supporto e tornai in casa a lavarmi le mani e a prendere una tazza di caffè. Quando tornai, Bobby si era già sistemato per adocchiare un gruppo di studentelli hipster seduti a uno dei tavoli esterni della caffetteria, dall'altro lato della strada.

"Sono come un ibrido mutante tra un poeta beatnik e un cantante grunge non lavato," sbuffò. "Come fanno a considerarlo un aspetto gradevole?"

"Non lo so. Claudia vorrebbe legarli, innaffiarli con la pompa, e radere quei criceti radioattivi che si sono fatti crescere in faccia."

La caffetteria degli sgranocchiatori di muesli ne aveva fatta una giusta: avevano assunto un tizio di nome Joe che era capace di fare preparare un panino decente. Nelle giornate pigre... e anche in quelle non tanto pigre... a volte facevo un salto a prendere un sandwich di pastrami con pane tostato a lievitazione naturale e mi appallottolavo come un riccio per mangiarlo in pace. Mi ero imbattuto più di una volta in quel raduno di pretenziosità e tedio fasullo. Erano più irritanti degli pseudointellettuali che si riunivano il sabato sera per discutere l'antica questione di Batman contro Superman.

Era una vita piena di chiacchiere senza senso. Tanto più che nessuno di loro sapeva niente su Namor.

"Bene, quando torna al lavoro le darò una mano." Mi diede di nuovo un colpetto, questa volta con il gomito dato che ero seduto accanto a lui. "Sono arrivati i dati sulla targa di quella automobile al magazzino."

"Merda, me ne ero completamente scordato." Lo avevo fatto davvero. Era in cima alla mia lista delle piste da seguire, ma dopo quello che era successo il giorno prima, era scesa tra le priorità. "Qualcuno che conosciamo?"

"Sì, è registrata a nome di Crisanto Songcuya Seong. E amico, mi sa che ho incasinato il nome."

"Chi cazzo è..." Mi interruppi. "Seong? Come il Seong di Scarlet?"

"Anche più vicino di così," sorrise lui. "Quella è Scarlet. L'auto è registrata a suo nome. Penso che sia quella che i suoi ragazzi usano per portarla in giro. Difficile dirlo. Ne hanno una flotta."

"Perché diavolo avrebbe mandato qualcuno a seguirci?" Mi faceva male il cervello per la mancanza di sonno e di cibo e per il troppo caffè. "E perché non dircelo?"

"Buffo che tu lo chieda, principessa," rispose lui. "Perché è quello che le ho chiesto io quando l'ho chiamata stamattina. Pare che abbia detto a due dei ragazzi di Seong di seguirci là per aiutarci negli scavi. Tu eri stato ferito, e lei non voleva che danneggiassi il tuo prezioso corpicino da fiocco di neve. Magari hanno deciso di ignorarla, oppure hanno pensato che fossimo abbastanza grandi e forti da non aver bisogno di aiuto, ma è per quello che erano seduti là in macchina. A evitare di lavorare. Si è incazzata quando le ho detto che ci hanno semplicemente seguiti là e sono rimasti seduti."

"Gli aprirà un nuovo buco del culo passando dal naso." Io avevo paura del temperamento di Scarlet. Ero stato dal lato sbagliato della sua rabbia una volta, e non era stata un'esperienza piacevole. Poi mi colpì un'altra idea. "Merda, non penserai che Seong stia per mollarla, vero?"

"Come cazzo ci sei arrivato a questa?" Per poco non si strozzò con il caffè. "Cazzo, quell'uomo si è trasferito a Los Angeles e ha rinunciato alla sua famiglia per lei. Li hai visti. Sono come Jessica e Roger Rabbit."

"Lo so. È stupido," ammisi. "Ma a volte quelli che lavorano per quel genere di persone sanno le cose prima di chiunque altro. Mi sono solo chiesto se hanno pensato che Scarlet stesse per uscire di scena per cui *si fotta, non dobbiamo fare tutto quello che vuole, il capo ci proteggerà.*"

"Plausibile." Mi diede uno scappellotto. "Se si trattasse di chiunque altro. Diavolo, penso che sarebbe più probabile vedere la Madonna che divorzia da Dio. Non pensare a certe stronzate. Meglio, non pensare affatto. Tutto quello che ti viene in mente dopo che succedono dei casini sono stronzate. Dai una tregua al cervello."

"Smettila di colpirmi," mormorai sfregandomi la nuca. Era come se avessi di nuovo cinque anni e lui volesse i miei soldi del pranzo. "O non ti racconto che cosa hanno detto i poliziotti."

"Allora finalmente qualcuno ti ha chiamato?"

"Sì, il detective Dexter Wong." Gli feci un breve riassunto di come Wong aveva scartato Jae dai sospetti. "Ha parlato con Brookes, che era dai Kwon. Pensano che la sparatoria contro Shin-Cho e quella qui siano collegate con l'omicidio di Helena. I proiettili sono dello stesso tipo. Spera che la balistica li colleghi alla stessa arma."

"Una bella speranza." Bobby annuì. "Questo spiega i buchi nei pali. Li ha fatti il laboratorio? Sembra che siano passati dei castori."

"Già, mi chiedevo se sostituirli o usare dello stucco per legno. Non ho ancora deciso." Misi una gamba di traverso sul poggiapiedi. "Ehi, qualcuno si è occupato di Rocket? Voglio dire, di Trey? Mi sono reso conto questa mattina che ero così concentrato su Claudia che non ho nemmeno pensato alla famiglia di Trey o che qualcuno lo dicesse a Rocket."

"Amico, la sua famiglia è Rocket. Sono cugini." Bobby notò il mio brivido. "È perfettamente legale, in California. E sì, l'ho chiamato dopo che lo hanno fatto i poliziotti. Quel ragazzo è un tossico, ma anche loro hanno dei sentimenti."

"Stava bene?"

"Sì, pareva di sì," disse. "È l'unico parente vivente di Trey, per cui erediterà tutto, compreso il sexy shop. Non sembrava troppo affranto. Ha mormorato qualcosa sul fatto di vivere per l'uccello e morire per l'uccello. Credo abbia pensato che a Trey abbiano sparato i poliziotti."

"Direi che è una reazione fredda, ma ho incontrato Rocket." Feci un fischio. "Probabilmente è la riflessione più profonda che abbia mai fatto."

Nessuno avrebbe potuto biasimarci per il nostro sobbalzo quando una berlina nera si fermò e parcheggiò davanti all'edificio. Ci scambiammo delle occhiate un po' vergognose, ma per certe cose c'era una regola segreta che imponeva il perdono. Il fattore vergogna per Bobby salì quando un coreano basso in completo aprì la portiera per una delicata donna più anziana sul sedile posteriore.

Vestita con una gonna aderente e una camicetta, Seong Ryeowon aveva l'aria di essere nata con le perle che le scaturivano dalla bocca. Perfino sotto il sole della California la sua pelle brillava immacolata come porcellana. Il suo autista, un classico modello-Seong, rimase accanto all'auto, e lei fece ticchettare i tacchi a spillo chilometrici sul cemento.

Mi ero già trovato in una posizione scomoda con piccole signore anziane. Per quel che mi riguardava, in quel momento la cosa più pericolosa in tutto il quartiere era la donna elegante dal viso sottile che stava percorrendo il mio vialetto.

"È la madre di Shin-Cho. L'abbiamo vista in ospedale, ricordi?" mormorai a Bobby. Mi alzai in piedi spazzolandomi i jeans come potevo e le andai incontro sui gradini. Il problema più grosso con i cognomi coreani era che non sapevo come rivolgermi a una donna sposata. Provai con quello che speravo fosse giusto. "Signora Seong."

"Signor McGinnis." Non c'era modo di sbagliarsi sul fatto che fosse la sorella di Seong. Aveva il mento alto, la bocca ferma e l'espressione di chi si aspettava che io facessi l'inchino. Diede un'occhiata a Bobby e lo liquidò con un sorriso glaciale. Aveva un accento molto più forte di quello di suo fratello o di Jae, ma parlava in maniera sicura e chiara. "Possiamo parlare in privato?"

Le tenni aperta la porta per l'ufficio e guardai Bobby facendo su e giù con le sopracciglia. Lui sbuffò e ricominciò a bere il caffè e a criticare in silenzio i giovanotti dall'altro lato della strada. Mentre conducevo Ryeowon alla sala riunioni che non usavo quasi mai, le offrii tè o caffè, ma scosse la testa e si accomodò su una delle poltrone di pelle.

In origine la stanza era una sala da pranzo formale, ma ristrutturando la casa l'avevo arredata per incontri privati, sperando che le poltrone di pelle con le bullette di ottone e il grande tavolo da caffè rettangolare ne facessero un ambiente più intimo. Bobby diceva che sembrava un club vittoriano per gentiluomini e che mancava solo un vecchio esploratore inglese con enormi baffi bianchi e un casco con la zanzariera che russava in un angolo.

"Grazie per aver accettato di vedermi," disse raddrizzando la schiena.

Così da vicino potevo riconoscere nei suoi lineamenti quelli di Shin-Cho. Lui aveva un'ossatura più fine di quella del fratello, e di sicuro l'aveva presa da lei. Avrei voluto condannarla per come aveva trattato il maggiore dei suoi figli, ma la verità era che lei c'era stata quando lui era rimasto ferito. Per quanto fosse arrabbiata per le scelte di suo fratello e per il suo amante, c'era stata per i suoi figli.

"È sicura che non posso offrirle niente? Dell'acqua, forse?" Jae doveva avermi attaccato le sue abitudini, perché non portarle niente mi stava mettendo a disagio.

Mi studiò inclinando il capo. "No, no. Sono a posto così, grazie."

"Che posso fare per lei?" Avevo lasciato il caffè fuori con Bobby, e senza niente con cui occupare le mani mi sentivo nudo. Le strinsi una nell'altra e mi sporsi in avanti. "Se si tratta di Park Dae-Hoon, temo che le informazioni siano confidenziali a meno che suo figlio non mi autorizzi a condividerle con lei."

Da come parlavo si sarebbe potuto pensare che avevo tonnellate di informazioni e che stavo per smascherare qualcuno e dichiarare chi era il cattivo. La verità era che dovevamo ancora rintracciare un paio di vittime di Dae-Hoon nella speranza che fossero ancora in America.

"Va bene così. Non sono qui per Park Dae-Hoon," disse lei. Le sue mani erano nervosamente occupate a sistemare prima l'orologio e poi il polsino. "Mio figlio David mi ha detto di venire a parlarle di qualcosa che è successo prima che lasciassimo Seul. Pensa che sia importante, perché potrebbe riguardare Shin-Cho."

368

Mi ero portato un taccuino e una penna nel caso ci fosse bisogno di prendere appunti, e lo aprii annuendo. "D'accordo, che cosa desidera dirmi?"

Ryeowon inclinò la testa e mi squadrò. "Quanto ne sa sulle famiglie *chaebol*?"

"I miei... amici coreani me ne hanno parlato un po'," risposi con cautela. C'era un confine bello grosso che non potevo oltrepassare: parlare della mia relazione con Jae. "Suo fratello, Seong *hyung*, proviene da una famiglia *chaebol*, e un sacco di imprese della Corea del Sud sono gestite da esse."

"Noi *siamo* la Corea del Sud," dichiarò lei. "Cosa le nostre famiglie producono, come ci comportiamo, ogni scandalo in cui veniamo coinvolti... tutte queste cose vengono esaminate e analizzate. I *chaebol* sono tenuti ad avere standard più elevati, perché noi siamo la faccia che la Corea del Sud presenta al mondo. Per noi ogni giorno implica un delicato equilibrio del comportamento. Non possiamo permetterci di essere visti come..."

"Meno che perfetti?" terminai.

"Sì. Noi siamo i coreani perfetti, sì." Cominciò ad agitarsi sulla poltrona, poi si corresse. Il nervosismo era sparito, sostituito da un riserbo imperioso. Mormorai qualcosa che lei prese come un assenso, e continuò: "Mio figlio Shin-Cho ha sempre avuto delle difficoltà ad andare incontro alle richieste della famiglia. Era sempre stato vicino a suo padre, e quando Dae-Hoon scelse di... lasciarci, lui ne fu devastato. David era più giovane, e non era sotto l'influenza di Park Dae-Hoon. Per lui è stato più facile adattarsi ad avere un altro uomo come suo *hyung*. Mio fratello maggiore si è occupato di lui, ma Shin-Cho... si è ribellato."

"Ribellato come?" Da come la stava descrivendo sembrava più un campo di addestramento che un'infanzia.

"Aveva delle difficoltà a fare amicizia con gli altri ragazzi che provenivano dalle famiglie *chaebol*, e se ne stava per conto suo evitando i compagni, anche a scuola. Non che fosse selettivo. Quella sarebbe stata una grazia salvifica," mormorò. "Invece non tornava a casa dopo le lezioni e vagava per zone che non avrebbe dovuto frequentare. Non sono in grado di dirle quante volte abbiamo dovuto mandare la sicurezza a cercarlo. Quando si è diplomato è andata anche peggio. A volte non tornava a casa per giorni, e rifiutò di frequentare l'università a cui lo avevamo iscritto."

"Non sono sicuro di come la cosa sia connessa con quello che sta succedendo," ammisi.

"Ci sto arrivando," mi rassicurò Ryeowon. "C'erano delle voci su Shin-Cho, voci malevole su quello che faceva in quei posti. Mi sono resa conto che avrei dovuto essere più dura con lui quando era più giovane. Ammiravo suo padre. Non ho fatto abbastanza per impedirgli di seguirne le orme."

Aveva la stessa espressione disgustata di quando Scarlet era entrata nella sala d'aspetto. Fu difficile non reagire, soprattutto quando arricciò le labbra in una smorfia di repulsione acida.

"Una notte gli uomini della sicurezza andarono a cercarlo e lo trovarono con un altro uomo. Era stato... ferito. Alla fine i peccati di Shin-Cho erano ricaduti su di lui. I nostri uomini lo riportarono a casa e io mandai del denaro all'altro uomo perché mantenesse il silenzio su quello che aveva fatto a Shin-Cho, ma era già troppo tardi per fermare i sussurri." Sospirò giocherellando con l'anello che aveva al dito.

"Ferito come?" Non mi piaceva come suonava quello che stavo sentendo. Mi piacque ancora meno quando accantonò il trauma di Shin-Cho con una leggera scrollata di spalle. "E quanto?"

"Aveva bisogno... di tempo. Gli trovammo un rifugio in cui restare finché non si fosse sentito meglio, ma la famiglia era già stata danneggiata. Non c'era modo di nascondere quello che aveva fatto. C'era troppa gente che parlava di quello che poteva essere successo." Un altro sospiro di rammarico, e a me gorgogliò lo stomaco per il caffè e per l'acido che mi bruciava le viscere. "La nostra famiglia aveva già dovuto affrontare lo scandalo di Park Dae-Hoon. Non potevamo permetterci un altro incidente, così il nostro fratello maggiore, Min-Wu, fece in modo che Shin-Cho entrasse nell'esercito. Pensammo che avrebbe tratto beneficio dalla struttura, che lo avrebbe aiutato a superare la sua ossessione per l'esempio di suo padre."

Non avevo mai voluto scrollare qualcuno tanto quanto Seong Ryeowon. Mi bruciava dentro, un desiderio abbagliante di metterle le mani sulle spalle e scuoterla finché la sua testa non fosse caduta e rotolata sotto il tavolino. Invece mi concentrai nel piantare la penna nel taccuino, ricordando a me stesso che era questo ciò che Jae avrebbe affrontato se mai la sua famiglia avesse scoperto la verità su di lui. Era un pensiero che faceva riflettere.

"Un momento, non è rimasto nell'esercito, giusto?" Alzai lo sguardo. "Lo ha lasciato prima di terminare la ferma?"

"Sì, sfortunatamente," rispose. "Lo avevamo fatto arruolare per allontanarlo dallo scandalo. La nostra intenzione era che, una volta tornato dal servizio militare, potesse frequentare l'università e poi lavorare nell'azienda. Se la stava cavando bene, finché non fu trasferito sotto il comando di Choi Yong-Kun."

"So che venne trovato in una situazione compromettente," dissi in tono vago. "Era con questo Choi Yong-Kun?"

"No, Choi Yong-Kun era il suo ufficiale," mi corresse in tono fermo. "Il suo precedente comandante era stato più attento a quello di cui la famiglia aveva bisogno. Considero Choi Yong-Kun responsabile per il coinvolgimento di Shin-Cho con Li Mun-Hee. *Quell*'uomo era noto per avere delle perversioni. Era stato trasferito quattro volte, prima di servire sotto Choi Yong-Kun. Choi Yong-Kun ha trascurato di proteggere mio figlio da Li Mun-Hee. Io biasimo lui per il congedo di Shin-Cho."

Stavo per farla incazzare, lo sapevo ancora prima di dire quello che avevo in mente, ma cercai di essere il più delicato possibile. "Non pensa che Shin-Cho sapesse quello che stava facendo?"

"Come avrebbe potuto?" chiese Ryeowon con gli occhi tondi per lo shock. "Shin-Cho aveva bisogno di tempo per raddrizzarsi, e Choi Yong-Kun ha deliberatamente rifiutato di aiutare qualcuno di cui era responsabile. Yong-Kun *sapeva* che Shin-Cho era influenzabile. Mio figlio *non* è gay, signor McGinnis. Ha bisogno di tempo per vederlo. Io ho bisogno che la mia famiglia lo capisca. Invece mio fratello lo ha mandato qui... da *Min-Ho*."

Avevo pensato di aver raggiunto il fondo del barile del ribrezzo, ma apparentemente mi sbagliavo. Aveva messo nel nome di Seong una tale dose di veleno che avrebbe potuto fermare un branco di elefanti.

"Okay, ma che cosa ha a che fare Choi Yong-Kun con quello che sta succedendo?" chiesi. "Lo ha minacciato in qualche modo? Ha chiesto dei soldi per mantenere il silenzio?"

"È scomparso," rispose seccamente. "Assieme a Li Mun-Hee. Tutti e due sono... spariti."

"Quindi era un complotto per sabotare la reputazione di Shin-Cho?" I miei appunti cominciavano ad assomigliare a un diagramma di Eulero-Venn dopo un'esplosione. "Hanno intenzionalmente manipolato la situazione in modo che Shin-Cho venisse compromesso, per poi chiedere soldi?"

Compromesso. Come se fosse l'eroina di un vecchio romanzo d'amore degli anni cinquanta.

"Non lo so. Non sarebbe una bassezza eccessiva, per Li Mun-Hee." Sbuffò dal naso. "Venne a cercare Shin-Cho. *A casa nostra*. Come se avesse dei diritti su mio figlio. Mio fratello lo cacciò via e gli ordinò di non tornare mai più."

"Suo fratello gli disse che Shin-Cho era a L.A.?"

"Non lo so. Non stavo ascoltando," ammise. "Ero sconvolta. David stava per sposarsi, e la famiglia Kwon già aveva dei dubbi a causa di Dae-Hoon. Il comportamento di Shin-Cho aveva quasi fatto rompere il fidanzamento. Avevamo concordato che Shin-Cho non ci sarebbe stato, per salvare le apparenze, ma David rifiutò di onorare l'accordo tra le nostre famiglie. Fu estremamente irritante."

"Che pensava Helena del coinvolgimento di Shin-Cho nel matrimonio?"

Ryeowon mi guardò come se l'avessi abbrancata per una sgroppata sul tavolino. "Che cosa avrebbe dovuto dire? Era una decisione di David."

Non ero sicuro se intendesse dire *la moglie non ha voce in capitolo sulle decisioni del marito* o che la cosa non riguardava Helena perché non era un problema della sua famiglia. In un modo o nell'altro stavo già camminando sul ghiaccio sottile. Avevo cercato di girare attorno alle questioni che per lei erano sensibili ma era evidente che non concordavamo sul fatto che Shin-Cho avrebbe mai avuto una miracolosa guarigione dall'essere gay. Non avevo intenzione di buttare benzina sul fuoco tirando in ballo i diritti delle donne.

"Come avete fatto a sapere che Choi e Li erano scomparsi?" Non riuscivo a immaginare un patto suicida, soprattutto non uno che includesse Shin-Cho. Per dirne una, Choi era quello che aveva fatto outing agli altri due. A meno che non avesse organizzato la cosa per estorcere denaro ai Seong, non ci aveva guadagnato niente. Anzi, aveva finito col pagare il prezzo per aver fatto incazzare una famiglia decisamente potente.

"La polizia venne a casa nostra. Uno di loro sapeva del… rapporto tra Shin-Cho e Mun-Hee. Un vicino aveva sentito un litigio nell'appartamento di Mun-Hee e aveva chiamato le autorità. Quando non era andato ad aprire la porta, la polizia era entrata e aveva trovato del sangue sul pavimento," rispose. "Il fratello di Choi Yong-Kun disse che era andato a discutere con Mun-Hee di qualcosa. Quando la polizia andò a casa di Yong-Kun, lui non era lì, e sembrava che avesse fatto i bagagli per andarsene."

"Lo avete detto ai poliziotti americani?" Mi appoggiai allo schienale, espirando. "Qualcuno ha controllato se Yong-Kun ha lasciato la Corea del Sud? Aveva un passaporto?"

"Non lo so. Ci sono dei modi per andarsene senza essere identificati. Avrebbe potuto farlo," ammise lentamente. "Non ho pensato che Yong-Kun sarebbe venuto qui per danneggiare Shin-Cho. È stato lui a mancare nei confronti di Shin-Cho, non il contrario."

Non ero sicuro di come gestire il mio conflitto interiore. Nel suo sguardo non c'era fervore religioso o qualcosa di simile. Seong Ryeowon credeva sinceramente che suo figlio potesse guarire dall'omosessualità, e pensava di aver mancato nei suoi confronti permettendogli di continuare a pensare con affetto al padre. Avrei voluto odiarla, oppure avere pietà di lei.

Solo che non sapevo come fare.

"D'accordo, vedrò se riesco a rintracciare qualcuno che può controllare Yong-Kun. Ma lei dovrebbe parlarne alla polizia. A occuparsi del caso è il detective Wong. Lui sarebbe un buon punto da cui iniziare."

"Wong?" Aveva un tono pensieroso "È cinese?"

"Sì." Jae mi aveva detto che molti coreani avevano dei problemi con i giapponesi, per un motivo o per l'altro. Non ero sicuro di come la pensassero sui cinesi. "Ha importanza?"

"No, no, va bene." Liquidò la cosa con un gesto della mano. Si alzò in piedi, poi si fermò mentre andava alla porta. "Posso chiederle una cosa, signor McGinnis?"

"Certo," risposi prendendo taccuino e penna.

"Lei è gay, vero? Come Min-Ho?"

Nessun *hyung* per il fratello maggiore, proprio no. Annuii. "Sì."

"Sua madre lo sa?" La preoccupazione di Ryeowon era visibile, che fosse compassione per me o per una donna che immaginava stesse passando le stesse emozioni che aveva affrontato lei.

"No," dissi a bassa voce. "È morta quando sono nato."

"Ah." Era un sorriso ampio, che le illuminava il viso. Spazzò via gli anni, riuscendo perfino ad ammorbidire le occhiaie che aveva nascosto sotto uno spesso strato di trucco. "È un bene, allora. Non ha mai saputo che lei era così. Sono tanto felice per lei. Per lei è stato molto meglio. Buona giornata, signor McGinnis, e grazie ancora."

CAPITOLO 17

"MERDA, CHE donna gelida," imprecò sottovoce Bobby alle spalle di Seong Ryeowon che se ne andava.

Abbandonammo il portico per l'ufficio quando uno sciame di moscerini decise che le nostre bocche erano posti perfetti per suicidarsi. Jae arrivò qualche minuto dopo, con dei pacchetti di patatine con l'asado e carote piccanti. Appena passò dalla porta, Bobby andò a levarglieli di mano dandogli un bacio sulla guancia per ringraziarlo, e si sentì insultato quando Jae si ritrasse con orrore.

"Sì, gli piacciono solo gli uomini, Bobby," lo presi in giro. Il mio cosiddetto migliore amico mi mostrò il medio e tolse a Jae uno dei sacchetti.

"Mmmmm. Messicano." Mi ignorò per aprire il contenitore di polistirolo, e inalò il profumo inebriante di carne alla griglia, formaggio e patatine fritte. "Bello avere un ragazzo coreano. Portano il cibo a casa."

"Tu non ce l'hai," mormorò Jae. "Ce l'ha Cole, ma non mi dispiace nutrire anche te. È come se avesse un cane per cui compro gli hamburger."

"E Cole è felice di avere un ragazzo coreano. Sii gentile con Bobby. Si è riempito la bocca di moscerini e ha passato il pomeriggio a guardare la comune degli hippy con i loro tè all'acqua di sorgente extravergine." Lo tirai per l'orlo della maglietta; lui si chinò a darmi un bacio e poi fece un passo indietro per spacchettare il cibo.

Appollaiato sull'angolo della mia scrivania mi porse un contenitore colmo, poi aprì il suo e versò sulle sue patatine la salsa sriracha. Le mie viscere sobbalzarono per simpatia, e le sue probabilmente ridacchiarono prendendo in giro il mio stomaco delicato. Mi offrì la bottiglia e beh, dovevo averlo guardato come lui aveva guardato Bobby, perché rise così tanto da aver bisogno di un sorso d'acqua. Raccontai il mio incontro con Ryeowon mentre gli davo delle pacche sulla schiena.

"Wow." Bobby fischiò incredulo quando arrivai alla parte su mia madre. "Questo è… parecchio brutto."

"Noi possiamo pensarla così," dissi io. "Ma per lei… per la sua famiglia, penso che stia facendo più di molti altri. Pare che abbia tirato un po' di fili per mantenere Shin-Cho sotto l'ombrello protettivo dei Seong."

"Non è che lui cambierà tutto per sposarsi, sfornare dei bambini e dimenticarsi di essere gay." Bobby si mise una patatina fritta in bocca. "Lei dovrebbe accettarlo e andare avanti."

"Perché no?" Jae lo guardò inclinando la testa. "*Hyung* lo ha fatto. Altri lo hanno fatto. È il suo figlio maggiore. Lei vuole che lui abbia... vuole che lui continui la famiglia."

"Lui è un Park," feci notare. "Loro non hanno qualcosa da dire al riguardo?"

"No, hanno perso il legame familiare con Shin-Cho e David dopo Dae-Hoon." Scovò un pezzo di peperoncino tra le carote e lo morse. Mi feci un appunto mentale di baciarlo solo dopo che si fosse sciacquato la bocca. "Lo scandalo era troppo. Fortunatamente è successo qui, così hanno potuto..."

"Coprirlo?" lo interruppe Bobby.

"Sì," convenne Jae intono pratico. Avevo già battuto quella strada con lui, ma per Bobby era un viaggio nuovo, e probabilmente non gli sarebbe piaciuto il posto in cui portava. "I Seong sono più potenti dei Park. Per Ryeowon schierare i suoi figli con i Seong ha senso. Offre loro maggior protezione, soprattutto dopo che Shin-Cho è stato trovato con quell'uomo. Il *chaebol* si prende cura dei suoi componenti."

"Non posso credere di essere seduto qui ad ascoltarti mentre trovi delle scuse per questa merda." Allontanò le patatine spingendole più in là sulla scrivania di Claudia, disgustato. "Tu sei gay. Non dirmi che non ti fa incazzare!"

"Cosa dovrebbe farmi incazzare? Essere gay è diverso se sei coreano," replicò tranquillamente Jae. "*È* diverso. Mi chiedi se vorrei poter amare un uomo e avere ancora la mia famiglia? Certo, ma non posso. Non finché le mie sorelle non saranno fuori di casa e non ci sarà qualcuno a prendersi cura di mia madre. Quando glielo dirò, non mi resterà più nessuna famiglia. Shin-Cho è fortunato. Sua madre sta costringendo la famiglia a provvedere a lui. Lo ama. Sta combattendo per lui. Sta rischiando la sua stessa posizione nella famiglia per cercare di proteggerlo."

"Stronzate," sbottò Bobby.

"Perché non è quello che conosci? Perché per voi è facile andare via?" La voce di Jae si ridusse a un sussurro, ma il tono era più accalorato. "Alcune famiglie ignorano quello che fanno i loro figli, se poi si sposano e hanno dei bambini, come *hyung*. Altre li tagliano fuori, come se non fossero mai nati. La Corea non è grande. La reputazione e la situazione della tua famiglia determinano tutto, nella tua vita: il tuo lavoro, i tuoi studi... tutto.

375

Perfino qui siamo intrappolati tra l'essere coreani e volere quello che abbiamo nel cuore. Non dirmi che sono stronzate se non vivi come noi."

"Ehi voi, tutti e due," tagliai corto. Stavo cercando di non alzarmi a fare un balletto attorno alle scrivanie. Non perché non sapessi ballare, anche se apparentemente sul fatto che in quel reparto fossi scarso c'era un consenso generale, ma perché Jae aveva detto *quando,* e non *se* lo avesse detto alla sua famiglia. Volevo assaporare il momento, e la loro discussione avrebbe smorzato tutto. "Calmatevi un attimo. Bobby, tu sai quanto può essere schifoso dover nascondere chi sei. Le cose sono diverse per tutti. Lo sai…"

"Già." Fu più un grugnito che un assenso, ma prese di nuovo le patatine. "È per questo che mi fa incazzare vedere della gente che viene spinta a nascondersi. Abbiamo lavorato così duro per cambiare le cose qui, cazzo. Diavolo, per me è stato così duro farlo."

"*Qui*," disse Jae. "Il mondo non è *qui*. Vorrei che lo fosse, perché… qui cambiare è più facile. In Corea non tanto."

"D'accordo," si arrese Bobby. "Però non aspettarti che mi piaccia."

"Non me lo aspetto," rispose con gentilezza Jae. "Non ho nemmeno detto che piaccia a me. È solo quello che è."

Per tutta l'ora seguente ci furono solo i rumori che facevamo mangiando e il mio picchiettare sulla tastiera. Ogni tanto Bobby imprecava per aver beccato un vicolo cieco. Un po' alla volta la nostra lista di arrestati vittime dei ricatti diminuiva. Per la fine del pomeriggio avevamo scoperto che uno era tornato a vivere in Corea e due si erano suicidati. Dei due che vivevano in America, uno era ancora a Los Angeles. L'altro pareva fosse a New York con la moglie e la figlia.

"Vedrò se mi riesce di contattare Brandon Yeu. Magari sarà disposto a parlare di quella notte." Stampai le informazioni dal database di contatti a cui ero iscritto.

"Fallo domani, ragazzo," suggerì Bobby. "Sta per finire l'orario di visita all'ospedale. Ti prenderai a calci in culo da solo se non ci vai."

"Cazzo." Controllai l'ora. "Devo anche prendere dei fiori."

"Non scordarti il palloncino," mi prese in giro Jae. "Non sarà la stessa cosa senza palloncino."

ALLA FINE prendemmo i palloncini.

Seguii Jae che portava il mazzo di rose e garofani per cui ci eravamo decisi alla fine, combattendo con l'apocalisse di plastica che avevo scatenato nell'ospedale. A lui piacevano i gigli bianchi, su cui io avevo posto il veto perché venivano usati nei funerali. Poi io avevo scelto una bella composizione di crisantemi, che apparentemente erano i fiori funebri dei coreani.

Era bello scoprire che eravamo morbosamente compatibili.

La camera dell'ospedale dava l'idea che il giardino botanico avesse vomitato dopo una notte di sbronze potenti. C'erano almeno due corone con delle scritte in *hangul*, ma era difficile guardarsi attorno per via dell'enorme numero di corpi nella stanza. Martin mi individuò attraverso la mandria e prese il controllo.

"D'accordo, tutti fuori." Non aveva parlato a voce alta, ma apparentemente la covata di Claudia aveva dei sensori di vibrazione perché in pochi secondi svuotarono la stanza facendo solo tappa per darle un bacio. La porta si chiuse, e io rimasi da solo con la donna che avrebbe dovuto avere più buon senso che venire a lavorare per me.

"Pensi che se me li leghi addosso mi metterò a volare come quella casa?" gracchiò dal letto. "Vieni qui, ragazzo."

Lasciai andare i palloncini. Non me ne fregava un cazzo che si impigliassero sul soffitto o scoppiassero urtando le luci al neon. Solo qualche passo e poi le braccia di Claudia furono attorno a me, a strizzarmi fuori l'aria dai polmoni.

Aveva quell'odore di disinfettante e borotalco tipico di chi è stato sotto i ferri, ma sotto a quello c'era vaniglia e sapone alla lavanda e il battito costante del suo cuore nel suo corpo morbido e rotondo. Quando nascosi il viso nella sua spalla, il colletto della vestaglia di velluto viola che le avevo regalato per Natale mi fece il solletico al naso, e quando mi mossi qualcosa scricchiolò. Mi allontanai timidamente da lei e tirai fuori da sotto il mio fianco una pila di disegni a matita, cercando di spianarli sulla gamba.

"Scusa," mormorai appoggiandoli sul tavolo vicino al letto. Avevo la faccia bagnata, e mi asciugai le guance sperando che Claudia non avesse visto che avevo perso il controllo.

"Non vergognarti di piangere, Cole." Mi accarezzò la mano, aggrovigliandomi nei tubicini che le uscivano dal braccio. Mi liberai e mi mossi per prendere una sedia, ma lei mi afferrò la camicia. "Resta qui. Siediti sull'orlo del letto e parla con me."

Feci come mi aveva detto. Come facevo di solito. Mi presi un momento per studiarla. Aveva le guance rosee e la pelle era tornata al suo ricco color caffè, senza quel tono di grigio che tormentava i miei sogni. Aveva una piccola macchia di glitter sulla guancia sinistra e delle barrette di plastica infilate nei capelli con delle angolazioni strane. Era evidente che era stata assoggettata a un restyling da una delle ragazzine, ma le stava bene. Era maledettamente bello sentire il suo calore attorno a me, e quando mi diede uno scappellotto non me ne importò nemmeno.

"Tu *non* ti scuserai per il fatto che sono qui," mi sgridò. "Se non altro ho avuto un'addominoplastica gratis e tutte le ciotole di gelatina che riesco a mangiare. Non ho intenzione di sentirti dire stronzate sul fatto che tu sei il motivo per cui sono qui."

"Non ho detto niente!" Mi strofinai la testa, più che altro a suo beneficio. "Mi dispiace…"

Questa volta mi colpì più forte, e fece un leggero grugnito di dolore. Dopo avermi impedito di premere il pulsante per chiamare l'infermiera, si risistemò la vestaglia in modo da stare più comoda e mi guardò. "Lo hanno preso? Ho saputo di quel ragazzo. Era un idiota, ma non se lo meritava."

"No, non se lo meritava," convenni. "E no, non hanno ancora preso il tizio. La polizia ha trovato la macchina, ma questo è tutto. Probabilmente non dovrei restare a lungo. I dottori vorranno che ti riposi."

"Mi riposerò quando sarò morta," dichiarò lei. "Tu come stai? Dove sei stato ferito?"

"Solo alla schiena. Giusto un graffio." Mi tirai su la camicia per mostrarle la benda. "Mi è capitato di peggio."

"Non capisco perché continui a farti sparare, figliolo," disse lei schioccando la lingua. "È come se te le andassi a cercare."

"Questa volta posso dire di non averne la più pallida idea…" Le raccontai della teoria di Wong che le sparatorie fossero collegate, poi della visita di Seong Ryeowon. Quando finii, lei era pensierosa. "Francamente vorrei che tutte le madri fossero come te. Marcus è fortunato."

Claudia mi studiò per un lungo istante, poi mi prese la mano, intrecciò le dita tra le mie e strinse, sospirando. "È questo che pensi? Che per me sia stato facile quando Marcus me lo ha detto?"

"Forse non… facile," balbettai. "Ma sicuro come l'inferno sei stata meglio di Barbara e di mio padre."

"L'ho cacciato via," ammise lei a bassa voce. "Il mio ragazzo… il figlio che avevo nutrito al seno e che avevo cullato quando stava male… e l'ho cacciato via di casa come se fosse spazzatura."

"Non me lo hai mai detto." Ero scosso dallo shock. Di tutti i figli di Claudia, Marcus era quello con cui lei pareva *divertirsi* di più. "Non lo sapevo."

"Era un ragazzino, non aveva ancora quattordici anni," mormorò. "E venne da me con il cuore aperto, e io lo cacciai via. Che cosa dice questo di me? Che cosa dice del mio cuore, l'aver fatto questo a mio figlio?"

"Perché?" Ero confuso. "Perché mai farlo?"

"Perché ero stata cresciuta pensando che fosse un peccato, e che nulla di quello che Marcus poteva fare avrebbe salvato la sua anima," rispose lei. "Uscii di casa per cercare il mio pastore perché ero arrabbiata e ferita, e avevo bisogno di qualcosa a cui aggrapparmi. Avevo bisogno che qualcuno mi dicesse che avevo fatto la cosa giusta e che sarebbe andato tutto bene."

"Lo hai trovato?" Non ero mai stato un uomo di chiesa, ma Claudia e la sua famiglia ci andavano ogni fine settimana. Da quel che avevo sentito, a loro piaceva molto. Io preferivo dormire fino a tardi e fare sesso, ma ognuno comunica con Dio a modo suo.

"No, non sono mai arrivata in chiesa," ammise. "Ho guidato senza meta e in qualche modo sono finita a quei giardini a Huntington. Avevo finito la benzina. Proprio lì. Così scesi dalla macchina, e quel giorno c'era l'ingresso libero per il giardino giapponese, e io sono entrata. Ho trovato un sasso in un angolo tranquillo, mi sono seduta, e ho pianto tutte le mie lacrime."

"Mi dispiace…"

"No. Non dispiacerti per me. Vedi, avevo picchiato mio figlio, Cole," mormorò lei. "Li sculacciavo quando si comportavano male, ma quella era la prima volta che avevo alzato la mano su di lui con rabbia. Con odio. Il mio stesso figlio. E Dio, se non mi fossi seduta in quello strano posto invece di andare in chiesa perché mi ero persa…

"Era venuto da me nella fede e nell'amore, e io lo avevo allontanato." Scosse la testa. "Avevo perso la fede, non in Dio o in Marcus, ma in me stessa. Avevo lasciato che qualcuno mi dicesse cosa era giusto e cosa era sbagliato. Per tutti quegli anni avevo ascoltato i predicatori e la gente attorno a me dire che quello che era Marcus era sbagliato e malvagio."

"Non Marcus." Ridacchiai.

"No, non il mio Marcus. Io *ho cresciuto* quel ragazzo. Sapevo chi era. Lo avevo visto condividere con chi non aveva nulla. Avevo ascoltato mentre risolveva i disaccordi tra i suoi fratelli, perché loro sapevano che era un ragazzo giusto. E avevo sputato su di lui perché conosceva se stesso? Perché sapeva amare? Perché era onesto con se stesso e con me? Era venuto da me, sapendo che lo avrei amato e protetto se il mondo fosse andato in pezzi, e io lo avevo crocifisso per il suo amore." Mi strinse di nuovo la

379

mano "Fu lì, *fu allora* che finalmente sentii Dio ridere di me. Mi era stato dato un figlio che aveva dei difetti, sì, ma era una buona persona con un buon cuore, e io avevo fatto una stronzata."

"Claudia!" scherzai. "Linguaggio. Quindi siete a posto? Voglio dire, adesso?"

"Adesso sì, ma era un adolescente in fin dei conti. L'ho raddrizzato, d'accordo," rise. "Di tutti loro, lui e Martin sono quelli che mi hanno dato meno preoccupazioni. Ma sai per cosa penso che mi sia stato mandato Marcus in realtà? Oltre che per insegnarmi l'umiltà?"

"No," risposi scuotendo la testa. "Non ne ho idea."

"Penso che Dio sapesse che un giorno mi sarei annoiata della pensione e avrei cercato qualcosa da fare," disse a bassa voce. "Sapeva che c'era un ragazzo gay spezzato che era stato trattato con così poca cura da aver bisogno di me nella sua vita. Dovevo solo saperlo amare. E se non fossi riuscita a trovare nel mio cuore il modo di amare il figlio che avevo già, come avrei potuto imparare ad amare quello che avrei trovato?"

Mi tenne stretto di nuovo, più forte di prima, e io lottai per non crollare, ma senza molto successo. Tra le sue braccia, lasciai che il dolore arrivasse in superficie finché non mi spaccai. Faceva male. Mi bruciava la gola, e le afferrai le spalle come se stessi annegando. Lei, in silenzio, lasciò che le piangessi addosso, sfregandomi la schiena finché non rimasi senza fiato e mi sollevai a prendere aria.

Mi prese velocemente il viso tra le mani e mi costrinse a guardarla. "In te non c'è niente che non va che non si possa sistemare con il buon cibo e l'amore. Devi solo mangiare bene e aprire il tuo cuore. Nonostante quella gente che ha cercato di renderti meno di quello che sei, Cole McGinnis, tu sei un bravo ragazzo. Ti meriti tutte le cose belle che ti capiteranno. Ricordatelo."

"Va bene," mormorai baciandole il palmo della mano. Ridacchiando, chiesi: "Ci sei *mai* arrivata in chiesa, quel giorno?"

"No." Abbaiò una risata. "Chiamai un amico perché mi portasse un po' di benzina e poi andai a cercare una chiesa che non mi dicesse che odiare era giusto. Solo perché Dio mi ha dato uno scappellotto una volta non vuol dire che mi telefona per fare due chiacchiere."

"Vero," concordai. "'Perché se Dio cominciasse a parlarti regolarmente tu me lo diresti. E ti troveremmo una di quelle camicie con le maniche che si legano dietro alla schiena."

Era stanca. L'avevo sfinita, e adesso stava crollando. Recuperai i palloncini sistemandoli come meglio potevo, e li legai a una delle sedie. Restammo tutti e due in attesa, aspettandoci che la sedia prendesse il volo, ma era fatta di materiale troppo robusto e rimase a terra. Jae bussò alla porta e le fece visita per qualche minuto, abbastanza perché a Claudia si chiudessero gli occhi e Jae le desse un bacio sulla guancia. Uscimmo dalla stanza lasciando la porta aperta per far entrare un paio di donne.

Il corridoio era straordinariamente vuoto dall'orda, a parte alcuni dei figli vicino a una delle macchinette. Martin ci stava aspettando a un paio di metri e ci fece segno di raggiungerlo. Mi diede un rapido abbraccio e una pacca sulla schiena. Fu come essere colpito da un fulmine.

"Sono contento che tu sia venuto. Mamma aveva chiesto di te, le avevo detto che oggi ci saresti stato." Prese la coca che uno dei suoi fratelli gli stava porgendo, esortandomi a servirmi dalla scorta che avevano comprato.

"Non avrebbero potuto tenermi lontano da qui nemmeno legandomi a un branco di cavalli," gli assicurai. Jae aveva rifiutato una lattina, ma prese la mia e bevve un sorso prima di ridarmela.

"Jae-Min dice che c'è una cosa di cui dobbiamo parlare," disse Martin. "Qualcosa riguardo a una delle composizioni floreali. Quelle con le scritte in coreano."

Guardai Jae. "Che c'è da dire? Non sono di Scarlet?"

"Una sì," rispose lui. "L'altra no. Un uomo l'ha portata e ha chiesto di parlare al capofamiglia."

"Gli ho detto che la capofamiglia era in quella stanza," continuò Martin, "ma che se voleva poteva parlare con me. Era coreano. Parlava più o meno come la mamma di Hyunae. Come se l'inglese fosse davvero difficile."

"Hyunae?" chiesi.

"La ragazza di Marcel," risposero Jae e Martin nello stesso momento.

"È coreana," intervenne Jae. "Martin, racconta a Cole che cosa ti ha detto quell'uomo."

"Ha detto che gli dispiaceva per mamma," replicò Martin. "Ho pensato che lo conoscesse, ma quando ho chiesto a lei ha risposto che conosceva solo Scarlet e il suo fidanzato. Avevamo già ricevuto i loro fiori, e la famiglia di Hyunae ha mandato della frutta."

"Ti ha detto il suo nome?" chiesi. "Merda, hai un biglietto o qualcosa del genere, dai fiori?"

"Niente nome," disse Martin. "Ma Jae-Min ha preso il biglietto da visita del fioraio."

"L'ho fatto quando ho visto il nastro. Dice *Mi dispiace di aver causato dolore. Imploro il vostro perdono.*" Quando lo abbracciai forte strillò. "*Aish,* lasciami andare."

"Dio, ti amo." Si irrigidì tra le mie braccia, ma mi rifiutai di lasciarlo andare e lo abbracciai più forte. Gli baciai l'orecchio sussurrando: "Ti ho detto che ti avrei amato. Lasciami almeno essere esageratamente felice che tu abbia letto il nastro, d'accordo?"

"D'accordo," disse a malincuore mentre lo lasciavo andare. "Su questo."

"Grazie, Martin." Gli strinsi la mano e lasciai che mi colpisse di nuovo sulla schiena. La mia spalla ferita non apprezzò e mi mandò una fitta di avvertimento nella spina dorsale. Io le dissi di fottersi e di prenderla da adulta. Le mie costole disapprovarono e decisero di darmi i crampi, mostrando una solidarietà insolita nei confronti della spalla. "Contatterò Wong per vedere se riesce a rintracciarlo."

"Nessun problema. Se è il tizio che le ha sparato, mi dispiace di averlo lasciato uscire da qui." Sorrise, e non fu una vista piacevole. "La prossima volta che lo vedo dovrò fargli un discorsetto."

"Fammi sapere se torna," gli raccomandai. "D'accordo?"

"Sicuro," rispose lui a bassa voce. "Non posso prometterti che quando arriverai qui sarà tutto intero, ma te lo farò sapere."

"Può andare," accettai. "Gli serve solo la lingua, per poter parlare. Tutto il resto… è campo libero."

"Può parlare anche se gli resta solo un moncone," protestò lui. "Ma farò del mio meglio, Cole. Decisamente farò del mio meglio."

CAPITOLO 18

SCAVAI TRA i miei appunti in cerca del numero di Brandon Yeu dopo essermi offerto di aiutare Jae con la cena ed essere stato respinto con uno sbuffo di derisione. A giudicare da quel verso si sarebbe potuto pensare che prima che arrivasse lui avessi vissuto di bistecche e pizza congelata. Se non avessi avuto un grosso freezer con dentro mezza mucca e una scorta di 'salame piccante e doppio formaggio', avrei quasi potuto dire che aveva ragione.

Feci qualche respiro profondo prima di chiamare. Stavo per irrompere volontariamente nella vita di qualcuno e riaprire una ferita che lui considerava guarita da tempo. E stavo per riaprirla con una forchetta spuntata e arrugginita, solo per scoprire che cos'era successo a un morto.

"Pronto?" Dal tono pareva giovane. Non ero sicuro di cosa mi fossi aspettato, ma certamente non una voce dalla cadenza melodiosa.

"Brandon Yeu?" tentai, per iniziare.

"No, rimanga in linea." La voce si affievolì e sentii chiedere qualcosa in sottofondo. "Posso chiederle chi sta chiamando?"

"Cole McGinnis. Sono un investigatore privato," risposi. "Ho bisogno di fargli delle domande riguardo a un uomo che conosceva molto tempo fa."

Ci fu una breve attesa, solo pochi istanti, ma fu abbastanza per farmi stringere lo stomaco. Quando qualcun altro prese la linea, il mio intestino decise che lo stomaco aveva avuto l'idea giusta, e cominciò a risalirmi in gola.

"Pronto? Sono Yeu." Cominciai presentandomi, poi arrivai a quello che mi era stato chiesto di fare. All'altro capo ci fu un silenzio mortale e poi un sospiro tremulo. "È da molto tempo che non sento quel nome."

"Posso immaginarlo," replicai. "Non ho intenzione di darle dei problemi. Sto solo cercando di scoprire che cosa è successo a Park Dae-Hoon, in modo che i sui figli possano metterci una pietra sopra. Se può esserle di consolazione, hanno deciso di restituire tutti i soldi che aveva preso, con gli interessi. Vorrei almeno poter organizzare la cosa."

"Non... non so," balbettò, e qualcuno in sottofondo gli chiese se stava bene. Yeu rispose mormorando, poi riprese a parlare con me. "Di che cosa ha bisogno?"

"Soprattutto di sapere se lei quella notte ha visto qualcosa. Qualsiasi cosa potrebbe essermi utile. Sto cercando di ricostruire che cosa è successo al Bi Mil nella speranza di capire dove sia andato Dae-Hoon poi."

"Lasci che ci pensi," disse Yeu. "La mia vita è diversa adesso. Non… non mi nascondo più, ma lei mi sta chiedendo di pensare a un periodo della mia vita che semmai preferirei dimenticare."

"Lo so. Mi ci è voluto un po' per chiamare. Non volevo intromettermi, ma…"

"È stato pagato per farlo," rise lui.

"Non è esattamente per i soldi," replicai. "Uno dei suoi figli è venuto da me perché pensava che potessi capire quello che suo padre aveva passato per il fatto di essere gay… quello che sta passando lui adesso. In un certo senso è personale. Se vuole, possiamo vederci in un posto diverso dal mio ufficio. Magari un ristorante? Pago io."

Lasciai che Yeu ci pensasse, e a giudicare dal lungo sospiro sibilante che sentii nel telefono era combattuto. Jae-Min arrivò in soggiorno con un paio di bottiglie di birra e una ciotola di arare, e alle calcagna Neko che evidentemente sperava ci fosse qualcosa di appetitoso anche per i gatti. Appoggiò la ciotola e allontanò la gatta dal mobile da farmacista, poi si lasciò cadere sul divano accanto a me, ruotando le spalle per sciogliere i muscoli, e io mi persi nel movimento dei suoi capezzoli sotto la maglietta.

"D'accordo," disse Yeu alla fine. "Vediamoci."

Nominò un posto a Koreatown dove avevo già mangiato, e gli chiesi se era libero per pranzare sul tardi. Mi annotai l'ora e controllai i miei appunti finché non trovai la colonna con le transazioni bancarie di Dae-Hoon. Dopo aver verificato quanto gli aveva dato dall'inizio, calcolai gli interessi e gli comunicai l'ammontare finale. Lui fischiò sottovoce.

"Dio, così tanto?" Sembrava completamente sbalordito. "È folle. E vogliono ridarmeli?"

"Avrò bisogno che lei firmi una ricevuta. Ma sì, vogliono ridarglieli."

Lui riattaccò e io lanciai il telefono sul mobile, dove apparentemente offendeva Neko, che lo colpì dalla sua postazione sul pavimento, prendendolo a zampate finché non fu soddisfatta di averlo sconfitto. Strusciò la coda soffice lungo il mobile e rimbalzò fuori dalla stanza con un verso cinguettante.

"Quella gatta è fuori di testa," dissi guardandola uscire. "Dove diavolo l'hai trovata, a Silent Hill?"

384

"Era di un amico," mormorò Jae alzando lo sguardo dal tablet. "L'ha trovata in un bidone della spazzatura. Qualcuno l'aveva buttata dentro e aveva chiuso il coperchio. Penso che avesse solo un paio di settimane. Lui aveva già due gatti e non erano particolarmente felici di avere un cucciolo in giro. Me l'ha data dopo lo svezzamento."

"E come si chiamava lui? Moreau?" Presi un pezzo di arare e tolsi l'alga che aveva attorno. Jae mi guardò storto mentre mordicchiavo il quadratino nero che avevo staccato. "Che c'è?"

"Dovresti mangiarlo tutto intero," mi fece notare.

"Dovrebbero anche piacermi le donne," mormorai. "Guarda quanto sono bravo a seguire quella regola. Quanto tempo abbiamo prima di cena?"

Il cibo coreano era di due tipi. O ci voleva un'eternità per mettere tutto assieme, oppure era istantaneo. Dato che al momento avevo più di un appetito, era nel mio interesse scoprire quale dei due avrei potuto saziare per primo.

"Circa un'ora." Ricominciò a picchiettare sullo schermo, poi mi guardò attraverso le ciglia. "Perché?"

"Metti giù quello," dissi indicando il tablet, "e ti faccio vedere."

Ci mise apposta del tempo a spegnerlo e rimetterlo nella custodia per divertirsi alle mie spalle. Quando si sporse per appoggiarlo sull'altro divano, lo afferrai per i fianchi e me lo tirai in grembo. Atterrò con un grugnito e si aggrappò al mobile da farmacista, guardandomi male.

"Avresti potuto rompere qualcosa," ringhiò. "Avresti potuto rompere me."

"Ti avrei dato un bacino sulla bua," gli assicurai. "Anzi, aspetta che lo faccio adesso."

Era un cliché, lo sapevo, ma la bocca di Jae sapeva sempre di spezie. O la fragranza piccante dei chiodi di garofano oppure il tocco più intenso di un peperoncino che aveva appena masticato. Baciarlo aveva sempre qualcosa di mordente.

Certo, a baciarlo c'era anche sempre il rischio di un morso, ma era un rischio che ero disposto a correre.

Lo girai facendolo sdraiare sul divano. Era quello lungo, ed era largo abbastanza per sdraiarmi su di lui e avere ancora spazio per muovere le mani. Jae si contorse ridacchiando quando gli mordicchiai il capezzolo attraverso la maglietta, ma alla fine infilai le dita sotto la stoffa fino a raggiungere quelle piccole sporgenze sul suo petto. Giocai con i suoi capezzoli pizzicandoli leggermente e gli sollevai la maglietta fin dietro il collo, esponendo la pancia e il petto. Jae allungò una mano verso di me, ma scossi la testa.

"Lascia che ti assaggi un po'," mormorai nell'incavo della sua gola. "Non passo abbastanza tempo a farlo."

"Hai solo un'ora," mi ricordò ridacchiando sottovoce.

"Piccolo, posso farti urlare in meno di un'ora," dissi contro il suo petto. "Quanto pensi che ci metterò per farti venire nella mia bocca?"

"Supponiamo che io non voglia," mi provocò lui affondando le dita tra i miei capelli e tirando bruscamente, finché non alzai la testa per guardarlo. "Supponiamo che invece io ti voglia dentro di me?"

"Allora forse," sussurrai, "forse posso prendere qualche goccia sulla lingua quando ti faccio perdere il…"

Non scoprii mai cosa ne pensasse della mia idea, perché prima che finissi di parlare avevo le sue mani sulla patta dei jeans. Trovò in fretta il mio uccello, stringendolo abbastanza forte da farmi contrarre le palle, e io ansimai sollevando istintivamente i fianchi. La sua stretta ferma rifiutava di lasciarmi andare e io mi abbassai, premendo la bocca sulla sua fino a rubargli tutta l'aria dai polmoni.

Gli tirai giù pantaloni e biancheria strattonandoglieli via dalle gambe, poi feci risalire le mani, godendomi la sensazione dei suoi muscoli quando arrivai alle cosce; affondai i denti nel muscolo che avevo sotto le dita e sorrisi del suo strillo sorpreso.

"Mio," ringhiai. "Cosa stupida da dire. Molto vecchio stile. Ma comunque, cazzo. Mio."

Il mobile da farmacista era comodo per vari motivi. Primo, era un buon punto per appoggiarci la cena. Secondo, aveva dei cassettini comodi per tenerci penne o preservativi. Dopo la prima volta che Jae era rimasto per più di una settimana, avevo riempito quella dannata cosa con abbastanza preservativi da farci degli animali di palloncini per tutte le drag queen nel raggio di chilometri.

Il che voleva dire davvero davvero tante, dato che nell'isolato aveva aperto un cabaret e la maggior parte delle donne che saltellavano in quel posto avevano più peli sul petto di Neko.

"Aiutami a spogliarmi, piccolo," chiesi passandogli i denti sulla gola.

"No," replicò con un sorrisetto malandrino. "Ma ti porterò un po' avanti."

Mi aveva già aperto il primo bottone dei jeans quando mi aveva afferrato all'inizio, per cui non ebbe problemi ad aprirmi la lampo. Il mio

386

uccello era già troppo duro per sopportare un altro tocco e quando lui passò le dita sul lato inferiore della mia asta sibilai. Strattonandomi la biancheria, mi accarezzò per tutta la lunghezza, calmando il fastidio nel punto in cui aveva sfregato contro la cerniera.

"Lasciami tirare giù questi cosi prima che il mio cazzo finisca masticato," borbottai, ma la sua mano continuò a muoversi. "Non sei d'aiuto, amico."

"A me pare di sì," replicò lui, stringendomi il lobo tra i denti e occupandosene allo stesso ritmo con cui mi accarezzava. Il mio cervello era impantanato tra l'idea di liberarmi del resto dei vestiti e il divorante bisogno di seppellirmi dentro di lui.

Il bisogno è sempre quello che chiama più forte. Soprattutto dato che il mio cervello si disconnette da solo al minimo accenno della bocca di Jae sul mio corpo.

"Mi ucciderai, cazzo," ringhiai "Girati. Voglio scoparti così forte da sfondare il divano."

Mi liberai alla svelta della maglietta e la spinsi sotto il suo inguine, masturbandolo mentre lottavo con la bustina del preservativo. Strappai l'estremità coi denti, feci scivolare il lattice sulla mia asta e strizzai fuori un po' di lubrificante dall'alluminio. La schiena di Jae implorava di essere baciata e io lo feci, succhiando e mordicchiando lungo la spina dorsale e le costole finché lui non si contorse sotto la mia bocca. Inclinò i fianchi e scivolò in avanti abbassando la testa, e le sue natiche si aprirono un po'.

Jae spostò in avanti le spalle, muovendo le scapole come se fossero ali. Io abboccai all'esca e diedi un morso proprio in mezzo, mentre facevo scivolare le dita lubrificate nel suo calore. La sua entrata si chiuse timidamente di fronte alla mia intrusione, baciando la punta delle mie dita che giocavano con lui. Invece di spingere per superare quella resistenza, le mossi in tondo, persuadendo lentamente il suo corpo ad accettarmi.

"Cole-ah," ansimò Jae quando infilai la punta delle dita oltre il suo ingresso, violandolo per un attimo prima di ricominciare ad accarezzarlo. Quando lo feci di nuovo imprecò, con la schiena e le gambe così tese da tremare. Si inarcò aprendosi ancora di più e gemette, appoggiando la guancia sul bracciolo del divano. "Per favore."

"Sì, piccolo?" Gli baciai la base della schiena. Poi ricominciai ad aprirlo lentamente.

Lui gemette, un morbido miagolio di gola, e si spinse indietro impalandosi sulle mie dita. Le tirai indietro ridacchiando, poi le affondai di nuovo, abbastanza da allargarlo per me. Jae sibilò e contrasse i fianchi, ondeggiando per il bisogno.

Stavo già sgocciolando nella punta del preservativo, e mi faceva male l'uccello, che rimbalzò tra le mie cosce quando mi inginocchiai per spingermi dentro Jae. Tenendo agganciato il pollice nella sua apertura, lo penetrai, facendo con calma mentre lui si adattava al modo in cui lo allargavo, la sua pelle tesa attorno alla punta del mio uccello. Si contrasse attorno a me, cercando di spingere indietro, ma le mie mani gli impedivano di muoversi troppo. Piegai il pollice per allargarlo un altro po' da dentro, poi affondai ancora in avanti, massaggiando il suo ingresso mentre entravo.

Jae gemette con dei suoni da gattino e afferrò il bordo del divano, incavando il tessuto con le nocche sbiancate dalla mancanza di sangue. Mi tirai indietro, e lui protestò, curvando le spalle. Stuzzicandolo con la punta, mossi il bacino e mi spinsi dentro, seppellendomi a fondo dentro di lui.

Spostai la mano lasciando che il cullare del suo corpo mi inghiottisse. I muscoli del suo culo si contrassero, rendendo più sode le natiche tonde che amavo toccare. Appoggiato sulle ginocchia, passai le mani sulla sua pelle color panna, riempiendomi i palmi della sua carne. Gli allargai le natiche quanto bastava per vedere il mio sesso scivolare dentro di lui, e affondai di nuovo.

Jae afferrò il bracciolo del divano e si spinse indietro, reggendosi sulle mani e sulle ginocchia. Il mio petto colpì la sua schiena con uno schiocco e io mi allungai per stringere le braccia attorno alla sua vita snella. Gli strofinai una guancia sulle spalle, aprii la bocca e leccai l'umidità salata dalla sua pelle chiara. Lui gemette e gridò il mio nome, spostando un braccio per toccarsi.

Ci muovemmo insieme, perché non volevamo separarci nemmeno per un attimo. Gli baciai le spalle, mormorando parole senza senso. Jae rispose con passione, tenendomi legato a lui e poi allontanandosi finché solo la punta del mio uccello fu baciata dal suo calore. Lasciai che mi cavalcasse, restando fermo mentre lui si impalava sulla mia asta. Lo guidai tenendogli le mani sui fianchi, facendolo rallentare quando perse il ritmo.

Mi ringhiò contro, impaziente e avido, così lo morsi tra le scapole e affondai di colpo.

Il divano scricchiolava sotto di noi, le molle che dovevano sopportare il mio assalto quanto Jae, ma confidavo che sarebbe sopravvissuto al nostro ardore. Esattamente come Jae-Min, era più robusto di quello che sembrava.

"Adesso, *agi*," sibilò Jae a denti stretti. "Più forte. Per favore."

Aumentai il ritmo, allargando le mani alla base della sua schiena per tenerlo fermo. Non volevo che si muovesse. Volevo che prendesse ogni mia spinta, finché poteva... finché non si fosse sentito come se stesse andando a pezzi sotto le ondate che lo investivano da dentro. Lo martellai, tormentando con l'uccello il suo nocciolo sensibile, passando le dita nel sudore che avevo fatto esplodere sulla sua pelle. Gambe e testicoli schioccavano ogni volta che la mia pelle incontrava la sua. Dove le mie mani lo stringevano, la sua pelle si era arrossata, e io gli afferrai le natiche impastando quei muscoli rotondi fino a farlo gridare.

Aveva i capelli appiccicati alle guance quando interruppi il mio ritmo e rallentai fin quasi a fermarmi. Lui protestò, gridando e ansimando, ma io non cedetti. Lo avrei portato al culmine, ma volevo che sentisse che ero io a farlo. Allungai una mano sotto di lui e gli afferrai l'erezione mentre continuavo a scoparlo, accarezzandolo senza sfiorare la punta sensibile finché non fui sul punto di venire anch'io.

Sentii la sua carne contrarsi attorno a me e le sue palle risalirono fino a toccare le mie. Sentire il suo scroto contro la pelle riversò un'altra ondata di calore sul mio corpo già bollente. Venne nella mia mano, riempiendomi il palmo, e traboccò, un'onda di marea di seme e sazietà. Il suo profumo speziato mi faceva impazzire e io mi persi nel suo corpo, continuando a spingere mentre si contorceva attorno a me.

L'orgasmo mi colpì con una tale forza da abbattermi. Avevo i polmoni stretti, svuotati da tutto tranne che del calore della sua pelle, la bocca piena del suo sapore, una dolcezza salata che condivideva solo con me. Riuscii a malapena a portarmi le dita alle labbra quando la prima ondata mi colpì e il mio corpo sobbalzò in modo incontrollabile mentre lo inghiottivo, riversandomi dentro di lui fino a temere che sarei collassato sulla sua schiena.

I suoi spasmi rallentarono e lui ansimò, riprendendo fiato quando mi misi in ginocchio per lasciargli un po' d'aria. Lo sollevai tirandolo contro di me, facendolo scivolare sul mio grembo. Era letargico, con gli occhi assonnati e semichiusi, il momento perfetto per coccolarlo. Mentre lo ripulivo con l'altro lato della maglietta, gli allargai le gambe quanto bastava per liberarmi del preservativo, che arrotolai nella maglia, buttando tutto da parte.

Jae si appoggiò alla mia spalla, incapace di fare altro se non piegare le gambe e respirare. Lottammo per recuperare un po' di compostezza, incapaci di guardarci negli occhi senza ridacchiare. Gli spostai qualche

389

ciocca da davanti agli occhi e gli baciai la tempia, passando le dita tra i capelli neri e umidi. Il suo respiro sul mio collo era bollente, e mi sorprese dandomi una leccata alla clavicola.

"Hai un buon sapore," mormorò a bassa voce. Giocherellò con la mano che tenevo appoggiata sulla sua coscia, disegnando qualcosa sul palmo. Caldo e rilassato, sospirò e aggiunse: "Mi fai sentire al sicuro."

"Farei qualsiasi cosa per farti sentire al sicuro, piccolo," replicai. "Lo sai."

"Adesso," sussurrò lui. "Lo so adesso. Mi piace sentirmi… al sicuro. Sapere che anche se cadessi, tu… saresti lì. Anche senza prendermi, saresti lì per aiutarmi a rialzarmi."

"Ti dispiace se cerco di prenderti?" Inarcai un sopracciglio. "Io sono caduto da posti parecchio alti. Fa davvero male."

"No, non mi dispiace." Sospirò di nuovo. "Ma a volte, Cole-ah, io cadrò e tu non sarai in grado di prendermi. Sarà qualcosa che dovrò fare da solo, ma andrà bene se mi aiuterai a rialzarmi. Non mi importa di cadere. Solo… non voglio riaprire gli occhi e ritrovarmi solo."

Sfilai le dita da sotto le sue e gli sollevai il mento, costringendolo a guardarmi. "Io sarò *sempre* lì per farti rialzare, Kim Jae-Min. Che tu voglia che io ti prenda o no. Io sarò lì per baciarti dove ti sei fatto male. D'accordo?"

"D'accordo," annuì lui, solenne e calmo. C'erano ancora così tante parole non dette tra di noi, e rimasero sospese lì, pesanti e silenziose, come lacrime che aspettavano di venir baciate via. Jae mormorò qualcosa, ma io non capii.

Lo baciai, aggrottando la fronte. "Che cosa hai detto?"

"*Kamsamida*." Distolse lo sguardo, chinando la testa in modo che non potessi vederlo in faccia. "*Saranghae*."

Brontolai e lo tirai più vicino, stringendogli le braccia attorno alla vita. "Devo *davvero* mettermi a imparare il coreano."

"Non ancora, *agi*," mi stuzzicò Jae. "Non finché non sarò pronto a farti sapere che cosa dico."

"Dio, mi fai diventare pazzo." Lo scossi un po', abbastanza da farlo ridere. Il mio cellulare cominciò una canzone romantica sui ragazzi cattivi e io lo guardai accigliato. "Mi hai cambiato la suoneria?"

"Ho pensato che ti si adattasse," ammise, allungando una mano verso il telefono e porgendomelo.

"Stavamo avendo un momento speciale," brontolai mentre lui mi scivolava di dosso. Afferrò i pantaloni, se li infilò e andò verso la cucina. Io gli guardai il culo, poi passai un dito sul telefono per rispondere. "Pronto?"

"Cole-sshi?" O l'uomo all'altro capo della linea era ubriaco, oppure stava avendo un ictus. Dai rumori di conversazione e dal tintinnio di bicchieri che sentivo, avrei scommesso su ubriaco. "Sono David Park."

"Salve," replicai accigliandomi nel vedere l'ora. Era troppo presto per fare telefonate da ubriachi. "Che succede? Dove si trova?"

"In un posto." Mormorò qualcos'altro, ma in coreano. Non capii niente.

"Aspetti." Mi alzai e andai in cucina. Reggendo il telefono per Jae dissi: "È David. È un disastro, e non riesco a capire cosa sta dicendo."

Jae lo ascoltò per qualche secondo, poi si incastrò il telefono tra l'orecchio e la spalla per spegnere il forno. Annuì e pronunciò *de* qualche volta, concordando con qualsiasi cosa fosse quel che David gli stava dicendo. Dopo un minuto disse qualcosa in tono deciso e spense il telefono, poi si sfregò il viso.

"Allora?" Gli chiesi prendendo il telefono. "Che sta succedendo? Perché è ubriaco? Non sono nemmeno le otto. Pensavo che voialtri foste dei bevitori in gamba."

"Con voialtri intendi i coreani? Perfino noi abbiamo dei limiti." Sbuffò e mi diede una pacca sul braccio. "Dovremmo andare a prenderlo. È in un club in Wilshire Boulevard."

"Dimmi che non ha guidato." Mi brontolò lo stomaco, ma lo ignorai.

"Non lo so," disse prendendo le chiavi. "Ma gli ho detto di aspettarci. Vieni, prima che lui cambi idea."

Chiusi la porta e poi mi resi conto di essere a piedi nudi sul cemento, per cui gli presi di mano le chiavi per recuperare un paio di Vans dall'ingresso. Requisii la sua Explorer mentre me le infilavo. "Dimmi dove andare. Io guido e tu lo metti in macchina."

"Okay," concordò infilandosi nel sedile del passeggero.

"Ti ha detto perché si è sbronzato in questo modo?" chiesi mentre facevo retromarcia.

"Sì, domani c'è il servizio funebre per Helena. Kwon gli ha detto che non è il benvenuto." Quando gli lanciai un'occhiata incredula si strinse nelle spalle. "È complicato. La famiglia incolpa i Seong."

"Va bene, questo posso capirlo," dissi mentre arrivavamo a uno stop. "Allora perché ha chiamato me invece di farsi venire a prendere da qualcun altro della famiglia?"

"Perché qualcuno si è intrufolato nella stanza di Shin-Cho all'ospedale e ha cercato di sparargli di nuovo," rispose lui in tono calmo, come se fosse comune quanto trovare una monetina per strada. Pensandoci un attimo, dovetti ammettere che stava diventando un avvenimento troppo familiare nelle nostre vite, cosa che andava corretta il più in fretta possibile. "Lo hanno inseguito, ma è scappato."

"Qualcuno ha visto chi era?" chiesi. "Aspetta, fammi indovinare. Un asiatico con i capelli neri."

"Non ha importanza," commentò passandomi una mano sulla coscia. "Hanno trovato un coreano in un'auto a noleggio a circa tre isolati di distanza. Un proiettile in testa. David dice che pensano sia Choi Yong-Kun."

"Quindi è finita?" Per poco non feci un sospiro di sollievo. "Cazzo."

"Può darsi, ma non lo so," disse lui, cupo. "A meno che Choi Yong-Kun in qualche modo non sia riuscito a spararsi alla nuca da solo, direi di no."

CAPITOLO 19

PAREVA CHE ogni poliziotto dell'area metropolitana di Los Angeles si fosse presentato a uno strip club per ricevere donuts e caffè gratuiti, ma avesse sbagliato indirizzo. Se avessimo aggiunto dei ragazzi che ballavano, dei ciucci con i led e qualcuno che scratchava la musica, sarebbe stato un rave party in piena regola.

Seong Ryeowon, comunque, non pareva dell'umore per una festa.

Avevamo recuperato David al bar. Mi era anche costato un po' farlo liberare, dato che aveva accumulato un bel conto e il grosso coreano alla porta aveva istruzioni esplicite di non lasciarlo andare senza che pagasse. Avevo sacrificato la mia carta di credito e mi ero fatto dare una ricevuta. Dopo avermi guardato male per qualche secondo, era andato via un attimo ed era tornato con una striscia di carta scritta in hangul e un totale che avrebbe pagato la mia bolletta dell'elettricità per qualche mese.

Ci avevo messo quasi venti minuti per far scendere David dal club al terzo piano e portarlo in macchina. Jae lo aveva ficcato nel sedile posteriore e gli aveva agganciato tutte e due le cinture di sicurezza per impedirgli di scivolare, poi eravamo partiti verso la casa che Seong Ryeowon aveva preso in affitto.

La stessa casa dove avevamo trovato il rave all'aperto gestito da tutti gli uomini e le donne della polizia di Los Angeles.

Scarlet ci vide per prima e corse verso la macchina. Con i poliziotti che bloccavano il vicolo cieco, avevo dovuto trovare un posto a qualche centinaio di metri di distanza, e quando aprii la portiera lei era già lì.

Era vestita nello stile più maschile che le avessi mai visto: converse, maglietta bianca e jeans. Era struccata e aveva raccolto sulla nuca i lunghi capelli neri. Sembrava giovane, un uomo dall'aria androgina che faceva girare tutti a guardarlo, sia per l'ammirazione che per la confusione.

Il tipo di uomo che nel quartiere sbagliato si sarebbe preso dei calci in faccia.

"Ciao, *musang*." Baciò Jae sulla guancia e mi passò un braccio attorno alla vita. "Sono felice che siate qui tutti e due... Quello è David?

Oh mio Dio, è David! Pensavamo che fosse sparito… sta bene? Che cos'è successo?"

"Beh, no. Non sparito. Solo sbronzo fradicio." Gli avevo sganciato le cinture e gli avevo messo le mani sulle cosce per tirarlo verso di me. "Sta' indietro. Penso che abbia bevuto così tanto da annacquarsi le ossa. Sono praticamente liquide."

David dimostrò di avere liquide non solo le ossa. Lo avevo quasi estratto dalla macchina di Jae quando si tirò su e mi vomitò sulla schiena. Il fluido bollente e fumante mi corse giù per la spina dorsale e si infilò dritto nello spazio tra la mia vita e la cintura dei jeans. Colpì me, la fiancata della macchina, una parte del sedile, e i tappetini posteriori. La puzza era pervasiva come la nebbia di Londra.

Successero due cose contemporaneamente. Primo, io urlai come se mi stessero ammazzando e tirai fuori ogni singola parolaccia che avessi mai sentito in vita mia. Secondo, ed era potenzialmente più pericoloso, il mio muggito attirò l'attenzione dei poliziotti armati che barricavano la casa.

Circa metà dell'orda si mise a correre e circondò la macchina di Jae, armi in pugno e urlandoci di buttarci a terra. Jae si allontanò dall'auto e Scarlet alzò le mani, allarmata dal numero di poliziotti che puntavano verso di lei. David decise di ignorare le mie grida, i poliziotti e le armi, e mi vomitò anche sul davanti dei jeans prima che potessi levarmi dall'area dello spruzzo.

"Oh, vaffanculo, fottuto figlio d'un cane." Venni afferrato da dietro e strattonato. Il poliziotto che mi stringeva captò una zaffata di quello di cui ero coperto e deglutì, contorcendosi in fretta per allontanarsi da me. Io avevo uno stomaco più robusto del suo, ma mi fece perdere l'equilibrio e barcollai all'indietro, finendo quasi giù dal marciapiede. Mi allontanai dal SUV e mi tolsi dai jeans più roba che potevo, respirando con la bocca per non annusarne i fumi.

La maggior parte di quello che David aveva rigettato, se non tutto, era alcol. A giudicare da quanto ne aveva tirato fuori, il bar si era guadagnato quello che gli aveva messo sullo scontrino. Se qualcuno mi si fosse avvicinato con un fiammifero probabilmente avrei preso fuoco.

Alzai le mani, ma adesso i poliziotti erano molto meno interessati a me. Scarlet prese il comando e si spostò in un ampio cerchio attorno a me per parlare a uno degli agenti più anziani. Quello che mi aveva afferrato, permise a me e Jae di abbassare le mani, e grugnì qualcosa che potevano essere delle scuse oppure l'ordine di andare a fare un bagno. Mi sarebbero piaciute le prime, ma non avrei detto di no al secondo.

"Vediamo se riusciamo a portare il ragazzo in casa," mormorai facendo un secondo tentativo di spostare David. Una volta appeso alla mia spalla, lui iniziò ad agitare le mani a e farfugliare in coreano. Jae diede un'occhiata all'interno della sua auto, sospirò pesantemente e chiuse la portiera sul disastro.

"Dammi le chiavi." Tese la mano. "Ho la borsa della palestra nel bagagliaio. Ci sono un paio di pantaloni da ginnastica che ti puoi mettere, forse anche una maglietta."

"Ti bacerei, ma..." Scrollai le spalle quanto meglio potevo con una settantina di chili di David ubriaco appeso addosso. "In realtà le chiavi sono nella mia tasca. Riesci a prenderle?"

Lui mi diede un'occhiata scettica. E io gliene restituii una assolutamente innocente.

"Non riesco a raggiungerle." Feci dondolare David. "Le dovrai prendere tu."

"Puah," brontolò lui voltando la testa per evitare di avvicinarla.

"Oh, allora non è che non volevi sentire *me*, non volevi sentire l'odore?" Scavò con le dita nella mia tasca e agganciò l'anello del portachiavi. Appena lontano da me si scosse, disgustato. Mi sarei potuto offendere, ma a quel punto anch'io avrei voluto essere il più lontano possibile da me stesso.

"Cole, vieni," mi incitò Scarlet. "Portiamolo in casa."

Per arrivare all'ingresso mi toccò fare il giro attorno a una larga zona del prato circondata dai nastri della polizia. C'era in mezzo qualcosa di scuro, ma non mi fermai a guardare. Avrei dovuto mollare David a uno dei tizi in completo nero che stazionavano vicino alla casa, ma ero già fradicio di soju e whiskey, per cui non aveva molto senso condividere l'infelicità. Lì vicino qualcuno doveva aver perso il controllo di una canna fumaria, perché si sentiva ristagnare un debole odore di fumo, e più vicino alla casa l'aria aveva uno strano odore, qualcosa di chimico, acre e bruciato, che si attaccava alla lingua. Fra l'aria della sera e David non ero sicuro di che cosa fosse peggio.

Una donna dalla voce gentile mi accolse alla porta, invitandomi a entrare con un inchino. Mi presi un attimo per sfilarmi le Vans, reggendo David meglio che potevo. Lui gemette e fece dei rumori preoccupanti, come se stesse per rigettare di nuovo.

"Giuro su Dio che se ricominci a rigurgitare su di me," ringhiai, "ti lascio cadere. Proprio qui e proprio adesso."

Mollai David su un letto a cui mi avevano guidato e chiesi alla donna se c'era un posto dove potessi fare la doccia e cambiarmi. Dieci minuti dopo, emergevo dall'acqua calda profumato di sapone agli agrumi, con un leggero sottotono di alcol. Jae mi aspettava nella stanza degli ospiti che mi avevano riservato, appollaiato su una poltrona dall'aria comoda. Mi misi i pantaloni della tuta e la maglietta che mi aveva portato; i pantaloni erano un po' corti e la maglia mi stava ridicolmente stretta sul petto. Mi sentivo come un twink a caccia di divertimento. I miei vestiti non si vedevano da nessuna parte.

"Dov'è la mia roba?" Mi guardai attorno e lui mi porse un paio di pantofole. "Queste che sono?"

"Mettitele. È considerata buona educazione fornire agli ospiti delle calzature da casa. E la tua roba è in lavatrice." Mi diede un'annusata di prova. "Hai ancora un odore un po'… alcolico… ma non molto."

"Già, sembro un Harvey Wallbanger."

"Dal suono sembra una cosa sporca." Mi guardò. "Ti sei inventato la parola? Che cos'è?"

"È un drink. Se ne bevi abbastanza, poi vai a sbattere contro i muri," risposi infilando i piedi nelle pantofole. Dovettero allargarsi per contenere i miei piedi, ma si arresero in maniera ammirevole. I talloni sporgevano fuori dal retro. "Se inciampo con queste non cercare di prendermi. Mettiti in salvo."

"Hai finito?" Scosse la testa e andò verso la porta. "Uno dei detective vuole parlarci di David."

Il detective in questione era Wong, con cui avevo già parlato. Era un cinese con una faccia piacevole e che pareva in grado di spaccare un albero in due a mani nude. La teoria venne confermata quando gli strinsi la mano e ne uscii con la sensazione che fosse stato molto attento con il mio fragile corpicino. Come per mio fratello, il suo barbiere aveva regolato la macchinetta sul taglio Porcospino Numero Quattro. A differenza di Mike, era decisamente interessato alle mie avventure per riportare David alla sua tana.

"Per favore, si sieda," disse indicando una delle tante sedie nel salotto formale. "Ho l'impressione che se mi muovo troppo potrei rompere qualcosa o qualcuno."

C'era un servizio da caffè su un tavolino intagliato accanto a due divani dall'aria francese; dal bricco d'argento usciva la fragrante promessa di chicchi tostati e macinati, e accanto c'era un vassoio di tortine eleganti.

Toccando con la forchetta una di quelle cose spumose chiesi: "Non è che se mangio uno di quelli finirò incastrato nel camino a prendere a calci una lucertola di nome Bill, vero?"

"Lo scusi, per favore. Ha saltato la cena. Tende a renderlo irritabile." Jae diede a Wong un'occhiata di cui un bassotto sarebbe stato orgoglioso, e si sedette. Versò una tazza di caffè, poi sollevò il bricco verso Wong. "Per lei?"

"Perché no," gli sorrise. "Grazie."

Non mi piaceva quel sorriso.

A essere franchi, avevo fatto del sesso grandioso con il mio amante, poi eravamo andati a salvare il Principe Disperso dei Seong solo perché lui potesse rovesciare nei miei boxer i suoi eccessi alcolici, e adesso un cinese con un anello nuziale stava sorridendo al mio ragazzo. E sì, avevo saltato la cena. Il che tendeva a rendermi irritabile, ma mi consolai quando Jae mi passò la tazza di caffè prima di versarne per sé e per Wong.

Mi consolavo facilmente. Il sorrisetto malizioso di Jae facilitò la cosa.

"Come mai il dispiegamento di polizia? David non mancava ancora da ventiquattro ore." Presi un pezzo di torta. Era verde e aveva sopra della specie di schiuma da barba. Aspettai che Wong bevesse un sorso di caffè prima di staccarne un pezzetto e mettermelo sulla lingua. Era cremosa e non troppo dolce.

Non avevo la più pallida idea di che sapore fosse, così la diedi a Jae e passai a qualcosa di marrone. Nella maggior parte dei mondi marrone voleva dire cioccolato, o forse caffè, quindi avevo delle buone probabilità che fosse qualcosa che avrei riconosciuto.

"La signora Seong mi ha informato che sapete del rapporto tra suo figlio e un ufficiale sudcoreano di nome Choi." Wong sfogliò il suo taccuino.

"Choi Yong-Kun," confermai. "David ha detto a Jae-Min… è un bel po' di sentito dire. Probabilmente dovrebbe dirglielo di persona."

"Perché non cominciate tutti e due da dove eravate alle tre di oggi pomeriggio e poi arrivate fino alle otto di sera?" suggerì Wong.

"Ehm, eravamo in ufficio a controllare delle informazioni di contatto," cominciai, elencando i nostri spostamenti dal fioraio all'ospedale e poi di nuovo a casa. Jae si acciglià un po' quando dissi che avevamo passato il tempo insieme mentre lui preparava la cena, ma con Wong evitai di scendere nei dettagli.

"È stato allora che Park ha chiamato?" chiese "E nello specifico ha chiamato lei, signor McGinnis?"

"Sì," risposi. "Ma sembrava ubriaco e io non parlo coreano, per cui ho passato il telefono a Jae."

Jae riferì quello che David gli aveva detto al telefono sul fatto di non poter andare al servizio funebre della fidanzata e sulla scoperta del corpo di Choi. Aveva l'aria perplessa. "Sembrava pensare che fosse finita, ma per me non aveva senso perché, da quello che David-sshi mi ha detto, pare che Choi Yong-Kun sia stato assassinato."

"È così," confermò Wong. "Un uomo di pattuglia è stato avvertito della presenza del cadavere di Choi e ha immediatamente sigillato l'area in cui era stata trovata la macchina. Non ho testimoni che David Park fosse nella zona, ma quattro ore fa la sua famiglia ci ha chiamati, preoccupata per la sua sicurezza dopo una conversazione che aveva avuto con il signor Sang-Min Kwon, il padre della sua fidanzata."

"Sì, conosco Kwon," borbottai. "Un pezzo di stronzo."

"Sfortunatamente, di questi tempi non è una ragione valida per uccidere qualcuno." Wong fece dei suoni preoccupati quando mi strozzai con il pezzo di torta che avevo in bocca.

"Cosa c'entra Kwon?" Jae si sporse in avanti, inclinando la testa. "Che cosa gli è successo?"

"Circa due ore fa, Sang-Min Kwon è stato trovato in fiamme sul prato davanti a questa casa. Nel momento della scoperta ne era praticamente avvolto, molto probabilmente grazie a un accelerante di qualche tipo. Per cui ve lo devo chiedere: dove eravate due ore fa, e potete contribuire a confermare i movimenti di David Park in quel periodo? O dobbiamo andare tutti alla stazione di polizia?"

"Porco cazzo," sussurrai sottovoce, e Jae sospirò, rassegnato ai miei modi rozzi e grossolani. Quando lo guardai era imbronciato. "Che c'è?"

"Ho scordato di dar da mangiare alla gatta," brontolò. "Ed è stupido che io me ne preoccupi adesso."

"Non è stupido," lo contraddissi. "Quella gatta è malvagia. In questo momento potrebbe stare ordinando del cibo tailandese pagandolo con la mia carta di credito. Kwon è morto, e anche Choi. Chi diavolo possiamo accusare di questo schifo adesso?"

"Non lo so," commentò Scarlet a bassa voce. "Voglio solo che tutto questo finisca."

Ci eravamo spostati dalla sala formale eccessivamente pretenziosa a uno spazio familiare in cui si respirava meglio; Scarlet ci aveva raggiunti, e le torte erano state rimpiazzate da un'offerta più sostanziosa di sandwich a triangolo. Che era sostanziosa solo per qualcuno della taglia di Scarlet. Perfino tra le dita sottili di Jae sembravano cibi giocattolo fatti da un bambino di tre anni.

Io ne avevo mangiati quattro, e avevo cercato di non sembrare pronto a bruciare il resto come una specie di mucca impazzita.

Scarlet ne aveva presi altri due e me li aveva messi sul piatto dandomi una pacca consolatoria sul ginocchio. "Mangia. Cominci a diventare pallido."

Masticai con calma, cercando di far durare quei bocconcini più a lungo. Jae mi sacrificò due dei sui triangoli e io cercai di essere virile e rifiutarli scuotendo la testa. Lui si allungò per baciarmi e me li ficcò in bocca.

"Che è successo al dover stare attenti dove possono vederci?" mormorai con la bocca piena di cheddar.

"Qui non c'è nessuno," obiettò, ma lui e Scarlet si scambiarono un'occhiata. "E al momento sono troppo stanco perché mi importi."

Scivolai verso il suo lato del divano, allungando una mano per strofinargliela tra le scapole. "Ehi, ci lasceranno uscire fra poco. Andremo a casa. Io prenderò del cibo vero e poi ci rilasseremo."

"Cazzo, Cole, qualcuno gli ha dato fuoco," disse con voce roca. "Lo stesso tizio che probabilmente ha sparato a te ha anche dato fuoco a Kwon. Cosa diavolo dovrei fare, dopo una cosa simile?"

"Vi lascio da soli a sfogarvi." Scarlet era la regina delle uscite strategiche. Prese i piatti sporchi e lasciò la stanza prima che potessimo battere ciglio. Chiuse la porta dietro di sé e restammo soli.

"Grandioso, adesso ho fatto scappare via *nuna*. Cazzo," imprecò Jae afflosciandosi di nuovo sul divano. Prese un piccolo cuscino cilindrico e lo tirò con forza contro il muro, dicendo qualcosa in coreano che non aveva un gran bisogno di traduzioni.

"Non l'hai fatta scappare," obiettai. "Ti vuole bene."

La stanza si affacciava sul giardino, un insieme cupo di siepi, statue di marmo classiche e rose troppo rigogliose. Fuori non c'erano luci, ma l'illuminazione soffusa della lampada da tavolo ci permetteva di vederci.

399

Mi tirai ancora più vicino senza preoccuparmi di eventuali cuscini volanti e gli presi la mano, ma lui esitò, rifiutando di farsi toccare. Finalmente riuscii ad afferrarla e a chiudere le dita attorno alle sue.

"Io non vado da nessuna parte," dissi lentamente. "Non mi lascerò dare fuoco e non mi lascerò sparare a morte."

"Già, come se finora ci fossi riuscito!" scattò. "Ti hanno sparato più che a qualsiasi altra persona io conosca. *Aish!* Non riesci a schivarne almeno *una*? Quanta gente deve morire attorno a noi? Chi è il prossimo? Scarlet? Bobby? Mike?"

"Ehi, così non vale," ribattei. "Noi non abbiamo causato *niente* di tutto questo, e sicuro come l'inferno io non ho *chiesto* di farmi sparare."

"Cole, non riesci nemmeno a evitare il vomito," sospirò.

"Piccolo, se avessi saputo che stava per vomitare lo avrei buttato fuori dall'auto prima ancora che arrivassimo qui. Dobbiamo tornarci a casa, con quella macchina. Pensi che io volessi sentire quel puzzo per tutta la strada?"

"Quando finirà?" Non sembrava arrabbiato, semmai rassegnato all'insensatezza del tutto.

"Non lo so," ammisi. "Presto? Forse? Non lo so, Jae."

"È sempre così, attorno a te?" Agitò una mano. Avrei potuto fingere di non aver capito, ma sapevo che si riferiva al caos che pareva seguirmi ovunque andassi. "Dev'essere per forza così folle?"

"Sì, più o meno. La vita a volte è uno schifo." Mi avvicinai ancora, facendolo spostare contro il bracciolo del divano, per ricordargli in che modo avevamo passato il tempo prima che la telefonata di David facesse implodere la nostra serata. Lui si agitò un po' a disagio, e sorrisi sapendo che poteva ancora sentire come lo avevo allargato. Chinandomi, gli diedi un bacio leggerissimo sulle labbra. "Ma è anche bella, giusto?"

Lui ricambiò con più decisione, succhiandomi il labbro inferiore e tirandolo. Mordicchiandolo un'ultima volta, sussurrò: "A volte."

Passai le dita tra i suoi capelli morbidi e lo tirai più vicino, fino ad appoggiare la fronte sulla sua. "Mi occuperò di questa faccenda, Jae. La supereremo e andrà tutto bene. È solo… tutto un po' folle al momento, ma non può durare per sempre."

"E se quando questa follia finisce tutto quello che ti rimane sono io?" Si passò la lingua sul labbro superiore e io la inseguii con la bocca, catturandone la punta prima che sparisse.

"Se tutto quello che mi resterà sarai tu," mormorai, "allora morirò felice."

"Tu vedi di morire vecchio e felice," borbottò mordendomi la punta del naso. "Oppure ti finirò con un cuscino."

"Ah, mi terrorizzi," scherzai.

"Fai bene ad avere paura." Sogghignò. "Ti riempirò la bocca di pasta di kim chee e poi te la chiuderò con il nastro adesivo, e *poi* ti soffocherò con il cuscino."

"Oh, quindi ci hai riflettuto?"

"No, mi è venuto in mente così," rispose lui disinvolto. "Immaginati cosa potrei inventarmi se avessi il tempo di rifletterci."

"Davvero spaventoso," dichiarai. Gli feci scivolare una mano dietro la nuca, stringendo leggermente. "Fatti sotto, piccolo."

Ci baciammo.

Fu dolce e lento. Al buio, con una sola lampada, mentre il mondo ci pioveva attorno, fu la promessa di una notte stellata quando le nubi si fossero dissolte.

Dannazione, volevo una vita intera di quei baci.

"Aspetterò per questo, lo sai," sussurrai quando riemergemmo in cerca d'aria. Avevo la bocca sulla sua, e le nostre labbra si toccavano e allontanavano mentre parlavo. "Per questo. Per te."

"E se fosse troppo a lungo?" Chiuse gli occhi e voltò la testa, appoggiando la tempia sulla mia fronte. "E se…"

"Ho intenzione di morire vecchio e felice, ricordatelo." Gli accarezzai la nuca, facendolo sospirare. "Non sono sicuro che sarò altrettanto felice mentre ti aspetto di quanto lo sarò quando diventerai davvero mio, ma ho intenzione di scoprirlo, *jagiya*."

Spalancò gli occhi e mi guardò, scosso. "Chi ti ha insegnato quella parola?"

"Aah." Strinsi le labbra e mi alzai in piedi, tirandolo con me. "Credo di conoscere un po' più coreano di quanto tu pensassi."

Capitolo 20

Los Angeles sotto la pioggia battente è un posto infelice.

La gente si dimentica come si fa a guidare, qualcuno alla Metro decide di mandare fuori solo i bus che si romperanno in mezzo alla strada, e quel che è peggio la città a quanto pare ha comprato i semafori a una svendita, dato che al primo segno di umidità nell'aria cominciano a lampeggiare in viola.

Quei maledetti cosi non ce l'hanno *nemmeno*, il viola, ma fanno comunque del loro meglio per farlo lampeggiare.

Quando mi ero accordato con Yeu per incontrarlo a Koreatown, non c'era stato il minimo indizio di un temporale in arrivo. Se lo avessi saputo, avrei suggerito di andare a San Francisco e prendere dei dim sum da Hang Ah. Ci avrei messo meno tempo a guidare fin là che a percorrere Wilshire Boulevard.

Parcheggiare fu impossibile. Alla fine rinunciai a cercare un posto lungo la strada e andai in un garage a quattro piani di fronte al ristorante. Le luci sulla Sesta e sulla Kenmore erano fuori uso, per cui per arrivare al posticino nascosto in cui ero già stato con Jae mi toccò fare una partita a *Frogger* tra la folla e la pioggia. Facevano dei pancake con il kim chee su cui all'inizio avevo avuto dei sospetti, ma che adesso ero impaziente di mangiare.

E Jae eliminava tutti gli occhi dal mio cibo prima che io ci posassi lo sguardo.

Ero abbastanza uomo da conoscere i miei limiti. I bulbi oculari, quando non erano attaccati a un essere umano e mi fissavano dal mio cibo, erano un mio limite. Non mi piacevano neanche le lingue, ma nei gamberi era difficile trovarne. Quando un ristorante mi aveva dato un pesce intero come panchan, Jae si era limitato a staccargli la testa mentre io fingevo di studiare l'arredamento.

L'arredamento faceva schifo. Il pesce invece era grandioso.

Arrivando al ristorantino nascosto in un angolo del centro commerciale, mi resi conto di non avere idea di che aspetto avesse Brandon Yeu. Eravamo tra l'ora di punta del pranzo e quella della cena e il posto era

402

mezzo vuoto, e il temporale probabilmente aveva tenuto lontani tutti tranne i forti mangiatori. Quando entrai, un coreano elegante e distinto a uno dei tavoli in fondo si alzò in piedi e mi fece segno di avvicinarmi.

Non sembrava il tipo di uomo che ci si sarebbe immaginati pensando a un'irruzione in uno stabilimento balneare gay, ma in effetti quel tipo di uomo andava di solito a divertirsi altrove. Yeu era attraente e in forma, un po' più basso di me e con braccia scolpite e muscolose. Aveva un'abbronzatura naturale e rughe da sorriso attorno agli occhi. Era venuto all'incontro con pantaloni comodi e una camicia con le maniche arrotolate che mostrava un orologio con il cinturino di pelle. La fascia d'oro all'anulare era un po' graffiata e decisamente non era un pezzo di gioielleria nuovo, ma quando mi tese la mano la vidi brillare.

"McGinnis? Sono Brandon Yeu." Mi strinse la mano. Doveva aver notato la mia espressione leggermente confusa. "Avevo controllato. C'è una foto sul suo sito web."

"Salve. Per favore, mi chiami Cole." Mi ero dimenticato del sito. Mike lo aveva messo su per me quando aveva rifatto quello della sua agenzia di sicurezza. Per quel che ne sapevo poteva averci messo le mie foto di quando avevo tre anni, a cavalcioni del pony lanoso che mi avevano regalato a Natale, tutto nudo tranne che per il cappello da cowboy e il cinturone.

"Devo ammettere che sono stato sorpreso che lei mi abbia contattato," esordì mentre una donna ci metteva davanti dei bicchieri di tè d'orzo.

Io ordinai del *bulgogi*, sperando che fosse quello senza ossa, e Yeu qualcosa con un sacco di D e di K nel nome. Pensavo fossero i cilindri di riso e ramen che piacevano a Jae, ma avrei dovuto aspettare per vedere se avevo ragione.

Aprii il portadocumenti che mi ero portato dietro e ne tirai fuori l'assegno che David aveva firmato poche ore prima. Mentre passavo a Yeu la busta dissi: "I Park porgono le loro scuse. Shin-Cho e David sarebbero venuti, ma ci sono stati dei tragici eventi in famiglia. Mi hanno incaricato di trasmettere il loro rammarico."

'Eventi' sembrava una parola inadeguata per la morte di Helena, il ferimento di Shin-Cho, e il terrore che pareva seguire i fratelli Park, ma era la migliore che avevo trovato. Yeu non aveva bisogno di venir gravato coi dettagli, e a giudicare dalla sua espressione di sollievo pensai che preferisse un incontro breve. Le scuse formali di una famiglia sembravano andare avanti per ore senza concludere nulla se non mettere tutti a disagio.

Aprì la busta e tirò fuori l'assegno, fissandolo per qualche secondo. Poi lo picchiettò sul tavolo mentre mi faceva un sorriso imbarazzato. "A essere onesti volevo strapparlo a pezzetti e tirarglielo in faccia."

Mi strinsi nelle spalle. "Erano ragazzi quando è successo. Stanno solo cercando di sistemare le cose."

"Lo so. È stato un momento di orgoglio e indignazione che è durato finché mio marito non mi ha ricordato che presto nostro figlio andrà al college." Rimise l'assegno nella busta e mi sorrise. Uno degli incisivi aveva un'intaccatura, un difetto che rendeva affascinante il sorriso. "È ancora presto, ma tanto vale cominciare a preoccuparmi da subito."

"Suo marito è coreano? Perché devo ammetterlo, pare che la maggior parte dei coreani che incontro siano gay." Bevvi un sorso del tè d'orzo. "Potrebbe anche dipendere da chi frequento. Il mio ragazzo è coreano."

"Probabilmente perché è più facile essere gay e coreano qui, che in Corea," rispose Yeu. "Là non pronunci nemmeno la parola, se non vuoi che ti guardino storto. Ma no, mio marito è cinese. Stesso problema, però. La sua famiglia lo ha cancellato dall'albero genealogico. Mio padre era uguale… finché non è nato mio figlio, dopo che le mogli dei miei fratelli hanno avuto solo femmine. Adesso sono il preferito."

Fece quello che facevano tutti i genitori, tirando fuori una foto dal telefono con apparente facilità. Dallo schermo mi sorrideva un preadolescente carino con il naso di Yeu, con il braccio attorno alla vita di un fiero patriarca coreano con gli occhi che brillavano per l'orgoglio.

"Dean è un ragazzo in gamba. Voglio il meglio per lui." Mise via il telefono. "Mio padre si è offerto di pagargli il college, ma… per me è importante se posso farlo io."

"Sì, so com'è."

"Non ha impedito a mio padre di cercare di comprargli la macchina, ma gliel'ho impedito almeno finché Dean non avrà la patente." Ridacchiò. Il pranzo arrivò e ringraziammo la donna, poi cominciammo a mangiare. Pochi secondi dopo tornò con una pentolina di ghisa piena di zuppa all'uovo, incitandomi a mangiare di più, e se ne andò dopo avermi dato una pacca sulla schiena.

Yeu rise. "Deduco che lei sia già stato qui."

"Sì, a Jae piace venire qui," risposi. "*Lui* lo viziano a morte. Probabilmente perché è più carino di me."

Mangiammo in silenzio per un po'. Il bulgogi era perfetto, e avevo avuto ragione sul piatto con le D e le K. Yeu prese gli spaghetti con le bacchette e li mangiò senza schizzare salsa rossa in giro per il tavolo. Io non avevo la sua abilità, e continuai a battagliare con il mio riso finché non mi arresi e presi il cucchiaio.

"Non sono esattamente sicuro di cosa posso dirle su quella notte," esordì, abbordando finalmente l'argomento per cui eravamo lì. "Sì, l'ho visto, ma ero furioso con lui, per cui non mi sono fermato a parlare. Quando sono entrati i poliziotti, ero appena arrivato."

"Dae-Hoon era di sopra con qualcun altro. Quella persona se ne è andata dal retro, ma non lo ha visto uscire da quella parte. Lei era sul davanti?"

"Sì, non li stavo combattendo. Mi hanno messo le manette e mi hanno fatto sedere fuori contro il muro. Stavano facendo arrivare uno di quei furgoni per portarci alla stazione di polizia," ricordò. "I poliziotti stavano spingendo della gente giù per le scale, e c'era anche Dae-Hoon, ma c'erano anche un sacco di altri uomini."

"Ricorda nient'altro delle persone con cui era? Qualsiasi cosa?"

"Solo un poliziotto. Indossava l'uniforme, credo." Guardò da un'altra parte, accigliandosi mentre cercava di far riemergere i ricordi di quella notte. "Era bianco… e grosso, ma lo erano praticamente tutti quanti. Dae-Hoon non venne messo contro il muro con il resto di noi. Il poliziotto lo portò fuori e lo mise in una berlina nera. Avrebbe potuto essere un'auto della polizia senza contrassegni. Non lo so. Non ci ho esattamente pensato, avevo delle altre cose per la testa all'epoca."

"Nient'altro?" I miei appunti erano davvero scarsi. Avevo bisogno di trovare il poliziotto che aveva scortato Dae-Hoon fuori dall'edificio. Era il prossimo anello nella catena di quella sparizione.

"Non che mi venga in mente adesso. Il poliziotto fece salire Dae-Hoon nella macchina e andò via." Yeu si strinse nelle spalle. "Io venni infilato in un cellulare. Quando arrivammo alla stazione di polizia, mi misero in arresto, e me ne sono andato il mattino a spiegare a mio padre che ero gay. E che per questo avevo passato la notte in guardina. Penso di essere stato semplicemente stanco di essere bistrattato. Quella fu l'ultima volta che vidi Dae-Hoon."

Indugiammo ancora un po' sul cibo, parlando soprattutto di football e denigrando l'incapacità di Los Angeles di mettere insieme una vera squadra, figurarsi tenersela. Io rifiutai la terza porzione di zuppa all'uovo, ma mangiai il resto delle crocchette di pesce. Yeu spazzò via il resto del panchan e disse che per lui era ora di tornare a casa.

405

Con Jae a fotografare una festa di fidanzamento fino alle dieci, avrei avuto la casa tutta per me… non che ci tenessi. Attraversai la strada e salii le scale del parcheggio in cui avevo lasciato la Rover, telefonando a Bobby per vedere se gli andava di guardare una partita. Ero appena uscito dalla tromba delle scale al secondo piano quando le luci si spensero.

Le pareti erano alte e lasciavano entrare a malapena la luce acquosa da fuori. Il fronte temporalesco aveva cancellato quasi del tutto la luce solare, stendendo un velo grigio su tutta la zona. A ovest crepitavano i fulmini, brevi lampi forcuti seguiti da rombi che scuotevano la terra. Ce ne fu un altro, così forte da non farmi sentire l'altro capo della linea. Stavo battendo le palpebre cercando di adattare gli occhi alla mancanza di luce, quando un altro lampo scoppiò vicino a me in un biancoazzurro doloroso.

"Porca puttana," imprecai nel telefono mentre la segreteria di Bobby si avviava. Mi lacrimavano gli occhi e battere le palpebre sembrava peggiorasse solo le cose. La Rover era una grande macchia grigia all'altra estremità e io andai da quella parte, evitando le pozzanghere formate dalla pioggia che riusciva a entrare. "Sì, questo ignoralo, Bobby. Scusa, a Ktown le luci sono andate. Se ti va di vedere una partita stasera fammi sape…"

Il primo sparo finì distante, colpendo un'automobile qualche posto più in là rispetto a dov'ero io. Sobbalzai e mi torsi per abbassarmi e gettarmi a terra. Il telefono mi sfuggì di mano, atterrando da qualche parte nel buio tra quell'auto e la parete esterna. Ci fu un lampo sulla destra, ma a parte quello riuscivo a vedere a malapena quello che avevo davanti. Rimasi chinato e cercai di tenermi al riparo. Quando avevo parcheggiato non c'erano molte auto, e adesso sembravano perfino di meno, da quel che potevo capire dalle sagome sfocate che vedevo.

Corsi, sbattendo un'anca contro l'utilitaria colpita dal proiettile. Il mio piede finì nella pozzanghera del liquido che ne era uscito, e lo strano odore metallico del fluido per i radiatori mi arrivò dritto in faccia. Mi asciugai le ciglia dagli schizzi e lasciai che gli occhi si adattassero alla luce fioca mentre mi avvicinavo al retro di quell'auto provvidenziale. Non riuscivo a vedere il telefono, ma c'erano poche probabilità che fosse sopravvissuto all'impatto con il cemento. Pareva si rompessero anche solo con un'occhiata storta e una sgridata. Non pensavo che andare a sbattere contro della roccia sintetica potesse fargli bene.

"Brutto posto in cui trovarti, McGinnis," mormorai. "E perché diavolo non ti sei portato una cazzo di pistola?"

Era una considerazione inutile. La pistola in questione sonnecchiava al sicuro in un contenitore chiuso a chiave in cima al mio armadio, probabilmente a sognare piccioni elettrici. Sporsi un po' la testa, tirandomi subito indietro quando un altro colpo mi sibilò accanto e andò a infrangersi nel cemento, dietro di me.

Ovviamente avevo parcheggiato la Rover all'estremità opposta di quel livello, ma anche se l'avessi raggiunta era comunque fatta di vetro e metallo. Mi piaceva la nuova Rover. Ero appena riuscito a regolare il sedile come piaceva a me, e gli specchietti erano all'angolazione perfetta per vedere sia dietro che di lato. Mi sarei dannato piuttosto che trasformarla in un bersaglio da allenamento. Se le fosse successo qualcosa, la compagnia di assicurazione avrebbe insistito perché la mia prossima auto fosse un carro armato.

Decisi di provare con la ragionevolezza.

Gridai oltre lo spigolo dell'auto, sbirciando per vedere se si muoveva qualcosa. "Guarda, scommetterei che sei lo stronzo che ha già cercato di ammazzarmi. Ti andrebbe di dirmi perché?"

Basandomi sulle sole due volte che qualcuno mi aveva sparato per ammazzarmi, avevo un cinquanta per cento di possibilità che chiunque lo stesse facendo in quel momento mi dicesse il motivo. La cugina di Jae era stata ben felice di denudare la sua anima, mentre Ben era andato incontro alla sua morte autoinflitta seppellendo con sé tutti i rancori verso Rick e me.

"Dov'è Shin-Cho?" La voce che riecheggiava nella struttura era maschile e decisamente coreana. Il suo inglese era un miscuglio di vocali e di sibili confusi. Choi era morto, quindi provai con l'unica altra persona che immaginavo potesse chiedere dov'era Shin-Cho.

"Li Mun-Hee?"

Questo mi fruttò un altro proiettile.

Fece fuori un paio di vetri, attraversando il finestrino del guidatore e il lunotto posteriore. Mi cadde addosso una pioggia di frammenti, e io usai quel suono per spostarmi di nascosto verso una Honda un po' più in là. Un attimo dopo un altro colpo staccò un pezzo di cemento dal muro e lo fece atterrare fra le due macchine. Mi accucciai all'estremità anteriore, grato che il proprietario avesse parcheggiato in modo da lasciarmi un sacco di spazio di manovra.

"Guarda, Mun-Hee," gridai di nuovo, cercando di sovrastare un tuono, "potrai anche essere incazzato con Shin-Cho, ma tutti gli altri sono innocenti!"

"Perché dovrei essere arrabbiato con Shin-Cho? Io lo amo. Lui è mio."

Sentii un rumore affrettato e sbirciai sotto la macchina. Li si era avvicinato al lato della struttura dalla parte della strada, dove le pareti esterne erano più basse. Riuscivo a vedere i suoi stivali dalle parti della tromba delle scale. Se anche fossi arrivato alla rampa, lui sarebbe ancora stato tra me e l'uscita. La mia unica possibilità era il piano di sopra, ma mi avrebbe lasciato completamente allo scoperto.

"Gli hai sparato," ricordai a Li. "Al bar. Ricordi?"

"Ho sparato a quell'uomo! Quello che stava parlando con lui!" Si fermò a metà di un passo, la frustrazione che stava aumentando. Stavo ipotizzando che si mettesse a controllare dietro ogni veicolo, quando si mosse in fretta e si fermò nell'ombra dietro un'auto sportiva. "Non stavo cercando di colpire Shin-Cho."

"E Helena? Che diavolo aveva fatto lei?" Non avevo idea di quanti proiettili avesse avuto all'inizio, o di quanti ne avesse sparati. Quelle scene fantastiche in cui il buono contava i proiettili e poi saltava addosso al cattivo erano un mucchio di stronzate. Non avevo idea se avesse un caricatore pieno o se stesse usando un revolver, e non se ne parlava proprio di rischiare la testa per scoprirlo.

"Stavo mirando a Kwon," gridò Li. "Quel…" Non conoscevo la parola che aveva usato. Non aveva importanza. Era piuttosto ovvio che Kwon non era stato una delle sue persone preferite. "È stato lui che ha portato via Shin-Cho. Aspettava che Shin-Cho venisse in America per averlo di nuovo. L'ha chiesto lui di morire."

Avrei potuto obiettare che in realtà dubitavo che avesse chiesto *lui* di morire, ma non pensavo che Mun-Hee volesse ascoltare le mie obiezioni sull'argomento. Lo provò sparando a un'altra finestra, spaventando un uccello che a quanto pareva si era riparato dalla pioggia lì sotto.

"Grandioso, adesso sta sparando a tutto quello che si muove," borbottai controllando dov'erano gli stivali. Se fossi stato furbo mi sarei portato la pistola e gli avrei sparato ai piedi da sotto le auto. Ma del resto se fossi stato furbo mi sarei anche portato una torcia ad alta potenza per vederci meglio.

Mun-Hee non si era mosso, e probabilmente voleva individuarmi dalla voce prima di avventarsi su di me. Ci fu un lampo e io gli gridai contro, sperando di farlo parlare e mantenerlo distratto. "E Choi? Che cos'è? Una enorme cospirazione per impedire a Shin-Cho di stare con te?"

Avevo calcolato bene i tempi. Il tuono mascherò il rumore mentre mi spostavo sul pavimento, e allo stesso tempo Mun-Hee sparò un paio di colpi sulla macchina dietro cui ero stato nascosto. Ci fu un'altra scarica di tuoni e fulmini, più vicino e più forte, e gli allarmi scattarono, squillando e cinguettando in una cacofonia orribile. Il rumore era assordante, e io corsi un rischio per guardare dove fosse andato Mun-Hee.

Sbattei le palpebre e, come un maledetto angelo di pietra, adesso era lì fermo a pochi metri, e si guardava attorno con cautela in cerca della preda.

L'arma che aveva in mano era una cosa oscura e malvagia. Non avevo visto che tipo di pistola fosse, ma non mi sarebbe servito a molto. Per quanto sembrasse un pessimo tiratore, gli bastava avere fortuna. Non avevo bisogno di sapere che modello di pistola mi avrebbe ammazzato. Morto era morto. Non è che dopo avrei dovuto sostenere un esame.

"Choi stava cercando di fermarmi," borbottò ad alta voce. Era a una sola auto di distanza da me e strascicava i piedi, senza sapere se io fossi riuscito ad arrivare dall'altra parte o stessi ancora saltando come una lepre lungo la fila. "Mi ha seguito qui. Non pensava che lo avessi visto, ma lo avevo fatto. Voleva Shin-Cho anche lui. L'avevo capito."

"Shin-Cho non è così sexy," mormorai.

Era evidente che Li era fuori di testa. Per quel che ne sapevo io, Choi poteva essersi fatto tutte le donne di Seul, e lo stalker di Shin-Cho poteva avere ragione sulle sue capacità di seduzione, ma ne dubitavo. Mi spostai restando accovacciato, e mi morsi il labbro quando il mio gomito colpì la ruota della macchina a cui ero arrivato. Un torpore strisciante mi invase i nervi e io strinsi la bocca per restare zitto, ignorando le proteste che arrivavano dalle mie ossa.

La ruota aveva fatto un po' di rumore quando l'avevo colpita, e un pezzo di fango secco mi era caduto vicino al piede. Appoggiando la mano sullo pneumatico spinsi di nuovo il bordo esterno e fui ricompensato da un altro rumore. Diedi una sbirciatina sotto la macchina per vedere se Li era ancora dove lo avevo lasciato. Non si era mosso di un centimetro.

Avevo un vero e proprio piano. Parcheggiata compiacente e sonnolenta vicino a uno dei pilastri portanti, c'era una vecchia Lincoln Continental. Era un vecchio mostro, stanco e sfinito da anni passati a combattere il traffico di Los Angeles e il sole della California. Le fiancate erano ammaccate e sfregiate dalla battaglia quotidiana. Sul vecchio verde lime impolverato c'era un lungo segno rosso, un colpo messo a segno contro un avversario inferiore.

Era una bestia gloriosa, e ringraziai Dio per il suo sacrificio.

Avendo un fratello maggiore che faceva schifo in qualsiasi cosa che richiedesse una palla, avevo passato un bel po' della mia infanzia a giocare a giochi strani, mentre Mike tentava di trovare qualcosa in cui fosse bravo. Alla fine era diventato abbastanza grande da saper usare un'arma e i fine settimana di finto sport noioso erano grazie a Dio terminati quando mio padre si era impietosito e lo aveva portato al poligono di tiro. Dovevo comunque ringraziare Mike per le mie arrugginite abilità nel lancio del disco quando staccai il coprimozzo della Continental, mi alzai e mirai alla nuca di Li.

I coprimozzi sono oggetti pericolosi, soprattutto quelli in acciaio di Detroit. Con il tempo le tacche di aggancio si rovinano frammentandosi in dozzine di minuscole lame corrose e, cosa ancora più importante, l'anello esterno può tagliare la carne meglio di qualsiasi altra cosa.

La copertura dello pneumatico del vecchio mostro volò, tagliando l'aria come se fosse un piatto da torta originale fabbricato a Bridgeport. Gli orli taglienti mandarono un sibilo, spaventando Li che si girò e spalancò gli occhi nel vedere il disco di metallo roteante. A bocca aperta, fece un passo indietro, ma il coprimozzo continuò allegramente a fischiare. Si inclinò leggermente e lo colpì, facendogli scattare la testa all'indietro. Il sangue sgorgò dalla ferita alla gola e gli inzuppò la camicia in un torrente rosso.

Balzai in avanti impattando su di lui con la spalla, e quando Li si piegò in due e mi rovinò addosso, il dolore mi invase il braccio e il petto, sotto le cicatrici. Mi contorsi e gli afferrai il polso per strappargli la pistola e lui si spinse via, perdendo l'equilibrio.

Gli anni passati a fare boxe con Bobby mi avevano insegnato un sacco di cose su inerzia e quantità di moto. La mia infanzia con Mike, dal canto suo, mi aveva insegnato che quando un avversario è a terra è il momento giusto per pestarlo... e non importa che cosa dicono i regolamenti sportivi. Dato che Li aveva ancora una presa mortale sulla pistola, optai per le regole di mio fratello.

Strinsi le mani a formare un maglio, le portai fin sopra la testa, poi le abbattei sul volto di Li. Ripetutamente.

Perse prima un dente, poi la pistola, e appena dopo coscienza.

Mi alzai in piedi, scalciai via l'arma e scossi le mani. I tagli sulle nocche mi sanguinavano e il palmo mi faceva male dove mi ero escoriato lanciando il coprimozzo. Mi faceva male anche un ginocchio, e mi resi

410

conto solo allora che, quando avevo attaccato Li, avevo colpito il parafango della Continental.

"Spiacente, vecchia, ma dovevo proprio stendere Li. Non ho avuto altra scelta." Feci il saluto alla macchina prima di chinarmi a riprendere fiato con le mani sulle ginocchia. "Ti pagherò un lavaggio. Dall'aria che hai, ne hai bisogno."

Dalle scale arrivò un rimbombare di stivali e una piccola falange di uniformi blu si riversò nel garage con le armi in pugno. Quello davanti agli altri mi gridò di gettare l'arma e stendermi a terra. Sospirando, sollevai le mani vuote e sanguinanti e indicai con la testa l'uomo sdraiato a boccheggiare davanti alla Lincoln, come un tributo.

"Dove diavolo *eravate*?" chiesi in tono stanco. Uno dei poliziotti si agitò con nervosismo e io aggrottai la fronte indicando la sua arma. "E lo giuro su Dio, se mi sparate sarà meglio che mi ammazziate, anche, altrimenti lo farà il mio ragazzo, sicuro come l'inferno."

Capitolo 21

"Ho cacciato e raccolto per te, amor mio," annunciai attraversando la soglia con due enormi ordinazioni di *bún thịt nướng*. "Non è un lanoso mammut, ma penso che andrà bene."

Quando entrai in soggiorno e gli diedi un bacio sulla guancia, Jae non alzò nemmeno lo sguardo. Sembrò comunque più interessato al bacio che al cibo. Almeno quello.

Era il mezzogiorno del giorno dopo quello in cui Li aveva deciso che era il momento buono perché io morissi, e io avevo passato qualche ora in ufficio a occuparmi delle fatture e a cercare di rintracciare altri coreani a cui restituire i soldi. Avrei passato la lista a un investigatore di Seul che Seong aveva assunto per contattare con discrezione quelli che vivevano là.

Mentre appoggiavo il cibo sul mobile da farmacista off limits per il sesso, spostai Neko, in modo da potermi sedere vicino a Jae. Si era messo a lavorare in quella stanza, ed era una cosa che amavo dei giorni in cui non aveva sedute fotografiche. Era piacevole sapere che era lì nel retro mentre io lavoravo nell'ufficio sul davanti.

Era molto casalingo, ed era una cosa di cui non intendevo parlare in giro, soprattutto non con Bobby o Mike.

Il portatile di Jae era aperto e appoggiato sul mobile, con dei cavi che correvano sul pavimento per collegarlo a un server. La televisione su cui avrei voluto guardare una partita la notte prima stava trasmettendo quello che sembrava un notiziario, con una placida giovane donna che parlava molto seriamente di quella che pareva essere l'inaugurazione di un ristorante. In basso sullo schermo passava una striscia gialla e rossa con delle scritte bianche in hangul che lampeggiavano per annunciare qualcosa di importante. Naturalmente, da quel che avevo visto della televisione coreana, a volte una svendita di cavoli era considerata un'informazione vitale per chiunque. Avevano anche le pubblicità più strane che io avessi mai visto.

"Che cosa stai guardando?" Mi era uscito di bocca prima che potessi pensarci. "Scusa, domanda stupida. Riproviamoci. Come è andata la tua giornata?"

"È stata okay," mormorò appoggiando il tablet.

Gli misi un braccio attorno alla vita e lui si spostò mettendosi a cavallo delle mie cosce. Appoggiò le braccia sulle mie spalle, agganciò le mani dietro la mia testa e sospirò, sfiorandomi la fronte con le labbra. Non pareva che stesse bene. Non pareva nemmeno che stesse male, ma nemmeno si avvicinava a 'bene'.

"Che c'è?" Avrei detto che gli avevo rubato un bacio, ma non si può rubare quello che ci viene dato liberamente. "Ehi, non mi sono fatto sparare."

"Era anche ora," brontolò lui. "E niente, davvero. Ho parlato con mia madre. Le ho mandato quello che potevo dei soldi della festa dei Kwon. Mi hanno pagato lo stesso, anche se gli avevo detto di non farlo. *Hyung* ha insistito che li tenessi."

"È stato gentile da parte loro. Soprattutto considerando quello che hanno passato."

"Sì, la madre di David ha anche mandato un cesto di frutta e un assegno. Vuole pagare per la pulizia dell'automobile." Si strinse nelle spalle. "Mi sento in colpa ad accettarli. Avevo già passato i tappetini a vapore. Non era così male."

"Tienili," insistetti. "Mi ha vomitato nel retro dei pantaloni. Avevo del soju riciclato nella piega del culo. Esigo che tu venga compensato per la mancanza di freschezza del mio posteriore."

Il suo sorriso fu abbastanza luminoso da scacciare le tenebre che erano in agguato là fuori, e la sua risata bassa e morbida mentre lo baciavo era come cioccolata sulla lingua.

"Sei pazzo." Mi abbracciò, premendosi contro il mio petto. Io gli strinsi le braccia attorno alla vita, tenendolo lì, godendo della sensazione di averlo addosso.

La donna del notiziario aveva smesso di parlare del ristorante e adesso era concentrata su una serie di enormi corone di crisantemi allineate davanti a un edificio di vetro. Sullo schermo apparve la faccia di Kwon, seguita da una foto più piccola di Helena, sorridente come l'ultima volta che l'avevo vista.

"Ehi, che sta succedendo?" Allentai la stretta su Jae in modo che potesse spostarsi sul mio grembo e guardare la televisione. "Riguarda Kwon?"

"Sì, lui è *chaebol*, ricordi? Quello è il quartier generale della compagnia della famiglia. Stanno mostrando le corone commemorative mandate dalle altre famiglie e dalle altre compagnie. Era il figlio maggiore. Che sia morto è una faccenda grossa."

Mi dispiaceva che Kwon fosse morto. Perfino uno stronzo come lui non avrebbe dovuto terminare la sua vita in quel modo. La perdita di Helena era ancora più insensata. Adesso la famiglia aveva un vuoto enorme dove prima c'erano state due persone, e tutto perché Li Mun-Hee era ossessionato da un uomo che non poteva avere.

"Che cosa sta dicendo?" Mi chinai in avanti, tenendolo per la vita in modo che non mi scivolasse dal grembo.

"Pensavo che adesso parlassi coreano." Mi fece un sorrisetto.

"Solo le parole che voglio sapere," replicai tranquillamente. "Solo quelle che posso usare, in realtà. Per il resto ho te."

"Aah." 'Scettico' non andava nemmeno vicino a descrivere la sua espressione.

"Rispondi alla domanda. Cosa sta dicendo?" Gli diedi un pizzicotto alle costole attraverso la maglietta, dove soffriva il solletico. "Chi è che sta posando quei fiori?"

"Ehm, Park Dae-Su," rispose lui. "Lo zio di Shin-Cho e David. I Park stanno facendo buon viso."

La telecamera fece uno zoom su Dae-Su mentre raddrizzava i nastri sulle corone e parlava a bassa voce al cameraman, facendo chiaramente le sue condoglianze alla famiglia Kwon. Qualcuno fuori dall'inquadratura gli fece una domanda e lui si voltò leggermente per rispondere con la stessa voce tranquilla che mi ricordava così tanto David.

"Porca puttana." Era una reazione forte per un breve collegamento con un servizio funebre, ma la somiglianza tra David e suo zio era davvero notevole. Guardando il più anziano dei Park potevo vedere che aspetto avrebbe avuto David tra una ventina d'anni. "Ho una domanda."

"Sentiamo." Jae si liberò dalla mia stretta e si spostò per sbirciare i piatti di spaghetti che avevo portato a casa. "Maiale e gamberi?"

"Non lo so. Mi sono limitato a indicare il menu e grugnire. Parlano fluentemente il McGinnis."

"Quindi probabilmente sono rotolini di pizza su spaghetti di riso?"

"Si vive pericolosamente con me," proclamai in tono orgoglioso. "Ogni giorno è un'avventura."

"Maiale," annunciò Jae. Strappò in due uno degli involtini primavera che stavano in un altro sacchetto, offrendomi l'estremità aperta dopo averla addentata. "Qual è la domanda?"

"Quando i coreani mettono i nomi ai loro figli, seguono una specie di ricetta, giusto?"

"Una ricetta?" Inarcò le sopracciglia.

"Come te e tuo fratello, intendo," precisai. "Tutti e due i vostri nomi iniziano per Jae. I ragazzi Park sono Shin."

"Sì, la maggior parte delle famiglie usano un nome per generazione, in modo che tutti nel tuo... gruppo..." Fece una smorfia per la parola che aveva scelto. "Che abbiano tutti lo stesso primo suono. Non lo fanno tutti, ma la maggior parte sì, soprattutto le vecchie famiglie."

"Quindi, Dae-Su." Indicai la televisione, ma il programma era già cambiato. "I suoi fratelli si sarebbero chiamati tutti Dae-qualcosa?"

"Come Dae-Hoon?" Mi diede un colpetto allo stomaco con finto disgusto e tornò a scavare nel cibo. "*Aish*, Dae-Su è il fratello di Dae-Hoon, ricordi?"

"Sì, è quello che stavo pensando." Gli diedi un gran bacio e mi alzai, rischiando di inciampare nella gatta che era lì ai miei piedi a chiedere cibo. "Lasciami un po' di spaghetti, torno presto."

"Non dimenticarti che stasera abbiamo la cena con Tasha a casa di Mike," mi gridò dietro.

"Non me lo scorderò!" urlai mentre prendevo le chiavi. "Ho perfino ordinato una torta."

NEL GARAGE c'era una decapottabile color argento a due posti, con la capote sollevata in previsione di altra pioggia. La lavatrice e l'asciugatrice vicino alla porta stavano girando, e un cesto di asciugamani e lenzuola stava aspettando il suo turno.

Dopo aver parcheggiato la Rover lungo il marciapiede, schivai le gocce di pioggia meglio che potevo, e me le scrollai di dosso mentre suonavo il campanello. Il coreano di mezza età che aprì la porta mi era familiare in maniera inquietante, e non solo perché lo avevo visto nelle foto con suo marito, William. C'è una cosa buffa nella genetica: a volte i fratelli sono veramente identici, perfino quando li si guarda attraverso una trasmissione coreana.

Sorridendo, dissi gentilmente: "Salve, Dae-Hoon."

Avevo contato sulla possibilità che fosse a casa dopo aver controllato i suoi orari sul sito dell'università, ma a volte gli studenti prendevano più tempo del previsto. Pensavo che la mia professoressa di storia antica avesse ancora degli incubi su di me. Dio mi era testimone che io li avevo su di *lei*.

Le sue reazioni furono limpide, emotive, e chiaramente scritte sul suo viso. Non c'era diniego. Nemmeno un'ombra di rifiuto. Alla fine si assestò sulla rassegnazione e aprì la porta a zanzariera per farmi entrare. Mi presentai, poi lo seguii nello stesso soggiorno in cui ero stato la volta precedente. Mi sedetti sul divano e aspettai che trovasse un posto su cui atterrare, ma lui camminò un po' in giro e poi si mise a guardare dalla finestra panoramica sul retro. Un attimo dopo sembrò tornare al presente e si accomodò lentamente su una poltrona.

"Glielo ha detto?" Parlava in un tono gentile e incoraggiante, ed era facile immaginarselo come professore. "Sanno… che io sono qui?"

"No," lo rassicurai. "Ci ho pensato mentre venivo qui, ma non credo che dovrei essere io a dirglielo. Direi che tocca a lei."

"Come stanno?" Si chinò in avanti. "Stanno bene?"

Gli raccontai che cosa era successo ai suoi figli negli ultimi giorni, incluso il congedo di Shin-Cho dall'esercito. Si accasciò di nuovo nella poltrona mentre gli raccontavo come il maggiore dei suoi figli fosse caduto in disgrazia e di conseguenza fosse stato esiliato tra i canyon di Los Angeles. Quando gli spiegai la questione della banca, aggrottò la fronte, sbuffando per la frustrazione.

"Intendono restituire il denaro," lo informai. "Entrambi i suoi figli; non lo vogliono."

"È sempre stato per loro," disse Dae-Hoon. "Non mi aspettavo che la cosa mi prendesse la mano in quel modo. Davvero. Avrebbe dovuto essere solo un piccolo aiuto per la scuola nel caso ne avessero avuto bisogno, ma una persona lo disse a un'altra, e ben presto gli uomini mi stavano dando dei soldi perché non lo dicessi a nessuno."

"Lei avrebbe potuto dire di no," commentai. "È una parola molto semplice."

"Che intende fare adesso?" Quando scrollai le spalle, sussultò. "Ha intenzione di dirlo a loro?"

"Penso che preferirebbero avere lei invece dei soldi." Sfogliai il taccuino e tirai fuori il numero di David qui a Los Angeles; strappai il foglio e glielo porsi. "Probabilmente sarebbero contenti di sapere almeno che lei è vivo. A Shin-Cho potrebbe fare comodo un po' di sostegno, col fatto che è gay e così via, e David è in lutto. Li chiami, Dae-Hoon. Sono i suoi figli.

416

Adesso, se vuole scusarmi, io devo portare il mio ragazzo a cena da mio fratello."

Mi accompagnò alla porta, sempre stringendo in mano il foglio. Chiuse la zanzariera facendomi un cenno del capo con aria assente, poi si schiarì la gola e mi chiamò. "McGinnis?"

"Sì?" Mi voltai mentre prendevo le chiavi dalla tasca.

"Non so che dire," mormorò. "È passato così tanto tempo."

"Cominci con *ciao*," suggerii "Poi vada avanti con *mi dispiace*. Da lì in poi, può solo migliorare."

AVEVO PRESO la torta prima di passare a prendere Jae a casa. La tenne in grembo e giocherellò con il nastro che chiudeva la scatola rosa finché non lo sgridai. Lui mise il broncio e annusò la scatola di cartone, accigliandosi sempre di più.

"Ha odore di scatola," si lamentò sottovoce.

"E siccome ti conosco," continuai, "dentro a quella c'è una scatola di plastica con dentro la torta. Non volevo che tu prendessi la ciliegia al maraschino che c'è in cima prima che arrivassimo."

Maddy ci aprì la porta, abbracciandomi forte prima di togliere la torta a Jae. Lui si chinò a sfilarsi le scarpe mentre lei lo aspettava al varco, ridendo quando si contorse nel suo abbraccio, guardandomi male. Io gli feci il saluto con la scatola della torta che Maddy mi aveva messo in mano e andai in cucina.

"Dov'è Mike?" chiesi.

"È andato con Tasha a prendere il gelato," disse lei alzando gli occhi al cielo. "A quanto pare c'è una sola marca di menta con i pezzetti di cioccolato degna di essere comprata, ma nessuno mi ha detto quale."

I tatami erano ancora al loro posto, e la stanza profumava di salsa all'arancia e di carne. Sul bancone c'era una serie di verdure in vari stati di affettamento, e una sporta di pannocchie che aspettavano di essere liberate dalle barbe. Appoggiai la torta sul bancone e tolsi il nastro, poi tirai fuori il contenitore perché Jae potesse vederlo.

"È una torta al cioccolato." La esaminò guardandomi con aria scettica.

"No, non è semplicemente cioccolato," lo corressi io tutto serio "Questa è una torta *dobash*. Vedi la mezza ciliegia in cima? Quella è mia."

"È una torta al cioccolato," ripeté lui.

417

"*Dobash*." Lo allontanai dal bancone, baciandogli l'angolo della bocca. "Quando ero un bambino, abbiamo vissuto alle Hawaii per circa sei mesi. Non mi ricordo molto… soprattutto la sabbia e le scottature solari, ma mi *ricordo* questa torta. Non è solo cioccolato. È come un orgasmo al cioccolato con doppia panna. C'è una gran differenza."

"Non lasciarlo pontificare su quella torta," disse Maddy del mio tesoro, indicandolo con la punta del coltello. "E se vuoi una ciliegia zombie, Jae, ce n'è un vaso nel frigo. Non lasciarti prendere per il culo da Cole."

"Credimi, Furia," ribattei con un sorrisetto, "quando prendo per il culo Jae non stiamo parlando di ciliegie."

Lo squillo del telefono mi salvò dalla sua risposta mordace. Mi schiaffeggiò via la mano dalle carote e prese il ricevitore portatile; appena girò la schiena, io rubai una carota e ne offrii una a Jae. Lui la rifiutò e scelse un peperoncino fresco, per poi morderlo e baciarmi, lasciandomi un formicolio bruciante sulle labbra.

"No, non è a casa. Volete lasciare un messaggio?" Maddy mi fece cenno di passarle una penna dalla tazza sul bancone, poi si raggelò mentre ascoltava quello che stava dicendo l'altra persona. "Aspetti, rimanga in linea. Per favore… resti in linea."

"Che c'è?" Mi si annodò lo stomaco. Mi avvicinai a lei, toccandole un fianco. "Cosa c'è che non va? È Mike?"

"È un uomo da Tokyo che chiama per parlare di vostra madre," disse pallida, in tono esitante, mentre mi porgeva il telefono. "Devi… gli devi parlare. Lui… Cole… dice che è vostro fratello."

Panni sporchi

Panni sporchi è dedicato a Charles e Joyce Howell, una seconda coppia di genitori per la quale provo la massima stima. Possano i vostri litchi essere succosi e le vostre pinne di pesce fritte croccanti. Ed è dedicato anche alla loro figlia, Jacque, che sopporta la mia natura indifferente e la mia tendenza a dimenticarmi le cose.

Ogni briciola di *gattaggine* in questo libro va a Denise Ruiz, alla mia cara Star e famiglia. Con amore e fusa.

Ringraziamenti

Alle Cinque, o per meglio dire alle altre quattro. Le mie carissime Penn, Lea, Tamm e Jenn, sempre qui nelle mie parole, che siano di inchiostro o digitali. E alle mie care sorelle, Ren e Ree. Mangiate di più e siate felici.

Per quanto riguarda il lavoro, un grazie di cuore a Elizabeth North, che mi permette di sproloquiare. *Enormi* ringraziamenti allo staff della Dreamspinner Press che mi fa sembrare proprio brava: Lynn, Julianne, Ginnifer, Anne, Brian, Mara, Julili, e chiunque altro si occupi di limare e lucidare.

Un grazie di cuore a tutte le mie beta reader e alle Cavie di Dirty Ford. In ordine sparso, così come le ho conosciute: Reetoditee "Didi" Mazumdar, Bianca "Bubbles" Janian, Tiffany "Coffee Bunneh" Tran, Lisa "Shoes" Horan, VJ Summers, Christy Duke, l'amica-che-perde-le-mutande DarienMoya, CC Hunt, Camiele White, Crissy Morris, la grande principessa Heather Cook, Sue N., Lea Walker, Jess B., Nikyta sono-una-principessa-favolosa Jenkins, Lisa "Lakerkat" L., Sadonna, Verena M., Sey, Amy Peterson, Aniko, Whitney Watkins e Patricia Grayson.

GLOSSARIO

Tutti i termini sono coreani a meno che non sia indicato diversamente.

Agi: piccolo, nel senso di un bambino piccolo. Parola che viene usata fra Jae e Cole come vezzeggiativo, corrispondente ai momenti in cui Cole lo chiama baby in inglese.

Aish: comune suono centroasiatico che indica esasperazione o incredulità.

Ajumma: donna di mezza età. A volte in alcune cerchie è considerato un insulto, poiché indica che l'invecchiamento della donna è diventato visibile.

An nyoung ha seh yo: ringraziamento generico. Si può usare in qualsiasi circostanza.

Beom joe ja: criminale o delinquente.

Bulgogi: bistecca affettata sottile e marinata in un mix con salsa di soia dolce.

Char siu bao (cinese): un panino al vapore o al forno farcito di un misto di carne di maiale con salsa barbecue dolce.

Chigae: piatto coreano simile a uno stufato, fatto con kimchi e altri ingredienti come cipollotti, cipolle, tofu a dadini, maiale e frutti di mare.

Dongseongaeja: omosessuale.

Enceinte (di origini latine, passando per il francese): incinta.

Halmeoni: nonna.

Hangul: alfabeto coreano.

Hanzi / kanji: ideogrammi usati nella scrittura cinese (hanzi) e in giapponese (kanji). A volte usati in Corea, ma con minor frequenza, dal momento che secoli fa l'hangul li ha sostituiti come lingua scritta ufficiale.

Harabeoji / abeoji: nonno.

Hyung: appellativo onorifico usato da un uomo più giovane nei confronti di un uomo più anziano a cui è vicino.

Ibanin / iban: un diverso, una persona diversa – gioco di parole basato sul termine coreano *ilban-in*, che significa persona normale.

Jagiya: un vezzeggiativo simile a tesoro o caro.

Kalbi: un piatto di costine marinate in salsa di soia dolce.

Kimchi / kim chee: un contorno fermentato coreano fatto di verdure con vari condimenti. Di solito si riferisce al tipo normale a base di cavolo, che è il più diffuso. Se vengono usate altre verdure, vengono esplicitate nel nome: per esempio, kimchi di cetrioli.

Kimchijeon / kimchi buchimgae: un pancake alla piastra fatto con kimchi e farina. A volte include altre verdure o carne.

Kretek (indonesiano): sigarette di tabacco e chiodi di garofano originarie di Giava. Il termine deriva dal suono emesso dai chiodi di garofano mentre bruciano.

Kuieo: slang coreano per queer.

Mandu: ravioli fritti o a vapore fatti di riso o farina con dentro vari ingredienti.

Musang (filippino): gatto selvatico; comunemente usato per riferirsi a uno zibetto.

Ne / de: sì

Nuna: appellativo onorifico usato da un giovane uomo nei confronti di una donna più anziana a cui è vicino.

Omo: comune suono centroasiatico che indica incredulità.

Oniisan (giapponese): fratello maggiore.

Oppa: appellativo onorifico usato da una donna più giovane nei confronti di un uomo più anziano a cui è vicina.

Panchan / banchan: piccoli piatti di cibo serviti durante i pasti coreani come accompagnamento al riso. Tradizionalmente più il pasto è formale e più sono numerosi i panchan.

Papas (ispanico): patatine fritte. Preferibilmente ricoperte di carne asada, formaggio e panna acida, ma vanno bene anche semplici.

Saranghae: ti amo.

Sunbae: maestro o insegnante. Qualcuno che è considerato un mentore.

Tatami (giapponese): stuoie da pavimento fatte di paglia o di altri materiali ricoperti di paglia.

Unnie / eonni: appellativo onorifico usato da una donna più giovane nei confronti di una donna più anziana a cui è vicina.

Personaggi

Madame Hyuna Sun, un'indovina coreana
James Bahn, figlio di Madame Sun
Clienti deceduti di Madame Sun:
May Choi, uccisa durante un furto d'auto
Eun Joon Lee, uccisa nel corso di una rapina
Bhak Bong Chol, apparente attacco di cuore
Vivian Na, assistente di Madame Sun
Joon Eun Yi, vicina di casa di Eun Joon Lee
Gangjun Gyong-Si, indovino, ex collega e rivale di Madame Sun
Terry Yi, assistente di Gyong-Si
JoJo, proprietario della palestra JoJo's Boxing and Gym
Stan Jenkins, detective del LAPD
Hong Chul Park, nipote di Bhak Bong Chol
Abby Park, figlia di Hong Chul Park
Darren Shim, un ex amico di Hong Chul Park

Famiglia McGinnis
Cole Kenjiro McGinnis
James Michael McGinnis (padre)
Barbara McGinnis (matrigna)
Colin Mikio McGinnis (fratello maggiore)
Madeline 'Maddy / Furia' McGinnis (cognata)
Tasha 'Tazzie' McGinnis (sorella)
Bianca 'Bi' McGinnis (sorella)
Melissa 'Mellie' McGinnis (sorella)

Bobby Dawson (il miglior amico di Cole)

Famiglia Kim
Kim Jae-Min (amante di Cole)
Kim Jae-Su (fratello maggiore)
Kim Tiffany (sorella minore)
Kim Ree (Serena) (sorella minore)
Neko-chan (gatta di Jae)

La cerchia di Scarlet
Scarlet (Crisanto Songcuya Seong)
Seong Min-Ho (amante di Scarlet)

Famiglia Dupree
Claudia Dupree
Figli in ordine di età:
Martin (figli: Mo, Sissy)
Marcel (ha una ragazza coreana, Hyunae)
Malcolm
Mace
Morris
Marcus (il figlio gay)
Matthew

Famiglia Tokugawa
Tokugawa Ryoko (madre biologica di Cole)
Tokugawa Masahiro (marito di Ryoko)
Tokugawa Ichiro (figlio, fratellastro di Cole)

Famiglia Pinelli
Ben Pinelli (partner di Cole, deceduto)
Sheila Pinelli (moglie)
Jennifer (figlia)
Benji (Ben Jr.) (figlio)
Michelle (figlia)

Famiglia di Seong Min-Ho
Shim Min-Cha (moglie di Seong)
Figli in ordine di nascita
Seong Ji-Chin
Seong Ji-Hei
Seong Ji-Moon (gemello)
Seong Ji-Sung (gemello)

Agenti della polizia di Los Angeles
Detective Dell O'Byrne
Detective Lynn Brookes
Detective Dexter Wong

CAPITOLO 1

ODIO LE ragazzine.

Diciamocelo, sono gli strumenti segreti di Satana, e probabilmente governano un girone dell'inferno tutto loro riservato alle persone che abbandonano i cani sul ciglio della strada e agli stronzi che molestano i bambini innocenti.

Oppure potrebbe essere che non ne potevo più di correre a perdifiato in un vicolo con un barboncino rabbioso ficcato in un marsupio poggiato sul mio stomaco, mentre un branco di cani da combattimento con la schiuma alla bocca mi faceva a pezzi i jeans.

Anche se non odiavo *veramente* le ragazzine – in particolare la ragazzina che mi aveva assunto per recuperare il suo cane – cominciavo a non poterne più di dover capire come orientarmi nei vicoli di Los Angeles.

Avevo capito che portava guai nel momento stesso in cui era entrata dalla mia porta. Vestita di un abito di velluto rosso scuro che all'orlo e ai polsini aveva più volant bianchi di una torta nuziale, Ava Hernandez era un angelico ritratto di dolce innocenza, con soffici capelli color mogano, occhi castani lucenti e luminosi, e un incisivo scheggiato. In capo a una decina d'anni probabilmente suo padre sarebbe stato seduto nel portico a vegliare sulla sua virtù con una doppietta.

In effetti doveva essere già lì con quella dannata doppietta per beccare lo stronzo che l'aveva fatta piangere, dato che il suo visino era bagnato di lacrime quando mi aveva piazzato un porcellino di ceramica rosa incrinato sulla scrivania dichiarando che era lì per assumermi.

E se il porcellino non fosse bastato, ci aveva aggiunto una tavoletta di cioccolata un po' sciolta e un unicorno giocattolo viola chiaro con la criniera riccia color arcobaleno.

Ero condannato fin dall'inizio.

Aveva una triste storia da raccontare, e io ero l'unico uomo in grado di aiutarla. Un paio di tizi di una gang avevano rubato la sua barboncina meticcia, Pookie, e lei era decisa a riaverla indietro. Sapeva dove abitavano, la zona brutta di una strada un po' distante dalla sua casa, ma i poliziotti non erano particolarmente interessati, e l'Animal Control era stato ben

426

poco d'aiuto. Pronta al combattimento, con il suo abbonamento e tutti i suoi risparmi, si era messa su Internet per cercare un investigatore privato, si era infilata il suo miglior vestito della domenica, ed era venuta in metropolitana per assumermi.

Niente male per una ragazzina di nove anni con un capitale netto di tre dollari e cinquantun centesimi. Avevo ammirato la sua spavalderia. Poi avevo telefonato a sua madre perché venisse a prenderla.

Avevo accettato il caso. In cambio della tavoletta di cioccolato. Le avevo restituito il porcellino e l'unicorno. In quel momento era sembrata la cosa giusta da fare. Adesso, nel bel mezzo di una calda notte di Los Angeles, inseguito dalla muta selvaggia dietro di me, stavo cominciando a pensare che avrei dovuto tenermi l'unicorno.

"Bobby! Dove cazzo sei?" Stavo gridando all'aria. Quello stronzo non si vedeva da nessuna parte.

Avrebbe dovuto rimanere dietro la casa in modo che io potessi scappare facilmente. Arrampicandomi su una traballante recinzione di legno avevo individuato Pookie rintanata in un minuscolo coso di plastica, tipo quegli affari che si usano per portare un gatto di piccola taglia avanti e indietro dal veterinario. Assieme a quello sul patio ce n'erano degli altri, sempre di plastica e sfasciati, ma ciò che mi preoccupava davvero stava dall'altro lato del cortile: una serie di recinzioni molto più robuste, con il pavimento di cemento, e chiuse da catene.

E ogni scomparto era occupato da un cane da combattimento con il collo grosso e i muscoli ipersviluppati.

La gente che allevava i cani per farli combattere meritava di farsi sparare. Uomini che rubavano il cagnolino di una bimba per allenare un cane da combattimento avrebbero dovuto morire della morte più lenta e torturante possibile. Avrebbero dovuto staccargli la pelle dalla carne soffiando con una cannuccia dopo aver fatto dei piccoli tagli, e poi avrebbero dovuto iniettargli lentamente in tutti gli orifizi l'acqua del Salton, il lago salato, mentre qualcuno strappava via delle strisce di nastro adesivo dalle loro palle.

Ma quella era solo la prima idea. Ero sicuro che con un briciolo di tempo avrei potuto tirare fuori qualcosa di più efficace. D'accordo, forse quella morte l'avevo presa in prestito dall'immaginazione iperattiva di Jae, ma mi era balzata in mente appena avevo visto i cani. Chiunque li avesse trasformati in creature malvagie andava ammazzato.

Se Pookie non faceva ammazzare noi prima.

Prima che il mio partner Ben uccidesse Rick, il mio compagno, e facesse a pezzi la mia vita e il mio corpo in una grandinata di proiettili, avevo coabitato con il suo cagnolino. Era una cosina tranquilla e batuffolosa con gli occhi sporgenti e il palato difficile. Eravamo arrivati a una specie di accordo. Io non avrei permesso a Rick di mettergli dei fiocchi in testa e lui non avrebbe masticato tutto quello che possedevo. Lo chiamavo troppo spesso Ragmop, mocio, per ricordarmi il suo vero nome.

Era stato una delle tante cose che i genitori di Rick avevano portato via mentre io lottavo tra la vita e la morte in un letto d'ospedale. Beh, quello che era rimasto della mia vita dopo che loro avevano rimosso ogni traccia dell'esistenza di Rick da casa nostra. Era già brutto che Ben lo avesse ucciso, ma avrei preferito che loro non lo avessero cancellato completamente.

Adesso ci sarebbe voluta una bella fortuna per evitare che quei bastardi dei rapitori di cani finissero il lavoro che Ben aveva iniziato.

Ma perlomeno avrei mantenuto la promessa che avevo fatto al mio attuale amante, Jae. Non mi stavo facendo sparare.

O per meglio dire, avevo progettato di mantenere quella promessa… finché non cominciarono gli spari.

C'era una cazzo di sparatoria in corso, e i colpi che stavo cominciando a sentire erano forti, suoni scoppiettanti che rimbombavano nelle strade.

A un certo punto avevo svoltato dalla parte sbagliata. E Pookie non mi stava aiutando. A ogni passo che facevo le sue orecchie ondeggiavano e mi colpivano in faccia, e a volte finivo accecato dal pelo bianco. Fare il giro attorno al quartiere mi riportò sulla larga strada dove mi ero aspettato di trovare il pick-up di Bobby. I cani voltarono l'angolo slittando, annaspando con le unghie per fare presa sul marciapiede scheggiato. Un muro grezzo di cemento prometteva rifugio. Se non altro, era abbastanza solido da impedire a quei cagnacci di azzannarmi le chiappe.

Le mie ginocchia colpirono il muro mentre mi arrampicavo e i muscoli mi si intorpidirono per l'urto. I blocchi scabri scavarono i jeans, sbucciando e trasformando le mie ginocchia in hamburger. Avrei fatto l'inventario più tardi. Fra la cagnolina che lottava sul mio petto e la muta ululante e assetata di sangue alle mie spalle, avevo cose più urgenti da fare che preoccuparmi del rischio di uscirne come se mi avessero trascinato sull'asfalto.

Il muro ruvido era ricoperto di licheni neri e umidi e dello smog di Los Angeles. Quella specie di muffa rendeva più difficile fare presa, e mentre cercavo di aggrapparmi meglio alla cima, più di una volta sentii scivolare le scarpe da ginnastica. Qualcuno cominciò a gridare sempre più forte, e con meno pause. Ignorando qualsiasi cosa tranne il cane appeso al mio petto, mi tirai su nonostante il dolore che mi attanagliava le spalle. Sollevandomi a forza di braccia, riuscii finalmente a mettere un piede in cima al muro e rimasi in equilibrio precario sui blocchi di cemento.

Pookie si contorse nel marsupio facendomi perdere l'equilibrio e caddi dritto su un telo di plastica appeso a delle travi malconce sopra un posto auto. La cagnolina emise un latrato scontento cercando di strapparmi via il naso, e io tenni fermo contro il mio petto con la mano libera il suo corpicino che si contorceva.

Se non avessi già mangiato la tavoletta di cioccolata sarei stato tristemente tentato di ributtarla nel garage per lasciare che si trovasse da sola una via di fuga.

I cani che abbaiavano furiosamente dall'altro lato del muro erano l'ultimo dei miei problemi. Conoscevo l'odore che proveniva da quella vegetazione fitta. Era un odore dolce e appiccicoso, reminiscenza dei tempi del college, quando cercavo di svuotare la mente dopo una lunga giornata di lezioni. Qualsiasi varietà stessero coltivando era straordinaria, con quel profumo zuccherino, e le piante erano praticamente opache per via dei boccioli ricchi di resina. Quando cominciai a camminare tra i vasi verso l'apertura della plastica da cui ero caduto, le scarpe mi si attaccarono al pavimento. Passando a forza attraverso quell'apertura riuscii a individuare un cancello e mi misi a correre attraverso una barricata costituita di vecchio ciarpame che mi bloccava la strada nel cortile. Avevo le dita sul chiavistello quando la mia fortuna si esaurì.

Nella casa si accesero le luci, che filtrarono attraverso la sporcizia delle tapparelle chiuse. Giusto per peggiorare le cose, delle luci rosse e blu scintillavano nel cielo mettendo in scena un minaccioso spettacolo di fuochi artificiali. Sul fondo dei pantaloni avevo abbastanza resina da farci una palla di hashish, e avevo una barboncina bianca appesa a un marsupio da bambini sulla pancia.

Se fossi stato ancora un poliziotto mi sarei messo dentro da solo giusto per una questione di principio.

Le cose peggiorarono quando un proiettile mi fischiò vicino alla testa e il cancello di legno che avevo davanti si ritrovò con un buco supplementare un po' più in alto della mia spalla. Altri scoppi, e i proiettili colpirono lo stipite di cemento, facendomi schizzare in faccia dei frammenti di pietra. Non ero così stupido da aver bisogno di voltarmi a guardare chi mi stava sparando. Non quando potevo usare quei preziosi secondi nascondendomi

429

dietro uno spesso muro di cemento in grado di reggere una scarica di proiettili proveniente da qualsiasi arma abbastanza legale da girare per strada.

Il chiavistello era chiuso con un lucchetto, ma io ero motivato. Strattonandolo per aprirlo lo strappai dalle cerniere, poi spalancai di colpo il cancello e mi ci precipitai attraverso sperando che i cumuli di gabinetti scartati, blocchi motore e mobili tenessero occupato il mio inseguitore per qualche istante. O almeno per il tempo che serviva a permettermi di scomparire in fondo alla strada. Non ero poi così convinto di riuscire a scampare un proiettile, quella notte.

Se mi fossi fatto sparare di nuovo Jae avrebbe usato il mio uccello per il *chigae*. Aveva letteralmente minacciato di spellarmi vivo se fossi tornato a casa con più buchi di quando ero uscito.

Mentre scappavo, Pookie si contorse nel marsupio, con quei denti infernali maledettamente vicini a perforarmi le narici.

"Senti, cagnolina, io starei cercando di salvarti. Dammi una cazzo di tregua." Avevo fatto qualche passo avanti quando una voce rauca mi gridò qualcosa in un rozzo spagnolo che non riuscii a capire. Non lo conoscevo, ma a giudicare dalla faccia incazzata doveva essere il proprietario della vegetazione lussureggiante che avevo spiaccicato. Anche se il mio spagnolo mi aveva tradito, riuscivo comunque a capire la semiautomatica che mi puntava addosso. Con poco più di mezzo metro a separarci, perfino se fosse stato il peggior tiratore del mondo era probabile che mi facesse saltare via la faccia.

Mi si avvicinò esibendo delle impressionanti chiazze di pelo sotto le ascelle. Il resto del suo corpo ne era quasi privo, con solo un patetico tentativo di baffi sul labbro superiore, dove aveva un piercing. Vestito con una bizzarra combinazione di calzini candidi, infradito e lunghi pantaloni cargo che gli stavano a malapena appesi ai fianchi ossuti, il suo abbigliamento era reso meno ridicolo dai tatuaggi azzurri scarabocchiati su busto, collo e faccia.

Era una specie di gallo da combattimento ringhiante. Il tipo di uomo che avrebbe davvero meritato di possedere Pookie, dato che parevano avere la stessa personalità. Non fossi stato abbastanza sicuro che avrebbe usato il malefico batuffolino bianco di Ava come silenziatore per la pistola enorme che teneva in mano, gli avrei messo in braccio quella bastardina facendogli i miei migliori auguri.

Ma lui aveva altri progetti. E a quanto pareva non aveva bisogno di uno schifoso silenziatore, barboncina o non barboncina.

"Ti sparo, figlio di..."

Parlano sempre, quando stanno cercando di spararti. Ci sono delle eccezioni. Il mio partner, Ben, non aveva detto niente mentre sforacchiava me e il mio compagno Rick con la sua pistola di servizio all'uscita dal ristorante. Sono sicuro che a un qualche punto avesse fatto un sacco di discorsi. Solo che non li aveva fatti a me. Dato che si era ficcato in bocca la pistola poco dopo aver ucciso Rick e aver condannato me a una vita di tessuti cicatrizzati che mi facevano male ai nervi, non avevo mai avuto la possibilità di chiedergli perché. Nel caso del galletto con la testa rasata, le ascelle pelose e una pistola che praticamente era un cannone, non avevo intenzione di restare nei paraggi ad ascoltare le minacce, o i motivi, e i vari perché avrei dovuto permettergli di riempirmi di buchi.

E d'altra parte avevo promesso a Jae che non mi sarei fatto sparare di nuovo, e dovevo prendere Bobby a calci in culo non appena lo avessi trovato. Un conto è tirare un bidone a un amico mollandolo in un club. È tutta un'altra faccenda mollarlo mentre è immerso fino ai capezzoli in una coltivazione di roba dopo aver strappato una barboncina dal braccio della morte.

Non farmi sparare sembrava la mia prima priorità. Però prendere Bobby a calci in culo prometteva di essere molto più divertente.

Nessuno si aspetta davvero che un altro uomo lo prenda a calci nelle palle. È un accordo fra gentiluomini che risale alla notte dei tempi. *Tu non castrerai il tuo simile.* Io d'altra parte non ho mai sostenuto di essere un gentiluomo, per cui il mio piede schizzò in alto e fece un bel tiro lungo a centrocampo.

Poi feci la cosa più ragionevole.

Scappai di corsa. Sfortunatamente per me e Pookie l'idea sembrò portarsi dietro una nuova complicazione: uno dei cani da pastore più grossi che io avessi mai visto fuori da un film horror.

Purtroppo, anche se il mio terrorista lillipuziano si stava contorcendo a terra con le mani sui gioielli di famiglia e io pensavo di potermene correre libero a casa, quel grosso cane aveva altri progetti. Era enorme, molto più grosso di quelli a cui ero sfuggito nel vicolo. Avrei quasi potuto restare lì ad ammirarlo. Snello e con l'aria da lupo, era un magnifico esemplare della sua razza, quale che fosse. Sembrava anche molto ben disposto ad assumersi il

431

compito di riempirmi di buchi, usando i denti invece della pistola di quel ninja pigmeo mutante.

Corsi ancora più forte.

Non sono leggiadro, in nessun senso del termine. Non ho la grazia di un ballerino, e di sicuro nemmeno l'eleganza sinuosa con cui Jae sembra riuscire a inarcarsi all'indietro fin quasi a piegarsi a metà, ma in situazioni del genere la grazia era irrilevante. Resistenza. Io avevo resistenza. Potevo passare ore a boxare con Bobby, soprattutto per schivare i suoi pugni pesanti come cemento prima che si schiantassero sul mio corpo, ma avevo comunque resistenza. Era la base del gioco, durare più dell'avversario.

E velocità. Quella non è mai una cosa da nulla. La velocità era la chiave. Chiunque abbia detto che la conoscenza è metà della battaglia non aveva mai avuto un cane lupo sotto steroidi che gli azzannava il culo. La conoscenza non mi serviva a un cazzo. Proprio a un cazzo.

Il cuore mi martellava, e per qualche motivo i tessuti cicatrizzati della cassa toracica decisero che dovevano eseguire proprio allora una manovra da origami per ripiegarsi in una gru. O forse era un coniglietto. In un modo o nell'altro cominciavano a far male, e Pookie scelse quel momento per iniziare a contorcersi nel tentativo di liberarsi dal marsupio.

Zanne appuntite mi artigliarono i jeans proprio sul lato della coscia, dandomi un ulteriore incentivo per accelerare il ritmo. La tasca posteriore se ne andò assieme a un pezzo di pelle. La fitta che proveniva dal culo mi fece più male del dolore al fianco e scalciai, rallentando il passo quel tanto che bastava per combattere il cane. Sentii un uggiolio e continuai a correre, pregando che le ginocchia reggessero nonostante le fitte lancinanti alle cosce.

In qualche modo il signor Galletto Calvo doveva essersi ripreso, perché un cestino della spazzatura accanto a me mandò un lampo e rimbalzò all'indietro, con due buchi neri e fumanti nelle pareti di metallo malconce. Un altro sparo strappò un pezzo da una recinzione in legno, e io mi chinai beccandomi solo alcune schegge su collo e faccia. Pookie strillò in segno di sfida contro il cane che mi inseguiva, pronunciando in un'antica lingua da barboncini quel che mi piaceva pensare fossero insulti a sua madre e magari una maledizione per fargli rinsecchire il pisello. Poi riuscì a mordermi il torace attraverso la maglietta, e capii che lo aveva soltanto incitato ad abbattermi.

Poco davanti a me si aprì un deserto d'asfalto e un fremito di paura mi strinse le palle. Il vicolo angusto sboccava in una strada a due corsie di asfalto nero, pertanto mi sarei ritrovato all'aperto, dove il cane avrebbe avuto spazio di manovra per girarmi attorno. La mia unica speranza era tenermi stretto alle recinzioni lungo il marciapiede e pregare di essere investito da un autobus, o ancora meglio da un satellite in caduta libera. Avrei accettato l'uno o l'altro dei due, dato che in entrambi i casi avrei portato Pookie.

Ero un po' incazzato per il sangue che mi sgocciolava sullo stomaco.

La mia ardita fuga si interruppe di colpo quando la strada in cui avevo svoltato si illuminò di rosso e blu. Annaspai per fermarmi con le mani che trovavano solo aria, proprio mentre il cane che avevo alle calcagna mi raggiungeva. I suoi denti trovarono di nuovo il loro obiettivo affondando nella mia coscia e io ululai coprendo la voce del poliziotto che mi stava ordinando di mettermi in ginocchio. Riconobbi la sagoma di Bobby e del suo pick-up che si stagliava sui fanali delle autopattuglie, e da come aveva le mani tirate dietro la schiena pareva avesse anche una scusa almeno parzialmente decente per non essere dove lo avevo lasciato.

Le mani brusche dell'agente mi afferrarono le spalle e mi costrinsero a stare giù, urtando però Pookie, che fece scattare le mascelle azzannando le dita. Urlandomi contro delle oscenità, il poliziotto mi mollò un ceffone con il dorso della mano come se fossi stato io a morderlo, e decisi che era meglio che mi lasciassi cadere. L'asfalto mi addentò la coscia nuda e il fianco, spellandomi fino alla carne viva.

Neanche fosse un'audizione per un talent show, Pookie schizzò fuori dal marsupio come un porcellino unto di grasso, atterrando a circa un metro di distanza. Abbaiando allegramente si accovacciò nel bel mezzo della strada e fece pipì, scodinzolando all'indirizzo del cane che mi aveva inseguito nel vicolo.

Lo stesso cane a cui avevo mollato un calcio in testa, e che a quanto pareva indossava una pettorina delle unità K-9 del LAPD.

Era ancora enorme, con addosso più pelliccia, zanne e muscoli di quanto fosse lecito per un solo cane, e trotterellò per andare a sedersi premurosamente al fianco di un altro poliziotto, rilassandosi mentre quello lo coccolava, senza nessun segno apparente del comportamento aggressivo di prima. Nel giro di pochi secondi, senza che riuscissi nemmeno a protestare, mi ritrovai con le braccia torte dietro la schiena e le manette che scattavano ai polsi. Una ventata d'aria fredda mi soffiò sul culo, e avrei potuto giurare che il muso del cane aveva mostrato un sogghigno malvagio quando lasciò cadere davanti alle zampette bianche e soffici di Pookie quelli che sembravano frammenti della mia biancheria.

Il poliziotto che era stato morso si chinò su di me e sibilò parole furibonde colme di un disgusto che avrei potuto ammirare se non fossi stato io quello in ginocchio. "Che razza di stronzo malato ruba un cagnolino?"

Capitolo 2

ALCUNI UOMINI sono più sexy quando si arrabbiano. A quanto pareva il mio amante, Jae, era tra quelli. La mia telefonata a casa dalla stazione di polizia alle quattro del mattino perché venisse a tirar fuori di prigione il suo ragazzo, e il di lui migliore amico, avrebbe dovuto essere considerata un favore a tutte le donne e agli uomini gay presenti lì quella notte.

Di sicuro, mentre mi portavano nella stanza da cui saremmo usciti, io apprezzai lo spettacolo di Jae che camminava avanti e indietro. Non mi sarebbe piaciuto quello che aveva da dirmi, ma avrei dovuto essere morto per non godermi la vista.

I capelli neri erano in disordine e gli stavano attaccati sulla fronte, e il suo sguardo bruno e sonnolento oscillava tra fuoco sensuale e furia glaciale. Aveva i piedi nudi, infilati in un paio di infradito nere, e la maglietta bianca che indossava sembrava una delle mie, un po' troppo grande per la sua struttura snella. Un paio di jeans semidistrutti, tenuti a malapena insieme da qualche filo e un po' di speranza, gli si tendeva sul sedere quando affondava le mani nelle tasche anteriori. Avrebbero dovuto darmi la carta esci-gratis-di-prigione anche solo per aver fatto arrivare quel culo alla stazione di polizia. La sua faccia, esattamente come il posteriore, era splendida, una bocca carnosa e succulenta piazzata sotto zigomi alti e occhi a mandorla dalle lunghe ciglia. La vista dei canini che morsicavano il labbro inferiore evocò una quantità di ricordi di quella bocca e di quei denti che si davano da fare sui punti più sensibili del mio corpo.

Più di un paio d'occhi seguiva il suo camminare avanti e indietro nella sala d'attesa, e vidi un poliziotto con l'aria molto da macho abbassare lo sguardo sulle curve del suo fondoschiena. Quando sogghignai, il poliziotto reagì con un sussulto di stizza e una vampata di rossore che gli risalì dalle guance fino alle orecchie. Jae mi vide fare un sorrisetto e assottigliò la bocca con aria di disapprovazione.

No, il mio ragazzo sexy e bollente non era divertito. Neanche un po'.

Una parete di sbarre ci separava dalla sala d'attesa, e in fila con noi c'era solo un altro uomo, con addosso un completo pieno di grinze e un odore come di vodka bruciata. Una folta combinazione di barba e baffi grigi

435

gli ricopriva il mento cesellato da star del cinema e gli zigomi. Sembrava qualcuno che avrei dovuto riconoscere, ma non riuscivo a farmi venire in mente la sua faccia. Ci superò con andatura spavalda e andò a grandi passi verso l'agente che doveva farci uscire. Chiunque fosse, era uno dei tre motivi per cui lo sportello di uscita era aperto.

Bobby e io eravamo gli altri due motivi. A volte è bello essere un ex poliziotto. Anche se la maggior parte degli uomini in blu non era felice che noi sventolassimo la bandiera arcobaleno, eravamo comunque loro fratelli. D'accordo, Bobby era ancora loro fratello. Io ero il cugino di terzo grado che tutti dovevano per forza invitare al matrimonio perché altrimenti la gente avrebbe sparlato.

Lo sportello di uscita era gestito da un civile con un carattere schifoso che sembrava un orso e che pareva divertirsi a passare all'uomo i suoi effetti personali il più lentamente possibile. Non avevo speranze che sarebbe stato invece felice di vedere noi quando finalmente gli fossimo arrivati davanti. Era troppo presto perché lui fosse lì quel mattino, e a giudicare dalle sue domande brusche e mordenti all'uomo con il completo, eravamo fortunati che non fosse venuto al lavoro con una bottiglia d'acqua per ciascuno di noi e un taser carico.

"Ehi, c'è il tuo ragazzo." Come me, Bobby aveva lasciato la polizia. A differenza di me, non lo aveva fatto da gay dichiarato e sotto una gragnuola di proiettili, ma aveva servito per il tempo previsto prima di fare coming out. Mi aveva scioccato scoprire che giocava per la mia squadra. Muscoloso e robusto, ai tempi in cui indossava il distintivo sembrava il prototipo del poliziotto. Adesso che se lo era tolto stava recuperando il tempo perduto, passando attraverso orde di twinkie a cui piaceva un uomo più esperto con un po' di grigio sulle tempie e abbastanza muscoli da accartocciare un paio di microonde industriali.

Mi aveva anche aiutato a mantenere la sanità mentale mentre ero in convalescenza dopo che il mio partner mi aveva sparato, e adesso pareva che mirasse al mio ragazzo.

"Smettila di guardare il culo a Jae." Non avevo paura che me lo portasse via. Avevano un rapporto buono, a volte un po' spinoso ma generalmente solido. Comunque dovevo protestare almeno per finta per la sua libidine.

"Sei sicuro di essere pronto a uscire da qui?" Bobby mi diede un colpetto con la spalla, spingendomi avanti. "Avresti potuto farti dei nuovi amici qui dentro."

436

Ci avevano dato una cella separata, lontano dalla gentaglia, ma c'erano comunque stati dei borbottii quando ci avevano condotti verso la libertà lungo la fila delle celle. Una macilenta drogata di crack con addosso un vestito viola coperto di lustrini aveva mostrato interesse a succhiarmi via i jeans, ma dato che se ne era già occupato il cane poliziotto avevo cortesemente declinato.

"Sarai fortunato se riesci a tenerti l'unico amico che hai, stronzo," brontolai. Poi mi spostai in avanti avvicinandomi allo sportello quando una recluta fece uscire l'altro tizio.

"Tu quale sei?" ringhiò l'uomo dietro lo sportello. "McGinnis o Dawson?"

"McGinnis." Presi la cartellina che mi porgeva, la aprii e firmai sulla riga assicurando al dipartimento di polizia di Los Angeles che stavo recuperando tutto ciò che avevo avuto in mio possesso quando i poliziotti mi avevano portato dentro.

La borsa conteneva tutto tranne la cagnolina, che era stata riconsegnata quasi nel momento stesso in cui avevamo attraversato la soglia della stazione di polizia. Tutto quello che mi restava di lei era il sorriso di Ava, i tagli che avevo sulle mani e il marsupio per bambini che avevo preso in prestito dalla nuora di Claudia. Se avessi avuto una spazzola levapelucchi, con tutto il pelo che Pookie si era lasciata dietro avrei potuto mettere insieme un altro cane. Per fortuna il marsupio si poteva infilare in lavatrice.

Oltrepassai il cancello felice di tornare nel mondo reale, e all'improvviso lo sfinimento mi piombò addosso. Avevo le gambe come di gomma per aver sforzato troppo i muscoli con quella lunga corsa nel vicolo, e tutte quelle piccole ferite cominciarono a farmi male. Volevo andare a casa, strisciare a letto e tirarmi addosso Jae, per essere svegliato preferibilmente nel corso del pomeriggio con la promessa di birra fredda e pizza rovente.

O magari di birra fredda e sesso bollente.

Dipendeva tutto da quali fossero i programmi di Jae. A giudicare dall'espressione sarei stato fortunato se mi avesse dato un passaggio fino a casa.

"Stai bene?" Jae sembrava indeciso fra mollarmi un pugno per essermi fatto portare in guardina e darmi un bacio, una cosa che pochi mesi prima non avrebbe mai fatto in pubblico. Ciascuna delle due cose avrebbe attirato l'attenzione, e Kim Jae-Min non era tipo da dare spettacolo. Aveva anche un notevole gancio destro, ed ero abbastanza sicuro che se fossimo stati soli avrebbe vinto quello.

"Sì, sto bene." Gli toccai leggermente il braccio, contorcendomi per mostrargli la garza e i cerotti che mi coprivano la coscia. "Mi hanno fatto le iniezioni e tutto quanto."

I miei jeans erano un disastro, e avevo buttato la biancheria. Non ne restava molta dopo che il cane poliziotto ci si era divertito, e aveva cominciato ad ammucchiarmisi attorno alle palle. Avevo chiesto al conduttore del cane se la voleva come trofeo e lui si era messo a ridere, dicendo che non ero il primo a cui Draven aveva fatto il culo. Avevo dovuto rimettermi i jeans strappati sperando che i bendaggi coprissero tutto quello che poteva farmi arrestare.

Il galletto gangster non era stato così fortunato. Uno dei colleghi di Draven lo aveva azzannato nel vicolo, arrivando fino all'osso. Considerato che aveva cercato di svuotarmi la pistola in testa, non intendevo spedirgli degli auguri di pronta guarigione

"Sono contento che tu stia bene." Jae si era avvicinato in modo da parlarmi all'orecchio. "Perché quando arriviamo a casa ti ammazzo. Che diavolo pensavi di fare?"

"Lo so, non è stata la cosa più furba…" Lanciai un'occhiata di nascosto a Bobby, che era ancora in attesa di uscire. "Non pensavamo che sarebbe diventata una storia così… grossa."

"Cole, in quante stazioni di polizia devi farti trascinare?" Il suo sarcasmo tagliava a fondo quando era affilato dal disgusto, e nell'ora passata tra la mia telefonata e il rilascio il suo disgusto era diventato una mola di dimensioni ciclopiche. "È una specie di caccia al tesoro che dovete fare per forza? Vi danno dei… come si chiamano… bollini? Ve li regalano ogni volta?"

"Jae, non volevamo certo che succedesse tutto questo." I poliziotti che avevamo attorno ci stavano lanciando delle occhiate in tralice. "Te lo giuro su Dio, avrebbe dovuto essere un semplice 'entra e prendi il cane'."

"Sì, lo so." Scosse le chiavi che teneva in mano e fece un cenno del capo verso un punto alle mie spalle. Il clangore della porta fatta di sbarre metalliche era minaccioso, uno sferragliare stridente di metallo che annunciava il rilascio di Dawson. Venne verso di noi a passi pesanti facendo cigolare il pavimento di linoleum, e Jae gli scoccò un sorriso sbiadito da sopra la mia spalla. "Bobby ha fatto. Andiamo a casa."

Fuori era ancora buio pesto, ma il puzzo di fogna di un mattino di Los Angeles stava già sorgendo dall'asfalto. Un veicolo per il lavaggio strade ci passò accanto sbuffando e spruzzando schiuma tiepida per lavare via olio e fuliggine. La schiuma arrivava fino alla cunetta, in bolle di sporcizia e frammenti nerastri. Jae aprì la mia Rover con il telecomando e tenne le chiavi sospese sopra la mia mano, lasciandomele cadere nel palmo quando la aprii.

"Ehi, voglio vedere se riesco a farmi ridare il pick-up. C'è lì il detective. Datemi un paio di minuti per addolcirlo." Bobby mise un braccio attorno alle spalle di Jae e gli diede un veloce mezzo abbraccio. "Grazie per essere venuto a prenderci. Lo apprezzo."

Risposi io per tutti e due. "Certo, nessun problema. Saremo qui alla macchina."

Stavo già parlando con la schiena di Bobby, un possente muro di muscoli costruito negli anni prendendo a calci in culo i cattivi e pestando umani di abilità inferiore sul ring. Jae andò verso la mia Rover. Le sue lunghe gambe coprirono la distanza che lo separava dalla macchina in pochi passi e io mi affrettai a raggiungerlo, facendo una smorfia quando i muscoli protestarono per quel movimento rapido. I cerotti tirarono quel po' di peli che avevo sulle gambe, e la garza attaccata alla ferita si staccò dalla pelle dando inizio a un lento sgocciolio di sangue nelle bende.

"Ehi." Lo raggiunsi dal lato del passeggero e gli misi le braccia da entrambi i lati all'altezza della vita, intrappolandolo contro l'auto. "Mi *dispiace*. Dico sul serio. Non era previsto che finisse così. Come avremmo potuto sapere che stavamo andando a ficcarci in una retata antidroga? Le cose sono solo… andate fuori controllo, d'accordo?"

Lui inclinò la testa all'indietro e fece un sospiro, accartocciando le labbra come se stesse per baciare l'aria. Poi si sfregò il viso con entrambe le mani, e quando abbassò il mento per guardarmi aveva gli occhi leggermente umidi. Non avrebbe pianto. Non lì. Non all'aperto. Ma era proprio lì in bilico, sul punto di perdere il controllo. Quando parlò aveva la voce rotta, un doloroso infrangersi di emozioni nel tono roco e sensuale.

"Mi spavento quando suona il telefono e il numero è quello di una stazione di polizia." La sua voce si stava incrinando, e anche il mio cuore si spezzò per il dolore e la paura nelle sue parole. "Ci sono stati troppi episodi, c'è stato troppo sangue perché io non pensi che è successo qualcosa di brutto. Per cui, per favore, potresti… non farlo di nuovo? *Per favore?*"

Non avrei dovuto prenderlo fra le braccia, non con la sua avversione per le dimostrazioni di affetto e la sua paura di venire riconosciuto come gay, ma lì nel bel mezzo del parcheggio, mentre ascoltavo Bobby che cercava di far dissequestrare il suo pick-up con il suo fascino, sembrò la cosa giusta da fare. Come al solito mi combatté, una piccola lotta per liberarsi e nascondersi in qualche modo al mio affetto, ma rifiutai di lasciarlo andare.

Da parte mia era egoistico. Lo sapevo. I nostri tipi di sensibilità erano in conflitto. I suoi istinti mi combattevano, guidati dalla paura di essere messo al bando dalla sua famiglia, e quella paura aveva radici profonde. Io ero già stato ostracizzato e allontanato da mio padre e dall'unica donna che avessi mai chiamato mamma. Volevo che cominciasse a pensarla come me, e praticamente lo imploravo di voltare le spalle alla cosa più importante, a quella che definiva un uomo coreano: la sua famiglia.

Ma d'altro canto io avevo appena scoperto che mia madre... la donna che in teoria era morta dandomi alla luce... in realtà era tornata in Giappone a crearsi un'altra famiglia, per poi morire soltanto cinque anni prima. Io e mio fratello Mike avevamo due opinioni diverse sull'argomento. Lui era intenzionato a perdonare e tendere la mano all'uomo che si definiva il nostro fratellastro. Io ero incazzato con tutti tranne mia cognata, ma del resto Maddy aveva concordato con me sul fatto che mio padre avrebbe dovuto essere legato e squartato per averci mentito per tutti quegli anni.

Perciò in quel momento non ero esattamente un sostenitore del concetto di famiglia.

Volevo che Jae fosse la mia famiglia. Volevo tornare a casa con lui e chiuderci la porta alle spalle, lasciando fuori tutti e tutto. Magari aprendola solo per le consegne di cibo a domicilio e al limite per buttare fuori la spazzatura. Dovevo fare pratica a lanciare il sacchetto di immondizia nel bidone accanto al mio posto auto. Ci arrivavo vicino, ma non riuscivo a imprimere la traiettoria giusta, perché il peso non era mai ben bilanciato.

Non avrei mai raggiunto quel Nirvana. Jae aveva bisogno di vagare e addentrarsi in luoghi bui per catturarli sulla pellicola, e sarebbe stato impossibile tenerlo rinchiuso. Inoltre sapeva che una volta uscito allo scoperto non gli sarebbe rimasto nessuno... nessuno tranne me, e non era ancora pronto a credere che sarei rimasto con lui fino alla fine dei tempi. Per cui lo tenni stretto, inspirando il profumo dolce dei suoi capelli e del sapone agli agrumi che usava per la pelle, e poi rassegnandomi a lasciarlo andare.

"Mi dispiace." Pareva che ripeterlo fosse d'aiuto. Dandogli un bacio leggero come un fantasma catturai il suo sospiro, prendendo dentro di me la sua rabbia rovente con un tocco di labbra. "Mi dispiace davvero."

"Lo so," mormorò lui. Poi appoggiò la fronte sul mio petto e sospirò di nuovo. Questa volta le sue spalle si rilassarono e la tensione abbandonò la sua spina dorsale. "Tu proprio non sai… quanto sia spaventoso pensare che ti sia successo qualcosa. Anche solo per un secondo. Fa così *male*, Cole-ah. Non posso reggere. Non voglio reggere. È chiedere troppo."

Tirandomi leggermente indietro gli presi il viso tra le mani e gli diedi un bacio leggero sulla punta del naso. "Ti garantisco che non sto cercando di farmi ammazzare. D'accordo?"

"Ehi, voi due smettetela di ficcarvi la lingua in bocca e datemi un passaggio a casa." Il grido di Bobby spinse Jae a tirarsi indietro. Inciampò, allontanando le mie mani quando cercai di prenderlo. Bobby venne di buon passo verso la Rover borbottando imprecazioni all'indirizzo del detective che stava salendo i gradini della stazione di polizia. "Quello stronzo non mi lascia prendere il pick-up. Dice che è una prova."

"Avrebbe anche ragione." La mia scrollata di spalle non contribuì a calmare la sfuriata di Bobby, che mi fissò dilatando le narici. "Ti hanno lanciato delle mattonelle di hashish nel retro del pick-up e sei partito."

"Merda, pensavo fossi tu che saltavi dentro," mugugnò lui. "Come facevo a sapere che non eri tu?"

"Magari potevi guardare?" sbuffò Jae aprendo la portiera. "Sali. Prima ti portiamo a casa e prima posso tornare a letto. Ah, comunque, Cole-ah, Mike adesso si è messo a telefonare a me. Io ho intenzione di restarne fuori, perciò, quando ti svegli, vedi di chiamare tuo fratello. Altrimenti ti lego al letto mentre dormi e gli dico di venire a metterti un po' di sale in zucca."

ALLA FINE non telefonai a Mike. Avevo intenzione di farlo. Era sulla mia lista mentale di cose da fare subito quel mattino. Quando mi alzai era quasi mezzogiorno, però, ed ero in ritardo per aprire l'ufficio. Jae era già uscito e Neko, la sua malvagia gatta nera, aveva già rivendicato il cuscino vuoto. Quando mi svegliai mi fece un verso con l'alito che sapeva di pesce, dal che dedussi che Jae doveva averle dato da mangiare prima di uscire per l'incarico di quel mattino.

Erano passate solo alcune settimane da quando Claudia, che gestiva l'ufficio, era stata ferita da un proiettile destinato a me. I dottori le avevano dato due mesi di convalescenza. La sua famiglia le aveva dato altri cinque giorni prima che comparisse in ufficio con un cappellino in testa e lo sguardo di chi non ne poteva più di stare al chiuso.

Avevo ordini rigorosi di farla girare sui tacchi e rispedirla a casa, ma non potevo garantire cosa sarebbe successo nel caso si fosse presentata con una crostata. Le sue crostate fatte in casa erano deliziose, abbastanza da controbilanciare i potenziali danni che i suoi figli avrebbero potuto infliggermi se non li avessi chiamati all'istante.

Dato che non intendevo fare nulla di più faticoso che starmene seduto su un cuscino per alleviare il dolore alla coscia, mi misi il paio di jeans più comodi che possedevo. Il morso pareva guarito a sufficienza da rinunciare a uno strato di garza, soprattutto perché non mi fidavo delle mie capacità con un nastro di cerotto adesivo. La cagnolina aveva lasciato solo piccole punture, ma quando il getto della doccia le colpiva facevano male. Mi ero promesso in premio un caffè non appena avessi aperto l'ufficio, quindi presi un paio dei dolcetti al cioccolato di Jae e andai sul davanti della casa.

A giudicare dal cipiglio dell'anziana signora coreana che stava sul portico del mio ufficio, le scartoffie avrebbero dovuto aspettare un po'.

Frequentavo Jae da abbastanza tempo da riconoscere il tipo di donna che lui chiamava *ajumma*. All'inizio avevo pensato che fosse un appellativo rispettoso, come chiamare Scarlet *nuna*. Avevo imparato in fretta la lezione quando avevo usato quella parola che iniziava per *A* in sua presenza ricevendo in cambio uno sguardo che mi avrebbe fritto come un pezzo di bacon se Jae non avesse alleggerito la situazione scoppiando a ridere e spingendomi fuori dalla porta. Poi ero stato istruito sull'uso corretto del termine: preferibilmente quando la donna in questione non poteva sentire che la stavi pronunciando.

Non chiamavi *ajumma* un travestito elegante e slanciato come Scarlet. No, quella parola era riservata a donne come il cherubino tozzo che mi squadrava con aria imperiosa dal gradino più alto. In bilico sul naso aveva un paio di occhiali con brillantini neri, ai quali un filo di perline argentate che le passava dietro al collo impediva di cadere a terra. Sulle tempie mostrava diverse ciocche argento, ma la maggior parte di quell'elmetto di capelli arricciati era nero inchiostro, lo stesso colore degli occhi pesantemente truccati.

Anche attraverso le lenti spesse potevo leggere in quegli occhi una notevole dose di follia, ma le aprii comunque la porta. Ero stato accusato varie volte di possedere anch'io la mia bella dose di follia. Lei poteva essere un po' più vicina all'instabilità mentale, ma a giudicare dalle apparenze stava reggendo.

Sembrava che il suo tessuto preferito fosse il poliestere. I pantaloni rosa acceso erano una decina di centimetri più corti di quanto avrebbero dovuto, e la camicetta di chiffon a disegni floreali le stava tesa attorno al busto appiattendole i seni fino a renderli quasi quadrati. Dalle grinze agli angoli degli occhi e dalle rughe attorno alla bocca avrei detto che era vicina ai settant'anni. A giudicare dal verso di disappunto che fece quando mi avvicinai, lei avrebbe anche potuto avere l'età di Matusalemme, mentre io avrei potuto essere l'incarnazione dell'inutile nipote che si era dimenticato di far salire dinosauri e unicorni su quella cazzo di arca.

"È lei il detective?" Le parole erano arrotondate da un morbido accento coreano, molto simile a quello di Jae quando era assonnato o arrabbiato. Produsse un altro sbuffo che diceva un sacco di cose, poi guardò il grosso orologio che portava al polso. "È dannoso per gli affari aprire così tardi."

"Mi dispiace, signora. Ho lavorato a un caso fino a tarda notte." Era buffo il modo in cui un'anziana signora irritata alzava le mie buone maniere alla massima allerta. "Mi permetta di farla entrare e prepararle un po' di tè."

Non mi piaceva il tè. L'unico motivo per cui ne tenevo in ufficio era che Jae e Scarlet lo bevevano quando venivano a farmi visita. Il mio era un posto da caffè, con massicce scrivanie vecchio stile e sedie comode. Quando avevo acquistato l'edificio, avevo eliminato anni di verniciature dai pannelli di legno che arrivavano a mezza parete e avevo passato un mordente color ciliegia scuro, lucidandoli tanto che Claudia avrebbe potuto mettersi il rossetto specchiandocisi. Era un grande spazio aperto con una sala riunioni separata. Mi piaceva molto. Claudia diceva che le faceva venire in mente un club per gentiluomini. Scarlet, che effettivamente cantava in un club per gentiluomini, concordava con lei. Dal momento che ero io a pagare le bollette, non avevo intenzione di cambiare un solo maledetto dettaglio.

"Preferirei il caffè," commentò lasciando vagare lo sguardo mentre passava in rassegna l'ufficio. "Il posto è accettabile. Ha più l'aria da detective di quanto non l'abbia lei."

Contare fino a dieci aiutava. Così lo feci, mentre usavo la miscela vietnamita istantanea 3-in-1 e l'acqua bollente della macchinetta. Preparai una dose doppia per me riempiendo la mia tazza gigante, e ne portai con attenzione una più piccola al divano dove la donna si era appollaiata sul bordo. Appoggiai la sua tazza fumante sul tavolino davanti a lei e mi accomodai sulla poltrona di fronte al divano.

Bevvi un sorso lasciando che la caffeina mi entrasse in circolo prima di sentirmi pronto ad affrontarla. Lei non aveva le stesse riserve. Dopo aver preso una gran boccata di quel liquido rovente come se fosse acqua tiepida, riappoggiò la tazza con un colpo deciso e mi guardò dritto negli occhi.

"Mi chiamo Madame Sun." Strascicò la *U* in un suono quasi da fantasma. "Dovrebbe sapere che è in presenza della migliore indovina di Los Angeles, e forse anche della Corea, ora che il mio *sunbae* è andato in pensione."

Io mettevo gli indovini nella stessa categoria della gente che arrivava alla mia porta insistendo per rovesciarmi sul tappeto un mucchio di sporcizia in modo da potermi dimostrare com'era efficiente l'aspirapolvere che stavano cercando di vendermi. Non sarei riuscito a fingermi colpito nemmeno se lei avesse lasciato cadere i pantaloni e avesse tirato fuori un uccello lungo trenta centimetri che ballava e cantava *Hello, My Baby*.

Feci un debole mormorio di meraviglia. "Come posso aiutarla, signora?"

"Qualcuno sta uccidendo i miei clienti. Ne sono già morti tre, e da quel che ho visto ne moriranno altri." La *ajumma* mi pugnalò il braccio con un dito ossuto, esigendo la mia attenzione. "E voglio assumere lei per fermarli."

CAPITOLO 3

C'ERA UN numero infinito di cose di cui non sapevo nulla. Dall'esistenza di Dio al perché nessuno riuscisse a inventare un sistema migliore per impacchettare le sottilette, in modo da tirarle fuori senza lasciarne una strisciolina. Il mondo è un posto misterioso e straordinario. Questa filosofia rende abbastanza facile essere un investigatore privato. Di solito inserisco la modalità *Ci-credo* quando qualcuno mi chiede di dimostrare che l'amato coniuge è fedele, ma funziona altrettanto bene per i chiaroveggenti. Se non altro, avrei potuto dimostrarle che nessuno stava morendo a causa sua.

Feci a Madame Park Hyuna Sun un'altra tazza di caffè vietnamita istantaneo e la incoraggiai a continuare.

"È cominciato tutto con May Choi. Lei è... era... una dei miei clienti abituali. Una giovane donna. Molto carina, e sposata con un brav'uomo." Gli anelli di Madame Sun scintillarono mentre raccontava gesticolando la sua storia. "Avevo appena avuto un consulto con May. Erano buone notizie, ma attorno a lei c'era dell'oscurità. Sul momento non ho detto nulla, ma dopo che se n'è andata mi sono sentita colmare da una sensazione gelida. Il giorno dopo ho visto al notiziario che era stata uccisa da un uomo che voleva la sua automobile."

"È un vero peccato, signora," commentai più gentilmente che potevo. "Ma non è colpa sua."

"Avrei potuto metterla in guardia." Madame Sun picchiò la mano aperta sul tavolino da caffè, facendo traballare le tazze. "Sentivo che qualcosa incombeva su di lei. Avrei dovuto capirlo. Ha lasciato il mio salone a mezzogiorno ed è morta venti minuti dopo. Che razza di uomo ucciderebbe una donna in piena luce del giorno per l'automobile? Il poliziotto con cui ho parlato al telefono mi ha detto che ero pazza."

Da parte mia non ci fu nemmeno un sussurro sul fatto che *pazza* era stata anche la mia prima reazione. E pure la seconda. Invece, scribacchiai sul taccuino un appunto stenografico per ricordarmi di seguire le indagini su Choi. "Sembra un incidente, Madame Sun. Sarò lieto di chiedere alla polizia che cosa stanno facendo, ma non vedo come..."

"Ce ne sono stati altri due." Si allungò in avanti e mi inchiodò sul posto con un'occhiata dura attraverso gli occhiali. "Tutti e due morti dopo aver lasciato il mio salone. La morte di May potrebbe essere stata uno sfortunato incidente, ma gli altri subito dopo di lei? C'è qualcosa di oscuro che si muove contro di me."

Mi spiegò i dettagli che la preoccupavano nelle altre due morti. A differenza di May Choi, che era arrivata da Seul un anno prima, gli altri erano coreani che vivevano in America da molto tempo. La seconda a morire fra i suoi clienti era stata Eun Joon Lee, una casalinga uccisa un pomeriggio nel corso di un'effrazione. Pochi giorni dopo l'aveva seguita Bhak Bong Chol, un anziano uomo d'affari, morto nel suo ufficio per quello che sembrava un attacco di cuore. Madame Sun mi diede tutti i dettagli che poteva, inclusi i loro indirizzi e da quanto tempo erano suoi clienti.

"Ha sentito qualcosa – da parte di chiunque – che possa indurla a credere che altri suoi clienti siano in pericolo?" Non volevo aprire quel particolare vaso di Pandora, ma nella possibilità estremamente improbabile che lei avesse davvero prove concrete che stava succedendo qualcosa, dovevo chiederlo.

"No, no, non può dire niente. Non voglio mettere in allarme nessuno." Quando scosse la testa non si mosse nemmeno una ciocca, anche se le perline del cordino degli occhiali tintinnarono piacevolmente. "Ma sì, ho *sentito* che sono in arrivo altre morti. È tutto collegato a me. Lo so, nel profondo. Per favore, signor McGinnis, queste persone non meritano di morire perché sono venute da me in cerca di consigli."

"Nessuno merita di morire così, Madame Sun," le assicurai. "E no, non parlerò a nessuno dei suoi attuali clienti. Voglio solo sapere se ha qualcosa di concreto su cui posso lavorare."

"Le mie premonizioni *sono* concrete, ma capisco cosa sta pensando. Non è la prima persona che incontro che non crede. Non ho bisogno che lei creda, signor McGinnis. Ho solo bisogno… di accertarmi che le persone che consiglio siano al sicuro. Ha bisogno di soldi per iniziare?" Allungò la mano nella borsetta di alligatore rosa chiaro, e io la fermai scuotendo la testa.

"No. Prima vediamo se ho qualcosa su cui indagare. Se troverò una pista da seguire, allora la chiamerò e le dirò quanto le costerà."

Non avevo intenzione di metterglielo sul conto. Non sembrava un complotto o una maledizione, soltanto circostanze sfortunate che la colpivano troppo vicino per non metterla a disagio. Quel caso sarebbe stato redditizio quanto quello di Ava, ma senza la tavoletta di cioccolato. Non mi sarebbe costato niente telefonare a qualche poliziotto per recuperare un po' di informazioni, e se ci avessi dedicato un po' di tempo se non altro Madame Sun si sarebbe sentita meglio. Il tempo era un piccolo prezzo da pagare per la pace mentale di una vecchia signora, e di tempo ne avevo un sacco.

"Vivian – è la mia aiutante – chiami lei, se ha bisogno di altre informazioni." Si alzò in piedi, sfregandosi un ginocchio indolenzito mentre faceva il giro attorno al tavolino. "Il suo numero è scritto lì, *ne*? Mio figlio James è qui fuori. Non voglio farlo aspettare troppo a lungo."

"La chiamerò dopo aver parlato con la polizia, se hanno qualcosa che possono condividere con me." La accompagnai alla porta, tenendogliela aperta. Lei mi ringraziò con un mormorio, e io feci un cenno del capo all'uomo di mezza età che aspettava accanto alla berlina parcheggiata lungo il marciapiede.

Ai poliziotti non piace quando gli investigatori privati telefonano e fanno domande sui loro casi. In effetti, a nessun poliziotto piace avere qualcuno che gli sbircia da sopra la spalla, ma un paio di domande non sarebbero state troppo fuori dall'ordinario se le avessi fatte passare come il tentativo di tranquillizzare un'anziana signora.

Mi ci vollero circa mezz'ora e parecchi trasferimenti di chiamata prima di ritrovarmi a parlare con Dexter Wong, un detective con cui avevo fatto amicizia. Wong aveva gestito il repulisti che era seguito al mio ultimo caso, e l'indagine su Choi era sua. Quando rispose al telefono sembrò lievemente sconcertato da quello che gli stavo dicendo.

"Un'indovina, eh?" Lo sentii picchiettare qualcosa sulla scrivania. "Ci va anche mia madre da uno di quelli. Lei giura che il vecchio la aiuta. Io penso che se mia madre vuole consultare l'I Ching sono affari suoi. Io indosso i miei calzini fortunati quando gioco a baseball. Non posso certo scagliare la prima pietra. Come posso aiutarti?"

Gli diedi tutti i dettagli che avevo, e Wong borbottò qualcosa. "Non sto cercando molte informazioni. Anche se non avete indizi, mi basta dirle che ti ho parlato. Sembra una bella persona, preoccupata per quelli che conosce. Ho pensato che potrei parlare con te e magari alleggerire un po' la pressione che sta provando."

"No, no... capisco benissimo. Io te lo dico, ma i dettagli restano fra di noi, McGinnis." Mormorai che ero d'accordo, e lui continuò: "Sembra un furto d'auto, ma in realtà è un omicidio bello e buono. Le hanno sparato attraverso il finestrino aperto della sua BMW mentre era ferma a un semaforo. Le hanno preso la borsetta, ma l'hanno buttata per terra a poca distanza. Il tizio ha abbandonato l'auto. Chi le ha sparato lo ha fatto in piena luce. I testimoni dicono che era di altezza media, con addosso canottiera nera e jeans. Passamontagna, perciò nessuno lo ha visto in faccia, ma il tono della pelle era scuro. Potrebbe essere di origine asiatica o ispanica. È successo fuori dal complesso di appartamenti Vermont, proprio al confine di K-Town, per cui nessuno parla con noi e nessuno punta il dito contro nessun altro. Lo sai come funziona."

"Sì, ho lavorato in zone come quelle quando ero di pattuglia. Sembra un po' esagerato per il furto di una borsetta. Quanti anni aveva la BMW?"

"Nuova. Aveva ancora le targhe del venditore. La donna era nota per portarsi dietro grandi quantità di denaro, ma non abbastanza da beccarsi due proiettili in faccia." Wong fece schioccare la lingua un paio di volte. "Ho qui una foto. Era veramente carina. Il marito è un tipo riservato, ma quando abbiamo parlato con lui sembrava sconvolto. Però non mi ha mai chiamato per chiedere come eravamo messi con il caso."

"Forse perché sa che non avete molto su cui lavorare." Masticai l'estremità della biro, poi me la tolsi di bocca come se Claudia fosse lì accanto a me ad ammonirmi di non sporcarmi le labbra con l'inchiostro. Senza di lei l'ufficio era troppo silenzioso, e io stavo cominciando a ricadere nella cattiva abitudine di aprire tardi.

"Forse. Ma se io avessi una moglie giovane e carina che è morta così starei alle calcagna dei poliziotti per farmi dare il nome del tizio che l'ha fatto, in modo da poterlo pestare a sangue"

"Tu che cosa pensi? Era un buon matrimonio?" Stavo mettendo in dubbio il dolore del marito. Era più facile senza averlo davanti a me, un uomo senza faccia che poteva aver ordinato l'omicidio della moglie.

"Pare di sì," ipotizzò Wong. "Ma ancora una volta, è difficile dirlo. Sono venuti tutti e due da Seul. Lui ha circa undici anni di più, e lei era giovane, a malapena ventenne. Choi si occupa del ramo americano della ditta di importazione della famiglia. Vive qui da circa tre anni, ma è tornato in Corea per sposarsi."

"Choi? Lei ha preso il suo nome?" Quando Wong me lo confermò aggrottai la fronte. "È strano. Pensavo che quasi tutte le donne coreane mantenessero i loro cognomi."

"Potrebbe essere perché viveva qui? Per ambientarsi e cose del genere," replicò lui. "Il cognome da nubile era Gangjun. È tutto qui. Se scopro qualcosa te lo faccio sapere, ma non ho molto altro da dirti."

"Hai niente sull'altra? Eun Joon Lee?" Controllai i miei appunti. "Il terzo nome che ho è Bhak, ma quello è stato un attacco di cuore."

"Il caso di Eun Joon Lee lo ha preso qualcun altro." Wong stava sottoponendo la sua tastiera a un bel po' di esercizio. "Non c'è molto neanche lì. Un'intrusione in casa a pochi isolati di distanza da dove è avvenuto il furto della macchina di Choi. Hanno preso un po' di apparecchi elettronici ma niente contanti, e hanno lasciato i gioielli. Il marito pensa che lei li abbia sorpresi. Non abbiamo ancora il rapporto della balistica, ma sembra lo stesso calibro di Choi. Un nove millimetri, ma è abbastanza diffuso."

"Pensi che qualcuno ti guarderebbe in maniera strana se chiedessi un controllo incrociato fra Choi e Lee?" Era un tentativo alla cieca. C'erano un sacco di nove millimetri in giro per le strade di Los Angeles, e le probabilità che si trattasse della stessa arma erano molto scarse.

"Chiedere non farebbe male. Di solito il laboratorio controlla queste cose per noi, ma non succede sempre. Sono sovraccarichi." Wong si schiarì la gola. "Senti, devo cominciare a rimetterci dentro la testa. Se senti tu qualche novità, chiamami. Se questi due casi sono connessi, allora abbiamo qualcosa su cui lavorare. Io provo a vedere cosa possiamo fare noi per Madame Sun, d'accordo?"

"Grazie. Ti devo una cena."

"Posso portare la mia ragazza?" mi prese in giro lui. "Sai, giusto perché tu non ti metta in testa che è un appuntamento."

"Certo, se io posso portare Jae. Sai, giusto perché tu non ti metta in testa di avere davvero una possibilità con me," ribattei io.

"Grandioso, così sarò il più brutto della tavolata."

"Pagherò il conto e ti offrirò anche una birra." Facemmo dei piani vaghi per un barbecue coreano e riattaccai. Mandai un sms a Jae chiedendogli quando aveva una giornata libera e promettendogli che poteva scegliere lui il ristorante, a patto che fosse un ristorante coreano.

Era strano, non ero ancora pronto a piantare uno spillo nella farfalla della paranoia di Madame Sun. Quelle tre morti erano avvenute in rapida successione, distanziate solo di pochi giorni, e da quel che potevo vedere sulla cartina in punti molto vicini. Era strano che il ladro d'auto si fosse lasciato dietro una BMW nuova, e mi chiedevo se non avesse progettato di uccidere Choi. I resoconti dei testimoni di Wong erano piuttosto chiari.

L'uomo si era avvicinato e aveva sparato a Choi praticamente a bruciapelo, poi se l'era squagliata attraverso la giungla di edifici di K-Town.

"Sapeva che lei sarebbe stata lì," borbottai, Raggiunsi la macchinetta del caffè spostandomi sulla poltrona da ufficio. "Qualcuno che conosceva i suoi orari. Sembra più un assassinio che un episodio casuale."

Non volevo farmene una caraffa, per cui optai per un'altra tazza di vietnamita istantaneo e tornai alla scrivania. Potevo girare per l'ufficio sulla poltrona con le rotelle solo quando Claudia non c'era. Avrei dovuto perdere quell'abitudine prima che tornasse, altrimenti al primo cigolio di ruote mi sarei beccato uno scappellotto.

"D'accordo, quindi abbiamo un ladro d'auto che lascia la macchina e prende solo una borsetta." Il retro della coscia cominciò a prudermi e sollevai la gamba per grattare leggermente il denim sopra la zona bendata. "E un'irruzione in casa che si lascia dietro una quintalata di gioielli ma prende quello che c'è nelle stanze sul davanti della casa. Qui c'è qualcosa che puzza, McGinnis."

Cominciò a puzzare ancora di più quando sentii Mike, il mio fratello maggiore, gridare il mio nome mentre si avvicinava alla porta dell'ufficio. Il portico scricchiolò sotto i suoi passi pesanti e la porta a zanzariera si spalancò con un cigolio di protesta. Come al solito i suoi capelli erano un cactus di punte nere, e la sua espressione torva era una notevole esibizione di linee curve e denti stretti. Esattamente come per Madame Sun e le sue previsioni, non ero poi così colpito dallo scontento di mio fratello.

Ci separavano solo pochi anni. Beh, pochi anni e parecchi centimetri. Mike aveva preso da nostra madre, una piccola donna giapponese di nome Ryoko che nostro padre aveva conosciuto mentre era di stazione oltremare. Tarchiato e con le spalle larghe, Mike aveva affrontato qualsiasi battuta sulla sua altezza crescendo con pugni duri e una testa ancora più dura. Io ero diventato più alto, avevo le gambe più lunghe, e riuscivo a correre più veloce di lui finché non si stufava. Ero quello che aveva ereditato i capelli castani e gli occhi verdi di nostro padre, ma il suo temperamento infiammabile lo avevamo ereditato entrambi.

Dato che non potevo correre da nessuna parte con quei buchi nella coscia, Mike avrebbe avuto un bel vantaggio se avessi voluto anche soltanto allontanarmi dalle sue stronzate. Scelsi la via più facile e mi alzai in piedi, usando l'altezza per intimidire il mio fratello irritato. Poi presi la tazza di Madame Sun, gli voltai le spalle e andai al lavandino per sciacquarla.

Lui mi seguì come un anatroccolo furibondo.

"Perché non mi hai chiamato?" Era di una testa troppo basso per darmi un'occhiataccia intimidatoria, ma dilatò le narici, con l'intensità di una macchia solare rabbiosa. "Avevo *detto* a Jae…"

"Vediamo di capirci su una cosa, fratello. Tu non *dici* proprio niente a Jae." Mi scrollai via l'acqua in eccesso dalle mani e poi me le asciugai sui jeans. Mi ero scordato del morso di cane sul retro della coscia, e la pressione delle dita sul bendaggio sottile mi fece quasi strillare. "Lui è stato così cortese da trasmettere il messaggio, ma non è uno dei tuoi schiavetti. E nemmeno io. Ti chiamo quando decido di chiamarti."

"Non sarei stato costretto a contattare Jae se tu avessi risposto alle mie telefonate." Mi girò attorno e prese una tazza e una bustina di tè, poi riempì la tazza di acqua bollente e si voltò, scoprendo che ero già alla mia scrivania. "Dobbiamo parlare."

"Non dobbiamo parlare affatto." Accesi finalmente il computer e aspettai qualche secondo che si avviasse per aprire un fascicolo per il caso di Madame Sun. Certo, era un omaggio della ditta, ma questo non voleva dire che il caso meritasse meno attenzione. E comunque Claudia mi avrebbe spedito in Siberia se al suo ritorno i file non fossero stati in ordine.

Dopo aver appoggiato la tazza sul tavolo da computer di Claudia – ben fuori dalla mia portata – Mike si appollaiò sul bordo della mia scrivania e mi ficcò un dito nella spalla. Sobbalzai, l'eco del dolore di una ferita da proiettile che si irradiava pulsando dalla punta del suo dito, e lui ebbe il buon gusto di fare un'espressione di scuse.

"Ho parlato di nuovo con Ichiro stamattina. Vuole sapere come stai." Si strinse nelle spalle. "Non sapevo cosa dirgli."

"Amico, ci siamo già passati." Non ero dell'umore giusto per dargli corda. Era stata una lunga nottata e il mio sonno era stato disturbato troppo spesso dal dolore alla coscia. "Perché devi per forza dirgli qualcosa?"

"Perché ha chiesto di te. È nostro fratello, ricordi?"

Ichiro. Il nostro fratellastro. Quello che nostra madre aveva cresciuto in Giappone dopo essere teoricamente morta dandomi alla luce.

Gesù aveva un sacco da imparare da Ryoko McGinnis Tokugawa.

Mike stava cercando di costringermi a instaurare un rapporto con Ichiro fin dal momento in cui avevamo scoperto della sua esistenza. Io non ero interessato. Non ora. E forse mai. Avevo bisogno di tempo per venire a patti con il fatto di essere stato abbandonato non solo da una madre, ma da due. Pensarci mi faceva soffrire, per cui avevo fatto quello che facevo di solito quando non volevo star male per qualcosa.

Avevo evitato di pensarci.

"Sto lavorando a un caso, Mike. Per caso io vengo a scorrazzare come una lepre nel tuo ufficio ogni volta che ne ho voglia?"

"Scorrazzare come una lepre?"

"Mai far incazzare una lepre marzolina," replicai tornando al caos di fogli che avevo lasciato sulla mia scrivania. "Te la fanno pagare."

"Cole, Ichiro…"

"Mike, sai cosa significa Ichiro?" Mi girai con tutta la sedia per dargli un'occhiataccia. "Segui abbastanza il baseball da saperlo. Significa *primogenito*. Ecco che cos'era per lei. Lei ci ha *abbandonati*, Mike. Ci ha abbandonati con quello stronzo di nostro padre e se ne è andata, cazzo."

"Non sappiamo cosa sia successo tra di loro." Era una protesta debole, ma era il miglior argomento di Mike. Nessuno di noi sapeva cosa fosse successo fra i nostri genitori. Forse lo sapeva Ichiro, ma in quel momento non era nella lista dei miei amici.

"Quello che è successo fra di loro siamo *noi*." Spinsi indietro la sedia, facendo stridere le ruote sul pavimento. "I suoi *figli*. E tu vuoi che io vada a sedermi attorno un falò a mangiare dolcetti con il figlio che ha avuto dopo di noi? Il figlio che ha allevato mentre non riusciva nemmeno a prendersi il disturbo di spedirci una lettera?"

"Lui non ne ha colpa." Mike sollevò il mento con aria di sfida. "È nostro *fratello*, Cole."

"Non vuoi quello che hai già? Io non vado più bene? Troppo gay? Troppo incasinato?" sbottai. "Allora preferisci quello nuovo? Come mai? È etero? Ha dei bambini? Ha una vita che funziona? Magari gioca a golf e ti può presentare i suoi contatti a Tokyo."

Ero andato troppo oltre. Perfino mentre le parole uscivano dalla mia cazzo di boccaccia sapevo di essere andato troppo oltre. Mike fece un passo indietro come se gli avessi mollato un cazzotto nello stomaco, e il suo viso perse ogni espressione.

"'Fanculo, Cole," disse con un certo calore. Le sue parole erano una linea calma e sottile che disegnava il legame tra di noi. "Questo non me lo merito."

"No, tu… cazzo. Mike…" Allungai una mano verso mio fratello e feci una smorfia quando lui si tirò indietro. "Senti, mi dispiace. Cazzo, è solo che… per me è qualcosa di troppo difficile da affrontare. Tu la *conoscevi*. Tutto quello che ho avuto io sono stati un paio di fotografie del cazzo e un

452

secondo nome che non sapevo pronunciare. Come mi devo rapportare con uno che l'ha avuta vicino? Soprattutto dopo…"

"Barbara? La nostra matrigna?" Mike attraversò la distanza che ci separava e mi mise le mani sulle spalle. Poi mi spinse giù sulla sedia e si chinò a guardarmi negli occhi. "Fratellino, lo so che lei si è comportata di merda e che papà ti ha incasinato davvero tanto, ma nessuna di queste cose è colpa di Ichiro. Lui non sapeva che noi la credevamo morta."

"Faccio una gran fatica a crederlo, amico."

"Cole, è la verità. È incazzato quanto noi per questo. Voleva raggiungere i fratelli di cui nessuno parlava. Sei tu quello che mi diceva sempre di essere più tollerante. Perché non puoi trovare un po' di quella riserva di tolleranza per lui?"

"Forse." Strinsi i denti. "È solo che non sono pronto per questo. Per lui. Mi serve un po' di tempo, Mike. Solo un po' di tempo, cazzo."

"Tempo te ne posso dare." Mi diede uno schiaffetto in faccia, e sentii la guancia formicolare. "Basta che la smetti di comportarti da stronzo."

CAPITOLO 4

DATO CHE avevo solo i frammenti di informazioni messi insieme con quello che potevo trovare cercando in rete, non arrivai da nessuna parte con il caso di Madame Sun. E finché Wong non fosse riuscito a girarmi sottobanco qualche rapporto, non era su internet che avrei trovato una connessione fra May Choi e Eun Joon Lee. Misi da parte gli appunti, fissai la sedia vuota di Claudia e mi morsicai il labbro.

Aveva insistito perché assumessi qualcuno che si occupasse delle telefonate durante la sua assenza, ma l'idea di vedere un'altra persona sulla sua sedia sembrava una specie di tradimento. Però mi serviva qualcuno su quella sedia, nel caso dovessi girare per strada o mi toccasse scappare via di corsa.

Ma volevo che quella persona fosse Claudia. Avevo *bisogno* che quella persona fosse lei.

In mancanza dell'originale, presi il telefono e chiamai il miglior sostituto possibile: il suo primogenito, Martin.

"Ehi, amico," rombò la sua voce, schiarendosi leggermente quando si rese conto che ero io. "Mamma dorme. L'ho convinta a prendere una di quelle medicine per il dolore."

"In realtà ho chiamato per parlare con te. Ho bisogno d'aiuto." Gli spiegai le mie necessità e lui ascoltò mormorando ogni tanto. "Speravo che qualcuno della famiglia fosse disposto a venire qui a rispondere al telefono. Magari un paio dei ragazzi? Anche se solo di pomeriggio."

A metà della conversazione mi resi conto che Martin poteva avere delle riserve all'idea di spedire un altro membro della famiglia nello stesso posto in cui sua madre si era beccata un proiettile. Qualcosa che aveva denti ben affilati cominciò a masticarmi lo stomaco dall'interno. Sarei stato fortunato se *Claudia* avesse voluto tornare.

"Solo finché mamma non si sente meglio." Martin interruppe il mio attacco di panico. "Tornerà al lavoro. Ci puoi scommettere."

"Lo capisco se lei…" Non riuscivo a pronunciare le parole. La donna imperiosa che era entrata nella mia vita era diventata una presenza troppo importante per rinunciarvi. Pur di farla tornare indietro l'avrei corrotta con più soldi e perfino una limousine con un autista sexy se avessi dovuto, ma non potevo avere la certezza che sarebbe stata al sicuro. Inghiottendo la mia riluttanza, lo spiegai a Martin.

Martin era decisamente figlio di sua madre. "Stronzate, Cole. Nessuno è mai al sicuro. Tu hai fatto del tuo meglio per mamma, e lei tornerà. Se mai io provassi a fermarla, mi leverebbe di mezzo a calci in culo. Se qualcuno dei ragazzi vuole lavorare per te, a noi va bene. Chiaro?"

"Capito," mormorai sfregandomi la faccia. "Solo finché lei non torna, allora?"

"Solo finché lei non torna," mi rassicurò lui. "Fammi controllare come sono messi. Ti richiamo più tardi, d'accordo?"

Riattaccai e mi appoggiai allo schienale. Scricchiolò, poi scricchiolò di nuovo quando mi mossi avanti e indietro. Mi ci vollero cinque secondi prima di stufarmi di stare al chiuso. Sul telefono ancora non c'erano messaggi da parte di Jae, ma questo non era insolito. Se volevo ricevere delle attenzioni, dovevo affrontare il leone nella sua tana.

"Chiaro che io probabilmente al mio leone voglio fare cose che al pastore Davide non sono mai venute in mente e nella Bibbia non sono scritte," borbottai fra me e me. Era troppo presto per fare un'improvvisata a Jae. Se avessi invaso i suoi spazi a quell'ora del pomeriggio mi avrebbe cacciato fuori dalla porta ringhiando. Armato con gli indirizzi delle scene del crimine, decisi di dare un'annusata in giro nel caso qualcuno avesse voglia di parlare. Anche dopo un paio di settimane le sparatorie erano ancora pettegolezzi succosi per i vicini.

Chiusi l'ufficio, feci una rapida tappa in casa, adorai Neko come era doveroso, poi la lasciai con una porzione di tonno e uova. L'arrivo del cibo per gatti mi rese inutile ai suoi occhi, e si mise a mangiare piazzata direttamente sopra la ciotola, facendo un sacco di rumori e ringhiandomi contro.

"Ma prego," commentai.

Lei non si degnò di darmi una risposta che potessi capire, ma era chiaro che da qualche parte nel suo brontolio irritato c'era anche un grosso *fottiti*. Chiusi a chiave la porta dietro di me lasciandola immersa fino alle sopracciglia in quella roba puzzolente.

LA CITTÀ degli Angeli è fatta più che altro come una griglia, con qualche strada tortuosa buttata lì per mandare in crisi i turisti che cercano di andare da Hollywood alla zona più vecchia. Giusto per aggiungere altra confusione, ci si incrociano le tre peggiori autostrade note all'umanità. Uno straniero ignaro degli ingorghi lenti come melassa che si incontrano in prossimità delle uscite per il centro potrebbe infilarsi, senza nemmeno sospettarlo, nella corsia sbagliata fra le centinaia possibili in quella distesa infinita di lavori in corso e ritrovarsi così a girare in tondo, perso senza più speranza, fino a restare senza benzina o a impazzire nell'inferno da cui non riesce a fuggire.

Bobby era sicurissimo che la maggior parte di quelli che vagavano per le strade parlando da soli fossero davvero automobilisti che alla fine avevano abbandonato la macchina e si erano rassegnati a camminare in quel deserto di cemento e acciaio fino alla fine dei loro giorni. Non ero poi così certo che si sbagliasse.

Con quel pensiero in mente, per andare a Koreatown mi tenni sulle strade secondarie. L'area del Wilshire Boulevard è circondata da zone prevalentemente ispaniche su tre lati, con un quartiere più ricco a nord. A differenza della maggior parte dei quartieri di LA, dove le linee di demarcazione sono chiare, ricchi da una parte e poveri dall'altra, Koreatown è un miscuglio di appartenenti alla classe media e poveri, punteggiato da negozi di fascia alta e ristoranti fantastici. I migliori ristorantini nascosti si possono trovare ai più strani angoli di strada, ma arrivarci è sempre complicato.

Tagliai per Beverly Boulevard, svoltai sulla Western e andai a caccia dell'indirizzo più vicino, la casa in cui a quanto pareva Eun Joon Lee aveva sorpreso i suoi assassini. Era vicina a un locale all-you-can-eat di barbecue coreano, e dove Jae una volta mi aveva portato per incontrare i suoi amici. Quando si liberò un posto, parcheggiai lungo la strada, poi proseguii a piedi per farmi un'idea dei dintorni. Come in quasi tutta Koreatown le abitazioni erano soprattutto edifici con pochi appartamenti, più un complesso condominiale qua e là a spezzare la monotonia. I Lee vivevano in una di quelle conigliere.

Era un edificio beige a forma di U attorno a un giardino con alberi alti, grossi cespugli fioriti e macchie di prato così verde da sembrare finto. Chiamare quel posto un condominio era fuorviante. Erano appartamenti riconvertiti, venduti come abitazioni individuali e probabilmente gestiti da una rabbiosa associazione di proprietari che decretava pure l'altezza delle zone alberate. A giudicare dal giardino alcuni di loro speravano che in quelle profondità verdi venissero girate delle scene di *Jurassic Park V*.

I Lee avevano comprato un'unità abitativa d'angolo, con un'ampia vista sul parcheggio. Era uno dei punti più distanti dall'entrata ad arco da cui ero passato io, ed ero già a metà del giardino quando fui catturato da una signora coreana pienotta e di mezza età con un abito da casa floreale così luminoso da accecare chi indossasse occhiali per la visione notturna. I capelli corti sale e pepe erano permanentati in riccioli morbidi attorno al viso malizioso. La salutai con un cenno della testa.

"*An nyoung ha seh yo, nuna.*" Praticamente massacrai il saluto, ma lei inclinò la testa e mi fece un sorriso. Jae almeno sarebbe stato orgoglioso che ci avessi provato, anche se avrebbe fatto una smorfia cercando di non vomitare per la mia pronuncia.

"*Aish*, direi piuttosto *halmeoni*." Non conoscevo la parola, ma mormorai una specie di diniego, e lei fece una risatina. Guardò la casa dei Lee, poi di nuovo me. "È un altro poliziotto?"

"No, *nuna*. Sono un investigatore privato. Mi è stato chiesto di dare un'occhiata a quello che è successo qui." Ammaestrato dagli ammonimenti di Jae evitai di pronunciare le parole *omicidio* o *morte*, lasciando che fosse la mia nuova conoscente a condurre la conversazione. "Eravate vicine?"

"La porta accanto." Indicò l'ingresso giallo e arancione con un cenno del capo. "Abbiamo quasi lo stesso nome, per cui a volte la gente si confonde. Lei era Eun Joon Lee, e io sono Joon Eun Yi. Il postino sbaglia sempre a consegnare la posta. Mia sorella ha paura che i ladri stessero cercando me, ma le ho detto che è un'idea sciocca. Che cos'ho io? No, Eun Joon aveva molto più da portar via, ed è per questo che loro erano lì."

"La polizia è tornata dopo... la prima volta?"

"Pfui, la polizia non ha fatto niente. Proprio come quando quel pazzo più in là sulla strada ha sparato a tutti i bidoni della spazzatura." La signora Yi fece una faccia triste. "Era così carina, e suo marito... Dong-Ju Lee... lavorava duro per lei. È una cosa molto triste."

"Il cognome del marito è Lee?" Controllai i miei appunti. Eun Joon aveva passato da poco la quarantina, ma sul coniuge non c'erano informazioni. Supponevo che avessero più o meno la stessa età, o che lui fosse più vecchio. "Lo stesso cognome, quindi?"

"Erano cugini, non avevano figli. Che peccato. Adesso lui è da solo." Per un attimo sul suo viso sorridente passò un'espressione calcolatrice. "L'ha assunta lui?"

"Qualcuno era preoccupato per l'incidente. Lei era molto vicina alla signora Lee?"

"Eun Joon era… non voglio dire niente di brutto…"

Annuii, in modo che potessimo concordare in silenzio sul fatto che, anche se Eun Joon Lee era una santa, la sua ignobile morte richiedeva almeno il minimo sindacale di pettegolezzi.

"La sua famiglia ha soldi, più di quella del marito, non si è mai lamentata del posto dove vivevano…"

"Ma?" Era un seme per la conversazione. C'è sempre un *ma* su cui spettegolare. È quello che rende così delizioso parlare dei vicini alle loro spalle.

"Era comunque di alta classe, ha presente?" La signora Yi tirò su col naso, con i bargigli flaccidi del collo che ondeggiavano sotto il mento. "Viveva qui come noi, ma era molto esigente. Tutto doveva essere, come dire, molto coreano. Praticamente non accettava niente che venisse da queste parti. Perfino la musica che ascoltava, roba di parecchi anni fa. Io ero più vecchia di lei, ma la sua musica era troppo vecchia anche per me, sembrava più quella dei tempi di mia madre."

Usai quel dettaglio per indirizzare la conversazione dove avevo bisogno che andasse. "Quindi faceva parecchie cose che avrebbe fatto anche in Corea? Tipo andare da un indovino?"

"*Omo*, buttava tanti di quei soldi con quella gente. Non uno solo, ma due!" La signora Yi fece una faccia disgustata che reggeva il confronto con quella di Neko quando le mettevo davanti del cibo per gatti surgelato. "Vediamo… vedeva Madame Sun e Gangjun Gyong-Si. Io non vado da nessuno dei due. Troppo ricchi per me. Che cos'ha Madame Hae-jung che non va? Proprio niente! È solo giovane! Siamo state tutte giovani."

"Andava da due indovini?" Aggrottai la fronte. "Loro sapevano che la signora Lee li consultava tutti e due?"

"Ah-ha!" La signora Yi arricciò il naso e mi diede una pacca sul braccio. Mi fece male, ma non quanto un proiettile. Fui grato di quella piccola misericordia. "Non dica niente del genere. Soprattutto a quei due. Sun e Gyong-Si sono praticamente in guerra. Se si vedono lungo la strada è meglio tenerli d'occhio, perché uno di loro potrebbe mettersi a urlare contro l'altro. Madame Sun è un'indovina più brava, ma ad alcune donne piace andare da Gyong-Si. Lui dice che gli piacciono gli uomini, per cui alle donne piace parlare con lui, ma non saprei dire. Io non ci credo. La so troppo lunga per crederci."

"Sono rivali?" Mi accigliai cercando di cavare un senso da quello che stava dicendo, e lei aggrottò la fronte, confusa. "Sun e Gyong-Si? Come mai?"

"Madame Sun e Gyong-Si si fanno sempre la guerra per i clienti. Una dice che ti succederà qualcosa di brutto e l'altro qualcosa di bello. Vai da quello che ha ragione la maggior parte delle volte, finché non ti dà una risposta che non ti piace. A quel punto alcuni cambiano." Scrollò le spalle, provocando un'ondata nei fiori di ibisco viola e rosa del vestito.

"Predicono il futuro in modi diversi?" Non avevo idea di quali caratteristiche dovesse avere un bravo indovino, e nemmeno di come sceglierne uno. Era una cosa a cui non avevo mai pensato, ma avevo la sensazione di essere sul punto di ricevere un corso accelerato.

"No, nello stesso modo... Sun e Gyong-Si hanno avuto lo stesso insegnante, un indovino di Seul molto famoso, Kung Choong-Hoon. Gyong-Si è stato il primo. Poi Madame Sun è venuta a LA con suo figlio. Gli ha rubato un sacco di clienti." La signora Yi fece una smorfia, chiaramente disgustata dal loro comportamento. "Gyong-Si non è stato felice quando lei è arrivata. Tutti sanno che sono in lotta, scavano uno nel territorio dell'altra come millepiedi. Perché dovresti andare da una persona del genere per farti dire come vivere la tua vita?"

Che Madame Sun avesse un rivale cambiava le cose. Non riuscivo a immaginare che qualcuno potesse uccidere due donne per portare via i clienti a un'indovina, ma avevo sentito di cose più strane. "Sa se le avevano dato delle informazioni che si contraddicevano? Forse stava cercando di scegliere tra i due?"

"Se sono così bravi, perché nessuno dei due le ha detto di non farsi ammazzare?" Strinse le labbra in una linea sottile. "No, aveva bisogno di vederli tutti e due, nel caso uno avesse informazioni che all'altra mancavano. Non so se loro lo sapessero. Probabilmente no. Se lo avessero saputo l'avrebbero costretta a scegliere. Nessuno dei due accetta di avere lo stesso cliente. Si rifiutano proprio."

"Sa dove posso trovare Gyong-Si?" insistetti. "È possibile che abbia parlato con Eun Joon prima che morisse? So che quel mattino aveva un appuntamento con Madame Sun."

"È facile da trovare, più facile di Madame Sun, ma non conosco il suo indirizzo. *Lei* dice che accetta solo persone che conoscono già qualcuno dei suoi clienti, ma è una bugia. Accetta tutti. Sta solo cercando di nascondere che il suo studio è in una brutta zona. Gyong-Si riceve i clienti in casa sua. Ha una stanza sul davanti che usa per gli appuntamenti. Lo può trovare lì."

Mi liberai più in fretta che potevo. Mentre facevo il giro attorno all'edificio, presi in esame il posto come se fossi un ladruncolo. L'appartamento dei Lee era al primo piano, e non sarebbe stato la mia prima scelta se fossi stato in cerca di soldi veloci.

"La polizia ha detto che sulla porta non c'erano segni di effrazione," borbottai. Ricordavo quello che mi aveva raccontato Wong, ma volevo controllare di persona. "L'unico altro ingresso possibile era il balcone."

C'era un tunnel che collegava l'area centrale al parcheggio dietro l'edificio, e quella fresca oscurità era un balsamo dopo l'umidità afosa del giardino. Il balcone dei Lee era più che altro un rigurgito sporgente di cemento dal muro alto, un elemento tipico dell'architettura condominiale californiana di metà anni ottanta. Dato che l'appartamento dava sul parcheggio, nelle ore diurne qualcuno che si arrampicava fino al primo piano sarebbe stato avvistato da tutti quelli che andavano e venivano. I muri erano coperti di stucco sottile e dipinti di color sabbia chiaro, con dei punti sbrecciati e bianchi dove probabilmente erano stati colpiti dai sassi schizzati via dal tosaerba.

Premetti la scarpa da ginnastica contro il muro per testare la presa dello stucco Quella spruzzata di finto color fango si frantumò sotto il mio peso, lasciando un segno bianco dove la scarpa era affondata. Mi accovacciai a esaminare un altro segno; dall'angolazione sembrava fatto con qualcosa di più rigido che non la suola spugnosa di una scarpa, ma i bordi erano rovinati, più friabili rispetto all'intaccatura che avevo fatto io.

Il muro attorno al balcone dei Lee non mostrava nessun segno di urti o abrasioni. Lo stucco sopra la mia testa era nella stessa tinta usurata dalle intemperie del resto dell'edificio, e sotto il balcone non vedevo nessun segno di detriti polverosi. A giudicare dall'aspetto delle altre scheggiature non pareva che il servizio di manutenzione si affrettasse a riparare i danni.

"Chiunque i poliziotti abbiano mandato qui era un maledetto idiota. Da questa parte non si è arrampicato nessuno. Devono essere entrati dalla porta." Uscii dall'aiuola di agapanti che correva lungo l'edificio scrollandomi dalla maglietta un fiore viola. "Quindi, o hanno scassinato la serratura oppure avevano una chiave, perché non c'è modo che siano passati di qui. Wong si incazzerà."

Dovevo controllare la casa di Gangjun Gyong-Si e scoprire se anche May Choi teneva in ballo due indovini come Eun Joon Lee. Controllai di nuovo i miei appunti. Il nome del veggente sembrava familiare. Oltre a somigliare a quello di un quartiere di Seul, lo avevo già sentito in precedenza. Di recente, se potevo fidarmi dei sussurri nel mio cervello.

"Porca puttana, Gangjun era il nome da ragazza di May Choi." Indicai il collegamento tracciando una linea punteggiata fra i due nomi.

Poteva essere solo una coincidenza, dato che più o meno esistono solo duecentocinquanta cognomi coreani, e anche se non era Park, Kim o Lee, i tre usati da circa metà della popolazione, Gangjun poteva anche essere uno dei più comuni. Ma se Gyong-Si era imparentato con Choi, avevo il mio collegamento con la signora Lee.

Tirai fuori il telefono e scoprii che a Koreatown c'era una quantità spaventosa di indovini. Sembrava che tutti quanti avessero una Zia Esmeralda matta che essiccava occhi di tritone e appendeva la targa, offrendosi di sbirciare nelle tazze piene di foglie di tè. Trovai Gyong-Si per caso, usando la grafia fonetica di Gangjun e sperando in un risultato. Stavo memorizzando il suo indirizzo quando notai un sms di Jae. Passai a controllare i messaggi aggrottando la fronte e desiderando che avesse telefonato, così avrei potuto sentire la sua voce.

Occupato. Proverò a chiamarti più tardi. Nel bel mezzo di qualcosa di grosso. Potrei non tornare a casa. Per favore dai da mangiare alla gatta.

"Pff, la gatta ha mangiato, e tu invece no, se ti conosco." Mi congratulai con me stesso, poi controllai l'orario e pensai che gli avrei dato un paio d'ore prima di piombargli addosso con del cibo. Mandai un sms dicendo che gli avrei portato *kalbi* e riso, poi mi infilai di nuovo il telefono in tasca prima che lui potesse mettersi a discutere. Se non vedevo il cellulare, potevo sempre sostenere di non sapere nulla. "Passerò quando avrò finito di parlare con Gyong-Si il Magnifico."

CERCARE DI arrivare da qualche parte a Koreatown dipende solo dalle possibilità di parcheggio. I posti liberi lungo la strada sono una leggenda metropolitana. Di solito le possibilità più allettanti si rivelano essere l'imbocco di un vialetto, oppure hanno quelle strisce rosse dipinte dagli gnomi malvagi del parcheggio con l'unico scopo di impedire alla gente di trovare un posto dove lasciare la macchina per qualche ora. Dopo aver girato attorno all'isolato per cinque minuti mi arresi all'inevitabile e mi infilai in un garage. L'ultima volta che avevo lasciato la Rover in un posto del genere l'ex amante fuori di testa di un cliente mi aveva sparato addosso e io avevo dovuto usare un vecchio cerchione metallico come un frisbee per abbatterlo.

Con quel ricordo in mente, pagai un extra a un addetto per parcheggiare la Rover e gli dissi che sarei tornato in circa un'ora.

La casa di Gyong-Si era una rarità per quella zona, un bungalow indipendente nascosto dietro un ammasso di quadrifamiliari. L'edificio a un piano con il tetto piatto aveva l'aria di essere stato l'ufficio di un'agenzia immobiliare prima di essere convertito in un'abitazione. Anche lì i muri erano ricoperti di stucco, questa volta in quella bizzarra sfumatura di rosa salmone che un idiota aveva deciso avesse un'aria da California del sud. Era stato usato per molti grossi edifici abitativi, saturando il paesaggio con la sua sfumatura di bromuro e vomito finché il buon senso non aveva prevalso e le imprese non erano tornate a un più ragionevole marrone sabbia.

A un certo punto un proprietario intraprendente aveva piazzato sul davanti un largo portico coperto, dipingendolo di un bianco brillante. Faceva ben poco per contrastare il rosa. Più che altro faceva sembrare il bungalow il segnaposto di un gioco da tavolo. Dalla trave di sostegno del portico pendevano degli scacciaspiriti metallici. Quegli esasperanti aggeggi sonori erano alternati a maniche a vento fatte di nastri arcobaleno e a un paio di girandole a forma di fenicottero, che la leggera brezza del pomeriggio muoveva in un lento valzer.

Una grande insegna sopra i gradini annunciava ai visitatori che erano in presenza del famoso Gangjun Gyong-Si, dotato indovino e veggente. La scritta più in basso in coreano probabilmente esaltava le virtù di Gyong-Si. La mia supposizione fu confermata quando mi imbattei in una rastrelliera da riviste piena di volantini, tutti stampati con le ormai familiari scritte di cerchi e segni che Jae usava per firmare i suoi lavori.

Dietro una delle finestre a pannelli che incorniciavano la porta d'ingresso era appeso un cartello con su scritto aperto. Quando feci un passo all'interno, suonò una campanella, segnalando il mio arrivo all'attenzione di un giovane eccessivamente carino seduto dietro la scrivania della reception, che occupava tutta la zona anteriore del bungalow. Una singola porta chiusa da una tenda di perline conduceva alla frescura ombrosa del retro. La stanza sul davanti era verniciata in un verde bambù spento e arredata in quel moderno stile zen californiano con l'immancabile fontanella rilassante su un tavolino e degli artistici poster motivazionali che incitavano a liberare il proprio bambino interiore e abbracciare la pace.

A giudicare da quanto sembrava giovane il receptionist, a Gyong-Si piaceva abbracciare anche i twinkie sexy.

Venne ad accogliermi camminando in maniera provocante, vestito con jeans aderenti rosso sangue e una maglietta parecchie taglie più grande drappeggiata artisticamente su una spalla dorata. Era carino, un bocconcino di bellezza coreana impacchettato alla perfezione. Si sarebbero potuti scrivere interi poemi su pozze limpide e ciocche color mogano scompigliate dal vento, tutti pensando a lui, e di certo era sicuro della propria sensualità, soprattutto considerato che la sua coscia stava sfregando contro il davanti dei miei jeans.

Sorprendentemente non ebbi neanche un fremito, nemmeno quando la sua mano scivolò fino al mio bicipite e strinse. Pareva che il mio uccello si fosse ritirato a giocare a sudoku, e il mio corpo rispose con un ringhio, che era il modo in cui il mio stomaco mi informava poco educatamente che quel giorno aveva ingerito soltanto un caffè e due dolcetti al cioccolato rubacchiati. Se mai c'era stata una domanda, aveva ottenuto risposta. A quanto pareva ero così innamorato di Jae che quel giovane uomo con gli occhi castani e appassionati e la bocca carnosa non mi faceva *assolutamente* nessun effetto.

"Ehm, salve." Ero un maestro nella conversazione, principalmente con me stesso, ma *comunque* un maestro. "Sto cercando Gangjun Gyong-Si. Sono un investigatore. Speravo di potergli fare qualche domanda."

"Oh, io speravo che lei fosse un nuovo cliente. Sarebbe stato bello vedere qui qualcuno oltre a quelle *ajumma* rinsecchite." Il sorriso di Mister Ciglia Lunghe svanì. "Ha un appuntamento con *sunbae?*"

"No, speravo che potesse infilarmi da qualche parte." Ignorai il suo risolino. "C'è speranza che il signor Gangjun abbia uno spiraglio libero?"

Fu un'entrata di cui qualsiasi drag queen sarebbe stata fiera. La tenda di perline venne spinta all'indietro per aumentare l'effetto, il tintinnio come un leggero rullo di tamburi che annunciava il suo arrivo. Non so cosa mi stessi aspettando. Forse qualcuno con la fredda eleganza di Scarlet, oppure un nonno dall'aria calorosa con addosso un cardigan che sparlava animatamente del vicinato. Invece mi ritrovai davanti un coreano grassoccio che indossava una camicia di seta arancione, pantaloni alla zuava marrone chiaro, e un berretto rosso sulle ventitré su una testa che cominciava a diventare calva. Mi ero sempre chiesto che angolazione fosse esattamente *sulle ventitré*, e adesso lo sapevo.

Mi lanciò un'occhiata inquisitoria che mi faceva sentire come se stessi per prendere un aereo e fossi sospettato di contrabbandare ovuli di eroina su per il culo. Non sarei rimasto sorpreso se avesse tirato fuori un paio di guanti di gomma rosa e mi avesse detto di mettermi a novanta.

Gangjun Gyong-Si era l'incarnazione viva e palpitante di qualsiasi stereotipo gay che avessi mai sentito, per cui non rimasi sorpreso quando pescò dalla sua borsa magica di doppi sensi e tubò: "Oh, mio caro ragazzo, per qualcuno bello come te, ho tutti gli spiragli possibili."

CAPITOLO 5

"FUNZIONA MAI, quella battuta?" Fare il sarcastico con un indovino non mi scaricò addosso un fulmine dall'alto dei cieli, per cui era chiaro che quell'uomo non trafficava in karma istantaneo. Esaminai Gyong-Si alla svelta, con un sorrisetto.

Lui ricambiò il sorrisetto e mi fece l'occhiolino. Da vicino sembrava più vecchio e più liscio di quanto mi fossi aspettato; pensai che adoperasse il trucco per ottenere il suo aspetto giovanile, un sospetto confermato dalla leggera spolverata di fondotinta e cipria sul colletto della camicia.

"No, non funziona mai." Gettò la testa all'indietro e rise mettendo in mostra i denti candidi. "Ma io continuo a sperare che un giorno succederà. Venga, venga. Mi permetta di condurla in un posto più comodo, detective. Terry, preparaci del caffè, per favore." Gyong-Si mi diede un'occhiata scaltra da sotto le ciglia. "A meno che lei non preferisca qualcosa di più... dolce?"

"Niente, in effetti. Sono a posto." Ringraziai Terry e seguii un Gyong-Si imbronciato attraverso la tenda di perline.

Un piccolo corridoio in penombra portava sul retro del bungalow. Gyong-Si svoltò alla prima porta, ma riuscii a vedere che il corridoio proseguiva scendendo alcuni gradini, verso la zona privata. Non vidi molto dato che la parte vetrata della porta era coperta da una tendina, ma da quel poco che riuscii a intuire a quell'uomo piacevano davvero tanto i colori che bruciavano le retine. Se avevo pensato che l'esterno del bungalow fosse roba da convulsioni, il verde delle pareti che trapelava fra le fessure del tessuto era abbastanza acido da corrodere.

La zona di meditazione, o in qualsiasi altro modo la chiamassero, imitava la stanza sul davanti, con pareti di un riposante verde erba e poltrone enormi. Erano basse, e anche se erano comode, quando mi sedetti le mie ginocchia urtarono il bordo del tavolino di teak che probabilmente veniva usato per le letture. Gyong-Si si sedette di fronte a me con un sorriso di scuse, allungando la mano a darmi una pacca sul braccio quando afferrai un paio di candele prima che cadessero.

"Mi dispiace molto," mormorò accarezzandomi il dorso della mano. "La maggior parte dei miei clienti sono più bassi. Le loro gambe non sono così lunghe. Forse preferirebbe andare nel mio soggiorno?"

"No, no. Sono a posto." L'ultima cosa che volevo fare in quel momento era attraversare quella barriera di stoffa, anche se significava che avrei potuto dare una buona occhiata al posto in cui viveva. Non ero sicuro di cosa mi spaventasse di più fra l'idea di ritrovarmi in una posizione compromettente sul suo divano e quella che mi esplodessero gli occhi per il colore che trasudava dalle pareti. "Ho solo qualche domanda. Non le voglio rubare troppo tempo."

"Tutto, per la polizia." Gyong-Si inclinò la testa.

Ancora una volta, non lo corressi. Spesso la gente dice più cose ai poliziotti di quante ne rivelerebbe a un investigatore privato, a parte la signora Yi, e io ero disposto a sfruttare qualsiasi vantaggio per far parlare Gyong-Si. Una volta avevo indossato il distintivo. Continuai a ripeterlo alla mia coscienza, ma quella mi ridacchiò in faccia.

"Sono qui per Eun Joon Lee." Mentre parlavo la sua faccia si trasformò in una tragica maschera addolorata così profondamente incisa nei suoi lineamenti che avevo paura sarebbe rimasto così. "Immagino abbia saputo che è venuta a mancare."

"L'ho sentito. Le brutte notizie viaggiano sempre in fretta." Avvicinò le mani unendo le punte delle dita. Se quella posa doveva dargli un'aria saggia, non stava funzionando. "Terry, il mio assistente, abita vicino a Eun Joon. Mi ha informato dei problemi che hanno funestato la sua famiglia. Ho mandato le mie condoglianze al marito. Mi dispiace dover dire che nel suo futuro non ho visto nulla che mi avvertisse della sua morte. Ho consultato l'I Ching in cerca di risposte, ma finora nulla mi è stato rivelato. Non sono sicuro di cosa potrei dirle."

Era più semplice mettere tutte le mie metaforiche carte sul tavolo, soprattutto dato che le mie ginocchia si stavano già fondendo con il mobile. "Più che altro mi chiedevo se lei sapesse che la signora Lee vedeva anche Madame Sun? Ne aveva parlato con lei?"

Ci fu un leggerissimo tremolio di palpebre, così debole che se non fossi stato pronto a coglierlo non lo avrei notato. Sul suo viso non cambiò nient'altro, nemmeno il sorriso serafico che si era intonacato in faccia. La luce che aveva negli occhi si affievolì e le narici si contrassero, poi allargò ancora di più quel sorriso e scosse la testa.

466

"No, non lo sapevo," mormorò. Quando la tolse dal mio braccio, la sua mano tremava. "Doveva avere molte più preoccupazioni di quanto pensassi."

"Quanto spesso la vedeva? Può dirmi per che cosa era preoccupata?"

"Normalmente risponderei di no, dato che quello che i clienti mi raccontano è confidenziale, ma lei è... non è più con noi. Farò tutto quello che posso per aiutare." Asciugò le poche gocce di sudore che aveva in fronte, rischiando di far cadere il berretto. "La vedevo una o due volte al mese, ma parlavamo di molte cose."

"Tutto quello che può dirmi a me va bene. Di cosa le parlava, principalmente?"

"A volte veniva per parlare del suo matrimonio. Il marito di Eun Joon pensava che lei spendesse troppi soldi. Non avevano figli, e a volte lei faceva acquisti per sentirsi meglio. Aveva la sensazione che non aver avuto un figlio fosse stata colpa sua. Lui voleva che lei fosse più frugale. A volte si arrabbiava."

Quando facevo il poliziotto avevo visto donne, e a volte anche uomini, picchiati fino a essere ridotti quasi in poltiglia, che poi insistevano che amavano troppo i loro coniugi per denunciarli. I 'motivi' delle percosse andavano dal cibo troppo cotto a un vestito nuovo. La maggior parte delle discussioni cominciava per via dei soldi, e alcune terminavano in una morte. Non sarebbe stato poi così incredibile che l'omicidio della signora Lee fosse stato opera del marito.

"Lui le faceva... del male? Le ha raccontato qualcosa del genere?"

"No, la amava. Non lo avrebbe mai fatto. Lei poteva anche spendere più soldi di quanto lui gradisse, ma si sarebbe limitato a rimproverarla un pochino. Aveva un buon marito. Poteva capitare che gridasse, ma non andava oltre," insistette Gyong-Si. "Ma non avevate stabilito che era una rapina? È quello che mi avevano detto."

"Non è ancora stato escluso nulla." Quella era la verità. Non avevo intenzione di escludere nulla finché non fossi stato sicuro che quelle morti erano soltanto una coincidenza. "Voglio solo assicurarmi che sia stato controllato tutto.

"Mi parli di Madame Sun... quello che può raccontarmi, intendo." Portai la conversazione sulla mia cliente. Se erano rivali era possibile che parlasse male di lei, ma Gyong-Si non abboccò all'esca. Scosse la testa e il suo cipiglio si trasformò in un sorriso di scuse, quasi timido.

"Non ho alcuna contesa con Madame Sun. Siamo stati entrambi allievi di un grand'uomo, Kung Choong-Hoon. Lei per me è come una sorella."

"Quindi non le dà fastidio che Eun Joon vedesse anche lei?"

Gyong-Si mi fece un altro pio sorriso ben allenato. "Ovviamente no. A volte una persona può scoprire moltissime cose su se stessa interpellando un altro indovino. Eun Joon ha consultato Madame Sun per una qualche ragione. Sono certo che me lo avrebbe detto, se fosse stato necessario."

Tutti i suoi mezzi di sostentamento si basavano sulla sua abilità di capire le persone e presentare loro l'immagine che volevano vedere. Se esisteva qualcuno bravo a vendersi bene, era Gyong-Si. Dal suo aspetto fino ai suoi manierismi proiettava l'illusione di un consigliere amichevole e saggio. Non stavo vedendo l'uomo reale. Ne ero certo.

Giocai la carta che speravo potesse incrinare la sua maschera.

"Stiamo per terminare?" Gyong-Si lanciò un'occhiata all'orologio appeso al muro. "Fra poco ho un appuntamento."

"Quasi finito." Avevo deciso di giocare quello che tenevo nella manica. Non era un asso, ma se lo avesse fatto sussultare voleva dire che era perlomeno una carta alta. "Conosceva una donna di nome May Choi? È stata vittima di un furto d'auto. Potrebbe averla vista come cliente…"

Mi interruppe prima che potessi finire. "No, non mi pare…"

"Pensavo che magari la conoscesse, dato che il suo cognome da nubile era Gangjun." Scrollai le spalle come se non avesse importanza. "Pensavo che potesse essere una parente o qualcosa del genere."

Questa volta non ebbe modo di nascondere il sussulto. Gli corse sul viso come un tic, scendendo come un'onda dalle guance fino alla bocca, increspando la pelle incipriata. Gyong-Si lottò per controllare i lineamenti, ma quelle contrazioni continuarono facendogli spalancare gli occhi e torcere le labbra. Questa volta il berretto già troppo inclinato perse la battaglia contro la forza di gravità e cadde a terra, una chiazza di feltro rosso sul tatami intrecciato sotto il tavolino da caffè.

"È un cognome comune. Noi coreani… molti di noi hanno lo stesso cognome. Chi può dire se fossimo imparentati? Ora la prego di scusarmi. Ho bisogno di meditare prima del prossimo appuntamento," balbettò, ma anche se aveva indossato di nuovo la sua maschera placida lo sguardo rimase teso. Si alzò, facendo parecchi passi verso la porta prima che io potessi anche solo tirarmi su dalla poltrona. "Terry la accompagnerà alla porta. Per favore, mi contatti di nuovo se ha altre domande da farmi."

Oh, sì, qualcosa c'era.

Non potevo fargli pressioni. Non ero un vero poliziotto, per cui minacciare di trascinarlo alla stazione di polizia sarebbe stato esattamente quello, solo una minaccia. Presi da terra il suo copricapo e rimasi un attimo sulla soglia prima che lui riuscisse a farmi allontanare, tenendo una mano sulla porta per chiuderla alle mie spalle.

Mentre gli porgevo il berretto mi feci più vicino, come per ottenere la sua fiducia. "Qualunque cosa mi dica, prometto che resterà confidenziale. C'è qualcosa che vorrebbe dirmi? Ha paura di qualcuno? Forse di chi ha ucciso Eun Joon... oppure May Choi?"

"Arrivederci, detective," sibilò lui spingendomi via piano. "Dia il suo numero a Terry, per favore. La prego di scusarmi. Devo... prepararmi."

Trovare Terry sembrava una buona idea. Gyong-Si doveva proteggere i suoi interessi, ma Terry pareva il tipo di individuo a cui interessava proteggere soltanto se stesso. C'erano buone possibilità che ottenessi più informazioni da lui che dal suo capo.

Il problema era che quando arrivai nella stanza sul davanti Terry non si vedeva da nessuna parte. Sentii una traccia di fumo di sigaretta che arrivava da una delle finestre laterali, scesi i gradini e andai in cerca della sua origine, partendo dal presupposto che il receptionist di Gyong-Si stesse prendendo qualche boccata prima che il divino Mister G uscisse a cercarlo. Tutto quello che dovetti fare fu seguire l'odore, e trovai Terry rintanato vicino alla caditoia dell'acqua piovana con una sigaretta al mentolo, a inspirare quanto più poteva in una sola tirata.

Quello che Gyong-Si aveva fatto trasparire a un'occhiata superficiale non era molto, ma c'era decisamente qualcosa sotto. Nominare May Choi lo aveva colpito, ma solo dopo che avevo rivelato il suo cognome da ragazza. Strano che avessi ottenuto risultati migliori con il nome di May Choi che non con quello della sua rivale. Era qualcosa su cui avrei dovuto indagare. Subito dopo aver dato una scrollatina a Terry in cerca di informazioni e aver recuperato Jae per fare l'amore.

Quando prendi qualcuno alla sprovvista, c'è una frazione di secondo in cui la sua faccia è priva di qualsiasi artificio. Quello che vidi sul viso attraente di Terry furono un cinismo e una stanchezza che avevo scorto soltanto in puttane che avevano già percorso parecchi marciapiedi. Aveva l'espressione contratta, un sottile strato di disgusto per il suo lavoro, la sua vita... Al diavolo, forse per la sua biancheria sporca, ma c'era qualcosa che stava scompigliando le sue piume perfettamente acconciate.

Gli occhi scuri erano semichiusi e teneva la testa leggermente inclinata all'indietro, per cui quando espirò, un ricciolo di fumo gli oscurò le labbra. Era una scena erotica, ed era chiaro che era stata recitata così spesso da diventare un'abitudine. Doveva aver usato quella mossa infinite volte per attirare uomini nei club. Se lo avessi incontrato qualche mese prima avrei abboccato all'esca, ma una controllata al mio uccello mi disse che a quanto pareva quello si era messo a leggere *Guerra e pace* oppure stava guardando *La ruota della fortuna*. In un modo o nell'altro non avrebbe potuto essere meno interessato di così all'asiatico giovane e snello appoggiato al muro di fronte a me.

"Questa cosa di essere innamorati fa abbastanza schifo," borbottai mentre mi avvicinavo a Terry. "Ehi, posso prenderti in prestito per un attimo?"

Terry si raddrizzò, spense la sigaretta spiaccicandola sul marciapiede e la infilò nella lattina di una bibita sbiancata dal sole. Poi annuì, rientrando nel personaggio del bel ragazzo asiatico, viso e corpo, come se avesse indossato un costume da bagno e fosse sul punto di essere ritratto sulla fiancata di un bombardiere della seconda guerra mondiale.

"Salve di nuovo." Dal tono roco della voce mi aspettavo quasi che mi si arrotolasse attorno alle gambe pretendendo una grattatina dietro le orecchie. "Che cosa posso… fare… per lei?"

Dato che mi avevano già scopato con gli occhi prima d'allora, avevo nel mio repertorio il sorriso da *no-ma-grazie-lo-stesso*. Lo tirai fuori e lo usai per sgonfiare gentilmente l'ego di Terry. Lui non era veramente interessato. Ero solo l'unico maschio a sangue caldo a portata di mano, e dato che aveva capito che giocavo per la sua squadra, pensava di poter andare a colpo sicuro.

Ma non era così. Non voleva però dire che non apprezzassi il palpeggiamento mentale.

"Gyong-Si ha detto che dovevo lasciarti il mio biglietto da visita." Mi controllai le tasche con una smorfia, facendo scena. "Ma penso di averli lasciati sulla mia scrivania. Che ne dici se ti do il mio numero di cellulare, così puoi chiamarmi se ti viene in mente qualcosa di potenzialmente interessante su Eun Joon Lee?"

"Sarebbe fantastico." Terry non prese sul serio quel *no grazie*, e si avvicinò al punto di premere contro di me tutto quello che poteva del suo corpo. La sua mano mi sfiorò pericolosamente vicino al cavallo e io feci un salto indietro, agitando le mani come se ci fosse un'ape, poi mi spostai di qualche passo per mettere una distanza sufficiente fra il mio uccello niente affatto interessato e le sue dita vagabonde.

"Grazie. Davvero, qualsiasi cosa possiate dirci sarebbe fantastico." Strappai un foglio dal mio minitaccuino, ci scrissi il numero dell'ufficio e glielo porsi. Aspettai un attimo, poi guardai Terry dritto in faccia. "Resta fra te e me? Vorrei che Gyong-Si mi avesse raccontato di più. Ho la sensazione che sappia molto più di quello che mi ha detto."

Terry alzò gli occhi al cielo e tirò fuori una sigaretta, poi si fermò e mi lanciò un'occhiata. "Le dispiace se…?"

"No, fai pure," lo rassicurai. Mi appoggiai con una spalla alla parete del bungalow, lanciando un'occhiata alla porta come se mi aspettassi di vedere Gyong-Si che si precipitava fuori. Poi abbassai il volume a un sussurro e chiesi con quella che speravo fosse la mia voce più seducente: "C'è qualcosa che *tu* vorresti dirmi?"

Non avevo riposto molte speranze nella mia voce seducente. Non riuscivo a far venire da me la gatta nemmeno quando avevo in mano una lattina del suo pesce preferito, per cui per poco non ingoiai la lingua dalla sorpresa quando Terry cominciò a cantare.

"Riguardo a Gyong-Si o Eun Joon?" Si spazzò via un bruscolino di cenere dal braccio. "Perché su di lui posso dirle *un sacco* di cose."

"Se vuoi parlare di lui io sono felice di ascoltarti," gli garantii.

Se qualcuno avesse chiesto a Claudia di tradirmi, lei lo avrebbe accoltellato prima ancora che potesse finire la frase. A quanto pareva Gyong-Si non ispirava la stessa lealtà. Questo rivelava molte più cose su Claudia che su di me, ma non intendevo mettermi a discutere per la mancanza di dedizione di Terry.

"Lei non è un poliziotto, giusto?" Mi passò di nuovo in rassegna, e il suo palese interesse sessuale si trasformò in qualcosa di più astuto, di più sospettoso. "Adesso che ci penso, non è vestito come un poliziotto. E ha i capelli troppo lunghi."

"No, non sono un poliziotto, ma *sono* un investigatore privato," ammisi. "Sono stato assunto per indagare sulla morte della signora Lee. È saltato fuori il nome di Gyong-Si, e ho pensato di fargli qualche domanda. A volte qualcuno sa qualcosa che pensa sia soltanto un dettaglio e invece è il pezzo mancante del puzzle. Speravo che Gyong-Si avesse sentito o visto qualcosa che poteva essere d'aiuto."

Terry sputò sull'erba, mirando lontano dai miei piedi. "Merda, lui non vede niente tranne se stesso. È uno stronzo. Non riesco a credere che mia madre mi abbia detto di fare il suo lavoro.

"Diavolo, non m'importa chi viene a sapere cosa penso. Potrei trovarmi un altro lavoro. La paga è migliore, e non dovrei avere a che fare con questa merda tutti i giorni." Fece un verso derisorio. "Non è neppure gay! Lo sa? Fa finta perché alle vecchie signore piace. Alcune se le scopa perfino. Qualcuno che lo conosceva quando viveva in Corea mi ha detto che lui sosteneva che era per liberare la loro bellezza interiore. Sono tutte stronzate. Sono contento che mia madre si veda con qualcun altro. Non la voglio vicino a lui."

"Eun Joon era una delle donne con cui aveva rapporti?"

Terry si tormentò il labbro inferiore con i denti, e io ebbi la mia risposta.

Insistetti gentilmente. "Il marito lo sapeva?"

"No, non credo. Non sono veramente sicuro che lo facessero," aggiunse scuotendo la testa. "L'ultima volta non hanno fatto niente, ma lei era incazzata. Dopo l'ultimo appuntamento è uscita di corsa. Gyong-Si le è andato dietro, e aveva l'impronta di una mano sulla faccia. Mi sa che lei gliene ha mollato uno."

"Ha cercato di fermarla? Ha detto qualcosa per minacciarla?"

"No, mi ha visto e si è bloccato." Terry si strinse nelle spalle. "Gyong-Si mi ha detto che aveva visto qualcosa di inquietante nel suo futuro e che Eun Joon era rimasta sconvolta ed era corsa fuori. Sapevo che erano stronzate, ma mi serviva il lavoro. Mi ha assunto solo perché la gente avrebbe pensato che faceva sesso con me. Come se io fossi disposto a toccarlo."

"Quanto tempo fa è stato? Quando è successo che Eun Joon è corsa via?"

Mi diede una data e un'ora che mi fecero gelare il sangue. Eun Joon aveva dato uno schiaffo a Gyong-Si, e circa un'ora più tardi era morta per mano di un intruso che aveva sorpreso nella propria casa.

Le coincidenze non esistono. Decisamente no. Qualcuno *sapeva* che quel giorno Eun Joon aveva un appuntamento con Gyong-Si, e non si era aspettato che lei rientrasse. Quel momento di indignazione e di fedeltà al marito l'aveva uccisa.

E io che pensavo che la mia vita amorosa fosse complicata.

CAPITOLO 6

MI FERMAI in uno dei negozi di *chigae* di una catena della zona aperta ventiquattro ore su ventiquattro. La loro zuppa di tofu conteneva occhi e zampe di gamberi, ma il loro *kalbi* era incredibile. Ne ordinai due porzioni da asporto e una della loro specialità, i *mandu*, ravioli fritti ripieni di kimchi, maiale e tofu. La donna dall'aria materna dietro il bancone mi disse di sedermi e mi versò un bicchiere di tè verde caldo da sorseggiare mentre aspettavo. Poi ci aggiunse un paio di piattini di *panchan* e mi incitò a fare uno spuntino, probabilmente per farmi ingrassare con qualche scopo nefando.

Intanto che spilluzzicavo i peperoncini jalapeño brasati immersi nella salsa chili telefonai a Bobby.

"Ehi, principessa," rispose dopo un paio di squilli, con quel ringhio roco che derivava dagli anni passati a gridare *fermati o sparo* ai criminali. "Che ti serve?"

"Perché pensi che ti stia chiamando per chiederti qualcosa?" Era così, ma non mi piaceva che me lo facesse notare. Perlomeno non prima di un saluto.

"Perché la giornata è quasi finita, e dovresti stare già andando da quel coreano carino che per qualche strano motivo pensa che tu sia abbastanza sexy da scoparti. Se stai telefonando a me, vuol dire che ti serve qualcosa."

"Beh, 'fanculo anche te," borbottai. "E sì, ho bisogno che tu faccia qualcosa per me."

Lo aggiornai su Gyong-Si e sul suo giro d'affari di indovino e gay-per-soldi. Arrivai al punto in cui sfruttava le clienti per il sesso, e Bobby fece un fischio disgustato.

"Che pezzo di merda," sputò. "Dimmi che mi stai chiedendo di spezzargli le gambe."

"No, spiacente," replicai. "Quello che speravo potessi fare era ottenere delle informazioni sui Lee. Vedere se qualcuno è mai stato chiamato a quell'appartamento per una segnalazione di violenza domestica. Dicono tutti che il marito è un santo, ma lei era infelice, almeno riguardo ad alcune cose. Mi chiedo se il marito non abbia scoperto delle sue frequenti visite da

Gyong-Si e magari non sapesse della reputazione di quello stronzo con le signore… la sua vera reputazione."

"Forse l'uomo che lavora al caso sta seguendo la stessa linea di indagine," fece notare lui.

"Se è così, fantastico. Se non è così, allora lancerò a Wong una pista da seguire." Il tè caldo non bastava a lavare via il sapore dei jalapeño brasati, ma toglieva un po' del bruciore. "Non penso che Madame Sun abbia a che fare con questa merda, ma c'è sotto qualcosa. Me lo sento nelle viscere."

"Le stesse viscere che si sono prese un paio di proiettili?"

"Quelli hanno colpito costole e torace. Lo stomaco ne è uscito incolume," ribattei. "E ho già promesso a Jae che non mi farò sparare di nuovo. Tutto quello che trovo lo passo a Wong e poi me ne vado."

"Ricorda le tue parole, principessa, perché se non te ne ricorderai, ti camminerà sulle palle fino a ridurtele in polvere," mi avvertì lui. "Fammi fare un paio di chiamate e vediamo cosa salta fuori. Tu concentrati sull'infilarti nelle mutande del tuo ragazzo e piantala di stuzzicare vespai. Ti chiamo più tardi."

"Se non rispondo, non farci caso." La mia ordinazione arrivò al tavolo e io passai alla cameriera denaro sufficiente per il conto e anche una buona mancia. "Vado a nutrire Jae e a vedere se riesco a distoglierlo dal lavoro per un po'."

IL VIAGGIO verso lo studio di Jae durò abbastanza da rendermi ancora più impaziente di vederlo. Il traffico mi si strinse attorno fino a darmi l'impressione che io e la Rover fossimo una cellula sanguigna che cercava di strizzarsi in un'arteria ostruita. Dall'immane casino che c'era a uno degli incroci pareva che Los Angeles mangiasse soltanto cibi fritti coperti di formaggio e con una porzione extra di bacon. Manovrando la Rover attorno a uno degli zeppelin terrestri rigonfi che la città chiamava autobus di transito, mi liberai dal groviglio e svoltai in una strada laterale.

Costretto a traslocare quando un'esplosione aveva distrutto il posto dove stava prima, Jae aveva trovato un nuovo studio a poche miglia da casa mia. Tra il prezzo delle abitazioni a Los Angeles e il suo rifiuto di trasferirsi da me era finito in un ex negozio di ricambi per automobili che qualcuno aveva riconvertito in tre appartamenti. Il parcheggio del negozio si era rivelato abbastanza grande da costruirci un altro stretto condominio, ma dietro il vecchio edificio dalle pareti spesse rimaneva spazio sufficiente per parcheggiare. Nel patetico tentativo di aerare l'edificio, erano state ritagliate delle finestre in alto sulle pareti di cemento, ma la città non era esattamente nota per i suoi venti freddi. Per fortuna il proprietario aveva lasciato sul tetto un condizionatore di dimensioni industriali, altrimenti avrei impacchettato tutta la roba di Jae e ficcato subito lui nel retro del SUV.

Parcheggiai la Rover dietro l'Explorer di Jae e bloccai le portiere. L'ingresso dell'edificio era vicino alla strada, con giusto un minimo di privacy fornita da una palizzata di assi di legno costruita lungo il marciapiede. Lui aveva preso il lungo spazio rettangolare sul retro; era una buona scelta, dato che i due studi quadrati sul davanti erano quasi infilati nel culo degli appartamenti di fronte.

Sulla fiancata dell'edificio si sbriciolava la vecchia vernice rossa e gialla, ricordo dei tempi mitici in cui lì si fornivano alle masse olio e antigelo. Vicino all'ingresso c'era della cenere, la prova di un Jae agitato che usava quel piccolo patio come zona fumatori. Un debole odore di chiodi di garofano riempiva l'aria, fragrante e recente eco della rara ma cattiva abitudine del mio amante.

Per quanto adorassi Jae, era quasi impossibile fare in modo che aprisse la porta se era occupato. Avevo avuto intere conversazioni con lui seduto accanto a me a elaborare foto sul portatile, solo per vederlo sbattere le palpebre con l'aria sbalordita di un gufo quando gli avevo fatto una domanda diretta. Anche se passava la maggior parte del tempo da me, lo studio era la sua nicchia di indipendenza, un posto in cui poteva scappare a lavorare senza nessuna intrusione da parte mia.

Beh, *di solito* senza nessuna intrusione da parte mia.

Controllai la maniglia e rimasi sorpreso di scoprire che era aperto. Jae aveva l'abitudine di chiudere a chiave. Nemmeno il bagno era al sicuro dalla sua tendenza compulsiva a barricarsi per tenere fuori il mondo, ma erano successe cose più strane che non vedergli lasciare aperta la porta d'ingresso.

Si era innamorato di me, in fin dei conti.

Aprii la porta su un profumo inebriante di tè verde e popcorn al burro fuso. Era passato un po' di tempo dall'ultima volta che ero stato allo studio. Passava tutto il tempo a casa mia; casa nostra, in effetti, dato che la sua gatta sembrava aver ottenuto la custodia del letto quando noi non c'eravamo dentro. L'ingresso dello studio era dedicato al suo lavoro di fotografo, e una U di lavagne luminose e bassi tavoli occupava la maggior parte dello spazio. In fondo al rettangolo c'era un'area più piccola circondata da alte librerie, e un bastone per tende a pressione da cui pendevano fili di perline

475

di plastica luccicanti faceva da porta tra la zona notte e quella dedicata al lavoro. Di rado dormiva lì, su un materasso a una piazza e mezza buttato direttamente sul pavimento che gli serviva per fare dei pisolini tra una fase e l'altra del lavoro.

La zona cucina era un lungo bancone contro il muro che fronteggiava l'ingresso, con microonde, piastra elettrica e un doppio lavello di dimensioni industriali. L'attuale proprietario aveva lasciato il pavimento in cemento come lo aveva trovato, sigillandolo con uno strato di poliuretano. Era un posto grigio e tetro, per quanto illuminato dalle morbide luci bianche che Jae aveva installato ovunque e dai raggi del sole che lottavano per infilarsi dalle finestre alte, ma era suo, e Jae non intendeva rinunciarci per mettere su casa con me.

Avevo ancora la sua gatta, e il mio letto era più comodo, per cui pensavo di avere degli incentivi per convincerlo a dormire da me ogni notte. Fino a quel momento pareva che avesse funzionato.

L'odore di popcorn veniva dal microonde e Jae ci stava davanti dandomi la schiena, occupato a versare quei semi esplosi in una terrina. Aveva in testa un berretto a righe rosse e grigie e una maglietta troppo grande degli Oakland Raiders gli pendeva dalle spalle snelle; probabilmente l'aveva rubata dal mio armadio. Avevo perso un bel po' di vestiti per colpa sua, ma mi piaceva vederglieli indossare.

Lui diceva che era come avermi addosso e tutto attorno. Non riuscivo a immaginare nulla che potesse rendermi più felice… a parte forse avere lui attorno a me che gridava il mio nome.

Andai a mettermi dietro di lui più silenziosamente che potevo. Era così occupato con i popcorn che non mi aveva sentito entrare, e pensai di fargli una sorpresa. Gli chiusi le braccia sul petto tirandolo contro di me, e gli passai i denti sul lato del collo in una via di mezzo tra un bacio e un morso.

"Ehi, Jae, piccolo," mormorai. "Oggi mi sei mancato così tanto da star male. Andiamo a casa, così possiamo provare a rompere un altro letto."

Successero parecchie cose tutte insieme, troppo in fretta perché io potessi capirci qualcosa con il mio cervellino; quello che è certo è che il mio uccello sentì bene il pugno che gli veniva sferrato, e subito dopo mi rimbombò l'orecchio per un colpo.

Uno strillo acutissimo mise a dura prova il mio orecchio danneggiato e io sbattei furiosamente le palpebre, cercando di far sparire la faccia di Jae da quella della giovane donna di fronte a me. Una terrina da popcorn mi volò in testa prima che riuscissi a chinarmi. Era una grossa ciotola da impasti di ceramica che Jae aveva comprato alla svendita di un trasloco, e mi colpì in fronte abbastanza forte da farmi vedere le stelle. Arretrai in fretta di un passo per allontanarmi, con le mani alzate in segno di resa.

A quanto pareva non bastava, perché quel po' di piatti che Jae possedeva mi volarono addosso reclamando vendetta.

Scansare ceramiche e utensili non impedì al mio cervello di andare in cortocircuito. Il *mio* Jae non era affatto Jae. E aveva i seni, morbide curve rotonde che avevo sentito premute contro le braccia quando l'avevo abbracciata da dietro.

Stavo schivando una tazza da caffè quando Jae arrivò di corsa dalla stanza sul retro. Lasciò che il proiettile ci superasse entrambi, ma rimase davanti a me per deviare la traiettoria di qualsiasi altra cosa lei decidesse di tirare. Rimasero a circa un metro l'uno dall'altra strillando in coreano talmente in fretta che avevo meno possibilità di capirlo di quante ne avesse un fiocco di neve di scendere all'inferno, ma vidi bene il viso di Jae-Min perdere ogni colore quando lei mi sputò sui piedi.

Ci sono momenti della vita in cui una persona può soltanto stare ferma a lasciare che i fiumi della rabbia le si riversino addosso. Quello per me era uno di quei momenti. Jae avrebbe dovuto essere cieco per non vedere le prove del fatto che mi ero strusciato contro la giovane donna che gli assomigliava così tanto. Sul collo aveva un segno rosso per via dei miei denti e della ricrescita sulla mia mandibola non rasata. Era osceno vedere un'immagine così intima di quello che avevo inteso fare al mio amante marchiare la pelle di una donna.

Era appena più bassa di lui, a quanto pareva non tanto perché me ne accorgessi nel mio bisogno di stringere le braccia attorno a Jae. I suoi bei lineamenti sembravano bizzarramente forti sul viso di una donna, e i capelli erano scalati a rasoio attorno al viso e al collo praticamente nello stesso stile.

I vestiti erano decisamente nostri. Li avevo sfilati di dosso a Jae abbastanza volte da conoscerli intimamente, fino al piccolo strappo sotto la manica destra in cui la mia lingua entrava perfettamente per stuzzicargli il braccio. La vista dei seni sotto il tessuto era sconcertante, quasi disturbante, come il pensiero di aver fatto scivolare le mani sul suo stomaco quando mi ero chinato a baciare quello che credevo essere il mio amante.

477

"Tu... mi hai baciata." Dilatò le narici, e finalmente capì chi avevo avuto intenzione di baciare. Spalancò gli occhi e impallidì fino a un grigio cinereo. "*Oppa*... tu intendevi baciare... Jae *oppa*."

"Cazzo, sei sua sorella." Non c'era nient'altro che potessi fare a parte forse trovare un angolo in cui vomitare rumorosamente. "Porco diavolo. Merda, Jae, mi dispiace. Non sapevo..."

Gli avevo appena fatto outing con un membro della sua famiglia, e lei non era per niente felice della scoperta.

"*Kuieo*! Finocchio!" Era una parola difficile da ascoltare, soprattutto se usciva da una bocca che somigliava così tanto a quella di Jae. Quelle parole colpirono a fondo, rinfocolando paure che pensavo di aver sopito. "Non avvicinarti a mio fratello! *Oppa*, come puoi essere... *così?* Con *lui*?"

Il cipiglio di Jae si incupì e il suo coreano prese un tono di supplica mentre gesticolava per indicarci entrambi. Lei replicò alle sue parole imploranti con un flusso verbale così pieno di disgusto che mi sentii rivoltare lo stomaco. Lo sguardo che diede a me avrebbe potuto tramutarmi un mucchio di cenere, se non fosse stato per Jae che mi stava davanti a reggerne il peso.

"*Agi*..." Gli toccai la spalla e lui sussultò, allontanandosi dalla mia mano.

Faceva male. Più dei proiettili che Ben mi aveva piantato dentro, più di Rick che diventava freddo tra le mie braccia. Perfino più del sangue di Claudia che ruscellava dal suo corpo e mi filtrava tra le dita. Jae che faceva quel piccolo passo per allontanarsi da me apriva tra di noi uno squarcio che non potevo guarire con un bacio.

Avevo la faccia intorpidita e le membra rigide, grossi blocchi di argilla riluttanti a spostarmi da dove stavo. Loro continuavano a litigare, un vortice di parole che mi tagliavano fino alle ossa anche se non riuscivo a capire un accidente di quello che stavano dicendo. Non aveva importanza. Niente aveva importanza. Niente, tranne l'espressione distrutta e devastata di Jae e le imprecazioni dolorosamente dure che uscivano dalla bocca di sua sorella.

"Jae... piccolo... non..."

"*Hyung*." Jae si voltò verso di me, mormorando. "Per favore."

"*Hyung*? Questo è un *ibanin*, e tu lo chiami *hyung*?" Scoppiò in un'altra sequela di imprecazioni e lo spazio che li divideva scomparve. Le mani piccole e delicate erano chiuse a pugno; lo colpì con quelle, proprio sulla guancia. Il suono della carne che colpiva altra carne sembrò scioccarla e si bloccò di colpo, poi scoppiò a piangere.

478

"Tiff-ah, ascoltami." Il mio amato la prese cautamente per le spalle, attirandola poi in un abbraccio stretto. Lei lo combatté rifiutando di farsi consolare e lui la lasciò andare con riluttanza, guidandola verso il retro dello studio. "Vai a lavarti. Io… possiamo parlare dopo. Per favore, lasciami parlare con Cole. Ho bisogno di… dirgli alcune cose."

Quella che lei stava combattendo era una battaglia fra emozioni, che guerreggiavano sul viso e il corpo teso. Dopo alcuni brucianti secondi, Tiffany si allontanò voltandosi a lanciarmi un'occhiata. Quando arrivò alla fine del muro di librerie, si fermò e si morse il labbro. Era un gesto che avevo visto fare moltissime volte a Jae, e mi faceva male pensare che forse non avrei più potuto lenire con un bacio i segni lasciati dai suoi denti.

"Tu gli hai fatto questo," sputò fuori Tiffany. "Tu lo hai *fatto diventare* così. Perché? Perché lo hai fatto? Come hai potuto portarlo via da noi?"

"Lui non mi ha portato via…" protestò Jae, ma io lo interruppi, parlando prima di pensare.

"Io lo amo." Quelle parole mi strisciarono fuori e si avvolsero attorno a lei prima che potessi fermarle. "È solo che… lo amo."

Tiffany era chiaramente nauseata e fece un passo verso suo fratello, forse per allontanarlo da me… per tirarlo di nuovo a forza nella sicurezza della loro famiglia e delle loro convinzioni. Poi, scuotendo la testa, replicò: "No, non puoi amarlo. Gli uomini non possono amare altri uomini. Non sul serio. Quello che fate voi è *malato*. Devi lasciare in pace mio fratello."

"Lascia che me ne occupi io, Tiff," la pregò Jae. "Vai a fare una doccia. Ho bisogno di parlare con Cole."

Tiffany scomparve dietro gli scaffali e il rumore della porta del bagno che sbatteva inflisse un'altra pugnalata al cadavere del mio cuore. Jae rimase fermo davanti a me, una statua fragile e flessuosa di avorio, giaietto e dolore.

"Jae…" Le mie dita quasi gli sfiorarono la bocca prima che lui facesse un passo indietro.

"Non farlo." Scosse la testa. "Se mi tocchi penso che… potrei crollare. Non…"

"Non volevo che succedesse questo." Mi avvicinai quel che bastava perché sentisse il mio calore. "Non ho mai voluto questo. Non… Jae, devi credermi. Non ho mai voluto farti questo. Pensavo che lei fosse *te*. Da dietro sembra…"

"Vai via e basta, Cole." Sollevò le mani come per spingermi via, ma non si fidava a toccarmi. "Vattene e basta, per favore."

479

"Quindi è così? Tra di noi?" Questa volta rifiutai di lasciarmi allontanare dalla sua rabbia e dal suo dolore. Gli chiusi le braccia attorno e lo tenni più stretto che potevo. A ogni spinta con cui lui tentava di allontanarsi mi si spezzava il cuore. "Jae, non posso perderti. Non così. Non per una cosa *così*."

"Non mi stai perdendo. Forse. Non lo so. Ho bisogno di tempo per… Non so di cosa ho bisogno ma, in questo momento, *non* sei tu." Fece un piccolo passo indietro, mettendo un po' di distanza fra di noi. Era giusto la lunghezza di un coltello, e quello spazio si spinse dentro di me pugnalandomi allo stomaco e incidendo una ferita bruciante fino al mio cuore.

"Cole, tu non sai quanto è difficile per me amarti," mormorò inclinando la testa di lato, in modo che non potessi vedere la sua espressione. "Non posso… darti tutto."

"Pensi che io non lo sappia?" Il mio dolore si sgretolò sotto un'ondata di rabbia. Non stava dicendo niente che non sapessi già. "C'è sempre una parte di te che non posso toccare. Pensavo che avrei aspettato, che mi avresti dato abbastanza tempo da riuscire ad arrivare a ogni parte di te… a tutto quello che c'è dentro di te, ma perfino quando *io* sono dentro di te, tu ti trattieni. Non farlo adesso. Non allontanarti da me quando posso aiutarti… quando posso stare con te."

"Stare con me? E come? Quando i tuoi baci mi bruciano la pelle? Non te l'ho già detto? Quello che faccio è sbagliato, e continuo a sperare che dentro di me succederà qualcosa che me lo farà sentire giusto. Ho *bisogno* di sentire che è giusto, Cole-ah." Si voltò a fissarmi. "Tutto quello che mi fai è come un veleno di cui ho bisogno nel profondo… Qualcosa di dolce, che mi spella vivo finché le ossa nude non mi fanno male per l'aria fredda. Ogni volta che mi tocchi, quando le tue mani sono su di me, io vorrei piangere e scappare via perché lo desidero così tanto."

"Non capisco quello che stai dicendo, piccolo." Non potevo toccarlo. Avrebbe distrutto quel po' di controllo che avevo ancora su me stesso.

"Tu sei una dipendenza a cui non posso cedere, Cole-ah." L'accento rendeva più rotonde le sue parole, ammorbidendone il tono e rendendole più taglienti per la mia anima. "Volevi la verità? La verità è che non potrò mai amarti quanto tu ami me. Non posso strapparmi a brandelli per nutrirti. Per quanto io lo desideri, so che se lo facessi sarei perso. Ti ho chiesto di fare l'amore con me senza niente tra di noi perché pensavo che forse, se lo avessimo fatto, sarei finalmente riuscito a rompere. Che sentirti che mi riempivi sarebbe stato abbastanza per soddisfare finalmente quello che voglio da te.

"Ma so, nel profondo del mio cuore, che mi spingerebbe solo a volerti di più."

"Non farci questo, Jae. Non a noi." Lo shock mi aveva aggredito, succhiandomi via il midollo dalle ossa.

"Ma non vedi, *agi*?" sussurrò lui. "Non c'è nessun *noi*. Ci sei *tu* e ci sono *io*. Siamo così diversi… vogliamo cose diverse. Forse è stato stupido da parte mia sognare che potesse esserci un *noi*. Come mi lascerebbe? Come *nuna* Scarlet? Sola e indesiderata, quando sarà più vecchia? Io non voglio questo. Non so se ti amo abbastanza perché valga la pena morire in solitudine. Devi andartene via da me adesso, Cole-ah. Devi uscire da quella porta e non tornare indietro. Almeno per un po'. Forse per sempre."

In quel momento seppi che l'amore era questo. Era allontanarmi dall'uomo che avevo davanti. Era voltare le spalle all'uomo che avevo spinto a urlare il mio nome e a pregare che lo prendessi più a fondo. Bisognava che me ne andassi, perché lui me lo aveva chiesto. E che io lo volessi o no, proprio perché lo amavo, bisognava che tornassi tra le ombre e scomparissi dalla sua vista.

"Se è quello di cui hai bisogno, piccolo. Ti darò tutto quello di cui hai bisogno."

"Ho bisogno di pensare, Cole. Per favore, dammi un po' di tempo. Lasciami parlare con lei. Ho bisogno di capire varie cose." Si contorse per liberarsi dalle mie braccia, mettendo tra di noi una distanza ancora maggiore. "Puoi tenere Neko? Non penso che sarebbe felice qui…"

"Terrò quella maledetta gatta!" Feci una smorfia per il volume della mia voce. Ero troppo vicino a crollare. "E terrò anche te, maledizione. Non ti lascio andare."

"Devi farlo. Anche se è solo per adesso, *ne*?" Andò in fretta alla porta e la aprì sulla brillante luce solare, che rifiutò di scacciare il freddo che avevo dentro. "Ti chiamerò, te lo prometto. Non so quando, ma lo farò. Per favore, vai. Prima che Tiffany chiami mia madre e peggiori la situazione."

Quando gli passai accanto, rubai un bacio veloce, indugiando per un attimo sulla sua bocca prima che lui mi allontanasse di nuovo. "Ti amo, Jae. Se devi scegliere, per favore, scegli di lasciare che io ti ami. Aspetterò. Per tutto il tempo che avrai bisogno che io aspetti, aspetterò."

"Non so se dovresti aspettare, ma sono lieto che lo farai." Chiuse gli occhi sull'angoscia che io gli avevo messo dentro. Mentre mi spingeva fuori sussurrò: "*Saranghae*, Cole-ah."

Poi la porta si chiuse dietro di me, un rumore così solido da sbriciolare il mio cuore in mille pezzi.

Capitolo 7

Non ricordo il tragitto di ritorno verso casa. La strada era una chiazza sfocata, e la città attorno a me un mosaico di riquadri colorati e facce ingrigite. Sbattei le palpebre e mi ritrovai sotto la tettoia per l'auto, con il motore della Rover che andava ancora. I fari illuminarono il cassonetto verde e io li spensi, ma mi rimasero davanti le chiazze luminose. Era scesa la notte, risucchiando via dal cielo tutta la luce.

Sapevo *esattamente* come si sentiva il cielo.

La gatta non mi venne incontro alla porta e non c'era una sagoma scura sulle scale, ma sentivo la sua presenza in casa. A giudicare dal debole odore di tonno che c'era nell'aria e dalla ciotola quasi vuota sul pavimento della cucina aveva mangiato l'offerta che avevo lasciato per lei e adesso probabilmente dormiva per il coma da cibo. A me andava benissimo. Avevo in testa ben altre cose che non viziare la stramaledetta gatta di Jae.

C'era una bottiglia piena di Jack Daniel che mi aspettava nella dispensa, un avanzo di una festa che avevamo dato. La tirai fuori e arrancai verso il divano. Quando girai il tappo, il sigillo si limitò a scricchiolare, per cui lo raschiai fino a strapparlo via. Il tappo volò da qualche parte vicino al mobile da farmacista che usavo come tavolino da caffè, e lo lasciai dov'era caduto.

Dopo aver estratto di tasca il telefono, lo lanciai sul mobiletto e rimasi a fissare lo schermo. C'era un dolore dentro di me, un'esigenza in continuo aumento di sentire la sua voce, anche se mi avrebbe detto soltanto di andare a farmi fottere.

Qualsiasi cosa, pur di alleviare quella crescente sensazione di fame che pareva divorarmi dall'interno.

Presi il whiskey e cominciai il mio viaggio verso il fondo della bottiglia.

Il mondo si era inclinato di lato, con il soffitto alla mia destra. Il caminetto era storto sul muro, e chiunque avesse acceso il sole aveva alzato l'interruttore dell'illuminazione graduale a undici su una scala di dieci. A un certo punto, non ero sicuro di quando, il mio stomaco era strisciato fuori dal mio corpo e si era rotolato nel vomito di cane. Dopodiché, fin troppo lealmente, era ritornato al suo posto. Mentre passava tra le mie labbra per tornare da dov'era venuta, quel dannato organo mi aveva lasciato la sua disgustosa scia su lingua e gola. Non importava quando fosse successo, sentivo ancora il sapore di quel viaggio nauseante e ruttai i resti di quella sua passeggiata.

Stranamente la stanza stava anche ballonzolando, e qualcosa mi teneva per le ascelle.

"Forza, principessa. Vediamo di ficcarti nella doccia."

Conoscevo quella voce, e la detestai all'istante. Mi derideva abbastanza spesso nella vita di tutti i giorni, di solito prendendosi gioco delle mie gambe mentre correvo o della mia faccia quando eravamo sul ring. Sono sicuro che il mio cervello avesse elaborato qualcosa di intellettuale e virulento, ma lungo la strada verso la mia bocca il messaggio si ingarbugliò e invece della risposta fulminante e sarcastica che sapevo avrei potuto dargli, gracchiai soltanto: "Fottiti."

Arrivare alla mia stanza al piano di sopra fu come seguire un coniglio bianco giù per un buco. C'erano cose che diventavano più grandi e poi di nuovo più piccole ogni volta che barcollavo inciampando sui gradini. Quando arrivammo al pianerottolo, i miei stinchi stavano intonando lamenti, e la mia testa contribuì con un ritornello, accompagnato da colpi di martello e una sezione completa di percussioni. L'ultima volta che avevo sentito dei bassi così profondi era stato quando ero di pattuglia nel quartiere della moda, dove ogni auto di passaggio forniva un concerto hip-hop gratis.

"Perché sei qui?" Sono sicuro di aver usato queste parole, ma l'espressione confusa di Bobby sarebbe stata senza prezzo, se fossi stato in grado di vederla chiaramente. Ci provai di nuovo pronunciandole con attenzione. Non fece una gran differenza. Per quanto tentassi, sembrava comunque che stessi suonando il kazoo a quindici metri sott'acqua.

"Forza, amico, aiutami," implorò Bobby. "Andiamo a metterti sotto la doccia. Poi decidiamo se portarti in ospedale per intossicazione da alcol."

Aprii la bocca per contestare con veemenza l'idea che fossi ubriaco, ma il mio stomaco aveva altri progetti. Probabilmente troppo pieno per la sua scappatella di mezzanotte, cominciò a gorgogliare avvertendomi di un imminente discorso. Bobby mi strinse le braccia attorno e all'improvviso mi trovai a guardare in una tazza di acque azzurrine, con la puzza di sostanze chimiche che mi bruciava il naso. Non sarei mai riuscito a fare obiezione.

Ero chinato da pochi secondi sul gabinetto quando il mio stomaco si rivoltò in un macello nauseante trasformando l'acqua in una specie di verdastro marcio.

Quel liquido meritava di essere contemplato finché non fossi riuscito a trovare il termine esatto per descrivere il suo colore. Era un'impresa difficile perché le mie interiora continuavano a cambiarne la sfumatura, diluendo quell'azzurro pastello in varie tonalità di chartreuse e whiskey. Dietro di me cominciò a scrosciare la doccia, e feci una smorfia di dolore nel sentire lo spruzzo che colpiva le piastrelle.

I miei vestiti stavano scomparendo a gran velocità, e il pavimento del bagno era freddo contro il mio culo nudo. Cercare di cambiare posizione non fu d'aiuto perché non fece che portare le piastrelle a contatto con il mio scroto. Feci un dignitoso rumore di protesta per quel gelido assalto, ma Bobby sentì soltanto un gemito piagnucoloso.

Se avevo pensato che le piastrelle fossero fredde, nulla mi aveva preparato allo shock di proporzioni glaciali a cui fui sottoposto quando mi sollevò e mi buttò sotto la doccia. Con tutti i soffioni aperti non potevo sfuggire a quell'esplosione di gelo, e il vetro della porta si rifiutò di spostarsi quando ci spinsi contro. Sbattendo le palpebre vidi che Bobby aveva annodato una delle mie cravatte attorno alla maniglia portasciugamani lì vicino, intrappolandomi dentro con efficienza.

Mi arresi all'inevitabile e lasciai che la doccia strappasse via la puzza dalle mie carni. Sfortunatamente la pulizia è vicina di casa della sobrietà, e quando la mia pelle smise di emanare l'odore delle distillerie di Lynchburg, mi ricordai che Jae mi aveva spezzato il cuore.

L'acqua sul mio viso sembrò perfino più fredda, soprattutto perché avevo gli occhi caldi di lacrime.

"Stramaledetto figlio di puttana." Faceva male. Da qualche parte, nel profondo, il dolore crebbe sgorgando fuori come un geyser di angoscia che mi strappò via l'aria dai polmoni. L'ultima volta che mi ero sentito così disperato, c'era Mike che mi teneva per mano e mi diceva che Rick era morto.

Fu così che mi trovò Bobby. Arrotolato in una palla, che gridavo perché i frammenti del mio cuore continuavano a pugnalarmi al petto.

Un paio d'ore dopo ero seduto sul mio letto con la terza tazza di caffè nero fra le mani, mentre Neko giocava a *Caccia alle dita dei piedi* fra le lenzuola.

485

Aveva già segnato qualche punto, riuscendo quasi a farmi sanguinare l'alluce, ma il sapore di quell'uccisione pareva non averla soddisfatta e continuava a danzare in fondo al letto, aggredendo malignamente le mie estremità. Era bello avere lei, qualcosa di tangibile di Jae a cui tenermi attaccato mentre cercavo di dare un senso ai cocci della mia vita.

Bobby era seduto sul letto accanto a me. Aveva rinunciato a cercare di farmi mangiare qualcosa, ma avevo accettato avidamente il caffè. Avevo pianto così tanto che mi faceva male la faccia, e dopo tutto quel tempo passato nella doccia ero abbastanza sicuro di avere i disegni delle piastrelle incisi nelle ginocchia. Si avvicinò sollevando la mano e io sussultai, guadagnandomi un'occhiata di rimprovero.

"Perché mai dovrei colpirti?" brontolò passandomi le dita sul cuoio capelluto. Quel contatto era piacevole, così piacevole da farmi fare le fusa, e leniva il dolore che avevo alla testa.

"Forse perché ogni volta che la tua mano si avvicina alla mia faccia c'è infilato un guantone?" gli ricordai tra un sorso di caffè e l'altro. Il mio umore si incupì di nuovo, sguazzando nelle profondità della mia disperazione. "Come mai sei venuto?"

"Mi ha telefonato Jae." Dovevo aver avuto l'aria sciocca, perché Bobby smise di farmi i grattini per darmi un bacio sulla guancia.

"Ah!" Cercai di non lasciare che la gelosia mi appannasse il giudizio, ma fallii miseramente. "Perché diavolo ha chiamato te?"

"Perché ti ama ed era preoccupato per te." Per essere il mio migliore amico, Bobby sembrava aver dimenticato dalla parte di chi avrebbe dovuto stare. "Ha bisogno di tempo, Cole. Che sua sorella comparisse così di punto in bianco lo ha mandato in crisi…"

"Non ha fatto un gran bene neanche a me," puntualizzai.

"Tu non gli hai certo fatto un favore baciandola."

"Lei aveva addosso i *miei* vestiti. In casa *sua*. Ho pensato che fosse lui. L'ho vista da dietro! Aveva persino il suo *odore*. Perché diavolo avrei dovuto pensare che non era Jae?" Mi si spezzò la voce e distolsi lo sguardo; non mi fidavo più di me stesso. Un altro sorso di caffè e riuscii a respirare di nuovo, con il dolore che tornava a essere un ruggito sordo. "E adesso che cosa dovrei fare? Come posso fare qualcosa senza di lui?"

"Ti ha detto che fra voi due era finita? Ti ha detto di non tornare? Ha ucciso quella fissa del *per-sempre* che hai in testa?" mi chiese lui a bassa voce. "Perché a me ha detto che ti ha solo chiesto del tempo. Ha bisogno di gestire il fatto che sua sorella è scappata di casa e ha scoperto che lui è gay. In questo momento ha un sacco di merda da mandar giù."

"Dovrebbe chiedere a me di aiutarlo a mandarla giù," mormorai. "Non dovrebbe cacciarmi dal tavolo per impedirmelo. In questa faccenda ci siamo dentro insieme. Me lo ha *promesso*, Bobby. Mi ha promesso che sarebbe stato al mio fianco per tutte le mie stronzate, e adesso che nella merda c'è lui, io dovrei semplicemente tirare dritto come niente fosse? È una cosa da pazzi. Non è questo che voglio."

"È quello che vuole *lui*," mi ricordò Bobby. Era una dura realtà che non riuscivo a mandar giù. "Allora, che cosa hai intenzione di fare?"

Essere sobrio faceva schifo. Schifo quasi quanto quel dolore al cuore, ma a quanto pareva bruciare il mio corpo con il whiskey non era una buona idea, a lungo termine. Prima o poi sarei rimasto a corto di whiskey, e potevo solo sperare che Bobby non restasse a corto di pazienza prima di allora o non ci sarebbe stato nessuno a buttarmi sotto la doccia.

"Fatti crescere un paio di palle e rispondimi, ragazzo," ringhiò Bobby. "Che cosa hai intenzione di fare?"

"Suppongo di dovergli dare del tempo," sospirai. "Spero solo che lui ritorni da me, amico, perché in questo momento mi sento come se Ben fosse tornato indietro per finirmi."

"Sei sopravvissuto a quello, ragazzo." Il letto si infossò quando Bobby mi afferrò per stringermi in un abbraccio soffocante. "Puoi sopravvivere anche a questo. Non importa cosa succederà fra di voi, tu puoi sopravvivere. E io sarò con te a ogni passo."

Mi ci volle qualche giorno per rimettermi in piedi. Oscillavo tra il lasciare a Jae delle poesie d'amore sdolcinate sulla segreteria telefonica e il togliere la batteria del telefono in modo da smetterla di sobbalzare ogni volta che suonava. Dopo aver appeso sulla porta dell'ufficio un cartello che diceva *Sono andato a pesca*, chiamai il figlio più grande di Claudia per dirgli che il ragazzino che aveva avuto l'intenzione di sacrificare sull'altare del dovere familiare era libero per qualche giorno. Il vulcano era in pausa, e avrei ricominciato a gettare vergini nelle crudeli fosse dell'inferno soltanto fra un po'.

Mike chiamò un sacco di volte, e io evitai qualsiasi discussione riguardo a Jae, Ichiro e il prezzo del tè in Cina. Invece parlammo di sciocchezze e di quello che stava combinando Tazzie. La nostra sorellina era tornata a casa una settimana prima e mandava un sacco di mail, dicendo che le mancavamo e che voleva vivere a Los Angeles. Mike e io sapevamo entrambi che una volta iniziata la scuola sarebbe stata immersa fino al collo nelle lezioni e nella gara per la popolarità, e che noi saremmo venuti molto dopo un nuovo paio di jeans skinny.

Feci perfino una telefonata a Madame Sun, aggiornandola velocemente sulle mie ricerche. Non mi dilungai sul fatto che Gyong-Si avesse pescato nel suo stagno, o sul mio sospetto che il suo rivale o il marito avessero avuto un ruolo nella morte di Eun Joon Lee. Più che altro le assicurai che mi stavo guardando attorno, e che non sembrava che lei avesse addosso una maledizione.

Avevo parlato con tutti quelli che conoscevo, tranne che con l'uomo che amavo di più. Invece di piangermi addosso, feci la cosa più stupida che avessi mai fatto in tutta la mia vita.

Le pulizie.

Ma proprio come un pazzo. Pulizie tipo scostare i mobili dalle pareti e passare l'aspirapolvere, poi mettermi a scavare nel frigo per buttare via tutte le bottiglie di senape che non avevo mai aperto. Quando ebbi finito, tutto emanava odore di detergente al pino e io sentivo dei dolorini in posti che mi si erano indolenziti soltanto con del sesso acrobatico molto intenso.

Ci furono anche delle lacrime. Ero abbastanza uomo da aspettare di essere nella doccia, dove il profumo del sapone di Jae era più di quanto riuscissi a gestire. Il dolore che mi ribolliva dentro era un male fisico, e crollavo lasciando che mi attraversasse pelle e ossa finché non riuscivo più a respirare. Succedeva ogni volta che facevo la doccia, ma non ero abbastanza forte da evitare di entrare in quella prigione di vetro autoimposta pur di sentire l'odore del mio amante sulla pelle.

Dormii con i suoi pantaloni della tuta, lavai il suo bucato e riposi ordinatamente i suoi vestiti nei cassetti che avevo svuotato per lui. Mangiavo kimchi solo per aver in bocca la piccantezza dei suoi baci del dopocena. La sua gatta stava sdraiata accanto a me sul letto e ci rannicchiavamo tutti e due sul lato di Jae, rubandoci calore a vicenda.

Nel momento più cupo presi il telefono e gli mandai un sms con scritto *saranghae*. Solo quello. Nient'altro. Sapevo cosa voleva dire. Lo avevo saputo fin dalla prima volta che lo avevo sentito dalle sue labbra, anche se non capivo una sola maledetta parola di coreano. Avevo solo bisogno che lui sapesse che il mio cuore era suo, perfino quando puzzavo di detergente e sudore. Ogni maledetto frammento del mio cuore era suo.

Non potevo fare altro che aspettare. E pulire.

Circa una settimana più tardi, dopo che mi ero fatto una doccia ed ero crollato sul divano, Neko strisciò fuori da dove si era nascosta e crollò sul mio grembo, chiaramente sfinita dalla sua lunga battaglia contro i gattini di polvere. A giudicare dall'odore del suo alito aveva trovato il cibo umido che le avevo lasciato in cucina, e dopo avermi picchiato qualche volta la testa sul braccio si lasciò cadere su un fianco e squittì pretendendo una grattatina sulla pancia.

Era più o meno il massimo che il mio corpo fosse in grado di fare, così la accontentai dando l'avvio al basso rombo delle sue fusa.

"D'accordo, gatta. È ora di fare qualcosa che non sia smantellare la casa." Aprii il portatile, recuperai i file di Madame Sun e mi misi a controllare i dettagli del caso.

L'ultima cosa che volevo fare era scavare nei problemi di qualcun altro. Avevo voglia di sguazzare nella fanghiglia formata dalle mie lacrime e dalle ceneri del mio cuore. Volevo imprecare fino ad avere la voce spezzata e rauca, usando ogni singola parola che conoscevo. Ma lo avevo già fatto, e non era cambiato niente. Il mio telefono era ancora privo della voce setosa di Jae, e quando ci crollavo sopra il mio letto era mortalmente freddo.

"Quella donna è fuori di testa. L'indovina. Lo sai, vero, Neek?" Parlavo alla pancia fremente della gatta. "Perché diavolo qualcuno dovrebbe uccidere i suoi clienti? E perché diavolo me ne frega qualcosa?"

La gatta ovviamente non aveva opinioni, a parte lanciarmi un'occhiataccia perché avevo interrotto le grattatine. Disgustata dalla mia disattenzione, sollevò una zampa e cominciò un'epica sessione di pulizie.

"Eppure, due vittime vere e proprie e un tizio morto per un infarto. E se qualcuno ha contribuito a causarlo? Una pistola puntata alla testa ti può far venire un bell'attacco di panico. *Qualcuno* ha ucciso May Choi e Eun Joon Lee. La domanda è: era la stessa persona?" mormorai. "Farsi sparare non è una cosa che succede tutti i giorni... a meno di essere me, perché Dio sa che mi becco proiettili come se fosse la stagione della caccia e io fossi vestito da Duck Dodgers."

Non riuscivo a individuare con precisione il dettaglio del caso che mi stava assillando. In teoria era normale. Capitava che le persone morissero per atti violenti, soprattutto se erano nel posto sbagliato al momento sbagliato.

Bobby non aveva trovato segnalazioni di violenza domestica a casa dei Lee, ma in effetti nessuno di noi due aveva più pensato alla presunta cospirazione contro Madame Sun o i suoi clienti. Dovevo aspettare qualcosa di più concreto prima di cominciare a lanciare merda contro Gyong-Si, ma quel tizio mi faceva accapponare la pelle. Era invischiato in quel casino. Avevo solo bisogno di capire come.

"'Fanculo." Chiusi il portatile. "È ora di cominciare a ficcare il naso negli affari altrui. Dato che dentro al caso non abbiamo un maggiordomo, Neek, inizieremo da quello che ci assomiglia di più, l'assistente."

Non avevo tempo per pensare a qualcosa che non fosse Jae, ma dovevo comunque trovare il modo di tenere occupato il cervello. Se non mi fossi dedicato a una nuova pista alla svelta, avrei rischiato di compiere un gesto folle, tipo correre da lui per fare l'amore sul bancone della cucina o, peggio ancora, portare a termine quello che Ben aveva iniziato.

Trovai il numero di Vivian Na e recuperai il telefono che avevo messo in ricarica. Accenderlo fu un errore, uno dei molti che avevo fatto negli ultimi anni della mia esistenza. Tornò in vita illuminandosi e iniziò a rimproverarmi per i messaggi e le chiamate che avevo perso. Non ce n'erano di Jae, per cui li ignorai tutti e feci il numero di Na.

Rispose al secondo squillo con una voce melodiosa dall'accento coreano che pareva fatta per vendere sesso. Quando mi identificai, i suoi toni soavi si appiattirono a una gelida professionalità che ammirai così tanto che l'avrei assunta, se non mi fossero mancate da morire Claudia e la sua rumorosa invadenza. Madame Sun le aveva detto di aspettarsi una chiamata da parte mia, ma riuscivo a sentire l'irritazione nella sua voce. No, la signorina Na non era affatto felice di sentirmi.

"Non vedo cosa potrei fare per lei, signor McGinnis." Praticamente ritagliava le parole con forbici affilate. "Ho detto a Madame Sun che noi non avevamo niente a che fare con gli omicidi. Sono soltanto coincidenze."

"Uno è una coincidenza, ma due sono un tantino sospetti. Voglio soltanto sentire cosa ne pensa lei. Anche se è solo per tranquillizzare Madame Sun." Visto come parlavo dell'inquietudine di Sun a tutti quelli con cui mi ritrovavo a interagire, la gente si sarebbe presto messa a inseguirla con un retino per farfalle. "Magari potremmo vederci da qualche parte e parlare davanti a una tazza di caffè, così smetterei di starle fra i piedi."

Fece un sospiro tanto pesante da trascinare a terra uno zeppelin, se ci fosse stata sopra, ma si arrese e mitragliò un indirizzo. "Sarò lì fra mezz'ora. Può farcela? Devo incontrare qualcuno per pranzo, ma c'è una pasticceria lì vicino. Possiamo prendere un caffè o qualcosa del genere."

"Sì, posso arrivarci in mezz'ora," risposi lanciando un'occhiata all'orologio. Avrei dovuto prendere le strade secondarie. Per fortuna l'indirizzo era a Koreatown, non in centro, perché per attraversare la 101, poi percorrere l'autostrada e arrivare finalmente su Wilshire Boulevard, mi ci sarebbe voluto così tanto tempo che lei avrebbe avuto tutto il tempo per mangiare un pasto di sette portate e poi andare anche all'opera, prima che io arrivassi.

Lasciai Neko immersa nella contemplazione delle sue zampe, presi le chiavi della Rover e andai verso la Rossmore in modo da arrivare poi su Wilshire. Svoltando a sinistra sulla Sesta rimasi sorpreso di trovare una lunga fila di auto in attesa di parcheggiare. Diedi un'occhiata al portafogli per vedere se avessi dei contanti e lasciai il controllo della Rover a un ragazzino con un sorrisetto in faccia che sembrava a malapena abbastanza vecchio per essere stato svezzato, figuriamoci essere responsabile della mia auto. Innalzando una preghiera di ringraziamento alla mia compagnia di assicurazione, trovai la caffetteria di cui aveva parlato Vivian.

Era più un posto da caffè e narghilè che non una pasticceria, nonostante quello che sosteneva l'insegna. Stava fra altri ristoranti e club coreani in un edificio chiuso attorno a un cortile, e pareva che gli affari andassero bene. Le finestre davano sulla strada e la porta d'ingresso sul vialetto interno, tagliando fuori la maggior parte del rumore del traffico. I tavolini esterni chiusi fra pareti di vetro traboccavano di giovani asiatici, e dovetti farmi strada a spallate per oltrepassare un gruppetto di giovanotti con i capelli neri tagliati corti e rasati sui lati, in modo da formare una cresta a spazzola. Non ero sicuro di quando fosse tornato di moda il look da centurione romano, ma loro ci si tenevano ferocemente aggrappati.

Nessuno di loro somigliava a Jae quanto bastava per pugnalarmi allo stomaco, ma alcuni erano degni di una seconda occhiata. Non diedi loro quella seconda occhiata. Ero troppo morto dentro, e quando cominciarono a chiacchierare fra loro in coreano quello bastò a farmi star male. Mi *mancava* sentire quella lingua. Tutto quello che riuscii a fare fu spingere le pesanti porte ed entrare.

Fu allora che mi resi conto di non avere la minima idea di che aspetto avesse Vivian Na.

Fortunatamente fu lei a individuare il gigante confuso e a disagio che si aggirava nella folla di giovani coreani snelli e mi fece cenno con la mano.

Vivian non era affatto come me l'ero aspettata. Mentre Madame Sun era lo stereotipo della nonna coreana, la sua assistente sembrava pronta a sfilare su una passerella di Parigi, ancheggiando con i fianchi ossuti per vendere dei vestiti oltraggiosamente cari.

La parola *elegante* non bastava a descriverla. Dagli zigomi sporgenti al caschetto scalato a rasoio che le incorniciava il viso delicato, Vivian Na irradiava il fascino che suggeriva regali costosi e appuntamenti clandestini dispendiosi. Avvolta in quelli che dovevano essere abiti firmati, li indossava come se non se ne accorgesse nemmeno, sgusciando sensualmente tra la folla per attraversare la breve distanza che ci separava e stringermi la mano.

Le sue dita fredde mi sfiorarono il palmo e per un attimo sentii le sue unghie ben curate sulla pelle, un leggero graffiare che probabilmente a molti uomini avrebbe fatto venire in mente il sesso e quelle unghie che affondavano nella loro schiena. Il breve sorriso delle labbra dal rossetto corallo non andò più in là della bocca, e qualunque cosa mi avesse detto si perse nella grandinata di colpi d'arma da fuoco e nell'infrangersi della finestra che andava in pezzi dietro di me. Afferrarla non servì a niente. Il suo corpo era caldo, viscido di sangue e pieno di buchi, e io rimasi lì con quello che restava della sua faccia spiaccicato sul petto.

CAPITOLO 8

PRIMA CHE riuscissi a capire davvero la situazione in cui mi trovavo, la sparatoria era praticamente finita. C'è un lungo momento in cui il cervello proprio non riesce a sintonizzarsi su quello che sta succedendo: il fracasso così vicino, le urla della gente, poi l'odore del sangue. Niente può paralizzare la mente più dell'odore di sangue nell'aria.

Perfino il cervello di chi non l'ha mai sentito sa istintivamente che è stato versato. Quel poco che resta di una primitiva coscienza da rettile è pronto a rialzare la testa e dileguarsi all'odore dello spargimento della linfa vitale della sua stessa specie. È come se si appiccicasse ai peli del naso, e per un lungo momento di panico il cervello si chiede se il sangue che sta inspirando provenga dal suo stesso involucro di carne.

Di solito è allora che cominciano le urla. O perché si è colpiti dal dolore o si è investiti dal terrore che il dolore ci colpirà. Ma soprattutto perché l'unica cosa di cui si riesce a sentire il sapore è il sangue, e la nostra consapevolezza vi affoga cercando un angolo buio in cui il caos non possa raggiungerci.

Non potevo salvare Vivian Na. Era già andata prima ancora che io facessi un altro respiro. Ma riuscii a trascinare sotto i tavoli una giovane donna terrorizzata. La sua amica singhiozzava muta con la faccia nascosta tra le mani, e io mi allungai in mezzo al frastuono dei vetri che volavano da tutte le parti afferrandola per la vita in modo da tirarla al sicuro. Lei lottò contro di me colpendomi le braccia nude con le unghie lunghe e facendomi sanguinare, leggeri graffi di acqua rosata, nulla che somigliasse all'oceano di rosso che si allargava attorno a noi.

I colpi d'arma da fuoco erano solo echi fischianti nei miei timpani, avanzi di bruciature in mezzo alle urla continue. La paura diventò orrore e cominciò il pianto, compreso quello delle donne che avevo tirato sotto il tavolo. Tenendo la testa bassa mi arrabattai per alzarmi e per poco non camminai su un giovane coreano che si teneva stretta una gamba, con il sangue che gli sgocciolava lentamente fra le dita.

Il mio fianco si mise a litigare con me, i muscoli che si torcevano attorno ai nervi maltrattati e al tessuto cicatriziale. Gli spasmi affondarono gli artigli in profondità, e dovetti fare dei respiri ansimanti per lenire il dolore. Faceva un male del diavolo, ma probabilmente non quanto il foro bruciante nella coscia di quel ragazzo.

"Ehi, andrà tutto bene." Non pensavo più ad andare da nessuna parte, tranne che al suo fianco. Il sangue non stava esattamente schizzando, ma l'emorragia era costante. Afferrai dei tovaglioli di stoffa dal tavolo e allontanai gentilmente la sua mano.

I jeans erano inzuppati, e feci pressione sulla ferita bloccando il flusso meglio che potevo. Lui sbatté le palpebre e io deglutii, colpito dal dolore sul suo viso. Non assomigliava *affatto* al mio amante, ma tutto quello a cui riuscivo a pensare era Jae. Lo avevo fatto una volta, premere le mie dita fredde sulla sua pelle lacerata per fermare il sangue. Se fosse andato tutto bene, con quel ragazzo avrei avuto la stessa fortuna che avevo avuto con Jae. Era normale che avesse il viso sudato e cinereo, mi dissi, poi una delle donne che avevo messo al riparo strisciò fino a toccarmi il braccio.

"È finita?" Stava tremando, aggredita dallo shock come il proiettile aveva aggredito il giovane uomo su cui stavo facendo pressione. "È tutto a posto?"

"Sì, è a posto." Indicai l'altra donna con un cenno del capo. "Guarda come sta lei. Chiama i poliziotti, se puoi. Qui abbiamo bisogno d'aiuto."

Non avrei dovuto disturbarmi a dirle di chiamare il 911. Le sirene stavano già lacerando l'aria prima che lei strisciasse di nuovo sotto il tavolo per recuperare il telefono. A poca distanza il corpo di Vivian Na si stava raffreddando, con quello che restava della sua vita a rendere appiccicoso il pavimento mentre la gente correva nelle pozze di sangue per arrivare alla porta.

"Perché lo hanno fatto? Stanno cercando di ucciderci? È morta?"

Il *loro* di cui stava parlando era ovvio. Chiunque avesse tenuto in mano quell'arma era il nemico. Aveva preso male il telefono, quindi strinse le dita attorno al guscio nel tentativo di bloccare il proprio tremore. Il ragazzo mandò un gemito, e in uno scenario diverso sarei stato felice di sentire quel suono torturato, ma non era Jae quello sotto di me, e quei suoni non erano di piacere.

"Non lo so." Ammettere ignoranza non era un segno di debolezza ma della necessità di risolvere la situazione intricata che mi ero ritrovato ad affrontare. "Ma ho intenzione di scoprirlo."

Non c'era modo di tornare indietro nel tempo a salvare Vivian Na. Mentre continuavo a fare pressione sulla gamba del ragazzo mi resi conto che non l'avevo mai sentita parlare di persona, e tanto meno avevo scoperto se sapesse qualcosa sugli omicidi che riguardavano Madame Sun. I proiettili avevano attraversato le finestre che davano sull'esterno, con l'interno della caffetteria illuminato come uno spettacolo da baraccone. Era la situazione perfetta. Visti dalla strada eravamo facili prede.

Qualcuno voleva impedirle di parlare. Mentre gli altri erano stati colpiti da proiettili vaganti, la maggior parte degli spari era destinata a lei, e l'avevano praticamente squarciata.

"Che cosa diavolo sapevi, Vivian?" Mi voltai a guardare il suo cadavere. "Che cosa c'era di così maledettamente pericoloso che dovevi morire per forza?"

"Sei sicuro di non essere un avvocato, McGinnis?" Wong mi lanciò un'occhiata esasperata. "Perché mi pare che abbia più cadaveri attorno tu che non quelli che vanno a caccia di cause dopo gli incidenti."

"Lei è morta *dopo* che io sono arrivato." Ero già stato accusato di portare iella, ma mai di essere un avvocato. Non sapevo se dovessi offendermi oppure no. "Si chiama Vivian Na. È l'assistente di Madame Sun. Ero andato lì a incontrarla per farle delle domande su Choi e Lee."

"E per puro caso è *l'unica* persona rimasta uccisa nella sparatoria?"

"Penso che lei fosse proprio il bersaglio della sparatoria. Tutti gli altri sono stati solo danni collaterali."

"Hai qualche prova di questo?

"Solo una sensazione," risposi stringendomi nelle spalle.

"Non posso portare una sensazione in tribunale, McGinnis. Che ne dici di raccontarmi cosa è successo dal momento in cui sei entrato nel locale?"

Wong era arrivato pochi secondi dopo la schiera di uniformi blu, attraversando il cortile fra gli scoppiettii di una Crown Vic abbastanza malconcia da finire in una gara di auto da demolizione. Qualcuno sul fondo della catena alimentare ci aveva riforniti di caffè, e Wong mi aveva tirato in disparte per torchiarmi appena avevo detto che ero andato lì per incontrare la vittima.

Vivian Na non era più un nome. Era diventata la *vittima*, e a seconda del detective a cui sarebbe stato affidato il caso, sarebbe rimasta un numero senza faccia su un rapporto di omicidio, oppure il suo assassino sarebbe diventato un maledetto graal da cui il poliziotto sarebbe stato ossessionato.

Fortunatamente per Vivian le era toccata la seconda cosa, e quell'uomo era il detective Dexter Wong.

"Non c'è molto da raccontare. Dico davvero, non ha nemmeno avuto la possibilità di parlarmi tranne che al telefono. Ci siamo sfiorati la mano ed è caduta."

"E tu l'avevi chiamata perché era l'assistente di Madame Sun? Cosa pensavi che potesse raccontarti?"

"Volevo scoprire se sapeva che Lee chiedeva consulti a Gyong-Si o che Choi era collegata a lui." Gli schizzi del sangue di Vivian mi si stavano seccando addosso. Uno dei tizi sulla scena del crimine aveva fotografato le macchie e aveva manifestato l'intenzione di portarsi via la mia camicia come prova. "Fra lui e Sun c'è cattivo sangue. Sto cercando qualcosa che possa collegare tutti gli avvenimenti. Sun crede che qualcuno abbia preso di mira i suoi clienti."

"E tu cosa credi?" Wong smise di guardare gli appunti e alzò gli occhi su di me.

"Andiamo, non dirmi che secondo te non gira tutto attorno a Madame Sun," azzardai. "Prima Choi, poi Lee, e adesso Vivian Na. Tutte quante collegate con Sun."

"C'è decisamente un collegamento," brontolò lui e mi punzecchiò il fianco dolorante con un dito ossuto. "Ma tu farai un passo indietro e mi lascerai fare il mio lavoro. Se sta succedendo qualcosa di strano lo scoprirò. Eri d'accordo, ricordi?"

"È morta proprio davanti a me, Dex." Fissai le finestre frantumate della caffetteria, stringendo le labbra. "Cazzo, probabilmente è morta a causa mia."

"Il mondo non gira attorno a te, McGinnis," replicò Wong. "Ma giusto nel caso fosse così, ricontrolliamo quello che ti ha detto al telefono."

Non era molto. La nostra conversazione era stata breve ed estremamente pratica. Incontrarmi era qualcosa a cui si era rassegnata, non qualcosa che avesse desiderato. Non avevo molto da raccontare a Wong a parte l'irritazione generica di Na perché le toccava cominciare la serata più tardi di quanto non si fosse aspettata. Sapevo esattamente dove si sarebbe diretta dopo aver parlato con me, e Wong si appuntò tutto quello che potevo aggiungere sul suo minuscolo taccuino marrone.

Poi guardò quelle poche righe scarabocchiate con un sospiro, facendo scattare la penna. "Siamo ancora d'accordo per quella cena?"

"Ehm, sì, a proposito di quello." Mi grattai la nuca. "Io e Jae ci stiamo prendendo una pausa. Beh, Jae si sta prendendo una pausa. Io sto imparando a gestirla."

"Una pausa buona o cattiva?" Si spostò più vicino, abbassando la voce. Sembrava un posto strano per legare con un amico nuovo di zecca, ma a volte dovevo aggrapparmi ai momenti speciali quando capitavano. "È solo occupato o è successo un qualche casino?"

"Diciamo che è successo un casino." Deglutendo trovai un frammento del mio dolore incastrato in gola. "Sua sorella è saltata fuori dal nulla. Gli ho più o meno fatto outing."

"Cazzo, questa è brutta." Wong fischiò sottovoce. "Le famiglie asiatiche sono strane, sai? Quando ero al liceo, mia madre continuava a propormi delle ragazze cinesi. Poi si sarebbe accontentata che la ragazza fosse asiatica. Adesso è entusiasta se la ragazza ha un battito cardiaco e non la pago a ore. Sono piuttosto sicuro che quando arriverò a quarant'anni accetterà qualsiasi cosa con un utero, anche se ha tre tette e deve farsi la barba due volte al giorno."

"Chissà perché non penso che assisterò a una parabola del genere, Wong." Feci un sorriso malinconico. "La famiglia di Jae non sarà mai felice che lui stia con un uomo."

"Probabilmente no, ma tu tieni duro." Scrollò le spalle. "Non pensi che vogliano solo vederlo felice?"

"Dovrebbero, ma non penso sia una priorità per nessuno, a parte me." Indicai la mia Rover con il mento, guardando con la fronte aggrottata il nastro giallo che bloccava l'uscita dal cortile. "Riuscirò ad andarmene da qui?"

"Già, a proposito." Wong guardò la mia auto intrappolata con l'aria di volersi scusare. "Hai i soldi per un taxi?"

FINII COL chiamare quel taxi. L'autista era un ex nativo di Long Island, che mi ragguagliò su tutto quello che non andava a Los Angeles e sul perché New York fosse meglio. Quando gli chiesi da quanto tempo abitava a LA, mi rispose quindici anni. Dato che sembrava più o meno sui venticinque, non intendevo fidarmi molto della sua opinione sui pregi della Grande Mela rispetto a Tinseltown e il regno di Hollywood. Non era abbastanza vecchio da aver visto qualcosa a parte il cortile di sua nonna e forse qualche campo da gioco. Sul lento percorso per uscire da Koreatown scoprii che era vegano e che studiava per diventare un attore.

Stava per dilungarsi sulle ragioni per cui il *metodo* era la forma più pura del suo mestiere quando parcheggiammo davanti a casa mia.

Gli buttai quello che avevo nel portafogli e prima che se ne andasse ascoltai i suoi brontolii per la mancia scarsa. Alzando gli occhi al cielo in mezzo ai fumi di scarico che si stava lasciando dietro, percorsi il vialetto cercando in tasca le chiavi di casa. Poi il profumo di pizza dal ristorante italiano più giù lungo la strada mi fece venire l'acquolina in bocca e controllai l'ora. Magari potevo arrendermi alla pigrizia e farmene consegnare a casa una alta, in stile Chicago.

Appena notai la donna che mi aspettava sugli scalini mi chiesi se non fosse il caso di girare sui tacchi e ordinare la pizza di persona. E magari mangiarla su un treno per New York, perché il tassista era stato parecchio convincente, e avrei dovuto perlomeno controllare di persona prima di farmi un'idea definitiva.

Lo avrei fatto, se non fossi stato sicurissimo che lei mi sarebbe corsa dietro come un ghepardo dietro a una gazzella bella saporita.

"Belle gambe," commentai ammirando le lamine di metallo di Maddy. "Sei venuta qui correndo con quelle, o hai nascosto la macchina da qualche parte perché sapevi che l'avrei riconosciuta subito?"

"Ho parcheggiato sul retro. Poi, dato che non c'eri, ho fatto una corsa. Ho le gambe normali con me, per cui posso cambiarle." Mia cognata si mise a studiare la mia faccia. Non poteva esserci molto da vedere sotto la lampadina da cento watt del portico, ma qualsiasi cosa fosse le fece aggrottare la fronte. "Quello è sangue?"

"Non è mio." Alla fine avevano preso la camicia, ma le mie mani erano ancora striate di sangue. Non c'era da stupirsi che il tassista mi avesse preso per un tipo losco. Anche con la vecchia maglietta della palestra che avevo di scorta nella Rover, sembravo uscito da *Sweeney Todd*. Si sarebbe decisamente meritato una mancia più alta.

"Fammi entrare, così ti posso urlare contro."

"Devo proprio?" Aprii la porta e presi la custodia morbida che usava per le protesi. "Merda, questi affari sono pesanti. Come fai a camminarci?"

"Buoni muscoli delle gambe. Posso spaccare una noce con le cosce. È per questo che di solito aspetto di stare facendo sesso con tuo fratello prima di cominciare a parlare di quello che voglio per la casa. Una parola sbagliata e posso far esplodere il suo cosino come un acino d'uva."

"Proprio non avevo bisogno di questa immagine mentale." Appoggiai la custodia in soggiorno dando un saluto veloce a Neko, che stava sbirciando dal pianerottolo per vedere chi era entrato. Insoddisfatta dagli umani presenti, sparì di nuovo nel buco nero da cui era spuntata. "Vuoi da bere? Non so che cos'ho."

"Qualsiasi cosa, basta che sia freddo," rispose Maddy dal divano. "Hai già mangiato?"

"Stavo per ordinare una pizza," ammisi porgendole una bottiglia fredda di rootbeer artigianale. "Vuoi restare per una fetta, oppure urlarmi contro sarà una cosa veloce?"

"La pizza non sarebbe male." Si era tolta le gambe a forma di lama e le stava mettendo nella loro custodia. "E no, probabilmente non sarò veloce."

Mike aveva sempre avuto un debole per le bionde alte e carine. E aveva davvero fatto centro quando Maddy aveva accettato la sua corte. Anche struccata e un po' sudata per quella corsa leggera, era una bellezza. Una bellezza che poteva farmi il culo in cinque modi diversi ma comunque magnifica, con i suoi forti lineamenti norvegesi e un corpo snello e potente. Se fossi stato etero l'idea di chiederle di uscire mi avrebbe terrorizzato. Era talmente fuori dalla mia portata che potevo solo ammirare le palle d'acciaio di mio fratello per aver pensato di avere anche solo una possibilità con lei, figurarsi chiederle di sposare il suo patetico culo secco.

Il ristorante italiano aveva una pizza alta con salsiccia, funghi e aglio, che qualcuno aveva ordinato ma non era andato a prendere. Cinque dollari di mancia e fu mia. Me l'avrebbero perfino riscaldata. Ero appena sceso dopo essermi dato una pulita che il ragazzino magro che faceva le consegne suonò alla mia porta con una pizza leggermente fumante che colava formaggio e un sorriso impertinente che gli guadagnò una mancia di dieci dollari. Avevo dato di meno al tassista, ma lui non aveva sculettato con aria ammirata mentre gli porgevo i soldi che mi aveva prestato Maddy.

A lei servii la fetta da un piatto di carta, poi ne presi una dalla scatola. Maddy studiò la pizza, scrollò le spalle e si allungò in avanti per darle un morso. Una parte del boccone le sfuggì e lei si mise a ridere, riprendendo col dorso della mano i fili di formaggio.

"È una pizza da combattimento," commentò a bocca piena. Si mise più comoda sul divano, rilassò la parte superiore delle gambe e allungò i muscoli. Si era tolta le protesi e aveva lasciato nudi i moncherini delle ginocchia, godendosi l'aria fresca. "Non credo di riuscire ad aprire abbastanza la bocca."

"È quello che capita quando si sposa uno come mio fratello e il suo cazzo piccolo." Aveva le braccia troppo lunghe per riuscire a schivarle, per cui mi rassegnai alla pacca pungente che mi mollò sul braccio. "Ehi, non posso farci niente se hai pescato la paglia più corta. Se tu fossi stata un ragazzo, ti sarei saltato addosso."

"Beh, almeno ho schivato quel proiettile, giusto?" Sibilai per gioco, come se quella replica avesse colpito duro. "Hai finito di mangiare? Avevo intenzione di urlarti addosso, ti ricordi?"

"Che ne dici se tu cominci con le urla e io mi difendo appena ho la bocca libera?"

"Iniziamo dal sangue. Che cos'è successo?"

La ragguagliai in fretta sul caso e su quello che era successo alla caffetteria. Quando arrivai alla fine, avevamo spazzato via metà della pizza e quasi sei bottiglie di rootbeer. Non avevo dati sufficienti per elaborare un quadro complessivo ma era già preoccupante, soprattutto perché non riuscivo a capire perché la gente stesse morendo o come fosse collegata a Madame Sun.

"Forse non si tratta di lei," rimuginai.

Maddy smise di occuparsi delle sue gambe e guardò me. "Che cosa intendi?"

"Forse non è Sun il bersaglio. Forse è Gyong-Si."

"E la ragazza di stasera? Quella che è morta? Com'è collegata a Gyong-Si?"

"Sì, quello non so ancora come inserirlo, ma c'è di sicuro qualcosa. Penso che lei fosse coinvolta quanto tutti gli altri." Continuai a rimuginare sul problema. "Ti serve della crema idratante?"

"No, sono a posto. Ho qui la mia, grazie." Prese una bottiglietta gialla. Mentre se ne versava un po' sulle estremità cominciò finalmente a urlarmi contro. "Parlami di Jae."

"Oh, ci siamo." Alzai gli occhi al cielo. "Che cosa ti ha detto Mike?"

"Ha detto che hai la testa talmente su per il culo che tutto quello che riesci a vedere sono le tue emorroidi." Tirò fuori un paio di calze bianche per i moncherini, le scosse e lisciò le aperture in tessuto verde. Poi le appoggiò sul divano e si voltò a fissarmi. "Allora, perché non mi dici che cosa sta succedendo in quella tua stupida testa e perché hai pensato che dovevi startene nel bel mezzo di uno scontro a fuoco invece di chiedere a Jae di riprenderti con lui?"

"Non era uno scontro a fuoco. Era più come sparare ai pesci in un barile. Chiunque abbia preso di mira il posto *sapeva* che Vivian Na sarebbe stata lì," puntualizzai. "E così hanno sparato a lei."

"Ho notato che stai evitando di parlare di Jae-Min."

"E io ho notato che non sono affari tuoi." Cercai di assumere un'aria di superiorità, ma in quel campo Maddy era messa meglio di me. Anni di scuole private e un naso aquilino fornito dalla genetica le davano un bel vantaggio. Quando il suo sguardo tagliente come laser mi fissò da quel naso affilato come un rasoio, mi accartocciai. "Ha detto che ha bisogno di tempo. Beh, lo ha detto subito dopo un *vattene a fanculo perché hai fottuto la mia vita*, ma come dice Bobby devo aggrapparmi ai tronchi galleggianti, se non voglio affogare."

"Quindi è per questo che sei andato in cerca di assassini?"

"Sono andato in cerca di assassini perché è per questo che vengo pagato." Lasciai fuori il dettaglio che non stavo presentando un conto a Madame Sun. Meno Maddy sapeva sui margini di profitto del lavoro e meglio era. "Cosa ti aspettavi che facessi? Dovrei starmene seduto a lavorare a maglia facendo dei berretti per gli alpaca mentre aspetto che Jae decida di buttarmi via? Devo fare *qualcosa*, Maddy. Lavorare sembra meglio che bere. C'è un limite al numero di volte che Bobby può ficcarmi a letto. E ho già sfruttato la mia carta evita-i-calci-in-culo."

"I poliziotti se ne stanno occupando, giusto? Quel detective è un tipo in gamba. Ci penserà lui." Maddy smise di agganciare attacchi e gambe e mi toccò la mano.

"Mi è *morta* davanti, Maddy. Alla lettera. Non posso dimenticarlo. Non voglio dimenticarlo. Sono l'ultima persona che ha visto nella sua cazzo di vita. Che cosa vuoi che faccia?"

"Voglio che tu ti faccia da parte e pensi ad altre cose," rispose lei in tono gentile. "Per esempio a tuo fratello, Ichiro, che viene a farci visita. Mike lo ha invitato. Arriverà fra un paio di giorni. Mike vuole che tu venga a parlare con lui."

"Fantastico, cazzo. È proprio quello di cui ho bisogno in questo momento." Casomai non avessi avuto un senso di oppressione al petto, beh, adesso c'era di sicuro. Lanciandole un'occhiata chiesi: "È per questo che sei venuta? A fare il lavoro sporco per Mike e dirmi che avrò un fratellino?"

"No, non sa che sono qui." Prese il piede e lo attaccò all'aggancio sulla gamba. "Voleva dirtelo dopo l'arrivo di Ichiro. Ho pensato che non

501

avessi bisogno di un'imboscata da parte di tuo fratello. Il fratello che ho sposato, intendo."

Ero troppo stanco per arrabbiarmi. La notizia che il prezioso figlio di mia madre sarebbe arrivato a Los Angeles fu l'ultima goccia. La mia vita era un maledetto disastro. La donna che mi aveva preso sotto la sua ala era a casa a riprendersi dalle ferite inflitte da un pazzo che io avevo attirato sulla nostra soglia, e l'amante che lottavo per comprendere stava giocando a emulare J.D. Salinger con sua sorella in un buco di cemento grande a malapena per farci vivere una persona, figuriamoci due. Avevo per le mani una sequenza di omicidi che all'apparenza non riuscivo a collegare anche se *sapevo* che erano collegati, e le mie mani portavano minuscoli echi di una donna che non avevo mai veramente incontrato.

E, oltre a quello, un fratello sconosciuto e indesiderato stava per invadere la mia vita già ridotta a un casino e una diva in pelliccia nera al piano di sopra piangeva nel bel mezzo della notte in cerca dell'uomo che l'aveva portata lì.

Sì, ero troppo stanco per continuare a combattere. Era giunto il momento di piegarmi a novanta e lasciare che la vita mi fottesse come preferiva, dura e senza pietà.

"Si incazzerà perché me lo hai detto," sospirai. Non era colpa di Maddy se mi stavo comportando in maniera irragionevole. Anzi, io non pensavo affatto che il mio comportamento fosse irragionevole. Mike voleva propinarmi una fratellanza già pronta mentre io stavo ancora sputando i denti dopo che mio padre mi aveva tirato un calcio in bocca.

"Posso gestirlo." Si allungò a darmi un bacio sulla guancia. "Cosce che possono spaccare una noce, ricordi? Dico sul serio, rifletti sull'idea di incontrare Ichiro. Cos'è il peggio che potrebbe succedere?"

"Che potrei odiarlo a morte perché mia madre mi ha mollato con quel maledetto stronzo di mio padre e non si è più voltata indietro?" Suggerii. "Hai presente, il tizio che ha detto che preferirebbe vedermi morto piuttosto che felice con un uomo? Quello stronzo. Te lo ricordi?"

"Non ridurre tutto a una questione che riguarda tua madre o tuo padre, Cole," replicò Maddy. "Non sappiamo perché lei abbia fatto quello che ha fatto, o che genere di vita Ichiro abbia avuto con lei. Scoprilo da solo. Dagli una possibilità. Sì, potrebbe non piacerti, ma almeno odialo per via di quello che è, non per via di quello che è diventato nella tua mente."

La accompagnai alla porta borbottando alle sue spalle la sigla di *L'uomo da sei milioni di dollari*. Mi guadagnai un'altra pacca giocosa e un amichevole bacio di saluto da cognata. Dopo aver chiuso fuori il mondo, buttai via la scatola della pizza e spensi tutte le luci al piano di sotto. Neko mi aspettava sul pianerottolo, facendo dei piccoli versi mentre cercava di assassinarmi attorcigliando il suo corpo ingombrante fra le mie caviglie.

La piazzai sul letto e feci tutto quello che andava fatto di sera, usando il dentifricio per avere la bocca che sapeva di menta in modo che lei potesse annusarmi la faccia e sfregare la guancia ossuta sulla mia prima che mi addormentassi. Quando scivolai tra le lenzuola, le sentii fredde sulla pelle e mi dimenai cercando una posizione comoda. Da quello di Jae cominciava a sparire il suo odore, e pensai per un attimo di spruzzarci sopra un po' del suo profumo.

"Cazzo, sei patetico, McGinnis," mi rimproverai da solo. Spensi le luci, e mi ero appena sdraiato quando il telefono cinguettò dal comodino. Lo schermo mandò un lampo che durò abbastanza da permettermi di prenderlo.

Era un sms breve, nove lettere spedite attraverso cavi e aria polverosa, ma mi afferrarono il cuore fulminando la sua carne morta. Dopo essermi premuto il telefono sulle labbra risposi all'sms di Jae rispedendogli la sua stessa parola. Il groviglio nel mio petto si districò quando inspirai a fondo, e per la prima volta da una settimana l'aria mi riempì liberamente i polmoni.

"*Saranghae* anche a te, piccolo," mormorai alla notte sperando che le stelle gli portassero quella parola e gliela avvolgessero attorno finché non sarei stato io a stringerlo di nuovo. Mi addormentai cullando il telefono, e lasciando che Jae e il suo affetto sotto forma di pixel tenessero a bada i miei incubi.

Capitolo 9

Arretrai con grazia, strascicando i piedi e abbassando una spalla. Era passato troppo tempo dall'ultima volta che ero stato sul ring, e i guantoni sembravano più pesanti di quanto ricordassi. Se non altro l'odore del casco imbottito mi era familiare, sudore secco e disperazione rancida che mi strisciavano nelle narici. Le protezioni per le guance mi rendevano difficile vedere, ma Bobby aveva insistito perché comprassi una maschera completa, dicendo che non voleva rovinare il mio bel faccino.

In realtà pensavo che stesse approfittando della mia ridotta capacità visiva per martellarmi il cranio a suon di pugni. Lui negava; il ronzio nelle orecchie, però, mi forniva tutte le prove che volevo.

Misi a segno un pugno, uno forte abbastanza da far scattare all'indietro la testa di Bobby. Probabilmente fu un errore. Quel cazzotto, intendo. Non che fosse stato un colpo di fortuna. Sapevo tirare di boxe. Sapevo picchiare duro. Sapevo sia mettere il peso in un colpo sia andargli dietro. Avevo picchiato sodo Mike mentre crescevamo, e poi al liceo ero passato a ragazzi più grossi e più forti che erano convinti che i McGinnis avessero bisogno di una ripassata.

No, tirare un cazzotto in testa a Bobby fu un errore perché gli comunicò che *avevamo smesso di giocare* e che ero pronto a fare qualche round di quelli duri.

Non sapevo se il mio corpo ancora in fase di guarigione potesse reggerli, ma non avrei avuto molta scelta. Lui strinse gli occhi e incassò la testa nelle spalle, dandomi la caccia sul tappeto con piglio da predatore.

Sì, era stato decisamente un errore.

La palestra di JoJo di solito era un posto rumoroso e pieno di fracasso. Gli uomini gridavano e grugnivano nel corso delle loro routine di allenamento al sacco o in coppia. Le poche donne che attraversavano la porta per entrare in quella puzza avevano occhi duri e corpi magri, atlete serie che venivano a fare boxe per imparare lo sport o per migliorare il tono muscolare. La maggior parte degli uomini erano gay e operai. Non era un posto per twinkie o per flirtare ancheggiando. Dalla porta di JoJo entravi pronto a farti pestare o ad allenarti sodo.

Dato lo sguardo di Bobby, stavo seriamente pensando di unirmi al corso di spinning dei twinkie più in là lungo la strada, se fosse servito a salvarmi dai suoi guantoni.

Oh, mi colpì, ma non con le mani. "Allora, quel sorriso stupido che hai in faccia è per via del tuo ragazzo, o hai finalmente recuperato un po' di buonsenso e ti sei trovato qualcun altro da scopare?"

Fortunatamente, attraverso l'ondata di rosso che mi oscurò gli occhi riuscivo ancora a vederci a sufficienza da beccare la sua faccia con i pugni. Sentire l'urto dei guantoni sulla sua testa imbottita servì solo fino a un certo punto. Avevo bisogno di sentirlo arretrare, cedere sotto i miei colpi. Sfortunatamente Bobby arretrò sul ring, ma non fu soltanto lui a cedere. Una scintilla di dolore nella mia spalla esplose in una fiammata più grande, facendo scoppiare nei miei nervi un'ondata di panico. I primi a cedere furono i muscoli del braccio, poi l'articolazione, e i miei movimenti rallentarono di colpo. Mi strinsi il braccio contro il fianco e non vidi il gancio di Bobby finché non fu troppo tardi.

Poi tutto quello che vidi furono le lampade nelle loro gabbie metalliche, appese al soffitto grigio della palestra di JoJo.

Oh, e gli uccellini. Piccoli uccellini azzurri. Non avevo niente da invidiare a Roger Rabbit.

"Merda, ragazzo!" La faccia di Bobby mi comparve davanti, un miscuglio ondeggiante di occhi e naso con una bocca che deviava di lato verso l'orecchio destro. "Pensavo che ti saresti chinato per schivarlo."

"Non posso," mormorai in mezzo agli uccellini. "Braccio andato. Cazzo, mi hai letteralmente steso."

"Sì, beh, siamo pari. Tu mi stavi pestando sodo."

"Fai un passo indietro, razza di gorilla," borbottò JoJo alle sue spalle spingendolo da parte. La sua faccia raggrinzita dal sole era una macchia sfocata di terra d'ombra bruciata e denti gialli. Quella mattina non si era fatto la barba, per cui un leggero tappeto di ricrescita nera e grigia gli copriva le guance molli. "Non hai visto che il ragazzo si stava tenendo il braccio, Dawson? Che cos'hai che non va?"

Bobby gli borbottò contro, ma gli lasciò spazio. "JoJo, ti sei perso il pezzo in cui io facevo la parte del tappeto e lui mi batteva per tirar via la polvere?"

"Sto bene." Cercai di mettermi seduto, ma la palestra ondeggiava un po'. Bobby mi passò un braccio sotto la schiena e mi aiutò ad alzarmi.

"Andiamo a farti controllare. Probabilmente ti ho causato una commozione cerebrale." Dal tono sembrava preoccupato. Era difficile vederlo in faccia, perché tutto quanto era distorto e un po' troppo scuro. Sbattei le palpebre cercando di liberarmi da una linea sfocata davanti all'occhio destro, concentrandomi sul sentiero di formichine nere che lasciava.

"Merda, amico." Puntai i piedi. "Hai fatto girare il caschetto, cazzo. Non si vede un accidente. Sto bene. Basta che me ne sbarazzi."

"Via! Tornate a fare quello che stavate facendo," brontolò JoJo ai pugili che affollavano la palestra. "Dawson, porta il ragazzo giù dal ring e controllagli la testa." Le mani di JoJo erano di un rosa brillante, pelle coriacea tesa sulle dita ossute. Mi tolse il casco e io feci un sospiro di sollievo, incamerando aria. "Quante dita sono queste, McGinnis?"

"Due," risposi io. Mi guardò con la sua tipica fronte corrugata da sharpei, ma permise a Bobby di farmi passare sotto le corde.

"Mettilo sotto la doccia. Se comincia a rimettere la colazione, lo porti al pronto soccorso," borbottò JoJo alle sue spalle. "Razza di stronzo. La prossima volta che non badi a dove gli molli un pugno ti prendo a calci in culo io di persona."

"Penso che tu lo abbia fatto incazzare." Stavo parlando all'ascella di Bobby. Raddrizzarmi mi fece girare un po' la testa, ma stavo comunque meglio di prima; almeno non respiravo più i peli sudati del mio migliore amico. "Hai fatto incazzare anche me."

"Sì, ho pensato di vedere se riuscivo a farti arrabbiare. A scuoterti un po'."

Più che scuse, a me sembrava che Bobby stesse solo cercando di pararsi il culo. Mancava solo che si mettesse a camminare rasente il muro.

"Beh, non ho bisogno che mi scuoti," replicai in tono sarcastico. "Tanto meno che scuoti il mio cazzo di cervello."

"Ho detto che mi dispiace, principessa."

Quando arrivammo alle docce, mi sentivo già meglio e le gambe mi reggevano. Mi staccai dalla presa di Bobby, mi spogliai e andai sotto il getto perché l'acqua mi sciogliesse i muscoli. Il braccio smise di formicolare e lentamente la spalla cominciò a rispondere. L'avevo sforzata troppo, e in un paio d'ore sarei stato viola e nero per i lividi che mi ero procurato da solo. Bobby mi raggiunse mettendosi nello stallo accanto e dandomi un'occhiata ogni tanto per assicurarsi che fossi stabile.

"Mi ha mandato un sms la notte scorsa," dissi sopra il rumore dell'acqua. "Mi ha detto che mi amava. In coreano, ma 'fanculo, mi accontento di quello che mi dà."

"Bene," borbottò lui. "Siete una bella coppia. Almeno si preoccupa che mangi le verdure."

"Amico, praticamente *sono* diventato un vegetale, ormai." Mi asciugai ridendo e andai al mio armadietto. Una volta seduto sulla panca tra le due file di armadietti mi piombò addosso la stanchezza, e mi afflosciai lasciando che i muscoli cominciassero a lamentarsi.

"Tutto a posto?" Bobby mi toccò la spalla. "Davvero, se ti sembra il caso, ti porto all'ospedale, Cole."

"No, sto bene." Mi strofinai la faccia con l'asciugamano, raccogliendo l'acqua che mi stava sgocciolando dai capelli. "Gli ho mandato anch'io un *saranghae* e sono andato a letto."

Lasciai fuori il pezzo in cui abbracciavo il telefono come se fosse il mio orsacchiotto disperso da anni; ero disposto a ingoiare l'orgoglio solo fino a un certo punto.

"Bene." Bobby mi afferrò il mento e mi fissò negli occhi. Cercai di liberarmi, ma non servì a niente. Non so come facesse a non strapparsi via l'uccello quando si masturbava, perché la sua stretta era dura come cemento. "Le pupille sono normali. Okay, adesso mi sento meglio."

"Io no." Mossi la mandibola avanti e indietro. "Merda, che male."

"Povero bimbo," sbuffò infilandosi i boxer. "Vestiti, così possiamo andare via. Ho delle cose da dirti sull'omicidio di Lee."

"E non potevi cominciare la mattina con quello?" brontolai.

"Nahhh." Mi diede una pacca sul culo, lasciando dietro il bruciore. "Devo rimetterti in forma. Quando tu e Jae vi rimetterete insieme, avrai bisogno di tutte le tue forze per quel sesso da rockstar che fate."

QUANDO APRII la porta dell'ufficio le orecchie mi ronzavano ancora un po'. Avevo preso accordi affinché la figlia di Martin, Sissy, venisse a rispondere alle telefonate nel pomeriggio, promettendo a suo padre che avrebbe fatto i compiti mentre lavorava e garantendo a lei che avrebbe avuto accesso a un wi-fi bello potente. Ma al suo arrivo mancavano ancora alcune ore, e l'ufficio era freddo e privo del profumo di caffè.

Pensai a quello per primo, poi porsi a Bobby una manciata di tovagliolini. Aprii il burrito con bacon, uova e formaggio che avevo preso a un negozio di tacos con servizio drive-thru lungo la strada, versai un contenitore di salsa di tomatillo sul ripieno, poi chiusi di nuovo la tortilla.

"Parlami di Lee," dissi prima che Bobby potesse mordere il suo burrito.

Lui inarcò un sopracciglio. "Non puoi aspettare dopo che ho mangiato? Non è che lei possa diventare meno morta di così."

"No." Scelsi una delle patatine extra croccanti dalla zuppa di nachos al formaggio che l'addetto aveva rovesciato sopra le mie *papas*. "Ho pagato io il cibo. Per averlo devi cantare."

"D'accordo, non ti agitare troppo. Ho degli appunti sul telefono," borbottò lui. Controllò qualche schermata e alla fine trovò quello che stava cercando. "Ecco qui. Qualche giorno fa mi sono messo in contatto con il detective che ha preso il caso di Lee. Tu eri occupato a fare l'emo, per cui ho pensato che la questione potesse aspettare. È un tizio di nome Jenkins. Stan Jenkins."

"Aspetta, perché questo nome mi è familiare?" Gli diedi giocosamente una pacca sulle dita mentre lui cercava di acchiappare le mie patatine. "Fanculo. Puoi avere quelle che mi avanzano."

Lui chiuse la mano a pugno e me lo agitò sotto il naso. "Fanculo a te, principessa. Altrimenti ti picchio di nuovo in testa."

Gli lasciai prendere le patatine.

Masticando a bocca aperta in modo che potessi assistere alla sua vittoria, continuò a leggere. "Il nome ti è familiare perché è Stan 'Stagnante' Jenkins."

"Cazzo, è ancora in giro?"

"Gli resta da fare un anno, poi andrà a fare la posta alle anatre in Wyoming. O qualunque posto sia quello in cui la gente spara alle anatre." Mi rubò un'altra patatina, scuotendo via il formaggio prima di ripiegarsela in bocca. "Si potrebbe dire che con questo caso si sta muovendo più lentamente che con gli altri."

"Perché cazzo lo tengono ancora?"

"Perché è vecchio, e sa cose su chiunque abbia mai portato un distintivo dorato dai tempi del Pony Express," mi rimbeccò lui. "Adesso chiudi la bocca e lasciami finire."

"Scusi, Sua Altezza. Per favore, continui."

"A ogni modo, Jenkins ha preso il caso, ma non ha combinato molto. Wong lo ha contattato qualche giorno fa riguardo a un possibile collegamento con Choi, quindi Stan sta cercando di rifilargli anche Lee."

"Come se Dexter avesse bisogno di un altro caso."

"Quale famiglia cinese chiama suo figlio Dexter?" Bobby alzò lo sguardo dal telefono e si accorse della mia occhiataccia. "D'accordo, andiamo avanti. Jenkins ha scoperto un paio di cose che potrebbero interessarti. Sono arrivati i risultati dell'autopsia. Eun Joon Lee era incinta quando è stata uccisa. Di circa quattro mesi."

"Cazzo..." Smisi di scegliere fra le patatine.

"Sì, spero che il pezzo di merda che l'ha uccisa finisca in una fossa di coccodrilli. Una fossa di coccodrilli gay. Coccodrilli gay molto arrapati con degli uccelli davvero grossi. E con degli spuntoni."

"No, no." Agitai la mano per interrompere le sue proteste. "Eun Joon Lee non poteva avere bambini. Era uno dei motivi per cui lei e il marito litigavano. Me lo ha detto la vicina."

"Forse il problema non era Eun Joon." Bobby sventolò le dita verso il soffitto. "Forse i girini del signor Lee erano messi male e lei è andata da qualche altra parte per farsi riempire il burrito."

"Questa probabilmente è la cosa più disgustosa che ti ho mai sentito dire."

"Ah, ragazzo." Bobby morse il suo pranzo pieno di salsa agrodolce. "Allora non mi hai mai ascoltato. Quindi, il piccolo fagottino di gioia della signora Lee potrebbe non essere stato poi così gioioso?"

"Terry, che fra poco sarà l'ex assistente di Gyong-Si, dice che il suo capo faceva 'consulti privati'." Disegnai le virgolette per aria strizzando l'occhio. "Forse l'ultima volta che è andata da lui hanno litigato perché era incinta."

"E quindi lui ha mandato qualcuno a ucciderla?" Bobby mi scrutò con aria cauta. "Un ragionamento molto veloce da parte sua. E ha un killer tra le chiamate rapide?"

"Ehi, sto cercando di capirci qualcosa." Lamentarmi servì solo a fargli alzare gli occhi al cielo. "È una cosa che va controllata."

"Sì, è una cosa che *Wong* deve controllare," ribadì lui.

"Il caso è di Jenkins," gli feci notare. "E lo sai che non combinerà niente. Probabilmente l'unico motivo per cui lo hanno assegnato a lui è che non ci sono indizi. Spiega come mai il rapporto della polizia dice che sono entrati dal balcone. Non c'è nessuna prova che sia successo. Jenkins ha affossato l'indagine."

"Sembra proprio da lui." Bobby si tirò indietro e si diede una pacca sullo stomaco piatto. "Okay, devo fare una corsa per buttare giù questa roba. Immagino di non poter dire niente per convincerti a mollare questo schifo."

"Probabilmente no." Scrollando le spalle appallottolai quello che restava delle mie patatine ormai fredde nel sacchetto accartocciato del drive-thru. "Wong è immerso fino alle palle nell'omicidio di Na, e ha ancora la morte di Choi di cui occuparsi. A Lee non penserà nessuno, perché il suo caso è finito in mano a uno stronzo che preferisce scaldare la sedia piuttosto che prendere un assassino. Il suo record di casi risolti deve avere un numero negativo."

"La colpa è del capitano in carica quanto di Jenkins." Digitò alcune lettere sullo schermo. "Ho alcune buone foto del rapporto scritto da lui. Te le inoltro, ma non c'è granché. Non ha più parlato con il marito da quando hanno scoperto il cadavere, nemmeno per dirgli della gravidanza. Per quel che ne sappiamo il signor Lee ha scoperto di quell'inaspettato miracolo e l'ha fatta fuori."

"Non saprei," ammisi io. "Ma farò attenzione. Cos'è il peggio che può succedere?"

Sissy arrivò in perfetto orario con il fratello poco più grande, Mo, al seguito. Con Martin avevo preso accordi per un solo ragazzo alla volta, ma loro avevano deciso di accamparsi entrambi nel mio ufficio ogni volta che era possibile, se a me non avesse dato fastidio. A essere onesti mi sentivo meglio all'idea che ci fosse Mo con Sissy se io dovevo uscire. Lui era robusto come una tavola di sequoia mescolata con del granito e non avrebbe permesso a nessuno di dare dei problemi a sua sorella. Del resto Sissy non era una timida violetta, nonostante la sua struttura minuta da salice. L'avevo vista in una partita di football davvero tosta con fratelli e cugini. Ripensandoci, forse Mo era lì per impedire a Sissy di stendere chiunque la facesse incazzare.

Avevo il forte sospetto che ogni bambino nato dai discendenti di Claudia dovesse superare l'addestramento per i Berretti Verdi prima che gli permettessero di usare il cognome di famiglia.

Dopo aver illustrato le loro responsabilità di assistenti, mi misi a leggere il rapporto di Jenkins. Sissy si mise a fare i compiti e Mo prese la scopa e andò a spazzare il portico. Lo guardai per un attimo attraverso la porta a zanzariera, e qualcosa sulla mia faccia attirò l'attenzione di Sissy.

"Gli piace spazzare." La sua voce non somigliava per niente a quella della nonna. Claudia sgocciolava sfacciata ospitalità del sud e melassa bruciata, mentre sua nipote dal tono pareva pronta ad annunciare le notizie della sera. "Io faccio i piatti e spolvero. Uno scambio equo. Nella nostra famiglia non pensiamo che i lavori di casa siano una cosa da donne, zio Cole."

"Oh, questo lo so," la rassicurai con un sorrisetto tirato. "Stavo solo… pensando a tua nonna."

Sissy guardò attraverso la porta l'ultimo posto in cui Claudia era stata prima che l'ambulanza venisse a prenderla. "Oh, il portico. Sì, era davvero incazzata per quello. Ha detto che quel giorno era andata a fare spesa al mercato contadino. Penso che fosse furibonda per aver speso soldi per roba che non era riuscita a usare."

"Vi ha parlato di quello che è successo?" Era difficile non fare il terzo grado a una sedicenne riguardo a sua nonna, soprattutto dato che la nonna in questione era la cosa più vicino a una madre che avrei mai avuto. "Le ho detto che se non voleva tornare avrei capito."

"Ah-ah, se vuoi provare a fermarla buona fortuna," sbuffò lei tornando ai suoi compiti di matematica. "Niente impedisce a Nana di fare quello che vuole. Nemmeno un proiettile. *Nessuno.* Tu per lei appartieni alla famiglia quanto uno qualunque dei miei zii. Tornerà al lavoro salendo quei gradini anche solo per una questione di principio."

"È una gran buona donna, lo sai?" mormorai ritrovando il punto in cui ero rimasto con i rapporti.

"Già," concordò Sissy. "E come dice mio padre, tutto quello che facciamo è per renderla fiera di noi. Immagino che valga anche per te, zio Cole."

Li spedii via alle cinque. Se ne andarono con riluttanza. A quanto pareva avere una rete wi-fi a casa voleva dire suddividerla con tutti gli altri fratelli e sorelle. Lì alla McGinnis Investigations, Mo e Sissy erano i soli passeggeri del mio treno a banda larga. La cosa fece un tale effetto a Mo che si offrì di traslocare nella mia sala riunioni e dormire su una branda, se avessi avuto bisogno di lui.

Lo rassicurai che non c'era nessun bisogno. A quel punto lui alzò la posta offrendosi di tosare il prato e lavare i pavimenti. Ero tentato, e mentre me ne stavo lì indeciso, Sissy gli strillò di salire in quell'accidenti di macchina.

Dato che era un giovanotto intelligente, salì in quell'accidenti di macchina.

Stavo lì a guardarli, rimuginando sull'idea di andare a parlare con il marito di Eun Joon, quando vidi una malconcia Ford Explorer parcheggiata dietro la mia Rover. Rimasi lì a fissarla aspettandomi che scomparisse in uno sbuffo di fumo o fra scintille e diavoli ridacchianti appena avessi sbattuto le palpebre.

Sbattei le palpebre. L'auto era ancora allo stesso posto. Il mio cuore no. Aveva deciso di mettersi dei piccoli ramponi e risalire polmoni e gola per arrivare fino alla base del mio cervello. Poi si accampò lì sussurrando con noncuranza una qualche canzone che parlava di gettarsi fra le schegge di vetro del dubbio. Io gli dissi di chiudere quel maledetto becco e andai verso casa mia.

E scoprii che un angelo dalle ali spezzate era caduto sulla mia soglia.

Aveva un bell'aspetto. Non vedevo Jae da più di una settimana, e vederlo faceva... *male*. Era più di un bel faccino e di un corpo snello che potevo far cantare sotto di me. Mi erano mancati i sorrisi timidi che mi faceva quando i nostri occhi si incontravano mentre guardavamo la televisione, e le lamentele borbottate quando rubacchiavo un fungo crudo mentre lui stava cucinando. Volevo le nostre domeniche mattina di pigrizia a letto, con le dita dei piedi intrecciate per proteggerle dalla gatta e il sapore della sua bocca quando lo baciavo dopo che aveva bevuto la sua prima tazza di tè.

Il mio cuore non sussurrava più. Invece stava piangendo, perché voleva essere accarezzato e rassicurato e sapere che aveva ancora una casa tra le mani di quell'uomo.

Attraversai il lungo miglio di cemento che ci separava. Ci volle un istante, ma sembrò durare un'eternità. Dopo non averlo visto per davvero *troppi* giorni, la mia lingua incantatrice e il mio splendido fascino erano affilati e pronti.

"Ehi."

"Ciao." Ah, anche la sua mente acuta lo stava servendo bene.

Si alzò in piedi e si spazzolò via la sabbia dai jeans. Erano fra i miei preferiti, così sottili in alcuni punti che il denim era quasi trasparente, e con degli strappi sulle ginocchia e le cosce. Mentre lavorava li toccava spesso, giocherellando con i fili che pendevano dagli strappi. La vecchia maglietta della Dr Pepper che indossava era una delle mie, che avevo preso da qualche parte. Il rosso violaceo sbiadito stava bene con la sua pelle, somigliava al colore dei morsi che capitava gli lasciassi sulla gola quando non stavo attento.

E Dio, ero stanco di stare attento.

"Perché non sei entrato?" Gli tenni aperta la porta.

"Si stava bene qua fuori. Ho pensato che potevo prendere un po' d'aria fresca e aspettarti."

"La tua gatta stava dando di matto."

"Le hai dato da mangiare?" Evitò il braccio con cui tenevo la porta, ma la sua mano mi sfiorò la pancia. Mi si contrassero i muscoli dello stomaco, e il mio uccello lo salutò mentre passava.

"Sì, altrimenti mi avrebbe mangiato vivo nel sonno."

Lui rise, un suono roco e gorgogliante che faceva anche quando andavo a toccare il nucleo più delicato del suo corpo quando facevamo l'amore. "Allora no, probabilmente è stata troppo felice per sentire la mia mancanza. In pratica è uno stomaco coperto di pelliccia."

"*Io* ho sentito la tua mancanza."

Sì, era una cosa sdolcinata, romanticherie zuccherose in cui non ero mai stato bravo, ma era la verità. Lui si voltò, fermandosi abbastanza a lungo da fare un respiro e leccarsi il labbro superiore. Nell'aria scoppiò una tempesta, calda e crepitante e satura delle fiamme che covavano tra noi da troppi giorni perché i nostri corpi potessero contarli… o perché potesse importarci di qualcosa che non fosse toccare la pelle nuda.

Riuscimmo a fare soltanto tre gradini prima che la mia vecchia maglietta della Dr Pepper finisse sulle assi del pavimento.

CAPITOLO 10

CI SONO dei momenti nella vita in cui la memoria non riesce a catturare i dettagli importanti. La sensazione del tuo primo dentino che comincia a dondolare, che cosa indossavi durante il primo bacio che ti ha ribaltato l'esistenza, o la musica che usciva dallo stereo la prima volta che hai visto una stella cadente. E poi ci sono volte in cui il cervello si accende sul serio e ricorda assolutamente tutto, perché sa che quello è il *Momento*.

Il mio cervello non solo si accese sul serio, ma cominciò a incidere cose su tavole di pietra che avrei portato alla montagna per mostrarle a tutti affinché le seguissero come vangelo.

Se c'era qualche dubbio che Dio amasse gli uomini gay, la prova stava nella bocca di Jae-Min.

Passai del tempo a esplorare quello che Dio gli aveva donato. Presi il suo viso tra le mani, con i nostri corpi che si toccavano a malapena e il suo petto nudo che sfiorava il mio. Anche attraverso la maglietta di cotone quel contatto mi stuzzicava i capezzoli, facendoli indurire. Jae profumava di tè verde, luce del sole e dell'aroma sensuale del sudore maschile. E il suo sapore era puro paradiso.

A un certo punto gli avevo insegnato a fare i toast alla cannella. Non li aveva mai mangiati, e dopo essermi rialzato dal pavimento su cui ero caduto per lo shock, avevo provveduto a istruirlo sul delicato equilibrio fra quella spezia pungente e lo zucchero, e su quanto burro fresco dovesse andare sul pane tostato quasi troppo scuro. Era un bravo studente e aveva padroneggiato in fretta la mossa di scuoti-e-ripeti che usavo per intridere il toast di zucchero. Era un cibo che amava; ne mangiucchiava dei triangoli mentre sorseggiava il tè, e i nostri baci mattutini erano bollenti e speziati di cannella calda e dolce.

Era il sapore che aveva adesso. Di cannella e desiderio. Di amore e sesso. Di mezzanotti dolci e belle risate.

Quel sapore pungente crebbe nella mia bocca fino al punto che non riuscii più a inghiottirne abbastanza.

Analizzai le sensazioni, assaporando la ruvidezza della sua lingua contro la mia e la superficie liscia del suo palato quando lo leccavo.

514

Premendo leggermente con il pollice sulla mandibola, lo incitai ad aprire la bocca, a lasciarmi viaggiare nel suo sapore, andando a fondo quanto volevo.

Lui gemette e scivolò sul mio corpo, inclinando la testa all'indietro e arrendendosi alla mia esplorazione.

Lo tirai in soggiorno. Non mi importava della regola niente-sesso-sul-tavolo, e nemmeno se ci fossero ancora dei preservativi nascosti da qualche parte nel mobile da farmacista. Bruciavo dal desiderio di stare dentro di lui: la mia bocca... le mie dita... il mio uccello. Diavolo, se la mia pelle avesse potuto staccarsi dalle ossa e avvolgersi attorno al suo corpo snello lo avrebbe fatto. Qualsiasi cosa, pur di spegnere quel bisogno di lui.

Le candele sul mobile da farmacista volarono via. Una rotolò lì vicino assieme alla bugia su cui era stata infilata, ma l'altra atterrò in un punto che non riuscivo a vedere. Dato che non avevo sentito la gatta protestare con versi sdegnati, pensai che potevo stare tranquillo. Volevo vedere Jae aperto davanti a me. Il divano era troppo stretto, e il letto troppo distante. Toccava per forza quel mobile.

"Non. Sopra. Il. Tavolo," ansimò Jae fra un bacio e l'altro. "Ci mangiamo..."

"In questo momento l'unica cosa che sta per essere mangiata sei tu," ringhiai mordendogli la gola nuda. Nessuno dei bottoni della mia camicia si salvò; saltarono tutti via con dei leggeri tintinnii quando me la strappai di dosso. "Adesso chiudi il becco prima che ti ci leghi."

In effetti sembrava una buona idea. Quel mobile antico era enorme, un blocco quadrato di legno e ferro con file di cassetti da entrambe le parti. Le maniglie dei cassetti più in alto erano larghi anelli, forti abbastanza da trattenere qualsiasi cosa ci avessi legato, incluso un coreano che si contorceva.

Il pensiero di Jae sdraiato e teso su quel legno color miele, nudo e inerme contro la mia lingua e le mie dita, me lo fece venire così duro da star male.

"Cazzo, ricordami di nascondere da queste parti un po' delle mie vecchie cravatte la prossima volta," gli mormorai all'orecchio. "Devo scoparti legato a quest'affare, un giorno o l'altro."

I cuscini quadrati che Maddy aveva insistito a farmi comprare erano abbastanza soffici da proteggergli fianchi e testa. Assieme a una soffice coperta di cachemire, crearono un nido perfetto in cui far sdraiare il mio amante. Lui resistette quanto bastava per una debole protesta sulle funzioni da tavolo di quel mobile, ma io inghiottii le sue lamentele con un bacio duro.

"È per questo che hanno inventato il detergente al pino, piccolo." Lo spinsi giù sui cuscini e gli sollevai i fianchi in modo da potergli sbottonare i jeans. "Fidati di me. Ho un bottiglione intero di quella roba in cucina."

Era il paio dei suoi jeans che preferivo, ma non fui attento. Non mi importava se i rivetti fossero saltati o se gli avessi strappato le asole mentre gli sbottonavo la patta. Volevo che sparissero. Subito.

La sua pelle era bianca quasi quanto i punti assottigliati sui jeans, e quando gli aprii la patta scoprii che era partito dalla sua oasi di blocchi di cemento senza biancheria addosso. Una linea sottile scendeva dall'ombelico infittendosi in un nido di seta nera sopra il sesso. Lasciai la sua asta intrappolata sotto la parte cucita della patta, concentrandomi solo sulla base che avevo portato alla luce. Era già eccitato e lottava contro le sue restrizioni, spingendosi più in alto. Tolse le mani dalle mie spalle e le agganciò alla cintola dei jeans per abbassarli, ma io gli afferrai i polsi, allontanandole.

"No, non ancora, *agi*." Appoggiai il mento sulle sue gambe e fissai quegli occhi color miele di castagno. "Voglio…"

Non finii quello che stavo dicendo. Invece, cominciai a finire quello che avevo iniziato.

Nascondendo la guancia contro il suo ventre morbido, feci un respiro profondo inspirando il suo profumo fino a ubriacarmene. Poi lo leccai, il suo sapore come champagne fatto di luce lunare. Era passata solo una settimana, forse un po' di più, ma dovetti costringermi a resistere e prendermi il mio tempo. Passando il naso sulla base del membro che si irrigidiva leccai quella pelle che pareva cipria, passando la lingua sopra e sotto.

Massaggiai la punta rigonfia ancora nascosta alla mia vista, passando le dita sulle ribattiture del denim e scendendo in basso ad accarezzargli lo scroto che sapevo essere esattamente *lì*. Jae teneva gli occhi fissi su di me, scuri e spalancati, fissando ogni mia mossa. Lo leccai guardandolo in viso. I suoi denti furono un lampo bianco di dolore sul labbro inferiore gonfio per i baci, e morse forte per impedirsi di gridare quando gli succhiai la base dell'uccello. Maltrattò il cachemire, artigliando la lana sottile con le lunghe dita.

Contorcendosi, mi agganciò le gambe sopra le spalle, premendomi d'istinto verso il basso e inarcandosi a ogni colpo lungo e bagnato della mia lingua. "Cole… *jagiya*… per favore…"

Il denim sotto le mie dita era umido per via della sua erezione gocciolante. Abbassai la testa concentrando l'attenzione e la bocca sul punto inzuppato del suo inguine. Fu un'esplosione di sapori familiari, spezie e sale e un pizzico di crema e sesso. Succhiai forte, tirando il tessuto e inumidendolo con la lingua, prendendo più che potevo di quel liquido causato dall'eccitazione.

Doveva essere stato troppo per lui, perché si allungò in avanti per spingermi via. Rifiutai di arrendermi, lasciando che spingesse quanto voleva, poi mordendo il punto che avevo bagnato con la bocca. I miei denti fecero presa sul denim e sulla carne che c'era sotto. Attraverso la stoffa il mio morso era attutito, ma faceva sfregare sulla punta del suo uccello le cuciture della stoffa. Sapendo che sotto i jeans era nudo. mi assicurai che sentisse ogni increspatura del jeans, puntando i denti contro le cuciture e mordendo il punto più salato.

Quando affondò le dita nella mia spalla dolorante decisi che ne aveva avuto abbastanza. Soprattutto perché aveva le unghie appuntite, e il sudore faceva bruciare i graffi sulla mia schiena. I suoi gemiti mi solleticavano i timpani, profonde fusa di gola che mi agganciavano i testicoli come una stretta.

Il mobile da farmacista era troppo duro, e quando mi ci arrampicai sopra per baciargli la pancia non riuscii a trovare un'angolazione comoda per le ginocchia. I suoi jeans si agganciarono a uno dei rivetti di ferro della rifinitura più in alto, e li liberai con attenzione prima di lanciarli da una parte a raggiungere le candele.

Arruffato, aveva fatto aderire il corpo al mio torace, aggrappandosi al mio collo. Appoggiai le mani accanto ai suoi fianchi per sostenere il mio peso e gli catturai la bocca, condividendo quel sapore muschiato in un bacio bollente. Non lo lasciai andare finché non boccheggiò in cerca d'aria, e soltanto allora mi tirai indietro per il tempo che bastava a trovare il punto in cui si era tormentato il labbro inferiore.

Avevo bisogno di mordere quello stesso punto. Così come avevo bisogno di succhiare il suo sapore dai suoi jeans, avevo bisogno di affondare i denti nella depressione che aveva creato quando lo avevo portato al limite. Si era morsicato forte, quasi da sanguinare, e i suoi denti avevano strappato via un frammento di pelle.

Succhiai quel labbro giocando con il bacio, agganciandogli le mani sul sedere prima di sollevarlo dal mobile.

"Cosa...?" Jae sussultò e io per poco non lo lasciai cadere. La spalla faticava sotto il suo peso, e il tessuto cicatriziale sulle mie costole protestò con una fitta. "Cole-ah..."

"Ti sposto," grugnii sistemandolo sul divano. "Quel maledetto coso è troppo duro. Mi resteranno i segni sulle ginocchia." Morsi la pelle morbida della sua mandibola. "Girati e reggiti allo schienale, perché ho intenzione di scoparti fino a lasciarci la tua impronta."

Gettai di lato la coperta di cachemire e trovai il cassetto in cui avevamo stipato le scorte. Volevo ancora vederlo legato ed esposto su quel mobile, ma avremmo dovuto aspettare finché non avessi trovato un'imbottitura spessa con cui ricoprire quell'affare malefico. C'è un limite alla quantità di dolore che uno può sopportare durante il sesso, e perforarmi le ginocchia con delle antiche borchie di metallo non era in cima alla mia lista delle perversioni.

Quando mi voltai di nuovo lui mi stava aspettando. In ginocchio. Chinato, con il petto premuto contro lo schienale del divano. Con le gambe aperte e i piedi ben distanti. Ettari di pelle color avorio e muscoli, snello e forte, con lo scroto roseo e arrossato che pendeva davanti al sedere aperto. Si voltò a guardarmi; era una sinfonia di ombre, chiaro e rosa, una bellezza delicata e definita dalla struttura delle ossa sottili.

Appoggiai il lubrificante sul divano e mi presi del tempo per passargli le mani sulle spalle e poi giù sulla schiena. Lo baciai lungo la spina dorsale facendo lo slalom con la punta della lingua finché Jae non si dimenò per quel contatto. Cercò di girarsi, allungando una mano ad agganciare un passante dei miei jeans. Io mi liberai, gli misi una mano tra le scapole per tenerlo fermo e usai l'altra per aprirmi la lampo.

Scalciai via jeans e boxer, poi aprii il lubrificante e gli passai le unghie sulla schiena, guardando i muscoli che si contraevano e si rilassavano sotto il mio tocco. Lui alzò le spalle per venire incontro alle mie dita e inarcò la spina dorsale, aprendo le natiche rotonde e mostrando uno scorcio della sua apertura color prugna.

Quando gli posai la bocca sopra al sedere, lui rabbrividì e sentii la pelle d'oca che si alzava sotto la mia lingua. La affondai fra le sue natiche, fermandomi in cima al solco, facendo attenzione a non andare oltre. A Jae-Min non piaceva il rimming, ma il suo corpo aveva una quantità di altri punti che lo facevano cantare quando venivano baciati o morsi, comprese le natiche sode.

Mi riempii la bocca più che potevo della sua carne e affondai i denti nella sua pelle, stringendo leggermente finché lui non cercò di liberarsi. Lo marchiai anche sull'altro lato, questa volta succhiando abbastanza forte da fargli venire un livido. Soddisfatto dal segno che si stava formando contro la mia lingua, continuai così e mi versai un po' di lubrificante sulle dita, sfregandole finché non furono scivolose.

Quindi ne infilai due nella sua apertura e catturai il suo mugolio in un bacio.

Era caldo e stretto, e si contraeva attorno alle mie dita risucchiandole. Il mio uccello era pronto e scalpitante, e sfregava sul retro delle sue gambe lasciandogli una scia argentea e salata sull'interno delle cosce. Jae allungò una mano a quelle tracce e si portò le dita umide alla bocca, assicurandosi che potessi vedere bene ogni centimetro delle sue dita che scompariva in quel bacio avido.

"Ha un buon sapore, piccolo?" mormorai passandogli gli incisivi sulla spalla. Lui annuì e spinse indietro, impalandosi sulla mia mano. Infilarmi il preservativo fu difficile, ma tenni occupato Jae finché non riuscii a srotolarmelo addosso. Jae dal canto suo aveva altre idee su cosa volesse dire la parola *occupato*.

Togliendosi le dita di bocca mi passò sulla guancia la mano umida di saliva e liquido preseminale e sussurrò: "È più bello quando sei dentro di me."

Feci gocciolare altro lubrificante sul mio sesso e tirai via la mano, poi guidai la punta verso il muscolo pulsante e mi spinsi dentro, tirando indietro la testa e godendomi i muscoli stretti che si contraevano attorno a me. Mi presi tutto il tempo, andando abbastanza a fondo da sentirlo prima contrarsi mentre la pelle sul mio glande tirava man mano che lo penetravo, poi allentarsi quando arretrai con un sospiro silenzioso. Lo stuzzicai per un po' tenendogli fermi i fianchi, spingendomi dentro e poi tirandomi fuori quasi del tutto, finché lui non mugolò.

"Adesso, *agi*." Il suo inglese si disintegrò ancora di più e lui imprecò contro di me, maledizioni roventi, probabilmente mentre immaginava mille modi per mungere una capra o tirare il collo a un pollo. Il mio coreano non andava molto oltre a quello che serviva per ordinare il pranzo, *ti amo* e *che bello*, e nessuna di queste frasi somigliava a quello che usciva dalla bocca di Jae.

Nel caso non avessi colto del tutto la sua impazienza, mi afferrò il retro delle cosce appoggiando tutto il peso sul divano, per attirarmi nel suo corpo. Le sue dita mi affondarono nella pelle e io sibilai per quella fitta di dolore.

Faceva male. Probabilmente non quanto le linee parallele di graffi sulla mia spalla, ma sufficienti a farmi cambiare idea sul fatto di stuzzicarlo.

Ridacchiando per la sua impazienza, mi spinsi in quel calore teso e cominciai ad accendermi sul serio.

Alcuni incendi divampano incontrollati, creando una situazione meteorologica tutta loro. L'aria si trasforma in una tempesta, scatenando forti venti e fulmini che colpiscono da un lato all'altro investendo qualsiasi cosa sia sul loro percorso. Scivolare nel corpo di Jae era come cadere nudo e intriso di benzina nel bel mezzo di una tempesta di fuoco. Sapevo che sarebbe stata la mia morte, ma correrle incontro era adrenalina pura ed era un'esperienza senza la quale non potevo vivere.

Lui era casa. Esotico e accogliente. Un mistero familiare, che mi faceva diventare pazzo ogni volta che combattevo contro il mio istinto di tenerlo attaccato a me quando temevo che se ne sarebbe andato, o alzare le braccia al cielo e scappare via più in fretta che potevo quando non riuscivo a comprenderlo. Annidato a fondo nelle sue viscere, sentii la mia anima riversarsi negli angoli più distanti della mia coscienza, e poi spiccare il volo.

Jae si raddrizzò tirandomi ancora più a fondo. Appoggiai le ginocchia sul bordo del cuscino e cominciai a muovermi. All'inizio lentamente, lunghi movimenti profondi per fendere il suo desiderio. Il suo punto più sensibile attirava la punta del mio membro, facendosi baciare dal mio glande. Lo colpii ancora una volta, premendo alla base della schiena, chiudendogli le natiche in modo da poter sentire il bruciore del suo corpo. Jae si contorse rabbrividendo attorno a me e mi afferrò i capelli, tirandomi la testa in avanti finché le nostre bocche non riuscirono a toccarsi.

Restammo così, bloccati in un doppio bacio di lingue e di sesso. Spinsi più forte, infiammando i nervi più sensibili del suo corpo, che cedette, incapace di mantenere anche solo un'apparenza di contegno mentre lo martellavo strappandogli ogni controllo. Lo sentii stringersi sulla base del mio uccello, e poi la sua pelle si increspò dicendomi che era vicino al limite.

Feci scivolare una mano sul suo fianco, trovai il suo bel membro e ne strofinai la punta, usando il liquido che ne era sgocciolato per accarezzargli l'asta. Jae sibilò, sobbalzando per quel tocco troppo crudo sul suo sesso bramoso, poi si curvò sulla mia stretta, scopandomi la mano quando la chiusi attorno a lui.

Non avevamo più parole. Non più. I nostri nomi diventarono il nostro unico linguaggio, combinati con gemiti sussurrati e con i cigolii del divano sul pavimento del soggiorno quando i nostri sforzi diventarono troppo selvaggi perché la mobilia potesse reggerli. Jae sussultò nella mia mano con la prima scossa del suo orgasmo, e io gli strinsi l'altro braccio attorno al petto per riportarlo indietro.

"Cole, così vicino," ansimò. Poi chinò la testa in avanti e io gli passai i denti sulla nuca marchiando la pelle con delle righe rosse.

Facendolo muovere avanti e indietro sul mio uccello, affondai dentro di lui, tenendolo al culmine mentre lo prosciugavo con le dita. Continuai ad affondare con forza in lui e a marchiarlo, mordendo tutti i punti che riuscivo a raggiungere e tormentando le sue carni finché non mi lasciavo dietro un segno. Volevo incidere una parte di me stesso su di lui... dentro di lui... e per la prima volta da quando ne aveva parlato mi resi conto di quanto desiderassi possederlo senza niente fra di noi... niente lattice... niente bugie... niente pressioni familiari... niente, tranne i suoni e le sensazioni dei nostri corpi.

"*Saranghae, agi,*" gli sussurrai all'orecchio mordendogli il lobo. "Ti amo così tanto che non voglio lasciarti andare."

Venne. Violentemente. Un attimo era un caos tremante di passione sul mio grembo, e un attimo dopo il suo piacere mi stava riempiendo il palmo. Quello schizzo caldo sulla mano mi spinse ancora più a fondo nella tempesta di fuoco e finalmente cedetti, lasciando che il mio autocontrollo diventasse cenere e che il mio corpo volteggiasse in quei venti feroci.

Il mondo si trasformò in un vortice nero, e per un attimo non riuscii a respirare. L'aria che inspiravo mi soffocava, ma continuai a spingermi dentro di lui, strappandogli ogni ansito e gemito che potevo. Avevamo il torace scivoloso di sudore, e a parte il suono dei nostri corpi, pelle bagnata contro pelle bagnata, nelle orecchie avevo solo il mio cuore che martellava e il suo ringhiante sollievo.

Mi liberai, riversandomi nel mio amante. L'impeto cominciò fra le mie gambe, cogliendo i miei nervi di sorpresa e torcendoli finché non riuscii più a sentire la differenza fra ciò che era dentro e ciò che era fuori del mio corpo. Jae si spinse all'indietro curvando la schiena contro il mio ventre e il mio petto, e io sprofondai in quella curva elegante sollevando le braccia per tenerlo stretto contro di me.

Il mio membro continuava a pulsare, pompando il suo desiderio nel corpo di Jae, che adesso si era rilassato. Non più eccitato né così dolorosamente stretto, mi tenne gentilmente fra le natiche ondeggiando piano per farmi arrivare alla fine. Baciando i piccoli segni che avevo lasciato sulle sue spalle, crollai di lato sui cuscini, portandolo con me.

Restammo così, ancora uniti, senza fare niente a parte cercare di riprendere fiato. Gli passai le dita sulla pancia lasciando dei sentieri, usando le sue tracce appiccicose che mi si stavano asciugando sotto le unghie. Lui si spostò, giusto quel tanto che bastava per stare più comodo, ma il mio sesso avvolto nel lattice scivolò fuori dal suo corpo e io sospirai, rassegnato a non sentirlo più attorno a me.

Sai," dissi quando finalmente riuscii di nuovo a sentirmi la lingua in bocca. "Credo di non aver dedicato abbastanza tempo ai tuoi capezzoli." Ne torsi uno, e lui sibilò. "Ah, suppongo di averci dedicato abbastanza tempo da renderli sensibili. Dammi un minuto e posso leccarlo per farlo stare meglio."

"Non posso restare," sussurrò Jae. "Io… non volevo… che succedesse questo."

"Cosa? *Questo*? *Questo* succede sempre, piccolo." Quando Jae si staccò da me, fui investito da un soffio d'aria fredda. "Io amo *questo*. Amo *te*. *Questo* è quello che succede quando le persone si amano."

"No, Cole-ah." Jae allungò la mano verso i jeans, rifiutandosi di guardarmi negli occhi mentre li tirava sui fianchi snelli. "Non sono venuto qui per fare l'amore con te. Sono venuto qui per dirti addio."

CAPITOLO 11

NON AVEVO intenzione di fare quella conversazione nudo e con l'uccello intrappolato in un palloncino pieno di sperma. Mi liberai con uno strattone del preservativo, che finì nel cestino della spazzatura assieme a tutte quelle stupide riviste piene di cartoline pubblicitarie. Ancora appiccicoso per la nostra unione, mi staccai dal divano e mi infilai i boxer, rischiando di picchiare la testa contro il mobile da farmacista nella fretta di tirarmeli su.

Non c'era bisogno che mi sbrigassi. Jae non stava andando da nessuna parte. In effetti si era infilato i jeans e poi si era lasciato cadere di nuovo sul divano, senza badare a tutto quello che avevamo sparso sui cuscini.

Lasciato cadere era un termine troppo energico. A guardarlo dall'altra estremità del divano, con il suo lungo corpo ripiegato su se stesso, *crollato* era una scelta molto più adeguata. Anche *devastato* era una buona scelta, ma *frantumato* mi piaceva di più.

"Non ti permetterò di dirmi addio," mormorai arrampicandomi accanto a lui. Gli sfiorai leggermente il braccio con la punta delle dita, passandole su fino al gomito e poi giù fino al polso, e nel farlo rimasi scioccato di quanto fosse freddo contro la mia mano. "Jae, parlami. Che cosa intendevi con… *addio*?"

"Non posso farlo, *agi*." Alzò lo sguardo verso di me, con gli occhi lucidi di lacrime. Gli si aggrapparono alle ciglia diventando sempre più pesanti mentre le guardavo. Poi una cadde, scendendo lungo la guancia che avevo baciato pochi minuti prima. Un'altra seguì la sua scia, e formarono una singola goccia pesante pronta a cadere dalla mandibola di Jae.

"Che cosa intendevi?" insistetti baciando via quella lacrima prima che potesse cadere sulla sua spalla. Era come se avessi bisogno di impedire a quel dolore di atterrargli sul petto, di tenerlo lontano da dove teneva il suo cuore, lontano da dove teneva il suo amore per me. Se fossi riuscito a fare quello, allora avrei potuto tenerlo al sicuro da qualsiasi cosa lo stesse inseguendo, da qualsiasi cosa lo avesse ferito.

Erano sciocchezze senza senso, e come a deridere gli incubi silenziosi che galoppavano attraverso la mia mente, lui sorrise nel sentire le mie labbra che gli sfioravano dolcemente il viso. Odiava essere toccato quando era emotivo. Odiava sentirsi debole e avere bisogno di qualcuno. Di solito dovevo aspettare perché venisse da me in cerca di conforto. In questo caso, non avevo intenzione di aspettare.

Non con quel freddo da gelare il sangue che si spandeva nel mio petto e fra le mie paure.

Le mie paure da ragazzina potevano aspettare. Era ora di dare la caccia ai fantasmi di Jae. I miei potevano farsi una sega in attesa del loro turno.

Lo presi fra le braccia tirandolo sul mio grembo come facevo con la sua gatta quando aveva bisogno di attenzioni. Rimase seduto lì tirando su le gambe e lasciò che lo cullassi, sospirando perfino quando gli accarezzai i capelli. Puzzavamo, e restavamo appiccicati dove la mia pelle toccava la sua, ma non aveva importanza. Tutto quello che aveva importanza era che la mia pelle toccava la sua, e che la sua spina dorsale rigida e tesa cominciava a rilassarsi.

Il sole tramontò su di noi facendo allungare le ombre del soggiorno. Il lampadario che avevo lasciato acceso nella stanza sul davanti mandava abbastanza luce perché riuscissi a vederlo, ma non avrebbe avuto importanza neanche se fossimo stati avvolti nelle tenebre. Circa mezz'ora dopo che si era accasciato, il suo logoro autocontrollo cedette e le spalle cominciarono a tremargli sotto il peso della tristezza.

Tenerlo stretto faceva male quanto avergli sentito dire che aveva avuto intenzione di dirmi addio. Lui aveva tenuto stretto me quando ero andato a pezzi in automobile dopo la peggiore cena della mia vita. Io potevo reggere e tenere stretto lui. Anche se ognuna delle sue lacrime mi bruciava attraverso come se fossero gocce di metallo fuso sulla mia anima di plastica, lui valeva bene quel dolore, valeva tutta quell'angoscia. Glielo dissi, mormorando e cullandolo mentre piangeva. Pianse disperatamente, cascate di suoni frantumati e brividi che lo scuotevano fino alle ossa.

"Non importa che cosa stai passando, Jae," gli sussurrai all'orecchio. "Io ci sarò. Di qualsiasi cosa tu abbia bisogno, farò in modo che succeda. Andrà tutto bene. Te lo prometto, piccolo. Farò in modo che vada tutto bene."

Dopo circa un'ora i tremiti si calmarono, ma lui rimase tra le mie braccia, afflosciato e nascosto dietro il velo dei suoi capelli neri. Mi faceva male dappertutto. La spalla pulsava per l'incontro di boxe con Bobby, e avevo cosce e ginocchia scosse dai brividi per via del sesso. Avevo una contrattura al collo per il modo in cui tenevo stretto Jae, ma rimasi fermo, lasciando che assorbisse tutto quello di cui aveva bisogno da me.

Se fossi morto così, tenendolo stretto mentre piangeva, non me ne sarei lamentato.

"Sono venuto per dirti addio… per dirti che non posso… fare questo… non posso più essere questo, ma non ci riesco. Non a te. Non a me."

"Che cosa è successo? È stata tua sorella? Jae, possiamo sistemare la cosa insieme. Devi solo fidarti di me. Abbi un po' di fede in me, in noi."

"Mi ha telefonato mia madre." Lo sentii a malapena, dietro i capelli e i singhiozzi che gli sfuggivano ogni tanto, ma quelle parole mi spaventarono all'istante.

Una brusca svolta nella conversazione, ma la seguii con lui. "Che cosa ha detto?"

"Zio vuole Jae-Su." Si tirò un po' indietro e io mi spostai per cullarlo più comodamente. Facendolo ruotare un po' riuscii a guardarlo in faccia, una bellezza sfinita, sovraccarica per il peso delle pressioni altrui. "Lei ci sta perdendo la testa."

"D'accordo, è esattamente come quando gioco a Pictionary con te, mi sono perso."

"Zio Kim, il padre di Hyun-Shik, vuole adottare formalmente Jae-Su. Fare di Su il suo *vero* figlio. Il suo figlio *legittimo*." Gli sfuggì un altro di quei sospiri tremanti. "Mia madre non la sta prendendo bene. È… frenetica. È per questo che Tiffany è scappata via. Mia madre le è corsa dietro con le forbici in mano durante un litigio. Le cose là non stanno andando bene. È troppo, Cole-ah. Mia madre. Mio fratello. Poi Tiff che scopre di noi, è semplicemente diventato troppo."

D'accordo, quindi sua madre era pazza, ma l'idea che il cugino di chissà quale grado che Jae chiamava Zio con la maiuscola adottasse suo fratello maggiore non aveva nessun senso. Lo zio in questione non aveva una gran lista di successi. Sua figlia aveva ucciso Hyun-Shik, il figlio segretamente gay, poi aveva assassinato praticamente chiunque fosse collegato con lui. Avrei preferito farmi tagliare via le palle con un tagliaunghie non affilato e arrugginito piuttosto che far parte di quella famiglia.

"Torna un po' indietro e rispiegamelo." Quando mi guardò con un leggero cipiglio gli baciai l'angolo della bocca. Per fare il diagramma di quella famiglia mi ci sarebbe voluta una lavagna. "La parte che riguarda Jae-Su. Sul resto ci lavoreremo più tardi."

"Jae-Su è figlio di Zio." Jae rabbrividì. "Mia madre… lei era l'amante di Zio. Adesso che Hyun-Shik è morto lui ha bisogno di qualcuno che subentri come suo erede, dato che Grace è…"

"Aspetta un secondo." Mi si annodò lo stomaco e a quell'idea mi venne quasi la nausea. "Hyun-Shik era tuo… *fratello*?"

"Non mio." Mi guardò alzando gli occhi al cielo. "È un'idea malata perfino per te. Solo Jae-Su. Io e Tiff abbiamo lo stesso padre. Non so chi sia il padre di Ree. Non so se mia *madre* sappia chi sia il padre di Ree. Non te lo avevo raccontato? Pensavo di avertelo detto."

Non mi era piaciuto quello che avevo scoperto su Hyun-Shik mentre indagavo sul suo assassinio. Era uno stronzo manipolatore che aveva scopato un Jae che non aveva ancora l'età per fare sesso, poi gli aveva fatto da magnaccia portandolo in un club di gentiluomini a fare il ballerino quando la zia di Jae lo aveva cacciato di casa perché era gay. Avrei quasi voluto baciare sua sorella Grace quando avevo scoperto che era stata lei a ucciderlo, se in quel momento non fosse stata occupata a cercare di ammazzare me.

"No, no, ti garantisco che è la prima volta che me lo racconti." La madre di Jae era una specie di puttana, ma quello me lo tenni per me. Invece, mi concentrai di nuovo sulla conversazione. "Quindi tua zia, la madre di Grace, sa che tua madre… ehm…"

"Ha avuto un figlio da Zio?" Tirò su col naso. "Sì, è per questo che odia la nostra famiglia. Zio è cugino di mia madre, ricordi? Loro erano… vicini, quando vivevano a Seul, e lei è andata a lavorare per la famiglia di lui. Poi è rimasta incinta, e quando Zio si è trasferito qui ha fatto la stessa cosa."

Adesso aveva senso il fatto che Jae fosse nato in America e suo fratello invece fosse coreano. "Jae-Su è più vecchio di Hyun-Shik?"

"No." Si morse il labbro, riflettendo. Poi si sfregò il viso. Le sue mani sembrarono spargergli su bocca e guance la stanchezza che aveva attorno agli occhi. "Più giovane. Un anno, credo. Forse meno."

"Quindi tua madre era…" Era una conversazione delicata, che non pensavo di poter gestire senza ferire la sensibilità di Jae. "D'accordo, tua madre ha avuto una relazione con un uomo sposato ed è rimasta incinta. Adesso tuo zio… cugino di terzo grado, quello che è, vuole che quel figlio ormai adulto entri negli affari di famiglia perché il modello originale è morto?"

"Sì." Jae annuì. "Zio mandava soldi a mia madre per mantenere Jae-Su. Adesso lei sente che le verrà portato via… e che perderà tutto quello che le è rimasto di Zio… E probabilmente anche i soldi che lui le mandava. Non so, è *complicato*. Come faccio a dirle che mi piacciono gli uomini? Adesso? Quando pare che io sarò l'unico figlio che le rimane?"

Diavolo! La madre di Jae aveva già una presa piuttosto labile sulla realtà. Perdere i pasti gratis l'avrebbe spedita oltre il limite. Perdere Jae, d'altra parte, avrebbe ucciso me.

"E quindi sei tornato per rompere con me." Nella mente di Jae aveva senso. Le mie viscere non erano granché entusiasti di quel piano, ma dovevo riconoscerne la logica. "Se devo essere onesto, sono abbastanza contento che tu non possa farcela. Che cosa ti ha fatto cambiare idea?"

"Voglio essere felice, Cole-ah." Appoggiò il viso al mio braccio e mi guardò in faccia. Le lampade vecchio stile nel vialetto erano accese e dalle finestre del soggiorno entrava un morbido bagliore giallo. Addolciva le linee scavate sul suo viso dalla sofferenza, anche se non quanto il sorriso che mi fece quando mi toccò la faccia con le dita. "Voglio essere felice con te. *Voglio*... tu mi hai fatto volere cose che non posso avere, e adesso, ora che mi sento come se stessi perdendo tutto, come se *dovessi* perdere tutto, sei ancora qui. A tenermi. Ad amarmi. E questo mi fa male, Cole-ah. Per quanto io ami averti, mi spezza dentro."

Era il momento di essere coraggioso. Anche se questo alla fine avrebbe spezzato me. Dovevo essere... uomo.

"Vuoi che ti lasci andare?"

Il suo sguardo innocente guizzò sul mio viso, in cerca di qualcosa che non sapevo se avesse trovato. Se voleva che lo lasciassi andare, lo avrei fatto. Ero stanco anch'io. Ma se aveva bisogno che io fossi forte, sarei stato forte quanto bastava da allontanarmi da lui. O perlomeno da allontanarmi abbastanza perché lui non potesse vedermi. Poi sarei crollato sui vetri rotti che lui aveva lasciato lì perché ci cadessi sopra.

"No, *agi*." Jae si contorse sul mio grembo e si mise a cavalcioni delle mie cosce. Poi mi mise le mani sulle guance e mi baciò.

Dopo mesi che faceva parte della mia vita, i suoi baci riuscivano ancora a togliermi il fiato.

Quando ebbe finito, decisi che respirare era decisamente sopravvalutato.

"Quindi no, allora?" Inclinai la testa, fissando il feroce uomo con un così bel viso che poteva dirmi di mi amava soltanto in coreano. "Perché ti devo spiegare una cosa. Se mi dici *No, Cole, non lasciarmi andare*, l'accordo è chiuso. Non riuscirai mai più a liberarti di me."

Portò le labbra così vicine alle mie che sentii la sua bocca muoversi mentre diceva: "No, Cole-ah, non lasciarmi *mai più* andare."

Questa volta fu il mio bacio a rubare l'aria dai suoi polmoni, e in qualche modo Jae finì sotto di me e inchiodato al divano. Le sue mani erano tra i miei capelli; strattonavano e mi tiravano più vicino, rifiutando di lasciarmi alzare. Le nostre lingue combattevano una battaglia tutta loro, ignorando il sesso esplosivo che avevamo già fatto. Il mio membro sussultò, dicendomi che era pronto per un secondo giro di giostra. Io lo ignorai.

A volte avevano importanza solo baci e coccole. Soprattutto quando un certo feroce uomo coreano aveva bisogno di essere tenuto stretto.

"Ho bisogno di essere quest'uomo con te, Cole-ah. Un uomo che ama gli uomini, e questo mi spaventa. Mi spaventa così profondamente che ho freddo per la paura, ma," mi sussurrò nel buio che si faceva più fitto, "voglio tornare a casa da te. Quando siamo qui mi sento… *al sicuro*. Mi sento voluto. Tu mi fai dubitare, quando sono felice, perché è come se non riuscissi a tenermelo dentro. Essere con te è come… se la mia anima venisse per la felicità. Ha senso?"

"Certo che ha senso." Gli diedi un morso sul mento, facendolo ridere. "Se ti può far sentire meglio, anche tu fai venire la mia anima."

"Bello sapere che non sono l'unico, allora." Rise di nuovo, un suono tagliente ma più libero di quanto lo avessi sentito da tempo. "Che cosa posso fare? Mia madre… questo la ucciderà. Lo so. Anche se non sono Jae-Su, lei dipende da me."

Più che altro pensavo che lo sfruttasse per i soldi, ma quello era il mio punto di vista sul loro rapporto. "Tiffany verrà a stare da te?"

"No." Jae scosse la testa. "Deve tornare indietro. Ha la scuola. Ma mia madre, lei non sta bene."

"Se lei volesse restare, potrebbe restare qui con me… con noi," offrii, e anche nella penombra lo sguardo di Jae stillò sarcasmo rovente sulla mia sincerità. "Sono serio. Diavolo, qui c'è abbastanza spazio per entrambe le tue sorelle. Se pensi che non ci si possa più fidare a lasciarle con tua madre, le faremo trasferire qui. Tutto quello di cui hai bisogno."

"E se io avessi bisogno di trasferirmi in un posto abbastanza grande per le mie sorelle, ma non qui, ti andrebbe bene anche quello?"

"No." Feci una smorfia e mi assegnai un buon punteggio per l'onestà. Non avevo intenzione di abbandonarmi all'esultanza. Era gorgogliata fuori da un qualche frammento di speranza che a quanto pareva non ero riuscito a sopprimere in quell'ultima settimana. Col cavolo che *la speranza è l'ultima dea*. Quella strisciava come un maledetto rampicante incontrollabile, in posti che non potevo raggiungere. "Ma se è questo che ti serve, allora sì, d'accordo. Lo farò assieme a te."

Jae avrebbe avuto bisogno di tempo. Era sempre cauto, affrontava le novità con prudenza e dopo averle analizzate da tutte le angolazioni. Abbandonava ogni preoccupazione soltanto dietro la macchina fotografica... e quando facevamo l'amore. Come passioni erano limitate, ma lui metteva tutto se stesso in quei momenti. Vederlo perdere il controllo e sapere che ero stato io a ridurlo così nutriva il mio ego più di qualsiasi altra cosa.

"Tu mi fai sentire come se valesse la pena di non essere nulla per la mia famiglia. Devo abituarmici. Devo imparare com'è sentirsi così." Si annusò e fece una smorfia. "Potresti prepararmi del tè? O dovrei farmi una doccia? Puzzo."

"Che ne dici se tu salti nella doccia e io ti metto su il tè?" Lo guardai con aria lasciva, muovendo le sopracciglia su e giù. "O magari sotto la doccia possiamo fare del sesso bollente come dei maialini vestiti da coniglietto, tipo piggybunny, e poi posso prepararti il tè?"

"Quei cosi non fanno sesso bollente," brontolò lui scivolando via. Sentì la mancanza del suo calore, ma aveva ragione. Stavamo decisamente puzzando.

"Se c'è qualcuno che ha diritto di fare del sesso bollente sono proprio quei cosi." Mi alzai in piedi, abbracciandolo da dietro e mordendo la pelle vellutata della sua nuca. "Bacon e conigli. Tutti e due ti riportano al sesso. Forza. Potrei perfino mostrarti perché si dice *fare il porco*."

JAE SE ne andò con dei baci e la promessa di telefonarmi. Si portò via anche il mio cuore, ma non m'importava. Cominciavo a sentire la mancanza della maglietta della Dr Pepper, ma l'aveva reclamata come sua. Mi aveva anche lasciato la gatta. Sorse il mattino, e a parte i muscoli indolenziti per averli allungati sopra il corpo di Jae, mi sentivo decisamente bene.

"Non guardarmi così," dissi a Neko quando venne a indagare sui miei anfibi. "È passato il tuo papà. E ti ha dato da mangiare *di nuovo*, come se ne avessi bisogno. Ti addormenterai su quella pancia cicciona. Non ti accorgerai nemmeno che sono uscito."

Lei miagolò una protesta. Avrebbe potuto essere riguardo a qualsiasi cosa, dal prezzo del salmone allo stato dei miei calzini. Con Neko non si sapeva mai.

Bobby aprì la porta senza bussare. Aveva una chiave e non aveva remore a usarla. Si chinò a fare i grattini alla gatta, poi sollevò lo sguardo sulle mie gambe e lungo tutto il mio corpo e fece un sorrisetto. "Hai rimorchiato."

"*Tu* rimorchi," borbottai, sedendomi sulla panca nell'ingresso per infilarmi gli anfibi. "Io faccio l'amore. Soprattutto quando è coinvolto Jae."

"Lo hai chiamato?" La lampada dell'ingresso evidenziò alcune ciocche d'argento nei suoi capelli tagliati corti. "O lui ha chiamato te?"

"Nessuna delle due," ammisi. "Mi aspettava sul portico."

"Quindi sapeva che sei una botta sicura, eh?" Si lustrò le unghie sul petto mettendosi in posa contro il corrimano. La sua massa bloccava la maggior parte della luce di cui avevo bisogno per vedere i lacci. Gli diedi un pizzicotto sul culo. Non riuscii ad acchiappare granché attraverso i jeans, ma comunque abbastanza per farlo muovere. Si spostò, ma solo per bloccare la luce ancora di più.

"Testa di cazzo."

"Stronzo," ribatté lui. "Fra voi è tutto a posto, allora? Vi siete baciati e va tutto di bene in meglio?"

"No, non… meglio." Inclinai la testa per guardarlo. "Diverso. Adesso la situazione è diversa. Sta ancora lottando, ma almeno adesso sa che io sono lì con lui. La cosa sembra… più forte. Più solida. Non ho più dei tentacoli attorno agli organi interni."

"Vedi di non farti male, ragazzino. Jae è troppo carino per fargli saltare i denti a calci. Mi sentirei in colpa." Il suo bel viso rude si ammorbidì, e lui mi fece un sorrisetto storto. "Ma ti spiacerebbe sbrigarti, principessa? Abbiamo una donna da interrogare."

"Non stiamo andando a interrogare Madame Sun," gli ricordai. "Voglio solo farle qualche domanda e porgere le mie condoglianze per Vivian. Ho cercato di chiamarla, ma finisco direttamente alla segreteria telefonica. E quella dice che c'è ma non riceve nessuno. Probabilmente la sta prendendo piuttosto male."

Koreatown stava diventando la mia seconda casa. Se i miei casi avessero continuato a girare attorno all'area di Wilshire Boulevard, avrei dovuto stabilire uno sconto basato sul codice di avviamento postale. Di giorno la zona sembrava più dedicata agli affari e metteva da parte i luccichii. Quando si avvicinava la sera, il quartiere cominciava a rilassarsi, con piccoli gruppi di persone che andavano verso bar e ristoranti.

Avevamo appena superato un posto che serviva ravioli in brodo ventiquattr'ore su ventiquattro quando Bobby cominciò a chiedere informazioni.

"Perché devo venire anch'io, comunque? A parte il fatto che probabilmente tu non puoi guidare perché ti si è sbucciato il cazzo e ti fa male anche pisciare."

"Perché così puoi chiedere a quelli che lavorano attorno a dove sta Sun se hanno visto qualcosa di strano," gli spiegai. "Prendere due piccioni con una fava. Ho bisogno di scoprire se sapeva della gravidanza di Eun Joon, o se Gyong-Si è collegato in qualche modo a May Choi, ma soprattutto voglio farle le mie condoglianze per Vivian. Probabilmente non è in vena di parlare molto, sempre che sia lì."

"Se non c'è, mi devi il pranzo." Superò un veicolo per le emergenze mediche che si muoveva lentamente.

"Se c'è, ti pago comunque il pranzo."

"Niente di asiatico. Voglio qualcosa con dentro della carne."

"Amico, il cibo coreano è praticamente tutto carne. La mettono perfino nei maledetti pancake." Mi brontolò lo stomaco al pensiero di un *kimchijeon* fumante. "Se vuoi roba senza carne devi *chiederla*."

Bobby arricciò un angolo della bocca in un mezzo sorriso soddisfatto. "Eccellente. Allora va bene il coreano."

"Avrei dovuto prendere dei fiori." Cazzo, era l'unica regola che Jae mi aveva martellato in testa. In effetti era praticamente una regola universale. Se qualcuno muore, porti dei fiori. O uno stufato. Quando era morto Rick mi ero ritrovato in freezer così tante porzioni singole di stufato da poter fare i dischetti per un intero campionato di hockey sul ghiaccio. "Si portano fiori anche al capo? Oppure si chiedono informazioni sulla famiglia?"

"Io direi la famiglia," suggerì Bobby. "È anche un buon modo per scoprire se Vivian vedeva qualcuno. Magari stava uscendo con una persona collegata con tutto questo. Per quel che ne sappiamo, potrebbe aver rimorchiato qualcuno che usava i clienti di Sun come bersagli."

Era un buon piano. Un ottimo piano. A parte un piccolo intoppo. Quando arrivammo al salone di Madame Sun, i poliziotti ci avevano battuti sul tempo, e qualcuno dell'ufficio del coroner stava portando fuori un cadavere su una barella dalle ruote cigolanti.

CAPITOLO 12

"D'ACCORDO, PRINCIPESSA," sogghignò scherzosamente Bobby mentre parcheggiava. "A quanto pare ne hai ammazzata un'altra."

"Fottiti," borbottai scendendo dal suo pick-up.

A differenza del bungalow di Gyong-Si che pareva colorato con le matite, Madame Sun vedeva i suoi clienti in un edificio dall'aria professionale all'incrocio fra la Irolo e Wilshire Boulevard. Era una di quelle alte costruzioni di vetro che rendevano nervosa la gente durante un terremoto, e proiettava sulla strada un'ombra così lunga che i fast-food e ristorantini a buon mercato ai suoi piedi non vedevano mai la luce del giorno. Quando arrivammo sul marciapiede ci accolse l'odore di spazzatura e patate fritte, e avevo già fatto quattro gradini prima che uno degli agenti della polizia di Los Angeles mi bloccasse.

Era una donna dal fisico elegante, una bionda californiana abbronzata con i capelli tirati indietro in una coda di cavallo sotto lo scomodo berretto che un qualche stronzo scaldasedie aveva pensato che sarebbe stato bene con l'ugualmente scomoda uniforme che non andava mai giusta a nessuno. Potevo letteralmente sentirla emanare odore di novellina; era come sangue nell'acqua, una cosa su cui la maggior parte dei veterani sogghignava dimenticandosi dell'epoca in cui loro stessi non avevano indossato le uniformi blu abbastanza a lungo da far andare via le pieghe.

Come mi aspettavo, il sorrisetto di Bobby si allargò, soprattutto quando lei squadrò le spalle e ci si avvicinò con una mano sul calcio della pistola.

"Ti ricordi di quando eri giovane così?" mi chiese indicandola con il mento.

"Ricordarmelo? Cazzo, lo sono ancora." Risposi al suo sorrisetto con uno dei miei. "Sei tu il vecchio. Non io."

"Signore, devo chiederle…" Era riuscita a cavarsi di bocca giusto quello quando un viso familiare si staccò dal branco di poliziotti che si aggiravano attorno all'ingresso e si avvicinò a Bobby.

"Dawson!"

L'ultima volta che avevo visto la detective Dell O'Byrne mi aveva praticamente fatto a fettine riguardo a una delle vittime di Grace Kim. Era una donna snella e abbronzata, con forti lineamenti latini e acuti occhi neri, poliziotta dalla testa ai piedi: niente sciocchezze e niente tentennamenti. O facevi la tua parte o ti levavi di mezzo. Era il genere di donna che ti saresti aspettato con un cappuccio da pipistrello o un lazo dorato. Se fosse stata un uomo, Bobby se ne sarebbe innamorato. Così com'era mi faceva seriamente riflettere sull'idea di cambiare squadra.

Se solo non le fossi stato così antipatico.

Le sue lunghe gambe la portarono oltre il mare di cemento che ci separava. "Fatti da parte, Martin. È uno dei nostri."

"Sissignore," mormorò la bionda arretrando di un passo.

"Puoi sparare all'altro, però." O'Byrne mi guardò con un sorrisetto. "Dawson, non avevo già abbastanza spazzatura sulla scena del crimine che dovevi per forza portarmene dell'altra?"

"Principessa, ti ricordi di Dell, vero?" Bobby le diede un rapido abbraccio virile, quella pacca spalla contro spalla che dava a qualsiasi altro poliziotto. "È bello vederti, ragazzina."

"Sì, ci conosciamo." Mi squadrò valutandomi in cerca di misfatti. "Una volta l'ho quasi arrestato per omicidio."

"Non sono stato io," sorrisi alzando le mani.

Bobby si guardò attorno osservando quello sciame in uniforme blu. "Non sei un po' fuori dal tuo settore, O'Byrne?"

"No, mi hanno trasferita la notte scorsa." Si strinse nelle spalle e indicò l'edificio con il pollice. "Jenkins è caduto morto stecchito sulla sua scrivania ieri, e i capintesta hanno deciso di accelerare la mia domanda di trasferimento. È più vicino a casa, per cui non dovrò combattere tutti i giorni sulla 405."

"Jenkins è morto?" Bobby fischiò sottovoce. "Merda, è uno shock. Era anche così vicino alla pensione."

"Come fa a essere uno shock?" Fissai Bobby come se fosse pazzo. A quel che ricordavo, Jenkins aveva le mani gialle per il fumo e non mangiava niente che non fosse fritto o ricoperto di maionese. "Quell'uomo era un tricheco. Andava avanti e indietro dal bagno sfruttando le ruote della sedia da ufficio e pisciava standoci seduto sopra."

"Rispetto per i caduti, McGinnis. Perfino per i trichechi," mi strigliò O'Byrne, ma mi strizzò l'occhio per attutire il colpo. "Sono venuta qui per un 217. Il figlio di quella che avrebbe dovuto essere la vittima era in bagno quando sua madre è stata aggredita. Ha preso una di quelle urne d'ottone che la gente tiene sui tavolini nell'ingresso e l'ha pestata in testa a quel tizio. Un paio di colpi e il nostro sospettato di aggressione e furto con scasso è diventato un 419. I medici del pronto intervento hanno detto che era già morto prima di toccare terra. Il coroner è appena arrivato."

"Merda, brutta faccenda. La madre sta bene?" Bobby lanciò un'occhiata alla lettiga che veniva caricata sulla *mortemobile*. "Il tizio chiaramente no."

"È un po' scossa." Dandomi un colpetto sul braccio con il taccuino, Dell chiese: "La mia domanda è: che cosa ci fate voi qui? Non può essere per la cucina favolosa, a meno che in quel Burger King non succeda qualcosa che non so."

"Nahhh, Principessa ha un cliente nell'edificio." Gli diedi una gomitata nelle costole, e lui grugnì.

"Fammi indovinare. La tua cliente è Park Hyuna Sun?" Quando annuii, Dell gonfiò le guance. "Perché ne ero sicura?"

"Perché l'universo ti odia?" suggerii, e lei in maniera molto poco professionale mi mostrò il medio. "Voi avete finito con lei? Mi piacerebbe incontrarla. La sua assistente è stata uccisa ieri."

"Già." Dell consultò i suoi appunti. "Vivian Na. Hanno sparato da un'auto attraverso la vetrina di una caffetteria. Quel caso lo ha preso Wong."

"L'ho preso anch'io." Fece una smorfia drammatica e io la guardai male. "Dovevo incontrarla lì per parlare del caso di Madame Sun. Un attimo dopo, lei sta sanguinando e a terra ci sono altre vittime. Vorrei parlare con Madame Sun, se posso. Sono stato l'ultimo a vedere viva la sua assistente. Vorrei sapesse che è successo in fretta."

"Fammi vedere cosa posso fare." Con un brusco cenno del capo O'Byrne tornò completamente in modalità poliziotto. "Seguitemi. Abbiamo lei e il figlio in una sala riunioni al secondo piano. Fatemi finire con lei e poi *forse* potrete parlarle."

Restammo lì a raffreddarci i tacchi solo pochi minuti. Nel frattempo Bobby ricevette una proposta da un travestito con un abito di paillettes verde acqua molto scollato, e io una margherita di plastica e una minuscola paperella di gomma da una vecchia signora che aspettava il bus. Il travestito aveva in faccia una ricrescita così fitta da poterci grattugiare il formaggio, e il vestito era talmente corto che ogni volta che faceva un passo si intravedeva l'intimo grigio fanghiglia della BVD.

Tutto sommato, con la margherita e la paperella vincevo io.

"McGinnis!" Dell sporse la testa fuori dall'ingresso nell'edificio. "Entrate. Avete cinque minuti!"

Mi affrettai. Per quel che ne sapevo da dove stava poteva tirare una lancia da regina delle Amazzoni e inchiodarmi al cemento. Non me ne sarei stupito.

Bobby restò indietro a parlare di lavoro. Qualsiasi piano di farlo vagare per i corridoi e curiosare negli altri uffici era saltato. O'Byrne disse a un tizio in uniforme di condurmi alla sala riunioni con le pareti di vetro; era uno di quei posti da affittare per fare effetto, riservati agli inquilini.

A giudicare dalla moquette logora, non era così impressionante.

A un certo punto della sua esistenza quel posto era stato un edificio di vetro immacolato e brillante, lustro e chic. Ora si stava afflosciando, come una vecchia donna stanca con le tette che sfioravano le ginocchia. Ciononostante qualcuno aveva cercato di tenere alti gli animi stendendo uno spesso strato di brillante pittura bianca per nascondere le rughe, ma la sua età era incisa troppo profondamente nella sua pelle.

La sala riunioni ospitava tre persone: un poliziotto in uniforme dalla faccia cupa, l'uomo coreano di mezza età che avevo visto in attesa di Madame Sun, e la gran dama in persona. Vedendo il dolore che emanava dal suo viso desiderai improvvisamente di aver comprato un intero negozio di fioraio, anche solo per darle una piccola gioia.

Per la donna curva rannicchiata su una poltrona riunioni in fondo alla stanza la gioia era una cosa ben lontana.

Dall'ultima volta che l'avevo vista Madame Sun era invecchiata di vent'anni. La sua pelle era di un grigio malsano, incisa in linee profonde attorno agli occhi e alla bocca. Nel trucco eccessivo si erano formate delle crepe da cui erano cadute delle briciole sul tavolo scuro, e i suoi vestiti erano leggermente in disordine, come se si fosse ossessivamente tirata le maniche e gli orli. Il suo casco di capelli pareva storto, con il lato destro un po' più alto del sinistro, e stava seduta praticamente immobile, tranne che per il giocherellare frenetico delle dita tra anelli e braccialetti.

Il figlio non sembrava più in forma di lei.

Si alzò in piedi mentre mi avvicinavo, allungando automaticamente la mano quando tesi la mia per stringergliela. Aveva le dita fredde, e tremavano leggermente. I suoi occhi erano rossi come quelli della madre, con lunghe ciglia appesantite di sale asciutto.

Mi dispiace pareva una cosa così piccola da dire, un singolo schizzo d'acqua lasciato cadere in un portale per l'inferno. Lo dissi comunque e lui strinse le labbra, spingendo a forza le emozioni giù per la gola.

"Grazie di essere venuto, signor McGinnis," mormorò. "Sono James Bahn."

"Il figlio di Madame Sun," commentai. "Era venuto lei a prenderla al mio ufficio."

"Sì." Annuì brevemente, con lo sguardo che vagava verso la sagoma accasciata di sua madre. "La detective ha detto che lei voleva parlare con noi, con me e mia madre, di Vivian."

"Mi dispiace per la vostra perdita." Avevo odiato sentire quelle parole al piccolo servizio commemorativo che avevamo tenuto per Rick dopo che ero uscito dall'ospedale. Anche dopo due mesi dalla sparatoria la sua morte era una pugnalata. *Perdita* era una parola maledettamente stupida per descrivere il vuoto che avevo dentro, e adesso eccomi lì a ripetere quell'inveterato cliché come un pappagallo in attesa di un biscotto. Schiarendomi la gola, cercai un tocco più personale. "Conosceva Vivian da molto tempo?"

"Molto tempo?" L'espressione di James si tramutò da addolorata a immensamente confusa. "La conoscevo da tutta la sua vita. Era mia... sorella."

JAMES E l'uomo in uniforme mi lasciarono solo con Madame Sun. L'anziana signora mormorò qualcosa su tè e privacy, e il figlio si mise immediatamente in azione. Prima di portare via con sé il poliziotto, James appoggiò le dita su quelle di sua madre e le diede un bacio sulla tempia, assicurandole che si sarebbe preso cura di lei. A giudicare dai taglietti sulle mani causati dall'urna con cui aveva fracassato la testa all'intruso, aveva cominciato bene.

Mi accomodai accanto a Madame Sun su una delle poltrone da riunione di pelle, cambiandone l'angolazione per guardarla in viso. Il cuscino cigolò mentre mi sedevo, scivolando all'indietro prima di cedere sotto il mio peso. Fra cigolii e scricchiolii cercai un punto da cui cominciare. Avevo così tante cose in testa da non riuscire a individuare il filo che avrebbe portato al nucleo del nodo gordiano con cui James mi aveva lasciato.

Non dovetti cercare a lungo. Madame Sun non solo trovò il capo libero, ma cominciò a sferruzzarmi un maglione mentale con tutti i fili aggrovigliati delle ultime settimane. Per prima cosa doveva farmi la domanda che sorgeva spontanea ogni volta che qualcuno moriva inaspettatamente. Lo sapevo. Era la prima domanda che avevo fatto io quando avevo scoperto che davvero Rick non c'era più.

"Ha sofferto?" Le sue mani erano perfino più fredde di quelle del figlio e stringevano le mie con una forza frenetica. "Lei è l'ultima persona che l'ha vista. Lo ha capito? È stato…"

"Non si è accorta di niente," mormorai accarezzando le sue mani tremanti. "È stato del tutto improvviso. Mi dispiace non essere venuto prima. Avrei dovuto venire da lei quella mattina stessa. Sono spiacente."

"No, no. È tutto a posto." I suoi capelli si agitarono da tutte le parti quando scosse la testa, scompigliando i riccioli accuratamente acconciati. "Non lo poteva sapere, signor McGinnis. Nessuno lo sapeva… davvero. Lei era… per lei era sempre stato un problema essere mia figlia. Perfino ora, la sua morte si è lasciata dietro dei problemi. Io la amavo, ma era difficile piacere a mia figlia. Niente la accontentava. Aveva sempre bisogno del meglio. Le avevo dato un impiego perché aveva bisogno di lavorare, ma non le piaceva. Voleva fare altre cose."

"Avevo intenzione di farle qualche domanda." Saggiai le acque. Ora che sapevo che Vivian Na era figlia di Madame Sun, nella mia testa la sua morte era ancora più intimamente connessa con tutte le altre. Se Wong non se ne rendeva conto, non era in gamba come avevo pensato. "Se a lei non dispiace."

"No, per favore, chieda." Tirò su col naso, asciugandosi le lacrime e rovinandosi ancora di più il trucco. "La polizia… loro non hanno idea di chi l'abbia uccisa. E oggi quell'uomo… aveva l'aria di qualcuno che doveva conoscere il ragazzo di Vivian. Ne aveva avuti molti, e neanche uno buono. Questo, l'ultimo, Park Hong Chul, è il peggiore di tutti. Ho pensato che forse quell'uomo sulle scale apparteneva alla gang di Hong Chul. Loro sono… *beom joe ja*… criminali."

"È coreano, allora? L'uomo che l'ha aggredita?" Scribacchiai Park Hong Chul nei miei appunti, tracciando una linea dal suo nome a quello di Vivian.

"Sì, ma non lo conosco. È possibile che lo conoscesse Vivian. Mi chiedo se sia lui che…" Deglutì, con la gola che faceva su e giù. "Se è stato lui a sparlare, allora sono contenta che Jin-Woo… che James lo abbia ucciso. Mi dispiace che mio figlio abbia dovuto sporcarsi le mani di sangue, ma è un buon figlio. Quell'uomo avrebbe ucciso me… come probabilmente ha ucciso mia figlia. È troppo per essere una coincidenza, giusto?"

Già. Si stavano accumulando troppi cadaveri con ferite d'arma da fuoco che corrispondevano. Teoricamente. Wong non mi aveva detto niente sul rapporto balistico o su testimoni che avessero visto un uomo armato allontanarsi dalla scena, ma pareva non fosse solo il mio istinto a dire che era tutto collegato.

"Sì, è troppo per essere una coincidenza, Madame Sun." Insistetti un altro po'. "Lei sa chi avrebbe dovuto incontrare Vivian la sera in cui è morta?"

"Forse James? A volte cenava con le sue amiche e James la accompagnava."

"È possibile che dovesse incontrare il suo ragazzo?"

"No, aveva rotto con Hong Chul. Pensa che lui possa averla uccisa perché lo aveva lasciato?"

Da quello che mi ricordavo di Vivian Na, si era vestita per fare colpo. Una donna non si vestiva così per bere una tazza di caffè con un investigatore. Era decisamente a caccia. O per trovarsi un altro uomo, o forse per convincere quello che aveva gettato via a tornare sui suoi passi. Oppure mi sbagliavo completamente ed era quello che indossava sempre per una cena in famiglia.

"Non lo so," ammisi lentamente. "Hong Chul era violento con lei?"

"È un *criminale*," sbottò, con la rabbia che per un attimo allontanava il dolore. "Con me non parlava mai di lui. Era tutto… *non sono affari tuoi e non hai bisogno di saperlo*, ma certe volte le vedevo dei lividi sulle braccia. Diceva che si era fatta male da sola, ma io *sapevo* che lui c'entrava qualcosa."

"Glielo devo chiedere, Madame Sun. Perché non mi ha detto che Vivian era sua figlia?" Avevo bisogno che si concentrasse senza calpestare il suo lutto.

"Lei… non era di mio marito." In quanto a vergogna, la sua era davvero profonda. Si afflosciò su se stessa piegandosi quasi a metà. La sua voce si incrinò sotto il peso del dolore, e io sporsi per appoggiarle un braccio sulle spalle.

"Non deve per forza…"

"No, no," tirò su col naso. "Lei è stata… un errore. *Io* ho commesso un errore, ma è stata lei a pagare."

"Sono certo che ha fatto del suo meglio." Odiavo ammetterlo, ma le donne in lacrime praticamente potevano ottenere un assegno in bianco dalla mia anima. Vederla piangere mi faceva male.

"Io non ho fatto *niente*," insistette. "Mio marito, il padre di James, mi lasciò, e io non potevo crescere due bambini. Mia sorella prese Vivian come sua. Vivian aveva scoperto che ero sua madre cinque anni fa. È stato allora che è venuta qui. Le ho chiesto di darmi la possibilità di essere sua madre. Lei voleva stare qui, ma non con me. Io ero solo... di convenienza, ma ci ho provato. Avrei dato qualsiasi cosa per riaverla con me. Anche se mi odiava, era comunque mia figlia."

"In che rapporti era James con lei?"

"James?" Sun sembrava confusa. "Buoni. Lei gli piaceva. Vivian andava d'accordo con gli uomini. Perfino con suo fratello, era gentile con lui." Ricominciò a tormentarsi gli anelli. "Erano cresciuti pensando di essere cugini. Non erano mai stati vicini, ma quando è venuta a vivere qui lui è stato buono con lei. Un vero fratello. È un buon figlio."

"Oggi l'ha difesa." Tenendole fermo il polso per bloccarne il tremito nervoso accarezzai la sua pelle sottile come carta nel tentativo di calmarla. "È segno che è un buon figlio, un buon uomo. Dovrebbe essere orgogliosa dell'uomo che ha allevato. Ha idea di come Vivian avesse conosciuto Hong Chul? Forse in un bar? Un posto dove lui passa il tempo? Potrebbe essere un buon inizio per cominciare a cercarlo."

"Oh, no, lo ha conosciuto qui." Torse la bocca in un sorrisetto amaro. "Ha portato qui suo nonno per una lettura. Le ho parlato di lui. Era Bhak Bong Chol, l'uomo che è morto nel suo ufficio per un attacco di cuore."

Merda, il nodo gordiano si era appena aggrovigliato di nuovo. Park Hong Chul avrebbe potuto avere un movente per uccidere Vivian Na se fosse stato furioso per la loro rottura, e chiaramente potevano essere state delle dinamiche familiari a portare alla morte di suo nonno, ma era tutto troppo nebuloso. In più non c'era nulla a indicare che la morte di suo nonno *non* fosse per cause naturali.

E non avevo niente che collegasse Choi e Lee. Dato che Choi e Gyong-Si avevano lo stesso cognome era possibile che ci fosse un legame, e il mio istinto mi diceva che il piccolo fagottino di gioia di Lee non era di suo marito. Probabilmente aveva ceduto alle manipolazioni di Gyong-Si e si era ritrovata leggermente *enceinte*.

Ero bloccato con due sospetti, Gyong-Si e Hong Chul, e se avevo dei moventi erano vaghi. Ora non era il momento di insistere con Madame Sun riguardo a Gyong-Si. Avrei dovuto aspettare e lasciarle il tempo di affrontare l'omicidio di sua figlia.

"Quell'uomo, quello che James ha colpito, aveva intenzione di uccidermi. Lo so. James lo ha fermato." Incontrò il mio sguardo, con gli occhi pieni di lacrime. "Crede che sia finita? Le morti? Vivian era l'ultima? Lei cosa pensa?"

"Non so nemmeno questo," confessai. "Se l'uomo che l'ha aggredita oggi era collegato alla morte di Vivian, i poliziotti lo scopriranno."

"La polizia... loro non sono convinti che questo sia tutto legato, tutto connesso. Come fanno a non vederlo?" Le lacrime ripresero a scorrere, trasformando in fiumi le crepe del trucco che portava sul viso. "Deve scoprire chi l'ha uccisa, Cole-sshi. Qualcuno l'ha *uccisa*. Come hanno potuto semplicemente... portarmela *via*? Prima che avessi la possibilità di sistemare tutto? Non ho avuto la possibilità di fare in modo che mi amasse. Non è questo che vogliono tutte le madri? Che i loro figli le amino?"

Lasciai Madame Sun nelle mani di suo figlio. James non aveva niente da aggiungere. Scoprire che Vivian era sua sorella era stata una sorpresa, ma l'aveva accettata nella sua vita perché questo rendeva felice sua madre. Un buon figlio, aveva detto lei. Il perfetto figlio coreano.

Mi veniva da chiedermi che segreti stesse nascondendo.

PASSAI IL resto della giornata a ficcarmi in vicoli ciechi e pagare bollette. Wong non rispondeva alle mie telefonate e con Gyong-Si non arrivavo da nessuna parte. Su internet non c'era niente sul motivo per cui aveva lasciato la Corea, o se c'era non era in una lingua che io fossi in grado di leggere. A metà pomeriggio i figli di Martin arrivarono in ufficio per un paio d'ore, portando la crostata di mirtilli che Claudia aveva preparato per me. Mi profusi in ringraziamenti e in cambio mi toccò un sorrisetto in puro stile Claudia.

"Stai scherzando? Nana non sta facendo altro," rispose Sissy con uno sbuffo sarcastico. "Se non torna al lavoro in fretta, finiremo tutti a rotolare come Violet Beauregarde."

"Era il mio libro preferito quando ero piccolo..." Smisi di parlare quando vidi i loro sguardi confusi.

"C'è un libro?" Mo inclinò la testa. "Mi era piaciuto il primo film. Il remake era un po' strano, ma ehi, un fiume pieno di cioccolato. Non c'è niente che non vada in questo."

"Sì, ehm... okay." Li salutai, sentendomi vecchio. "Adesso prendo la crostata e me ne vado a casa."

La gente stava cominciando a fluire di nuovo nel quartiere, tornando a casa dal lavoro o dopo aver accompagnato i figli a calcio. La caffetteria sgranocchia-muesli dall'altro lato della strada stava lavorando a pieno ritmo; la prima marea degli hipster barbuti e delle loro ragazze con le ascelle pelose aveva già occupato quasi tutti i posti all'aperto. Uno spilungone particolarmente intraprendente aveva tirato fuori la chitarra nella speranza di riempire la custodia con le mance. A giudicare dagli striduli suoni metallici che uscivano dallo strumento ci avrebbe messo un bel po' per guadagnare abbastanza anche solo per una tazza di caffè.

Destreggiandomi con la crostata, saltellai sul prato come se stessi giocando a campana, prendendo nota dei punti in cui la nuova piantumazione non aveva preso. Uno dei cespugli che Grace Kim aveva fatto saltare in aria sembrava prosperare, e dai rami tozzi spuntavano nuovi germogli verdi. Gli diedi una pacca mentre passavo. I giardinieri avrebbero voluto sradicarlo, ma io avevo deciso di dargli una possibilità. Eravamo tutti e due dei sopravvissuti, anche se a occhio il cespuglio se la stava cavando meglio di me. Mi faceva male il fianco per essere rimasto seduto nel traffico, e promisi alla mia schiena rigida e alle mie gambe di portarle a fare una corsa appena nutrita la gatta e messa al sicuro la crostata.

Il progetto andò a rotoli quando sentii sbattere la portiera di una macchina dietro di me e mi voltai per vedere chi era, ancora pronto alla violenza dopo gli spari che avevano steso Claudia. La berlina parcheggiata vicino al cordolo aveva l'aria di un'auto a noleggio, un pezzo di metallo beige a due portiere senza segni distintivi e che nessuno dotato di una personalità avrebbe comprato per sé.

L'auto perse la mia attenzione. No, quello che mi tenne inchiodato al terreno, a stringere una crostata avvolta nella pellicola per alimenti come se fosse il mio orsacchiotto perso da anni, era il giovane uomo che le stava facendo il giro attorno dalla parte del bagagliaio. La sua faccia somigliava un po' alla mia ma, cosa più importante, era un'eco quasi esatta di quella di Mike.

Era più snello di Mike, e probabilmente anche più alto di una decina di centimetri. Indossava Dr. Martens, jeans neri e una maglietta grigia con scritto sopra *L'Arc-en-Ciel*, e si sarebbe tranquillamente confuso tra gli hipster dall'altro lato della strada, a parte il fatto che i capelli neri come l'ebano con delle ciocche rosse erano puliti e che il mento era nudo, senza barba. Non riuscivo a vedere nemmeno un francobollo delle braccia di un bianco latteo in mezzo ai tatuaggi che partivano dai polsi e scomparivano sotto le maniche corte. Erano di colori brillanti, immagini che si fondevano l'una nell'altra senza interruzioni, e in alcuni casi sembravano scintillare al punto che non capivo esattamente cosa stessi guardando.

Si avvicinò abbastanza perché potessi vedere che avevamo la stessa bocca, e combattei contro l'impulso di tirargli la crostata in faccia. Era una buona crostata; nessuno era bravo quanto Claudia. Ma in quel momento ne sarebbe valsa la pena. Non ero pronto per lui. Non dopo la settimana che avevo appena avuto, più la serata che aveva portato alla notte prima, e poi la giornata che avevo passato in mezzo al sangue e ai panni sporchi altrui.

"Salve, Kenjiro." Rallentò, fermandosi proprio davanti a me. La sua espressione era impenetrabile, ma negli occhi c'era un vago accenno di amichevolezza. "Sono…"

"Sì, so chi sei. È solo che… non ti aspettavo." Era la minimizzazione dell'anno, ma come avrebbe detto Bobby, era ora di infilarmi i pantaloni da ragazzo grande e fare l'uomo. Indicai la porta di casa mia con un cenno del capo. "Beh, dato che sei qui, Ichiro, tanto vale che entri a mangiare un po' di crostata, e intanto mi puoi raccontare come mai sei venuto."

CAPITOLO 13

NON ERA come me lo ero aspettato. In effetti non era *affatto* come me lo ero aspettato. I tatuaggi, gli anelli d'argento alle dita, e il taglio da cattivo ragazzo dei capelli striati di scarlatto erano… bizzarri, e non facevano per niente parte dell'immagine che mi ero dipinto del figlio più giovane di mia madre. Non ero sicuro di cosa dire mentre lui mi guardava tagliare una fetta della crostata che Claudia aveva preparato per me, stringendo le labbra alla vista di quel blu vivace. Era troppo strano vedere parti di me e di Mike addosso a qualcun altro.

"Credo di non aver mai mangiato mirtilli freschi prima." Il suo inglese era quasi impeccabile ma con una strana cadenza, diversa da quella di Jae. Non era difficile da capire. Soltanto diverso. Mi chiesi se mia madre parlasse in quel modo. Se sarei cresciuto ascoltando quella insolita cadenza e finendo per imitarla. "Non in una crostata. Ha un buon profumo."

"Claudia, la mia… è una specie di zia, l'ha fatta lei," replicai. Era una scena troppo domestica per essere vera. Impiattai un paio di fette, le misi su dei vassoi da cena che a Jae piaceva usare e versai un paio di tazze di caffè. Rovesciai su un vassoio una manciata di bustine di zucchero e miniconfezioni di panna aromatizzata che avevo preso in ufficio e indicai il soggiorno con un cenno della testa. "Da quella parte."

Neko decise di unirsi a noi. Mi piacerebbe dire che era per la mia straordinaria compagnia, ma la verità era che le piaceva leccare via la panna dalle confezioni. Ne aprii una per lei sistemandogliela sul mobile da farmacista e la accarezzai mentre Ichiro mescolava il suo caffè. Lui le diede una grattatina sotto il mento quando lei andò a controllare la sua tazza, poi sorrise quando la maledetta gatta declinò le sue avances tornando alla panna.

Accesi lo stereo tenendo basso il volume, poi passai in rassegna le playlist finché non ne trovai una di Jae e sentii la tensione che abbandonava spalle e schiena in risposta ai gorgoglii coreani ormai familiari che stavano riempiendo la casa. Lasciando G-Dragon alla sua canzone che invitava a prendere il pennarello, tornai a sedermi e spostai la coda di Neko dalla mia crostata.

"Mi piace che tu l'abbia chiamata Neko." Si appoggiò allo schienale tenendo in mano la tazza e studiando la torta.

"È arrivata già così." Probabilmente sembravo uno stronzo, e ancora non sapevo da dove fosse uscita tutta quella cortesia da *entra e lascia che ti offra un po' di crostata*. Davo la colpa a Jae. Dio solo sapeva che non ero mai stato un tipo da sottane di crinolina e fili di perle. Ovvio che non avrei mai detto una cosa del genere riguardo a lui... non ad alta voce. "Stiamo lavorando sul nostro rapporto. Io mi aspetto che lei sia un animale domestico. Lei si aspetta che io sia il suo schiavo. Stiamo cercando di trovare un terreno comune."

"Ti auguro buona fortuna, fratello." Ichiro brindò alla mia salute con la tazza di caffè.

"Già, a proposito di quella faccenda del fratello..." La crostata non riuscì a mantenere il mio interesse, il che era un peccato, perché avevo un debole per i mirtilli. D'accordo, un debole per le crostate in generale, ma soprattutto per quelle di mirtilli. "In teoria per quanto tempo dobbiamo fare una conversazione educata prima che tu mi dica perché sei capitato qui?"

"Dipende." Strinse le labbra, riflettendo per un attimo. "Vogliamo seguire gli standard americani o giapponesi?"

"Quanto tempo dura questa roba in stile giapponese?"

"Se lo facciamo in stile giapponese probabilmente resteremo qui finché uno di noi due non diventa nonno. Io direi di fare in stile americano... quanto tempo ci vuole?" Ichiro fece un sorrisetto, e accidenti se in quel momento non assomigliava a me.

"Praticamente solo il tempo che serve per ringraziarmi per la crostata, poi possiamo andare avanti."

"Grazie per la crostata, *oniisan*. È deliziosa." Alzò alla mia salute una forchettata di mirtilli, poi continuò parlando a bocca piena. "Allora, da dove cominciamo?"

"Tu sai che non ti voglio... che non ti volevo qui." Sospirai, confuso e incapace di dipanare le emozioni che avevo dentro. Spinsi da parte il mio piatto, mi appoggiai allo schienale e mi strofinai la faccia. Decisi per una brutale sincerità. Mi faceva incazzare che fosse un tipo simpatico. Volevo che fosse un maledetto stronzo inamidato, ma che il tizio avesse dei tatuaggi fantastici mi stava mandando in crisi. Io *volevo* essere incazzato. "Non so cosa... che cosa fare con te. Mi dispiace. È che non sono pronto per questo. Per te."

"Mikio mi ha detto che eri diretto. In effetti ha detto che eri uno stronzo scortese." Inclinò la testa di lato, notando il mio sorrisetto rammaricato. "Ah, probabilmente non pensi nemmeno a lui con quel nome. Mike, allora. È difficile pensare a lui in quel modo. Io non penso a te come a Cole. Per tutta la mia vita sei stato Kenjiro."

"Quindi tu… sapevi di noi, allora?"

Non ero sicuro di come mi facesse sentire l'idea di nostra madre che parlava di noi con qualcun altro, tanto più con un fratello che lei aveva avuto da un altro uomo. Non poteva sapere niente di me. Per quel che ne sapevo io, lei e mio padre non avevano avuto nessun contatto. Lei aveva letteralmente impacchettato la sua roba ed era uscita dalla porta senza voltarsi indietro. L'ultima volta che mi aveva guardato probabilmente sputavo latte artificiale e vedevo soltanto delle macchie sfocate.

"Lo sapevo." Ichiro annuì. "A volte parlava di voi. Anche se aveva dovuto lasciarvi, pensava a voi. Per cui anch'io pensavo a voi."

"Io… mi dispiace che sia mancata." Quella era la verità. Non importava cosa fosse stata per me Ryoko McGinnis-Tokugawa, era stata *sua* madre.

"È stata dura," ammise Ichiro a bassa voce. "Non era mai stata veramente forte. E quando è arrivato il cancro penso che si sia semplicemente arresa. In molti modi era più lei la mia bambina che io il suo. Delicata, è questa la parola giusta per lei. Mio padre è molto tradizionale. Penso che le abbia reso la vita più facile. Io d'altra parte sono l'opposto. Probabilmente lui sta cercando di capire da dove sono saltato fuori e come diavolo può fare a ridarmi indietro."

Una donna come quella non sarebbe sopravvissuta con mio padre. La mia matrigna, Barbara, perlomeno sapeva tenere testa a quel pezzo di merda. Gli stava addirittura a pari, in fatto di stronzaggine. Ryoko non avrebbe avuto la minima possibilità.

"È per questo che ci ha lasciati? Che ha lasciato mio padre? Era troppo difficile qui?" È la domanda che mi martellava di più in testa. Non riuscivo proprio a capire una donna che abbandonava i propri figli. Era il problema con cui avevo combattuto fin da quando avevo risposto alla telefonata di Ichiro alcune settimane prima. Quel *perché* mi tormentava, mi si era annidato nel cervello e aveva fatto crescere spine che si agganciavano ai miei pensieri.

"La vita non era facile per lei." Prese la tazza e la cullò con l'aria di aver bisogno più di qualcosa per tenere occupate le mani che di qualcosa

545

da bere. "Da dove vengo io, quando una coppia divorzia uno dei genitori assume la custodia dei bambini. Di solito l'altro genitore non ha più contatti con i figli. O raramente. Vieni... registrato... nella stirpe di una famiglia. Il genitore assente non ha più voce in capitolo su di te."

"Escono semplicemente dalla vita dei loro figli?"

"Sì, perché non sono più collegati... legati ai bambini. È estremamente ritualizzato, in un certo senso. Nostra madre doveva seguire la consuetudine." Raccolse un mirtillo dal piatto e lo masticò, bevendoci dietro una sorsata di caffè. "Anche se non voleva, vi avrebbe lasciati a vostro padre perché è così che facciamo. Era molto giapponese. È tutto quello che posso ipotizzare."

"Mio padre ha fatto qualcosa? O lei ha semplicemente smesso di amarlo?"

"Non lo so. Non parlava mai di vostro padre o del perché lo avesse lasciato. Ma conoscendo mia madre – nostra madre – non sarebbe stata in grado di sopravvivere fuori dal suo ambiente." Ichiro scosse la testa. "Non era forte, Kenjiro... Cole. Fisicamente. Emotivamente. Aveva sempre bisogno di qualcuno. Per molti aspetti, era come una bambina. La carriera di vostro padre sarebbe stata dura per lei. Non riesco a immaginare come avrebbe potuto sopravvivere qui, ma vi ha portati con sé. Abbastanza perché io vi conoscessi."

Sollevò la manica della maglietta, esponendo di più il braccio destro in modo che potessi vederlo. Il colore della sua pelle era scomparso sotto colori vivaci e profonde ombreggiature nere. Coperto dalla spalla al polso, il braccio era un collage di tre animali e di elementi naturali.

In alto sul braccio c'era un ratto asiatico stilizzato, con la pelliccia punteggiata da petali di ciliegio rosa brillante. Più in basso un cavallo con l'armatura da battaglia correva oltre il gomito, con la coda che scendeva ad aggrovigliarsi attorno a un galletto dalle sfumature vivaci. Sparsi tra gli animali c'erano altri fiori, strani petali arricciati azzurri e gialli.

"Questo è l'anno di nascita di nostra madre. Ho fatto questo per lei. Il disegno è mio, ma il mio insegnante si è occupato dell'inchiostro." Indicando il ratto sorrise di nuovo, un sorriso più morbido e più malinconico di prima. "Era molto giovane quando partì con vostro padre. Nemmeno diciotto anni, e in effetti non molto un tipo da ratto. La maggior parte di quelli dell'anno del ratto si adattano facilmente ai nuovi ambienti. Nostra madre... lei no. Non riusciva a sopportare di stare lontana dalla sua casa. Penso che sia per questo che alla fine se ne è andata."

Stava parlando di una donna che non avevo mai saputo esistesse. Per quel che ne sapevo io, Ryoko McGinnis era morta il giorno della mia nascita o poco dopo. Che io sapessi non mi aveva mai tenuto in braccio, non aveva mai pronunciato il mio nome ad alta voce. Adesso un uomo con la mia bocca e gli occhi di Mike mi stava dicendo che lei pensava a me... e a mio fratello... anche dopo averci abbandonati a nostro padre.

"Il cavallo, quello è Mikio. Per quel che posso dire è veramente uno del cavallo. Molto energico. Molto scaltro. Mi piace. Sembra forte."

"Non lo hai ancora incontrato?" Ben più che un tantino confuso, guardai un fratello che non avevo mai immaginato di avere. "Pensavo che stessi da lui."

"Sono venuto con un giorno di anticipo," ammise Ichiro a bassa voce. "Volevo vedere te. Parlare con il fratello che sembra ferito dentro. Solo noi due. Senza Mikio che si intromette fra di noi per spingerci insieme. Sembra che gli piaccia manovrare le cose. Molto da cavallo, no?"

"Non lo so. Né Mike né io siamo molto giapponesi. Diavolo, finché non ho conosciuto il mio... Jae, la cosa più asiatica a cui mi ero avvicinato erano ramen e sushi da asporto." Spilluzzicai di nuovo la crostata, infilzando un mirtillo. "Jae... un mio amico una volta mi ha detto qualcosa sugli animali dell'anno di nascita, ma non stavo prestando molta attenzione."

Soprattutto perché in quel momento ero occupato a sfilargli i jeans e a succhiargli lo stomaco.

Ichiro toccò il punto in cui la lunga coda del cavallo toccava le lunghe penne di un rosso vivace di quella del gallo. "Questo sei tu, Kenjiro. Il gallo. Di voi due, lei era più preoccupata per te. Che vostro padre si sarebbe spostato troppo. Quelli del gallo sono creature socievoli. Hanno bisogno di avere gente attorno, amici di lunga data. Si preoccupava che avessi soltanto Mikio come compagnia."

"Non è una cattiva compagnia," confessai. "Quando riesci a impedirgli di darti ordini in continuazione."

Ichiro mi fece un sorrisetto. "L'ho sentito insistere con me. È difficile resistergli."

"Quando eravamo bambini un calcio nelle palle funzionava. Adesso non posso farlo. Ha una moglie. Se facessi troppi danni poi non potrebbero avere bambini." Fissai i disegni che gli coprivano il braccio; non sapevo assolutamente da dove cominciare. "Perché ti sei fatto tatuare queste cose?"

"I vostri segni di nascita?" Quando grugnii un *sì*, Ichiro strinse le labbra. "Perché non vi conoscevo... non vi avevo con me. Avevo bisogno

547

di avervi con me, avevo bisogno di *mama*... di nostra madre con me. Era come se vi tenessi vicino a me. Voi siete i miei fratelli. La mia famiglia. Anche se non vi conoscevo, vi portavo con me. Ti pare che abbia senso?"

"Sì, ha senso."

La mia vergogna inaspriva la dolcezza dei mirtilli che avevo in bocca. I colori dell'inchiostro sembrarono sfocarsi, e pareva che deglutire non servisse a niente contro il nodo di emozioni che avevo in gola. Dovetti distogliere lo sguardo, concentrandomi sul bottone allentato di uno dei cuscini. Neko mi picchiò la testa contro il braccio riscuotendomi dai miei pensieri e alzai lo sguardo per trovare Ichiro che mi fissava, il viso una maschera di calma. Aveva ancora la mano sul tatuaggio, ad accarezzare le immagini che si era fatto iniettare sottopelle. In mancanza dei nostri visi aveva dato a se stesso tutto quello che poteva avere di noi, creature mitiche tratte dalle nostre date di nascita e dal posto che avevamo nella sua vita.

Sarebbe stato così orribile avere un altro fratello? Sarebbe stato così brutto avere qualcun altro a cui rivolgermi quando la vita si stringeva attorno a me? C'era un solo modo di scoprirlo. Il test definitivo della famiglia, poche parole sussurrate nello spazio che ci separava, e avrei saputo se Ichiro era qualcuno che avrei potuto avere nella mia vita.

"Mike... Mikio... ti ha detto che sono gay?" Il respiro mi rimase incastrato da qualche parte fra la gola e i polmoni. Una scia di paura mi bruciò lo stomaco. Distolsi di nuovo lo sguardo dal cuscino e guardai negli occhi mio fratello, osservandolo elaborare quello che avevo detto.

Si passò le mani tra i capelli, un'altra delle mie abitudini, bizzarramente familiare ma stranamente disturbante fatta con le mani di qualcun altro, mani che somigliavano troppo alle mie. In lui tutto somigliava troppo a me, troppo a Mike. Stavo facendo fatica a passare al setaccio le somiglianze per trovare i pezzi di Ichiro in mezzo alla pula.

"Quanto sai del Giappone, *oniisan*?" Scivolò in avanti fino a essere seduto sull'orlo del divano, e allungò una mano a toccarmi il ginocchio. A quel contatto sobbalzai, sorpreso dalle sue dita sulla mia gamba.

"So che non tutto il sushi è crudo e che il riso non dovrebbe essere a cottura istantanea," risposi stringendomi nelle spalle. "E non molto altro a parte la storia, una tremenda incazzatura generale riguardo all'uso delle bombe atomiche, e quella che sembra una strana ossessione per una gatta con la testa grossa e un fiocco in testa."

Ichiro rise, un suono roco pieno di divertimento. "La Sanrio possiede l'anima del Giappone, ne sono certo."

"Sono loro che fanno quel gatto?" Quando annuì, mi scappò uno sbuffo. "Quei cosi mi fanno accapponare la pelle. Tutti quanti. Hanno delle teste mostruosamente enormi."

"Penso che sia un gusto acquisito, o forse bisogna essere un po' pazzi. Le donne giapponesi la adorano," concordò lui. La risata si dileguò in fretta dalla sua bocca, lasciandolo con il viso serio. Passandosi le mani sulle braccia, proseguì: "Quello che ho fatto a me stesso, come indosso la mia vita sulla mia pelle, non è ben visto in Giappone. Troppe persone associano i tatuaggi con la violenza... con i criminali. Non posso andare ai bagni pubblici e se prendo la metropolitana con le braccia scoperte le persone si allontanano da me. Anche con i treni pieni come sono, mi girano attorno ed evitano di toccarmi. Per loro io indosso la violenza sulla mia pelle, e la maggior parte dei giapponesi è molto turbata da questo. Io *disturbo* le loro vite, indossando la mia arte sulla mia pelle."

"Questo è folle." Mi morsi il labbro, sentendo all'improvviso le mie parole dal punto di vista di Jae. "Scusa, sono troppo... americano, a volte. A volte è difficile fare un passo indietro. E la tua famiglia? Loro sanno che non sei quel genere di persona, giusto?"

"Mio padre è..." Fece una pausa e tirò il fiato. "La mia famiglia è molto tradizionale. Sono orgogliosi di essere tradizionali. Dal mio bisnonno in giù, credono tutti che la linea di sangue dovrebbe essere puramente giapponese, incontaminata da qualsiasi influenza o eredità che non sia giapponese. Per loro io sono un abominio... un'aberrazione culturale. Quello che sono, quello che porto sulla mia pelle, quello che cerco di fare della mia vita... mi allontana da loro. Le loro porte sono chiuse per me. Sono a malapena tollerato nella casa di mio padre, e se sarà in grado di avere un altro figlio con la sua nuova moglie sono certo che mi volterà le spalle appena verrà tagliato il cordone ombelicale. Per cui comprendo come ti senti per essere stato scacciato via a causa di chi sei, di chi hai bisogno di essere."

"Ma tu hai *scelto* questo," obiettai indicando i suoi tatuaggi. "Non dovevi farlo per forza a te stesso."

"La vita non è sempre una scelta. Il tuo amare gli uomini non è una scelta, non dentro di te," replicò lui a bassa voce. "Avresti potuto vivere una vita senza uomini nel tuo letto? Sì. Avresti potuto seppellire a fondo dentro di te il tuo desiderio per gli uomini e andare in cerca di donne. Saresti stato felice? Probabilmente no. Il tuo vero io ti avrebbe divorato da dentro, avvelenando il tuo sangue con il disgusto per te stesso finché non saresti più riuscito a respirare per il puzzo della tua anima marcescente."

Annuii, perso nelle sue parole. "Quindi tu ti senti come se non avessi avuto alcuna scelta. Non potevi essere nient'altro tranne… questo… te stesso."

"No, non avrei potuto… non avrei voluto essere nessun altro me stesso." Addolcì l'amarezza della conversazione con un sorriso caldo. "Tokugawa Ichiro, creatore di tatuaggi e pecora nera della sua famiglia."

La cosa mi confondeva. Lui si era intenzionalmente allontanato da quello che ci si aspettava da lui, da quello che in teoria avrebbe dovuto essere. C'era una piccola parte di me che desiderava ancora che fossi nato etero, una piccola parte di me che negava la normalità del mio essere omosessuale. Era stato una presenza maligna dentro di me, un desiderio canceroso nutrito dalle pressioni della società, dal fatto che i miei genitori mi avevano rifiutato, e da un innato desiderio di essere semplicemente… *normale*. Perché essere gay, perfino amando profondamente come io ero stato amato e avevo amato, comunque ancora non era *normale*. Odiavo sentirmi in quel modo… Odiavo che quel bisogno strisciante di essere come tutti gli altri tagliasse a fette la mia felicità. La vita sarebbe stata più semplice se solo fossi stato… etero.

Ma allora non sarei stato me stesso.

Non avrei scambiato il tocco della bocca di Jae sulla mia pelle nemmeno per tutto il mondo, e mi martellava il cuore al pensiero di toccarlo di nuovo. La normalità in base a cui ero stato giudicato non era mai stata la mia. Non sarebbe mai stata la mia. Io ero *normale* quanto chiunque altro, e 'fanculo chiunque non potesse vederlo, non potesse abbracciare questa verità.

Forse davvero Ichiro non aveva avuto una scelta come io avevo creduto.

"Perché lo hai fatto, allora? Perché hai scelto… questo?" Sembrava una cosa così banale. I tatuaggi da noi erano comuni, non significavano quasi nulla, e in certi posti – tipo la caffetteria hipster-hippie dall'altro lato della strada – ti aspettavi che il barista li avesse, quasi come fosse una legittimazione a stare in quel posto. In sostanza, a modo suo, Ichiro aveva scelto di essere una specie di gay, spingendosi da solo fuori dalla sua famiglia. "Se sapevi che si sarebbero comportati da stronzi al riguardo, perché lo hai fatto?"

"Ho scelto di usare l'inchiostro su me stesso, di usarlo sugli altri, perché è una cosa che mi parla. Sento la necessità di portare un frammento di un'altra persona in superficie sulla sua pelle con la mia arte. Per me tatuare significa toccare il cuore di qualcuno e scoprire chi è, e lasciarmi dietro quel cuore dopo che ho finito." La sua scrollata di spalle era elegante, un uccello che sfrecciava nell'aria verso l'orizzonte. "Perciò in questo, *oniisan*, tu e io siamo uguali. Tu ami gli uomini e io amo l'inchiostro. Abbiamo fatto la scelta di vivere così come siamo, non come gli altri volevano. Quindi la domanda è, Cole Kenjiro, puoi accettarmi per quello che sono mentre io imparo ad accettarti per quello che sei?"

CI TROVAMMO d'accordo sul fatto che avevamo bisogno di tempo per conoscerci. Per prima cosa lavorammo su come chiamarci a vicenda. Lui preferiva Ichi, e io non sarei mai stato Kenjiro. Mike doveva arrangiarsi. Sarebbe stato Mikio il Cavallo fino alla fine dei tempi, se non avesse obiettato. Chiesi se un somaro valeva come cavallo. Ichi rispose che avrebbe controllato, non pensava che potesse funzionare. Perlomeno non per Mike.

Era così simile a me in tante cose, e così diverso in altre. Mike avrebbe avuto dei bei problemi a fare il prepotente con Ichi come gli piaceva fare con me. Maddy lo avrebbe adorato. Mentre lo accompagnavo all'auto che aveva preso a noleggio, gli diedi le indicazioni per arrivare a casa loro, meglio di come aveva fatto il GPS. La chiave era evitare la 405 mentre la stavano risistemando. Nessun programma di mappatura era mai riuscito a restare al passo con i lavori stradali di Los Angeles, stabiliti da gente che aveva la testa su per il culo.

Bobby stava parcheggiando proprio mentre Ichi saliva sull'auto. Quello che avrebbe dovuto essere il mio migliore amico occhieggiò il culo del mio fratello minore che entrava nella berlina. I suoi occhi scintillarono di consapevolezza sessuale per quelle gambe lunghe, e si allungò perfino in avanti per dare una sbirciata alla faccia.

"Carino." Fischiò sottovoce mentre Ichi si allontanava. "Hai deciso di sbarazzarti del tuo…"

"Chiudi quella boccaccia. È mio fratello." Gli diedi una gomitata e lo spinsi lungo il vialetto. "E no, Jae non va da nessuna parte, razza di stronzo."

"Stavo solo parlando, accidenti." Un altro fischio e poi percorse il vialetto fino alla mia porta, con i pugni ficcati nelle tasche dei jeans. "Tua madre ha messo al mondo dei gran bei ragazzi."

"Pensavo non ti interessassero gli asiatici."

"Posso fare delle eccezioni." Mi fece l'occhiolino con un sorrisetto. "Per te l'ho fatta."

Avevo già messo via il resto della crostata e non avevo intenzione di offrirne a Bobby, soprattutto visto come aveva guardato Ichi. Più concentrato sul trovare una birra fredda nel mio frigo, spinse da parte l'opera di pasticceria di Claudia a favore di un paio di Guinness Black Lager. Dopo averne aperta una, ne bevve un sorso e se lo rigirò in bocca.

"Sembra tipo… caffè," dichiarò passandomi l'altra. "Mi piace."

"Grazie. Dormirò meglio stanotte sapendo che ti piace la mia birra." Aprii la mia Guinness, andai in soggiorno e ripresi il mio posto sul divano. "Come mai sei passato?"

"Per controllare come stavi." Piombò sull'altra estremità del divano, sloggiando Neko che si stava facendo il bagno. Lei lo guardò storto e marciò sui cuscini per venire a fare la pasta sul mio grembo. "E per vedere com'eri messo con questo stupido caso su cui hai deciso di spaccarti la testa. A meno che tu non voglia parlare del tuo fratello sexy…"

"No, non parliamo di Ichi," lo interruppi. "Non è gay. E anche se lo fosse, smettila di fare il pervertito."

"Non può saperlo finché non ci prova." Bevve una sorsata di birra e per poco non gli andò di traverso quando gli lanciai un'occhiataccia. "Va bene, principessa. Ritiro tutto. Stavo solo scherzando."

"Tutto il mio mondo si è ribaltato, amico," spiegai a bassa voce. "Non ho bisogno di gestire altre stronzate, d'accordo?"

"Sì, lo so." La sua voce si ammorbidì, e lui si allungò in avanti per stringermi con il braccio libero. Era bello essere toccato. Anche se erano rudi quanto lo era lui di solito, Bobby dava dei begli abbracci. Non mi ero reso conto che me ne servisse uno finché non mi ritrovai con quel braccio attorno alle spalle. Prese la mia birra e la appoggiò sul mobile da farmacista con la sua, poi mi tirò quasi in grembo in modo da potermi stringere meglio. "Hai dovuto gestire un sacco di merda, ragazzino. Sicuro di volerti occupare di questa faccenda dell'indovina?"

Appoggiato contro il torace di Bobby, sentivo il suo battito cardiaco attraverso le scapole, e quel suono rimbombava nel mio petto. Con una gamba appoggiata su un bracciolo del divano, riflettei sull'idea di abbandonare l'indagine.

"Eheh, la vedo quell'espressione." La sua risata mi rombò lungo la spina dorsale. "Proprio non puoi voltare le spalle a questa faccenda, vero?"

"No, proprio no," ammisi. "Non solo perché sono incazzato che qualcuno abbia ucciso quella ragazza proprio davanti a me... perché lo sono... sono veramente incazzato marcio che sia morta. Qualcuno l'ha portata via a sua madre. E per quale motivo? Nessuno lo sa. È un casino, Bobby. Proprio non posso lasciar perdere. Non è giusto nei confronti di Vivian o di Madame Sun."

"Allora, che si fa?" Prese la sua birra e mi porse la mia, facendomi cadere in faccia delle gocce di condensa. Io mi asciugai e gli diedi un'occhiataccia guadagnandoci solo un sorrisetto arrogante di pura marca Bobby.

"Non lo so. Questa cosa è un tale pasticcio. Sono tutti legati l'uno all'altro. Eun Joon Lee e May Choi erano clienti di Madame Sun, ma sono anche collegate a Gyong-Si. Lee era sua cliente e Choi aveva lo stesso cognome. Non mi è piaciuto il modo in cui si è innervosito quando ho parlato di lei. Vivian Na era figlia di Madame Sun ma non del marito, per cui ci sono dei casini anche lì. Vivian si vedeva con un tizio di nome Park Hong Chul, che è il nipote dell'altro cliente morto di Madame Sun, Bhak Bong Chol."

"Ma quello non è stato assassinato," obiettò lui.

"No, ma chi diavolo sa cosa sia successo davvero. Potrebbero averlo chiamato arresto cardiaco senza richiedere un esame tossicologico. Volevo fare un colpo di telefono a Wong per vedere se poteva chiedere dei dati sull'autopsia, ma, beh, è successo quel casino." La lager era fredda e potente, soprattutto quando mi resi conto che quel giorno non avevo mangiato nulla a parte alcuni bocconi della crostata di Claudia.

"Posso informarmi su cosa ha scoperto Dell sul morto di oggi. Se è collegato a Gyong-Si o a quel Park, la cosa potrebbe aiutarti un po'."

"Grazie. Ho bisogno di collegare i puntini, Bobby. Ci sono troppe linee singole. Sappiamo che Lee era incinta, ma non sappiamo se era di suo marito. Gyong-Si è famoso per scopare con le clienti sostenendo che è una terapia, quindi il bambino avrebbe potuto essere suo. Ma la domanda più importante in questo maledetto casino è... perché? Perché tutta questa gente sta morendo? È questo che proprio non ha senso."

"Soldi o sesso, non sono le prime cose da controllare?" Inclinò la testa per guardarmi. "L'unica parte di questa faccenda con del sesso è questo finto gay, Gyong-Si. Supponiamo che Choi non fosse una nipotina ma qualcun altro con cui aveva scopato? E magari anche Vivian?"

"È un'idea un tantino malata," replicai. "D'accordo, ammetto che la sua morte è troppo… vicina, per me, capisci? Ma perché avrebbero dovuto morire perché stavano andando a letto con Gyong-Si? Qualcuno lo voleva tutto per sé? Io l'ho visto quel tipo. Non è qualcuno per cui uccidere."

"Non tutti vogliono le stesse cose, ragazzino. A te piacciono i ragazzi coreani…"

"Uno. Un ragazzo coreano," lo corressi. "E non trovo soldi in questa faccenda. Pare che nessuno guadagni nulla dalle loro morti. Non è che Gyong-Si o Madame Sun avessero delle assicurazioni di milioni di dollari sulla vita di questa gente. La cosa sarebbe finita sotto il radar dei poliziotti. No, tutto questo non ha niente a che vedere con i soldi."

"O perlomeno non in maniera visibile. Gyong-Si aveva davvero bisogno di portare via i clienti a Sun? Pare quasi che siano in una lotta mortale da anni."

"Sì, hanno studiato dallo stesso indovino in Corea." Mi tirai a sedere rischiando di urtargli il mento con la testa. "Cazzo, Madame Sun ha detto che Vivian non era di suo marito. E se fosse stata di Gyong-Si? Forse qualcuno sta cercando di togliere di mezzo i parenti di Gyong-Si per qualche motivo. Che cosa ne pensi?"

"Non è quello che penso io," mormorò Bobby. "È quello che pensi tu, bimbo. Sei tu quello che sta inseguendo il mostro di fumo."

"Ho troppe cose da inseguire. Ecco che cosa penso." Mi borbottò lo stomaco, ricordandomi che mirtilli e lager non costituivano una buona cena. "Forza. Andiamo a prendere qualcosa da mangiare. Poi mi libero di te e vedo cos'ha voglia di fare stasera il mio ragazzo coreano. Quando sono sotto pressione, preferisco decisamente il sesso telefonico alla tua compagnia."

CAPITOLO 14

NIENTE SESSO telefonico. Tiff e Jae erano nel mezzo di una profonda discussione, e lui riuscì a mandarmi un sms frettoloso quando lei si avviò verso il bagno. Tutto quello che ottenni fu la breve promessa di una cena futura e un *saranghae*. Era abbastanza. Ero più che pronto ad andare al piano di sopra e masturbarmi nella doccia usando il sapone di Jae.

Lo avrei fatto anche a letto ma c'era la gatta a guardarmi, e sarebbe stato troppo strano. Aveva già un feticismo per gli alluci ogni volta che muovevo i piedi. Non intendevo darle la possibilità di arrivare al mio uccello.

Anche così, nonostante il lungo tempo passato a immaginare che la mia mano fosse la bocca di Jae, mi ero svegliato con l'impressione che la mia pelle fosse troppo stretta, e avevo un tremendo bisogno di seppellirmi a fondo nel suo corpo prima della fine della settimana. O almeno di ottenere un altro bacio. Dopo essermi lavato i denti avrei ucciso per il più piccolo dei suoi baci.

Quando aprii la porta dell'ufficio e preparai il caffè, il mio prurito per Jae era diventato un'irritazione contrariata con cui potevo convivere per qualche ora. E dopo la prima tazza di giava nero come inchiostro ero quasi pronto ad affrontare la giornata. Accendendo l'enorme portatile che Jae mi aveva convinto a comprare, entrai nella rete dell'ufficio per mettermi a fissare il diagramma che avevo fatto sul caso di Madame Sun.

A dir la verità pareva che il Prodigioso Spaghetto Volante stesse facendo sesso a tre con un paio di kraken, i mostri marini. Mi versai dell'altro caffè, preparandomi perfino una tazzina supplementare di espresso per dargli più potenza, e mi preparai per una lunga mattina dedicata a inseguire i fili di un caso che pareva un ripiglino caotico.

O almeno, ero preparato a farlo finché il detective Dexter Wong non entrò pronto a prendermi a calci in culo in nove modi diversi da lì fino a domenica.

"Che cazzo stavi facendo sulla scena di O'Byrne, da Sun?"

Non era più il piacevole dei saluti. In effetti era terribilmente rude per gli standard di chiunque, che fossero i miei o quelli di Ichi.

"Ehi, Dex." Sollevai la mia tazza di caffè. "Sono contento che tu sia riuscito a fare un salto. Ne vuoi un po' o ti accontenti di ruminare la tua bile?"

"Non fare il cazzone con me, McGinnis. Quella mi ha morsicato le chiappe come se fossero un paio di *char siu bao* alla colazione della domenica," brontolò, ma andò verso la caffettiera. "O'Byrne vuole sapere che diavolo ci fai nel bel mezzo dei nostri casi e perché non ti ho sparato a un ginocchio o qualcosa del genere."

"Perché il LAPD disapprova che qualcuno spari a dei cittadini innocenti?" suggerii, facendo un sorrisetto quando lui si voltò per guardarmi male. "Ero lì perché stavo andando a fare le mie condoglianze a Sun. Fino a ieri non sapevo che Vivian fosse sua figlia. A quanto pare non lo sapevate nemmeno tu o O'Byrne."

"Non mi interessa che cosa hai fatto. L'hai fatta incazzare. Non stava cavando fuori niente a Sun finché tu non sei arrivato a passo di valzer, e all'improvviso c'è una gang coreana e forse anche una specie di serial killer. Il suo caso, aperto-e-chiuso, di legittima difesa è andato in briciole. A O'Byrne non piacciono i casini, e tu, amico mio, sei un tremendo casino in cerca di un posto in cui esplodere. Lei pensa che tu sia una minaccia."

"Senti, è solo incazzata perché ho ottenuto delle informazioni che lei non aveva. Che Na fosse figlia di Madame Sun complica le cose, ma lo devi ammettere, pare proprio che non sia pazza e che qualcuno stia davvero cercando di uccidere quelli che le stanno attorno."

"Se fosse stato chiunque tranne O'Byrne, non mi avrebbe azzannato il culo," disse Dex accomodandosi sulla poltrona di Claudia. Si mosse avanti e indietro mentre sorseggiava il caffè, facendola scricchiolare. "È una brava poliziotta, ma è tremendamente dura. Il capitano se l'è quasi fatta sotto dalla gioia perché adesso è stata assegnata a noi. Ha un livello di casi risolti che arriva fino al soffitto."

"Amico, dopo Jenkins *chiunque* alzerebbe il livello dei vostri casi risolti." Sottolineare l'ovvio servì soltanto a farmi guardare storto.

"Usando le immortali parole di Sun Tzu, fottiti."

"Non penso che Sun Tzu abbia mai detto fottiti."

"Ho parafrasato," rispose Dex con uno sbuffo sarcastico. "In pratica, tutto quello che ha detto oscilla tra fottiti e fotti loro. È tutta una questione di traduzione."

"Quindi sei venuto fin qui per dirmi che Sun Tzu in pratica ha detto al mondo di andare a farsi fottere?" Stavo facendo una lista di cose di cui volevo che si occupassero Mo e Sissy al loro arrivo perché volevo organizzarmi per dare la caccia al ragazzo di Vivian Na, ma non era un piano che avessi intenzione di condividere con Wong. Avrebbe fatto il diavolo a quattro perché stavo interferendo e avrei comunque dovuto ignorare le sue preghiere di tenermi fuori dai suoi affari.

"Più che altro sono venuto a dirti di restare fuori dal caso, specialmente dato che O'Byrne ce l'ha con te. Ma dato che tu stai per ignorarmi e andare furtivamente in giro alle mie spalle, sono venuto a darti una scrollata per farti sganciare tutte le informazioni che tu potresti avere e io non ho. Alcuni dei casi di Jenkins sono atterrati sulla mia scrivania, compreso quello di Eun Joon Lee, per cui dimmi quello che hai, dato che probabilmente è una panoramica migliore di tutto quello che può aver scritto Jenkins."

Gli raccontai tutto quello che avevo, inclusi i miei sospetti. Dex non aggiunse niente alla conversazione, limitandosi a grugnire in certi punti come se lui fosse un insegnante di teatro e io stessi facendo una pessima versione del monologo di Amleto. Quando arrivai alla parte di Gyong-Si che metteva incinta più di una donna, per poco non gli andò di traverso il caffè.

"È sulla mia lista di persone con cui parlare. L'ho raggiunto al telefono e sembrava... sbagliato. Come se fosse *troppo* gay. Tutto neon e luci lampeggianti," rifletté. "Quindi sta fingendo? Mettendo su uno spettacolo? È questo che pensi?"

"Conosco uomini che sono più *femme*, in mancanza di una parola migliore. È parte di quello che sono. Non c'è niente di sbagliato: alcuni sono semplicemente *così*." Inclinai la testa. "Gyong-Si? Lui è come se fosse fatto con uno stampino. Penso che abbia scelto le cose che lo avrebbero fatto sembrare gay e le abbia esagerate."

"Ma perché avrebbe dovuto farlo?" chiese Wong puntando il dito sulla scrivania. "I coreani odiano i gay, giusto? Perché avrebbe dovuto comportarsi così sapendo che la cosa gli si ritorcerebbe contro?"

"Non sappiamo come si comportava a casa." Quella logica osservazione non sembrò farmi guadagnare dei punti. "Guardala così. È stato formato da questo celebre indovino di laggiù. Questo non gli avrebbe dato il biglietto d'oro per la fabbrica di cioccolato? Allora, perché buttare via tutto per venire qui dove non aveva nessuna reputazione e doveva ricostruire tutto da capo? Deve essere per forza scappato da qualcosa. È solo che non so da cosa o a chi chiedere."

557

"Perché Sun è venuta in America, allora?" chiese Dex. "Non aveva senso esattamente come per Gyong-Si, se voleva migliorare la sua reputazione."

"Qui c'è suo figlio. Gyong-Si, per quanto ne so, non ha legami di famiglia con nessuno," risposi io. "Sta nascondendo qualcosa… e penso che sia questa supposta terapia sessuale. Scommetto che si è messo nei guai a Seul e che quei guai sono tornati ad azzannargli il culo. Venendo qui aveva una enorme popolazione coreana fra cui scegliere i clienti, e facendo finta di essere gay si è costruito una copertura e può saltellare liberamente in mezzo ai tulipani. I mariti hanno la certezza che le loro mogli siano al sicuro, e le donne che credono alle stronzate sulle proprietà terapeutiche del suo pene gay non andrebbero certo a dire ai coniugi che hanno scopato con l'indovino. Forse dicono che vanno a farsi fare il massaggio o la pedicure."

"È un'idea traballante, ma potrebbe anche essere." Wong strinse le labbra. "Da dove ti è venuta l'idea che Gyong-Si stesse fingendo?"

"L'informazione è venuta dal suo assistente molto carino e molto gay." Sorrisi a dispetto di me stesso. "Seriamente, l'assistente di quell'uomo è sexy. Perfino *tu* ci proveresti. Ma Gyong-Si no."

"Quindi ti sei dimenticato di Jae-Min?"

"Amico io sono… Io posso avere Jae, ma…" Avevo quasi detto di essere preso. Avevo la parola sulla punta della lingua e la mandai giù intera, chiedendomi se Jae mi considerasse veramente suo. Lasciando perdere la mancanza di interesse del mio uccello nei confronti di Terry, sorrisi. "Non sono morto. Posso ancora guardare."

"Non saprei, McGinnis. Le sue teorie sono un po' deboli."

"Avevo intenzione di controllare Gyong-Si per vedere se è collegato ad altre donne, ma è successo di tutto. Speravo di trovare altre sue clienti e verificare la storia dell'assistente. Ma c'è anche il marito di Lee. Volevo vedere se ha qualcosa da raccontare."

"Quello fallo fare a me," intervenne Wong. "Posso dargli una scrollata io. Devo andare a parlargli e scoprire se sapeva che sua moglie era incinta. Se lo sapeva – e se sapeva che non era suo – allora ho un movente."

"Hai intenzione di condividere quello che scopri?"

"E tu?" ribatté lui. "Perché ti conosco, Cole. Anche dopo che tutti ti hanno detto di fare marcia indietro, tu continui ad andare. Non abbiamo già fatto questa conversazione? Più di una volta, in effetti?"

"Sì," riconobbi. "Ma te lo prometto, tutto quello che riesco a disseppellire è tuo."

"E quando si tratterà di prendere qualcuno?"

"Ho il tuo nome tra le chiamate rapide. Non prenderò niente a parte numeri di targa e indirizzi." Mi feci una croce sul cuore cercando di sembrare più sincero che potevo. La verità era che non volevo farmi sparare di nuovo. Faceva un male tremendo. "Adesso condividi tu quello che sai."

"In realtà non è molto." Fece scricchiolare di nuovo la poltrona di Claudia. "Sai che Vivian Na vedeva un teppista coreano di nome Park Hong Chul. Il suo nome di strada è C-Dog. Pesce piccolo. Nonostante tutto quel parlare di gang, su quel fronte è praticamente pulito. Niente arresti. Niente violenza domestica, niente crimini violenti. Nessuna affiliazione, ma ha un gruppo di tizi che la pensano come lui, amici fedeli con cui passa il tempo. Un gruppo che includeva un certo Darren Shim, solo che ieri il signor Shim ha avuto uno sfortunato incontro con un'urna molto pesante, e adesso il branco di C-Dog è a corto di un bastardino."

"Sei riuscito a parlare con Park?"

"C-Dog. Ha lavorato duro per guadagnarsi quel soprannome, sai. È molto originale," mi rimbrottò lui. "E no, è sulla lista delle persone che andrà a scocciare O'Byrne. McGinnis, devi ricordarti che l'unico posto in cui tutte queste cose sono collegate è quel tuo piccolo cervello da lucertola. Il resto di noi le tratterà come se fossero veri casi della polizia. Io adesso ho Lee e Choi, e dato che qui c'è un collegamento tramite gli indovini, posso andare a scocciare *quelle* persone senza che il capitano si arrabbi come una bestia perché sto pestando i piedi a qualcuno."

"Basta che ci vai piano con Sun," mormorai io finendo il caffè. "Ha appena perso sua figlia."

"Tutti quelli che ho sulla lista hanno perso qualcuno, McGinnis," replicò in tono cupo. "Devo solo assicurarmi di scoprire chi è il bastardo che lo ha fatto prima che perdiamo qualcun altro."

AVEVO BISOGNO di qualcuno all'interno. In effetti avevo bisogno di un coreano, preferibilmente uno capace di muoversi furtivamente nel sottobosco di certi ambienti, e magari con dei contatti fra gli elementi clandestini nella zona. Fortunatamente ne conoscevo uno. Non ero felice quando si aggirava nei luoghi bui, ma avevo rinunciato da tempo a cercare di farlo stare al sicuro. Adesso la tendenza di Jae a rovistare nei bassifondi, in senso sia figurato che letterale, si sarebbe dimostrata utile.

Se solo fossi riuscito a convincerlo ad aiutarmi.

"Pronto?" Aveva risposto al secondo squillo. Un buon segno, per me. Il tono scontroso era invece un cattivo segno, ma potevo gestirlo.

"Ehi, che cosa stai facendo?"

"Perché?" Il suo sospiro fu epico, un'onda di marea contro il mio orecchio. "Che cosa vuoi?"

"Te," mormorai.

"Cole-ah…" Un altro sospiro, ma questo era diverso, carico di promesse e di seduzione. "A volte proprio non so che cosa fare con te."

"Davvero? Perché c'è un tizio di nome Vātsyāyana che ha scritto un manuale che potrebbe esserti d'aiuto," suggerii appoggiandomi allo schienale. "Su un paio di pagine dovremmo imbrogliare, ma penso che possiamo farcela. Sei piuttosto flessibile."

"C'è qui mia sorella," mi ricordò, ma sotto il rimprovero nella sua voce rimaneva il tono sensuale. "Che cosa vuoi *davvero*?"

"Detto francamente ho bisogno delle tue abilità sociali, quelle poche che hai, perlomeno." Stuzzicarlo era sempre divertente. Faceva dei piccoli versi disgustati da gattino, e non rimasi deluso nel sentirli riecheggiare attraverso la linea telefonica.

Poi andò dritto al punto. "Cole-ah, piantala di prendermi in giro."

"No, sul serio, ho bisogno di te." Gli feci un veloce riepilogo della situazione, terminando con il mio bisogno di trovare un certo Park Hong Chul, meglio noto come C-Dog.

"E tu pensi che per qualche motivo io adesso *frequenti* dei criminali?"

"Non è veramente un criminale. Chi è che non ha mai fatto stupidaggini da ragazzo? Wong ha praticamente detto che Park è pulito. E più che frequentare, è che tu parli con un sacco di gente a Koreatown," spiegai. "Magari qualcuno che conosce qualcuno? Non è esattamente sul radar dei poliziotti, per cui non hanno nomi dei posti dove passa il tempo. Soprattutto visto che probabilmente uno dei suoi ragazzi ha sparato a Vivian Na prima di farsi fracassare la testa. Se vuole prendere le distanze da questo genere di roba, potrebbe essere riluttante a parlare."

"Questo renderebbe anche me riluttante a parlare," convenne Jae. "Cosa pensi che potrei fare io?"

"Darmi un po' di credito?" Mi accorsi che stavo scarabocchiando sugli appunti, più che altro cercando di scrivere il nome di Jae in *hangul*. Non c'eravamo per niente, ma prima o poi l'avrei fatto giusto. "Un indirizzo, ma è quello di sua madre. Non voglio piombare a casa di sua madre per scrollarla in cerca di informazioni su di lui senza qualcuno che parli coreano.

560

Potremmo finire a parlare con i genitori, e voglio avere tutte le carte a mio favore, per quanto possibile. Ora, *potrei* portarmi dietro Bobby…"

"Dio, no, voi due insieme… Mi toccherebbe un altro viaggio alla stazione di polizia per pagarvi la cauzione," brontolò. "Verrei con te, ma ho qui Tiff. Non voglio lasciarla sola."

"E gli amici con cui era uscita l'altro giorno?"

"Quella gente non la vedrà mai più." A quel ringhio il mio uccello rialzò la testa, e mi toccò ricordargli che avrebbe dovuto aspettare fino a più tardi. "È tornata a casa che puzzava di erba e di birra. Ho intenzione di trovarli e ucciderli. Lei dice che non ha fatto niente, ma non le credo. Dio, sto diventando vecchio. Non voglio che faccia cose del genere."

"È tua sorella. Puoi comportarti da vecchio, quando si tratta di lei. Sai che ti dico, portala qui," suggerii. "Potrebbe fare amicizia con Mo e Sissy. Sono bravi ragazzi. E se non altro ho un frigorifero pieno di bibite e dei videogame con cui può divertirsi."

"Non saprei," esitò lui. "Non mi va di mollarla nel tuo ufficio…"

Da qualche parte nelle vicinanze di Jae sentii sua sorella che strillava: "Lui ce l'ha un vero internet?"

"Merda, è vero. La tua scatola di pietra non è in un punto con il wi-fi." Rischiai di perdermi le imprecazioni di Jae perché stavo ridendo. "Hai solo la linea diretta per il tuo computer."

"Per me era abbastanza," brontolò. "Io la uso solo per lavoro. A quanto pare dividere la connessione non basta per scaricare gli episodi di *Sungkyunkwan Scandal*. Funziona bene per caricare i file in pacchetti. Devo solo farla andare di notte."

"Amico, portala qui e basta," lo incitai. "Qui starà bene. Diavolo, in sala riunioni c'è anche uno schermo piatto bello grande. Può guardare il suo… quello che è."

"Sta già preparando la borsa." A giudicare dai rumori del traffico, doveva essere uscito dalla sua tana da roditori. Sentii il rumore di un accendino e poi lui che espirava forte. Sarebbe arrivato da me sapendo di chiodi di garofano. "Non so a che cosa potrei servirti con Park Hong Chul."

"Non ha precedenti di violenza," gli spiegai. "Potrebbe sentirsi più a suo agio parlando con qualcuno che sia… coreano. Inoltre tu conosci la zona. Se dobbiamo metterci a correre avrai in mente tutte le vie di fuga."

"Non è che così mi fai sentire meglio, Cole-ah."

"Ehi, personalmente spero che ci tocchi rimpiattarci in un posticino buio e nascosto. Se è stretto potremmo aver bisogno di stare molto vicini, hai presente, per conservare spazio."

"E fammi indovinare, hai intenzione di portarti del lubrificante nel caso sia troppo stretto?"

"Jae, amore," sussurrai, eccitato. "Tu per me sei sempre stretto al punto giusto."

METTERE TRE adolescenti nella stessa stanza è più o meno come giocare con una bottiglia di Diet Coke shakerata e una manciata di Mentos. Tiff e Sissy si stavano virtualmente girando attorno, mentre Mo era indeciso fra restare attaccato a sua sorella o chiacchierare con una ragazza coreana sexy. Gli ormoni sconfissero i legami familiari e fu lui il primo ad attraversare il confine invisibile offrendosi di andarle a prendere un caffelatte freddo o qualcos'altro dall'altra parte della strada.

Tiffany Kim somigliava un po' meno a Jae vista da davanti e con i capelli tirati indietro. Un po' più bassa di lui, aveva lo stesso fisico, gambe lunghe che lei esibiva al meglio con un paio di short di denim. Il top decisamente non era di suo fratello. Era rosa acceso, pieno di strass che disegnavano la sagoma di una gatta con la testa enorme e senza bocca che a quanto pareva non ero in grado di evitare.

"Quella cosa mi dà i brividi," sussurrai all'orecchio di Jae. Aveva un buon odore, e avrei voluto baciargli la guancia o il collo. Sentire la sua pelle contro la lingua era uno dei piaceri della mia vita ed era passato troppo tempo dall'ultima volta che avevo posato la bocca su quella seta.

"Cosa? Quale cosa?" Si guardò attorno, confuso.

"Quella gatta che ha addosso. Somiglia a quelle fave che si mangiano di contorno."

Le ragazze iniziarono a stabilire un contatto chiarendo territori e interessi, poi sul viso di Sissy fiorì un gran sorriso. La rigidità di Tiffany diminuì. La ragazza abbassò le braccia che aveva tenuto incrociate sul petto. Da quel che riuscii a capire, Sissy aveva un grande amore per un programma che Tiffany stava seguendo. Dalle loro bocche cominciò a uscire un miscuglio di coreano e inglese con una grossa dose di strilli e risatine.

Nel giro di pochi minuti le ragazze legarono parlando di serie drammatiche coreane e delle pessime traduzioni dei servizi di streaming. Prima che io e Jae potessimo dar loro delle regole da seguire mentre non c'eravamo, stavano già accendendo il portatile di Tiff e progettando l'intrattenimento del pomeriggio.

"Io terrò d'occhio la porta." Mo entrò con un vassoio pieno di caffè freddi. Gli tenni aperta la zanzariera e lui mi ringraziò con un grugnito. "Di solito Sissy può parlare di quelle cose solo con Hyunae."

"Hyunae?" Jae abbassò la voce fino a un sussurro. "La ragazza di Marcel, giusto? L'abbiamo incontrata in ospedale."

"Già." Per poco non gli misi un braccio attorno alla vita, fermandomi un attimo prima che Tiff mi vedesse. "Avete i nostri numeri. Se succede qualcosa, chiamate. Dovremmo tornare in un paio d'ore."

Tiff alzò gli occhi al cielo, un gesto che non somigliava affatto a quelli di Jae. Per essere una diciassettenne pareva trasudasse molto più sarcasmo e amarezza che arcobaleni e pony. Jae non sembrava preoccuparsene. Le mise una mano sulla spalla, dicendole qualcosa in coreano. Poteva essere qualsiasi cosa da *comportati bene* a *non preoccuparti, non sta per ficcarmi l'uccello su per il culo*. Non avevo intenzione di chiedere. Certe cose devono restare private.

Qualsiasi cosa avesse detto non servì a migliorarle l'umore. I suoi occhi fecero di nuovo un giro completo nelle orbite.

Le ragazze sparirono in sala riunioni prima che potessimo salutarle. Mo si strinse nelle spalle e alzò il caffè come per brindare alla nostra salute. "Divertiti, zio Cole. Io bado al fortino."

"Se cominciano a ridacchiare troppo forte, chiudi la porta," lo avvertii.

"Chiuderla? Mer…" Si interruppe prima di dire una parolaccia davanti a me. "Ho intenzione di inchiodarla."

563

CAPITOLO 15

PRESI IL viso di Jae tra le mani prima ancora di entrare nella Rover. Lo spinsi contro la portiera dell'auto, poi abbassai la testa e catturai la sua bocca con la mia.

Come avevo immaginato, sapeva *davvero* di chiodi di garofano, dolce e speziato per il fumo fragrante, ma c'era anche qualcos'altro, qualcosa così unicamente suo che non riuscivo a definirlo. Avrei potuto immaginare che il chiaro di luna avesse il suo sapore, una fetta d'argento e di oscurità. Chiaro di luna versato in una tazza di espresso, perché c'era anche un'eco del sorso che aveva rubato dal caffelatte di Tiff.

Volevo mandare a 'fanculo il caso e trascinarlo nella mia... nella nostra camera da letto. Niente sembrava meglio che spogliarlo nudo e farlo sdraiare sul materasso, poi passare il tempo a farlo miagolare.

Jae si mosse leggermente sotto il mio tocco voltando il viso, così da passare le labbra sul mio palmo. La punta della sua lingua tracciò le linee della mia mano seguendo le pieghe fino alla V tra le dita. Poi leccò il punto tra l'indice e medio, succhiando finché non mi ritrovai duro al pensiero di quella bocca, di quelle dolci labbra chiuse attorno al mio uccello e delle mie mani sepolte nelle ciocche dei suoi capelli neri.

"Probabilmente i ragazzi possono vederci. D'accordo, forse solo Mo." Non erano le parole seduttive che avrei voluto sentir sussurrare nella coppa umida della mia mano. Il mio uccello prese nota di quell'effetto raggelante e tornò subito a fingersi il tentacolo di un polpo morto.

"Sono appena passato da duro a molle come se fossi caduto in mezzo alla neve. Tante grazie." Gli diedi un ultimo bacio e mi tirai indietro. I jeans gli stavano stretti sull'inguine, e passai le dita su quella sporgenza facendogli l'occhiolino con aria da cospiratore. "Tienilo in mente. Magari me ne posso occupare più tardi."

"Pervertito," brontolò lui alle mie spalle, ma salì nella Rover quando gli aprii la portiera.

"Mi dichiaro colpevole," ammisi chiudendola. "Ma solo per te, Jae. Solo per te."

KOREATOWN AVEVA dei confini incerti. Allungava dei viticci attraverso i quartieri più esterni, intrecciandoli con quelli della popolazione ispanica. Molti mettevano l'inizio di K-town all'incrocio fra la Vermont e Wilshire Boulevard, ma ne germogliavano dei punti anche più lontano, una melodia asiatica intessuta al ritmo latino della zona.

La casa di Hong Chul era in una di quelle aree, un bungalow a un solo piano con il tetto piatto bordato da una fila di vasi di zenzero in terracotta. Non era l'unica casa con una bizzarra esposizione di arnesi da cucina sul bordo del tetto. Strizzate su lotti minuscoli, praticamente tutte le case esibivano recipienti coperti di ogni genere, che fossero vecchi tegami di acciaio smaltato o enormi affari di ceramica. L'unico motivo per cui sapevo che servivano a fermentare il kimchi era che me lo aveva detto Jae. Anche sapendolo pareva che il quartiere si stesse preparando per rovesciare olio bollente sugli invasori, o su qualsiasi truffatore che vendesse falsi abbonamenti a riviste.

Il colore sembrava regnare supremo, non brillante come da Gyong-Si ma quasi, al punto di accecare. La casa dei Park era verde, una sfumatura di lime che non si poteva trovare su nessuna pianta di agrumi. Il portico sul davanti era quasi nascosto da un muro di piante ma i gradini erano liberi, una scala di un bianco scintillante che andava a una porta rosso scuro. Riunito sul lato sinistro della soglia c'era un piccolo lago di ciabatte, con un paio di infradito rosa a disegni floreali con minuscole impronte di piedi che spiccava vivace galleggiando su quel mare più scuro.

Scesi dalla macchina e indicai il portico con un cenno della testa, facendo notare a Jae quello che probabilmente era ovvio. "Ci abita un bambino. Una sorellina, forse?"

"Forse. Quanto ne sai di Hong Chul?"

"Non molto," ammisi. "Ma Madame Sun non era particolarmente entusiasta di lui. Potrebbe essere prevenuta; Wong dice che da un po' di tempo si comporta da bravo ragazzo. Penso che Sun sia di idee... un po' antiquate. Diavolo, probabilmente pensa che io sia un tipo losco."

"Lo sei."

Mi prudevano le mani per la voglia di toccarlo, ma eravamo all'aperto e in un quartiere coreano. Non potevo allungare la mano a cancellare lo spazio tra di noi. Strinsi il pugno piantandomi le unghie nel palmo, sperando che il dolore portasse via un po' di quella voglia di passargli la mano sulla pelle fino a vederla diventare rosa per il desiderio.

"Beh, se anche lui è un tipo losco e ci spara, ti conviene sperare che mi uccida, perché altrimenti ti prenderò a calci in culo," mi prese in giro Jae, sottovoce.

"Dolcezza, se ci spara mi butterò davanti al proiettile," gli promisi. "Perché non sarei capace di vivere senza di te."

Appena quelle parole mi furono uscite di bocca, pensai a Rick e a una notte che avrei voluto cambiare tornando indietro nel tempo. Jae doveva avermi visto qualcosa in faccia perché fece un passo verso di me, un passo lungo quanto bastava per sfiorarmi la nuca con le dita. Ero sopravvissuto a malapena alla perdita di Rick. Non avrei potuto sopportarlo di nuovo con Jae. Proprio non avrei potuto.

"Andrà tutto bene, Cole-ah." Mi conosceva da abbastanza tempo, e abbastanza bene, da sapere in che direzione aveva vagato la mia mente, e il suo tocco mi calmò, trascinandomi di nuovo al presente. "Andrà tutto bene."

Il vialetto era soltanto due righe di cemento pieno di crepe che andavano dietro la casa, e sentendo dei rimbombi sferraglianti che provenivano dal retro pensai di provare prima da quella parte, invece di bussare alla porta anteriore. Jae mi seguì sul vialetto come un anatroccolo con le gambe lunghe, saltando le righe d'erba tagliata corta che era cresciuta nelle crepe. Le sue scarpe da ginnastica mandavano come dei cigolii, e non potei fare a meno di sorridere vedendo la sua ombra saltare come se stesse facendo una strana partita a campana.

Decisamente in quella casa c'era qualcuno con il pollice verde. Un graticciato ad arco copriva un paio di metri del vialetto; dalla struttura pendevano gruppi di lunghe zucche verdi, e dovetti chinarmi per non urtarle. Le finestre a ghigliottina sul lato della casa erano aperte, e dentro c'era qualcosa di speziato che cuoceva. Mi faceva venire in mente le volte che tornavo a casa e Jae aveva voglia di cucinare. Mi mancava l'aroma speziato delle nostre cene.

Non mi mancava dover togliere le teste dei gamberetti dallo stufato, però.

Saltò fuori che quei tonfi provenivano da un malconcio garage per una sola auto. A un certo punto della sua vita l'edificio aveva perso la porta basculante, e la maggior parte del buco lasciato da una finestra mancante era chiusa con del compensato. In quel disastro di garage, un giovane coreano con i capelli a spazzola stava martellando un pezzo d'acciaio. Dietro di lui, da una base di legno, sorgeva un ricciolo di metallo con i bordi bruciati, battuti e ripiegati. La scultura somigliava a un fiore di loto mutato e sotto crack; era asimmetrica e chiaramente ancora in lavorazione.

Quel tizio probabilmente mi arrivava alla spalla. Aveva le mani infilate in guanti da saldatore e con una stringeva quelle che sembravano enormi pinze, chiuse sul lato di quel pezzo di metallo a forma di fiamma. L'altra teneva un mazzuolo e l'acciaio risuonava sotto ogni colpo. Aveva i lineamenti grossolani, con zigomi sporgenti e spesse sopracciglia nere sopra un naso storto. Era senza maglietta, il torace tozzo pieno di muscoli e le braccia che si gonfiavano potenti a ogni colpo che sferrava.

Aveva dei tatuaggi – così diversi dai disegni eleganti e fluidi di Ichiro – che gli coprivano braccia e schiena con una specie di mosaico irregolare in blu e nero. Hangul e inglese si contendevano lo spazio sulle sue spalle. Le braccia erano un caos di croci, strani simboli e ancora altro hangul. Non sembrava esserci una ragione per tutto quell'inchiostro a parte scarabocchiarsi addosso frammenti di qualsiasi cosa gli venisse in mente. Da quello che *riuscivo* a leggere era C-Dog di K-town e gli piaceva davvero tanto il suo codice postale, dato che aveva entrambe le informazioni scribacchiate sulla pancia in lettere gotiche irregolari.

Si voltò a prendere qualcosa alle sue spalle, e quello che aveva sulla schiena mi tolse il fiato.

La tigre era lunga quasi mezzo metro, in certi punti larga una trentina di centimetri. Realizzata nelle sfumature del nero, si estendeva dal punto più basso della schiena, con la testa china verso il suo fianco fino alla coda che si arricciava sulla scapola destra. Gli artigli anteriori perforavano un cartiglio su cui era scritta una data di luglio, e le mascelle sgocciolavano saliva sull'erba di palude che aveva vicino alle zampe. Era bellissima, e completamente diversa da quello che gli tappezzava il resto del corpo.

Nulla di quello che aveva addosso era al livello della maestria di quella tigre. Era come se con quel pezzo le sue necessità fossero cambiate. Era qualcosa di diverso. Qualcosa che voleva *davvero* avere addosso.

"Park Hong Chul?" Lo chiamai a voce abbastanza alta da farmi sentire sopra i tonfi dei suoi colpi di martello.

"Sì? Che cosa vuole?" Smise di martellare, guardandoci sopra l'acciaio ripiegato. Poi strinse le mascelle sporgendo il mento con aria di sfida. Fissando me e Jae, ringhiò: "Ho già parlato con i poliziotti. Che diavolo volete?"

"Non sono un poliziotto," risposi. "Cole McGinnis, della McGinnis Investigations. Madame Sun mi ha assunto per indagare su un paio di cose."

Se prima Hong Chul era stato sospettoso, ora lo era molto di più. Posò il mazzuolo, si sfilò lentamente i guanti e li lanciò su una panca di legno contro il muro. Dato che non avevo niente di più solido di un biglietto da visita, glielo allungai. Nonostante i guanti a un certo punto si era sporcato e aveva sulle dita del grasso nerastro che macchiò la carta stampata a rilievo.

Lanciò un'occhiata a Jae, poi i suoi occhi scattarono indietro per una seconda occhiata. Indicando il mio amante con il mento, borbottò: "Ehi, io ti conosco. Sei quel fotografo. C'era della roba tua al festival coreano un paio di mesi fa."

Era la prima volta che sentivo dire che Jae aveva messo in mostra le sue foto e mi voltai in tempo per vederlo chinare la testa.

"Solo poche cose." Ebbe il buon gusto di lanciarmi un'occhiata di scuse. "*Nuna* è una buona amica di uno degli organizzatori. Volevano solo un po' più di roba per la loro esposizione artistica. Non è questa gran cosa."

"Era bella. Fai della roba niente male." Hong Chul liquidò l'umiltà di Jae con uno sbuffo derisorio. "Solo bianco e nero?"

"Per quegli scatti," mormorò Jae. Vedevo in arrivo una discussione sul fatto di tenermi informato delle sue mostre. "A volte lavoro a colori. Dipende da quello che voglio mostrare."

"Era roba fica. Io non ho finito niente in tempo, ma forse l'anno prossimo sì."

Portare Jae era stata una buona idea. Hong Chul rilassò le spalle e non avevo più la sensazione che stesse per torcerci il collo. Poteva essere più basso di me di tutta la testa, ma era robusto come il bambolotto pieno di muscoli di Stretch Armstrong. Martellare l'acciaio con un mazzuolo pareva un ottimo programma di allenamento. Avrei dovuto parlarne a Bobby. La sua attenzione ritornò su di me. "Se non sei un poliziotto, perché sei qui? Non ho niente a che fare con quello che è successo da Sun. Merda, non parlavo con Darren da mesi."

"In realtà non volevo parlare di Darren Shim," replicai. "Volevo parlare con lei di una donna con cui stava uscendo, Vivian Na."

La durezza della sua espressione si ammorbidì. Inspirò bruscamente, deglutì un paio di volte e sbatté furiosamente le palpebre, ma questo non impedì ai suoi occhi di riempirsi di lacrime. Poi, per la seconda volta in una settimana, sentii qualcosa che mi fece girare la testa.

"Non sono mai uscito con Viv," confessò. "Eravamo vicini, sì, ma perché lei era mia sorella."

UNA MINUSCOLA nonna coreana tutta annodata ci servì del caffè bollente nel portico sul retro, largo a malapena quanto bastava per quattro sedie di plastica. Jae e Hong Chul parlarono in toni reverenti a quella donna dalla schiena curva che faceva avanti e indietro con le tazze, alzandosi a prendergliele di mano appena usciva dalla cucina. Non capivo una parola di quel chiacchiericcio, ma un sorriso doveva essere stato sufficiente, perché lei mi dava una leggera pacca sul petto ogni volta che mi passava vicino.

Nella famiglia Park li fabbricavano tutti davvero piccoli, perché quando tutti avemmo una tazza in mano, intravidi una bambina che sbirciava da dietro lo stipite. Era poco più grande di una bimba da asilo nido, con sottili capelli neri tirati in un singolo ciuffo in cima alla testa e fermati con una molletta così rosa da far sanguinare gli occhi. Uscì sul portico con un sorriso timido, camminando con attenzione sulle assi verniciate, poi scattò di corsa per nascondersi dietro Hong Chul.

Se su quel portico c'era un posto sicuro era dietro di lui. Gonfiò i bicipiti e le ringhiò contro giocosamente, poi la tirò su da terra e la prese fra le braccia. La nonna batté piano le mani e fece segno alla bimba di tornare dentro, ma Hong Chul le fece cenno di non preoccuparsi.

"È tutto a posto, *halmeoni*, bado io a lei." Hong Chul si piazzò la bimba sul grembo e le soffiò una pernacchia sulla pancia. Lei fece una risatina, scalciando e agitando dita dei piedi dalle unghie dipinte di un rosa quasi identico a quello del fermacapelli. Lui rise, tirandole prima l'orlo dei pantaloncini verdi scozzesi, e poi sistemandole la camicetta fucsia a disegni floreali. "Ti sei vestita da sola oggi, signorina?"

La nonna disse qualcosa che fece arrossire Jae, poi rise fragorosamente e gli accarezzò i capelli. Dopo aver controllato la bimba un'ultima volta tornò dentro, lasciando aperta la porta sul retro.

"Le piaci," mormorai a Jae.

"Soprattutto voleva sapere che cosa ci vedo in te," ribatté in un sussurro rovente. "Ha detto che sei troppo grosso per essere un buon ospite. In casa romperesti tutto ogni volta che ti giri."

"Bugiardo," lo stuzzicai, ma poi mi appoggiai allo schienale con una preoccupazione inchiodata in testa. Se la nonna di Hong Chul era arrivata alla conclusione che io e Jae eravamo amanti, dovevo stare più attento quando ero vicino a lui. "Pensa davvero che…?"

"Non preoccupartene. Ha anche detto che ha un paio di nipoti che può farci sposare," replicò Jae. "Gli ho detto che sei mezzo giapponese, e ha risposto che non importa. Stanno invecchiando. È disposta a prendere quello che capita."

"Carino. Potrei buttare Ichiro a quelle due." Mi interruppi, rendendomi conto che non sapevo se mio fratello fosse single.

La bimba parve aver superato la sua timidezza iniziale e mi si avvicinò, con gli occhi spalancati per la curiosità. La mia esperienza con i bambini si limitava a lanciare loro delle merendine giganti a Halloween, perciò quando cominciò ad arrampicarmisi in grembo non ero esattamente sicuro di cosa fare. Per lo shock andai nel panico e feci dei versi impotenti in direzione di Hong Chul, ma lui era intento a mescolare lo zucchero nel caffè.

"Lascia che si sieda con te," suggerì Jae. "Nel giro di qualche minuto si annoierà e tornerà giù."

Finalmente Hong Chul alzò lo sguardo dal caffè e la vide sul mio grembo; si diede una pacca sulla coscia e la chiamò. "*Aish*, Abby, non dargli fastidio. Vieni qui, *halmeoni* ti ha portato succo di frutta e biscotti."

Attirata da quell'esca, mi scese di dosso con la grazia di una ginnasta olimpica e saltellò sulle assi per arrivare ai biscotti. Hong Chul la tirò sulla sedia vuota che aveva accanto e le porse la tazza per bambini da cui bere; lei tirò su rumorosamente, soffiando delle bolle d'aria nel succo di frutta attraverso l'imboccatura di plastica.

"È carina." Non sapevo che cos'altro dire. L'ultima bambina con cui ero stato in contatto mi aveva fatto arrestare mentre avevo un cane appeso alla pancia. Era carina anche lei, e tutto quello che mi aveva procurato era una notte in prigione e un Jae-Min incazzato.

"Sì, è più o meno il motivo per cui sto cercando di sistemare i miei casini. Sua madre io siamo stati insieme qualche anno fa. Karen non voleva un bambino, ma io non potevo… non volevo che se ne sbarazzasse, per cui io ho preso Abby e Karen ha ricominciato ad andare alle feste," replicò lui. "A Viv lei piaceva… cioè, Abby. Karen non le piaceva molto."

"Come hai…" Non c'era un modo facile di tirare fuori l'argomento in una conversazione, così andai avanti e basta. "Come hai scoperto che tu e Vivian eravate fratelli?"

"Mio nonno. Beh, nel senso della roba che si è lasciato dietro. Stavo guardando nel suo ufficio e ho trovato quello che ha scritto. Con Viv eravamo già amici prima di quello, ma in un certo senso ha reso le cose... più reali, hai presente?" Prese di nuovo il suo caffè, cambiando l'angolazione della sedia per impedire a Abby di arrivare alle scale se si fosse messa a vagare di nuovo. Jae mormorò qualcosa sul fatto che eravamo dispiaciuti per la sua perdita, e Hong Chul chinò la testa in un veloce ringraziamento.

"Lui conosceva Vivian? Per via di Madame Sun?" chiesi.

"Sì, lei al nonno piaceva, ma non voleva che uscissimo insieme. Gli ho detto che fra di noi non era così. Era vero. Lei qui stava facendo fatica. La sua famiglia in Corea la trattava di merda, e quando ha scoperto che Madame Sun era sua madre ha deciso di venire qui perché forse sarebbe andata meglio." Scosse la testa, chiaramente disturbato da qualcosa. "Era troppo abituata alla Corea, hai presente? Le cose qui sono diverse. I ragazzi qui sono più... sessuali. Lei era... una specie di puritana. Non per come si vestiva, ma dentro. Guardandola non si sarebbe detto, ma lo era davvero. Per lei anche tenersi per mano era una faccenda seria."

"Posso chiederti come siete imparentati?" In un certo senso lo sapevo già, ma volevo sentirlo da lui. Abby si stava dimenando sulla sedia e per un attimo ebbi paura che volesse tornare da me, ma sembrava più interessata alle scarpe di Jae.

Hong Chul lanciò un'occhiata alla porta aperta. "Abby, vai a trovare *halmeoni* e chiedile di guardare i cartoni con te, d'accordo?"

Jae la aiutò a scendere e lei ci salutò tutti entusiasticamente con la mano prima di acchiappare l'ultimo biscotto. Poi si allungò più che poteva, afferrò la maniglia della porta e la chiuse dietro di sé con espressione estremamente seria.

"È una specie di pappagallo. Probabilmente finirò nei casini per aver detto *merda* davanti a lei. La tirerà fuori a cena." Hong Chul ridacchiò, poi tornò serio. "Gangjun Gyong-Si ha sedotto mia madre a Seul. Era l'indovino di mia nonna, e la mia *umma* è venuta qui con lei."

"La nonna che abita qua?" Jae indicò la casa.

"Sì, *halmeoni* era sconvolta, ma mia mamma era una ragazzina, capisci? Forse neanche sedici anni." Fissò il caffè come se potesse vedere il passato in quelle profondità cremose. "I miei nonni hanno organizzato il suo matrimonio con mio padre, poi sono venuti tutti qui. *Harabeoji*... mio nonno... non voleva che sapessi che papà non era il mio vero padre. A loro non ho detto che lo so. Non ho intenzione di farlo. Mio padre c'è sempre

571

stato per me, qualsiasi cosa succedesse, e vuole un bene da morire a Abby. Hanno fatto del loro meglio per tirarmi su nel modo giusto. Non è colpa loro se sono riuscito così male."

"Non puoi essere riuscito così male se hai Abby," gli feci notare. "Alcuni se ne sarebbero semplicemente andati per i fatti loro."

"Nahhh, non volevo essere uno così." Si strinse nelle spalle. "È la mia bambina, la mia famiglia, ti prendi cura della tua famiglia. Lo fai e basta."

Non volevo correggerlo su quel punto. Avevo un sacco di esperienza riguardo alle famiglie che ti voltavano le spalle.

"Come ha fatto tuo nonno a sapere che Vivian era tua sorella?" chiese Jae a bassa voce.

"Penso che glielo abbia detto Madame Sun. Non ho letto tutto quello che ha lasciato scritto. La maggior parte riguardava persone che non conoscevo, e non c'era molto che avesse senso. Ho visto il nome di Viv e ho letto quella parte. Abbiamo più o meno la stessa età. Ce ne potrebbero essere altri due. È andato tutto… di merda da quando *harabeoji* è morto, e adesso Viv…" Gli si spezzò la voce e tossì per nasconderlo. "Non sapevamo di essere fratello e sorella. Almeno non fino alla morte del nonno, ma è stato come se all'improvviso avesse senso. Perché ci sentivamo così vicini perfino quando… E anche perché lei voleva così bene a Abby."

"Hai ancora quelle carte?" Scivolai più avanti sulla sedia. "Potrebbero aiutare a chiarire un paio di cose."

Gli tornò in faccia il sospetto. "Che tipo di cose?"

"Sto cercando di scoprire chi ha ucciso Vivian. Ero lì alla caffetteria quando è morta. Avrei dovuto incontrarla per parlare dei clienti di Madame Sun quando le hanno sparato attraverso la finestra." Mi allungai in avanti, tenendo bassa la voce. "È stata una cosa veloce, Hong Chul. Ti dirò quello che ho detto a sua madre; è stato molto rapido. Non si è accorta di niente."

"E tu pensi che c'entri qualcosa con Gyong-Si?" Inclinò la testa di lato e mi fissò. Poteva anche essersi rimesso in riga, ma non era difficile vederlo come un minaccioso membro di una gang.

"Si direbbe di sì. Finora tutti quelli che sono morti erano collegati a lui in qualche modo."

"I poliziotti dicono che probabilmente è stato Darren a sparare a Viv, ma non sanno il perché. Vorrei che James Bahn non lo avesse ucciso. Vorrei davvero potergli fare il culo." La carica che aveva nella voce non mi lasciò illusioni su quello che avrebbe fatto alla persona che aveva usato sua sorella come bersaglio. "Se qualcun altro è responsabile di tutta questa merda, allora io ne voglio un pezzo. Lei era anche mia sorella. Cazzo, lei era mia sorella prima ancora che sapessimo di essere imparentati. Glielo devo. Lei per me c'è stata, la volta che si è ammalata Abby. Adesso tocca a me pensare a lei, capisci?"

"Darren *potrebbe* averla uccisa. Non lo so," ammisi. "Ma ci deve essere una ragione. Forse qualcuno lo ha assunto?"

"Forse. Sì, lui neanche la conosceva." Gli si sfocò lo sguardo come se stesse fissando qualcosa in lontananza. "Penso che si siano incontrati una volta o due, ma tutto lì."

"Se non è stato lui, allora è stato qualcun altro di cui non sappiamo niente. Finora tutti i collegamenti che ho trovato sono quelli tramite Gyong-Si," commentai. "Se hai qualcosa che possa puntare verso qualcun altro, mi piacerebbe darci un'occhiata. Prima che qualcun altro rimanga ferito. O peggio ancora ucciso."

"Se scopri chi è stato me lo dici." Nei suoi occhi bruciava un fervore quasi religioso. "Perché ci voglio essere quando lo sbattono dentro. Voglio essere sicuro che quel fottuto bastardo paghi per quello che mi ha fatto, per quello che ha fatto alla mia famiglia. Perché se non gliela fanno pagare i poliziotti, troverò io qualcuno che lo faccia."

CAPITOLO 16

"ALLORA, TU che ne pensi?" Lasciai la strada principale diretto verso casa mia. "Credi che stia dicendo la verità?"

"Chi? Hong Chul?" Lo sguardo che mi lanciò Jae si sarebbe potuto definire incredulo, se non addirittura critico. Aveva sbirciato le carte che ci aveva dato Hong Chul, mormorando qualcosa riguardo a quegli appunti. "Su cosa potrebbe stare mentendo?"

"Sul fatto che lui e Vivian Na non fossero amanti." Dovetti fermare la Rover mentre un gruppo di scansafatiche barbuti attraversava la strada verso la caffetteria delle ragazze sgranocchia-muesli.

"No." Il suo disgusto era addirittura palpabile. "Le persone *possono* essere solo amiche. Tu e Bobby siete solo amici, no? Non avete mai…" Si estraniò, arrivando in qualche punto della sua mente in cui probabilmente non sarebbe voluto finire. Aprii la bocca per rispondere, ma lui si allungò e me la chiuse spingendo sulla mandibola con il dorso della mano. "No, non voglio saperlo. Non importa come sia stato, non voglio saperlo."

"Sicuro? Potrebbe essere interessante." Al suo sbuffo derisorio feci un sorrisetto. "Bobby ha fatto delle cose davvero strane."

"Io ho lavorato in un host club. Sono piuttosto sicuro di aver visto cose a cui Bobby non ha nemmeno pensato."

Gli hipster erano fermi nel bel mezzo della strada, apparentemente impegnati in una lunga dissertazione sul prezzo dei maglioni di lana e totalmente ignari della Rover. Suonai il clacson per farli schiodare. Dal branco di anatroccoli non arrivò una singola scusa, invece mi arrivarono degli sguardi oltraggiati attraverso il parabrezza e uno di loro ebbe il coraggio di mostrarmi il dito medio.

Sarei sceso per discutere del suo gesto, ma una delle donne con le ascelle pelose a cui apparteneva la caffetteria arrivò di corsa e mi fece un gesto di scuse, spingendo dentro i suoi maleducati clienti. Aveva già avuto a che dire con Bobby, o più precisamente Bobby aveva avuto qualcosa da dire mentre lei faceva smorfie per la sua veemenza. Qualche settimana prima uno dei clienti regolari aveva pensato che fosse una buona idea sputare sul pick-up di Bobby mentre lui aspettava che attraversassero la strada e loro, per l'ennesima volta, ci si erano fermati in mezzo a parlare. Bobby aveva suonato il clacson e lo sputo era volato.

Da lì era stata un'escalation. La lezione di quel giorno: mai sputare sulla macchina di un ex poliziotto, soprattutto quando sei diretto alla caffetteria che ha un giardino *speciale* nel vicolo sul retro.

"Sono molto… scortesi." Jae guardò la mandria accelerare il passo e arrivare sul marciapiedi.

"Tu, amore del mio cuore e dei miei lombi, sei un maestro della minimizzazione. La parola giusta è stronzi." Portai la Rover sul vialetto e parcheggiai nel posto auto coperto. Jae aveva lasciato la sua Explorer sul riquadro di cemento accanto al vialetto, e mentre ci passavamo accanto controllai automaticamente finestrini e gomme. "Ma se comincio a strillargli di andarsene dal mio prato mettimi in casa di riposo, d'accordo?"

Quando entrammo l'ufficio era silenzioso. Mo stava dietro la scrivania di sua nonna, sepolto in quello che sembrava un libro di aritmetica abbastanza grosso da uccidere un dinosauro. La porta della sala riunioni era semiaperta, e ne usciva un miscuglio di effetti sonori e di coreano indistinto. Non riuscivo a seguirlo, ma sembrava qualcosa di sensuale. Lanciai un'occhiata a Jae, ma lui non sembrava preoccupato.

Dopo aver chiamato le ragazze, affrontai la prima salva di cannoni in una battaglia che non avevo nessuna speranza di vincere. Eppure, allungare a Tiffany un paio di centinaia di dollari in banconote di piccolo taglio in modo che potesse comprarsi dei vestiti che non appartenevano a me o a Jae in quel momento sembrava una buona idea.

Suo fratello non pareva la pensasse così.

Mo fece quello che gli riusciva meglio. Analizzò la situazione, poi guidò fuori le ragazze in mezzo a quelle obiezioni confuse e querule e chiuse la porta alle sue spalle. Mi feci l'appunto mentale di dargli un bonus. Forse una macchina. Diavolo, anche una portaerei non sarebbe stata fuori luogo. Dopodiché sentimmo l'auto di Mo e Sissy che si metteva in moto e si allontanava dal marciapiedi.

Jae stava per mettersi a discutere con me. Me ne accorsi prima ancora che finisse di prendere fiato. "Cole-ah…"

"Stammi a sentire." Misi via la cassetta dei contanti e la chiusi a chiave. "Non si è portata dietro niente, giusto? Amico, sta indossando i *miei* vestiti. Non è uno schifo per una ragazza adolescente? Io le do qualche centinaio di dollari e lei può comprarsi delle cose sue. Noi possiamo ordinare della pizza e metterci a leggere i fogli che ci ha dato Hong Chul."

"Cole…" Non stava certo mollando. Neanche un po'. Ma io avevo un asso nella manica che non poteva battere.

"Mi hai promesso che queste cose le avremmo gestite insieme." Stavo un po' stiracchiando il significato di quello che gli era uscito di bocca, ma se riuscivo a farlo cedere su quella faccenda, avrei preparato il terreno per questioni più serie. Avevo bisogno che tra di noi qualcosa cambiasse. A un certo punto Jae avrebbe dovuto riconoscere che io sarei rimasto al suo fianco. "Fidati di me. Nel grande schema delle cose i soldi sono praticamente robetta."

"Non voglio che lei… dipenda dai tuoi soldi." Fece un gran sospiro, appoggiandosi alla mia scrivania. Io mi avvicinai di un passo, lasciando che il calore del mio corpo gli arrivasse sulla pelle. "Non è…"

"In questa faccenda ci siamo dentro insieme, ti ricordi, tesoro?" Ammorbidii la voce fino a un sussurro. "*Questo* significa tutto. Di qualunque cosa tu abbia bisogno, possiamo farla insieme. E per quanto riguarda i miei soldi… Amico, ce ne sono. E ce ne sono così tanti che tutto quello che fanno è fabbricare altri soldi. Io non spendo granché. Questo posto è la spesa più grossa che io abbia mai fatto. Diavolo, stavo ancora guidando la mia vecchia Rover finché Grace non ha deciso di farla saltare in aria."

"Odio non poterle dare cose come… questa." Finalmente crollò e il suo orgoglio cominciò a sbriciolarsi. La facciata stoica con cui voleva mettersi a discutere non c'era più, spazzata via dalla frustrazione e da una specie di fragilità a cui non riuscivo a dare un nome, finché non capii che si vergognava, che si sentiva ferito dalla sua incapacità di dare alla sorella qualche centinaio di dollari con cui andare a fare spese.

Allungare la mano verso di lui fu facile. Tenerlo stretto fu ancora più facile. Jae si accoccolò contro di me, curvandosi contro il mio petto e mettendomi le braccia attorno alla vita. Era bello averlo lì, con la testa sotto il mio mento, e i suoi capelli che mi facevano il solletico alle narici erano un piacere sublime. Era come se un orgasmo mi stesse abbracciando forte dalla testa ai piedi.

"Non ho soldi," mormorò. "Non ne abbiamo mai avuti. Tutto quello che mia madre ha ricevuto da Zio era per Jae-Su. Non le mandava abbastanza per mantenerci tutti. Non riesco… A farmi davvero entrare in testa quanti soldi hai."

"Ehi, pensi che a me riesca bene?" Gli diedi un bacio sul capo e gli accarezzai la base della schiena finché non si mise quasi a fare le fusa sotto il mio tocco. "Sai perché li ho avuti?"

"Per via di Ben, perché ti ha sparato."

A parte me, le uniche altre persone a sapere con esattezza perché il dipartimento mi avesse rovesciato addosso una tonnellata di soldi per tenermi tranquillo erano Mike e Maddy. Probabilmente era ora di parlare con Jae di tutto quel casino.

"Più o meno." Esitai. "Vedi, Ben era andato dallo strizzacervelli del dipartimento dopo uno dei nostri casi. Stava perdendo la testa. Davvero perdendo la testa. Beveva troppo e non si sfogava abbastanza. Il capitano pensava che avesse bisogno di parlare con qualcuno. Il dottore... non so che cosa Ben abbia detto a lui. Nessuno lo sa con precisione, ma il dottore disse al dipartimento che Ben avrebbe dovuto avere un permesso. Che aveva bisogno di tempo per lavorare su certi problemi. Il dipartimento non fu d'accordo."

"Quanto tempo..." Jae non riuscì a terminare la frase. Le parole gli si bloccarono in gola. "Prima che..."

"Due giorni," risposi. "Due giorni dopo Ben ha sparato al dottore quando quello stava uscendo dal suo ufficio. È sopravvissuto ma... Ben lo ha colpito alla spina dorsale e al collo. Il proiettile gli è arrivato in testa. È fortunato a essere vivo, ma non c'è più del tutto, capisci? Nessuno sapeva che fosse stato Ben a spargargli, fino a dopo."

Avevamo cominciato ad appoggiarci l'uno all'altro. Non ero più soltanto io a dare forza a lui. Il suo cuore prese lo stesso ritmo del mio e respirammo all'unisono, uniti e tanto vicini quanto potevamo esserlo senza scandalizzare il ragno piazzato in un angolo del soffitto.

"Quando lo hanno capito?"

"Solo dopo che Ben ci ha sparato, dopo che ha ucciso Rick, solo allora il dipartimento ha fatto il collegamento. Esami balistici e roba del genere. A quel punto era troppo tardi per fare qualsiasi cosa tranne piangere." Era difficile parlarne. Anche dopo tre anni faceva ancora male rendermi conto che dal mio mondo all'improvviso mancava non solo Rick ma anche Ben, l'uomo che consideravo un fratello tanto quanto Mike. "Per questo ho tutti quei soldi. C'è sopra del sangue. Il mio, quello di Rick, quello del dottore. Diavolo, perfino quello di Ben, perché avrebbero potuto impedirgli di farsi saltare il cervello. Ma non lo hanno fatto."

"Vorrei che lo avessero fermato. Anche se vorrebbe dire... Rick," borbottò contro il mio petto. Sapevo cosa stava cercando di dire. Era impossibile metterlo in parole senza sembrare uno stronzo, ma lui ci provò comunque. "Anche se volesse dire che tu e io... qualcuno avrebbe dovuto fermare Ben. Avrebbero dovuto ascoltare, cazzo."

"Già, avrebbero dovuto ascoltare, ma dato che non lo hanno fatto mi hanno rovesciato addosso un mucchio di quattrini e mi hanno detto di lasciare la polizia. Dare a Tiff un po' di soldi per andare a comprarsi dei vestiti non è niente, visto in prospettiva. Quello che è importante è che lei si senta a suo agio e sia felice. La vita è troppo breve per non cercare di essere felici. Lascia che ti dica una cosa, cazzo: se qualcuno lo sa, sono io."

"Va bene." La sua voce era a malapena un sussurro, ma l'abbraccio che mi diede fu abbastanza forte da farmi quasi cadere in ginocchio. "Grazie."

"Adesso vieni, andiamo a casa." Lo lasciai andare con riluttanza e lo spinsi verso la porta. "Probabilmente la tua gatta sente la tua mancanza e a me farebbe davvero piacere una birra."

NEKO CI accolse sulla porta, poi abbandonò la nave quando rovesciai una scatoletta di robaccia puzzolente sul suo piattino di porcellana. Presi un paio di birre dal frigo, andai in soggiorno e inciampai sulle scarpe da ginnastica di Jae.

Si era buttato sul divano dopo aver lanciato i diari e gli appunti che avevamo ricevuto da Hong Chul sul mobile da farmacista. Mi sedetti lì sopra di fronte a lui, presi le sue ginocchia fra le gambe e ci appoggiai sopra le mani. Poi mi allungai finché la mia fronte non toccò la sua e gli diedi un bacio sul naso.

"Vuoi mangiare prima qualcosa o cominciare subito a dividerci gli appunti?"

"Gli appunti?" Quando mi lanciò uno sguardo, i suoi occhi color liquore ambrato erano quasi neri. "Ma non abbiamo molto tempo... da soli, no? Solo qualche ora prima che Tiffany torni..."

Mi piaceva il suo modo di ragionare.

E meglio ancora, adoravo sentirlo contro di me. Preferibilmente nudo.

"Beh, lo sai, c'è una camera da letto in più. Diavolo, perfino due se contiamo quel letto richiudibile a muro che non uso mai," mormorai io. "Potreste passare la notte qui. Non può essere molto comodo là da te. Ci ho fatto un pisolino su quel tuo letto. Dopo non sono riuscito a camminare per una settimana."

"Non ti arrendi mai, eh?" Si allontanò da me scuotendo la testa, incredulo. "Non sarai contento finché non ci trasferiremo qui."

"Ehi, se io ho dovuto sopportare le scorregge della tua gatta sotto le coperte nel bel mezzo della notte, dovresti farlo anche tu," rimbeccai. "Non le infliggeremo a Tiffany. C'è un limite alle sofferenze che un'adolescente dovrebbe affrontare."

"Non so se sono pronto a dormire con te... con mia sorella in casa," ammise Jae. "È parecchio da gestire per lei, Cole-ah."

"Va bene." Era difficile dirlo. E ancora più difficile da mandar giù. "D'accordo."

Glielo dovevo concedere. Avremmo dovuto procedere a piccoli passi per quanto riguardava Tiffany, e se doveva restare nei paraggi avremmo dovuto introdurla alle nostre vite con tutta la prudenza possibile. Frustrante, soprattutto dato che mi mancava spingere il sesso contro Jae nelle prime ore del mattino, ma mi sarei arrangiato.

Non significava che non volessi lasciarle scegliere i colori per la camera da letto di riserva in modo che potesse accamparcisi, ma come diceva sempre Claudia, la calma era la virtù dei forti. Ogni cosa a suo tempo.

Detto questo, per qualcosa era arrivato il tempo. Considerato anche che avevamo solo qualche ora per occuparcene.

"Allora, vuoi andare al piano di sopra e, uhm... come l'aveva messa Mo quella volta?" Mi feci ancora più avanti, mordicchiandogli il collo.

"Io non sono il tuo *qualcosa*," sibilò Jae, ma inclinò comunque la testa all'indietro, affondando le dita fra i miei capelli per tirarmi più vicino.

"Piccolo, tu sei il mio *tutto*." Quelle parole mi scapparono fuori di bocca prima ancora che potessi sentirmele in testa. "Cazzo, che frase sdolcinata."

"Dolce come il miele. Forse perfino una Sacher con tripla panna," convenne lui mettendomi le braccia al collo. "Ma va bene così. Le cose dolci mi piacciono. Solo... non troppo. Potrebbero dare problemi ai denti."

"Jae, tesoro, lasciami nutrirti con qualcosa di meglio dei dolci."

NOI RIUSCIMMO a raggiungere il piano di sopra, ma i nostri vestiti non arrivarono in cima alle scale. Beh, i miei jeans sì. La camicia di Jae era dispersa da qualche parte in soggiorno e, quando lo spinsi sul letto, i suoi pantaloni erano quasi andati. Mi occupai della sua patta aperta per terminare il lavoro, liberando le sue lunghe gambe dai pantaloni in un solo movimento fluido.

Strano come alcune ore non sembrassero bastare per venerare il suo corpo. Mi servivano – volevo – alcuni giorni. Una settimana, se possibile, ma mi sarei accontentato di quello che potevo ottenere. Specialmente quando si trattava di lui.

Arrampicandomi sul letto, mi misi seduto in ginocchio a guardarlo, godendomi la vista del suo corpo snello e pallido sulle lenzuola color cioccolato fondente. Percorsi le linee dei suoi muscoli con i pollici, poi mi abbassai a baciare la fossetta dell'ombelico, raschiandone l'orlo con i denti.

Con erotica fluidità, Jae si chinò su di me e mi mise una mano sul fianco, accarezzando le cicatrici lucide che avevo sulle costole. Poi si spostò e infilò un ginocchio tra le mie gambe, facendomi girare su un fianco.

"Sdraiati." La sua voce era densa per il bisogno, con sfumature di coreano rotonde e seducenti. "Lasciami fare qualcosa… questa volta. Per favore."

Non sapevo cosa stesse chiedendo. Le sue parole erano troppo perse nel desiderio che aveva dentro, ma lo capivo quanto bastava. Scivolai sul materasso e mi sdraiai con la schiena contro i cuscini. I nostri corpi avevano già scaldato le lenzuola e dai punti su cui eravamo appoggiati il cotone sottile mandava un leggero profumo di lavanda.

Jae mi aprì la lampo con calma, il rumore del metallo un lento tormento fra i miei ansiti. Mi fece scivolare i jeans sui fianchi e le cosce, fermandosi ogni tanto per assaggiarmi. Quando arrivò alla fine, la mia pelle era di un rosa incandescente, e il sangue era corso verso ogni punto su cui lui aveva premuto denti e labbra.

"Jae…"

Allungare le mani verso di lui fu inutile. Si limitò a spingerle di nuovo ai miei fianchi e scosse la testa, con una pioggia di lunghi capelli neri a sfiorarmi il membro già duro, che sentivo sgocciolare. Una scia di umidità luccicava sulla mia pancia piatta, e la lingua di Jae ne trovò l'estremità, leccando via il liquido salato con lunghi colpi. La sua bocca era morbida sulla mia pelle, ruvido satin che scivolava prendendosi le prime gocce del mio seme.

"Dio, sei così splendido," sussurrai.

Perché lo era. Non c'era modo di negare quanto fosse bella la bocca rosea che scendeva sul mio addome, e poi l'oscena intimità con cui si chiuse sulla punta del mio sesso. Trovai i suoi capelli con le dita, aggrovigliandole fra le ciocche prima di accarezzargli il collo. Dovetti allungarmi per arrivare a lui. Era troppo lontano, e mi concesse a malapena il piacere di passargli i palmi sulle spalle prima che mi arrendessi e riportassi le dita sulle curve dei suoi zigomi.

Aveva gli occhi semichiusi, e lo sguardo fisso su di me mentre mi succhiava e accarezzava. Sentii la punta dei suoi denti sfiorarmi il glande e sibilai, eccitato da quel leggero dolore. Jae tolse una mano dalle mie cosce, seppellendomela fra le gambe. Mi si mozzò il respiro quando mi prese i testicoli con le lunghe dita eleganti, stringendoli gentilmente con il palmo, quel tanto che bastava per distogliere la mia mente dal viaggio erotico della sua bocca e farla concentrare sulla pressione sul mio scroto.

Le lenzuola non sapevano più soltanto di lavanda. Avevano preso quell'aroma virile dolce e salato del nostro sudore, uno straordinario odore mascolino di cui avrei fatto tesoro quando Jae mi avesse lasciato quella sera. E meglio ancora, le lenzuola avrebbero catturato la dimostrazione dell'unione dei nostri corpi, e io avrei finito col dormire fra quelle chiazze bagnate fino a macchiarmene la pelle.

"Vieni qui." Non ero così orgoglioso da impedirmi di avere un tono implorante.

"No, tu ottieni sempre quello che vuoi, Cole-ah. Adesso è il mio turno," sussurrò. "Ogni volta che ti ho nella mia bocca, voglio di più. Penso al tuo sapore quando sono da solo, e a volte quando mi guardi voglio mettermi in ginocchio e chiudere la bocca su di te. Averti dentro di me, il tuo aroma nella mia bocca, si porta via tutti i dubbi che ho, tutto il dolore che posso provare. Mi è mancato. È quello che *voglio*, *agi*."

"Jae, io non vado da nessuna parte. Non ti libererai mai di me." Inarcai la schiena quando le sue dita ritrovarono la mia lunghezza. Stringendole attorno alla base, mi soffiò sulla punta passando la mano sulla pelle che la ricopriva. "Per sempre, dolcezza, ti ricordi? Te l'ho promesso."

"Me lo ricordo. Mi piace farti questo." Risalì lungo il mio corpo allungandosi sopra il mio petto finché le nostre bocche non riuscirono a sfiorarsi. Passando le labbra sulle mie, condivise quel sapore con un tocco della lingua. "Mi piace farti tremare. Mi fa sentire… potente. Perché tu mi permetti di farti questo. Lasci che ti faccia di più."

Si allontanò lasciando indietro me, un ammasso ansante e tremante. Passando la bocca lungo il mio petto, per prima cosa baciò le cicatrici che avevo sulle spalle e lungo i fianchi, indugiando abbastanza da farmi contorcere per il solletico. Le sue dita astute iniziarono un viaggio tutto loro, torcendomi un capezzolo finché non fu un gonfio bottone rosa scuro.

581

"Tu sei mio, Cole-ah." Mi afferrò l'uccello e ne accarezzò la punta vellutata. "Anche questo è mio."

Ritornò a succhiarmi la bocca, affondando la lingua per aprirmi le labbra. Io presi tutto quello che mi concedeva, leccandolo finché non riuscì più a sopportare quel tocco contro il palato. Spingendo il bacino contro il mio, iniziò un lento movimento circolare, accendendo tutti i nervi che aveva colmato di passione feroce. Le sue gambe erano levigate contro le mie cosce, un morbido tocco setoso contro i peli che mi crescevano in quel punto. Il suo membro mi sfiorò la pelle lasciandosi dietro una spessa scia umida.

"Voglio farti questo mentre ti succhio, Cole-ah," mormorò spingendo la punta di un dito contro la mia entrata. Le sue dita trovarono il mio perineo, accarezzandone la pelle morbida mentre il palmo si muoveva avanti e indietro contro il mio scroto. Il suo tocco si spostò, facendo dei cerchi su quel punto stretto. "Puoi restare fermo?"

Non ero nemmeno sicuro di come pronunciare *cazzo, no* attorno al groppo di shock che avevo in gola. Il meglio che riuscii a tirar fuori fu: "Ehm, certo?"

Lui mi inghiottì fino alla base, mandandomi il cervello in cortocircuito. Mi tremarono i muscoli e lo stomaco per lo sforzo di non riversarmi nella sua bocca. Nel risalire trascinò i denti dandomi un morso superficiale lungo l'asta, lasciandosi dietro un leggero segno rosso. Probabilmente lo avrei sentito per un paio di giorni.

E francamente non vedevo l'ora.

Cazzo, lo volevo dentro di me. Al diavolo, mi sarei accontentato delle sue dita, ma il suo uccello sarebbe stato meglio. Mi piaceva il peso, la lunghezza, il modo in cui curvava leggermente a sinistra. Lo avevo avuto in gola, assaporandone la dolcezza speziata. A volte avevo pensato a sentirlo dentro nell'altro modo, ma era stata un'idea vaga.

"Riesci a prendere il lubrificante?" mormorò contro la base del mio uccello. Vedere le sue guance appoggiate contro i miei peli era oscenamente erotico. "Non voglio che faccia male. Voglio solo toccarti dentro mentre ti ho nella mia bocca."

C'erano preservativi e lubrificante sul comodino, rimasti dall'ultima volta che eravamo stati insieme, e mi allungai a prendere quello di cui avevamo bisogno. Il cigolio del flacone che si apriva e il profumo di mandorle furono l'unico avvertimento che ebbi. Le sue dita si spostarono in avanti, aprendomi, e io ansimai sollevando i fianchi dal letto.

Quando il lubrificante arrivò sulla fessura mugolai. Poi, appoggiando la testa sul cuscino, gemetti quando le sue dita seguirono quella scia e premettero contro la mia entrata. Erano passati anni dall'ultima volta che ero stato penetrato, e a quell'intrusione tesi involontariamente le spalle. Il tocco di Jae era gentile, ma era molto tempo che non sentivo quella fitta di dolore di qualcosa che allargava il mio anello più interno.

E quando le sue lunghe dita trovarono il cuore dei miei nervi, sussultai per l'intensità del sospiro che mi stava sfuggendo dai polmoni.

Poi bruciai per il tocco della sua pelle ruvida contro quella liscia e scivolosa dentro di me.

Il profumo di mandorle si batteva contro quello della lavanda che saliva dal cuscino sotto la mia testa. Le dita di Jae si ritirarono per un attimo, ritornando fresche di altro lubrificante. Questa volta entrarono con facilità, violandomi del tutto, fino alle nocche, allargandomi le natiche mentre affondava.

Dedicò più di cinque minuti a leccarmi. Con calma mi lasciò dei baci leggeri come farfalle lungo le ossa del bacino, poi tracciò lo stesso percorso con i denti. Passò la punta della lingua sulla pelle raggrinzita del mio scroto, solleticandola fino a darmi i brividi. Non avevo tolto di mezzo tutti i cuscini quando mi ero sdraiato sul letto, e uno cilindrico era rimasto intrappolato sotto la mia schiena inarcata. Sollevai un po' il bacino, spingendo l'inguine verso la bocca carnosa di Jae, e lui ne approfittò facendo fare alla lingua dei percorsi tortuosi sulla mia lunghezza.

Mi stava facendo diventare pazzo. E lo sapeva.

Mi passò la punta delle dita sull'interno delle gambe e fece un mormorio di apprezzamento quando io sollevai i fianchi stringendomi attorno alle sue dita. La sua bocca continuò quel viaggio verso il basso, stuzzicandomi l'ano finché non mi contorsi sotto la sua lingua. Non sarei durato molto. Mi aveva ridotto fin quasi al punto di crollare solo con la sua bocca sulla mia pelle. Non ce l'avrei fatta a reggere fino alla fine, se avesse davvero infilato quella lingua dentro di me.

Ma accidenti, volevo che si prendesse tutto il tempo che voleva.

"Jae, piccolo…" gemetti nel sentire le sue dita curvarsi fra le mie natiche. "Se continui così esplodo."

Lui mi diede un pizzicotto alla natica destra, torcendo quel pezzetto di carne per ottenere la mia attenzione. "Non muoverti, allora. Torno subito. Ti prendo un preservativo. Potrei perfino srotolartelo addosso con la bocca."

Non dovetti certo toccarmi per mantenere l'erezione. Il mio sesso era così attento che fece un guizzo, sgocciolando su tutta la punta. Allungai il braccio finché con la mano non riuscii a sentire quella di Jae che mi accarezzava dentro e fuori. Lui si chinò in avanti, baciandomi il collo mentre il suo pollice giocava con le mie dita, aumentando ancora di più il mio entusiasmo per quella cavalcata. Sentii il primo brivido che portava alla liberazione accumularsi dentro di me e mi tirai indietro, allontanandomi dalla mano di Jae.

"Lo prendo io quel maledetto preservativo, perché se mi tocchi di nuovo finisce che ti inondo quella bella faccia." Lo tirai giù sul materasso, e con un bacio feroce ringhiai contro la sua bocca. "E non so se ho abbastanza tempo per scoparti due volte prima che tua sorella torni a casa."

CAPITOLO 17

La sua bocca sapeva di promesse e di stelle. Se avessi potuto, sarei strisciato lì dentro con lui e ci sarei rimasto. Avrei dovuto essere abituato alla sensazione di Jae sul mio corpo e al sapore della sua bocca, ma con ogni sorsata, con ogni tocco, mi ritrovavo a volere di più. Desiderarlo sarebbe stata la mia morte, ma averlo sarebbe valso ogni momento di agonia che passavamo separati.

Lo schizzo di lubrificante che avevo sulla mano si riscaldò sotto le mie dita, ma ancora non toccai Jae. Non potevo fidarmi di me stesso. Aveva lasciato il profumo del suo corpo sul mio e, ogni volta che mi muovevo, i miei sensi si riempivano di lui. Sdraiato sulla schiena sopra le lenzuola sgualcite, il suo sguardo di miele non lasciava mai il mio viso. Mi presi un momento – un momento molto lungo – per cercare di berlo.

Il suo corpo pallido scintillava sul ricco marrone della stoffa, i capezzoli rosa scuro, quasi prugna, attiravano il mio sguardo verso il petto muscoloso. Le gambe lunghe e il torace flessuoso contenevano una forza compressa, che di solito rimaneva nascosta sotto i suoi vestiti abbondanti. Completamente nudo era un banchetto di piani e ombre, un magnifico contrasto di potenza maschile rispetto al viso quasi androgino.

Non avevo mai chiesto a Dio di mandarmi qualcuno dopo Rick. Mi ero già consegnato alle sofferenze di una vita senza amore, e trovare Jae-Min dietro la porta di un assassino sembrava una benedizione divina consegnata in maniera bizzarra. Se Dio voleva strappare via le ali a uno dei suoi e darlo a me, chi ero io per discutere con il destino?

Ma accidenti, Jae mi faceva lavorare sodo per conquistare ogni briciola del suo cuore.

Allargò le ginocchia quando il mio peso fece infossare il letto al suo fianco. Mi chinai su di lui; avevo bisogno di avere la sua bocca sulla mia, mentre gli passavo le dita lungo la fessura. I suoi muscoli si strinsero involontariamente, reagendo con un brivido dato che il lubrificante era ancora un po' freddo, ma lui costrinse le cosce ad allargarsi incitandomi a spostarmi più avanti.

Infilai la mano nel solco tra le natiche e disegnai cerchi sulla sua entrata, giocando con quel punto stretto finché non si rilassò sotto la leggera spinta delle mie dita. Gli strappai via l'aria di bocca, sigillandola con la mia mentre lo aprivo. Il suo corpo combatté contro di me respingendo la mia intrusione, finché non si arrese e mi lasciò entrare con un sospiro.

Scivolai dentro con attenzione, spargendo attorno al suo nucleo più lubrificante che potevo. L'anello di muscoli risucchiò il mio indice tirandomi più avanti di quanto avrei voluto andare, ma quando la punta del dito sfiorò i suoi nervi, Jae sibilò per il piacere e affondò le dita torcendo le lenzuola in due spirali.

Dal suo membro sfuggì una perla, una goccia luccicante pronta perché la succhiassi, e io ne leccai la punta vellutata intrappolandola contro il suo stomaco. Lui si curvò tirandomi per le spalle contro il suo petto. Aveva le braccia forti, lunghi fasci di muscoli. Mi tenne stretto mentre io mi dedicavo al suo membro, accarezzandomi la spina dorsale e le scapole con le lunghe dita. I suoi peli pubici mi fecero il solletico al mento, un bacio leggero e ispido contro la mia pelle. Chiuso nelle ombre del suo abbraccio, succhiai la sua intera lunghezza mentre spingevo le dita più a fondo nei suoi recessi, preparandolo per me.

Avremmo potuto rimanere lì – avvolti l'uno attorno all'altro – per tutto il giorno. Con le braccia di Jae attorno a me, potevo anche essere morto e arrivato in paradiso. C'era qualcosa di sublime nel suo tocco. Chino su di me, a sussurrare morbide parole coreane nel mio orecchio, era esposto e vulnerabile. Aperto e inerme, era finalmente libero da tutto, da tutti quelli che gli facevano pressione perché fosse qualcosa, o qualcuno, di diverso da ciò che era realmente.

Adoravo vederlo e sentirlo libero da quel sudario che gli avvolgeva l'anima. Quando eravamo soli, vedevo le ali da angelo che il mondo aveva tagliato corte in modo che non potesse volare. In quei momenti lo sentivo librarsi e arrivare finalmente a toccare il cielo. Con il suo corpo attorno al mio e la mia bocca sulla sua asta, mi sentivo come se stessi bevendo il paradiso fino a prosciugarlo.

Mugolò, torcendosi nella mia bocca. C'era vicino, troppo vicino perché continuassi. Lo lasciai andare, liberandolo dalle mie labbra, ma continuai a spingermi dentro di lui. Il sapore che avevo sulla lingua scivolò fino in gola, un retrogusto muschiato che sembrò arricciarsi nel mio stomaco. Toccai quel nodo di nervi sepolto a fondo dentro di lui, e Jae gemette implorando per avere di più.

"*Jagiya... saranghae*, Cole-ah..."

Un giorno avrei sentito quelle parole in inglese, ma per ora, sussurrato tra i nostri corpi sudati, avrei preso il suo amore in qualsiasi modo lui fosse disposto a darmelo.

Nei film gli amanti vengono insieme in un groviglio di gambe e baci pieno di grazia. Io e lui non eravamo mai così fluidi. Non avevamo mai fatto un balletto di corpi che si univano per diventare uno solo. Invece, infilai le mani sotto di lui e me lo tirai sul grembo. Il suo ginocchio mi colpì la spalla proprio nel punto più dolente, ma il pulsare in mezzo alle mie gambe aveva la precedenza.

E lo stesso valeva per l'espressione di desiderio che arrossava il bel viso di Jae.

Lo sollevai fino ad averlo con la schiena contro il petto, a cavalcioni del mio inguine. Il mio sesso bruciava per il bisogno di stare dentro di lui, un calore profondo che risaliva dalle palle fino alla punta della mia dolorosa erezione. Lui mi afferrò le cosce e si tirò su, premendo le scapole contro il mio torace. Inarcando la schiena contro di me, allungò una mano in basso finché non riuscì ad afferrarmi. Il tocco delle sue dita per poco non mise fine a tutto.

Respirando in brevi ansiti, cercai di mettermi in posizione finché non sentii la punta del mio sesso toccare l'ingresso lubrificato del suo corpo. Al primo cedimento di quei muscoli Jae ansimò e lasciò ricadere la testa all'indietro, curvando il collo sulla mia spalla. Nella luce del pomeriggio, i suoi capelli gettavano delle ombre azzurre sulla mia pelle, esponendo al sole la sua gola e il suo viso. Allungai la testa di lato e lo baciai sull'angolo della bocca, incitandolo a voltare il viso verso di me.

Le nostre labbra si toccarono quando scivolai dentro di lui, e Jae ansimò, aprendo la bocca contro la mia. I suoi denti mi strinsero il labbro inferiore e, mentre lo violavo, assaggiai una goccia del mio stesso sangue. Il calore del suo corpo che si chiudeva su di me scacciò ogni idea di prendere le cose con calma. Gli strinsi i fianchi affondando le dita sopra le ossa lo penetrai, lottando per mantenere il controllo mentre i suoi denti mi segnavano il labbro. Quando lasciò andare la mia bocca, il suo appetito feroce lo indirizzò verso un altro bersaglio. Scelse quello che riusciva a raggiungere, restando soddisfatto solo quando riuscì ad avere una buona presa su un pezzo della mia carne.

Mi raschiò le cosce con le unghie, incitandomi ad andare ancora più avanti con mormorii bassi e rochi. Mi si asciugò la bocca per lo sforzo di dare un ritmo alle mie spinte. All'improvviso si strinse attorno a me e io mi spinsi a fondo in lui, tirandolo sulla mia erezione. Jae mi prese tutto, lasciandosi cadere sulle ginocchia e poi venendomi incontro in un urto di carne contro carne.

Il suono delle nostre cosce che si colpivano quasi sparì sotto il profluvio di coreano che usciva dalla sua bocca ansante. Trovai un capezzolo con una mano e pizzicai quella sporgenza con dita prive di vigore. Avevo il cervello intontito per la spirale di piacere che mi avvolgeva e avevo bisogno di portare Jae al limite assieme a me.

Il mio orgasmo non era nulla senza il suo. Mi servivano più di due mani e, non per la prima volta, desiderai potermi chinare a succhiarlo mentre ero dentro di lui. Invece lasciai ricadere la mano che gli tenevo sul petto e strinsi il suo uccello duro e teso. Pochi colpi bastarono perché Jae cercasse di allontanarsi dalla mia mano, ma mi rifiutai di lasciarlo andare.

"Voglio cavalcarti, Cole-ah." Il suo sussurro rauco diventò un gemito pieno di bisogno quando gli passai il palmo ruvido sulla punta. "Troppo… presto…"

"Piccolo, abbiamo tutta l'eternità," gli promisi mordendogli il lobo dell'orecchio. "Lasciati andare, Jae. Lascia che ti tenga. Lascia che ti senta nella mia mano."

Sparsi il liquido che imperlava la punta, usando quel fluido viscoso per muovermi con più facilità sulla sua asta. I suoi movimenti erano quasi troppo bruschi per la mia carne. Il mio prepuzio cominciava a essere indolenzito e irritato. Avevo i testicoli contratti contro le cosce, come se volessero strisciare dentro il corpo del mio amante e unirsi alla festa.

Mentre si muoveva su di me, le scapole e la spina dorsale di Jae sfregavano contro i miei capezzoli, facendoli indurire per l'attrito. La pulsazione che sentivo nella mano aumentò e lo tenni stretto, muovendo i fianchi più in fretta che potevo. Lui rabbrividiva ogni volta che toccavo il nodo di piacere nel suo corpo, e quando cominciò a tremare seppi che i miei colpi lo stavano portando al punto giusto.

Non avevamo più nessun ritmo. Eravamo caduti in una danza frenetica di tira-e-spingi che volevo non finisse mai. Per me il mondo all'esterno era scomparso. Il sole che entrava dalla finestra ci sfiorava soltanto, riempiendo la stanza di luce soltanto perché potessi vedere la forma tesa di Jae che mi faceva impazzire. Allungato contro il mio corpo era una meraviglia di tendini e pelle chiara, muscoli che si allungavano e contraevano a ogni torsione di fianchi e braccia.

Il sudore gli si accumulava sulla fronte e scorreva lungo la guancia, cadendogli sulla spalla. Una goccia scese lungo la clavicola, lasciando dietro una scia umida su quella distesa d'avorio. Mi allungai in avanti a leccare quel punto, assaporandolo. In quella goccia c'era il profumo della sua essenza, il debole cenno del suo orgasmo nel retrogusto salato sulla pelle.

Il tocco della mia bocca per lui fu abbastanza. Le sue unghie mi lacerarono la pelle e l'aria fredda colpì i graffi. Il suo corpo si tese e divenne rigido, e quando si morse il labbro per impedirsi di gridare io vidi un lampo di bianco. Un attimo dopo si liberò, schizzandomi la mano di seme bollente.

Con il profumo del suo orgasmo nell'aria, persi la testa. Lo afferrai stringendolo alla base, masturbandolo mentre mi spingevo per l'ultima volta nelle sue profondità. Il suo culmine ci prese entrambi, i suoi muscoli che afferravano il mio membro così sensibile. Fu troppo. Non potevo contenere il palpito dei nostri corpi e mi arresi all'ondata di seme che pretendeva di venire liberato.

Gli strinsi le braccia attorno alla vita e caddi in avanti, inchiodandolo al letto. Intrappolato dal mio peso, si contorse per un attimo, poi si spinse verso di me, prendendomi a fondo. Coprendo il suo corpo con il mio, lo abbracciai più stretto che potevo, continuando a martellarlo.

La prima ondata dell'orgasmo mi fece formicolare il viso, e smisi di pensare per le sensazioni che affollavano i miei nervi. Jae chiuse le mani sui miei polsi e intrecciò le dita fra le mie. Piegando le spalle, mi tenne contro la sua schiena. Ci muovevamo insieme, scivolosi di pelle bagnata e schizzi di lubrificante.

Tirai il fiato e Jae pronunciò il mio nome, una dolce goccia di suono così piena di emozioni da colmarmi.

"Ti amo." Fu tutto quello che riuscii a dire prima che l'estasi mi inghiottisse. Già scosso dalla prima ondata, ero ancora impreparato all'intensità travolgente del mio orgasmo. Persi il contatto con tutto. Riuscivo a sentire soltanto le natiche e le gambe di Jae contro il mio scroto e le mie cosce, e la pressione delle sue dita contro le mie mani. Avevo sulla lingua il sapore della sua pelle e del suo sudore, e quando si torse leggermente per trovare le mie labbra, dalla sua bocca mi arrivò un bacio leggero come un'ala di farfalla.

Riversai dentro di lui tutto quello che avevo. La mia fiducia. Il mio amore. Tutto quello che potevo dargli a parte strapparmi la pelle di dosso e avvolgerla attorno al suo cuore per tenerlo al caldo e al sicuro. Se in quel momento avessi avuto un coltello, avrei fatto il primo taglio e poi lo avrei implorato di prendere quello di cui aveva bisogno.

In quel momento non fui nemmeno più sicuro che tutto quello che avevo potesse bastare, quando, nel bel mezzo dei miei respiri ansimanti, lo sentii sussurrare: "*Saranghae*, Cole-ah."

Velocemente quanto mi avevano colpito, le sensazioni dell'orgasmo mi abbandonarono e mi afflosciai come se fossi senza ossa. Poi mi liberai con attenzione dalla stretta di Jae, mi tolsi il preservativo, lo legai e lo lasciai cadere nel cestino accanto al comodino. Jae rimase sdraiato dove lo avevo lasciato, ansimante e sfinito. Gli baciai la spalla e mi rannicchiai dietro di lui, facendogli appoggiare la schiena contro di me. Ero ancora senza fiato e facevo dei piccoli sbuffi tra i suoi capelli umidi.

Tra il lubrificante e l'orgasmo di Jae, se fossimo rimasti così ancora molto saremmo diventati un pasticcio appiccicoso, ma ero restio ad allontanarmi da lui. Gli passai la mano sulla pancia facendo un giro attorno all'ombelico con l'unghia, e ridacchiai quando lui sussultò per il solletico.

"Finiremo cementati insieme, lo sai." Baciai il punto in cui la scapola sporgeva dalla schiena.

"Mmm… probabilmente," mormorò lui, concordando. "Che ore sono?"

Diedi una sbirciata all'orologio appoggiandogli il mento sulla spalla. "Meno di un'ora da quando ti ho trascinato su per le scale per fare i miei comodi con te."

"Quanto ci mette una ragazza a spendere qualche centinaio di dollari?" Aveva gli occhi semichiusi, in maniera più assonnata che eccitata. I cerchi scuri sotto le sue ciglia erano profondi e bluastri, segno che aveva perso ben più di qualche notte di sonno da quando se n'era andato di casa.

"Un paio d'ore. E forse prima di tornare andranno a vedere un film o a mangiare qualcosa." Avevo messo in mano a Tiffany molto più che un paio di centinaia di dollari, ma Jae non aveva bisogno di saperlo. "Non so quanto le ci vorrà. Direi che io e te riusciremo a vedere un film *o* a mangiare prima di doverci rivestire di corsa."

"Non male," sussurrò Jae. "Pensi che potremmo restarcene solo qui a riposare per un po'? Un pochino?"

"Sicuro, tesoro." Sbadigliai. "Metto la sveglia sul telefono."

E quella è l'ultima cosa che mi ricordo di aver detto prima che il profumo di zenzero in cottura riempisse la casa.

Non sono mai stato una persona che si sveglia pimpante. Al mattino, dopo essere strisciato fuori dal letto, mi ci vuole almeno mezz'ora per concentrarmi sullo specchio abbastanza a lungo da lavarmi i denti. Svegliarmi al crepuscolo dopo un pisolino non fu molto diverso.

Il profumo del cibo mi tirò fuori dal letto e barcollai verso la doccia, in parte chiedendomi perché Jae non mi avesse svegliato prima ma soprattutto ringraziandolo silenziosamente per avermi lasciato dormire. A giudicare dalle fragranze pungenti che arrivavano dalla cucina pareva avesse cambiato idea riguardo alla pizza in stile Chicago, per cui feci la doccia con calma, lavandomi dalla pelle le incrostazioni del pomeriggio.

Mi stavo strofinando i capelli con un asciugamano e intanto recuperavo dal pavimento jeans e biancheria, con l'intenzione di sedermi sul bordo del materasso per infilarmeli, quando notai qualcosa di strano.

Jae era ancora a letto. Addormentato.

Aveva i fianchi avvolti nel piumino soffice che avevo comprato per tenere lontano il freddo, ma mentre io strisciavo in bagno ne aveva approfittato e si era messo in diagonale. Era allungato sui cuscini, con le braccia che quasi toccavano l'altra estremità del materasso gigante, i capelli come un'ondata nera sulle lenzuola marrone.

Al profumo di zenzero si unì lo sfrigolio dell'aglio che rosolava, e Neko drizzò la testa tra le gambe di Jae, agitando le orecchie con interesse per la promessa del cibo.

"Cazzo, chi diavolo c'è al piano di sotto a cucinare, allora? Merda!" Non finii di abbottonarmi i jeans. Per un attimo riflettei sull'idea di prendere la Glock, ma alla fine un po' di sanità mentale si fece strada nel mio cervello da lucertola.

Nessuno fa irruzione in casa di qualcun altro per preparargli la cena, a meno che quel qualcun altro non *sia* la cena. Dato che personalmente non conoscevo nessuno con tendenze cannibalistiche, la Glock non era necessaria.

Le scale di legno erano fredde e scivolai sulla passatoia del pianerottolo. Feci due gradini alla volta e girai l'angolo del corridoio rischiando di colpire l'arcata quando le piastrelle della cucina aggredirono i miei piedi nudi. Lì quella dolce fragranza era molto più forte; in un tegame sul fornello c'era un mucchietto di zenzero grattugiato che crepitava. Sull'angolo del tagliere era appoggiata una manciata di spicchi d'aglio schiacciati, con le bucce messe da parte.

Arrivai alla conclusione che nei progetti dei ragazzi non si erano infiltrati cena e film. Non era un problema. Ero in grado di gestire una ragazza adolescente. Avevo perfino una sorella. Ovviamente non avevo mai sorpreso la mia sorellina con in mano un grosso coltello da cucina e di umore – forse – omicida.

Tiffany prese uno degli spicchi d'aglio intatti e lo sistemò sul tagliere. Poi appoggiò la lama di piatto sul punto più curvo e mise la mano contro l'acciaio, schiacciando leggermente lo spicchio e liberando la sua polpa carnosa dalla buccia.

Si voltò a mezzo per lanciarmi un'occhiata piena di confusione e con un leggero sottofondo di disgusto per il mio petto nudo. Poi indicò la lavanderia con un cenno del capo. "Ho lavato le magliette che mi aveva prestato Jae-Min. Probabilmente una è tua, se la vuoi."

"Ah, grazie." Dopo averla stordita con la mia risposta sagace, recuperai una vecchia maglietta stile rugby che Jae mi aveva rubato mesi prima e me la infilai. Tornare indietro voleva dire parlare con Tiffany, ma a parte traslocare in lavanderia non c'erano altre opzioni. Dopo aver controllato di avere la patta chiusa tornai in cucina con l'aria più disinvolta che potevo, presi la birra dal frigo e la porsi a lei. "Ne vuoi una?"

Se avevo pensato che gli sguardi derisori di Jae fossero fulminanti era perché non conoscevo ancora sua sorella, che nelle occhiate sarcastiche ci metteva praticamente tutto il suo peso. "Ho diciassette anni."

"Merda, me n'ero scordato," dissi con imbarazzo. Controllando lo scomparto del ghiaccio tirai fuori delle bottiglie di bibite. "Abbiamo Diet Coke, Dr Pepper e Sprite. Te ne va una? Oppure c'è un po' del tè verde freddo di tuo fratello, ma è liscio. Dovrai metterci dello zucchero."

Prese una Diet Coke, aprì la bottiglia di plastica e la appoggiò sul bancone. Andai da quella parte e mi sistemai sopra la lavastoviglie. Lei strabuzzò gli occhi e io sorseggiai la mia birra, deglutendo con un leggero grugnito. L'aria era densa di sentimenti inespressi e parole trattenute. Decisi di fare il disinvolto, sperando che funzionasse come un incantesimo e le tirasse fuori qualcosa di più che un'irritabile educazione.

"Sì, anche tuo fratello si incazza quando lo faccio." Scrollai le spalle. "Siamo arrivati a un compromesso. Io mi siedo qui, e lui non deve cucinare in un posto dove c'è stato il mio culo. Come sei entrata?"

"Non hai chiuso a chiave la porta." Tirò su col naso, arricciando un angolo della bocca per il disgusto. "Suppongo che tu te ne sia dimenticato quando hai trascinato mio fratello al piano di sopra. Immagino che quando siamo usciti non ci sia voluto molto perché voi due pervertiti vi metteste a scopare."

"Tesoruccio, vediamo di chiarire una cosa," la interruppi gesticolando verso di lei con la birra. "Quello che succede fra me e tuo fratello, per me è una cosa molto speciale. Puoi odiarmi a morte quanto vuoi, perché sei una ragazzina e il tuo mondo è ancora tutto in bianco e nero. Questo lo capisco. Ma non azzardarti a dire niente di negativo su quanto amo tuo fratello o su quello che lui significa per me. Tutto il resto è negoziabile. Questo no."

Lei posò il coltello, perché probabilmente non si fidava di se stessa. Ero abbastanza vicino che avrebbe potuto accoltellarmi, e anche se probabilmente pesavo quarantacinque chili più di lei, Tiffany doveva sapere di essere perfettamente al sicuro con me. Non solo era una ragazza adolescente, ma io andavo a letto con suo fratello. Avrebbe potuto investirmi con un carro armato Sherman e io mi sarei sdraiato a terra zitto e immobile.

"Ci capiamo?" insistetti.

Lei sporse le labbra e per un attimo ebbi paura di averla fatta piangere, invece si limitò ad annuire e ricominciò a occuparsi dell'aglio.

Non ero bravo con i ragazzini. Diavolo, perfino le mie sorelle mi spaventavano. Gli unici adolescenti che avevo avuto attorno per parecchio tempo erano i nipoti di Claudia, e quelli erano scherzi di natura: cortesi e beneducati. L'unica volta che uno di loro era uscito dal seminato era stato in ospedale subito dopo che lei era rimasta ferita, e la famiglia lo aveva rimbrottato praticamente all'istante, facendolo rientrare nei ranghi prima che lui potesse sbraitarmi contro. Non ero sicuro di come gestire un fascio di nervi sotto l'effetto degli ormoni… tanto meno ormoni femminili.

Una cosa che avevo imparato era che Dio e la Natura odiavano il vuoto. Di solito la regola si applicava anche alle persone, in special modo agli adolescenti. Lascia qualcosa vuoto e in silenzio abbastanza a lungo, e arriverà qualcuno a riempirlo. Tiffany non era un'eccezione. Riuscì a reggere solo per altri due spicchi.

"Tu… come puoi amarlo?" Il coltello si fermò, rimandando il grande massacro dell'aglio. "Siete tutti e due… maschi."

Quella *non* era una conversazione che volevo fare con la sorellina di Jae. Soprattutto non mentre lui dormiva al piano di sopra. Avrei potuto scegliere la via del codardo dicendole di aspettare finché non si fosse svegliato, ma qualcosa mi disse che lei si sarebbe trovata più a suo agio a parlare con il Grosso Uomo Cattivo Gay seduto sul piano di lavoro della cucina, che non con suo fratello. Io ero... sicuro. Qualcuno di distante, a cui poteva lanciare cacca come un cucciolo di babbuino furioso quando si sentiva messa all'angolo. Non avrebbe potuto farlo con Jae.

Beh, avrebbe potuto, ma avrebbe finito per spezzargli il cuore, e pur con tutti i suoi drammi angosciati da adolescente amava il fratello maggiore. Il mondo le si era ribaltato sotto i piedi perché aveva scoperto che a Jae piacevano gli uomini, ma stava lottando per recuperare la presa.

Speravo solo che lui avesse delle risposte per lei.

Perciò feci del mio meglio.

"Non lo so." A volte il problema dell'essere sincero era dover ammettere che non sapevo tutte le risposte, ma era tutto quello che avevo. "Ti posso dire che è qualcosa dentro di me. Non posso parlare per Jae, ma quando sono con lui, io mi sento... bene. Meglio che bene. Come se noi due insieme potessimo fare qualsiasi cosa. E quando sta soffrendo, io voglio risolvere ogni problema per lui. Non posso metterla meglio di così. Proprio no. È praticamente tutto qui. Quando sono con lui, qualcosa dentro di me diventa... più grande. Lui mi *rende* più umano, più di quello che sono per conto mio."

"Ed è esattamente come... un ragazzo e una ragazza?"

"Non saprei," risposi con un sorriso. "Non mi è mai piaciuta una ragazza in quel modo."

Nella famiglia Kim il sospetto doveva essere stato distribuito a secchiate, perché lo usavano con generosità. L'occhiata in tralice di Tiff praticamente grondava sospetto. "Davvero? Ci hai provato?"

"Provato?" Feci uno sbuffo sarcastico. "Non riesco nemmeno a contare quante volte ho desiderato mi piacessero le donne. Diavolo, al liceo era tremendo. Hai idea di quanto fosse difficile nascondere la mia... ehm, lo sai... dietro a un asciugamano, dopo le lezioni di educazione fisica? Farti la doccia con un branco di ragazzi quando ti eccitano gli uomini non è il modo migliore di passare la pubertà."

"Non hai visto un dottore?" Si voltò a guardarmi, lasciando misericordiosamente il coltello sul tagliere. "Per provare a sistemare la cosa?"

Era talmente *giovane*. Il suo viso fresco era intriso dell'arroganza degli adolescenti e di quella convinzione profonda di sapere tutto e di avere tutte le risposte del mondo, se solo qualcuno si fosse deciso ad *ascoltarti*. Mi costringeva a domandarmi come facessero così tanti di noi a sopravvivere all'età adulta, considerato che razza di illusi siamo durante la pubertà.

"Non funziona così, zuccherino." Fu un rimprovero gentile. "Cercare di cambiare il tipo di persone che ami, se sortisce qualche effetto è solo di incasinarti ancora di più. È meglio cercare di cambiare chi sei dentro, in modo che qualcuno possa amarti."

"Ma..." Era in conflitto. Nessuno distribuiva manuali su come bisognava *sentirsi* riguardo alle cose. Quando avevo la sua età, avevo combattuto per cercare di tirare fuori un senso dai miei pensieri. E poi avevo lottato di nuovo contro quello che mi dicevano quelli che avrebbero dovuto amarmi incondizionatamente. Alla fine avevano fatto più danni che altro, lasciandosi dietro campi minati di insicurezze e dubbi.

"Chi ami Jae ... non è questo che è importante. Quello che è importante è che la persona che ama lui lo tratti nel modo giusto e lo consideri prezioso per quello che lui è. Non è questo che vorresti per Jae? Per tuo fratello?" chiesi a bassa voce. "Io ho un fratello... diavolo, adesso ne ho due, e posso dirti questo: non me ne importerebbe un accidente che amassero qualcuno con le parti intime interne o esterne. Voglio che siano amati da qualcuno che a loro ci tiene davvero. Perché è questo che è l'amore. Quella persona, quell'unica persona che ti fa sentire come se potessi fare ogni cosa che desideri, che ci tiene davvero a te dal profondo dell'anima. *Questo* è l'amore."

Capitolo 18

Un paio d'ore più tardi, e con un Jae molto imbarazzato, stavo impacchettando i resti della crostata di mirtilli di Claudia e incitando i Kim a prendere il materasso gonfiabile matrimoniale che avevo comprato per una vacanza in campeggio. Aveva dato a Tiff una delle mie valigie per metterci dentro le sue cose quando avesse finito di giocare con un videogame che Bobby si era lasciato dietro, poi avevo raggiunto sul portico Jae che era uscito a fumare.

Fissando la lastra di cemento che mi faceva da ingresso, mi sedetti su uno dei gradini e mi rannicchiai accanto al mio amante. Poi gli diedi un colpetto con la spalla, e quando mi guardò a occhi stretti gli feci un sorriso.

"Non riesco a credere che tu le abbia parlato di… noi. Del fatto che io sono gay." La bocca sensuale che avevo visto attorno al mio uccello si chiuse sull'estremità della Djarum Black, risucchiando una boccata di fumo. "Che diavolo… non posso…"

"A essere onesti, abbiamo parlato anche del fatto che si sentiva in colpa per averti detto di essere allergica ai gatti quando non è vero." Era una difesa debole, ma ci provai comunque. "Lo ha detto solo perché pensava che Neko fosse mia e che questo ti avrebbe tenuto lontano da me."

"Le hai detto che *tu* sei allergico e che sopporti la cosa per me?"

"Ehi, una pillolina bianca tutte le mattine assieme al caffè è un piccolo prezzo da pagare per averti nella mia vita." Vidi un sorriso aleggiargli sull'angolo della bocca e mi allungai a catturarlo con le labbra prima che scivolasse via.

Lui guardò dietro di noi sbirciando furtivamente attraverso la finestra panoramica nel caso Tiffany fosse in vista. Era nel soggiorno, occupata con un videogame di ballo che Jae aveva comprato alcuni mesi prima e con lo sguardo che spesso vagava verso il punto in cui eravamo noi. Ridacchiando sottovoce, Jae ricambiò il mio bacio con un bacetto disinvolto, indugiando abbastanza a lungo da passarmi la punta della lingua sulle labbra.

"Ti vedrà," lo avvertii, ma assaporai il suo bacio ai chiodi di garofano.

"Non penso che mi importi." Nel suo sospiro erano intrappolate fin troppe cose. Fumo e tensione uscivano dal suo corpo in volute fluttuanti.

Negli occhi gli passò un lampo di senso di colpa e abbassò la testa; la risata prese un tono nervoso. "D'accordo, forse un pochino. È difficile così all'improvviso... avere tutto allo scoperto. Non sono sicuro... mi sento come... se mi fossi esposto al mondo e adesso sono nudo. E il modo in cui mi colpisce... è duro."

"Ti senti sopraffatto?" Era una domanda non pericolosa. Se avessi dovuto allontanarmi fisicamente da Jae, lo avrei fatto. Avevo bisogno che mi dicesse quando era troppo. Come affrontavamo le cose fra noi, come ci comportavamo, dipendeva completamente da lui. "Qualsiasi cosa di cui tu abbia bisogno, tesoro, farò in modo che succeda."

"Questa penso di doverla fare da solo," mormorò indicando con un cenno del capo sua sorella, che tentava senza troppa convinzione una mossa di hip hop. Inciampò e la perdemmo di vista mentre faceva amicizia con il pavimento.

"Tua sorella non è molto aggraziata nella danza, tesoro." Gli diedi un colpetto col gomito, poi mi voltai a guardare le luci di un aeroplano che scomparivano tra le nuvole.

"È difficile ballare attorno a quel mobile. Avrebbe dovuto spostarlo. Sotto ci sono quelle specie di feltrini. Ha solo bisogno di una buona spinta." La punta della sua *kretek* fiammeggiò di rosso. "Tornerò allo studio e le parlerò di... noi. Ti dispiace?"

"No, starò bene... tu starai bene. Comunque *Colpa delle stelle* era un libro di merda." Feci un sorrisetto e indicai con il mento la macchina che stava parcheggiando accanto al mio vialetto. "A ogni modo penso di avere compagnia."

La camminata sciolta di Ichi era ingannevolmente tranquilla. Ci raggiunse in fretta. Nonostante l'aria fosse abbastanza fresca, indossava una maglietta a maniche corte, nera e con la pubblicità di uno studio di tatuaggi a Takeshita Dori – dovunque fosse – e jeans con più buchi che stoffa. Jae lo studiò mentre si avvicinava, notando l'inchiostro che aveva addosso e il sorrisetto che pareva fosse fuggito dalla mia faccia per trovare una nuova casa sulla sua.

"Ti assomiglia," commentò alla fine.

"Davvero? Pensavo che assomigliasse di più a Mike." Guardando quel poco che rimaneva dei suoi pantaloni, borbottai: "Però si veste come te."

"Ehi." Ichi fece un sorriso a Jae e gli porse la mano. Riuscivo a sentire le differenze fra l'accento di Jae e quello di mio fratello. Le parole di Ichi avevano una specie di *staccato*, e facevano su e giù mentre parlava. Io ero più abituato ai suoni rotondi di Jae, che si ammorbidivano alla fine di ogni frase, scendendo e risalendo di nuovo. "Sono Ichiro, suo… fratello."

"Kim Jae-Min." Gli strinse la mano, con un piccolo cenno della testa. "Sono… il suo *ragazzo*."

Non avevo mai davvero creduto che lo shock di sentire certe cose pronunciate ad alta voce potesse lasciare una persona senza parole.

Ragazzo non era un termine che gli avessi mai sentito uscire di bocca. Avevo sentito altre parole per descrivermi, e non erano tutte dei complimenti. Io lo chiamavo il mio amante o il mio ragazzo quando parlavo con altre persone, ma prima di allora lui non aveva mai davvero usato apertamente quella parola riferendosi a me.

Nei minuti seguenti tutto quello che riuscii a sentire fu un acuto ronzio punteggiato dal mio cervello che ogni tanto borbottava *che-cazzo-ha-appena-detto-Jae* da qualche parte nei paraggi della mia fronte. Loro continuarono a parlare. Riuscivo a vedere le loro bocche che si muovevano, e più in là Tiffany che si agitava in una mossa di ballo per la quale doveva spalancare le braccia come una stella marina demente, ma a parte quello ero completamente andato.

"Cole-ah, mi hai sentito?" La voce preoccupata di Jae attraversò il mio stordimento. "Ichiro può aiutarti a tradurre gli appunti. Sa leggere l'*hangul*."

"Se vuoi che ti aiuti." Mio fratello mi guardava come se mi fosse cresciuta una seconda testa. "Visto che Jae sta andando…"

"Sai leggere il coreano?" Da come mi fissavano dovevo avere il tono di chi è caduto e ha picchiato il cranio.

"Ho imparato il coreano molto tempo fa. Parecchi dei miei clienti vengono dalla Corea del Sud. Lo stavamo giusto *parlando*." Ichi inclinò la testa e mi studiò con attenzione. "Forse non stavi ascoltando, può essere?"

"Perché è così difficile riconoscere il coreano quando qualcuno parla," mi sbeffeggiò Jae. "È come gli uccellini o magari come il rumore delle auto che passano?"

"Avevo la testa da un'altra parte," borbottai dando una leggera pacca sulla spalla a Jae. "Hai già mangiato, Ichi? Penso che ci siano degli avanzi di pizza, ma non so se sia commestibile. E un po' di quello che ha preparato Tiff, credo."

"Se non l'hai mangiata a colazione probabilmente non è commestibile." Il mio amante schivò un'altra pacca.

"Sicuro che non puoi restare?" gli chiesi. Anche se la mia conversazione in cucina con Tiff aveva fatto molto per ridurre la tensione tra di noi, la situazione era diventata di nuovo spinosa quando Jae si era svegliato ed era sceso da basso. Lui e io concordavamo che le servisse un po' di tempo prima che potessimo chiederle di aiutarci a scegliere il nuovo servizio di piatti.

"No, abbiamo avuto un paio d'ore tutte per noi." Appoggiandosi a me Jae mi passò una mano sulle costole, un tocco intimo e casuale che pochi mesi prima avrei considerato audace da parte sua. "La riporterò allo studio prima che diventi scontrosa."

"Scontrosa?" Ichi lanciò un'occhiata a Tiffany attraverso la finestra. "Sembra dolce."

"Oh, fratellino, quanto poco sai della mente di una ragazza adolescente," commentai in tono malinconico. "Lascia che ti aiuti a mettere i bagagli in macchina, Jae. Ichi, se la pizza fa schifo posso farti un sandwich o qualcosa del genere."

Caricare la macchina di Jae mi guadagnò un veloce bacio sulle labbra quando mi chinai a salutarlo attraverso il finestrino. Il bacio mi guadagnò un sibilo disgustato e uno sguardo irritato da parte di Tiffany, che per conto suo si guadagnò un'occhiata tagliente dal riservato fratello maggiore. Dopo aver promesso di chiamarmi più tardi, Jae portò l'Explorer sul vialetto d'accesso e andò via.

"State insieme da molto?" Ichi mi si era avvicinato mentre non stavo guardando e sobbalzai per la sorpresa. Mi mise una mano sulla spalla per tenermi in equilibrio, ridendo.

"Non lo so," risposi, imbarazzato. "Non so con certezza da dove cominciare a contare. Dovrei chiederlo a lui, ma come si fa a infilare una cosa *del genere* in una conversazione?"

Finii col preparare a Ichiro un sandwich che avrebbe reso orgoglioso Dagwood. Poi dovetti spiegargli chi era il Dagwood dei fumetti, ma aveva la bocca piena di carne, pane e formaggio, per cui non credo importasse se mi avesse capito o no. Mi sedetti sul divano e cominciai a scorrere uno dei diari che ci aveva dato Hong Chul.

"Probabilmente prima avrei dovuto chiamare," commentò Ichi fra un boccone e l'altro. "Avresti potuto essere occupato."

"Nahh, avevo immaginato che Mike ti stesse facendo uscire di testa e che Maddy fosse fuori a salvare il mondo, quindi non avresti potuto nasconderti dietro di lei." Scoppiò a ridere, e capii che ci avevo preso. A mio fratello, a nostro fratello, piaceva impicciarsi e ficcare il naso. Qualche ora in sua compagnia e uno avrebbe cominciato a chiedersi se non fosse finito in uno strano interrogatorio della CIA. "Hai fatto bene a venire qui. Possiamo cercare di conoscerci meglio, come ci eravamo promessi."

Il libretto che avevo scelto era una rubrica. Mentre gli indirizzi erano in inglese, i nomi erano in coreano. Alcuni dei posti erano familiari, e riconobbi immediatamente quello di Gyong-Si. Bhak Bong Chol, il nonno di Hong Chul, era stato meticoloso, una specie di stalker. Sotto l'indirizzo di Gyong-Si aveva elencato quelli che sembravano essere gli assistenti dell'indovino, nel passato e in quel momento. L'ultimo nome era l'unico a non essere stato cancellato.

"Terry Yi. E a costo di dirlo di nuovo, perché ce ne sono così tanti con lo stesso cognome? Ci sono troppi coreani che si chiamano Yi e Lee. È tremendo quasi come Kim." Ichiro mi scoccò un'occhiata che mi malediceva per l'etnocentrismo. "Senti, è solo che a volte faccio fatica a tenere traccia di chi è imparentato con chi. Il mio cervello non funziona in questo modo. Perché Bhak ha scritto questo nome in inglese invece che in *hangul*?"

"Terry non è inglese? Il nome, voglio dire," commentò Ichi con la bocca piena di patatine. "È un po' difficile scriverlo in coreano." Si pulì la bocca con un tovagliolo e scavò nei raccoglitori. "Cosa stai cercando esattamente?"

"Non lo so," ammisi. "Sembra che Bhak abbia ripercorso le tracce di questo indovino fin da Seul. Qui cerca di farsi passare per gay, ma il nostro Terry con il nome inglese mi ha detto che Gyong-Si è gay quanto lo zucchero è amaro."

"Magari è bi?" Il mio fratello minore si strinse nelle spalle. "O perlomeno curioso riguardo agli uomini. Io lo sono. Beh, lo sono stato. Riguardo ad alcuni uomini."

La patatina che avevo rubato dal suo piatto mi si piantò in gola e cominciai a tossire, sputando briciole unte sugli appunti di Bhak. Il sorso di birra che mi rovesciai in bocca non servì a moltissimo, ma ne lavò via abbastanza da permettermi di parlare.

"Aspetta, cosa?" Continuando a tossire, fissai Ichi. "Tu sei cosa?"

"Curioso… più o meno." Scrollò le spalle e ricominciò a guardare gli appunti. "Sono stato con un paio di ragazzi. Niente di che, ma è stato okay. Non erano persone di cui fossi innamorato o roba del genere, per cui penso che quello avrebbe fatto la differenza."

"Gesù, Mike lo sa?" Terminai di tossire e mi strofinai il torace. Gli spasmi avevano fatto contrarre il tessuto cicatriziale e fui attraversato da una fitta di dolore.

"Non vedo come. L'argomento non è saltato fuori." Ichi si accigliò per qualcosa che stava leggendo.

Fischiando sottovoce, mi rimisi a leggere la rubrica di Bhak. "Amico, sei una continua sorpresa."

"Mio padre la vede diversamente," rise lui. "Ma in effetti non sa neanche dei ragazzi. In quel caso penso che mi avrebbe affogato."

Passammo altro tempo a bere birra e a leggere gli appunti scritti a mano di Bhak, poi a combinare i nomi con il mio diagramma. Dopo un'ora di quella partita a ping-pong fra *hangul* e inglese fissai i fogli di carta che avevo attaccato insieme con il nastro adesivo e cercai di cavare fuori un senso da tutte le linee e i riquadri che avevamo disegnato.

"Merda, ha avuto… quanti, dieci figli? Forse? E nessuno lo ha preso in castagna?"

"Questo tizio, Gyong-Si, è un assatanato." Ichi seguì una delle linee. "Dai un'occhiata qui."

Dall'aria che aveva il mio diagramma pareva che avessi lanciato sui fogli una terrina di spaghetti. A un certo punto cambiava colore, per differenziare i posti in cui aveva ingravidato le sue clienti. C'era una specie di kraken rosso che partiva dalle donne con cui era stato in Corea, e una piovra nera per le sue clienti in California. Un riquadro aveva sia una linea rossa che una nera.

"Eun Joon Lee," fischiai sottovoce. "Cazzo."

"Considerato che veniva pagato dalla maggior parte di queste donne, direi proprio di sì. Questa non era una di quelle assassinate?" chiese Ichi.

"Penso che questa sia l'unica domanda per cui ho una risposta," replicai. "Sì, lo era, ma Bhak non sapeva che fosse incinta. Questo l'ho scritto *io* nella linea nera. Ma *sapeva* che era stata incinta in precedenza. Potrebbe essere stato in contatto con lei qui a Los Angeles. Aveva il suo indirizzo nella rubrica."

"Allora che cosa è successo al bambino?" Ichiro accatastò i suoi appunti e li passò rapidamente in rassegna. "Bhak non dice niente al riguardo. Dice solo che ha avuto un bambino da lui quando vivevano tutti e due a Seul. Doveva essere una ragazzina. Forse lo ha perso o qualcosa del genere?"

"Qualcosa tipo darlo in adozione? Come fece Madame Sun?" suggerii. "Ma allora perché avrebbe dovuto tornare da lui a farsi mettere incinta di nuovo? Non ha nessun senso."

"*Niente* di tutto questo ha senso." Mio fratello si accarezzò lo stomaco pieno e ruttò, scoppiando a ridere quando io ridacchiai. Poi mi fece un sogghigno. Niente parla di legami fraterni come un rutto condiviso. "Quindi Gyong-Si ha un sacco di figli. Perché a qualcuno dovrebbe importare?"

"Gelosia?" tirai a indovinare. "O magari ha dei soldi da qualche parte e qualcuno sta cercando di fare fuori la concorrenza? Non lo so, ma è l'unica pagliuzza a cui posso aggrapparmi. Non c'è nient'altro che abbia senso."

Il telefono di Ichiro cominciò a suonare *Love Addict* e lui lo tirò fuori di tasca con una smorfia. "Reggiti. È nostro fratello."

"Già, io faccio *sempre* quella faccia quando mi telefona." Raccolsi le bottiglie vuote e i piatti di carta, poi scavalcai le gambe di Ichi e rischiai di inciampare quando lui mi tirò un calcetto al polpaccio. Brontolando senza troppa convinzione buttai tutto nel bidone della spazzatura riciclabile e tornai in soggiorno, dove lui stava raccogliendo la sua roba. "Esci?"

"Sì, vuole controllare dei contratti che avevo buttato giù. Stavo pensando di aprire un'attività da queste parti. Tu che ne pensi?" Sembrava un bimbo che chiede un biscotto. "Ti darebbe fastidio avere il fratellino in città per qualche mese all'anno?"

"Nahh, sarebbe fantastico," risposi. Dicevo sul serio. Andavamo piuttosto d'accordo, e sembrava che avessimo formato una sciocca alleanza contro il nostro fratello maggiore maniaco del controllo. "Perlomeno avrò qualcun altro che legga il coreano per me. Mi sa che Jae ha capito che lo sto usando solo per il suo cervello e non per il suo corpo sexy."

"Glielo dirò la prossima volta che lo vedo," mi prese in giro Ichi appendendosi lo zaino a una spalla.

"Grazie, perché non voglio fare sesso mai più." Lo accompagnai alla porta e mi fermai un attimo quando lui mi tirò in un abbraccio deciso. Mi ci volle un momento prima che pensassi a mettergli le braccia attorno, ma Ichiro non sembrò notarlo.

Tirandosi indietro mi diede una pacca sulla spalla. "È stato bello fare queste cose con te. Mi ha dato un'idea del tuo lavoro. La prossima volta andiamo fuori e ti facciamo mettere addosso un po' di inchiostro da uno dei tizi che sto pensando di assumere. Potrai vivere nel mio mondo per qualche ora."

"Non esiste, cazzo. Preferirei farmelo succhiare attraverso un glory hole a un'esibizione di dentisti." A quel pensiero rabbrividii. "Amico, l'unica persona di cui mi fiderei per farmi mettere degli aghi addosso sei tu."

Quel frammento di condivisione mi guadagnò un altro abbraccio, una strizzata ancora più feroce di prima. Poi il mio fratellino fece un passo indietro, annuì virilmente e mi diede una pacca sulle braccia.

"Grazie," mormorò. "È la cosa più carina che mi abbiano mai detto. Sono contento che me l'abbia detta tu."

"E dicevo sul serio. Tu sei a posto." La situazione stava diventando un po' troppo lacrimosa per i miei gusti. Non eravamo così a nostro agio uno con l'altro perché io potessi tirare fuori il whiskey e fare il discorso ubriaco del *ti-voglio-bene*, ma quel momento si stava avvicinando. "Non posso prendere a calci un estraneo che combina dei casini con la mia pelle, ma visto che tecnicamente tu sei mio fratello minore, ti posso pestare e sostenere che è amore fraterno. Adesso sei in fondo alla catena alimentare, Ichi. Fa tutto parte dell'imparare com'è essere uno dei ragazzi."

"E Maddy?" Inarcò un sopracciglio. "È una dei ragazzi anche lei?"

"Cazzo, no. Primo, non puoi picchiare una ragazza," sbuffai. "E secondo, ti può inseguire con la velocità di un ghepardo e piantare in terra a colpi di borsetta. Non far incazzare quella donna. Si porta in giro dei blocchi di cemento se dovesse capitarle di costruire un muro."

Chiusi la porta mentre lui stava ancora ridendo e tornai in soggiorno per immergermi ancora un po' in quella specie di tavola ouija pastafariana che avevo creato. Gli appunti di Bhak erano soltanto abbozzati. Non avevo idea di quando Eun Joon fosse rimasta incinta la prima volta e nemmeno di quando fosse arrivata dalla Corea del Sud.

"Vediamo, Eun Joon, avevi... quanto, quarantun anni? Quaranta?" Non sapevo molto di donne, ma sembrava un po' tardi per avere un bambino. "Forse eri già rimasta incinta ma avevi perso il primo bambino e pareva non riuscissi ad averne uno da tuo marito. Sei tornata dall'uomo che ti aveva messo la pagnotta nel forno la prima volta e hai cercato di farlo passare come figlio di Lee? Oppure Lee *può* avere bambini? Poi ha scoperto di Gyong-Si e ti ha uccisa."

Avevo davvero bisogno che Wong tornasse a dirmi qualcosa di Lee. Le sabbie mobili in cui mi ero impantanato sembravano diventare più profonde ogni volta che mi giravo, e non riuscivo a vedere una via d'uscita. Se continuavo così ero praticamente sicuro che sarei finito sepolto sotto un mucchio di ipotesi senza risposta.

Il mio telefono si mise a suonare mentre stavo fissando quelle maledette linee rosse e nere che portavano al nome di Eun Joon. Pensando che fosse Mike che chiamava per sgridarmi perché non ero andato con Ichiro, lasciai passare qualche squillo prima di rispondere.

Non sarebbe stato un bene se Mike si fosse convinto che mi precipitavo a rispondere ogni volta che telefonava. Quel genere di cose portava a un ego ipertrofico, e lui si montava già la testa senza il mio aiuto.

Solo che non era il mio fratello prepotente e impiccione. Invece, la voce maschile all'altro capo della linea aveva un tono duro, reso tagliente dalla violenza e le emozioni trattenute a fatica. Non riuscivo a capire che cosa stesse dicendo. Poi mi resi conto che stava parlando in un coreano rapido e gutturale che non avevo la minima possibilità di comprendere, nemmeno con quel poco che capivo di quella lingua. E tanto per peggiorare le cose pareva che chi stava chiamando fosse nel bel mezzo di un centro commerciale.

"Ehi, con calma," lo interruppi. "Punto primo, inglese. Mi dispiace, ma il mio coreano va bene solo per ordinare da un menu. Chi parla?"

"Cazzo, aspetta. Io… merda, un momento devo uscire da qui." Il chiacchiericcio e i rumori di fondo svanirono e tutto quello che sentii fu il respiro di quell'uomo. "È quel tale che era venuto a farmi visita? Ehm… Cole McGinnis?"

"Hong Chul?" Non ero stato con lui abbastanza a lungo da riconoscere la sua voce, ma sembrava più roca di quanto ricordassi. "Che c'è? Ho letto un sacco degli appunti di…"

"Non t'ho chiamato per quei dannati appunti," inveì. "Ti ho chiamato perché oggi pomeriggio qualcuno ha accoltellato mia figlia. Quello che voglio è che tu mi dica chi diavolo sta combinando questi dannati casini, così gli posso restituire il favore. Te lo giuro su Dio. Se Abby muore, ammazzerò chiunque abbia mai avuto a che fare con Gyong-Si. E poi gli pianterò un coltello su per il culo per vedere quanto gli piace."

CAPITOLO 19

NON C'È tragitto più lungo di quello verso un ospedale. Soprattutto quando una bimba è appena finita su un tavolo da qualche parte dell'edificio con le dita dei chirurghi nelle budella. Mi fermai lungo la strada a prendere qualcosa per farla sorridere, cercando alla cieca per bloccare il panico che mi scorrazzava nel cervello come un incubo. Nella mia mente tutto quello che riuscivo a vedere erano le sue minuscole infradito sul portico e le manine sulla faccia di suo padre quando si era allungata in avanti per un bacio.

Parcheggiai e mi chiesi se dovessi andare alla reception per vedere dove era stata portata Abby, ma vidi prima suo padre, con il viso pallido come cera che spiccava sui blocchi di pietra di un grigio bluastro dell'edificio.

Hong Chul stava in piedi in mezzo al largo cerchio di cemento destinato ai fumatori fuori dall'ospedale in cui sua figlia lottava per la vita. Se avevo avuto dei dubbi sul suo amore per quella bimbetta, scomparvero tutti nel vedere quel giovane padre spezzato che lottava per impedire alle sue mani di tremare mentre si accendeva una sigaretta. Avrei voluto dirgli che sapevo cosa stava provando, ma lo sguardo duro che ricevetti attraverso una voluta di fumo al mentolo mi disse che non voleva sentire cose del genere.

Perciò non lo dissi.

Invece tirai fuori dalla borsa di plastica una cosa grigia, orecchiuta e soffice delle dimensioni di una testa e gliela porsi. "Tieni. È per Abby. Si chiama Totoro. La signora nel negozio di Little Tokyo ha detto che i bambini lo adorano. Ho pensato che le avrebbe fatto piacere averne uno."

"Grazie." Hong Chul non fece la minima mossa per prendere il giocattolo. Invece fece una lunga tirata dalla sigaretta e fissò il cielo. Anche nello sfocato bagliore arancione dei lampioni nel parcheggio, riuscivo a vedere che aveva le lacrime agli occhi. Giusto un sospetto di umidità piena di dolore, poi erano partite, perse in sottili rivoli. Rimisi il Totoro nella borsa facendo molta attenzione perché non si impigliasse nei manici, in modo da dare all'uomo un po' di tempo per rimettersi insieme.

Delle falene grosse come topi giocavano alla roulette russa con le luci sopra la nostra testa, creando dei confusi simboli di Batman sull'asfalto. A qualche decina di metri, il pronto soccorso ferveva di attività. Le porte di vetro automatiche avevano a malapena il tempo di chiudersi prima di aprirsi di nuovo perché qualcuno veniva portato dentro di fretta. Parecchi uomini e donne se ne stavano sul margine della zona fumatori, con le facce grigie e come senza vita per lo sfinimento e i camici macchiati di sangue che li faceva sembrare più macellai sfortunati che guaritori.

Personalmente, vedendo quanto erano stanchi mi sarei fidato di più a dar loro in mano dei cotton fioc piuttosto che dei bisturi, ma l'ospedale aveva altri progetti. Dal branco se ne staccò uno, e poi un altro. Al loro posto ne arrivarono degli altri, meno schizzati di sangue ma non meno stanchi.

Hong Chul e io eravamo i soli civili. Mi veniva quasi voglia di accendere una sigaretta solo per integrarmi. Anche se in effetti le boccate di Hong Chul dalla sua parevano poco convinte. Niente a che vedere con il frenetico inspirare e sbuffare fumo dal gruppo lì vicino.

"Come sta?" Dovevo chiederlo. Anche se non volevo sentire la risposta, dovevo chiederlo.

"È a posto," borbottò Hong Chul. "Direi. Cazzo, nessuno dice che sia in condizioni fantastiche, ma è uscita dalla chirurgia. Lo stronzo ha beccato il fegato. Adesso, dopo aver temuto che morisse, dobbiamo stare a vedere se diventa gialla e vomita."

Non sapevo niente sugli effetti collaterali di una coltellata al fegato, ma non era mai una buona notizia quando veniva intaccato un organo interno. Non riuscivo a immaginare quanto potessero essere piccoli quelli di Abby. Un coltello faceva già seri danni a un adulto. Sarei rimasto sorpreso se dentro Abby *non* fosse sembrata qualcosa uscito da un frullatore.

"Com'è successo?" Sua figlia doveva essere alta novanta centimetri in punta di piedi. Chiunque l'avesse fatto avrebbe dovuto accovacciarsi per accoltellarla. Non è un movimento che si può fare senza essere notati. "Dove è successo?"

"Mia madre l'ha portata in un centro commerciale coreano – non so quale – a prendere una borsetta o qualcosa del genere." Strinse i pugni e io feci un passo indietro. Anche se Wong mi aveva detto che Hong Chul non era un uomo violento, tenermi fuori portata sembrava comunque una buona idea. "Al piano terra c'è un negozio di alimentari, e se ho capito bene c'era una svendita enorme a metà prezzo. Mia madre l'ha messa in un carrello in modo che nessuno le camminasse sopra e poi si è girata a prendere un sacchetto di riso. Si è voltata di nuovo perché Abby stava gridando, ed è stato allora che ha visto il sangue."

"Che hanno detto i poliziotti? Sospettano di qualcuno?"

"Merda, nessuno ha visto niente. C'era troppa gente." Tirò su col naso e distolse lo sguardo. Di profilo sembrava più un ragazzino sperduto che non un delinquente incallito come lo aveva fatto sembrare Madame Sun. Gli tremava il labbro inferiore e strinse la bocca in un disperato tentativo di tenere sotto controllo le sue emozioni. "Chi cazzo fa una cosa del genere a una bambina? Alla *mia* bambina?"

Quando ero di pattuglia con Ben avevano trovato un ragazzino nel bel mezzo della peggiore merda immaginabile. Mi sbalordiva sempre quanto la gente potesse essere brutale con i bambini, soprattutto con i propri. Proprio quando pensavo di aver visto tutto, un altro mostro strisciava fuori dall'inferno e mi mostrava un altro modo per scavare fuori l'infanzia e la gioia da un bambino. Non volevo vedere quell'espressione da morte dell'anima negli occhi innocenti di Abby.

A giudicare da come Hong Chul masticava la sigaretta, aveva intenzione di scoprire chi aveva ferito la sua bimba, e poi che Dio lo aiutasse.

La sua espressione disperata e afflitta mi inchiodò sul posto. "Pensi che quello che ha ucciso Vivian abbia accoltellato la mia bambina?"

"Amico, non lo so, ma non è un'ipotesi che possiamo ignorare." Avrei voluto potergli dare un po' di sollievo, ma era come sperare che piovesse una torta dal cielo. "Che cosa hanno detto i poliziotti?"

"Un cazzo di niente. Ce n'è una di sopra. Sta ancora parlando con mia mamma." Si schiarì la gola. "È una dei poliziotti che erano già venuti prima. Quella che pensava che io avessi ammazzato Vivian. Le ho detto quello che ho detto a te, e se pensa che io abbia fatto qualcosa a Abby può farsi fottere."

"Si chiama O'Byrne?" Lui annuì e io desiderai, troppo tardi, di aver chiamato Bobby in modo da poterlo usare come scudo umano nel caso se la fosse presa con me. Aveva lei l'indagine sull'omicidio di Vivian, e Hong Chul era a un solo grado di separazione da quel caso, per cui aveva senso che venisse a fiutare in giro riguardo all'aggressione a Abby. "Sì, è una stronza, ma è una poliziotta in gamba."

Poi, dal buio della notte, sentii la sua voce. "Ma guarda, proprio l'uomo di cui avevo intenzione di andare a caccia domani mattina."

Ed ero praticamente sicuro che mi avesse appena sentito definirla una stronza.

Dovrebbe davvero esserci un segnale internazionale di avvertimento da far indossare a tutte le persone malvagie. Probabilmente sarebbe contrario alle leggi sulla libertà di parola o robe del genere, ma dico sul serio, un berretto da giullare con le campanelle sarebbe utilissimo per impedire alla gente – specialmente a me – di mettersi nei guai da sola. Come minimo i tizi con il camice che stavano fra noi e la porta avrebbero dovuto disperdersi come dei piccioni al passaggio di un gatto, ma non avevo avuto quella fortuna. Dipingendomi in faccia un sorriso amichevole, mi voltai a salutarla.

"O'Byrne." Cercai di essere breve e professionale. Forse speravo di vederla saltare sulla scopa più vicina e decollare con le sue scimmie volanti, ma non successe.

"McGinnis." Sorrise, con i denti da iena che diventavano di uno spaventoso color mandarino in quella luce sgradevole. "Bello sapere che hai una così buona opinione di me. Soprattutto dato che io di te non ce l'ho *affatto*."

"Io dico pane al pane, detective." Tentai di nuovo di passare a Hong Chul quella grossa palla grigia. Questa volta la prese. Il sacchetto gli scricchiolò in mano, le nocche sbiancate perfino in quella luce arancione.

Terminando la sua sigaretta, Hong Chul lasciò che quel ping-pong verbale gli passasse sopra la testa e gettò il mozzicone sul cemento. Mentre buttava fuori quel po' di fumo che gli era rimasto nei polmoni mi fece un cenno del capo, ma lanciò a O'Byrne una delle sue occhiate dure. Non sembrava più entusiasta di lei di quanto lo fossi io.

"Ha finito con mia madre o ci vuole aggredire un altro po'?" All'improvviso nel suo sguardo furioso emerse il teppista di cui mi aveva parlato Madame Sun. Avrei fatto un passo indietro, ma O'Byrne era proprio vicina a me. L'avrei fatta atterrare sul culo, e lei probabilmente mi avrebbe sparato per rappresaglia.

"Sto solo facendo il mio lavoro, signor Park." O'Byrne stava usando quella voce tranquillizzante brevettata che ci insegnavano all'Accademia. "Se qui ha finito, sua madre sperava che potesse tornare di sopra. Quando me ne sono andata, sua figlia stava cominciando a svegliarsi."

"Cazzo, e io non sono lì." Hong Chul mandò giù la bile che aveva in gola e io gli diedi una pacca sulla spalla. "Ne parliamo più tardi, amico. Se scopri qualcosa dimmelo, d'accordo?"

"Sì, certo." Era una bugia. O'Byrne e Wong mi avrebbero fatto il culo entrambi se avessi detto prima a Hong Chul e poi a loro che avevo scoperto chi aveva accoltellato sua figlia. Quando lui entrò la detective praticamente mi ringhiò contro.

"Che diavolo ci fai qui, McGinnis?" Non aveva nemmeno aspettato che Hong Chul finisse di passare dalla porta prima di girarsi verso di me. "E perché te ne stai a chiacchierare con uno dei miei sospetti?"

"Mi ha chiamato lui. Facciamo yoga assieme." Uscii da quel cerchio dedicato a invocare il demone del cancro e lei mi seguì, con le gambe abbastanza lunghe da reggere il mio passo.

Una volta fuori dall'anello del fumo, O'Byrne mi afferrò per un braccio e mi fece voltare. Io la lasciai fare. Era amica di Bobby, e non si poteva mai sapere, avrebbe potuto capitarmi di doverle chiedere delle informazioni. Non vuol dire che mi fosse piaciuto, e nemmeno che volessi farle pensare che poteva spintonarmi a suo piacimento. O'Byrne si servì di tutte le tattiche di intimidazione che ci insegnavano. Squadrò le spalle, si mise una mano sul fianco, spinse indietro la giacca per rendere più visibile la pistola.

Sapevo che non lo stava facendo per dimostrare di essere uno dei ragazzi. O'Byrne non badava alla questione del genere. Era una *poliziotta*, e probabilmente il suo sangue era dello stesso blu dell'uniforme. Il mio era rosso. Essere un poliziotto mi era piaciuto, ma non era stato tutta la mia vita. Poliziotti come O'Byrne si facevano i denti da latte su distintivi e manette. Quello che avevo detto a Hong Chul era la verità. Era una stronza, e mi avrebbe pugnalato in qualsiasi modo possibile se avesse pensato che poteva servire per ottenere dei risultati, ma il punto era che O'Byrne era una poliziotta maledettamente brava.

E io ero contento che lavorasse al caso di Abby. Anche se era soltanto ai margini.

Guardai la mano che mi teneva sul braccio e lei allentò la stretta, lasciandola ricadere. "Credi davvero che Hong Chul abbia accoltellato sua figlia? È un'idea contorta perfino se sei in piena paranoia."

"No, non credo che abbia accoltellato sua figlia, ma potrebbe sapere chi è stato. Speravo gli venisse in mente qualcuno incazzato con lui." Mi guardò accigliata per un attimo, prima che la sua attenzione scattasse su un'ambulanza in arrivo. Qualcosa le aveva dato sui nervi. Se fossi stato incline alle scommesse, avrei scommesso che fossi io. "Ti ha detto qualcosa che potrei usare? Hai presente, visto che giocate a frisbee tutte le domeniche."

"No, più che altro ci siamo chiesti chi potesse averlo fatto. Tu hai qualche idea?" Presi il suo grugnito disgustato per un no. "Senti, se avessi qualcosa di solido lo direi a te. O magari a Wong. Da lui ricaverei almeno qualche lattina di birra. Tutto quello che ottengo da te è il tuo caratteraccio."

"Per te è tutta una barzelletta, McGinnis?" Era stata pronta a scattare già quando era scesa dal piano di sopra, e a quanto pareva io ero stato l'ultima goccia. "Sai, mi avevano detto che eri un buffone, ma avevo pensato di darti il beneficio del dubbio. Adesso vedo che avevano ragione."

"Se pensi che me ne freghi qualcosa di quello che certi poliziotti dicono di me, sei completamente fuori di testa." Feci un passo avanti, entrando nel suo spazio personale; lei non fece una piega e continuò a fronteggiarmi. Tenni la voce bassa, ma mi si spezzava per la rabbia. "Madame Sun è venuta da me perché i poliziotti l'hanno ignorata. Io sono andato da Wong con tutto quello che avevo perché lui si stava occupando del caso di Choi, e avrei cercato di parlare con Jenkins se avessi pensato che poteva servire a qualcosa. Per cui non accusarmi di considerarla una barzelletta."

"Non sapevo che fossi andato da Wong." Aveva la fronte così aggrottata che le sopracciglia si toccavano sopra il naso. "Per cosa?"

"Gangjun Gyong-Si potrebbe truffare le clienti con una finta terapia sessuale. Eun Joon Lee era una delle sue clienti. Penso che l'abbia messa incinta prima che venisse uccisa. E forse anche ai tempi di Seul. *So* che Vivian Na e Hong Chul sono tutti e due figli suoi. Non so come entri May Choi nella faccenda, a parte il fatto che Gangjun era il suo nome da ragazza. Potrebbe essere imparentata con Gyong-Si, ma lui dice di no." Stavo contando i fatti sulla punta delle dita, unendo i puntini per lei. "Ma mette in scena questa esibizione da indovino gay affinché per le donne sia 'sicuro' consultarlo. E sulla questione del sesso ho soltanto delle voci, quindi ecco, è praticamente tutto qui."

"Sapevo che dei clienti di Sun erano morti, ma non sapevo di questo Gyong-Si. È decisamente collegato alla faccenda, allora." Rimuginò su quello che avevo detto. "Se finge di essere gay, non è un crimine di per sé. Potrebbe essere frode, ma non credo che l'accusa reggerebbe. Abuso di autorità, se qualcuno ne parla. Vedrò che cosa ha trovato Wong su di lui."

"Non ha importanza che sia gay o bi o qualsiasi altra cosa," replicai io. "Il punto è che qualcuno si è incazzato. Forse ha avuto qualche amante che se l'è presa perché scopa in giro, o un marito cornuto ha scoperto che la moglie era stata messa incinta dall'indovino. Wong avrebbe dovuto scoprire se il marito di Lee sapeva che fosse incinta…"

"Lo hanno arrestato oggi pomeriggio per l'omicidio." O'Byrne picchiettò il piede a terra. "Non credo che sia stato lui, ma il capitano insisteva perché Wong lo facesse. Uscirà su cauzione, è praticamente garantito. Tutto quello che hanno contro di lui è circostanziale."

"Jenkins ha fatto un lavoro di merda con quel caso. Non c'è la minima possibilità che qualcuno sia entrato nell'appartamento arrampicandosi dal balcone."

"Ti chiederei come fai a sapere che Jenkins lo aveva scritto nel rapporto iniziale, ma pare che tu tenga Wong nel taschino." Nel dirlo sbuffò, ma si capiva che non ci aveva messo il cuore.

"Nahh, l'ho scoperto prima che il caso diventasse suo." Non intendevo dirle come avevo avuto quell'informazione. Per quello che ne sapeva lei, poteva avermelo raccontato Jenkins davanti a una bottiglia di vodka e una scatola di dolcetti. "Guarda, non so che dirti a parte che sto cercando di restare fuori dai piedi, ma ho un caso da seguire. È stata Sun ad assumermi. Io lavoro per lei. Voleva scoprire perché i suoi clienti stavano morendo. Adesso ha una figlia morta, e di sopra c'è una bambina che qualcuno ha cercato di fare allo spiedo."

"Beh, fammi un favore…"

"Perché siamo così vicini, già," la interruppi.

"Non fare lo stronzo, McGinnis," ringhiò lei. "Dei testimoni si sono fatti avanti per dirci che è stato Darren Shim a sparare, ma che era qualcun altro a guidare l'auto. Se Hong Chul ti dice chi era, voglio venirlo a sapere. Immediatamente. Potrebbe essere stato quello che guidava ad accoltellare Abby. Potrebbe trattarsi di un avvertimento per Mister C-Dog perché tenga la bocca chiusa."

"Detective, se Hong Chul scopre chi stava guidando quella macchina, non avrete bisogno che venga a dirvelo io. Entro domani pomeriggio lo troverete fatto a pezzi e sparso per tutta Koreatown."

IL MATTINO seguente, dopo aver dormito troppo poco, scoprii di essere rimasto senza caffè. La gatta aveva un sacco di cibo, ma in qualche modo avevo lasciato che le mie provviste calassero. Brontolando fra me e me, mi vestii e affrontai l'aria fresca della mattina. Radunai gli appunti che avevo lasciato sul mobile da farmacista e andai verso l'ufficio attraversando gli spruzzi degli innaffiatori; feci i gradini di corsa, arrivai sulla zona riverniciata di fresco e mi fermai tremando un po'. Mi stavo scrollando di dosso più acqua che potevo, cercando di tirare le chiavi fuori dalla tasca, quando mi resi conto che sentivo odore di caffè appena fatto e che la pesante porta di legno non solo non era chiusa a chiave, ma era socchiusa.

L'odore di caffè lo ignorai. Le ragazze del muesli si alzavano presto, e i masochisti che andavano a fare jogging prima dell'alba di solito facevano un salto alla caffetteria di fronte. Ma la porta dell'ufficio era tutta un'altra faccenda. Lasciai cadere la cartellina che mi ero portato da casa su una delle poltrone di legno del portico, aprii la porta a zanzariera, ed entrai silenziosamente in ufficio.

Solo per beccarmi un'occhiataccia da una grossa signora nera seduta dietro la sua scrivania, con il bel viso rotondo contorto in un cipiglio scettico.

"Ragazzo, che diavolo credi di stare facendo? Sei troppo vecchio per giocare al ninja." Claudia era maestra di occhiatacce già prima che io nascessi, e le usava senza ritegno, tagliando fino all'osso. "O porti dentro il culo o resti fuori. Stai facendo entrare l'aria fredda."

"Oh, cazzo no," esclamai con veemenza. "Non *puoi* essere qui."

"Hai appena detto una parolaccia?" Si alzò in piedi e afferrò il bastone appoggiato alla scrivania. Se non stavo attento mi avrebbe aperto la testa con quello che sembrava un bastone da passeggio da padrino degli anni venti. "Farò finta di non aver sentito. Adesso chiudi quella maledetta porta."

Quando la vita ti piazza davanti una fiera donna del sud che ha tirato su otto figli fino all'età adulta, tu fai quello che ti dice. Anche se vedi la morte all'orizzonte non appena il figlio maggiore della suddetta donna avrà scoperto che era lì seduta in ufficio. Non ammetterei mai che quando recuperai la cartellina dal portico avevo i brividi, ma decisamente mi tremavano le mani per il freddo.

A parte il bastone e una leggera rigidità nel passo, Claudia sembrava stare bene. Era venuta pronta per la battaglia. Era chiaro che nei giorni in cui non era venuta al lavoro era stata dalla parrucchiera. La sua testa ricciuta era di un color terra di Siena scuro senza la minima traccia dei capelli d'argento che si era guadagnata. Era bardata con un completo viola scuro che sarebbe andato bene per andare in chiesa e una canottiera nera; le mancavano solo un elmo con le corna e un'alabarda. Anche se in effetti, a guardar bene il bastone da passeggio di cui era armata, poteva darsi che dentro ci fosse una lancia.

Andò alla macchinetta del caffè e riempì di nuovo la sua tazza, poi ci mescolò accuratamente una bustina di zucchero e una confezione di panna e tornò alla scrivania con il bastone che faceva dei tonfi sul pavimento lucido.

Notai che non mi aveva portato il caffè, ma non avevo intenzione di dire niente.

Ero troppo occupato a cercare di capire come telefonare a Martin e sembrare comunque un uomo mentre mi affidavo alla sua misericordia.

"Martin mi prenderà a calci in culo," commentai mentre cercavo di passarle accanto con aria disinvolta per andare alla mia scrivania. "Giusto perché tu lo sappia, quando lui avrà finito con me, la casa tocca a Jae. Probabilmente la trasformerà in uno studio fotografico, ma avrà comunque bisogno di qualcuno che si occupi dell'ufficio. Metterò una buona parola per te. Subito prima di usare il mio ultimo respiro per dirgli che lo amo."

Lei era sul punto di dire qualcosa, probabilmente qualcosa abbastanza forte da far avvizzire la mia virilità, quando Bobby entrò bello pacifico. La sua espressione sorpresa quando vide Claudia era senza prezzo. Mi sarei messo a ridere, se non fossi stato occupato a cercare di ricordarmi quand'era stata l'ultima volta che avevo aggiornato il testamento.

"Dannazione, Cole, Martin ti strapperà le palle. Sì, te le strapperà via e le appenderà al gancio dietro il suo pick-up subito dopo averti spellato vivo."

Aveva portato un sacchetto di bagel con del formaggio spalmabile e li mollò sulla mia scrivania prima di andare verso la brocca del caffè che si stava svuotando in fretta. A differenza della mia amata segretaria, me ne portò una tazza da viaggio piena e poi si mise a farne un'altra brocca, così ce ne sarebbe stato un bel po' per la mia veglia funebre.

"Nessuno ucciderà nessuno," proclamò Claudia ad alta voce. "Perlomeno non prima che io abbia finito di guardare quel maledetto programma per cui Hyunae mi ha fatto venire una dipendenza."

"Come sei arrivata qui? Non hai guidato, vero?" Non avevo visto la sua berlina là fuori, poi mi era tornato in mente che i medici le avevano proibito di guidare mentre era convalescente. "Merda, dimmi che non ti sei fatta portare da uno dei ragazzi. Sono troppo giovani per morire."

"Giusto perché tu lo sappia, signorino, ho preso un taxi." Si allungò fra la sua scrivania e la mia e mi pungolò con un'unghia appuntita. "I ragazzi potranno portarmi a casa oggi pomeriggio quando avranno finito. Io sarò di guardia al fortino fino a quel momento. Mi sono anche comprata il pranzo, così non dovrò andare a mangiare da qualche altra parte."

"Che ne dici se ti accompagno io prima di andare dove sono diretto?" suggerii. "In questo modo potrei… oh, non so… vedere se magari posso corrompere Martin con delle borse di studio per Mo e Sissy."

"Buona idea," intervenne Bobby. "Così magari ti romperebbe solo la schiena. Tipo Bane, il wrestler."

"Mi state proprio facendo saltare i nervi." Il suo tono era ancora fermo, ma c'era come un'incrinatura, e sapevo che stavamo danzando sull'orlo del disastro. "Mi annoiavo. Se non altro qui posso annoiarmi senza che qualcuno cerchi di convincermi a mangiare della zuppa o a fare un pisolino. Giuro sul buon Dio che sta in cielo che da come si comportano quei ragazzi penseresti che sono morta e risorta dalla tomba."

"Perché ti vogliamo bene." Per poco non sussultai quando lei si girò di colpo sulla poltrona, ma invece di una pacca in testa mi toccò un sorriso malinconico. "E ti hanno sparato."

"Pfft, ragazzo, tu hai più buchi di uno scolapasta e sei come quello stupido coniglietto rosa della pubblicità delle batterie. Io posso reggerne uno." Si appoggiò di nuovo allo schienale e si voltò verso il suo computer. "Se mi annoio posso andare a fare un pisolino nella sala riunioni. E comunque a Martin ho lasciato un biglietto. Se ha dei problemi può portarli qui da me."

"È bello vederti." Andai verso di lei sfruttando le ruote della poltrona e le diedi un bacio sulla guancia. Sapeva di borotalco e di casa, con un leggero accenno di violette. Le diedi un altro bacio giusto per vedere le sue guance che diventavano rosa e lei mi spinse via con una pacca sulla coscia. Il sistema operativo finì di avviarsi; la sentii sussultare e vidi sullo schermo quella che sembrava una modella per la pubblicità degli impianti in silicone.

"Perché c'è una ragazza mezza nuda sullo schermo del mio computer?" Non sapevo che la sua poltrona da ufficio potesse ruotare così in fretta da creare un ciclone o che lei potesse dare l'impressione che nel corso della degenza le avessero installato dei raggi laser negli occhi, ma sembrava che entrambe le cose potessero succedere eccome. "Cole, che razza di cose perverse hai lasciato che Mo facesse al mio computer?"

Lo squillo del telefono mi salvò dalla necessità di rispondere. Un'occhiata allo schermo mi disse tutto quello che avevo bisogno di sapere. Afferrai un bagel, il mio caffè e Bobby, e me ne andai di fretta, lasciando Claudia a gestire la chiamata del figlio più grande. In passato scappare aveva funzionato benissimo; non avevo intenzione di rinunciarci e cercare un altro metodo per non farmi rompere il collo, soprattutto se Claudia avesse iniziato a parlare con Martin delle scelte di Mo in fatto di bei panorami.

Avevamo già fatto cinque isolati con il pick-up di Bobby prima che lui facesse la domanda ovvia. Sorseggiando il caffè, si infilò battagliero in un

614

ingorgo sulla corsia di sinistra e ne uscì vincitore. "D'accordo, principessa, dove sto andando?"

"Pensavo di vedere di che umore fosse Gyong-Si oggi." Apprezzavo che Bobby mi avesse fatto il caffè, ma ci voleva più zucchero. Gli raccontai su cosa stavo lavorando e lui commentò i punti salienti con dei grugniti. "Non so chi altro potrei scrollare per cavarne fuori qualcosa. Forse Gyong-Si riesce a farsi venire in mente una donna del suo passato che era una stronza possessiva fuori di testa o che aveva un marito completamente pazzo."

"Pensi che gliene freghi qualcosa?" chiese Bobby in tono sarcastico. "Quel tizio mi fa incazzare anche solo per principio. Non solo perché finge di giocare per la nostra squadra – che è già un comportamento contorto – ma perché se *sa* chi c'è dietro questa merda, perché non cerca almeno di tirare fuori dei nomi per i poliziotti?"

"Mi è sembrato un egoista fatto e finito," risposi io. "E a essere onesti dopo la mia chiacchierata di ieri sera con O'Byrne mi aspetto quasi di vedere le uniformi blu bussare alla sua porta."

"Pensi che lui lo sappia?" Inclinò la testa verso di me, tenendo gli occhi fissi sulla strada. Il traffico mattutino non era ancora completamente folle, ma aveva comunque dei punti piuttosto fitti. "Dei bambini che ha avuto, intendo."

"Sì, Bhak lo ha affrontato riguardo a Hong Chul. Penso che volesse dargli un avvertimento dopo che è nata Abby. A quanto pare Gyong-Si ha risposto con una lettera dicendo che avrebbe lasciato in pace la famiglia se Bhak avesse investito nei suoi affari di indovino qui a Los Angeles. Non so se il nonno di Hong Chul abbia effettivamente sputato dei soldi."

"Come diavolo si fa a investire nello studio di un indovino? Per che cosa paghi? Sfere di cristallo? Quanto cazzo di incenso può comprare quel tipo?" sbuffò Bobby. "Che pezzo di merda."

"Sì, è la stessa cosa che ho pensato io," convenni. "E Jae. E anche Ichiro."

"A proposito di Ichiro, che ne dici di essere sincero su qualcosa, principessa?" Fece un sorrisetto da stronzo. "Quanto piangerai dopo che mi sarò portato a letto quel tuo fratellino appetitoso? E quanto di quel pianto sarà come la storia della volpe e l'uva perché a letto con me avresti voluto venirci prima tu?"

CAPITOLO 20

CI SONO momenti in cui vorresti avere la pistola con te. I più notevoli sono quelli in cui ti ritrovi dal lato sbagliato del vetro della gabbia dei leoni, intrappolato in un ascensore nel periodo delle musichette natalizie, e quando quello che dovrebbe essere il tuo migliore amico non solo dice di volersi fare il tuo fratellino, ma ti suggerisce anche di unirti a loro.

Per fortuna stava già parcheggiando davanti alla casa di Gyong-Si, altrimenti avrei rischiato di provocare un incidente mollandogli un cazzotto mentre guidava. Sbattere la portiera del pick-up fu il suono più vicino che potessi ottenere a un colpo di pistola diretto alle budella di Bobby. Non era altrettanto soddisfacente, ma far vibrare il finestrino era già qualcosa.

"Non è divertente, amico," gli dissi da sopra il tettuccio del pick-up. Lui fece un sorrisetto e io picchiai la mano contro il metallo per ottenere la sua attenzione. "Bobby, sono serio. Non rifilargli le tue stronzate. Solo perché ti ho detto che ha provato a mettere un piede nello stagno non vuol dire che ce lo puoi portare a nuotare nudo."

"Merda, d'accordo." Sollevò le mani, come per fingere una resa. "Non ci proverò in nessun modo con quel tuo fratellino sexy tranne che con un sorriso. Promesso, principessa."

"Solo per una volta, Bobby, smettila di pensare con l'uccello." L'ultima cosa che volevo per Ichiro era che Bobby si mettesse ad annusargli le caviglie. "Ti voglio bene, ma sei una sgualdrina."

"E se ci prova lui con me?" Era uno sguardo lascivo da maestro, che si addiceva alla sua bella faccia dai lineamenti decisi. Ce l'aveva in faccia molto spesso, e di solito lo tirava fuori quando eravamo in caccia nei club, nei bar oppure in palestra.

"Allora lo dici a me, così posso impedirti di infinocchiarlo, per così dire." Ci stavo andando giù pesante col sarcasmo, ma Bobby annuì. "Adesso vuoi venire dentro con me o vuoi restare fuori in agguato come Mange delle Superchicche?"

"Hai guardato le Superchicche?" Mi venne dietro e andammo verso il retro del complesso in cui il bungalow di Gyong-Si stava acquattato in tutta la sua gloria arcobaleno.

"Amico, sono rimasto a letto per mesi. Le Superchicche erano la roba più sicura," lo avvertii. "Non correre *mai* il rischio con i Teletubbies. Quelli ti risucchiano per ore. Peggio che giocare a World of Warcraft. Entri o stai fuori?"

"Resto in agguato. Potrebbe vederti e provare a scappare via." Quando girammo l'angolo e vide di che colore era l'edificio sbarrò gli occhi. "Porca merda... è... wow. Com'è dentro?"

"Più tranquillo. Per l'interno ha scelto uno stile da salone di bellezza zen." I gradini scricchiolavano un po' sotto i nostri piedi e gli opuscoli accanto alla porta erano sistemati in maniera ordinata, punti di color neon accanto a dei pastelli burrosi. La brezza smosse i pendagli degli scacciaspiriti, traendone suoni da clavicembalo mentre noi ci avvicinavamo alla porta. "Se viene fuori, cerca di non guardarlo direttamente. Penso sia uno che trova qualsiasi scusa per abbracciare."

Entrai, lasciando Bobby sul portico. La stanza sul davanti era completamente vuota. Terry non c'era, ma il pacchetto di sigarette sulla scrivania era della stessa marca che gli avevo già visto in mano. Una tazza di plastica quasi vuota di tè o caffè freddo stava vicino a un mucchio di fogli come una sentinella, a indicare che probabilmente era dovuto uscire per qualcosa. Oppure quel mattino aveva gettato la spugna e se ne era andato senza caffeina e senza fumo.

Ci fu un fruscio che arrivava dal corridoio, poi Gyong-Si emerse da dietro la tenda di perline gettandola da una parte come un falso mago che cercasse di intimidire una ragazzina e il suo cane. Quando mi vide lì in piedi, la sua prima reazione fu borbottare un *merda* molto sentito.

Qualunque cosa avesse dovuto passare negli ultimi giorni lo aveva praticamente mangiato vivo. Il chiaroveggente vistoso era scomparso, e al suo posto c'era un vecchio che aveva l'aria di aver lottato con un senzatetto per accaparrarsi la tuta da ginnastica blu e macchiata che aveva addosso. Non c'era traccia del trucco finemente applicato che aveva avuto in faccia l'ultima volta che lo avevo visto, e nella crudezza della luce del giorno ogni minuscolo cratere e grinza del suo viso si ergeva attirando ferocemente l'attenzione. Una ricrescita di barba grigiastra iniziava da qualche parte sul mento e risaliva le mascelle per arrivargli fin sul retro della testa. Aveva il cranio chiazzato, come una versione monocromatica del Twister. Le uniche macchie di colore erano le Crocs di un rosso da furgone dei pompieri che indossava sotto un paio di calzini bianchi sporchi.

Puzzava anche. Come un calzino da palestra vecchio di quindici giorni lasciato chiuso in un armadietto umido.

"Tu!" Tirò le labbra sui denti e io sentii una fiatata di alcol da poco prezzo. Si allungò verso di me e mi picchiò le mani contro il petto, ma non riuscì a tenere sotto controllo i piedi e si inclinò di lato, perdendo l'equilibrio. "Fuori da…"

Lo acchiappai prima che finisse sul pavimento. Dovevano essere circa centoquaranta chili di dolore ubriaco, perché mi si tesero le braccia sotto quel peso praticamente morto. Da vicino puzzava perfino di più, come una pattumiera vecchia di sei settimane lasciata fuori durante un'ondata di calore. Il dolore mi attanagliò dal fianco alla spalla, e dovevo aver mandato un gemito, perché Bobby arrivò dalla porta prima che io avessi la possibilità di mollare Gyong-Si sulla moquette. Quando ne sentì l'odore, esitò ad aiutarmi.

"Amico, prendilo per il braccio," sibilai. Gyong-Si si contorse rovesciando gli occhi fino a mostrare il bianco. Poi gorgogliò e cominciai a preoccuparmi che stesse avendo un attacco di convulsioni o che fosse sul punto di vomitare fuori anche lo stomaco. "Aiutami a metterlo sulla schiena, perlomeno."

Bobby si chinò e prese la maggior parte del peso di Gyong-Si sulla spalla. "Togli di mezzo quella tenda. Fammi vedere dov'è il bagno e lo ficchiamo sotto una doccia bollente."

"Penso che nemmeno un vulcano sarebbe abbastanza caldo da incenerire questa puzza," borbottai, ma tenni da parte le perline in modo che Bobby non ci finisse impigliato. Uno dei piedi di Gyong-Si non ebbe altrettanta fortuna e la caviglia ci restò aggrovigliata, tirandone giù alcuni fili quando Bobby si spostò in avanti.

"Niente collane, non è il Mardi Gras," brontolò lui. "Levagli di dosso…"

"Piantala di muoverti, allora," lo rimbeccai io. Dopo aver sciolto quei fili dalla gamba di Gyong-Si li buttai da parte e seguii Bobby che arrancava nel corridoio. "Vai diritto. Penso che abiti nel retro."

Trovammo il bagno, una larga stanza vecchio stile con una doccia sufficientemente ampia per buttarci dentro Gyong-Si seduto sul culo e aprire l'acqua. Bobby si annusò le mani, andò al lavandino e usò un po' dell'acqua calda per ripulirsi. Gyong-Si ritornò alla vita dopo un minuto sano che stava sotto la doccia. Agitò le braccia sputacchiando, picchiandole contro la parete di vetro, e dal modo in cui gridava e martellava avevo quasi paura che la rompesse.

Bobby terminò di asciugarsi le mani con una salvietta ricamata con delle conchiglie rosa e la buttò sul coperchio del water. "Il casino è tutto tuo, principessa." Indicò con il pollice Gyong-Si che continuava ad agitarsi. "Io vado fuori. Magari riesco a beccare una partita sulla tv dell'ufficio."

"Sul serio? Ma che cazzo." Stavo già parlando con la sua schiena, per cui aprii l'anta della doccia e mi tirai su le maniche, preparandomi alla battaglia. Spogliai Gyong-Si quasi del tutto, stabilendo il confine ai boxer, poi gli lavai via un po' del puzzo dalla pelle usando del sapone e un guanto di spugna. Lo lasciai di nuovo sotto l'acqua e andai a cercargli qualcosa di pulito da indossare.

Mi ci volle qualche minuto per rovistare in quella carneficina che era il suo appartamento, ma alla fine trovai un'altra tuta da ginnastica – una mostruosità verde e arancione – abbandonata nell'asciugatrice. Dopo aver scavato fuori della biancheria pulita da un mucchio di bucato pieno di grinze, ritornai indietro per trovare Gyong-Si in equilibrio precario sopra il water. Si era sfilato i boxer da una gamba, e quando allargò le cosce per levarseli anche dall'altra venni accolto da una visuale completa dei suoi genitali raggrinziti.

"Gesù Cristo." Sollevai la tuta da ginnastica per bloccare la vista, poi voltai la testa e lanciai i vestiti più o meno nella sua direzione, senza curarmi che potessero atterrare nelle pozze d'acqua che era riuscito a lasciare su tutto il pavimento di piastrelle esagonali bianche e nere. "Vestiti. Io vado a vedere se riesco a trovare del caffè in questo buco di merda in cui vivi."

Ci mise così tanto tempo a uscire dal bagno che riuscii non soltanto a mettere su il caffè, ma anche a iniziare gli scavi nel soggiorno. Buttai una bracciata di vestiti nella lavatrice, misurai il detersivo e diedi inizio al salvataggio dei tessuti zuppi di birra e sudore. Raccogliere bottiglie e spazzatura tutt'intorno mi prese qualche altro minuto, ma ora era più probabile che potessi sedermi sul divano senza beccarmi una malattia o restare incinto, e la puzza di cipolle rancide di un uomo non lavato era un po' sparita dall'aria.

Misericordiosamente, Gyong-Si non aveva recuperato le Crocs, altrimenti avrei dovuto usarne una per picchiarlo.

Nonostante l'ammollo, quando si lasciò cadere sul futon accanto a me e prese la tazza di caffè bollente che gli avevo lasciato sul tavolo aveva lo sguardo torpido e l'aria sfinita. Non si era rasato, e la ricrescita che aveva in testa luccicava nei punti in cui l'aveva mancata con l'asciugamano.

Se non altro aveva un odore migliore.

Gli lasciai bere qualche sorso di caffè prima di cominciare. "D'accordo, parliamo del perché hai cercato di uccidermi con il tuo puzzo."

"Mi hai detto che eri un poliziotto. Poi ho scoperto che quella *cagna* ti ha mandato a spiarmi." Era un'accusa amareggiata che potevo ritorcere facilmente contro di lui. "Ma poi sono venuti i poliziotti veri. È stato allora che mi hanno detto di… mia figlia."

"Vivian? Quella figlia?"

"Quindi lo sapevi?" chiese in tono accusatorio. "Te lo ha detto *lei*? Park Hyuna Sun? Te lo ha detto prima che i poliziotti lo dicessero a *me*?"

"Probabilmente solo qualche ora prima, se è successo," replicai tralasciando i dettagli sul fatto che ero con Vivian quando era morta. Era Madame Sun ad avere davvero bisogno di quel conforto. Non ero sicuro che le lacrime di Gyong-Si non fossero di coccodrillo quanto le sue scarpe.

"E sei venuto qui per fare cosa? Gongolare?"

"Sono venuto qui per chiederti quale altra donna avevi messo incinta, sempre se prendevi appunti. Bhak Bong Chol, il nonno di Hong Chul, aveva una lista di donne con cui sei andato a letto."

"Quel Bhak Bong Chol era pazzo. Puoi chiedere a chiunque." Gyong-Si si puntò l'indice alla tempia. "Era capace di starsene in mezzo alla strada con addosso solo la biancheria e urlare contro le auto parcheggiate troppo vicino alla sua casa."

Anche se dopo aver letto gli appunti di Bhak potevo essere parzialmente d'accordo con Gyong-Si, questo non mi portava da nessuna parte. "Senti, so già di Eun Joon Lee. Ti viene in mente qualcuno che potrebbe aver deciso di ferirti uccidendo Vivian? Magari una di quelle donne? Uno dei loro mariti?"

"Eun Joon Lee? Di cosa stai parlando?" farfugliò lasciando cadere qualche goccia di caffè dalle labbra. "Non ho avuto niente a che fare con la figlia di Hyuna Sun perché non lo *sapevo*. Non finché non me lo ha detto la polizia. Se lo avessi saputo… ma nemmeno questo conta. È troppo tardi. Perché dovrebbe avere importanza?"

"Perché ieri sera qualcuno ha cercato di uccidere la bambina di Park Hong Chul e penso che chiunque sia lo faccia per prendersela con te."

Le mie parole sembrarono sconvolgerlo e quel po' di colore che gli era rimasto in faccia scomparve, lasciandolo cereo. A giudicare dalle chiazze rosse e dai capillari esplosi sulle guance, quell'ultima sbronza gigante non era stata la prima. Gli tremavano le mani, per cui gli tolsi la tazza e la appoggiai sul tavolo prima che potesse rovesciarne il contenuto sul pavimento.

"Non sapevo..." farfugliò. "Non so chi potrebbe volerlo fare. Io... quando è venuta la polizia volevano parlare di Vivian e hanno detto che avrebbero indagato su di me... perché faccio sesso con le mie clienti, ma io gli ho detto che non è vero!"

"Non è quello che è successo in Corea del Sud? Non è per questo che te ne sei andato? Perché era quello che sospettava Bhak, che ci fossero troppe donne di cui ti eri approfittato e che ti avessero cacciato via."

"Non mi sono approfittato di *nessuna*!" L'accento coreano gli impastò le parole, arrotondandole. "Le donne con cui ho fatto sesso, là a casa... tu non capisci cosa..."

"Perché non me lo spieghi?" Mi girai sul divano in modo da poterlo guardare in faccia. "Dimmi cosa sta succedendo, e forse io riuscirò a capire chi sta cercando di uccidere le persone che sono collegate a te. Cominciamo da May Choi. La conoscevi, giusto? Era tua nipote o un'altra figlia?"

"Era mia cugina, figlia della sorella di mio padre," mormorò. "Non la conoscevo. Davvero. Ho cercato di parlarle quando si è trasferita qui, ma May non mi voleva incontrare. Per la mia famiglia io sono morto. Per questo ho detto che non la conoscevo. Perfino per una persona così giovane, io non sono nulla."

"Perché fingi di essere gay? Come mai non hai detto loro la verità?"

"Fingere?" Scosse la testa, facendo ondeggiare il bargiglio. "Non sto fingendo." Colse la mia occhiata in tralice e si schiarì rumorosamente la gola. "Sì, mi comporto in maniera più... colorita quando sono con una cliente, ma è per metterle a loro agio. La maggior parte dei miei clienti sono donne e questo le fa sentire al sicuro. Le donne coreane – soprattutto le donne tradizionali – sono a disagio quando sono da sole con un uomo. Se mi considerano innocuo, allora faranno affari con me. Devo pur vivere."

A questo non sapevo come replicare. Proprio non avevo idea di come sentirmi riguardo a un uomo che si comportava in un certo modo per fare affari, ma nemmeno sapevo se potessi giudicarlo o no. Anche se sapevo che io non avrei potuto vivere una menzogna sulla scala su cui lo stava facendo Gyong-Si, non potevo nemmeno condannarlo per quella scelta. In un certo senso faceva quello che faceva anche Jae, nascondendo ciò che era in modo da sopravvivere.

"Ho lasciato Seul perché là non potevo vivere come… il genere di uomo che la mia famiglia voleva che fossi." L'espressione spezzata che avevo visto sul viso del mio amante si rispecchiava su quello di Gyong-Si. "Ho tentato. Non c'è stata una sola donna tra quelle che avevo attorno che non abbia tentato di sedurre, ma perfino quando facevo sesso con loro, sapevo che non era quello che volevo… quello di cui avevo bisogno. Me ne sono andato per venire qui perché pensavo che sarei stato libero, ma invece sto ancora vivendo una vita di menzogne. Sono soltanto menzogne diverse."

"Non potresti semplicemente… essere quello che sei?" Vidi la risposta nei suoi occhi prima ancora che la domanda terminasse di uscirmi di bocca. Era la stessa domanda che avevo fatto a Jae più e più volte. Per quanto io credessi che la vita sarebbe stata più facile se lui – e Gyong-Si – fossero stati onesti con loro stessi, sapevo che non era così. "D'accordo, torniamo a Eun Joon Lee? Era incinta quando è stata uccisa. Mi stai dicendo che il bambino non era tuo?"

"Non ho più toccato una donna da quando ho lasciato la Corea." La sua insistenza era rovente, furiosa. "Ho dato dei consigli a Eun Joon Lee perché lei e suo marito volevano dei figli, ma non avevano avuto successo."

"Quindi era una gravidanza miracolosa?"

"No, lei aveva avuto una relazione," borbottò lui sottovoce. "Le avevo detto di non farlo. Sapevo com'è vivere una bugia, ma lei voleva un bambino e, beh, non stava certo ringiovanendo. È stata con un uomo che aveva conosciuto in chiesa. Voleva dare un bambino a suo marito. Io le ho detto che era sbagliato ingannarlo quando c'erano altri modi di avere un figlio."

"È per questo che avete litigato quel giorno? Il giorno in cui è stata uccisa?"

"Sì." Questa volta il bargiglio si scosse più vigorosamente. "Le ho detto che doveva raccontare la verità a suo marito. Oppure…"

"Oppure?" insistetti.

"Oppure glielo avrei detto io." Abbassò gli occhi al pavimento, distogliendo lo sguardo da me. "È stata colpa mia se lei se ne è andata in anticipo. Se solo ne avessi parlato con più calma, Eun Joon avrebbe ragionato e al suo ritorno a casa quegli uomini non sarebbero stati lì. È colpa mia se è morta. Lei e… il suo bambino."

"E in Corea? Quando sei andato a letto con lei? Bhak ha scritto che era rimasta incinta anche allora. Che cosa è successo al bambino?"

"Non sono mai andato a letto con Eun Joon. Non qui. Non in Corea," protestò. "È diventata mia cliente qui. Conoscevo sua madre. È venuta per una visita e le ho fatto una lettura gratis, per via di quel legame. Le è piaciuto quello che avevo da dire ed è diventata mia cliente, ma tra di noi a parte quello non c'è mai stato nulla."

Non ero sicuro di credergli, ma mi stavo basando sulle parole di un morto. Non sapevo in quale stato mentale Bhak Bong Chol avesse messo per iscritto i suoi sospetti. C'erano buone probabilità che fosse stato guidato più dall'indignazione e dalla vendetta che da altro. Che Gyong-Si stesse soffrendo era evidente. Avrei dovuto rivalutare la mia opinione riguardo all'uomo che frignava sul divano.

"A parte la famiglia, chi sapeva che Hong Chul è tuo figlio?" Provai a spostare gli ingranaggi, sperando di trovare qualcosa da inseguire. Da quel che vedevo Gyong-Si era veramente addolorato per le morti delle donne e per l'accoltellamento di Abby. Se quegli omicidi erano collegati a lui, avrei finito col preoccuparmi della sua sanità mentale. Era già instabile per l'abuso di alcol, e non sembrava in grado di reggere molti altri colpi. "Chi c'è là fuori che vuole farti del male?"

"Non lo so." Strinse le labbra, riflettendo. "Avrei detto Sun, ma non avrebbe mai ucciso la sua stessa figlia. Ero rimasto sorpreso che avesse dato via Vivian. Non... non sembrava da lei."

"Che cosa è successo tra voi due? Tutto questo potrebbe essere collegato a suo marito? O a qualcuno del suo passato? Lo sai?"

"Suo marito era mio amico." Riprese il caffè. Questa volta aveva le mani più ferme e tenne stretta la tazza. "Noi... lei e io... eravamo entrambi studenti quando abbiamo... concepito Vivian. Io stavo cercando così tanto di essere *normale*. Ci siamo ubriacati una notte durante una sessione con il nostro *sunbae* e ci siamo ritrovati in una stanza privata. Non ho pensato a suo marito... il mio amico. Tutto quello a cui riuscivo a pensare era di provare a essere un vero uomo. Non sapevo che fosse rimasta incinta, ma del resto non sapevo nemmeno di Hong Chul. Non finché non me lo ha detto Bhak Bong Chol. Se lo avessi saputo avrei sposato la madre di Hong Chul. Avrei reso molto felice la mia famiglia."

"Hai cercato di estorcergli dei soldi dopo la nascita di Abby," puntualizzai.

"Quel Bhak Bong Chol... era un vecchio uomo arrabbiato," commentò lui in tono derisorio. "Bhak ha cercato di darmi dei soldi per farmi lasciare Los Angeles perché non mi voleva vicino a mio figlio o a mia nipote. Io gli avevo già detto che non avrei interferito con la vita di Hong Chul. Aveva già un buon padre. Perché avrebbe dovuto volere un uomo come me? Ho detto a Bhak che se voleva darmi dei soldi poteva investirli nei miei affari, perché non sarei andato da nessuna parte."

"Gesù, che casino." Se Gyong-Si diceva la verità, ero di nuovo al punto da cui ero partito, a inseguire fantasmi. "Bhak ti ha parlato di qualcuna delle altre donne che avevano avuto figli tuoi? Beh, a parte Madame Sun. So che non ti aveva detto di Vivian. Ma per quanto riguarda Eun Joon Lee? Perché lui pensava che tu l'avessi messa incinta in Corea?"

"Non lo so. Io allora non la conoscevo." Si mangiucchiò un'unghia, riflettendo su qualcosa. "Aspetta, forse stava pensando a Joon Eun Yi? È stata l'unica donna con cui sono andato a letto, a parte Sun e la madre di Hong Chul. Siamo stati amanti più o meno per cinque mesi, proprio prima che io me ne andassi. All'inizio non voleva accettare che io fossi… cambiato, ma alla fine le è andato bene. Penso. Non lo so. Non la vedo da anni."

"Quindi è stata in contatto con te?" Il nome mi era familiare, ma a essere sinceri la maggior parte dei nomi coreani in cui mi imbattevo a volte mi si mescolavano in testa.

"Terry, il mio assistente, è suo figlio. È per questo che l'ho assunto. Lei mi ha chiesto di dargli un lavoro." Si strofinò la faccia. "Sono stanco. Non so quanto posso aiutare."

"Un momento, la madre di Terry…" All'improvviso mi ricordai dove avevo già sentito quel nome. Era il nome della donna che mi aveva parlato fuori dall'appartamento di Eun Joon. "Abita vicino ai Lee? Alla porta accanto?"

"Sì." Gyong-Si annuì lentamente. Mi resi conto all'improvviso che quell'uomo non guardava mai al di fuori di se stesso e dei suoi bisogni. Se lo avesse fatto, avrebbe capito quello che io stavo cominciando a intuire.

"Ma il cognome di Terry è Yi," gli feci notare. Anche se le donne coreane potevano mantenere il loro cognome, i loro figli prendevano quello del padre. Il cognome di Terry non avrebbe dovuto essere Yi. "Perché non ha il cognome di suo padre?"

"Non lo so." Si grattò la barba. "Forse lei ha sposato qualcuno con lo stesso cognome, come ha fatto Eun Joon. Hai idea di quante persone si chiamino Yi? Non ci ho mai pensato. L'ho assunto solo perché lei mi ha chiamato e mi ha chiesto di dargli un lavoro. Si lamenta un sacco. Non è il mio tipo. Mi piace che i miei uomini siano… più come te."

Sapevo quando Gyong-Si si era sistemato a Los Angeles. Terry era – forse – al massimo un anno più giovane di Vivian o Hong Chul. Dopo aver fatto un calcolo veloce, scossi la testa per l'ottusità di quell'uomo. "Gyong-Si, pensaci. Terry non è solo il tuo assistente. È tuo *figlio*."

CAPITOLO 21

"PORCA PUTTANA." Sferrai un colpo al cruscotto del pick-up di Bobby. "Abbiamo letto male. E lei mi aveva perfino raccontato che la gente confondeva i loro nomi."

"Sì, lo hai già detto." Mi diede un pugno leggero. "Smettila di picchiare il mio pick-up, stronzo, e spiegami dove stiamo andando."

Era ancora abbastanza presto e volevo parlare di nuovo con Joon Eun Yi. Se qualcuno se la stava prendendo con le passate conquiste di Gyong-Si, lei sarebbe stata sulla lista del killer.

Bobby si era lasciato persuadere facilmente a venire con me. La promessa di una birra fredda e di un hamburger caldo aveva contribuito a mandare all'aria i piani che poteva aver avuto per la giornata. Nella vita di Bobby, lo stomaco era il suo comandante in seconda e veniva subito dopo l'uccello. Per il privilegio di offrirgli birra e un hamburger avrei pagato con un giro per Los Angeles o con alcuni giri sul ring, ma era un piccolo prezzo da pagare.

Anche se forse avrei cambiato idea su quell'affare più tardi, leccandomi le ferite sotto una doccia bollente.

La strada davanti al complesso era stranamente tranquilla. Come per la maggior parte delle strade di LA tutti i posti auto erano già presi, compresi quei mezzi spazi che di solito la gente lasciava attorno alle zone vietate, ma non c'era nessuno in giro a piedi. Dopo che Bobby ebbe percorso la strada per la seconda volta, lo indirizzai verso il piccolo parcheggio dietro il complesso di appartamenti. Si fermò direttamente sotto il balcone dei Lee e mi guardò storto.

"Se mi rimorchiano via il pick-up, paghi tu per il recupero," mi abbaiò contro.

"Non te lo porteranno via." Mi guardai attorno, gesticolando. "Ci sono solo tre automobili. Quando qualcuno vorrà questo posto ce ne saremo già andati."

"Quando sono con te, ai miei pick-up succedono delle brutte cose." Continuò a borbottare mentre percorrevamo il tunnel che portava al giardino del complesso. "Dovrei essere contento se tutto quello che succede a *questo qui* sarà di finire rimorchiato via."

"*Un* pick-up salta in aria ed è tutta colpa mia? *Uno!*" Puntualizzare l'ovvio – e cioè che non ero stato io a far saltare in aria il suo pick-up – non ebbe effetti duraturi. Continuò a deridermi quando scoprimmo che il passaggio verso il giardino interno era bloccato da un cancello di sicurezza chiuso. Qualcuno era davvero deciso a tenere fuori la marmaglia. Afferrando la pesante catena che passava attraverso le maniglie, Bobby scosse il lucchetto per vedere se c'era modo di aprirlo.

Proprio come le idee di Bobby sul mio coinvolgimento nella distruzione del suo pick-up, il cancello rimase bloccato.

"D'accordo, facciamo il giro," commentai dopo il suo sibilo disgustato. "Vieni. Ti farà venire l'appetito per quell'hamburger che devo pagarti."

Da quando c'ero stato io, il complesso non era cambiato granché. Gli alberi erano ancora alti e folti, con le cime che arrivavano fino al tetto, e il giardino sembrava un'antica foresta tropicale. Qualcuno aveva esagerato con il concime, perché quando oltrepassammo l'arcata sul davanti ci colpì un pungente odore organico, come di pesce. Le zone di prato tra le aiuole luccicavano per la rugiada, e quando entrai nelle chiazze di luce che filtravano dagli alberi una farfalla mi arrivò dritta in faccia. Nonostante il cielo terso, era comunque una mattina fredda e il vento che passava attraverso l'arcata e il tunnel tagliava fino alle ossa.

"È abbastanza carino," mormorò Bobby guardandosi attorno. Poi inclinò la testa, accigliato. "E un po' troppo… tranquillo. Niente giocattoli o altro sui sentieri. Tutti adulti?"

"Penso che la maggior parte di quelli che vivono qui siano in pensione, oppure di giorno lavorino. Mi sembra uno di quei posti." Indicai le scale accanto al tunnel che portava nel parcheggio. "Quella è l'unica via per salire. Yi ha detto che abitava accanto ai Lee. Vediamo se è in casa."

Bobby fece un passo di lato per evitare uno spruzzatore d'acqua che si era avviato all'improvviso. A poca distanza dal terriccio accanto al vialetto ne spuntava una fila. "Sarà meglio che quegli affari non si mettano in moto. Questi anfibi sono nuovi. Esattamente cosa speri di ricavare da lei?"

"Smettila di preoccuparti dei tuoi piedini delicati."

Lui mi diede una pacca sulla schiena e io allungai indietro la mano per massaggiarmi; faceva male. "E non lo so. Magari conosce qualcuno che vuole far soffrire Gyong-Si? Sono stati legati e lui sembra un po' concentrato solo su se stesso…"

"Un po'?"

"D'accordo, parecchio," mi corressi. "È una di quelle donne che vivono di pettegolezzi. Se ci sono notizie succose su qualcuno penso che lei le conosca. Soprattutto se si tratta di Gyong-Si. Spero che le venga in mente qualcuno. Se non altro possiamo avvertirla di andare alla polizia se salta fuori una persona sospetta."

Gli spruzzatori si avviarono a piena potenza prima che io potessi andare oltre. L'acqua era tremendamente fredda e per qualche motivo usciva in spruzzi duri e martellanti. Cercare di schivarla stando contro la parete esterna dell'edificio non servì a niente; con quei getti d'acqua era come essere bombardati dalle pompe antincendio. Li sentii colpirmi attraverso i jeans e cercai di levarmi di mezzo, solo per cadere preda del getto seguente che si arcuava verso il mio inguine.

"Merda, alle scale, ragazzino." Bobby si prese un getto d'acqua sul petto. Lo spruzzo continuò a risalire, facendogli arrossare guancia e mandibola. "Ma che cazzo…"

Non arrivammo mai alle scale. Dalle ombre sopra di noi arrivò uno sparo, lasciando un segno nel cemento ai nostri piedi. Ce ne fu un altro e poi, come per gli spruzzatori, una fila di colpi ci allontanò dall'arcata.

Sfidando i getti d'acqua, io e Bobby scappammo verso il centro del giardino, cercando riparo in mezzo ai tronchi degli alberi. Nascosto dietro una delle palme più piccole, premetti la schiena contro il tronco striato e mi guardai intorno in cerca di chi ci aveva sparato, beccandomi l'ultimo spruzzo d'acqua su una spalla. In qualche modo Bobby era finito un po' più avanti, dietro l'eucalipto.

"Riesci a vederlo?" mi gridò sopra il rumore degli spruzzatori e lo scrosciare dell'acqua. Io scossi la testa, e lui snudò i denti per la frustrazione. "Dimmi che hai portato la pistola!"

Scuotendo la testa in modo che chi aveva sparato non potesse sentire la mia risposta borbottai tra me e me: "Chi cazzo si porta la pistola per parlare con un indovino?"

Scavai fuori di tasca il telefono e sospirai vedendo lo schermo che sfarfallava. Era inzuppato fino ai circuiti, e la foto di Neko che usavo come sfondo si illuminò di un rosso demoniaco prima di sbriciolarsi in linee e puntini azzurri. Tenendolo sollevato in modo che Bobby lo vedesse inarcai le sopracciglia e indicai lui, chiedendogli se il suo fosse in condizioni migliori.

Lui fece il broncio come un pesce di cattivo umore e scosse la testa, poi indicò il parcheggio.

"Sul serio?" borbottai sopra il rumore dell'acqua. "Tu ti lasci dietro il *telefono* e poi te la prendi con me per una pistola?"

Bobby si strinse nelle spalle e sbirciò da dietro il suo albero. Quello che ci aveva sparato doveva avere una buona vista sul suo nascondiglio, perché nell'istante in cui la sua faccia sbucò da dietro il tronco ci fu un altro sparo, e dei frammenti di corteccia simile a carta volarono per aria.

Eravamo molto più vicini al retro del complesso che al davanti. Raggiungere le scale sarebbe stato complicato, soprattutto perché non potevo garantire che saremmo arrivati a chi stava sparando prima che lui beccasse noi. Così, a naso, o il piano terra era completamente vuoto oppure era pieno di gente con molto più buon senso di noi.

L'acqua che usciva dagli spruzzatori era davvero freddissima e io rabbrividii come se un'ondata di gelo mi avesse baciato il sangue. Sfregandomi la spalla per rimettere in moto la circolazione, sbirciai di nuovo oltre il tronco, cercando di individuare un modo per arrivare al sicuro. A parte entrare in uno degli appartamenti al piano terra e poi piombare fuori attraverso una finestra sul retro, la situazione non pareva buona. Sembrava che non ci fosse nessuno in grado di sentire gli spari, sempre che si potessero sentire sopra il frastuono dell'acqua, e chiunque fosse a spararci non avrebbe dovuto aspettare a lungo prima che finissimo congelati per l'acqua gelida oppure a galleggiare nel lago che si sarebbe formato.

Ero sul punto di condannarmi da solo e precipitarmi attraverso l'arcata in cerca di aiuto quando una voce maschile mi chiamò dal piano di sopra.

"Signor McGinnis?"

Alzai gli occhi al cielo nel vedere la faccia da *sul-serio?* che mi stava facendo Bobby. Non ero sorpreso che quel tizio sapesse chi ero. Era probabile che ci stessimo muovendo in base alla stessa mappa, girando attorno alla progenie di Gyong-Si. Il punto era che avevamo dei motivi completamente diversi per farlo. Lui li voleva morti, e io la consideravo una cosa inaccettabile. Sporgendo un po' la testa gridai di rimando: "Sì? Che cosa posso fare per lei?"

Una conversazione brillante e di alto livello, ma non c'era molto altro da dire, a parte supplicarlo perché ci lasciasse andare. Considerato che lui aveva appena passato l'ultimo minuto o giù di lì cercando di farci saltare la testa, non pensavo che sarebbe stata un'opzione praticabile.

"Sa che dovrò uccidere lei e il suo amico." Sembrava quasi deliziato, con un sottotono di frivolezza. Il suo inglese era morbido e rotondo, come quello di Jae. Non avevo riconosciuto la sua voce, ma sembrava vagamente familiare. "Potreste anche uscire allo scoperto e accettare la cosa."

"Amico, non so nemmeno chi sei." Se possibile, l'acqua si fece perfino più fredda. Oppure la mia temperatura corporea stava cominciando a crollare. Non mi sentivo più le dita dei piedi e, a giudicare dalla sfumatura di azzurro che stava comparendo sulle labbra di Bobby, lui non era messo molto meglio di me.

"Davvero? Pensavo che ormai lo avesse capito." Dalla rampa delle scale emerse un'ombra.

La luce lo colpì e vidi Bobby che aggrottava la fronte cercando di abbinare un nome a quella faccia. Io non avevo lo stesso problema. Anche se ero distratto dalla Beretta che mi puntava alla testa, lo riconobbi subito.

Lo avevo visto solo due volte. Una quando era venuto a prendere sua madre al mio ufficio, e una in quella sala riunioni, dopo la morte di Vivian. Quella volta, con i pantaloni comodi e la polo, aveva recitato la parte del figlio devoto. Adesso stava facendo quella del serial killer, e ci riusciva maledettamente bene. Perfino io, con il mio pessimo gusto per i vestiti, sapevo che dei pantaloni verdi color cachi non andavano d'accordo con una camicia hawaiana arancione.

"James Bahn… cazzo." Era sembrato una brava persona. Era stata tutta una messa in scena per sua madre, e quella recita probabilmente includeva il fatto di essere un amorevole fratello maggiore per la sua scapestrata sorella illegittima, Vivian Na. Bobby chinò la testa dietro al suo riparo, ma non prima di lanciarmi un'occhiata da *ma-che-cazzo*. "Il figlio di Madame Sun, giusto?"

"Bello sapere che per alcuni di voi non siamo tutti uguali," rispose lui in tono sarcastico. Mi spostai da dietro il tronco, badando che lui non avesse una linea di tiro pulita.

"Davvero una brutta cosa da dire, James." Avevo i piedi sempre più intorpiditi e le dita delle mani decisero di unirsi alla festa, formicolando quando le flettevo. "Anche un tantino razzista, in effetti. Soprattutto dato che io sono mezzo giapponese. Che cosa vuoi per lasciarci andare?"

"Lasciarvi andare? Non posso farlo, signor McGinnis." Lo sentii muoversi tra i getti degli spruzzatori e mi tesi nel tentativo di capire se fosse andato a destra o a sinistra senza farmi portare via la testa con un proiettile. "Oppure dovrei chiamarti Cole?"

"Come preferisci." Colsi uno scorcio della spalla di Bobby che emergeva da dietro l'eucalipto. Poi lo vidi che tremava, accosciato e in equilibrio sulle punte dei piedi. Fece un gesto verso l'albero più vicino, poi indicò se stesso, e poi di nuovo l'albero. Io scossi la testa sperando di convincerlo a restare fermo, ma lui si accigliò furiosamente, respingendo le mie preoccupazioni. Io feci un respiro profondo e gridai verso James, sperando di tenerlo concentrato su di me. "Che cosa ci fai qui? A parte cercare di uccidermi?"

Bobby si mosse prima che James potesse rispondere, e all'improvviso tra i cespugli che aveva attorno piovvero due spari. Sentii il suo grugnito di dolore e mi lasciai cadere a terra cercando di schizzare verso di lui. Le gambe non rispondevano, e stavo tremando per il freddo. La luce del sole che passava attraverso gli alberi non era abbastanza forte da riscaldarci, e stavo lottando per riportare un po' di sensibilità nei miei arti quando Bobby rotolò sotto un grosso cespuglio di ibisco, con i capelli corti spolverati di polline giallo.

Si teneva il braccio sinistro e un filo di sangue gli filtrava tra le dita, sgocciolando nella pacciamatura di corteccia di cedro attorno alle radici. Guardandomi negli occhi mimò con le labbra: *sto bene.*

Io risposi con un cenno del capo e ricominciai a gridare verso James. "Fammi indovinare, sei qui per uccidere Terry Yi."

"Molto acuto." La risata era forte e mi diceva che era più vicino di quanto mi sarebbe piaciuto. "Non sei stupido come sembri. Pensavo di uccidere anche sua madre, visto che sono qui. Tu d'altra parte stai diventando un problema di cui devo assolutamente sbarazzarmi. E adesso anche il tuo amico. Che peccato. Soprattutto dopo tutto quello che hai fatto per Mamma."

Maledicendo gli spruzzi d'acqua che mi derubavano di tutto il calore corporeo feci il giro attorno all'albero, sperando di trovare un sasso o qualcos'altro da tirargli in testa. "Vuoi farmi i classici cinque minuti di monologo del cattivo o devo tirare a indovinare? Ha qualcosa a che fare con Gyong-Si e tua madre."

"Gangjun Gyong-Si? Quel bastardo?" Tutta la calma che c'era stata nella sua voce si sciolse sotto il calore di quella risposta furibonda. "Per essere un uomo gay ha rovinato un sacco di vite andando a letto con delle donne che avrebbe dovuto lasciare in pace fin dall'inizio!"

Di fronte a me Bobby fece un sorrisetto e indicò di nuovo l'arcata con la testa. Io gli ringhiai di no, in silenzio, e indicai bruscamente per terra dicendogli di stare fermo. Se James avesse avuto una linea di tiro pulita, probabilmente ne avrebbe approfittato, uccidendoci entrambi se possibile. Lo spruzzo d'acqua si inarcò di nuovo verso di me e io mi chinai prima di gridare un'altra domanda a James.

"Perché adesso? Se eri così incazzato con lui perché non ti sei limitato a ucciderlo? Perché prendertela con persone innocenti come tua sorella?"

"Vivian? Lei non è mai stata mia sorella. Mia madre le ha dato tutto: una famiglia, una casa, soldi e istruzione, e che cosa è diventata lei? Una puttana. Era una tale sgualdrina che scopava perfino con suo fratello." La sua rabbia si stava autoalimentando e lui sembrava sul punto di farsi saltare una vena. "Non le bastava mai niente. Perché non è andata a chiedere soldi da quel frocio di suo padre? Era già brutto che avesse rovinato la mia famiglia in Corea. Doveva per forza venire qui a mettersi fra me e mia madre?"

"E quindi sei andato a caccia dei figli di Gyong-Si?" Era uno sforzo di immaginazione per chiunque fosse dotato di razionalità. Una volta Claudia mi aveva detto che in certe situazioni non ha senso mettersi a discutere con i pazzi, ma in quel caso dovevo per forza mettermi a discutere. Qualsiasi cosa, pur di farci guadagnare tempo e distrarlo. "Non ha nessun senso!"

"Sarebbe stato troppo poco se avessi ucciso soltanto la puttana. Gyong-Si meritava di più." Nelle vicinanze si sentì un altro rumore di passi sulla pacciamatura e la smorfia di Bobby peggiorò.

Sollevò le mani una distante dall'altra cercando di dirmi quanto era lontano James dal mio nascondiglio, poi fece una pantomima saltando con i pugni chiusi. Annuii, sperando che Bobby mi stesse dicendo che James stava saltellando nel giardino, probabilmente nel tentativo di non farsi colpire da quei getti ad alta potenza.

"Volevo che lui sapesse com'era vedersi portare via la famiglia, tutti i maledetti figli che ha fatto in giro. Proprio come ha fatto lui con noi in Corea. Mio padre ci ha lasciati a causa sua. E non preoccuparti, per ultimo mi occuperò anche di lui."

Non sapevo se questo volesse dire che aveva già ucciso Terry Yi o se il ragazzo fosse ancora sulla lista dei suoi bersagli. Anche se Terry era morto, c'erano ancora Abby e Hong Chul. Io e Bobby dovevamo uscire da quella situazione e stendere James.

Sul braccio di Bobby correva un rivolo di sangue, e aveva cominciato a tremare incontrollabilmente. Ansimando nel tentativo di tenere sotto controllo la respirazione, si girò su un fianco, rannicchiandosi ancora di più sotto il cespuglio per allontanarsi dagli spruzzatori che puntavano dritti verso di lui. Mi si stava formando una pozza attorno ai piedi, e frammenti di pacciamatura galleggiavano nell'acqua schiumosa accanto ai miei Dr. Martens.

I miei anfibi.

Erano di pelle nera e robusta, fatta apposta per i lavori duri. Li avevo indossati mentre ristrutturavo casa, e avevano sopportato la caduta di martelli e attrezzi da elettricista. Una volta, dopo una corsa di due miglia dietro al tizio che ero stato incaricato di trovare, me li ero addirittura tolti perché era più facile camminare senza il loro peso. Avevano le punte in acciaio e le suole spesse ed erano tremendamente pesanti.

Sarebbero andati bene.

Me li sfilai in fretta, poi strattonai i lacci finché non furono abbastanza lunghi da legarli assieme. Usando il tronco dell'albero come copertura mi tirai in piedi e chiamai di nuovo James. "Senti, che ne dici se ne parliamo?"

Lanciai un'occhiata a Bobby e indicai dietro di me, sperando che potesse dirmi dov'era James. Aveva la punta delle dita praticamente candida, le unghie di un orribile azzurro, una macchia di sangue sulla mano, e un rivolo rosso che andava dal polso al gomito. Sanguinava troppo per essere una ferita leggera, e quando sollevò le dita per indicare un punto alle mie spalle gli tremò il braccio.

"Perché non vieni fuori, così ti posso sparare?" La sua voce grondava sarcasmo. "Sono quasi sicuro di aver già ucciso il tuo amico."

"Come hai ucciso Darren Shim?" Ero un campione di sarcasmo anch'io. "Una bella mossa, farlo fuori in modo che nessuno potesse risalire a te per l'omicidio di Vivian."

"Quello stronzo era venuto nel suo studio! Dovevo sbarazzarmi di lui. Le avrebbe fatto del male."

Era facile rimettere insieme il puzzle adesso che avevo il pezzo mancante. Probabilmente si era imbattuto in Shim quando Hong Chul frequentava lo studio. Da quel poco che sapevo di Shim, sarebbe stato ben contento di fare il lavoro sporco in cambio di soldi. Non avevo intenzione di sprecare lacrime per un uomo che aveva sparato dentro una caffetteria e ucciso una donna indifesa, ma probabilmente non aveva saputo che si stava infilando in una trappola mortale. Se James non gli avesse fracassato la testa quella volta, lo avrebbe comunque ucciso più tardi per coprire le proprie tracce.

Non ero aggraziato. Altri tizi si vantavano di come avessero steso qualcuno durante una rissa e lo facevano sembrare una specie di balletto. L'unico balletto di cui avrebbero mai potuto accusarmi era la *Danza delle Ore*, e io ero l'ippopotama con il tutù rosa di nome Hyacinth. Comunque, quando balzai fuori dal mio nascondiglio mulinando quelle nunchaku improvvisate, ebbi dalla mia almeno l'elemento sorpresa.

Una beccò James alla gola e l'altra lo colpì sulla nuca. Lui finì in avanti, rischiando di picchiare la faccia sulla pacciamatura. Afferrò una manciata di frammenti di corteccia e me li tirò contro, tentando di accecarmi. Erano troppo bagnati per fare qualcosa di più che cadere a poca distanza dal suo braccio, ma James senza rendersene conto mi aveva lasciato uno spiraglio.

Non avevo passato tutto quel tempo sul ring con Bobby solo per tenermi in forma. Dato che l'unica persona con cui avessi davvero fatto a pugni era stata mio fratello Mike, avevo pensato che fosse una buona idea imparare come tirare cazzotti. JoJo era un buon insegnante, Bobby un buon avversario, e i vari uomini con cui avevo fatto qualche round non mi avevano mai dato quartiere. Per cui ero piuttosto fiducioso sul fatto di saper picchiare, e picchiare duro. Tirai indietro il braccio e gli mollai un pugno, piazzandoglielo proprio nel bel mezzo della faccia. Lui barcollò all'indietro con la testa che rimbalzava sul collo come un palloncino, e dal suo naso arrivarono uno scricchiolio e una fontana di sangue molto soddisfacenti.

Lasciò anche cadere la pistola.

Non avevo intenzione di sprecare del tempo per la Beretta. Non sapevo dove fosse atterrata, e James era proprio lì davanti a me. Scalciai la pacciamatura nella speranza di nascondere la pistola e mi avvicinai, deciso a fargli un bel po' di danni a pugni nudi. Dato che ero parecchio più alto di lui e pesavo una ventina di chili in più sarebbe stata una lotta impari, a meno che lui non conoscesse delle mosse di arti marziali di cui non sapevo nulla. A giudicare da come alzava le braccia per proteggersi la testa, ero al sicuro.

Il trucco per colpire qualcuno con efficacia è mettere del peso in ogni pugno e avere una buona posizione stabile. Il mio problema era che non riuscivo a sentirmi i piedi, e avevo le braccia come morte per l'acqua gelida. Ero più lento di quanto mi sarebbe piaciuto, e la pacciamatura mi scivolava sotto. Le probabilità erano ancora dalla mia parte, ma per vincere avrei dovuto sforzarmi.

James mi colpì in testa, uno schiaffo a palmo aperto che normalmente avrei evitato con facilità se non fossi stato gelato fino al midollo. Quel rumore di pelle contro pelle era qualcosa che preferivo sentire in camera da letto, e solo con un Jae-Min nudo e sudato. Il colpo mirato malissimo di James non mi procurò nessun piacere, solo un orecchio che ronzava, quando il suo palmo forzò l'aria gelida nel mio canale uditivo.

L'aumento di pressione contro il timpano mi fece più male dello schiaffo e trattenni un grugnito di dolore. James ondeggiò perdendo l'equilibrio e cercò di afferrare qualcosa per reggersi, poi strillò quando il tronco seghettato della palma gli scavò nella mano. Non era la migliore delle distrazioni, ma avrei dovuto sfruttarla al massimo.

Lo afferrai per la vita e lo feci cadere in ginocchio. Piombammo in una macchia di arbusti, tirando giù una pioggia di minuscoli fiori viola. Lui lottò contro di me colpendomi le spalle per liberarsi, e io gli agganciai le gambe attorno alle cosce e mi tirai su, bloccando uno dei suoi colpi con il braccio. Riuscì a tirarmene ancora qualcuno prima di lasciarmi uno spiraglio di cui potevo approfittare.

Fu allora che gli ruppi di nuovo il naso, ficcandogli nei seni nasali più frammenti di osso che potevo.

Mi concentrai sul suo viso, martellandogli zigomi e mandibola. A un certo punto le sue unghie mi tracciarono dei solchi nel collo e l'aria fredda mi ferì la pelle che adesso bruciava, lasciandosi dietro un dolore pungente. Il sangue gli si sparse in faccia, poi fu lavato via quando ci finì addosso un altro getto d'acqua degli irrigatori. Quello spruzzo mi colpì inaspettatamente, finendomi in bocca. Aveva un saporaccio, con un retrogusto di ferro che mi fece chiedere se non mi fossi spaccato un labbro. Sputai quell'acqua schifosa e James mi colpì di nuovo, tirandomi un pugno senza forza nel fianco. Ne avrei riso, ma quando mi colpì di nuovo un dolore lancinante mi attanagliò le costole, e vidi un lampo metallico nella sua mano.

Il coltello doveva averlo avuto in tasca. Era lungo una decina di centimetri, una larga lama d'acciaio che affondò facilmente nella mia camicia fradicia e nel mio fianco. Facendomi un sorriso maniacale piantò il gomito a terra e torse la lama, strisciandomi la punta sulle costole. Mi piegai in due per il dolore, rischiando quasi di vomitare per quelle fitte all'addome. Poi rotolai via portando la lama con me. Afferrai l'impugnatura, e stavo cercando di sfilarla quando sentii uno sparo riecheggiare nel giardino.

Mi rannicchiai, teso, lavorando in fretta nonostante lo stordimento e il dolore. Un attimo dopo la mano di Bobby mi sollevò la camicia e fece pressione sulla profonda ferita sanguinante che avevo al fianco. A poca distanza James Bahn giaceva immobile e pallido. Non c'era modo di fraintendere il segno della polvere da sparo sulla sua pelle. A un certo punto, mentre noi lottavamo, Bobby aveva trovato la pistola e gli aveva sparato al collo praticamente a bruciapelo.

"È morto?" tossii, e mi uscì dell'altro sangue dalla ferita, con i lembi della pelle che sussultavano come un pesce rosso morente.

"Non lo so," grugnì Bobby facendo pressione più forte. "Non m'importa. Probabilmente. Adesso sta' zitto. Devo farti smettere di sanguinare."

A dir la verità lui non sembrava messo molto meglio di James. Il freddo ci stava azzannando in profondità, ed ero quasi certo che avremmo perso un dito o due per congelamento. Bobby mi mise sotto un braccio e mi tirò su da terra, fermandosi solo quando fummo relativamente al sicuro sulle scale asciutte, poi mi afferrò per le spalle e mi fissò.

"Ma la trovi tutta tu la gente fuori di testa? Pare che tu non riesca a essere felice se non hai un pazzo alle calcagna." Strizzò la sua camicia più che poteva, e la usò per stagnare la mia ferita. Pareva che il proiettile di James gli avesse staccato un pezzo di carne dal braccio, e adesso che eravamo fuori dal diluvio il sangue iniziò a scorrere liberamente. "Pensi di riuscire a stare fuori dai guai abbastanza a lungo perché possa prendere il telefono e chiamare il 911?"

"Fuori dai guai, certo." Gli feci un sorriso, probabilmente con l'aria stupida per via del dolore. "Ehi, c'è un lato buono…"

"Che diavolo potrebbe esserci di buono in tutto questo?" ringhiò lui afferrandomi la mano e mettendomela con decisione sulla camicia zuppa per tenerla ferma. "Dimmelo, principessa… che diavolo ci può essere di buono in tutta questa merda?"

Indicando la ferita da coltello che avevo nel fianco, replicai: "Perlomeno questa volta non mi sono fatto sparare."

CAPITOLO 22

ALLA FINE del pomeriggio seguente stavo mandando giù manciate di ibuprofene e desiderando di aver accettato gli antidolorifici che mi aveva offerto il dottore. Sentendomi sibilare di dolore per la ventesima volta nella giornata, Claudia mi lanciò un'occhiataccia da sopra i suoi occhiali da nonna e strinse le labbra.

"Ti distruggerai il fegato, ragazzo." Mo alzò lo sguardo verso la nonna, che lo rispedì a studiare. "Non tu, quell'idiota lì."

"Sto bene. Sul serio," mentii.

Mi faceva un po' male, ma non mi sarei lasciato intralciare da quel leggero dolore. Così avevo detto al mio me stesso virile. Il coltello era andato di lato, e a parte un osso intaccato e un leggero danno ai muscoli stavo praticamente bene. Mi ero beccato di peggio. Diavolo, mi sarei beccato di peggio se fosse servito a farne uscire indenne Bobby, ma non era successo. Da come si era lagnato al pronto soccorso quando gli avevano iniettato un sedativo locale, si sarebbe potuto pensare che fosse stato sventrato da un tirannosauro invece di essersi beccato un proiettile da nove millimetri di striscio al braccio.

Tre ore di quelle lamentele, e dopo che l'inevitabile annuncio del medico secondo cui avrebbe dovuto trascorrere lì la notte per tenere monitorati i suoi segni vitali lo aveva fatto trasformare in un uragano di rabbia, io avevo fatto la parte del vigliacco e avevo lasciato che Claudia lo prendesse verbalmente a cinghiate.

"E comunque," replicai con un sorrisetto, appoggiandomi allo schienale della poltrona, "perché continui a venire qui quando il dottore ti ha detto di non farlo? Ti hanno sparato, sai."

"Ragazzo…" Claudia prese fiato, e io mi preparai. Mo si intromise per salvarmi il culo, ricordandomi ancora una volta, con uno sguardo che chiaramente stava valutando la mia stabilità mentale e la stava trovando carente, che non era una buona idea stuzzicare un drago furente.

"Nana, è ora di andare. Dobbiamo muoverci se vogliamo preparare la cena per Zio Mace." Aveva già riempito lo zaino con aggeggi elettronici e libri. Lei sbuffò e io passai a lui venti dollari, ringraziandolo silenziosamente mentre Claudia voltava le spalle. Mo se li nascose in mano come un prestigiatore professionista, infilandoli nella tasca dei jeans intanto che io porgevo il bastone a Claudia.

Poi mi scansai quando lei cercò di usare il bastone per darmele.

"Ah-ha!" Le stavo quasi per fare una linguaccia, ma lei mi beccò con il movimento di ritorno, colpendomi al polpaccio. "Merda!"

"Non credere che non possa suonartele, Cole McGinnis." Claudia mi agitò il bastone sotto il naso. "Mo, aiutami a scendere quei gradini prima che decida di restare qui a ficcargli un po' di sale in zucca."

Quando aprii la porta per Claudia, il detective Dexter Wong stava salendo quegli stessi gradini. Sfoggiava un nuovo taglio di capelli, cortissimi sui lati e con dei ciuffi sparati per aria in cima. Addosso a lui sembrava un po' sciocco, ma visto il modo in cui incedeva su per i gradini e il saluto spigliato che fece a Claudia decisi che non potevo prenderlo in giro per quelli. La giacca di poliestere grigio però era territorio libero.

"Amico, sei vestito come un poliziotto in un brutto film degli anni settanta." Lo seguii in ufficio, standogli alle calcagna. "Dove hai nascosto la Gran Torino?"

"Fottiti, McGinnis." Mancava di mordente, soprattutto in confronto alle parole affilate di Claudia, ma non avevo intenzione di tormentarlo neanche per quello. "Siediti. Sono qui per cercare di capire che diavolo hai combinato ieri."

Gli presi una bibita dal frigo e gliela porsi da sopra la scrivania. Poi sprofondai di nuovo nella mia poltrona, aprii una Diet Coke e succhiai via la schiuma. "Che cosa c'è da dire che tu non abbia già sentito la notte scorsa in ospedale?"

"Sei stato al pronto soccorso per quanto tempo? Cinque minuti, prima che Jae ti trascinasse fuori? Quanti dettagli potevo chiederti?"

"Non ero ferito gravemente. Era felice di vedermi sano e salvo. Molto felice. Mi ha perfino mostrato quanto era felice lì nel parcheggio."

"Non avevo bisogno di quest'immagine in testa," gemette lui. "E comunque mi sto nascondendo da O'Byrne. Pensa che io ti abbia lasciato impicciare in questo caso senza fare niente per impedirtelo."

"Non hai fatto niente." Un levagraffette volò verso la mia spalla, ma andò di lato, sferragliò sul pavimento e finì contro il muro più lontano. "Non era molto felice di vedermi quando sono andato in ospedale a trovare Hong Chul."

638

"Già, dire che non era non molto felice è minimizzare." sospirò Wong. "James Bahn non ce l'ha fatta, sai. È rimasto vivo abbastanza a lungo da parlare un po' con sua madre e con i poliziotti, ma lo hanno perso sul tavolo operatorio. Non sono riusciti a resuscitarlo."

"Me lo ero più o meno immaginato. Bobby lo ha beccato da vicino." Avevo visto fin troppo sangue nell'ultima settimana. La morte di Vivian mi tormentava, ma avrei dormito meglio sapendo che era morto anche James.

"Madame Sun intende chiudere lo studio e tornare a Seul. Suppongo che Gyong-Si avrà il monopolio delle predizioni, da queste parti."

"Ha perso la figlia e *anche* il figlio. Puoi biasimarla?" Mi piaceva quella *ajumma*. Sembrava una brava donna a cui la vita aveva servito delle carte di merda.

"No, però è un peccato. Era già brutto che la figlia fosse stata uccisa, ma che l'assassino fosse il figlio?" Scosse la testa, facendo ondeggiare i ciuffi di capelli che aveva in cima.

Ripensando a Kim Hyun-Shik commentai: "L'ho visto succedere anche nell'altro modo. Fa schifo in entrambi i casi. James ha detto niente sul fatto di aver ucciso Shim?"

"Sì, sono arrivato al pronto soccorso mentre lo preparavano per l'operazione. Ha confessato tutto a sua madre. Credo sapesse che non ce l'avrebbe fatta. È incredibile quanta gente trovi Dio quando sta per bussare alle porte dell'inferno." Wong appoggiò i gomiti sulle ginocchia, giocherellando con la lattina. "Shim ha sparato a Choi nell'automobile, ed era ad aspettare Lee nell'appartamento. James lo ha pagato cinquecento dollari per ogni omicidio. Vivian gli ha telefonato perché avrebbe ritardato per la cena. Così James sapeva dove sarebbe stata e ha pensato che avrebbe avuto la possibilità di farla fuori."

"Senza nemmeno un pensiero per cosa questo avrebbe fatto a sua madre?"

"No. Quando lei gli ha detto che sarebbe andata alla caffetteria, James ha guidato fin lì e ha parcheggiato lungo la strada, fuori dalla finestra. Dato che l'ingresso è sul lato del cortile ha pensato che nessuno avrebbe collegato il suo veicolo con quello che stava succedendo. Shim lo ha incontrato lì, si è piazzato sul sedile del passeggero e ha aspettato di avere una buona linea di tiro. Poi si sono infilati nel traffico appena è successo il casino."

"Shim non ha aspettato di avere una buona linea di tiro. Ha sparato praticamente a tutti," gli ricordai. "Era come Elmer Fudd in un allevamento di conigli."

"Darren Shim non era noto per essere particolarmente stabile," commentò Wong. "O per essere particolarmente paziente. A quanto pare James non aveva soldi con sé, così Shim ha deciso di andare a prenderli di persona. James ha negato di avergli detto di andare il giorno dopo allo studio di Madame Sun. Penso che Shim abbia deciso di dimostrargli che aveva davanti un tipo tosto e prendersi quello che gli spettava."

"Quindi la storia che James gli aveva spaccato la testa con l'urna per proteggere sua madre era vera?" Se io avevo avuto un tono scettico, l'espressione di Wong era intrisa di cinismo. "Sul serio?"

"È quello che ha detto a sua madre," rispose lentamente Wong. "Sembrava felice di sentire che suo figlio non era un completo bastardo. Potrebbe essere andata come ha detto lui. L'aggressione a Madame Sun non era pianificata. Shim ha deciso per conto suo. James lo ha ucciso per difendere sua madre."

"Ehm. Forse," concessi. "Provava un odio profondo per Gyong-Si. Lo incolpava per il divorzio dei suoi genitori. Suppongo che quando Vivian è comparsa dal nulla la cosa lo abbia fatto incazzare. Sua madre stava facendo un sacco di sforzi per lei. Quando Vivian ha dimostrato di non apprezzarli abbastanza, James ha deciso che non ne poteva più. Ha detto che il suo obiettivo finale era uccidere Gyong-Si. Fargli del male uccidendo i suoi figli era soltanto un bonus."

"Stiamo partendo dall'idea che Bhak Bong Chol, il nonno di Hong Chul, abbia raccontato a James dei figli di Gyong-Si. Deve aver lasciato trapelare il suo odio per Gyong-Si slip durante un consulto e James ha colto la palla al balzo." La notte prima avevo riguardato gli appunti di Bhak assieme alle note che ne avevamo ricavato noi, ma per la maggior parte non avevano senso.

"Non si sa se James abbia avuto qualcosa a che fare con la morte del vecchio. È stato cremato, per cui non c'è modo di fare un esame tossicologico," aggiunse Wong. "Il capitano dice di lasciar perdere. Non ci sono piste da seguire. Beh, non senza causare alla famiglia un sacco di sofferenze non necessarie."

"Sì, probabilmente è meglio così. Alcuni di quegli appunti erano piuttosto folli."

"Sua figlia ha detto che Bhak soffriva di un qualche tipo di demenza. Sono sorpreso che voi siate riusciti a ricavare qualcosa da quello che aveva scritto. Avete fatto un buon lavoro, però. Anche se vi siete quasi fatti ammazzare." Fece una strana espressione; poteva essere di scuse, ma non ci avrei scommesso. "Bobby sta bene?"

"Sì, sono andato a prenderlo stamattina. Metà dei ragazzi sulla sua rubrica stanno litigando per prendersi cura di lui." Bevvi un sorso, facendo dei versi quando le bollicine mi fecero il solletico al naso. "In questo momento probabilmente il suo appartamento sembra una serata Twink a ingresso libero allo Slip-n-Slide."

"Ho sentito che Abby Park starà bene. Il suo fegato sta reagendo nel modo giusto alle cure." Wong controllò il taccuino facendo una gran scena e cancellando appunti con una penna che aveva rubato dalla scrivania di Claudia. "E ho notizie sugli Yi. A quanto pare la madre si è rotta un dente mangiando qualcosa e Terry l'ha portata dal dentista. Per questo non erano lì quando è comparso James."

"Bene. A dirla tutta io sono andato là sperando che lei sapesse qualcosa su chi poteva odiare Gyong-Si. Speravo in un indizio."

"È una stramba," ridacchiò. "È stata lei a dire a Terry di mettersi a lavorare da Gyong-Si. Ha pensato che fosse un buon modo per fargli conoscere suo padre. Ovviamente non credeva davvero che Gyong-Si fosse gay. Quando lo ha scoperto, la prima cosa che ha chiesto a Terry è stata se Gyong-Si ci aveva provato con lui."

"Dio, non farmici pensare." Rabbrividii. "Terry è un bravo ragazzo. Mi chiedo se lui e Hong Chul legheranno, adesso che sanno di essere fratelli."

"Non lo so. Sarebbe un bene per loro. È bello avere dei fratelli in giro."

Anche conoscendo Mike bene come lo conoscevo, non avevo voglia di averlo in giro. Era più facile farsi piacere Ichiro, ma in un certo senso eravamo ancora nella fase della luna di miele. O forse era semplicemente più facile andare d'accordo con qualcuno se si era troppo vecchi per litigare per il giocattolo nella scatola dei cereali.

"Sì, è bello averli in giro." Annuii, facendo cigolare la poltrona. "Anche se il mio non sembra molto bravo a leggere, visto che ha confuso Lee con Yi."

"In inglese o in coreano? Gli appunti, voglio dire?"

"Gli appunti? Probabilmente tutti e due. Quel tizio aveva una grafia davvero di merda, per cui non posso essere troppo duro con Ichi. Quindi, adesso che si fa? O'Byrne ha intenzione di inchiodarmi per intralcio alla giustizia?" Da parte sua non mi avrebbe stupito. Quando si era presentata al pronto soccorso ero stato fortunato a sopravvivere, con lei che mi urlava

641

contro finché un'infermiera non l'aveva cacciata fuori. "L'ultima volta che l'ho vista mi stava misurando la testa per appendersela sopra la scrivania."

"Sì, il capitano non è molto contento di nessuno di noi due. Se sono fortunato mi daranno una bella auto di pattuglia nuova e luccicante per andare in giro a fare multe per divieto di sosta. Staremo a vedere." Fece un sospiro di rammarico. "D'accordo, devo tornare a casa dalla mia ragazza. In teoria dobbiamo andare a cena con i miei genitori, e mia madre sta già rompendo le scatole per i nipotini. Le dirò che prima ci prenderemo un cane e vedremo se riusciamo a tenerlo in vita, *poi* potrò pensare all'idea di avere dei bambini."

ACCOMPAGNAI WONG dopo aver chiuso l'ufficio. A giudicare dal rumore di legna spaccata nelle vicinanze qualcuno nel quartiere si stava preparando all'arrivo della stagione fredda. Strofinandomi il fianco ferito, mi concessi di essere pigro e ordinare qualche carico di eucalipto stagionato.

Vedere l'Explorer parcheggiata accanto alla mia Rover mi fece sorridere e mi dimenticai di tutti i miei dolori.

Jae mi stava aspettando sulla soglia, seduto sul cemento freddo a fumare una *kretek*. Il profumo di chiodi di garofano fluttuò verso di me, accogliendomi con un bacio fragrante. Aveva rovistato di nuovo tra i miei vestiti, dissotterrando un maglione da pescatore verde scuro che Maddy mi aveva portato da Killybegs. Jae ci nuotava dentro e aveva tirato giù l'orlo fino a coprirsi le ginocchia, probabilmente sperando che gli tenesse più caldo alle gambe che non i suoi jeans strappati. Accanto a lui c'era una grossa scatola di provviste, con il fondo di una grossa zucca violina e un mazzo di porri che facevano capolino.

"Ehi, quella cooperativa a cui ti sei associato avanzava roba?" Non alzò gli occhi. Aveva lo sguardo fisso in lontananza, non stava nemmeno guardando la staccionata simile a bastoncini di lecca lecca che mi separava dai vicini. Mi chinai a baciarlo e arrivai a una ciocca di capelli, invece della bocca a cui avevo mirato. "Jae, stai bene?"

Non ci fu risposta, per cui provai di nuovo. "Piccolo? Jae?"

"Dov'è Tiffany? Lo sai? Non risponde al telefono." Si voltò verso di me, ma aveva ancora gli occhi fuori fuoco, puntati su qualcosa che non era la mia faccia. Era uno sguardo morto, come se dentro di lui qualcosa stesse appassendo proprio di fronte a me. "Pensavo che fosse con te."

"Maddy ha portato fuori lei e Sissy per un pomeriggio fra ragazze. Avrebbe dovuto dirtelo lei. Da quel che ho sentito si stanno comprando tutta la città." Gli toccai una guancia, sentendola gelata per il vento. Vederlo sussultare mi fece male, poi Jae si appoggiò al mio palmo e io sospirai per il sollievo, in silenzio. "Parlami, dolcezza."

"Stanno venendo qui... a Los Angeles. Te l'avevo detto, *ne*? Mia madre e Jae-Su." Sembrava ben peggio che intorpidito; mentre parlava le sue labbra si muovevano a malapena. "Anche Ree, credo. Io... non so. Lei... cazzo, Cole-ah. Non so."

"Sì, me lo hai detto." Mi sedetti accanto a lui. Sembrava troppo fragile per toccarlo, ma gli misi un braccio attorno alla vita. "Tua madre ha chiamato per dirti quando?"

"No, ha chiamato per dirmi... che non sono più suo figlio." Andò in pezzi davanti a me, l'autocontrollo che si sbriciolava sotto il peso di quelle parole. Cercai di tirarlo più vicino, confuso, senza sapere cosa fare, ma Jae si allontanò mettendo un po' di distanza fra noi due. "Cole-ah, lei lo sa. Lo sa davvero questa volta. Lei..."

Qualsiasi dolore avessi mai provato, perfino tenere stretto Rick in quegli ultimi momenti, non aveva fatto *male* quanto veder crollare Jae. Qualsiasi cosa stesse succedendo dentro di lui era devastante, un massacro emotivo a cui non aveva la minima possibilità di sopravvivere.

"Piccolo, ho bisogno che mi parli." Mi avvicinai ancora, premendomi contro di lui. "Che cosa è successo? Che cosa cazzo è successo? Tiff le ha detto qualcosa? Pensavo che fosse a posto per quanto riguardava noi. Ha detto che era tutto a posto!"

"Mia zia, la madre di Hyun-Shik, le ha telefonato. Le ha raccontato *tutto*. Che mi aveva trovato con *hyung*... che stavo facendo sesso con lui, e che sono stato al Dorthi Ki Seu. *Tutto*, Cole-ah, inclusi noi." Gli sussultò il petto, un singhiozzo intrappolato da qualche parte in gola. "Tutto perché mia madre sta venendo a Los Angeles con Jae-Su... perché Zio vuole suo *figlio*. Mia zia doveva ferirla, doveva ferire me."

"Tua *zia* glielo ha detto?" Non trovavo parole abbastanza disgustate. La rabbia riempì ogni fibra del mio essere e mi tracimò di bocca. "*Fottuta stronza*. Perché? Perché diavolo doveva farlo? Tu hai fatto di tutto per lei. Tu hai fatto tutto quello che potevi per quella..."

"Era gelosa... è gelosa." Finalmente mi guardò e io sussultai per il dolore che c'era sul suo viso. Era lì nudo davanti a me, pugnalato e lasciato come morto dalla donna che gli aveva dato la vita. "Così ha detto a mia madre che io sono… *così*. Che mi sono prostituito, lasciando che gli uomini mi scopassero, e che era così che stavo mantenendo la mia famiglia. Vendendo il culo a uomini come Hyun-Shik… o come te. Mia zia ha distrutto me e la mia famiglia, perché…"

"Perché è una stramaledetta stronza," sussurrai allungandomi sulle sue spalle, per stringerlo in un abbraccio. Lui non lottò contro di me e crollò tra le mie braccia. Poi cominciò a piangere, tremando, singhiozzi silenziosi abbastanza forti da scuoterlo tutto. Lo cullai, accarezzandogli i capelli e baciandogli la fronte. "Sono qui. Non vado da nessuna parte."

"Non riesco più a sentire dentro di me, Cole." Aveva un tono spaventato, più terrorizzato di quanto lo avessi mai sentito. Anche in mezzo a quel caos di sangue e morti che avevamo dovuto affrontare, Jae era stato stoico, praticamente flemmatico nel sopportare i suoi guai. All'improvviso la corazza si era infranta, e ne stava uscendo strisciando un ragazzino con il cuore spezzato, distrutto. "Non riesco più a sentire il mio cuore. È solo… respirare fa troppo male."

"Che cosa ti ha detto? Tua madre?" Non sapevo neanche il nome di quella donna. Lui non me lo aveva mai detto. In quel momento non sembrava importante quanto lei era stata importante per lui. "Magari non hai capito bene. Magari ha solo bisogno di tempo."

"No, ha chiuso con me. Ha detto di aver sempre saputo che ero… sbagliato, ma che non ci faceva caso perché non abitavo più con lei, per cui non aveva importanza. *Io* non avevo più importanza." Era esausto, troppe energie consumate troppo in fretta, e quella stronza pareva gli avesse risucchiato via tutto. Sotto gli occhi sfiniti aveva occhiaie scure e gonfie. Sospirò. Non riusciva più a controllarsi. "Io non ero niente per lei. Niente più che qualcuno da divorare. Io pensavo… volevo essere diverso, volevo che lei mi amasse. Lei è mia madre…"

"Tu hai me. E Scarlet. Diavolo, Jae, hai così tante persone attorno a te."

"Ma non sono famiglia," insistette lui a bassa voce. "Non la *mia* famiglia. Lei si prenderà Tiffany. Non so se la rivedrò di nuovo, oppure Ree. Non posso… non posso permetterle di portarmi via le mie sorelle, Cole-ah. Lei non si prende cura di loro… Se ne dimentica, e fa cose con gli uomini. Non posso lasciare che le mie sorelle vivano in quel modo. Come ho fatto io quando avevo la loro età. Ti uccide dentro. Sei così *solo*, Cole-ah. Non voglio che loro siano così sole."

"Noi siamo la tua famiglia, Jae. *Io sarò* la tua famiglia." Non sapevo che cos'altro dire. Intrappolato nei viticci appiccicosi del suo dolore, potevo solo tenerlo stretto e cullarlo mentre piangeva. "E tu *non sei* niente. Piccolo, tu sei *tutto*."

"Non lasciarmi, Cole." Mi strinse le braccia sullo stomaco, procurandomi delle fitte alle costole avvolte nel bendaggio. "Hai promesso che se ti avessi detto di non lasciarmi andare, tu ci saresti stato."

"Ehi, sono qui, no?" gli ricordai. Gli infilai una mano sotto il mento e gli feci sollevare la testa, in modo da guardarlo in viso. "Io non vado da nessuna parte, Kim Jae-Min. Te lo giuro davanti a Dio, qualunque cosa succeda, dovunque tu vada, io ci sarò."

"*Agi?*" Non era certo più carino quando piangeva. Gli veniva il naso rosso. Ma era comunque carino. Bellissimo in tutti i modi che contavano, soprattutto quando chinò la testa a baciarmi la punta delle dita.

"Sì, Jae?" mormorai accarezzandogli il labbro inferiore con il pollice.

"*Saranghae, jagiya.*" Fece un respiro profondo e sussurrò qualcosa che desideravo sentirgli dire da molto tempo. "Ti amo."

IL GIORNO stava appena cominciando a baciare il crepuscolo quando Jae iniziò a tremare violentemente fra le mie braccia. Ero rimasto seduto lì a tenerlo stretto per quasi un'ora e mezza, lasciandolo piangere fino a sfinirsi e poi passando molto tempo a baciarlo per farlo stare meglio. Da lui non desideravo altro che avere la sua bocca e il suo corpo contro il mio, accarezzare il suo cuore spaccato in due dopo che era stato pugnalato dal rifiuto di sua madre. Avevamo parlato un po', arrivando alla conclusione che ci stavamo gelando il culo e che sarebbe stato decisamente meglio metterci in corpo cibo e alcol.

Lo lasciai andare con riluttanza per sollevare la scatola di provviste; i porri mi fecero il solletico al naso e li spinsi da parte. Jae era rigido, probabilmente aveva le gambe congelate per essere rimasto accovacciato sul cemento freddo.

"Dammi qua. Tu sei ferito, ti ricordi? Vai ad aprire la porta." Tirò su col naso fra un singhiozzo tremante e l'altro, e me la tolse di mano. "Voglio parlare di qualcosa a parte… me. Terry e sua madre stanno bene? Nessuno sapeva dov'erano, *ne?*"

"Sì, lui l'aveva portata dal dentista. Si era rotta un dente, o qualcosa del genere. È per questo che è scappato via dallo studio di Gyong-Si, per cui loro si sono persi l'intero casino." Catturai una mela fuggitiva che stava rotolando via assieme a un gambo di sedano. "Wong ha detto che anche Abby sta bene."

"Hai parlato con Bobby? Lui come sta?"

Non ebbi la possibilità di rispondergli. La mia attenzione fu attirata da una donna che stava arrivando sul vialetto facendo il giro da dietro l'edificio, con le braccia tenute mollemente lungo i fianchi. La riconobbi a malapena, e quando lo feci il mio cervello andò in stallo, rifiutandosi di accettare la realtà della donna scheletrica che avanzava sul vialetto di cemento.

Tossii attorno al groppo che avevo in gola mentre cercavo di defibrillarmi il cervello. "Sheila?" squittii.

L'ultima volta che avevo visto Sheila, la moglie di Ben, era stato al servizio commemorativo di Rick, una cosa organizzata alla meglio a cui erano stati presenti soltanto alcuni suoi amici e la mia famiglia. Quando le avevo telefonato per parlargliene, lei mi aveva risposto con un tono così spento che mi ero addirittura chiesto se mi avesse sentito. Avrei preferito la zombie senza attività mentale che aveva risposto al telefono, rispetto all'arpia che era arrivata alla cappella. Mi aveva messo all'angolo nell'ingresso, dicendomi che non voleva vedermi mai più e che avrebbe preferito la dannazione eterna piuttosto che farmi avvicinare ai suoi figli. Quella era l'ultima volta che l'avevo vista, e già allora era reduce da un pestaggio emotivo da cui era improbabile che si riprendesse.

Per me era stato il colpo finale, e da quel servizio commemorativo ero uscito in lutto non soltanto per la perdita del mio amante ma per il disfacimento di una famiglia che avevo considerato la mia. Vedere Sheila lì davanti a me fu uno shock, ma meno tremendo del vedere che cosa era diventata.

Era quasi irriconoscibile, sembrava una di quelle spaventose bambole fatte con le mele rinsecchite. Lesioni rossastre le chiazzavano le guance incavate e la chioma bionda di cui era stata così orgogliosa pendeva in ciocche fragili attorno alle spalle troppo sottili. Anche da lontano mandava cattivo odore, un odore amaro e rancido che sapeva anche un po' di canali di scolo. Dalla sua sagoma scarna pendeva una canottiera lurida, ma il tessuto sottile non faceva niente per nascondere il petto incavato o il leggero rigonfiamento attorno al ventre. I denti neri puzzavano di metamfetamina. Anche senza vedere quanto erano spaccati e marci, le lesioni che aveva in faccia erano il segno della dipendenza da meth.

La pelle secca e screpolata si sfaldò come una tempesta di polvere quando Sheila sollevò le braccia e puntò verso di noi una Glock. Era quasi troppo pesante per lei, e la riconobbi: era l'arma personale di Ben. Gliel'avevo regalata per Natale e avevamo passato il tempo a provarla al poligono di tiro, arrivando molto in ritardo per la cena.

Mi mossi in avanti per afferrare Jae, ma Sheila mi fece segno di non farlo agitando l'arma. Quando parlò, le sue labbra si screpolarono ancora di più, lasciandomi intravedere il marciume nero che le divorava i denti. Mi spostai lentamente più vicino a Jae mantenendo sollevate le mani, e Sheila lasciò partire un colpo fracassando la finestra del soggiorno. Il vetro in frantumi schizzò ovunque, bersagliando me e lui con minuscoli frammenti appuntiti. La pistola sobbalzò nella mano di Sheila e per poco non la colpì in faccia, ma lei riprese in fretta il controllo, cercandomi di nuovo con lo sguardo.

"Ehi, dai, Sheila. Qui sei fra amici." Volevo provare a parlarle. Diavolo, avrei provato a fare un pompino alla pistola se fosse servito a farla sentire meglio, ma la moglie di Ben aveva altri piani. "Ehi, che sta succedendo? Hai bisogno d'aiuto?"

"Si sono presi i miei figli, Cole." Mentre parlava, le scivolò la lingua fuori di bocca, passando dove mancavano gli incisivi. "Lo sapevi? I tuoi amici – *i poliziotti* – te lo hanno detto?"

"Cole-ah." Jae cominciò a parlare, ma io lo zittii; volevo mantenere l'attenzione di Sheila centrata su di me. Era ancora scosso per la crudeltà di sua madre, e lo sentivo dietro di me che cercava di riprendere fiato.

"Sheila, cara… Possiamo trovare qualcuno che ti aiuti a riaverli indietro, va bene?" Mi spostai ancora un po', cercando di avvicinarmi a Jae. Vedendola così distrutta e con lo sguardo folle, non avevo il minimo dubbio che le avessero portato via i figli. Sembrava a malapena abbastanza stabile per non finire in manicomio. "Perché non mi dici che cosa è successo?"

"Che cos'è successo?" gridò lei. "Si sono presi i miei figli! I miei genitori si sono presi i miei figli! Non mi resta niente adesso, fottuto frocio. Niente! Nessuno!"

"Sheila…"

"Non dire un'altra *stramaledetta* cosa!" Adesso stava urlando, e io colsi l'occasione per mettermi al fianco di Jae. "È lui che stai scopando adesso? Lo sa che schifosa sgualdrina sei? Non eri contento di quello stronzo finocchio con cui vivevi? Dovevi per forza scopare anche con Ben? Probabilmente lo hai fatto ammalare ed è per questo che si è ucciso.

Perché tu gli hai attaccato una qualche malattia da frocio con cui non poteva vivere."

"Cara, Ben non mi ha *mai* considerato in quel modo." Sollevai i palmi delle mani lentamente, sperando che quel movimento potesse calmarla. "Non gli piacevano gli uomini. Non in quel modo. Ti amava. È solo che le cose per lui erano troppo difficili."

"Pensi che mi amasse? Allora perché cazzo mi ha lasciata? Che diavolo c'era di così maledettamente difficile che si è dovuto ammazzare? Eh?" Le uscirono degli schizzi di saliva dalla bocca e uno mi colpì in faccia.

"Posso aiutarti, cara," tentai di tranquillizzarla. Stavo scandagliando il cervello cercando un modo per portare Jae via da lì, ma a parte scaraventarlo dentro attraverso la finestra rotta non mi veniva in mente nulla. "Dimmi solo perché sei qui. Che cosa posso fare per te?"

"Lo sai che cosa sto facendo qui, Cole? Sto per farti quello che tu hai fatto a me. Ti sei preso Ben. Ti sei preso i miei figli. Rick non era *niente*, cazzo. Vuoi sapere come mi sento? Ecco come mi sento."

Fu allora che sollevò di nuovo la pistola e scavò un buco dritto nel torace di Jae.

EPILOGO

QUANDO ERO stato io sotto sedativi, entravo e uscivo dalla stato d'incoscienza come ondeggiando. Una volta, galleggiando su un fiume di antidolorifici, avevo ascoltato i fischi e i *bip* che mi facevano la serenata e mi ero chiesto chi stesse giocando a Pac-Man sopra il mio cadavere. Le macchine sibilavano e trillavano e gemevano, mandando gridolini intermittenti in ritmi che di solito si sentivano solo nei videogiochi o nei porno scadenti. Stando seduto con Jae-Min nella stanza d'ospedale, sentivo di nuovo quel canto di campane e fischi, e mi chiesi non per la prima volta chi ci fosse al comando dei controlli e quando avrebbe smesso di combinare casini con l'uomo attaccato ai macchinari.

Un'ombra mi passò accanto, uno degli infermieri o degli assistenti che si occupavano di Jae, ma non la vidi davvero. L'unica cosa che vedevo era l'uomo sdraiato troppo immobile sotto le lenzuola bianche che odoravano di candeggina.

Negli ultimi giorni quelli dell'ospedale avevano cercato di rimuovermi fisicamente dalla stanza. Non gli avevo dato retta. Avevo seguito Jae dalla terapia intensiva alla stanza privata in cui finalmente lo avevano messo, continuando a tenerlo d'occhio. Tenendo in moto il mio cuore con ogni battito del suo.

C'era stata una discussione riguardo al permettermi di stare con lui. Un sacco di imprecazioni da parte mia e poi un po' di negoziati da parte di Mike e dello *hyung* di Scarlet avevano convinto qualcuno che io e Jae vivevamo assieme. In un modo o nell'altro, io non avevo intenzione di andarmene. Tutti quanti, compreso Ichiro, facevano a turno per starmi accanto, ma era Scarlet che mi teneva compagnia per la maggior parte del tempo. Lei e Tiffany erano le mie ombre costanti, mentre Maddy e Claudia facevano da coro ai loro assilli, a volte coalizzandosi per costringermi a fare la doccia o a mangiare.

Sua madre non venne mai. L'avevo chiamata. Dio sapeva se l'avevo chiamata, cazzo. L'avevo implorata sulla sua maledetta segreteria telefonica, promettendole tutto... *qualsiasi cosa...* se solo fosse venuta al fianco di suo figlio.

Niente. Scarlet mi aveva detto di arrendermi, che quella donna non ne valeva la pena, e mi aveva riempito di così tanto caffè che avevo cominciato a chiedermi se non fossi Tantalo.

Tuttavia, il caffè bollente e amaro era buono. Il cibo dell'ospedale non molto.

Lui si svegliava ogni tanto, all'inizio lottando contro il tubo che gli avevano ficcato giù per la gola, poi combattendo contro gli infermieri quando lo avevano tirato fuori. Io lo avevo tenuto per mano cercando di lenire le sue paure, ma Jae era troppo distante, troppo lontano nel buio per sentirmi. Non ero nemmeno sicuro se, quando si era svegliato la volta dopo, sapesse chi ero; quando mi ero chinato a parlargli, gli occhi castani con cui cercava di seguire le linee del mio viso erano fuori fuoco. Poteva avermi sentito dire al massimo tre parole, poi era sprofondato di nuovo.

QUANDO ENTRAI il suo viso era bagnato di lacrime e i profondi occhi castani che amavo guardare erano bloccati a fissare qualcosa in lontananza, fuori dalla finestra. Non era una gran bella vista, più che altro si vedeva il retro dell'edificio accanto, ma qualcosa nei riflessi delle finestre lo chiamava. Tirai la sedia più vicina al letto e gli presi la mano prima di sedermi e stringere le sue dita fredde.

"Tesoro?" Non ottenni risposta, per cui ci provai di nuovo. "Jae?"

"Sei troppo lontano. Ho bisogno di… sentirti contro di me."

Sarei finito all'inferno per quello che stavo per fare, ma 'fanculo le regole. Abbassai la sponda del letto e scivolai dietro di lui, facendolo inclinare leggermente in modo che potesse appoggiarsi a me. Fece una smorfia quando sentì i punti che tiravano, senza dire niente, ma quel tremulo sospiro di sollievo era tutto quello di cui avevo bisogno. Si rannicchiò all'indietro cullato nel mio abbraccio, trattenendo il respiro per il dolore finché non si fu messo comodo. Io facevo attenzione al tubo di drenaggio che gli avevano messo al fianco destro, badando che non si impigliasse.

"Sono talmente fatto. Non c'è da stupirsi che ti fai sparare così spesso." Pareva che avesse la lingua due volte troppo grossa per la bocca, e c'era un sorriso sciocco che giocava a nascondino con me. "Come sta Neko? Dov'è Tiffany?"

"Ovvio che prima chiedi della gatta e *poi* di tua sorella." Risi, accarezzandogli lo stomaco. "Tiff è a casa di Mike. Penso che a Maddy piaccia avere una bambola a dimensioni reali da vestire. Da quel che ho sentito stanno comprando tutta LA. Ichi è a casa nostra. Al momento è lui l'umano preferito di Neko. Le cucina un uovo ogni mattina."

"Quanto sono grave?"

"Non troppo." Quando mi lanciò un'occhiataccia gli sorrisi. "No, dico sul serio, su una scala da zero-a-Cole, praticamente niente. Ha colpito un polmone, ma a parte quello stai bene. Volevano solo tenerti sotto sedativi per qualche giorno."

"Che merde." Era strano sentirlo imprecare. La maggior parte delle volte si faceva andar bene ogni situazione, ma in quel momento sembrò che gli avessi appiccicato un po' del mio carattere. Il che era un bene, considerato quanto tempo avevo passato stando appiccicato a lui. "L'hanno presa?"

"No, dolcezza. Non l'hanno presa. *Io* non l'ho presa." Lo baciai dietro la testa, grato che Scarlet gli avesse comprato dello shampoo secco per i capelli. "La prenderanno. Non ho intenzione di lasciar correre."

Avrei potuto dirgli di più. Avrei potuto dirgli che non me ne sarebbe potuto fregare di meno di dove fosse scappata Sheila dopo avergli sparato, oppure avrei potuto dirgli che avevo deciso di non correrle dietro e avevo scelto di piazzare le mani sulla sua ferita per tenere il sangue nel suo corpo.

Dopo essere rimasto seduto al pronto soccorso con il sangue di Jae sulle mani, avevo azzannato il culo a tutti i poliziotti che avevo visto finché Wong non aveva trascinato lì un dottore per farmi riempire di sedativi. Anche le mie ferite facevano male, le cicatrici che mi ricordavano l'ultimo dei Pinelli che se l'era presa con me e con quelli che amavo. Ben aveva scelto la via del vigliacco. Si era tolto di mezzo prima che io potessi fargli il culo per aver distrutto la mia vita, e mi sarei sentito defraudato se avessi scoperto che Sheila aveva danzato verso il suo karma senza che io la aiutassi ad arrivarci.

"Lascia che la trovino i poliziotti, Cole-ah." Strinse le braccia attorno alle mie e con un gomito mi mandò una fitta di dolore nella ferita da coltello che avevo sotto il bendaggio alle costole. "Ti ricordi quando mi hai promesso che non mi avresti mai lasciato andare? Adesso è il momento. Ho bisogno di te qui. *Adesso*."

"Ehi, sono qui, no? Ho perfino mangiato quello schifo di gelatina che ti avevano messo nel piatto in modo che non dovessi farlo tu," gli ricordai. "Io non vado da nessuna parte, Kim Jae-Min."

"*Agi?*" Il tempo che aveva passato sotto l'effetto delle droghe aveva preteso un tributo dal suo viso. Aveva la pelle tirata sugli zigomi e la perdita di peso gli aveva affilato i lineamenti rendendoli quasi volpini. "Nel caso in mezzo a tutto il resto te lo fossi perso, *ti amo, jagiya*."

Era fantastico sentirlo. Nonostante l'orchestra di R2-D2 che ballavano la salsa attorno a noi, quelle erano parole che avevo bisogno di sentire, che volevo sentire. E il bacio che mi diede fu perfino più dolce, un lento sfioramento delle labbra, la pelle ruvida contro il mento.

"Ti amo anch'io," sussurrai contro la sua bocca. "Ma non farti più sparare. Non credo che potrei sopportarlo."

RHYS FORD è nata e cresciuta alle Hawaii, poi se n'è andata a vedere il mondo. Dopo essersi masticata una pila di libri, un sacco di cibi strani, e un paio di fidanzati di passaggio, alla fine Rhys è approdata a San Diego, che è un gran bel posto ma avrebbe davvero bisogno di più pioggia.

Condivide la casa con tre gatti, un batuffolo nero di Pomerania, un cane lupo in miniatura e un indomabile Cairn terrier rossiccio. Inoltre lavora come una schiava per mantenere in buono stato una Pontiac Firebird del 1979, un portatile Qosmio, e una macchinetta del caffè rossa Hamilton Beach.

Visitate il blog di Rhys sul sito rhysford.wordpress.com o mandatele una mail all'indirizzo rhys_ford@vitaenoir.com.

Di Rhys Ford

C'era una volta un lupo
Tutto qui

INDAGINI DI COLE MCGINNIS
Baci sporchi – Dirty Kiss
Sporchi segreti
Panni sporchi
Le indagini di Cole McGinnis: Cofanetto 1 Libri 1-3

Pubblicato da DSP Publications
KAI GRACEN
Black Dog Blues

Pubblicato da Dreamspinner Press
www.dreamspinner-it.com

Per saperne di più
riguardo ai migliori
romanzi gay maschili,
visitate la

www.dreamspinner-it.com